U0525777

文学现象与文学史风景

逢增玉 著

商务印书馆
2011年·北京

图书在版编目(CIP)数据

文学现象与文学史风景/逄增玉著.—北京：商务印书馆，2011
ISBN 978-7-100-07541-1

Ⅰ.①文… Ⅱ.①逄… Ⅲ.①现代文学－文学评论－中国 ②当代文学－文学评论－中国 Ⅳ.①I206.6

中国版本图书馆CIP数据核字(2010)第233059号

所有权利保留。

未经许可，不得以任何方式使用。

文学现象与文学史风景
逄增玉 著

商 务 印 书 馆 出 版
（北京王府井大街36号　邮政编码 100710）
商 务 印 书 馆 发 行
三河市尚艺印装有限公司印刷
ISBN 978-7-100-07541-1

2011年3月第1版　　开本 787×960 1/16
2011年3月北京第1次印刷　印张 30 3/4
定价：55.00元

目录 Contents

自序 ……1

上编　现当代文学现象阐释与总体观照

第一章　论中国现代文学中的质疑现代性主题与叙事 ……17
1. 乡村社会和文明的美化与乐园世界的构建 ……18
2. 对都市及其文明的文学化批判 ……22
3. 文明对比中的逃离与回归 ……26

第二章　现代文学叙事中的空间意象与叙述模式 ……34
1. 近现代中国历史与文学的空间观念的形成与嬗变 ……34
2. 启蒙主义文学叙事中的乡村中国形象 ……37
3. 革命文学与浪漫主义文学的空间意象与意义 ……42
4. 多样化的都市想象与叙事 ……47

第三章　现代启蒙文学叙事中的现代性 ……54
1. 现代性话语在中国的历史生成与逻辑 ……54
2. 现代性在鲁迅小说叙事形式中的转化与积淀 ……57
3. "鲁迅风"与乡土文学叙事模式的现代性话语 ……62
4. 现代性话语和叙事模式的延续与泛化 ……66

第四章　现代中国文学中的"医学"意象和意义 ……70
1. 历史语境与近现代文学的"医学"意象 ……70

2. 救亡文学对医学的"借喻" …… 72

3. 启蒙文学中的医学隐喻 …… 79

4. "医学"隐喻的文学与审美价值 …… 88

第五章　试论中国现代流浪汉小说 …… 95

1. 不安定的灵魂——20世纪20年代的流浪汉小说 …… 95

2. 大地之子——20世纪30年代流浪汉小说 …… 100

3. 终极关怀——20世纪40年代流浪汉小说 …… 104

第六章　流派与空间视阈中的文学史现象 …… 109

1. 20世纪30年代的"论语派"和"论语八仙" …… 109

2. 现代文学中的"沙龙"现象 …… 113

3. 现代文学中的小城镇形象 …… 125

第七章　20世纪30年代左翼"牢狱"文学的叙事倾向 …… 130

1. "牢狱文学"产生的原因及文学命名 …… 130

2. "牢狱文学"的现实影射与叙事指向 …… 134

3. "牢狱文学"的隐喻化叙事 …… 140

4. "牢狱文学"的叙事格调与结构模式 …… 145

第八章　20世纪90年代"抗战文学"的历史记忆与现实诉求 …… 152

1. "历史记忆"和历史真实的个人化重构与叙述 …… 154

2. 《生死场》上的生存抉择与历史记忆的理性诉求 …… 159

3. 历史记忆引起的现实言说与超越历史的文化反思 …… 164

第九章　中西文化互动中的文学史重述
　　　——进化论的理论预设与胡适的文学观 …… 169

1. 分割传统：胡适的文学史重构 …… 169

2. 与西方对接：新文学创造的外部资源 …… 173

3. 弥合裂痕：文学史叙事的文化姿态 …… 178

第十章 对左联和左翼文学研究的几点思考 …… 183

1. 重视史料的发掘、整理与研究范围的拓展 …… 183

2. 注重对20世纪30年代左翼文艺运动的深度研究 …… 185

3. 注意对左联作为一个政治化的文学团体的内在差异性的研究 …… 188

4. 注重鲁迅与左联的关系的研究 …… 192

第十一章 左翼文学研究冷热现象的审视与反思 …… 195

1. 左翼文学研究热度再现的多维因素 …… 195

2. 左翼文学的品格与作为精神资源的价值 …… 202

3. 左翼文学的缺失与研究的态度 …… 206

第十二章 "志怪""传奇"传统与中国现代文学 …… 213

1. 古代"志怪"与"传奇"小说的基本特征 …… 213

2. "志怪""传奇"传统与鲁迅小说创作 …… 215

3. 沈从文与张爱玲小说中的"传奇"叙事 …… 218

4. 左翼文学的政治与革命"传奇" …… 223

第十三章 东亚病夫、醒狮与涅槃凤凰

——晚清到"五四"时期中国形象的书写与传播 …… 227

1. 近现代"中国形象"出现与嬗变的原因 …… 227

2. 负面的中国形象——破船、陆沉与东亚病夫 …… 229

3. 正面的中国形象——醒狮、少年中国与涅槃凤凰 …… 236

第十四章 现当代文学视野中的"农民工"形象及叙事 …… 244

1. 现代文学对进城农民的书写 …… 244

2. 新时期"农民工"文学的复杂内涵与咏叹 …… 249
　　3. 乡村女性的城市挣扎与悲歌 …… 254

第十五章　论"新边塞文学"的革命性与现代性叙事 …… 262
　　1. 何为"新边塞文学" …… 262
　　2. "新边塞文学"的革命性与现代性 …… 264
　　3. "新边塞文学"的浪漫性与现代性 …… 267
　　4. "新边塞文学"的叙事模式与现代性 …… 271

第十六章　动机的善良与装置的不当
　　　　　——《中国人的素质》的正与误及其与启蒙和民族主义的关系 …… 277
　　1. 批判与赞扬：对中国及其人民的两种评价 …… 277
　　2. 装置的不当与观察的失误 …… 282
　　3. 对误读的误读及原因 …… 289

第十七章　中国与亚洲启蒙中的文学 …… 294
　　1. 文学与启蒙的关系 …… 294
　　2. 文学在启蒙中的作用 …… 299
　　3. 文学自身在启蒙中的蜕变 …… 301

下编　重读经典与历史阐释

第十八章　《阿Q正传》与辛亥革命问题的再思索 …… 307
　　1. 回到历史语境：辛亥革命性质与意义的再思考 …… 307
　　2. 回到文学语境：鲁迅小说对辛亥革命描写的再解读 …… 312

第十九章　鲁迅小说中的非对话性与失语现象 …… 319
　　1. 鲁迅小说的对话性与非对话性及其深因 …… 319

2. 两个世界的鸿沟：启蒙者与落后人民的对话中断 …… 322

　　3. 无所不在的隔膜与失语 …… 331

第二十章　鲁迅启蒙文本中的现代性言说与叙事 …… 336

　　1. "立人"与启蒙的诉求高喊与质疑 …… 336

　　2. 进化的呼唤与颠覆进化的叙事 …… 341

　　3. 现代性视野中的"中国发现"与现代性的困境 …… 344

第二十一章　启蒙主义与民族主义的诉求及其悖论
　　——以鲁迅的《故乡》为中心 …… 350

　　1. "乡村与故乡风景"中的启蒙话语与诉求 …… 350

　　2. 两个乡村世界的存在及其对启蒙话语的颠覆 …… 355

　　3. 两个乡村世界与启蒙主义和民族主义的关系 …… 358

第二十二章　鲁迅若干思想和文学话语探源与比较 …… 364

　　1. "庸众"、"看客"和"反民主"思想与苏格拉底的关系 …… 364

　　2. "豆腐西施"的由来 …… 367

　　3. "历史双向性现象"与句型的"原典" …… 369

　　4. 鲁迅与胡适的"监狱认识" …… 372

第二十三章　《子夜》的叙事倾向和文学价值的再认识 …… 376

　　1.《子夜》价值倾向的复杂性、合理性与多种阐释的合理性 …… 376

　　2. 凸现于历史与文学语境中的局限与失误 …… 382

第二十四章　茅盾的矛盾
　　——思想史视野中的茅盾小说 …… 387

　　1. 茅盾小说中的时代女性与"五四"启蒙的关系 …… 387

　　2. 茅盾小说中民族资产阶级形象描绘的独特价值 …… 391

3. 民族资产阶级形象与启蒙的历史和文学思考 …… 395

第二十五章 闻一多思想精神及其阐释的若干问题 …… 401

1. 闻一多与国家主义问题 …… 401

2. 闻一多与马克思主义及"反俄"问题 …… 406

3. 闻一多的思想发展历程问题 …… 413

4. 闻一多前后期的民主思想问题 …… 417

第二十六章 重读《荷花淀》
——民族战争环境中的节烈与传统道德的合理性问题 …… 424

第二十七章 女人是祸水？
——对虎妞形象及其与祥子关系的再思考 …… 434

第二十八章 新的小说的诞生？
——试论丁玲小说《水》与左翼文学规范的关系 …… 444

第二十九章 咖啡店里的风花雪月
——《咖啡店之一夜》与都市文化及其他 …… 462

第三十章 乱世尘缘中的超俗入圣
——许地山小说《春桃》新解 …… 473

后记 …… 481

自序

一

这几年我在中国现代文学的教学中，给研究生开设了两门主修课程：一门是"中国现当代文学现象研究"；一门是"文学史方法论与现代文学史研究"。从 20 世纪 80 年代以来，我写的一些研究论文，都着力发掘和阐述现当代文学中存在的但又为一般的现当代文学史不予关注或关注较少的现象，像东北流亡文学、中国现代流浪汉小说、20 世纪 30 年代左翼"牢狱"小说与文学、现代小说中的"志怪"与"传奇"、现代文学中的"医学"隐喻与叙事等。这些现象被学界接受并被后来的研究者借鉴与引申开来，其中，有些现象是我第一次提出或命名的，像 1989 年我在《中国现代文学研究丛刊》发表了论述中国现代流浪汉小说的论文，这个现象和命题后来被延伸和扩大为漂泊者文学。我关于中国现代小说不仅继承了中国传统的诗骚与史传传统，也继承了"志怪"与"传奇"传统的观点，也被认同和接受，我的一个博士据此写成了专著，我还为他作了序言。2003 年"非典"时期，我写了鲁迅小说中的医学隐喻的论文，后来见到也有人对此现象进行了更深入的阐述。也有些现象，如 20 世纪 30 年代左翼的"牢狱"小说，当时的批评家周立波在一篇年度评论中已经提出，但没有深入阐述，同时论述的范围比较窄，我则受他的启示，在他阐述的基础上将"牢狱"小说的内涵和边界进行更广泛的开掘与延伸。

我之所以注重对现当代文学现象的研究，其实是与对文学史的长期关注和思考分不开的。众所周知，中国现代文学的历史不是很长，但现代文学史的观念，研究和写作文学史的方法变动很大，或者说一直处于变动中。我是"文革"结束，恢复高考后上大学的，读大学期间对中国现代文学产生了兴趣。我所在大学中文系的现代文学教研室曾经有穆木天、吴伯箫、张毕来、舒群、萧军、王治之、蒋锡金、李辉英等人任教，他们是从20世纪20年代到40年代的中国现代文学历史与运动的在场者和参与者，张毕来先生还是20世纪50年代一部有影响的现代文学史《新文学史纲》的作者。但是，我们读大学时使用的各高校自己编写的中国现代文学史教材，由于时代和意识形态所限，要么疏漏了很多作家作品和文学现象，要么对作家作品和文学现象的评价存在过强的政治色彩，与我们私下阅读某些作家作品后的感觉很不一样。比如，那时使用的现代文学史教材不讲沈从文与周作人，但我们在图书馆看到了1949年以前出版的沈从文小说与周作人的散文，而且沈从文的《边城》还是初版本，读起来感觉很好；还有梁实秋，教材只是在20世纪30年代和40年代的文艺论论争中提到并一直作为批判对象，我们也是在图书馆看到了他1949年以前出版的散文集，我的一位同学因为喜欢就"黑心"地没有归还而是任凭图书馆罚款（按照书上大洋几角的标价罚款两倍）。这种行为并不高尚，只是想借此说明在那读书若渴的年代，读到那些不见经传的作家作品时的欣喜之情，也借以说明文学史教材对文学史现象取舍的失衡。在我们大学毕业前，王瑶的《中国新文学史稿》、唐弢和严家炎主编的《中国现代文学史》、刘绶松的《中国新文学史初稿》陆续出版或重版。在学校港台阅览室也能看到美国夏志清的《中国现代小说史》，香港司马长风撰写的《中国现代文学史》，台湾尹雪曼主编的《中华民国文艺史》等。通过对这些文学史著作的阅读，我看到它们不仅收录与描述的作家作品、文学现象存在很大不同，而且收录与评价的标准和文学史写作的观念与方法，更存在显著差异。这样的差异引起我们几个对现代文学深感兴趣者的思考：面对同一段历史，为什么存在如此不同的认识与评价标准？它们何者为真？或者说何者更接近历史的真实？作为客观存在的历史的"原生态"，应该怎样进入"次生态"的文学史？"次生态"的文学史与"原生态"的历史状态之间应该构筑怎样的历史与认识的联系？建构的原则、标准和方法应该怎样？一言以蔽之，到底应该如何写作文学史？

带着当时自己还不能解决的思考与困惑，大学毕业后，我走进了现代文学的研究领域。其时，这样的思考远非一两个人的，而是普遍存在于整个现代文学研究界。在思想解放、走向世界的宏阔时代氛围中，现代文学研究界在20世纪80年代后期和90年代出现了"重写文学史"的理论呼吁与倡导，在呼吁与倡导的同时，以上海和北京为代表的南北两方的学者开始新的文学史写作。并且开始悄悄地收获：南北学者陆续在小说史、诗歌史、戏剧史、散文史和现代批评史、现代和当代文学史、近现代通俗文学史等方面推出新的成果，在材料、观念、方法和结构上都各自有所创新和开拓。文学史写作的新变化不仅来自文学学科自身的求变和拓展，也来自哲学、史学和域外中国文学研究的影响和撞击。法国的年鉴学派，美国汉学家费正清、史景迁和美籍华人学者黄仁宇等人对中国历史的研究及其研究成果中体现出的观念与方法；研究中国近代和现当代文学的美籍华人夏志清、李欧梵等人的著述，都在被借鉴中促使国内学者在整体性的文学史、分殊性的专门史和将宏观寓于微观的年度史方面不断拓展，使文学史写作既热闹而又扎实地前进，出现了一批标志性成果。

这样一批在文学史观念、方法、结构与边界等方面都有所拓展的成果的出现，促使我对文学史写作的有关问题更加关注。在对文学史研究成果的阅读和思考中，一方面，感到这些成果垫高了文学史和学科研究的水平，对我个人和学界都产生了有益的启示；另一方面，也感到这些经过长期播种、耕耘收获的精神花朵和果实，也还存在不尽完满之处。当然，这也是文学史写作的永恒困境和挑战——任何文学史都难得完满，后继者总是会由于不满意而不断地提出"重写"的要求并付诸实践。因此，文学史的结构序列总是在发生变化，在相对的稳定与常态和不断变化中保持动态平衡。我自己没有参与文学史的重写，但对文学史问题的长期关注，以及看到的文学史写作的成就和不足，促使我想以自己的方式表达对文学史问题的思考，那就是，先搁置文学史写作中的那些具体的又是艰难的理论与实践问题，尽量回到历史现场和过程中去关注和剖析现象，通过对显在的或被遮蔽的文学史现象的发掘与分析，揭示现象中蕴涵的类似于规律的东西；或者说，构成文学史的某些本质性的东西，往往存在于现象的丰富性中，在丰富或复杂的现象的展示与连接中，历史的动态和过程自会呈现出来。从表面上看，这些现象的展示和分析不是结构严谨的文学史，但文学史就奠基于丰富的现象中。因此，这也可以说是对文学史重写的参与，是现象的文学史。

基于这样的考虑，我近几年的研究，才有意更多地发掘和剖析文学史中的一些独特现象，希望在现象和文学史之间，建立起一种内在的联系。

二

任何文学史写作其实都有述史模式的选择和确定问题。我们知道，历史的"原生态"是非常宏大和复杂的，任何希望还原历史"原生态"的历史写作实质都是做不到的，因为第一不可能，第二没有必要。作为"次生态"的历史著作都是后人对历史"原生态"进行选择取舍的结果，在这个意义上，意大利美学家和史学家克罗齐的话是对的：任何历史都是当代史,是每个时代的当代人对此前的历史进行选择、剪裁和加工的结果。而每个时代写作历史的人,都有自己的受到政治、经济、文化、种族、性别、意识形态等多种因素影响和建构的当代性与主体性,这种主体性及其差异自然会带来历史撰述者的述史模式的差异,从而导致"原生态"的历史在不同史学家的撰述中呈现出不同的面貌和规律。这就像量子物理学所讲的量子的波粒二象性:作为基本粒子的量子是客观存在的,但它具有波与粒子的两种性状即波粒二象性,它何时为波,何时为粒子是随机性的,同时也取决于观测者的主体性观测。观测者对波粒二象性的随机呈现具有观测时间和方法的主体性干预作用,可能在某个观测者、某段观测时间里呈现为光波,在另外的观测者和时间段里则可能呈现为粒子,测不准成为基本的现象和原理。这样,客观世界与主观世界的关系就不是固定和唯一的。量子的波粒二象性提供的世界观与方法论,与历史写作具有一定的相似性或同一性。由此,导致历史写作的第一个困境或二律背反是:"原生态"的历史是客观存在的,人们也希望知道和掌握客观存在的历史真实;但人的主观条件和认知能力又不可能穷尽和呈现全部历史,历史会在不同的历史探究者面前显露出不同的现象和面貌,人们接触和进入历史时接触、看到和掌握的只能是历史"原生态"的一部分。历史是客观存在的,但存在种种主体性的历史观察者和撰述者写作和构建的历史又是必然带有主观性和建构性,难以完全客观的;历史是宏大和整体性的,但被书写出来的历史又只能是历史的局部,难以尽呈全貌。这是历史写作中的永恒性困境和难题。

文学史作为历史之一种,其写作除了一般历史写作都面临的共同难题之外,还存在文学史特有的困惑。文学史,顾名思义,就是文学的历史。首先,历史写作尽量追求客观、理性与规律,在20世纪以前,人们一般认为在社会科学和人文科学中,历史学是最接近科学的。而文学却是追求感性、个性和差异的,是最没有成规的,越是伟大的作家作品越是具有卓异的个性，越是突破常规。其实，即便是一般认为的某个流派或属于某种创作方法的作家和诗人，彼此间的差异也是相当大的，远远超越一致性，或者只具有表面的同一性。用某个概念和范畴去描述和概括具体的作家与作品，往往捉襟见肘。其次，我们一般强调历史是发展的，人类社会就经历了从古至今的发展进化历程，历史就是对这个过程的描绘；由此而言，文学也经历了由古而今的发展过程。但是文学的发展又不像某些物质器具那样具有显著的进步与进化，比如远古的青铜器到今天的电脑，人类的生产与生活工具进步的程度极其明显。而文学，虽然从古至今的书写工具也发生极大变化，但文学的内容、体裁、文类、精神内涵和文学价值与艺术成就，并不能简单地与时代画等号。就像艺术一样，不能说今天的国画超过了古人的山水画。毕加索的那些超现实主义和后现代主义的绘画，其灵感反倒来源于远古人类刻画于山洞中的岩石壁画。也正是在这个意义上，马克思主义经典作家以古希腊的史诗和戏剧为例，说明人类某个时期，特别是人类童年时代的某些文学类型和文本，可能是人类无法企及的高峰和范本。文学史却必须描述文学的历史发展过程，这同样给文学史写作带来了困难和挑战，弄不好，就会把有演变却未必有进步的文学发展写成不断进步与进化的过程。最后，历史写作追求相对恒定与稳定，而文学却是变动不居的。因此，当代文学作为没有完成的过程，一般是不宜写史的。即便是过去的文学，作为已经凝固了的历史存在，不再变化，也会由于浩瀚的"原生态"历史中的新材料与资料的不断出现与发现，而极大地改变文学史原有的结构与秩序，甚至会颠覆固有秩序。文学史写作者的主体性也经常发生改变，如世界观、价值观、美学观、性别观、时代思潮、知识与认知结构等变化，都会导致对固有的文学与作家的等级、地位、价值和评价的变化，并同样由此给文学史结构序列带来冲击，造成迭代不休的重写文学史的要求。

上述这些因素，都造成文学史写作的困难和挑战，就像中外古今的美学研究，尽管出现众多大师和佳作，美学的诸多领域都被进行过深入的研究，但"美"的定义莫衷一是，只能得出"美是难的"的命题一样。文学史写作也存在类似的问题，尽管已经出现和不断出现各种各样的文学史，但文学史书写仍然是难的。在一定意义上，文学是不太适合写史的。不过，为了把握与了解文学的历史和过程，为了文学知识与传统的继承与生产，人类又需要从既有的资料和认知条件出发去撰写文学史。文学史就是在不可克服的困境和超越困境的努力中被不断地书写和再书写，而这不断书写和再书写的努力与过程，颇有点像古希腊的西绪弗斯神话，不断地推着巨石上山却永远到达不了山顶。

　　然而，换一个角度看，这可能也是文学史写作的动力和乐趣。世界、知识、真理、规律是不可穷尽的，人类永远不会一劳永逸地到达知识与真理的顶峰和终点——从哲学上看，不可知论不是没有一点道理的。但是，世界、知识和真理的无限性与人类生命和认知能力的有限性的矛盾，不会只导致无所事事的不可知论。相反，以有限搏无限倒是人类在二律背反困境中的永恒追求和宿命。正是这种追求和宿命，推动人类文明与文化不断发展与创新，使世界和人类发展到今天。文学史的写作也是这样。正是因为存在如此的困境和难题，才构成了挑战与挑战的动力和乐趣，促使文学史结构与秩序不断颠覆与重构，新的文学史不断出现。文学史不仅最大限度地反映了文学的历史状貌与流变过程，也反映了主体性的人类的知识生产和认识能力的变化与水平。在这个问题上，鲁迅的看法是对的，包括文学史在内的历史书写，只能写出历史的大约数，而这已经非常难能可贵了。文学史这种力求稳定、完美、全貌和揭示规律而实际上又难以达到永恒书写的困境和矛盾，以及人类力图走出与打破困境的努力，又恰恰是文学史书写的永恒诱惑和魅力。

三

近年来，中国现当代文学史书写和研究，似乎受到冷落和来自学科内外的压力。我以为，现代文学暨20世纪中国文学都已经成为过去，成为历史化、凝固化了的客观存在，因而现在可以以一种"时过境迁"的冷静、客观和科学态度来进行审视，进行经典化的筛选与处理，这是应该的也是必要的。但不能不看到，在历史化、经典化和客观化之下，人们对现代文学存在着两种态度或曰心态：一种来自现代文学学科之外，包括新儒家、某些作家和语文教育界的部分人士。他们认为"五四"以来的新文学一无是处，偏激者甚至指摘"五四"以来没有一篇好文章。另一种来自学科之内，是在对现代文学经典化和客观化的浪潮中多少存在或者隐含的心态：对现代文学作为一个承上启下的比较短暂的历史过程所能取得的成就，以及由此而来的价值认定存在着某种自我怀疑乃至"自贬"。比如总是想到和谈到在未来的中国文学史上现代文学所占的篇幅和地位问题，一种流行的、既成的观念似乎已成不易之论：现代文学的精品经典不多，很多作品只有认识价值没有审美价值；总是以古代文学和外国文学为参照标准来衡定现代文学，并且自觉不自觉地受新儒家和"国学中心论"的影响，以"经"、"圣"的观念"仰视"国学而将现代文学排除在外，甚至以隐含的类似传统文学将小说戏曲看成难登大雅之堂的下品俗品的观念和心态对待现代文学。由此出发，现代文学研究界出现了某种"中年心态"，一种类似钱玄同等人在"五四"前后所发生的心态、学术兴趣和文化人格的变化。这种"自贬"心态有时与学科外的越来越严重的对现代文学的"他贬"贯通在一起，形成了对现代文学研究的"窄化"以及程度不同的学术偏见，造成了一定的学术语境压力。

这种"自贬"心态和"窄化"倾向，直接影响着对新文学的价值认定，从而影响到对现代文学的研究和文学史的编写。我认为，在21

世纪的今天谈现代文学史的编写，首先应当去掉"自贬"心态和排除"他贬"的干扰，既不自傲也不妄自菲薄，面对全部的历史资料，以实事求是、科学的态度对现代文学进行价值认定和界定，进而在此基础上进行现代文学的学术化研究和文学史编写。因为说到底，文学史观念和研究以及文学史的编写方法、体例、内容等，都离不开对文学史的价值界定。如果认为研究的对象毫无价值，那何必去研究？所以排除"自贬"心态和"他贬"倾向的干扰，对确立科学的现代文学的价值观和由此而来的文学史研究与编撰，都是十分必要的。

充分认识和肯定现代文学的贡献和相应的成就，是我们对现代文学的价值认定的出发点和基本前提。我们应该既理直气壮又实事求是地对现代文学进行文化价值、艺术诗学价值和审美价值的研究，并编撰出相应的文学史。所谓文化的或文化价值论的文学史，是从中国现代文学所具有和体现出的文化形态、文化功能和文化价值的角度，对现代文学进行研究和阐述。"五四"新文学和新文化所提出、表现和高扬的科学民主、文明进步、人权人道、生命尊重等，在中国文化史上是独树一帜的，是传统文化所没有并且不会自发出现的。它们是一套全新的文化概念、文化体系和范畴，在整个中国文化史上具有独特的价值和巨大的意义。它们的出现，不仅划分了中国文化史的截然不同的历史阶段，丰富了中国文化史的内容，而且开辟了中国文化的新资源，形成了新的文化和"国学"传统，成为中国文化最有活力和生气的部分，是推动现代中国文化和历史发展的文化动力和本质规律。从这种文化价值论的角度进行研究，就会对中国现代文学的概念、命题和内容作出新的发现与阐述。

所谓的艺术诗学与审美价值论的文学史，也是出于排除了"自贬"心态后的价值认定，即现代文学史不仅只有认识价值，也有诗学和美学价值。鲁迅的小说，徐志摩、艾青的诗歌，曹禺的戏剧，老舍、沈从文、张爱玲等人的小说，未必就不如古代文学作品。现代文学不只是语言形式发生了彻底的革命性变革，更重要的是在一个与古代迥然不同的变化了的世界上，在新的世界观、时空观、价值观的引导下，现代作家具有了新的对世界的感知把握方式和艺术表达方式，因而，现代文学产生并形成了新的诗学美学原则。这些原则对西方的、古代的文学有所继承，但更有所创新。有形成、发展、流变、成熟的过程，这同样具有价值。我们过去的文学史的研究和编写，很多是以教材的方式和面目出现的，教材的内在规定使文学史编写既注重创新性又注重稳定性，因而基本上是由思想主题和艺术特征两大部分组成，这几乎成为现代文学史的基本结构模式。近年来的现代文学史编写于此方面有很大创新，但总体上还没有完全突破两大板块模式。如何将内容主题与诗学美学真正统一起来，写出诗学价值和美学价值论的现代文学史，是现代文学研究界面临的一个重要挑战。如现代文学的总体美学风格，过去认为是"悲凉"，现在的研究则认为还有喜剧风格。此外，如政治、战争与民间文化对现代文学诗学原则的影响；社会结构上的农村与城市、京一海模式对现代文学的结构与诗学美学模式的影响；解放区文学的悲剧正剧化、浪漫传奇化等等，都需要认真加以研究并体现在文学史的编写中。

此外，现代文学史的编写还有两个结构层次的问题。一是空间结构和范围边界。这个空间结构又包含两个方面：（1）文体方面，包括诗歌、小说、散文、戏剧和现在提出的电影、戏曲和现代作家写的古体诗；（2）总体文学分类，如以"五四"启蒙文学、左翼文学、抗战文学、解放区文学为代表的主流文学，及非主流的通俗文学、民间文学、民族文学、地域性的沦陷区文学和港台文学。但现在对这些有不同的认识和争论。二是文学史的内结构与外结构。所谓内结构是指作家作品的价值取舍和序列排定，现在的文学史编写大致有三种倾向：（1）注重过程，消解"大家"；（2）注重"大家"，淡化过程；（3）"大家"辐射和带动过程。前两种现在成为文学史编写的主要方式，而第三种则被忽略。所谓外结构是指政治、文化和文艺思潮。它们与以作家作品为中心的文本和诗学美学规律的形成，并不是并列关系，而是与文本和诗学组成的内结构有内在关联。如革命文学的"黑暗"与"光明"二元并置结构模式和浪漫与传奇、感伤与粗暴的诗学构成和美学风格，即与当时的政治和文艺思潮的影响与预设具有密切联系。而政治、社会和文化文学思潮如何进入和影响文学文本的机制与规律，是文学史编写中还需要认真解决的问题。

四

现当代文学现象研究确实与文学史观念和方法存在内在联系。同时，文学现象研究中离不开对现当代文学经典作品的重新解读。这种重读，也与文学史重构和书写的思路存在密切联系。

经典性作家与作品是构成文学现象的重要组成部分。在林林总总的文学史书写中，有一种就是以作家作品为经纬和骨架的，可称之为以作家作品为中心的文学史。其实，任何种类的文学史，若没有作家作品，就不能称其为文学史。因此，在所有的文学史中，谈文学现象与规律都离不开作家作品，谈文学史观念与结构都离不开作家作品的支撑。对作家作品的地位与价值的认识和评价的变化，都必然会引起文学史结构与序列的变化。

就中国现当代文学、特别是对现代文学而言，某些作家与作品已经成为经典，尽管对此有不同的看法。热衷于国学的人往往以一种似乎是自明的学科等级观念和先天优越性，认为古代文学有经典且经典甚多，贬低现代文学没有、也不可能有经典。这种学科优越和等级观念其实古已有之。即便是被认为经典的古代文学中的小说和戏曲，其实在过去也是不被承认的、难登大雅之堂的俗品。但现在，谁还否认古代小说和戏曲的伟大成就与价值？就现代文学而言，难道鲁迅的小说真就不如《诗经》里的一首诗歌或一篇普通的汉赋？难道就不能成为"国学"长河里的经典？这种厚古薄今的偏见其实不仅远离了真理，也远离了常识，不必太认真计较。还有一种来自现当代文学学科之内的认识，由于其知识与认识即主体性的变化，对经典的看法也在发生变化。当然，这种经典认识变化是正常的，经典本来就没有永恒不变和定于一尊的标准。但无论如何，现当代文学的某些作品已经成为经典，确是不易之论。

对现代文学经典的重新认识和解读，早在20世纪90年代就已经开始。当时，曾经出现比较轰动的对现代文学大师重新排座次的学术行为。其实这种行为就是与对经典认识的变化和文学史观念的变化紧密相连的。在轰动及轰动引起争论前后，现代文学界其实就已经开始了与重写文学史相呼应的对经典的悄悄重读。自那时迄今，南北各地学者都有很多扎实的重读之作。我自己也是在这种时代氛围和思潮中，结合自己的文学史思考，开始了对某些经典的重读与分析。重读的目的，是与对文学史问题的思考分不开的。因为经典作品是构成文学史的基石，一部经典作品发表以后，就伴随着不断的阅读与重读。在这种不断的阅读与接受过程中，它的经典性也在不断地确立或被否定：一些作品被认为或确立为经典而走进文学史；一些作品则被排除于经典和文学史之外。但这种确立和排除也不是恒定不变的。在一定时期，某个或某些作品被确认为经典而出现于文学史，到另外的时期，随着接受和阅读主体的变化，其经典性或受到质疑或被"证伪"而被剔除于文学史，或者经典性下降，因而其在文学史中的价值和地位也随之下降。反之，也有某些作品在当时不被认为是经典，从而不被文学史重视，但随着时间推移和阅读与接受主体的不断重读，其经典性被重新发现与确立，其文学史地位和价值亦随之重新确立，如唐代诗人杜甫，其"诗史"的经典价值和地位是在几百年后的宋代被确立的。所以，经典作品的价值在不断阅读中被发现肯定或者被否定，是文学史或文学发展史中的正常现象，并由此改变文学史的结构与秩序。现当代文学的历史虽然不是很长，但也有类似的情形。像如前所述，20世纪50年代到80年代的现代文学史，张爱玲、沈从文和周作人等作家的经典性是被遮蔽和压抑了，那时的文学史建构及秩序与现在是大为不同的。而那时的文学史中的某些经典，现在则在重读中遭到质疑，并由质疑而导致文学史地位和价值的降低。当然，这些重读和质疑可能正确，也可能是新的误读。文学史就是在对经典的不断阅读、重读和误读中而不断建构起来的。

在这样的认识下，我在对现代文学史的研究中，也注意将经典阅读和文学现象的分析加以融合，提出了若干新问题。像1989年发表的论述中国现代流浪汉小说的论文，《中国现代文学研究丛刊》编者在《编后记》中对这样的选题价值和意义予以肯定。2007年发表的关于重新思考辛亥革命与鲁迅《阿Q正传》关系的论文，《文学评论》在《编后记》中也认为类似问题具有重新解读与思考的必要性。从1989年到2007年，在这近20年的时间里，我写了数十篇总体属于重读的研究论文，如对茅盾《子夜》、孙犁《荷花淀》、丁玲《水》、萧军《八月的乡村》、端木蕻良《遥远的风沙》、老舍《骆驼祥子》等文学史上已有定论的经典性作品，都按照新的理解进行了解读。这些重读的论文大都引起了比较认同的关注，当然也有的引起了争论，我觉得这都是正常的。但个别的反驳有些过于政治化或我觉得离谱，就采取沉默的态度，以淡化其事，以待历史和时间的公论。有些文学现象的提出、命名和解读，如现代小说的"志怪"与"传奇"、"牢狱"小说、流浪汉小说等，学界的反应是良好的，至于它们后来被别人引申、引用或由此生发扩大，说明它们得到了广泛的认可。能够在学术研究上提出些新东西，能够给别人带来启示，我感到欣慰。倒不是自夸自己开创有功或但开风气不为师，而是觉得能够对学术研究有所推进和贡献，能够对他人有所助益，大概正是学术研究之价值所在。

上编

现当代文学现象阐释与总体观照

第一章

论中国现代文学中的质疑现代性主题与叙事

中国现代文学是在近现代中国被迫而又急切追求现代化的历史文化语境中诞生和发展的文学。受历史和文化语境的制约,"追求现代性"成为中国现代文学主导的价值取向和发展潮流。然而,历史的发展往往并不是单线和简单因果式的。应该看到,在追求现代化的主导性文化语境中,近现代中国还出现和存在着与此对立的"反现代化"的文化思潮。从清末民初的辜鸿铭、第一次世界大战之后的梁启超,直到20世纪20年代和30年代的梁漱溟、章士钊、杜亚泉和"学衡派"等文化保守主义团体,都从不同的立场出发,对"西化"、"西学"及在它们影响下出现的中国的从物质文化到精神文化的各种现代性追求,提出了质疑、批评和反对,并以文化民粹主义或文化民族主义的态度强调传统中国文化的价值意义,形成了贯穿整个现代中国历史进程的质疑现代性社会文化思潮。受这种社会文化思潮的影响与制约,中国现代文学中也出现和存在着一种"质疑现代性"主题和叙事。而这种"质疑现代性",按照中外学者的看法,属于那种对以科学技术、工业文明、进步进化为表征的"社会现代性"进行质疑和批判的"美学现代性"。[1] 在西方,这种美学现代性集中表现于现代主义文学艺术中。

---

[1] 〔美〕费正清:《剑桥中华民国史》第1部,上海人民出版社1991年版,第538页。

在中国，则由于传统、文化、现实和外来影响的多样性，这种社会现代性的"美学现代性"在现实主义、浪漫主义和现代主义文学中都有所体现，只是程度、内容和着眼点不尽相同。"追求现代性"和"质疑现代性"成为中国现代文学中互相对立又互为补充的"张力"系统，共同促动着中国现代文学的发展流变，丰富着中国现代文学的精神内容。

1. 乡村社会和文明的美化与乐园世界的构建

中国几千年来基本上是一个农业国家，中国文明本质上是一种农业文明。因而，关心乡村农事，描绘乡居田园，咏叹民生苦乐，就成为中国古代文人士子和古代文学中的传统之一，乡村田园文学成为古代文学中的重要内容和文类。中国现代文学也大抵如此。从新文学诞生时期开始，表现农村和农民生活的"乡土文学"，就成为中国现代文学的重要组成部分。这是因为，中国现代作家很多来自农村，可以说是"地之子"与"农之子"，有强烈的乡村情结。所以当他们落笔创作的时候，农村和农村生活自然首先进入他们的视野，成为首选的"题材"。不过，现代作家面对的，已不是古代文人所面对的那个在社会结构上相对统一的农村，而是沿海一些工商业发达的现代的洋场都市和广大的内地乡村对峙并存的结构板块。因此，对现代性持有不同立场和价值态度的现代作家，在面对"现代文明"撞击下的乡村中国时，自然也就具有了不同的立场和态度，进而使他们在观照和描绘乡村时，出现了价值取向和美学风格迥然不同的两种乡村文学。

第一种是与中国追求现代性的社会文化思潮相应和的，即从"五四"到20世纪40年代追求思想启蒙、国民性改造和现代文明的作家，他们以"现代性"目光来衡看中国的乡村、传统与社会，构制乡村文学的主题和叙事。在这样的文学主题和叙事中，有一个很鲜明的特征：那些与作者相似的出身于乡村而生活于都市，具有现代意识的知识者，往往作为直接的或隐形的叙事者出现或"登场"。当这样的叙事者直接或间接地从文明的都市和外部世界，进入或回到他们曾生活过的故乡农村时（如鲁迅小说《故乡》），当他们以自己拥有的并公认为先进的现代意识、现代文明为视角和目光，居高临下地、满怀悲悯地去俯瞰农村故乡时，他们立即看到了乡村中国的双重不幸与落后：在现实的层面上，"故乡"是"苍黄的天底下，远近横着几个萧索的荒村"的"荒村"（鲁迅《故乡》）景象，荒凉、凋零、衰败，是闭塞落后的果园城（师陀《果园城记》）；在精神文化的层次上，乡村社会——即所谓礼俗社会（Gemeinschaft），没有任何美善、恭良、温情、道德和人性，而是充斥着麻木迷信和残酷不合理的民风习俗，并由它们制造着一幕幕人生悲剧。从20世纪20年代鲁迅为代表的写实派乡土小说到20世纪40年代萧红的《呼兰河传》，不断地出现这样的叙事。礼俗乡民社会受自然意志所支配而可能产生的安宁平和、风俗淳朴、充满人情、讲究伦理等一切美善之处，在现代性知识者和叙述者的目光中全都被"遮蔽"和"不见"，而"所见"则全都是无价值的阴暗凄凉现象和衰落溃败的存在。不仅如此，在乡土写实文学中，作为"能指"的"故乡"具有多重"所指"。它既指现实具体的农村家园，也在深层和隐喻中与"故国"、国家相连。因此，大多数乡土写实文学作家和他们文本中的那个外来的现代性叙述者，在"看"故土乡村时的目光、方位和态度，实际上也就是看中国、看传统、看本土文化时的目光、方位与态度。在这样的"现代文明"、现代性目光中，乡村与中国、与中国传统和文化一样，自然呈现出同样的视景与色调：落后、破旧、衰朽和无价值，是需要以来自外部世界的现代文明加以填充、改造和激活的所在。

第二种则与质疑现代性的文化保守主义的思潮相应和，表现出与"五四"后的"启蒙现代性"话语及其影响下的乡土文学迥然不同的文化价值态度和文学审美情趣。现代中国质疑现代性的文化保守主义思潮有两个重要内容：一是强调并坚守中国传统文化的价值性、特殊性和永恒性，否认其面临着价值意义的失落和危机，二是强调社会结构、国家结构和文明结构中，乡村中国、农业中国和农业文明的本体性、特殊性和永恒性，否认对其落后的指认和改变改造的必要性。受文化保守主义的精神思潮和中国传统的田园乡村文学的浸润与影响，现代中国的另外一些作家，在对乡村、乡村文明观照与描绘时，或者以较单纯的静观的态度写"田园美"与"田家乐"，或者表现出一种认识上的和美学上的"向后看"倾向，着意对乡村世界、乡村乐园世界进行美化性回视、价值性发现和"乌托邦"构建，从而产生了一种与乡土写实派、社会改造派的乡村文学判然有别的乡土抒情浪漫文学。

从"五四"到20世纪30年代的文学史上，可以时常看到这样一些写纯朴乡间和"田家乐"的作品，如刘半农的《一个小农家的暮》、戴望舒的《村姑》、饶孟侃的《螺蛳谷》等。其中的代表性作家是废名和沈从文。废名说他是以"唐人写绝句"的手法、以古代陶潜和李商隐写诗的心情来写那些乡村小说的[1]。沈从文在谈到自己的那些以湘西为题材的小说时，也强调自己"只想造希腊小庙。选山地作基础，用坚硬石头堆砌它。……这神庙供奉的是'人性'"[2]，"一种优美、健康、自然"[3]的人性。以古人式的心情和唐人绝句式的手法写出的农村，自然就充满了牧歌情调和乐园色彩，是现代的"古代乡村"、"桃花源乡村"，废名的《菱荡》、《桥》等小说中将笔下的乡村命名为"陶家庄"或"史家庄"，可以说就包含了这样的意蕴。而以"造希腊小庙"、造"神庙"的强烈主观追求和精神原则描绘和构建出的乡村边城，同样也必然是一个乐园世界和乌托邦世界。

---

[1]《废名小说选·序言》，冯建男主编：《冯文炳选集》，人民文学出版社1985年版，第393页。
[2]《从文小说习作选·代序》，凌宇主编：《沈从文文集》第11卷，广州花城出版社1984年版，第41页。
[3] 同上。

这样的乡村社会和乐园世界，其自然环境当然是极其静美祥和、充满生机的，到处是"水"与"绿"，清水绿竹或绿叶红花构成了乡村的自然景观和生命意象；它的社会环境同样温馨美好：人心人性善良自然，民风习俗淳朴忠厚，充满古风古德，是前现代的、东方的、传统的礼俗社会和道德社会的典型标本。废名和沈从文从他们质疑现代性的文化立场与美学态度出发，对这乌托邦化的乡村边地社会的文明道德、人心人性、民风习俗作了多方面的"彩描"：长幼有慈有孝，邻居和睦宽厚，男女有情有爱，贫富谦和无欺，丝毫不见上下尊卑的差别，更不见"五四"以后的中国文学中不断凸现和强化"阶级"、"阶级压迫与对立"的现代性叙事。

其实，如果按诸实际，在现代中国，尽管由于政治经济发展的不平衡，不排除在某些地方，特别是远离沿海和都市的内地农村和偏远山乡，还存在着保留原始氏族的或宗法制度遗风的"礼俗"社会环境以及这环境中保存的所谓"好风俗"。但是，在近代以来中国不断遭到外来的军事和经济侵略、逐渐沦为半殖民地半封建社会的情形下，中国的广大内地和农村也处于不断的动荡和裂变之中，整体环境是从"乐园"不断地跌落为"失乐园"。因此，秀美如画的自然山水、淳朴"古道"的民俗风习和日常生活共同构成的这种"唐人绝句"式的、"希腊小庙"式的乡村乐园世界，更多的是一种想象和虚拟。即便是废名和沈从文笔下的宗法制的、或者是原始氏族遗风与宗法制交织的传统型礼俗社会，它的习俗民风除了美善淳朴之外，也定然存在着非善美之处。如废名《浣衣母》中守寡独居的李妈过去是众人信赖的"公共母亲"，一旦她对门前卖茶的男子情有所系，便惹来一阵风波，遭到非议和冷落，显示出宗法社会非人性的落后残酷的一面。沈从文的《柏子》、《萧萧》、《一个女人》、《丈夫》等作品中，也写到了娼妓现象、童养媳制度和对偷情妇女"沉潭"习俗。这些东西在20世纪20年代以来"鲁迅风"的乡土文学和作家那里，是被极力予以批判性揭示和描绘的。但在废名和沈从文笔下，它们则或者被看成并不破坏和影响乡村乐园世界整体和谐妙善的一点"微疵"，是乡村牧歌的一点小小的走调而被轻描淡写，或者被描写和处理成"表"恶而实善、始恶而果善，甚或径直将其作为合乎人性道德的美善而加以称道，认为同样是乡村乐园世界的组成部分，那些残酷的、非人性的、应当存在阶级对立与压迫的一面，则被遮蔽和"不见"。

这样的对乡村世界的"所见"和"不见"，这样的乡村乐园世界的发现和构建，与他们的文化立场、价值观念和美学态度息息相关，即他们认为这样的乡村世界才是真善美的所在，是保全和发扬自然、健康人性以及中国传统与文化价值的理想国和伊甸园，充满了永恒的价值，具有巨大的优越性和精神魅力。所以，任何对它的冲击破坏自然都是历史的罪孽，都是对人性和真善美的毁灭，应当受到谴责与诅咒。用沈从文评论废名小说的话来说，就是"作品中所写及的一切，将成为不应当忘去而已经忘去的中国典型生活的作品"[1]。所以在废名和沈从文的部分作品中，对毁灭"好风俗"的官吏官府、大都会文明等"现代"的东西，或者进行含蓄而不乏愤懑的质疑与否定，或者进行直接而激烈的反对与批判，表达了他们在历史理性与道德理性的冲突中的毫不掩饰的道德化立场以及质疑现代性的价值取向与美学取向。

2. 对都市及其文明的文学化批判

一般而言，现代都市的形成与发展即所谓"都市化"、"城市化"，是一个社会、一种文明从传统向现代转向过程中必然出现的社会现象；是工业、科技、教育、知识、信息、商业文明的载体，并代表了人类文明发展的新阶段和新成果；是现代化和"现代性"的

---

[1] 沈从文：《论冯文炳》，《沈从文文集》第11卷，第100页。

一个重要衡量基准和标志。由于中国传统上是一个农业国家,上海这样的现代大都市的出现只是近代的事情,可以说对现代都市的恐惧与反感是"根"在农村的大多数中国人的较普遍心态,也是现代作家的较普遍心态,这成为中国质疑现代性文学的重要精神资源。现代中国文学对都市、对现代文明的态度、想象和叙事,正如对乡村的想象和叙事一样,也存在着两种倾向:一种是赞赏与歌颂,一种是否定与批判。

　　早在"五四"时期的文学中,虽然受"科学"与"民主"的时代语境的影响,追求现代性成为主导性的文学话语,但在这种主流话语的边缘和背后,也存在着对现代性、对都市及其文明的怀疑、困惑和愤懑之情。这当中有几种情况:一种是由生存困境而产生的对都市和都市文明的感性化批判,如郭沫若的诗歌一方面称赞工业文明,将工厂的烟囱誉为"20世纪的黑牡丹",另一方面,又对上海这样的大都市表达强烈的愤慨与诅咒。郁达夫、王以仁的小说也表达了在现代与传统交错的时代夹缝中,进退失据的落魄知识分子在个体生存的巨大压力和困境中,对金钱为代表的商业文明和都市环境的笼统而又激烈的指斥与反感;另一种是在对乡村中国、乡民命运的描写和同情中,对冲击传统乡村经济和秩序、瓦解农民祖传的谋生手段并把他们投入命运苦海的、以洋布洋货为代表的"经济强盗"和糜烂都市,表达了质疑与反感。被称为"新元白诗"的刘半农和刘大白的"悯农诗",以及部分文学研究会风格的人生派小说,就表达了这样的思想与情绪。这些作品是传统和自然经济条件下农民情绪的代表者,或者说,代表了民间的质疑现代性思潮。这种民间质疑现代性思潮在民间和新文学作品中始终存在,并且有很大的势力和市场,如在20世纪30年代茅盾的小说《春蚕》中,还有对农民老通宝憎恨冲进和冲击乡村河道的小火轮,憎恨一切带"洋"字的东西的生动描写。就连端木蕻良的抗日小说《大地的海》中也顺笔写到了老一代农民艾老爹对城市的反感与莫名的恐惧。此外,"五四"文学中还存在着都市的金钱和商业文明对市民阶层的现实生存与精神侵蚀的描写,从而对都市文明表达了质疑与批判的意向。

如果说"五四"文学,特别是"五四"初期的文学中的都市形象还比较笼统模糊,对都市文明的批判还过于宽泛表面的话,那么,从20世纪20年代中后期开始,随着新文学的发展与变化,现代文学中的都市描写和都市形象越来越多、越来越清晰,"都市文学"已然成为一种鲜明的存在,左翼作家、自由主义作家、现代派作家都以自己的审美价值取向构筑自己的都市叙事和文学。这其中,一些具有明确的质疑现代性追求的作家,以及虽然没有公然张扬质疑现代性立场但却隐含着这样的价值倾向的作家,便将批判、否定的矛头指向都市,构筑了他们以"黑暗王国"、"魔窟世界"和"人间地狱"为基本形象和主题的"都市叙事",成为质疑现代性文学中的独特表达和风景。

揭示都市及其"文明"对人性人心的扭曲、"异化"与毁灭,是这类都市文学的基本主题之一。王鲁彦小说《李妈》中的原本憨厚朴实的农村妇女,终被都市改造成学会偷懒、揩油、耍泼的"老上海"、"老油条"。曹禺《日出》中的陈白露,也是在离开当初的质朴的生活和理想来到都市后才一步步堕落与毁灭的,她已经离不开都市,走不出纸醉金迷的堕落泥潭,只能腐烂在这里。老舍的《骆驼祥子》同样典型地叙述和揭示了都市魔窟对质朴农民的吞噬、对美好人性的毁灭。质朴、健壮、要强的年轻农民祥子,就是在都市里一步步由好到坏,由善到恶,不断走向堕落与毁灭的,当祥子离开农村来到都市谋生的时候,他的生活和命运就被先在地决定了:妖魔化的都市必定要吞噬他的品德、心灵和肉体。因为祥子式的乡民与都市在本质上根本对立,截然两途,想在都市保有乡村和乡民的本质根本不可能。城市在这里具有重要的"魔窟"隐喻意义,它本身就是一个充满着欲望和"妖魔鬼怪"（虎妞和夏太太、刘四爷和孙侦探都是吸人血的妖魔化存在）的恶的形象，在现实描写与象征隐喻中，小说表达了它的社会批判和城市批判的双重主题。

更集中地从人性与道德的角度进行"都市批判"的作家，是沈从文。沈从文的小说，在构筑了一个如诗如梦的边地"湘西世界"的同时，也构筑了一个都市世界。然而，与希腊小庙一样的自然、优美、健康的"湘西世界"相比，沈从文笔下的都市世界却是一个黑暗、堕落、龌龊的渊薮。为了说明与表现这一点，沈从文把视点与笔墨集中放到了都市的所谓精英阶层——知识分子和绅士构成的上流社会。大致说来，沈从文从人性与道德的层面对所谓都市文明的载体——上流社会和阶级进行的"批判叙事"，主要表现在三个方面。首先，是在关乎个人情感与生活的"私德"与伦理领域——尤其是情爱领域，知识分子和绅士阶级表现出普遍的"缺德"的心态与状态。如他在《绅士的太太》中，作者开篇写道的："我不是写几个可以用你们石头打他的妇人，我是为你们高等人造一面镜子。"这面镜子映照出的都市"高等人"的情爱，是肉欲、乱伦、撒谎、滥情，是兽性而没有一点自然人性。其次，在超乎性爱、关乎正义价值的社会"公德"领域，沈从文也揭示了都市知识分子、上流阶级的"失德"与"无德"状态。小说《道德与智慧》围绕一场火灾中大学教授和下层士兵与仆人的不同行为和态度，集中地表达了这样的叙事。最后，由对都市上流阶级和知识分子在"私德"与"公德"领域中的"缺德"和"失德"的揭露与批判出发，沈从文更进一步，对造成都市上流绅士阶级"缺德"、"失德"形态行为的根本原因——都市文明——进行了批判与否定，表达出鲜明的"反智主义"倾向。

与上述作家和作品中表达的"都市批判"主题相比，20世纪30年代"新感觉派"文学对都市的描绘和态度，则呈现出一种矛盾性和特殊性。新感觉派是现代中国文学中具有现代主义倾向的小说流派，也是一个出现和依托于大上海的地道的都市文学派别。西方的现代主义文学诞生于西方资本主义现代化历史过程中,但却对文明、理性和世俗的资本主义现代性持激烈彻底的否定态度,是一种与一般的社会历史进程中的现代性坚决对立的"美学现代性"。而中国20世纪30年代的新感觉派文学,虽然也是中国社会现代化、都市化进程中的产物,但它们对"现代"与"都市"的价值态度却是矛盾的。一方面,新感觉派作家是大上海这样的都市生活和环境的享受者与欣赏者,他们从五光十色、令人眼花缭乱的都市生活、都市价值中吸取文学的灵感与资源,进而构筑他们的包含着世俗色彩和流行文化价值的都市文学世界;另一方面,他们又对都市生活、文明和价值抱有一定的反感和批判情绪。在刘呐鸥、穆时英等人的小说中,殖民化的大都市上海,既摩登和繁华,又是充满着欲望、萎靡、无耻和死亡气息的光怪陆离的怪兽。底层的穷人自然是都市野兽最可怜无告的牺牲者。中上流社会的医生、舞女、交际花、金子大王同样在都市欲海中或神魂颠倒,或苦苦挣扎,或变态失常,或穷途末路,绮靡华丽中被都市的各种欲望折磨得个个失去了自我,找不到真正的幸福。他们同样是身在都市而找不到"家园"的都市浪子、漂泊者和浮游者,注定了在都市中不会有、不配有更好的命运。"上海,造在地狱上的天堂",这是穆时英小说《上海的狐步舞》中多次出现的对大上海的描写和定论。将殖民地化的城市视为"天堂"也看作地狱,这清楚和典型地表现了新感觉派文学对都市既喜欢又厌恶、既欣赏又批判的矛盾态度。而他们的这种对都市声色烦乱生活的欣赏与反感兼备的态度与叙事,反映出中国现代都市文学、现代主义文学的内在复杂性。

3. 文明对比中的逃离与回归

中国古代以老庄为代表的道家思想中,"道法自然"和"绝圣弃智"——即抛弃奇技淫巧,远离文明,舍弃知识,归于自然和洪荒,是其中的重要命题之一。晋代作家陶渊明,在对"尘世"(官场)与"自然"(田园)的对比中,对两者的价值作了高下有别的界定,毅然背弃尘世官场,回归田园与自然,做出了自己的人生价值选择,并为人们寻找和虚构了一个舒展人性、造化幸福的终极家园——桃花源。与此相似,18世纪法国启蒙思想家卢梭,在西欧资本主义现代化历史进程方兴未艾之际,也在他的文章中对原始古代社会和文明社会作了对比,提出了建立在现代文明批判基础上的著名的"返回自然"的口号。可以说,19世纪欧洲的浪漫主义文学和20世纪西方的现代主义文学,都与卢梭思想存在一定的精神联系。

上述的中外思想家、文学家的反文明或反现代思想,作为一种重要的精神资源,也明显地影响了一些中国现代作家的"文明思考"和批判激情。同时,中国在半殖民地半封建条件下被迫而又艰难曲折地进行的现代化追求所导致的社会结构的转型过渡,以及这转型所必然导致的种种不正常的或畸形的社会现象,又不可避免地引起了一些作家的反思与反感。因此,这些现代作家便从他们对文明价值判断的态度与立场出发,对不同的文明与文化做出了不同的情感选择、审美评判和价值对比,进而在作品叙事中表达了对不同的人生形态、文明形态或逃离与背弃、或重返与回归的主题。

首先,是将古代文明与现代文明进行价值对比,表达对现代社会和文明的批判背弃和对过去与往古的眷恋与回归的诉求。早在"五四"时期的浪漫主义作家中,在他们积极表现狂飙突进的时代精神、讴歌现代文明的力量与壮美的同时,浪漫主义的价值追求和美学追求本身具有的品质,又使他们时时眷顾自然与远古,表达对原始洪荒的远古时代的依恋与回归之情。特别是当"五四"由高潮转为低潮,那些如夏日晴空的美丽梦想接连撞碎在黑暗现实的时候,浪漫主义的追求往往由积极变为消极。于是,一些浪漫主义作家诗人从对现实和现代文明的击节叹赏转为失望厌倦,从热烈拥抱中抽身而退。当此之际,最能抚慰心灵创伤的,莫过于自然与远古。因而,表达对自然星空和洪荒远古的亲和与眷恋、向往与回归之情,就成为"五四"浪漫主义文学的题中应有之义。创造社浪漫主义文学的代表性作家郭沫若,在"五四"高潮时期曾经对青春、创造和现代文明顶礼膜拜,发出过"粗暴"而雄壮的时代最强音;在"五四"落潮期,却感到自己成了"一只带了箭的雁鹅","一个受了伤的勇士"。"《女神时代》那种火山爆发式的内发情感是没有了",在"潮退后的一些微波,或甚至是死寂"[1]状态中,这个受伤的勇士此时仰望星空,追怀古代,幻想"天上的街市",写下了《星空》诗集和《孤竹君之二子》等追怀和仰慕"清静无为的太古"的作品。《星空》一反他在《女神》诗集中"文明的歌者"的主调,在寄情宇宙太空的背后表达的是对人类创造的文明的怀疑;《孤竹君之二子》中则歌颂"原人的纯洁,原人的真诚",伯夷逃离孤竹来到荒无人烟的地方,一种幸福感充斥身心:"我好像置身在唐虞时代以前,在那时代的自由纯洁的原人,都好像从岩边天际笑迎而来和我对语。"新月社诗人徐志摩,本是个留学欧美、思想和生活均很"摩登"的具有唯美倾向的诗人,却在多篇文章中对都市中知识分子与农民、对现代文明与古代文明作了不同的价值对比选择,指责"现在一切都为物质所支配,眼里所见的是飞艇、汽车、电影、无线电、密密的电线和成排的烟囱,令人头晕目眩……人的精神生活差不多被这样繁忙的生活逐走了"[2]。"所以现代社会的状况,与生命自然的乐趣,是根本不能相容的"[3],"什么是文明:只是腐败了的野兽!……文明只是个荒谬的状况,文明人只是个凄惨的现象……什么是现代的文明,

---

[1] 郭沫若:《序我的诗》,《沫若文集》第13卷,人民文学出版社1961年版,第121页。
[2] 徐志摩:《未来派的诗》,《徐志摩散文全编》,浙江文艺出版社1991年版,第461页。
[3] 徐志摩:《罗素又来说话了》,《徐志摩散文全编》,第429页。

只是一个淫的现象"[1]，现代社会和现代文明既然如此无价值、如此令人衰弱、痛苦和反感，那么，只有回归自然、野性与太古，才是疗救和恢复人心人性、臻于幸福的当然选择。"需要改良、教育与救渡的是我们过分文明的文明人，不是他们。需要急救，也需要根本调理的是我们的文明，20世纪的文明，不是洪荒太古的风俗。"[2]曹禺在话剧《北京人》中，对具有浓厚封建色彩的、"棺材"一样的曾氏家族及其所代表的过于烂熟的老中国文明，和暴发的、粗野的、具有现代的和资本主义气息的忙着"抢棺材"的杜氏家族，都进行了具象的批判与否定，揭示了这两大家族群落以及它们代表的文明群落，都是使人性和生命退化、弱化、异化的恶魔，注定了要走向衰落与灭亡，只不过衰落与灭亡的时间有先后不同而已。作为对比，曹禺在剧作中安置了第三种文明和家族群落，那就是人类学家袁任敢父女，以及他们所崇敬的"北京猿人"，并通过袁任敢的口对那远古时期的北京猿人作了赞美，这个"熊腰虎背，大半裸身，两眼炯炯发光"，具有"充沛丰满的生命"和"野得可怕的力量"的北京猿人，作为重要的背景和形象始终或隐或现地出现在作品中，对比性地衬托和说明着现代的、文明的北京人生命性格的退化与可怜，呼唤并希望"文明"的北京人向野性的北京猿人"进化"与回归。

其次，与这种对现代的批判和崇尚洪荒远古相对应的，当然就是对自然、野性和野蛮的提倡和回归倾向。或者说，在对现代文明的批判和对洪荒远古崇尚的内里，积淀和蕴涵的是自然与野性的崇尚。上述的徐志摩与曹禺的作品中，他们所一再赞颂的"洪荒远古的风俗"和"四十万年前的北京人"，其实就是一种不受现代文明拘束和羁绊的生命野性与雄强力量的象征，他们所呼吁和希望的，就是逃离现代文明的束缚羁绊而回归自然野性，回归生命本体。如果说，徐志摩和曹

---

[1] 徐志摩：《我过的端阳节》，《徐志摩散文全编》，第242—244页。
[2] 徐志摩：《青年运动》，《徐志摩全集》第3卷，广西民族出版社1991年版，第23页。

禹的作品在对现代文明的批判和对远古洪荒的崇尚中虽然也有"逃离"与"回归"的主题倾向，但表现得还不够鲜明的话，那么，在另外一些现代作家那里，这种对现代、文明的逃离与对自然野性的回归，则得到了生动而鲜明的揭示。沈从文的寓言体小说《知识》，写的正是一个"逃离与回归"的故事。他的另一篇小说《虎雏》，则更以鲜明的对比手法表达了对文明与野蛮的价值、情感和审美评判，动情地讴歌了逃离文明牢笼、返璞归真的生命野性乃至"原始的野蛮"。来自"草木虫蛇皆非常厉害"的湘西军人虎雏，具有"一个野蛮的灵魂"，都市知识分子和文明无论如何"善意"地用知识教育"培养"他，力图使他成为"文明人"，即把一个野蛮的灵魂"装在一个美丽匣子里"，但却全告失败。虎雏身在"文明"而野性不改，很快逃离"文明"而返回边地湘西，在那原始性的"化外之地"继续自由地挥洒着生命的野性。在《虎雏再遇记》中，作者对这位边地世界里敢于杀人打架的粗野灵魂、原始强人赞叹道："幸好我那荒唐打算有了岔儿[1]，既不曾把他的身体用学校锢定，也不曾把他的性灵用书本锢定。这人一定要这样发展才像个人！"20世纪40年代的年轻作家路翎，与欧洲那些着意将同情与诗情寄托在流浪的吉普赛人身上的作家诗人，表现出相同或相似的人生与审美情趣，在战争与动乱的时代背景下，那些拒绝花园似的平和安宁环境、具有大盗似的搅扰不安的灵魂和生命野性、总是"哀顽地荡过平原田野的"各种各样的流浪汉，成为他作品里的中心人物和性格角色主体。《两个流浪汉》就是通过流浪汉陈福安从下层到上层再回到下层的人生经历，形象地表明所谓荣华富贵和上流文明的生活，是弱化流浪汉生命、腐蚀他们心灵人格的染缸，只有冲出这样的束缚和羁绊，"光着屁股求生活"，即回归生活与生命的"原生态"与野性，回归洪荒旷野，才是自由幸福的所在，才是舒展人性的家园。

---

[1] 指作者在《虎雏》里曾打算让虎雏留在城市受教育、上大学，把他培养成"文明人"和"知识分子"一事。

最后，在乡村文明与都市文明的对比中，提倡逃离都市而回归乡村。如上所述，现代中国的一些具有质疑现代性倾向和浪漫主义追求的作家，在描绘乡村与都市时表现出截然不同的情感、审美和价值判断，塑造出两个内涵和色彩迥异的世界。这两个世界构成了真善美与假丑恶的鲜明对比，在这样的对比中，逃离都市与回归乡村，自然就成为正确的、当然的人生抉择。这样的文学，也自然就成为"还乡文学"。对都市的逃离与对乡村的回归，在现代文学中大概有几种类型：其一，是"五四"文学中，包括那些批判现实的启蒙乡土文学，都往往既有对乡村愚昧落后的痛心批判，又有对乡村故土的精神依恋与还乡渴望，即鲁迅所说的"隐现着乡愁"[1]。不论是被迫离乡背井外出谋生的农民，还是"被故乡驱赶到异地"的知识分子，乡村故乡始终是精神的慰藉、心中的伊甸园，在生存的艰难、现实的打击、精神的失落、理想的破灭后，他们中的很多人的最大的愿望，就是重返乡村。即使是鲁迅为代表的乡土写实与批判的作家，他们一方面描绘传统与现实夹击下乡村的荒凉与破败，表达出与这样的"故乡"的决绝的告别之情；另一方面，也在批判与告别之中蕴蓄着对"故乡"未来美好的渴望，蕴蓄着在精神和现实中重建与振兴故乡往昔辉煌的期许。其二，是在都市与乡村两种生活与文明的反差对比中，由对都市的厌恶而产生逃离和回归的情感与行为。混沌的《上海不可以久留》中展现的都市是肮脏、忙乱、扰攘的混合体，是对都市的厌恶反感，表达的是"回去，回去"的还乡之情。连属于革命文学的柔石的小说《二月》，"对于都市生活有种种厌倦"的知识分子萧涧秋，从北平刚来到江南小镇即发出了乡村的赞美："我呼吸到美丽而自然底清新了！乡村真是可爱呀，我许久没有见过这样甜蜜的初春的天气哩！"表现出还乡后的喜悦与幸福。老舍小说《离婚》中的李先生也最终厌烦了都市

---

[1] 鲁迅：《中国新文学大系·小说二集导言》，《鲁迅全集》第6卷，第247页。

的恶俗，找到了自救的途径，带着全家离开北京返回乡村。其三，不是主动逃离都市，而是在乡村乐园世界的优越性和精神魅力的感召下，发现了乡村世界的巨大的价值，因而拒绝都市，归于乡村，表现了乡村及其文明对城市、城市人和城市文明的征服改造。近代以来，受追求现代化的历史进程和由此形成的主流精神话语的制约，现代中国文学的一个重要主题是城市、城市文明和现代文明对乡村的征服与改造，而沈从文的小说《凤子》却与此截然相反：代表科学与现代文明的工程师从城市来到偏僻山乡进行矿物勘探，结果在山乡的自然风情、追求纯美爱情的苗女对歌和山寨总爷无"知"却有"识"的说教中，使工程师的"科学观"、生活观、人性观、价值观都发生了彻底的变化。不是有"科学"的"城市中人"改造了苗乡边民及其文明，而是"地方环境征服了这个城市中人"，"把城市中人观念也改造了"。他决定不回城市而留在山乡，抛弃科学和现代文明而皈依宗教，做现实的与精神的真正"还乡"、"回家"。而工程师的如此选择和转变所构成的如此浪漫的"神话"，恰恰表明了乡村文明价值和魅力之所在。《三三》以及《虎雏》诸作品，都在这种将乡村与都市、乡下人与城市人、都市现代文明与乡村传统文明置于一起相互交融的情节安排中，深层内在地蕴涵了、表现了与《凤子》相类相近的旨趣。告别或逃离都市而回归乡村，回归土地，乡村土地是永恒的价值、家园和归宿，只有在这里才有真正的美善、安宁和幸福，有真正的人性与人心。这样的主题和叙事已然构成了一种文化"原型"和"神话"，在中国现代文学的历史发展中不绝如缕，并一直延伸到当代和新时期文学。我们在路遥的《人生》、张炜的《九月寓言》和《融入野地》、张承志的《心灵史》和《金牧场》等作品中，可以看到它们的精神潜流。

综上所述，在现代中国的质疑现代性文学中，包含了浪漫主义、现实主义和现代主义诸多流派，而不同流派的作家的思想倾向和艺术美学追求不尽一致，他们"反现代"的着眼点和程度也存在差异。但是就总体而言，在一些基本的价值取向和抉择上，它们表现出或明确或潜在的精神同一性，尤其是在历史价值与道德价值问题上，质疑现代性作家往往站在后者的立场上，从而使他们的作品更多地表现出"向后看"的倾向。这样的文学及其倾向，从历史理性和认识论角度看未必正确，甚或是"落后"的；但是从道德理性、文学价值和美学价值上看，却又有其合理性、超前性和独特性，是中国现代文学的有机组成部分，也是我们了解现代中国文学、文化和社会的不可或缺的精神资源。

第二章
现代文学叙事中的空间意象与叙述模式

1. 近现代中国历史与文学的空间观念的形成与嬗变

  时间和空间是世界和宇宙的基本构成要素，时间观和空间观则是世界观和宇宙观的基础。一般而言，传统中国的时间观念带有大道周天、周行不殆的循环论色彩，而空间观念则是"溥天之下，莫非王土"——既把中国与世界看成一个整体，又包含着中国中心主义的世界观和价值观。近代以后，在西方文明的打击和中国遭逢一系列失败的情况下，越来越多的知识分子和社会中上层人士，对世界与中国的空间观和世界观，发生了"数千年未有之奇变"——中国和世界的位置、价值和结构关系发生了完全的倒置。中国不再是世界的中心而是滑入边缘；不是"主体"、"上国"而是非现代的、愚昧的、落后于西方世界的存在；世界不再是以中国为圆心的圆融统一的整体，而是存在文明价值差序和等级的板块梯级性结构。这种现实的地缘政治中客观存在的世界格局和空间关系，更被起源于西方的现代性予以了观念和逻辑的确认，成为现代性叙事的重要组成部分。因此，急于寻求富强之道从而对中国与世界的空间和价值关系发生革命性变化认识的国人（主要是知识分子），实际上是接受和认同了西方现代性对世界的等级差序和文明价值的叙事与认定。

从百年中国的长时段来看，近代到当代的三次大的空间观念的变化，带来的都是对西方世界的空间价值、时间价值和文明价值的肯定，并由此带来了社会政治、文化文学的演进与变化。晚清时期"开眼向洋看世界"所看到的中国与世界之间地位和文明的等级差距，不仅带来了从洋务运动到辛亥革命的社会政治变化，也带来了晚清文学从文学观念、文学样式到叙事方法的"现代性"变化，使其在认同和引进具有"价值先进性"的西方文学的基础上，酝酿着向"现代"的蜕变与转型。而"五四"新文化和新文学运动，其实质就是曾经留学外国、接受和具有了现代性世界观、时间观和空间观念的知识分子，看到和承认了文明差序格局中中国和世界的巨大的差距与非等值，不甘于中国"被世界所挤出"的边缘和落后状态与位置，因而要通过文化和文学的方式把中国纳入世界，成为与先进和文明世界等值的存在。所以，"五四"新文化和文学的走向世界的努力，既是要使中国文学与世界文化和文学接轨，成为其中的一部分，更是要使中国进入"全球化"和"世界化"进程，成为消除了与现代文明世界价值差序的"世界之一员"。这导致了由"五四"开始的现代文学，始终把"走向世界文学"作为"世纪热潮"和目标。在这种目标的导引下，中国现代文学不断以西方和世界文学为价值资源、参照对象和追赶目标，不断地引进、学习和模仿西方文学从浪漫主义、自然主义、现实主义到现代主义和后现代主义的各种思潮与方法，从而造成了现代中国文学流派众多、现象丰富和文学历史发展趋向芜杂的现状。

1949年中国革命的胜利，被认为是对以殖民霸权面目出现的西方现代性的撕裂、拒斥和否定，是中国化的马克思主义现代性、革命现代性的胜利。从空间观念来看，这种胜利的实质是对被现代性认定的中国与西方世界的空间关系、位置和价值等级序列的重新调整与界定，即不再承认现代性逻辑下中国与世界的边缘—中心序列和关系，以及文明和文化价值上的高与低、先进与落后的等级差序，重新找回和确立了中国作为民族国家在世界上的主体地位，和中国文明与文化的主体性价值。"社会主义新中国屹立在世界的东方"、"中华民族立于世界民族之林"之类的时代性句型，就是这种新的空间观和世界观的陈述与表达。当时地缘政治中东西方两大阵营的存在，都是以承认自己方面在空间格局和文明文化、意识形态上的优越性、主体性、中心性地位和价值，以否定对方在这些方面的地位和价值为前提的。所谓不是东风压倒西风，就是西风压倒东风。所谓社会主义阵营欣欣向荣，资本主义西方世界日薄西山等时代性和政治性话语，积淀和表达的也是这样的意识形态性的世界观。这种在现实世界和观念世界里存在的两个割裂对立的世界格局，和中国隶属于东方阵营的现实，使中国人更加确信自己的空间世界和价值世界的优越与先进。这导致两个后果：一是对西方世界空间地位和价值的矮化与盲视，和整个空间观念的趋向封闭；二是对自我地位和价值的拔高、膨胀，产生主体性和革命性幻想，并发展到"文化大革命"时期的自我中心主义的世界观和空间观：中国是世界革命的中心和"红太阳升起的地方"，其余的世界都是边缘，是三分之二的人民还在受苦受难的黑暗深渊；"山河一片红"的中国要把红色辐射到全世界。这种建基于革命现代性幻想之上的是歪曲和封闭的世界观、空间观，在现实世界的碰撞下不断"破碎"和消解，最终被搁置和抛弃。20世纪70年代中后期开始的改革开放，如果从空间观和世界观嬗变的角度看，是中国在抛弃了意识形态化的、民族主义化的、日趋封闭狭小和具有革命现代性幻想色彩的空间观和世界观之后，重新开眼向洋看世界，并且不无痛苦地发现中国以外的世界又已经发生了巨大的变化：第三世界的中国被第一和第二世界拉开了相当的距离，中国和发达世界之间依然存在着现代性程度和价值上的巨大差距，也即低于和落后于发达世界，中心与边缘的等级差序格局仍未打破。这种对外部世界及其价值的重新发现与承认，使回归理性和务实精神的中国重新开始了承认差距、重返世界，最终达到消除差距、融入世界的目的。因此,对外开放的含义里实质上包含着世界观和空间观的巨大变化。

新的世界观和空间观使中国在政治经济上重新启动了走向世界的现代性进程。这种历史和文化语境必然性地带来文学的"世界发现"和"地理大发现","走向世界文学"成为那一时期最响亮、最动人的口号之一。这种"走向"实际上首先承认经过近百年的学习和追赶,中国文学仍然落后于世界文学,以西方为主的世界文学仍然是参照标准、学习对象、价值资源和追赶目标。其次,通过学习和追赶达到世界文学的水准,融入世界文学。文学观念的拨乱反正和新的世界观与价值观的确立,使中国文学又一次(也是近代以来的第三次)出现了向世界文学学习和引进的热潮。拉美的魔幻现实主义、西方的现代主义和日本及东欧文学,风靡 20 世纪 80 年代和 90 年代的中国文坛,使当代中国文学发生了不亚于"五四"时期的深刻变化。而且,这样的学习和追赶意识至今仍然在深层中存在,年年出现的"诺贝尔文学奖"情结,就是这种意识和情绪的委婉表达。

2. 启蒙主义文学叙事中的乡村中国形象

近代和现代的中国社会结构,从空间上看,是一个存在鲜明差距的两极性板块格局,即少部分由通商口岸演变成的现代都市与广大落后内陆农村同时并存,有人将此形象地比喻为"京海构造"。从时间上看,是部分地区和社会阶层较早地进入从传统社会向现代的社会转型阶段,而更广大的地区和阶层则较迟或者是尚未进入这样的时期。这种反差和对比强烈的时空存在和社会构造,是近代中国"被迫现代化"的历史进程的产物,其本身就是中国的现代性现象。而当这样的存在和现象被纳入普遍主义的、得到中国主流话语认同的现代性视野和叙事中的时候,自然就被确认和定性为代表进步与落后、文明与野蛮的不同的价值主体和价值世界。同样，当本身也是现代性产物并且以追求现代性为旨归的现代文学观照中国、叙述中国的时候，自然也会把作为叙述对象的中国社会划分为性质不同的空间世界，赋予它们不同的价值，让它们承载不同的主题和叙事。换言之，追求现代性而形成的现代文学的主题和叙事，即现代文学的时间世界和意义世界，也定然使之去营造和选择相应的、代表着不同价值定向的空间世界和意象。

在一定意义上，现代文学是从《新青年》开始的。《新青年》的肇始于西方现代性逻辑和话语的启蒙主义的思想性质，血脉相承地导致了"五四"新文学的启蒙性质和主题，这种主题过去一般统称为"反封建"。"封建"和"反封建"都是过于庞大的概念，如果进行概念拆分的话，则封建有政治、法律等体制化的大制度；有家族、婚姻等既与国家大制度连接又有约定俗成性质的小制度；有思想学说、伦理道德、习俗民情等精神文化层面的东西。"五四"新文学的反封建主题，往往不是着眼于社会政治制度层面，而是着眼于家族、婚姻等微观制度和思想习俗等精神文化层面。因此，反封建主题实质上是否定和反对现代性视野下的、被认为是负性价值的部分传统文化。而这些在漫长的封建社会中形成的"老中国传统"，一方面当然就存在于"老中国"的环境空间里，因为时间是在空间中产生和存在的，时空的同一性决定了时间价值和空间价值的同一性；另一方面，属于时间价值范畴的"传统"和"文化"，又具有某种稳定性和超越性，即它依存于空间环境又会超越空间环境，在变化了的空间环境里依然适应并存在。因此，这种承担和蕴蓄传统的时间价值、文化价值、意识形态功能的、既存在于封建的"老中国"也存在于封建政体崩塌后的现代环境里的空间事物，就成为"五四"时期的直接表达反封建主题的文学，和其后的总体上仍然属于启蒙思想追求的文学中的重要意象，并且由于经常和反复出现，而构成了具有独特认识价值与美学价值的意象群落。

作为"五四"新文学奠基和开山之作的鲁迅小说，启蒙主义便是其最主要的创作动机和目的追求,由此导致了其忧愤深广的反封建主题——对属于封建主义思想文化范畴的伦理道德观念、家族礼教制度和由此形成的习俗人心,进行了深刻痛切的发掘与批判,因此,鲁迅小说被称为"反封建思想革命的镜子"[1]。为寄托和承载这样的思想动机和追求,鲁迅小说主要选择和营造了中国封建主义政权解体前后的乡村和小镇的空间意象。这些具有浙东地域色彩的乡村或乡镇虽然凝聚了鲁迅的家乡记忆、童年体验和人生经历,有现实真实的基础和影像,但更是一种主观化、符号化的"虚拟"的空间存在和意象,是为了表达和寄托心中之意而有意"虚造""虚设"的符号之"象"。因此,鲁迅笔下的"故乡"和"鲁镇",少有历代文人笔下的江南水乡的轻灵俊逸和生机盎然,而是"苍黄的天底下,远近横着几个萧索的荒村"。沉郁、萧索、破败、压抑的"荒村",是鲁迅小说中封建主义的传统思想和规范占统治地位的中国乡村、乡镇意象的基本内涵和色调。封建主义的传统思想和规范的绝对统治与"荒村"意象,构成了必然性的联系。在这样的空间环境里存在的更具体的空间事物和现象,如《药》里的茶馆,《孔乙己》里的酒店,《阿Q正传》里的土谷祠,《故乡》里的"瓦楞上长着断茎的枯草"的老屋,《祝福》里鲁四老爷的书房,《离婚》里七大人的轩屋客厅,《风波》里的临河土场,与总体的"荒村"意象构成了内在的精神联系,是"荒村"意象的具体的符号因子和具象存在。鲁迅家乡绍兴本是多河多水多桥的江南水乡,但除了《社戏》等个别篇章外,在小说中鲁迅却很少具体描写水和桥——水是生命、生机的象征,桥是通达的象征。这样的忽略与遮蔽与鲁迅对封建主义的、死水一潭的"荒村"的理解和认定是紧密相连的。甚至连接外部世界和乡村世界的"船"的意象的出现和存在,也与总体的"荒村"意象和精神连接:阿Q的撑船只能度日而不能改变命运,

---

[1] 王富仁:《〈呐喊〉〈彷徨〉综论》,《王富仁自选集》,广西师范大学出版社1999年版,第110页。

爱姑（《离婚》）的乘船去打官司和七斤（《风波》）的撑船来往于城乡，带来的不是命运的改变而是命运的曲折难堪。当然，作为空间事物的"船"在鲁迅小说里也承担着"荒村"世界的唯一具有"变化"和希望的"命运之船"的寓意，《故乡》里的"我"正是乘船从外部世界回乡的途中，从"船上"看到了"荒村"的景象和现实，又在斩断与故乡的现实和精神联系。离开故乡的船上，寄寓了走出故乡和困境，走向外部和未来的希望。

在鲁迅影响下的20世纪20年代的乡土文学，和此后的继承鲁迅思想和文学传统的启蒙性质的文学，从自己的主题诉求出发，也大都选择和营造具有类似的思想认识内涵和美学格调的空间意象。从大的空间地域和环境来看，以现代性目光自外向内、居高临下地俯视和揭示"落后中国"的弊端与困境的乡土文学和启蒙文学，把政治、经济和文化发展不平衡的极端落后闭塞的内地中国、乡村中国、边塞中国，作为特定的表现对象和空间形象带进了文学。鲁迅曾经论述过的20世纪20年代乡土文学中蹇先艾笔下的"老远的贵州"，裴文中笔下的榆关，黎锦明和彭家煌笔下的湘中与湘东农村，王鲁彦、台静农和许杰笔下的浙江乡镇，20世纪30年代至40年代马子华、艾芜作品里的云贵西南边陲，吴组缃作品里的皖南乡镇，周文和沙汀作品里的川康边地和川西北农村，东北作家的东北农村、边陲和"呼兰河"小城，师陀描述的中原"果园城"等，不仅是"落后中国"的地理和地域存在更是作为重要的、与启蒙文学主题诉求具有精神同构性的空间化、角色化的形象与意象而存在。或者说，成为文学主题的对象化的存在，凝聚和承载着独特的人生内容和美学内容。

另外，在这些文学叙事中代表着边陲、内地中国的空间环境与意象里，还出现和存在着更具体、更深层地承载和寄寓主题的空间意象群落。这些空间事物和意象同样一方面是广大而落后的中国社会环境中的"实有"，一方面是作者为寄托和表达主观诉求而进行的有意选择与"符号"制作。骞先艾的《水葬》和沈从文的《萧萧》中出现的南国山乡的"深潭",已没有"桃花潭水深千尺"的明丽韵致,而是乡村中国对违反伦理习俗的男女进行"水葬"和"沉潭"的残酷刑场,被沉潭的人和习俗规矩赋予杀人权利的"杀人团",都没有对"沉潭"习俗和深潭刑场存在的合理性与合法性进行质疑。许钦文、叶圣陶和沈从文笔下的花园与菜园,也都没有"物自体"本身的欣然特性,其中含有和渗透出的是时代变动带来的破败、凄凉和悲剧。吴组缃小说中的沉寂的山房、破落的"司马第府宅"和"宋氏大宗祠",无不与积淀和流传到现代时空里的"老中国"传统及其造成的人生悲喜剧息息相关。而从鲁迅到沙汀小说中的"茶馆"意象——地道中国国情和环境里的特色事物与存在,更是与落后、愚昧和野蛮的社会人生密不可分,或者说,作为空间存在的"茶馆"里凝聚的是古老中国的阴魂,上演的是愚昧和野蛮化到极点的中国悲喜剧。至于鲁迅《孔乙己》里的咸亨酒店,萧红《呼兰河传》里不中不西的牙医诊所,艾芜《南行记》里的驿站、栈道与深山茅屋,老舍小说中的京城胡同,等等,都在显示着落后中国的某一方面的"传统"和人生,寄寓着作者或强烈或愤激的批判之情。这些属于落后和传统中国并体现出相应"特色"的具体的空间事物和意象,表面上看是一个个单独的地域存在和现象,但实际上它们已经构成一个有意味的空间形象和意象系列,每个个体空间存在的意义与整个系列的意义是同一和同构的,个体空间意象和系列形象共同组成了作为表现对象的中国及其环境的意义和性质。

值得提出的是,在广义的反封建主题或包含启蒙与改造国民性主题内容的文学中,"家"、家族和托庇他们的大宅院或大宅门,也成为一个重要的、具体化的空间意象。从鲁迅《祝福》中鲁四老爷的书房宅院、巴金的《家》到曹禺的《北京人》和老舍的《四世同堂》,封建的家族制度和伦理道德——传统社会里形成的负性价值,和这些价值造就的国民与市民,就凝聚和活动于中国化的家族空间与宅院里。家、家族与宅院构成了互相联系的意义功能系统和空间存在，而对封建性的现实存在和精神价值的挑战、负性传统的灭亡、新人的诞生和国民性结构的变化，也往往发生在"家"和家族赖以存在的宅门大院中。时代、革命或战争导致的离家、毁家，封建性家族的解体和人的变化，都使庭院宅门发生着衰败、减缩或毁灭。庭院宅门的结构、面积和面貌的新旧变化与不同，意味着其中蕴涵的文化与社会功能以及价值和意义的改变。由此，聚族而居的家族宅院在文学中就远远超出了其建筑的物理性质，而成为意义和价值空间。

3. 革命文学与浪漫主义文学的空间意象与意义

近现代中国社会结构和进程，固然存在着差距鲜明的少数都市与封闭落后的广大农村，但这样的两大板块并非固定不变。社会历史深层"被现代化"的历史驱力，不断地造成中国农村的自然经济和"田园"社会的破产与凋敝，强行地把部分乡村社会纳入社会结构转型的现代性轨道，从而极大地改变了乡村的自然、空间和社会环境。而以此为深因引发的以农村为基地，以农民为主体，以夺权建国为目的的政治革命，更极大地改变着中国的社会结构，使广大乡村卷进暴风骤雨般的政治革命洪流中，从而导致在环境发生新旧变化的乡村，出现新的结构空间和事物。本质上没有摆脱并且注重"载道"传统的现代文学，特别是革命文学、左翼和政治色彩鲜明强烈的解放区文学，对中国乡村社会的上述变化做出了同步的映照和"写实"。

早在 20 世纪 20 年代乡土文学作家王鲁彦的小说《桥上》中，传统江南水乡的"桥"与水，已不复是宁静和谐的旧有空间。以机器带动并在江南水乡四处横行的轧米船的出现，不仅打破了古老乡村的宁静，挤垮了以祖传方式运作的碾米房，更撕裂了传统乡村的格局，把乡村置于扩张性的现代文明的网络与暴力中。20 世纪 30 年代茅盾《春蚕》中的江南农村,不仅有河道、乡场、蚕房等传统的空间事物与存在,也出现了在乡村河道中横冲直撞、霸气十足的小火轮。这来往于城市和乡村、进而把城市与乡村连接打通的"洋玩意儿"的出现和存在,不仅同样被农民们看作使自己生活变坏的"恶魔",而且是"洋文明"和城市伸出的章鱼般的触角,它实际上把乡村田园公社般的社会结构和环境打破与毁坏,把乡村强行拖进了传统向现代转型的"苦难历程"。"轧米船"和"小火轮"之类事物的出现,标志着乡村环境的变化,和城市与工业文明在中国的集先进性与破坏性于一身的胜利。

在革命文学、左翼文学和解放区文学的"乡村描绘"中,一方面,传统的中国乡村固有的乡民们聚会谈天、演戏赶集的街头、集市和打谷场等空间事物依然存在,他们构成了传统乡村的社会环境。但是,当它们被纳入"革命现代性视野"和叙事的时候,其性质则发生了变化。在彭家煌《今昔》、蒋光慈的《田野的风》、叶紫的《丰收》和赵树理、周立波的农村小说中,不仅没有鲁迅和启蒙文学中的"荒村"景象,而且传统中国乡村固有和共有的空间事物具有的调节气氛、调解关系、增进乡情、淳厚民风的性质与功能,也在趋减和消退。革命斗争和土改等革命的"暴风骤雨",促使传统乡村的空间场所转化和演变成诉苦、宣传、演说和斗争的会场——一种新型的、传统乡村所没有的空间环境和事物,一种中国化的乡村公共"广场"。或者说,外观上相同的空间存在,已经被填充了新的内涵、功能和性质。而在中国乡村空间环境和事物中占据中心位置的乡村权力机构,和其中的权力关系的变化,更成为这些文学的重点叙述和中心所指。传统乡村的权力一般掌握和控制在士绅阶层,因而他们的居住和活动场所往往就成为乡村权力空间的所在,如鲁迅小说《离婚》中七大人的厅堂,蒋光慈小说《田野的风》中大地主的李家楼、张举人房等。甚至乡村建筑和空间方位也体现出阶级和权利关系的不同,赵树理《李有才板话》中所写的"村西头是砖楼房,中间是平房,东头的老槐树下是一排二三十孔土窑"的阎家山,其乡村权力无疑存在于西头楼房,因而西头也就成为权力空间。在传统乡村中,"地方上面的事情向来是归绅士地保们管理的",乡民如阿Q是否可以姓赵,爱姑是否能够离婚,"农人们有什么争论,甚至于关系很小的事件,如偷鸡摸狗之类"的私人事件,和庆典祭祀、徭役赋税等公共事物,都由绅士在这些自发、自然形成的乡村权力空间进行"公断"裁决。革命、左翼和解放区农村文学,以其鲜明的政治功利性和"革命性"目的,叙述了农民与地主两大阶级对乡村资源与权力的重新分配与控制,以及由此导致的乡村环境和权力结构的变化及其结果——公共权力空间的移位和新的权力空间的出现。在《田野的风》中,新的乡村权力机构"农会"取代了"绅士地保的制度",权力空间由李家楼、张举人房移到了农会的茅屋;在《李有才板话》里,通过乡村广场"庙会"的几次选举较量,权力空间由村西头的楼房转移到了东头"老槐树下"的窑洞。乡村空间环境和事物性质的变化,权力空间的转移和创建,新的乡村公共空间和权力空间的出现,使上述文学里的"乡村改造"与革命的主题得以凸显和完成,而这样的"乡村革命叙事"演绎的其实是社会历史进程中的政治大叙事。同时,这样的乡村叙事开创了一种叙事模式,自此以后,为紧密配合和完成政治大叙事而以乡村为表现对象的文学,其主题的变迁与农会、窑洞、村乡区政府、合作社和公社大院,以及乡村产院和医院等乡村空间事物和意象的出现密切地联系在一起。

在现代中国的历史发展和思想文化领域,还存在这样一种价值倾向:不否认现实社会结构中客观存在的沿海与内地、中心与边缘、都市与乡村的空间关系,却质疑和反对把这种空间关系上升为必然性的历史逻辑,更质疑和反对其中包含的文明与愚昧、先进与落后的价值逻辑。这种倾向表现在思想文化上,形成所谓文化保守主义;表现在文学上,则出现了质疑现代性的、带有浪漫主义色彩的文学流脉,废名和沈从文就是其中的代表性作家。作为或受过现代大学教育,或生活在京城大都市的现代作家,他们在承认都市与乡村、中心与边缘的空间关系的同时,却不仅质疑和反对其中包含的文明与落后的价值逻辑,而且对这样的空间关系中包含的价值逻辑进行了解构和颠倒,认为以人性的舒展完善为基点的价值以及由此构成的真正的文明,恰恰不在西方而在东方中国,不在都市而在乡村,不在绅士和知识分子构成的上流社会而在劳动者构成的下层社会。由此出发,他们那回避了"新文艺腔调"的乡村叙事,既不是启蒙文学里的"荒村",也不是革命和左翼文学中的"咆哮了的土地"或"暴风骤雨"的乡村,而是具有牧歌情调和桃源之风的边地或"唐诗农村"——在沈从文的作品中,是如梦似幻的偏远湘西的边城;在废名的小说里,是南方乡下的"陶家庄"或"史家庄"。在这些并非是物理世界的"实存"而是寄托了作家人生与美学理想的虚拟的符号世界里,人生与人性的自然、健康、优美、和谐,是与边地和乡村的青山翠篁、河流渡船、白塔古庙、堤坝古柳、茅屋菜园等空间环境和事物相依相托的。这样的乡村环境和环境中的人生人性,自然具有和体现出真善美的价值以及由这价值构成的文明,他们和落后与野蛮不搭界——甚至这里的野蛮也是真情真性的流露,因而也是价值和文明。中国式的浪漫主义作家的乡村文学叙事,就这样通过独特的空间意象的营造而浮现出关于"文明"及其价值的主题。

除此以外,在中国的社会结构和地理空间中,还有介于城市与乡村之间的小镇。夹在城乡之间的地理位置,使小镇成为城市与乡村两种人生和文明的交汇点和集散地,成为有别于城乡而又兼有城乡的从建筑到风俗的若干特点的角色,在中国的社会结构里具有不同于西方小镇的功能。因此,从诞生之日起就与社会联系甚紧的现代文学,自然会把小镇作为观照和描写对象,作为背景甚至作为角色的小镇由此出现在文学叙事中,"小镇文学"或小镇叙事就此成为现代文学中有特色的存在。在鲁迅小说里,以具有千年历史的绍兴古镇为"模特"而虚构出来的"鲁镇",既是老中国人生悲喜剧发生的空间地域背景,也是一个重要的角色。《狂人日记》、《药》、《故乡》、《祝福》、《孔乙己》等一系列作品里的灰暗沉重的人生悲剧,鲁镇都是承载的背景,物化的目睹者,甚或是参与者,从祥林嫂到孔乙己的鲜明的悲剧人生命运里无不叠印和透射着鲁镇的形象。或者说,这些人物的人生命运和性格形象与鲁镇的环境内涵和整体形象紧密相连。鲁迅笔下的鲁镇是和故乡、荒村意象等同的,它们内涵同样的负面价值。鲁迅出色独特的"鲁镇叙事",不仅对当时的作家和文学产生影响,如在同样来自绍兴、受鲁迅影响的作家许钦文的小说里,作为叙事背景和空间意象的鲁镇,也时常出现和"显象";而且对后来的"小镇文学"同样提供了"原型",具有重要和深远的示范意义。20世纪30年代至40年代左翼作家柔石的《二月》,周文的《在白森镇》,沙汀《淘金记》等作品,其中描绘的芙蓉镇、白森镇、北斗镇,都是东南或西南的"南国小镇",而且都是封建性的思想和势力占据着统治地位的所在,对内顽固地维护"传统",对外封闭、"排异"与"斥新"是其特征与功能。同时,某种外来的、异端的、革命的或现代的思想和行为又进入小镇,与小镇传统和成规构成冲突,使小镇成为现代与传统、外来与本土、文明与落后、新与旧交汇激荡的独特空间。由于小镇传统的此在性、本土性和主流地位所形成的强大的排异功能,冲突的结果无不以小镇传统的胜利和对手的失败与退场而告终,小镇的传统和"镇情"得以存在和延续,如鲁迅《狂人日记》、《药》对鲁镇的定位和叙事一样。这几乎成为现代文学中"小镇叙事"的基本模式,这种模式在1949年以后的共和国文学里才有所改变,特别是新时期出现的《芙蓉镇》、《小镇上的将军》等作品里,小镇固有的传统并非都是落后的"历史之恶",而是呈现出淳朴的人性之善的性质。这种传统与代表"历史之善"的现代性、正义性、先进性的思想和力量相互接纳和包容,同以"革命"面目出现实质上是反现代的真正的"历史之恶",构成了小镇冲突的人性内容和历史内容。由是，文学叙事中的小镇成为向现代性转化和蜕变的、蕴涵了历史正向价值的意象空间和环境，其内涵和形象具有了不同以往的变化与特征。

4．多样化的都市想象与叙事

以思想启蒙为发端的新文化运动和文学革命，诞生于都市；以反帝爱国为号召的群众性政治运动——从"五四"到"五卅"——也发生于都市。前者是对现代性西方的思想文化价值的认同和接受，后者是对制度化的西方国家形态——具有扩张性和侵略性的殖民主义、帝国主义的反抗和拒斥，即政治上的反帝反殖民。这种文学文化与政治上对西方态度的二重性，其根源来自近代以来中国历史发展结构中的现代性深层逻辑：政治经济的殖民性扩张与文明价值融为一体的西方，进入中国后必然产生压力与示范的双重作用和效果。这种双重性又必然使中国不同的政治、文化和价值主体与群体对其采取或接受认同，或拒绝反抗的姿态，从而构成近现代中国历史发展的基本矛盾、结构与趋向。这种殖民地或半殖民地社会的文化逻辑，在政治和文化中都会顽强地表现出来，留下鲜明的印记。而诞生于都市的现代文学，在很长的时期内都活动和依托于都市——北京、上海两大文化中心，作家、杂志、书店、印刷出版单位和读者市场，都集中在都市。这样，诞生和主要活动于都市的空间环境，殖民地半殖民地社会的文化逻辑，一方面会使现代文学中的一部分以都市为表现对象，出现都市文学；另一方面，在表现和聚焦都市的时候，自然会形成不同的价值和主题诉求，并把这不同的主题诉求安置、寄托于既有相同又有差别的都市空间环境和事物中，形成不同的都市叙事和都市诗学。

其实，"五四"思想启蒙运动和随之出现的文化文学运动，其基本主题虽然是以西方现代性为价值标准去批判传统、改造和再造国民——广义的反封建（启蒙）主题，但其深层的动机和目的则是带有民族主义色彩的现代民族国家的创建——所谓"立国"是也，即以启蒙和"立人"为工具手段实现救亡、立国、强国的目的。因此，在"五四"启蒙运动和文学运动表层主题下"内存"的救亡与建国的终极性目的，就如同电脑程序中隐蔽地内置的逻辑炸弹，会在时间和程序的运行中逐渐地消解和缩减原有的、表层的功能与主题，逻辑地导向、强化并浮现出与运动的初始目的相背离的意义与价值追求。就是说，不是救亡压倒启蒙，而是启蒙中的结构性矛盾，会自然地导致启蒙因素缩减，民族主义的救亡建国主题的凸显，并使后者超过前者。而这一主题在其发展中必然会逻辑地产生与集现代性和殖民性于一身的西方的对抗，从而与历史和政治运动中的反帝和革命主题同构。同时，政治运动中直接的反帝诉求也会反过来对启蒙运动结构中的矛盾产生诱导和语境压力，促使其原有结构的瓦解和转型。特别是"五四"和"五卅"这样的政治运动，更会直接诱发包含救亡强国因素的文学的政治化倾向，使文学诉求与历史诉求表现出主题的同一性。

不过，具体考察起来，"五四"时期的文学，虽然有1919年都市的发生群众性政治运动的影响，但文学的反帝反殖民的主题还是相当间接的，往往是情绪化的呼喊多于具体形象的描绘，或者是通过"反战／非战"叙事，即通过对列强支持下的军阀战争的批判性描绘，间接地表达政治化的反帝诉求。因而，这样的文学还鲜有主题与都市环境和空间意象的联系。1925年发生于上海的"五卅"反帝运动，促动了直接表现这一政治历史事件，或以这一事件为背景的文学的出现，如巴金的《死去的太阳》、叶圣陶的《倪焕之》、茅盾的《虹》等小说和蒋光慈等人的诗歌。1928年以后政治化的革命文学和左翼文学的出现，使政治化的反帝主题更加凸显和鲜明。因为这种文学所依赖的革命政治，已经明确地认为1927年以后的统治政权代表的是帝国主义利益，中国社会除了工农和部分小资产阶级外，其余的阶级大都依附了统治政权。因此，左翼文坛才会明确地提出，"中国无产阶级革命文学"的新任务之一是要"必须抓取反对帝国主义的题材"[1]。在这个意义上，革命文学、左翼文学都是广义的反帝文学。同时，1928年后中国新文化和文学的中心从北京转移到了上海，革命文学和左翼文学其实主要产生和依托于上海这样的殖民化的都市环境和空间。这样，革命和左翼文学的反帝反殖民主题，甚至整个现代文学中的反帝诉求，除了直接描绘反抗帝国主义侵略战争的"战场"文学、抗战文学外，便大都与上海这样的殖民化都市，与都市洋场、工厂码头、租界商埠等空间事物和意象的描绘联系起来。或者说，左翼文学乃至现代文学的反帝主题往往依托于这样的都市空间，才能表达得鲜明、直接和尖锐，二者之间存在着互为性。这种互为性的深层其实蕴涵了现代性逻辑的二重性，即上海这样的殖民化都市空间，一定程度上是殖民主义和西方现代性的东方化扩张的产物，在孕育和形成这样的殖民化都市和殖民环境空间的过程中，这环境和空间本身又会蕴涵并催生出反帝反殖的诉求，这种诉求最终会通过政治运动和文学运动表现出来，从而形成殖民化都市空间环境与政治的和文学的反帝主题之间的深刻联系。

在左翼文学借以表达反帝诉求的诸多空间意象中，街头与广场是其中重要的存在意象。从1919年"五四"群众运动、1925年的"五卅"反帝运动，到上海工人起义、广州起义和革命宣传与罢工，这一系列巨大的政治运动都发生在城市和城市的街头广场，具有广场性。因而革命和左翼文学的反帝与革命叙事，自然离不开城市的街头和广场环境与形象的描绘，街头和广场成为承载历史实际中的政治运动和文学的反帝革命叙事的都市空间意象，就像广场和街垒成为描绘法国大革

---

[1] 冯雪峰：《中国无产阶级革命文学的新任务》，《三十年代左翼文艺资料选编》，四川人民出版社1983年版，第181页。

命的文学与艺术中的重要意象一样。如果说左翼刊物《十字街头》的名字还只是具有一种象征色彩，那么蒋光慈《血祭》和殷夫《血字》等左翼诗歌中的广场街头，已经成为充满屠杀与暴力、流血与呻吟、反抗与斗争的刑场与战场，成为表达反帝和革命叙事的独特意象，并由此形成了左翼文学的"广场美学"特征。

　　左翼都市文学的另一个重要主题是革命与爱情。这类文学叙事中的革命往往都是左翼知识分子视野里和想象中的革命，带有很明显的观念性、抽象性和简化性。文学叙事中的革命内容或者表现为城市工人的罢工、抗暴与起义，如蒋光慈的《短裤党》和茅盾的《子夜》；或者表现为知识分子的思想和人生道路的冲突，如胡也频等人的小说。由此，左翼都市文学的革命叙事离不开工厂车间、街头广场、公寓亭子间和客厅咖啡馆等殖民化的都市空间环境。鲁迅对革命文学所作的讥讽性描绘——革命小贩与"革命咖啡店"，其实道出了革命文学和现代都市空间环境的关系。不论是表现工人下层的还是表现知识分子的革命，其中都出现了革命者——地下工作者——密谋者的形象和行为，如茅盾《子夜》里的活动于工人中的革命者玛金，胡也频《到莫斯科去》中的活动于上流社会的革命者施洵白。这些革命者兼密谋者的活动空间，都离不开都市租界洋场、工厂工棚和上流社会的交际场所。而左翼文学的爱情叙事，往往与对小资产阶级知识分子的浪漫、幻想、虚无、颓废的批判性描绘相连。这样的叙事更与公寓旅馆、咖啡馆舞厅等都市特定空间环境不可分离。

　　上海这样的都市既然是殖民扩张和现代性东进的产物，那么，这样的都市土壤不仅会催生出具有反帝、反西方现代性倾向的政治和文学，也会催生出态度和立场更为复杂的其他种类的政治、文化和文学。因此，以上海为依托的"文学"既有左翼文学，也有被称为"海派"的市民通俗文学和现代主义文学。从清末到"五四"的市民通俗文学以所谓"鸳鸯蝴蝶派"为代表，也被称为"老海派"。这是一种以言情和艳情为主要内容的文学,它"反映出都市居民在经历'环境的现代化'这种急剧变化过程中那种心理上的焦虑不安"[1]。而在叙述形式上,它的言情和艳情与海派都市的环境变化、与变化中的海派都市中出现和形成的空间事物,构成了互为依托的"情境的同一性",即这些文学中"言情的场所"和艳情的发生环境,不再是传统文学中的绣楼闺阁、侯门相府和花园书房,而是青楼性质的所谓"书寓"、公寓和戏院舞场。转型中的殖民都市中新的空间成为新式艳情的环境与"容器",人物、内容与环境空间的同质性形成了海派都市通俗文学鲜明的叙事特征。以"新感觉派"代表的现代主义文学,则更是把他们的都市叙事建立在由公馆、公寓、咖啡馆、舞厅、旅馆、证券交易所、俱乐部、电影院、马路电车、霓虹灯等构成的海派都市环境中。这些系列空间意象组合构成了海派都市的殖民性与现代性的都市特征,其中积淀和投射出来的是追求享乐刺激、满足和膨胀欲望的商业消费文化的功能与信息。而运用电影蒙太奇和色彩变换等艺术手法所形成的时间空间化、空间时间化、时间与空间感觉化的艺术效果,则构成新感觉派文学的诗学与美学特征。这种"有意味的形式"传达了新感觉派作家对现代性与殖民性融为一体的现代社会与都市的迷茫、怪谲和异化感。[2] 新感觉派的现代主义叙事里的空间环境、氛围和意象描绘的鲜明与突出,有时甚至超过了内容的叙述,使得读者的阅读记忆里印象深刻和难忘的,经常是熔铸了情绪与氛围的印象化的环境与空间意象。在这个意义上,可以说新感觉派文学的主角和中心,是都市及都市中的各种空间事物和意象。上海沦陷时期脱颖而出的才女作家张爱玲,是地道的都市"动物",她的都市生活和都市记忆,是与她在《公寓生

---

[1] 费正清主编:《剑桥中华民国史》第1部,上海人民出版社1995年版,第494页。
[2] 中国20世纪30年代现代主义文学只是表现出对现代性和变迁中的现代都市的迷茫与怪异,还没有浮现出西方现代主义文学对现代文明彻底否定与批判的主题。这是文化和国情导致的二者的差异。

活记趣》等文章里一再喜悦地描绘的上海公寓和电车这些空间性事物联系在一起的。而她的小说，则可以说是半殖民地的上海与殖民地香港的"双城记"。她的每个或苍凉或虚无或残酷的"传奇"，都编织在这些"殖民风"的都市环境中，藏匿在公寓公馆、饭店商场、舞厅客厅、电车汽车里。她的小说世界建基于沪港的都市世界，小说的价值和意义与殖民风的特定空间的性质功能珠联璧合，人生故事的千奇百怪和斑斓多姿与都市和都市空间事物的色调表里相依，具体的意象化叙事与整体的意象化的都市空间难舍难分。殖民风的都市空间和依托于其中的传奇叙事，构成了张爱玲小说的风景与奥秘。

与此相反，20世纪30年代京派文学的都市叙事，如沈从文的小说，尽管有比较强烈的现代文明批判和都市批判的主题，一些小说如《都市一妇人》、《腐烂》、《夜的空间》、《绅士的太太》等，或直接或间接地以都市为背景，甚至在题目中就"破题"地将都市定性为负面的存在，但其小说中整体的都市形象和具体的都市空间意象，却多是一些概念化的模糊的轮廓，远不如海派文学中的都市空间意象的具体和鲜活。倒是未号称京派却是地道的"京味"作家的老舍，将皇都古城的北京，将北京四合院、大杂院、胡同等建筑化、民俗化的空间存在，活化为作品里的空间意象，且让这些意象与老北京韵味深厚绵远又正负价值俱存的人生与文化，水乳交融地杂糅组合，成为老舍小说的主题诉求和"京味"风格的不可或缺的要素和骨架，支撑着老舍小说包蕴深广又魅力迷人的独特世界。

中国现代文学的主题叙事与空间意象和形式构成之间的关系，远不止上述所论。即以都市而论，北京上海之外，武汉、广州、重庆、桂林等地，既是现代政治、文化和文学活动的舞台和受纳的空间，也是文学视野和叙事中的重要空间意象和形象。如抗战的特殊历史情境中的"陪都"重庆，不论是作为整体的城市形象，还是城市中存在的能体现地域、自然和社会特点的更具体的事物与意象，都进入了文学的视野和叙事中。《雾都》、《雾重庆》、《重庆小夜曲》、《重庆二十四小时》等一批以重庆为背景和形象的作品，与《夜上海》、《上海屋檐下》、《上海二十四小时》和《北京人》、《北京乎》等作品，几可等量齐观，难分伯仲。因此，本文的论题和内容只是提供了一种视角，视角之内的更具体细致的内容和更广阔的空间，则需要进一步的发掘、拓展和填充。

第三章
现代启蒙文学叙事中的现代性

近年来中国学术界对现代性的考察和论争，大都着重于理论层面，或者着重于现代性与现代文学的外部关系——与文学的生产体制、文学制度、传播方式的联系，这样的考察和研究视角无疑带来了很多学术发现和启示，但也留下了遗憾和盲点——没有更多地联系文本内部的叙事结构和关系进行阐释。我认为，任何对现代性的研究，最终都应该落实到文本和叙事。本文尝试通过对"五四"以来启蒙文学叙事的分析，考察和说明一种肇始于西方的现代性是如何转化、落实和积淀到现代文学的叙事结构与模式里的。

1. 现代性话语在中国的历史生成与逻辑

"五四"以后的启蒙主义文学，从总体上看，其叙事呈现为两大尖锐对立的主题板块及其对立结构：一个是代表进步、文明和价值的现代性板块，一个是代表落后、保守和无价值的非现代板块；在作品中，它们往往是传统中国社会及其文化的代名词。

这种具有强烈启蒙主义诉求的叙事结构和模式，其实与近代以来进入中国的一种文化殖民主义和普遍主义意义上的西方现代性（即泛指的"西化"、现代文明）及其在中国的地位和影响紧密相连。由于西方是世界现代化潮流的发源地并率先实现了现代化，因而，由此带来的巨大的工业文明优势，使 19 世纪后的西方产生了包含着"西方中心论"价值观的文化普遍主义和文化殖民主义。它将西方视为世界和历史的本质，是主体性存在，而将非西方世界看作没有这种"本质"和"主体性"的他者。所以，当 19 世纪的西方以工业文明和现代化所带来的经济技术和军事优势来到中国、实施政治和经济的殖民主义的时候，也同时带来了文化殖民主义和普遍主义的"话语"。这种话语认为西方的到来将中国带进了历史的一般发展进程中。同时，来到中国（包括东方）的西方，为了确证、寻找自己的"本质"和"主体性"，势必要从那种包含西方中心主义的话语和目光出发，来"观看"和探察中国。于是，他们看出了作为西方"他者"的中国缺乏西方的那种"历史本质"、"主体性"和现代性。在近代中国，最初是来到中国的西方商人、政客、记者、传教士等人，以西方文明和现代性的目光，以话语和权利的殖民主义优越感，成为中国的看者并看出了"被看"的中国及其人民种种落后于西方的非价值性。而西方的那种建立在现代性和历史进化论基础上的"本质"和"主体性"，如上所述，已经因其现代化优势而成为放之四海的普遍主义话语（乃至是霸权性话语）、已经"客观化"为代表着"文明与进步"的人类普遍价值，因此，被看出缺失西方化的"本质"、"主体性"和现代性的中国（包括东方），自然就被视作落后的、非文明、非进步、非价值、非历史的存在，中国本来固有的主体性就被西方的目光"不见"和遮蔽了。此种情形正如日本学者竹内好所言："对非西方民族而言，现代性首先意味着一种自己的主体性被剥夺的状态。"[1] 这样，在这种西方的文化殖民主义的"目光"看视和话语叙述中，"中国"，只能是作为有别于西方、低于西方的"他者"而存在，它使西方更加确证了自己的隐含着中心主义和

---

[1] 李扬：《文化与文学》，国际文化出版公司 1993 年版，第 98 页。

殖民主义能指的"本质"和"主体性"。

有意味的是,这种将西方看作主体、本质、进步与文明而把"被看"的中国作为"落后"的他者的殖民性话语,逐渐为中国(东方)的很多作为民族精英的知识分子所接受和认同,并经过他们的书写和宣扬而泛化在本国社会中,使之从一种外来的西方话语逐渐演化和同化为"本土话语"乃至主流话语和国家话语,"他性"变成了"自性"。对此,印裔美国学者斯皮瓦克在谈到非西方国家的知识分子问题时曾指出,像印度这类国家的大多数近代知识分子都是西方殖民主义的产物,他们学会了使用殖民者的角度与语言来看待和评判他们自己的国家。[1]这样的情形在近代中国亦然。当然,近代中国的知识分子并非有意和主动地以西方殖民主义的立场看待和评判中国,而是本国被逐渐殖民地化后被迫的现代化追求和历史进程,迫使他们不得不接受来自西方的现代性逻辑。鸦片战争后,中国及其文化的"中心"地位受到挑战、削弱并趋向"边缘化"。这一痛苦和屈辱的现实使一部分中国知识分子产生了强烈的忧国救亡意识,他们不甘中国沉沦,渴望使中国振兴强大和重返"中心"。为了实现这一目的,他们在焦虑和反思中,一方面看到了西方及其文化的压力与冲击,一方面又看到了其"先进性"与"示范性",进而意识到欲使中国重返"中心"得与西方争胜,必须走"西化"的路,组建民族国家以实现现代化。就是说,欲抗拒西方使中国复兴,就必须接受西方的话语和范式,而接受西方的话语和范式也就意味着接受西方的一般历史叙事和权利关系并将自己纳入其中。这是非西方国家在反抗和追赶西方国家时难以避免的历史"悖论"。正是在这种悖论中,中国知识分子同其他非西方国家的知识分子一样,接受了有关民族国家、进步进化、知识文明、历史目的和必然性等来自西方的现代性话语,并将其组织、实施和"编码"在近现代

---

[1] 李扬:《文化与文学》,第97页。

中国的社会历史秩序和社会历史叙事中，逐渐成为一种主导性的历史逻辑和知识、主流性的权力话语和国家性的意识形态。

这种左右和制约近现代中国历史发展和结构模式的主导性逻辑和话语，这种宏大历史叙事，通过接受了这种逻辑和话语的文学知识分子而进入文学叙事和文学历史。当然，它们是被作为思想和真理带进文学叙事与文学史结构中的。进入文学叙事和文学历史中的这种与西方性紧密相关的现代性话语与逻辑，不仅成为启蒙主义文学诞生的思想资源和动力，还成为启蒙主义文学的叙事"语法"和规则，成为"形式的历史"和"形式的意识形态"。这种"形式的意识形态"和叙事语法对启蒙主义文学的叙事和文学史结构的影响和干预力量是强大的和明显的，它直接催生和构制了启蒙文学叙事中的国民性批判和文明与愚昧、进步与落后等对立性和基本性主题与结构，在这种主题和结构里，它都扮演了真理、价值和上帝的角色。此外，它还导致了这种主题和结构之下的一种更具体的叙事手段和模式——外来者、回乡者看中国、看故乡的模式。在这种模式里，回乡或回国的外来者与返乡者，代表着与西方有千丝万缕联系的"现代"与"文明"，通过外来者与返乡者对故土和故国的观看与目视，描述故土、故国和国民与现代和进步的巨大落差，从而揭示出作为被看对象的故乡与故国的"落后"性、非现代性与无价值性，说明其应该被改造和替代的必要性。

2. 现代性在鲁迅小说叙事形式中的转化与积淀

在现代文学中，鲁迅是这类文学叙事的开先河者。他的小说基本采取了两种看与被看的叙事视角与方式。第一种以《狂人日记》为代表。在这篇小说中，鲁迅以狂人自说自话的"日记"形式，通过狂人的嘴喊出了封建家族制度和礼教"吃人"的罪恶，喊出了反封建主义的强大历史呼声。而狂人之所以能喊出如此的真理之声，是他"看"、并在"看"了之后思索的结果。在整部小说表层的"日记体"叙事形式中,实质上同样内含了一种"看与被看"的叙事关系和模式,狂人在小说中的所有活动实际上就是一种看、听、说、想的表意过程和独特的叙事过程。而在这个表意和叙事过程中,"看"是基础和首要的,是狂人所有活动的基干。《狂人日记》中最能提示主题"所指"的描述场景,都与狂人的"看"与"被看"有关:

> 今天晚上,很好的月光。我不见他,已是三十多年。今日见了,精神分外爽快。才知道以前的三十多年,全是发昏;然而须十分小心。不然,那赵家的狗,何以看我两眼呢?

这是《狂人日记》开头那段著名的话。在这段话中,"看"构成了狂人行为的基础:他看月光,看狗,并从"狗"的"反看"中,"看出"了自己须加小心的危险。果然,在接下来的叙述中,狂人看到了"赵贵翁"的怪眼色,看到了路上交头接耳"又怕我看见"的怪相,看到"眼色也同赵贵翁一样"的一伙小孩子"也睁着怪眼睛",看到了街上女人手打儿子"他眼睛却看着我",看到了佃户和大哥因为狂人对狼子村大恶人被吃的事"插了一句嘴"而"看我几眼"的"眼光,全同外面的那伙人一模一样"。在不断"看视"的过程中,狂人终于从现实看到了"从来如此"的历史:

> 我翻开历史一查,这历史没有年代,歪歪斜斜的每页上都写着"仁义道德"几个字。
> 我横竖睡不着,仔细看了半夜,才从字缝里看出字来,满本都写着两个字是"吃人"!

从狂人与其生存的环境来看,狂人并不是来自外部,不是从一个完全异质的外部环境进入此在环境的，他原先就生活、属于此在环境，与此在环境具有同质性。那么他为什么能够看出、发现"吃人"的历史与现实而被看的人却看不出来、发现不了呢？答案是狂人发狂后，他与周围环境精神上相分离，成为与身在的精神地域相分离的狂人、独行者和流亡者，独自拥有了一个狂人世界、狂人的精神世界，与周围环境世界完全异质、对立和冲突并根本无法沟通。这时，狂人虽然不是从外部世界到来，但是由于他已经与身在的环境精神上完全分离并独自拥有了自己的精神世界。所以，实际上狂人已营造了一个属于自己的、与大哥和狼子村等环境世界判然有别的外部世界。这个世界有自己的知识真理和价值话语系统。当狂人从这个世界出发，带着这个世界关于知识、真理、价值话语进入那个自己身在而精神早已分离的、由大哥和狼子村佃户等人构成的世俗世界并对其观看时，他立即并不断地看出了该世界"吃人"的历史、现实和"吃人"现象的普遍性与"合法性"，看出了该世界所代表和象征的"传统中国"、"家族中国"、"礼教中国"的非人道和非现代的巨大弊端。小说中狂人的身体从未离开过所处的现实地域，他不过是清末一个准备"候补"的读书人和知识分子。但他在发狂后所形成的独异的精神"外部"世界中，却拥有了与身在的现实和精神地域完全异质异构的全新的知识价值话语，成了新真理的发现者、拥有者和言说者。这是一种什么样的知识价值系统和话语呢？从小说中狂人对"吃人中国"的发现、对吃人者的憎恨及劝告、对"将来的世界"的述说以及对自己无意中也可能曾经吃人的自悔自责来看，这是一种来自西方的、包含了人道主义、进化论学说和原罪——救赎意识的西方现代性知识价值谱系和基督教文明话语。未离开过本土、未曾留学西方的狂人在发狂后就是以这样的知识价值谱系构成了自己与本土精神地域分离的精神世界，以这样的知识价值谱系来看自己生活于其中的中国本土，并看出其巨大弊端和缺失的。而未曾离开本土留学西方的狂人何以会有如此"西化"的知识价值话语呢？答案只能是，作为最早从传统中国中觉醒（发狂）、背叛出来的先觉的"精神界之战士"，狂人是从清末强行进入中国的西方文化中汲取了思想精神资源并接受和形成了一套全新的知识价值话语，而这样的思想精神资源和知识价值话语是中国本土文化中所不具备的和无从产生的。如果更具体、更深入地进入《狂人日记》文本内外的语境，则可以说，狂人的知识价值话语在很大程度上与作为小说作者的鲁迅有密切而直接的关系。虽然不能说狂人是鲁迅思想的直接的传声筒，但无可否认，在《狂人日记》这篇充满了象征和寓言色彩的文本中，寄寓了鲁迅对中国问题的关注和思考。而我们知道，鲁迅是在青少年时期在南京求学和留学海外期间，在接受了西方思想文化的基础上开始考察和思索"中国问题"的。就是说，是在接受认同了西方的知识价值话语后，以此为镜角观看和反思中国，并看出相关问题与弊端的。鲁迅生活和思想中经历发生的这一切，不能不投射到熔铸了他的紧张思考和巨大热情的《狂人日记》中，并从而使得狂人具有了与鲁迅相似的西方知识价值话语和背景。而不论是作为作者的鲁迅还是作为小说人物的狂人，他们都显示出一个共同特点：只有在接受了"异端邪说"——现代性知识和文明——之后，才能觉醒（发狂）并在发狂后形成自己离经叛道的独异的精神世界，才能看出自己过去生活的那个庸常世界的罪恶、弊端并与之决裂。

鲁迅小说中第二种看与被看的视角，是采取"返乡者回乡"的叙述方式，以《祝福》和《故乡》为代表。在《祝福》中，作为第一人称叙述者的"我"，是在年关之夜才从外地、外部世界回到古老故乡的"外来者"。而且，这外来者明显地与故乡鲁镇的现实环境格格不入，与故乡的"精神地域"和精神话语格格不入。他处于异在和隔膜状态，是来自外部世界并且显然拥有自己的"精神地域"、精神资源和话语体系的现代知识者（在一定程度上代表着鲁迅），这种精神资源和话语与本土传统无关而且对立，因此"我"才能看出那由陈抟老祖写的寿联和《康熙字典》、《近思录集注》、《四书衬》等构成的鲁宅环境的保守与压抑,才能看出河边的祥林嫂那"间或一轮"的"瞪着的眼睛的视线"中,包含的巨大痛苦和传统宗法礼教制度"吃人"的残酷。在《故乡》中,回乡者兼叙述者"我"同样是一位从外部世界"冒了严寒,回到相隔二千余里,别了二十余年的故乡"的外来者,这位外来者(归乡者)一回到故乡,便看到一幅悲凉阴暗、萧索冷寂的荒村景象。众所周知,在中国,家与国、故乡与故国往往是互相关联的,在许多情形下特别是传统诗文中,"故乡"往往包蕴了"故园"与"故国"的双重所指和意义。在鲁迅的《故乡》中,这幅萧索阴冷的"荒村"景象既是现实故乡的真实写照,同时,它也是"中国"的象征形象。而故乡的这种荒村景象,是生活在此地、此环境中的人们,即故乡的人们看不出来和感受不出来的,它只能被异在、外在于此的外来者所醒目地看到。这个能看出作为"被看者"的故乡的荒村景象、因而也是中国景象的外来者,作品虽然没有具体介绍他的职业、背景和知识价值构成,但无疑他是一个来自外部世界的、拥有以"现代文明"和"进步"为标准的知识价值话语的现代知识者,一个代表着作者观点的"外来"叙述者。这样的现代性知识价值标准和构成,使"我"不仅刚到故乡便从直感上、从整体上看到了"故乡"的荒村景象,而且在接下来的情节中,在具体地进入故乡的过程中,外来者"我"进一步发现看到了与故乡现实环境异在隔膜、与故乡语境和话语的异在隔膜。这种与故乡现实环境、精神环境和精神话语异在隔膜的情形和状态,在外来者"我"进入故乡回到老屋时与"豆腐西施"杨二嫂的见面对话和与闰土的见面和交流中都生动地表达出来。

在《祝福》和《故乡》等小说里,归乡游子"我"一方面看出了传统的思想和制度仍然是乡村中国的统治力量和权力话语,在其控制下的乡村故土存在种种非现代的落后症候;另一方面,从他与"故乡"人们多次进行对话、却因为话语信息和内涵不同而不得不中断对话的"失语"现象中,更进一步表明从外部世界返乡的现代游子与故土人们的思想精神差距与对立、与故土整体的思想话语系统的差距与对立。这种从"看"到"说"却又无法对话言说的现象,这种现代游子返乡—离去的叙述模式,其实都构成了现代性视角下对故土和故国的惊鸿一瞥。返回故乡的目的是反观故乡,反观和目视中浮现的是故乡和故国从物质到精神无可挽回的全面溃败:传统的家族和社会、道德与文化的破落与残缺,国民及其精神世界的压抑与扭曲。这是传统强大而现代缺失,整体性呈现出"荒村"色彩的故土与中国故乡的景象和"意义"。

3. "鲁迅风"与乡土文学叙事模式的现代性话语

在鲁迅及其作品的启迪影响下产生出现的 20 世纪 20 年代乡土写实文学,本质上仍然属于启蒙文学。乡土文学作家大都是来自外省的青年,在"五四"新文化的吸引下来到作为新文化发源地的北京。他们在追求新思潮新文化的热情中积极接受了有异于中国传统文化的"现代"知识价值和现代文明,成为积极追求和肯定"现代"的知识者。同时,在文学上,他们都属于"鲁迅君"的小说发表后"必然有多数人跟上去试验"[1]的文学青年,其中一些人还亲自聆听过鲁迅的讲课,直接间接地成为鲁迅的学生。当他们在新文化新思潮和鲁迅创作的直接启迪下从事"乡土文学"创作时,那种内含西方文化普遍主义的"现代文明"和鲁迅以《故乡》为代表的小说精神主题和叙述表现方式,对他们产生了相当明显的影响,在鲁迅的《故乡》和一些"乡土文学"小说中,可以看到一种"互本文"现象。鲁迅自己在评价"乡土文学"作家时指出,这些"自招为乡土文学的作者","在

---

[1] 茅盾:《读〈呐喊〉》,《茅盾论创作》,上海文艺出版社 1980 年版,第 105 页。

还未开手来写乡土文学之前,他却已被故乡所放逐,生活驱逐他到异地"因而"侨寓"在北京。[1]在一定意义上,可以说他们是既与生存之地相分离,也与生存之地的"精神地域"相分离的"流亡者",他们与故乡的精神地域和话语系统处于异在的分离状态,并接受和具备了新的生存之地的精神资源与话语系统。当他们"怀着乡愁"、从侨寓身在的都市远眺和回忆"老远的"故乡农村时,皆自觉不自觉地以内含"西化"价值定向的"现代文明"的目光和标准,居高临下、自外向内地去"俯视"和评判故乡,并立即"清楚"地看到了故乡(乡村)和传统中国的弊端,看到了乡村和中国的"古典性"文明的不可避免的瓦解衰败。他们是在与故乡拉开遥远的空间距离、在与故乡完全异在异质的精神地域和话语环境、在与故乡相比明显地具有中心和优势地位的、高于故乡的视点上看到和看出这一切的。而这样的身份地位和"俯视"故乡的视点目光,具体化在他们创作的小说文本中,就形成了这些"乡土小说"与鲁迅《故乡》等小说大体相类的叙事模式。

在乡土小说中,与鲁迅小说相似,大体也采取了两种叙述视角和方式。第一种,是第三人称叙事者的全知视角和方式,代表性作品如蹇先艾的《水葬》、台静农的《天二哥》《新坟》、王鲁彦的《菊英的出嫁》、彭家煌的《怂恿》、许钦文的《疯妇》、许杰的《吉顺》等,都是在全知全能的叙述者的居高临下、自外向内的"俯视"下,看出了乡村传统中国的封闭落后和乡民身上体现出的"国民性"的愚弱,并将其叙述出来。这当中,像《水葬》等,与鲁迅的《药》和《示众》很相似,都有双重的看与被看的视线交流和叙事关系。首先是作品中人物之间存在着看与被看的关系。《水葬》中因穷困而偷窃的农民骆毛,在被同样贫穷、同属一个阶层和阶级的农民押往河边沉潭水葬的路途中,引来了众多好奇围观的村民看客,作品以不无反讽的笔调描

---

[1] 鲁迅:《中国新文学大系·小说二集·导言》,《鲁迅全集》第6卷,人民文学出版社1981年版,第247页。

写了众看客"争先恐后"、好奇与幸灾乐祸兼而有之的目光神态。其次，在小说人物的互相看视的目光之外，还分明存在着那个往往代表了作者观点的叙述者的"第三只眼睛"，是这种居高临下、自外向内看视的无所不在的目光，在悲悯地俯瞰着小说中不论是"看"还是"被看"的所有人物，在不动声色和冷静谛视中看出了小说中环境、精神话语和人物的诸种缺失。而这种叙述者的目光中正内含从外部世界、从"隐蔽"的现代文明标准回视故乡的作者的眼光。许杰的小说《大白纸》即是以第三人称的全知全能叙述者视角，叙述了传统礼教统治下的一对乡间男女的爱情悲剧。在小说中，有这样一段描写和叙述：

但是奇怪的现象出现了，那张大白纸，当她伸手去捞时，忽然"人物化"起来，正如梅得林克的《青鸟》里所告诉我们过的，面包和糖等的灵魂的"人物化"起来，钻出一个人来一样。

小说中的"她"是小说悲剧人物之一的青年寡妇的婆婆，一个乡下老太婆，她根本不会由眼前的事物联想到"梅得林克的《青鸟》"，也不可能知道梅得林克其人其作。"梅得林克的《青鸟》"云云，是叙述者的话语，而这位没有直接出场而又处处在场的叙述者如此话语，恰恰说明了他的西方知识文明拥有者的身份角色，这样的话语拥有和身份角色又恰恰说明这位全知叙述者只能来自外部而不能出自"本土"，是没有直接出场的"外来者"（与作者的身份角色同构）。还有一些采取这种叙述视角和方式的作品，连作品名字和作品中人物性格乃至具体的叙述手法都与鲁迅作品相似，如王鲁彦的《祝福》、《阿长贼骨头》等，前者篇名与鲁迅《祝福》相同，后者内容与鲁迅《阿Q正传》相近。乡土写实小说的第二种叙述视角和方式，是以第一人称"我"为叙事者，通过"我"的直接的目光看视乡村和中国，并以我的"所看"和视点的转移连接构成叙事。在乡土写实小说中，这种第一人称叙事也有两种表现方法。其一，直接叙事者"我"并非地道的"外来者"，而是小说中事件情境的在场者与目击者。许杰的《惨雾》让第一人称叙述者"我"化身为一个儿童，通过这个儿童的目光，看到了两个村庄的村民为争夺土地而进行的残酷野蛮的械斗。许杰的另一篇小说《台下的喜剧》则巧妙地运用了演戏和看戏、演员和观众、台上和台下这种现实的场景来构成叙事关系。"我"不过是随着众多观众（看客）在台下看戏的一个在场观众，随着众人既看到了台上那老生小生的传统戏剧表演，也看到了台下发生的比台上戏更真实有趣的、由现实的人演出的"风流"戏——一出真实的人生戏剧，更看到了台下观众（看客）兴致勃勃地观看那幕台下发生的真实风流戏剧时的目光表情和态度。这些在场的看客，不论是作为叙事者的儿童"我"还是其他观众，他们的"看台上戏"和"看台下戏"的目光也是双重的，即他们是现场事件的直接目击者和在场者，真实地看到了台上戏剧和台下事件的发生与过程。同时，在这种现实的目光看视中也显然隐含了、内存了更深层次的目光，这更深层次的目光并非在场叙述者"我"和其他看客所具备，它实际上来自"我"和"我们"之外的地方，来自外部的世界，即来自不是作品事件直接在场和目击者的作者。正因为作品中既是其中人物又是叙述者的目光是双重的，所以，在《惨雾》中，在儿童"我"的眼睛中看到的是械斗的野蛮和残酷，我们（读者）却可以从这直接在场者看到的现象中，"看出"传统的封建的宗法制的残酷，看出传统制约下的乡村中国的野蛮蒙昧状态。在《台下的喜剧》中，在"我"所看到的看客们看台上演戏、看台下"戏人"的场景中，人们同样可以由此看出更深层次的内容：看客和观众的无聊、保守与愚弱，一种老中国的乡民所特有的"乡土根性"和"国民性"。而如此看出的深层次"视景"，恰是小说叙述者目光中所隐含内存的"外部世界"和现代文明目光所要看和要看到的。其二，直接的第一人称叙述者"我"，如鲁迅小说《故乡》一样，是一个地道的"外来者"或"外归者",这些外来者以或直接或隐含的"外部世界"的现代性目光,看视故乡并发现和描述故乡的问题与状态。彭家煌的小说《今昔》不仅采用的是叙事者"我"从外部世界回故乡的叙述视角和方式,而且某些叙述句型与鲁迅《故乡》亦基本同构:

> 为了母亲,我冒了严寒,通过战地,回到相隔三千里,别了十年的故乡去。(鲁迅《故乡》的开头是:"我冒了严寒,回到相隔三千余里,别了二十年的故乡去。")

鲁迅《故乡》中的"我"——一个自外归乡的拥有现代文明话语的知识分子叙述者——是在往昔美好的回忆和现实视景的巨大落差中看出故乡衰败荒寒,并成为故乡人生的发现者与批判者的。彭家煌的此篇小说,同样是以外归者"我"回故乡、看到故乡今昔不同的人生视景来结构作品展开叙事的。许钦文的小说集《故乡》中有一篇《父亲的花园》,小说中的叙事者"我"以回忆和现实的目光看视和描述了父亲花园的今昔不同。在往昔花园的繁盛与现在花园的凋零的对比描写中,"我"所看到的不仅是现实存在中的父亲花园的衰败,而且实际上"隐喻"地看到了往昔的"古典性"生活、"古典性"文化和"古典性"中国的衰败解体,并对这种衰败解体表达了怀恋惋惜之情。

4. 现代性话语和叙事模式的延续与泛化

在"五四"启蒙已经成为历史,革命与救亡正成为时代主潮的20世纪30年代和40年代,鲁迅开创的启蒙主义文学主题和叙事传统仍然不乏传人,影响依然存在。

吴组缃写于20世纪30年代的《菉竹山房》、《卍字金银花》等"皖南乡村"小说,直接采用了鲁迅式的游子回乡的叙事手法,小说的叙述者从具有"电灯"、"电影"、"洋装书籍"、"柏油马路"的"现代都市"和"文明世界"的上海、北京等大都市，回到遥远内地山村的故乡度假访亲，以现代、文明和进步等知识和话语拥有者和代表者的"身份"与资格，对"老中国"阴影笼罩下的中国乡村社会人生进行"现代性"和"主体性"有无的看视与思索，在主题、情调和叙述模式上是最具有"五四风"的作品。"我"的这种身份和"现代性"目光，使"我"在回乡的接触与游历中，通过对被看者的看视与接触，不仅看到了"过去"的老中国的悲剧，看到了由传统、礼教、宗法、习俗等封建意识形态构成的"看不见的手"，如何像"吃掉"祥林嫂一样扼杀以"姑姑"为代表的一代妇女的青春、幸福、生命和人性，甚至比"吃死"祥林嫂更残忍地"活吃"着她们（《菉竹山房》）。而且，"我"更看到了在封建制度已经解体、外面已经存在着由电灯、工厂、洋装书籍、柏油马路等构成的现代都市和现代文明社会的情形下，以已经残败颓坍的司马府第为象征的中国乡村"故土"，还笼罩在过去的阴影里，礼教和名教依然存在并继续"吃人"和施威：怀孕的年轻寡妇遭到"舅父"和村民的唾弃而悲惨死亡（《卍字金银花》）。回乡者的如此看视和小说的如此叙事，既表明被老中国的"过去"和传统纠缠着、拖累着的"现在时"的"乡村中国"，与现代文明和社会相距甚远，存在着巨大的现代性缺失；同时也说明不管外部世界如何进步与"现代"，不管"回乡者"拥有怎样的现代性知识与思想，都难以真正介入和影响那个拥有自己的传统价值、话语和规范的乡村中国社会，都难以改变这样的社会。由此，看视的结果和小说的主题叠合，表达了与"五四"启蒙文学相同的诉求：展现没有唱完老调的"老中国"、"乡村中国"的"传统"的顽固强大、环境的可怕与野蛮和缺失现代性的弊端与悲剧，对缺失"现代"与文明的"乡村"故土和中国进行"暴露"与批判。

萧红的《生死场》、《呼兰河传》等东北城乡小说，师陀的《果园城记》等中原乡土小说，没有这种直接出现的将知识者、外来者与叙述者融为一体的角色，而是将其转化为间接的或全能的叙事者，始终处于作品的暗处。但是，由于叙述者同样拥有或被赋予了评判现代与非现代、文明与野蛮的话语与知识，代表着现代性赋予的优越和权利，所以，他们承担了现代性法官或上帝的角色，同样可以居高临下地观察、看视与指出以故土代表的被看者的主体性缺失、现代性欠缺和文明性匮乏，在似乎平静或不动声色的叙述中寄寓和"内存"着以现代性为尺度的批判与否定。

20世纪40年代解放区的丁玲的短篇小说《在医院中》和出现于国统区的艾芜的长篇小说《故乡》，仍然在骨子里沿用了外来者（游子）进入某地或返回故乡—离开故乡的叙事模式，但又有所变化。丁玲小说里的女医生陆萍水在抗战中从上海的教会医院来到黄土地上的延安，从延安被派遣到山沟里的产院，在上海受到的科学与现代文明熏陶和在延安所受的政治训练，使她看到了医院里现代性与革命性的双重缺失，前者表现在卫生环境的恶劣、医疗制度的不完善和医疗器械的缺乏，后者表现在工作热忱、责任心的缺乏。艾芜《故乡》里的大学生余峻廷同样于抗战时期从现代文明的象征——大上海——回到内地城乡，他看到的是故乡现代文明的缺失与政治的黑暗腐朽。他们都在看到进入的环境和回归的故土的种种弊端后，不甘心止于"看视"，而是力图有所作为，进行干预与改造，结果遭到失败，并在失败后离开与出走。不过，解放区政治文化语境的调控和作者的自觉认同与遵从，使丁玲笔下女医生的离开消除了本来具有的悲剧性并转化为正剧，而艾芜作品里主人公的被迫离去，却充满着由环境所规定的抑郁和悲剧色调。

值得指出的是，虽然两篇小说里的外来者返乡—离去、看和被看的叙事模式与鲁迅所代表的启蒙文学基本相同，艾芜小说里人物的乘船返乡和最终乘船出走，更与鲁迅小说《故乡》雷同，但丁玲与艾芜小说里外来者与返乡者身上具有的现代性和他们所看到的医院与故乡的现代性缺失，却有所变化，他们既看到了个体的科学、民主意识和主体性的缺失，也看到了整体的环境与社会里公民意识、责任意识和民主意识的缺失，以及民主化的现代社会体制与政治文明的欠缺。这样，启蒙现代性与社会现代性的双重诉求和表现，使这两篇小说对"五四"以来的启蒙文学既有所继承又有所超越和嬗变。这种超越和嬗变自然是政治革命、民族救亡的时代语境和社会现代性诉求的时代强势所导致的，但是，在另一层面，小说叙事里的外来者、归乡者之所以能够看到医院与故土的现代性缺失，之所以具有这样的目光与目力，是与他们来自的环境和具有的知识是分不开的，而他们所看到的那种启蒙现代性与社会现代性的诸种缺失，根本上还是西方现代性的话语范畴，因此，是根源于西方的现代性使他们具有了看视的目光与知识话语，得以承担和扮演对故乡与中国进行俯瞰目视和评判言说的真理者与上帝的角色，从而与近代以来社会历史结构中存在的"现代性看视与评说中国"的现象具有了精神血脉和联系。

总之，启蒙主义文学里的上述叙事模式和存在，单纯地看来只是一种文学、诗学和美学现象。但是，若把它置于近现代中国的历史文化语境中加以考察，就会发现，这样的文学、诗学和美学现象，其实在深层中是与历史文化语境密切相关的，或者可以说，是由近现代中国独特的历史文化语境所派生、导致和决定的，是近现代中国社会历史中的西方现代性的投影和预制，是渗透和积淀于文学叙事里的现代性。

第四章
现代中国文学中的"医学"意象和意义

1. 历史语境与近现代文学的"医学"意象

在中国近现代文学中，医生和医院的形象以及由此关联的医学内容，不时地被作家和文学作为想象资源，作为一种承担着历史与美学内容的"意义载体"，进入文学的想象与叙事中，对某些重要文学主题、意象和叙事模式的形成，产生了一定的参与和影响作用，并构成为一种有意味的文学史现象。

医生、医院和与医学有关的内容何以会动辄进入文学叙事？这首先与医学自身的特点有关。一般而言，医学大致包含两种分类内容：医学科学和临床医学，但它们的目的是相同的，都是以人类身体和精神的疾病为对象进行观察、研究和治疗。因而，医学的本质是人学——对人类生命和健康的维护与保障。而在以医生与患者、疾病与治疗的临床医学中，既包含目视与被目视、认识与被认识和治疗与被治疗的医学技术性和物理性内容，也包含着医学社会学和医学哲学内容。这不仅表现在某些医学疾病和症候与时代和社会环境之间存在一定的对应性联系，也表现在对某些疾病症候的诊断和治疗，存在着由医学自身和社会时代环境所带来的医学认识与知识的差异，表现在以身体疾病为对象的医疗技术关系里，积淀和内含了超出于此的伦理道德和医学哲学,即对身体疾病的医学治疗包含着对个体和人类生命的至上性与存在主体性的价值态度。医学和医疗的科学性和技术性与人类道德伦理息息相关。医学的这种兼具科学性和人文性双重特征的内容和蕴涵的关系,同以语言为介质、以想象和情感为特征的文学,难免存在"本质"的同一性或相似性,即它们都是以人和人类作为关怀对象,本质上都是"人学",这共同的"人学"关怀必然使二者之间产生诸多联系和缘分,使医学很容易成为关注人生社会的文学的借鉴和想象资源。人们在医学的借鉴、移用和想象开发中,对社会人生进行具有讽喻和象征意义的叙事,实现文学的功能。因此,在整个世界文学中,不断出现将人和人类的生存问题与某些医学内容融合互衬,把对现实和历史的叙述与反思依托浸润在医学背景的著名作品,如19世纪俄国作家契诃夫的《第六病室》,挪威作家易卜生的《斯铎克曼医生》,现代俄国作家帕斯捷尔纳克的《日瓦格医生》等。医生或具有学医背景的人"弃医从文"成为作家,也是世界文学史中时常出现的有意味的风景。

近现代中国,也出现了借鉴和移用医学资源进行想象和叙事的文学。这种与医学有关的文学叙事的出现,除了上述的医学与文学共有的"人学"原因之外,更多地与近现代中国的性质和文学的性质密切相关。近现代中国的历史环境和处境,使得救亡、启蒙、革命、解放和现代化的实现,成为历史的主旋律,而在这样的生态环境中出现的文学,本质上属于第三世界国家的民族文学——一种广义的民族寓言和政治寓言,因而社会历史的主题往往成为文学的主题,或者说社会历史的主题决定了文学的主题。为了表现这样的主题诉求,近现代文学除了借鉴和吸取文学特别是外国文学的资源外,还往往借鉴和移植多种文学外的资源,如政治、思想、文化和哲学等。其中,医学的性质和内容及其内涵的关系,由于与近现代文学的主题诉求和叙事追求具有精神类型和结构的相似性,所以比较容易和"近便"地被借鉴和化用。比如，民族和国家危机深重频仍的处境，在充满焦虑和拯救意识的知识分子的思维联想和借喻中，就与"东亚病夫"——一个将政治和医学概念叠合产生的象征性和寓言性称号联系起来，而任何救亡救国的实践行为，其方式和行为与治病救人的医学行为，具有行为话语的"语法"、修辞和结构的相似性和可比性。同样，思想启蒙、政治革命和翻身解放的历史主题、行为话语，也与诊断病象、治疗和解除病痛、恢复健康和生命的医学行为和话语，存在话语结构和修辞逻辑的相似性与共同性。它们都是以人的身体、生命和精神为对象或指向而进行"解救"与"解放"的行为，都是对人的灵与肉的解放。因此，近现代文学借鉴和移用医学的资源或要素进行叙事和转喻，也就具有了历史和逻辑的必然性。

此外，近现代文学史上，部分具有学医背景或医学知识的人物"弃医从文"，也为文学借鉴和移用医学资源建立叙事和想象提供了知识基础。鲁迅、郭沫若、陶晶孙等人，都先学医学而后从事文学，进行了人生和事业格式的转型与调整。医学的知识背景和医生的职业背景，使他们在后来的文学写作中，会自觉或不自觉地利用医学知识和医生视角进行想象和叙事，把医学的某些关系和内容揉进文学叙事，这也是近现代文学中出现文学—医学叙事的原因之一。同时，在近现代中国的救亡和革命与解放的历史活动中，还有一些医生直接参与历史进程，将医学行为与历史行为融为一体，如白求恩、柯棣华大夫等，他们的作为和形象也为文学提供了叙事和想象的领域与空间。

2. 救亡文学对医学的"借喻"

近现代中国的救亡文学中，将救亡诉求与医学建立联系和沟通，借助医学的有关意象和资源进行"转喻"、想象和修辞，这样的叙事模式最早出现于清末。民族多难、国家危亡的严酷国情和处境，使得感时忧国的思想情怀成为近代知识分子的精神结构和文学叙事结构里的时代强音。在晚清文学中,梁启超的《新中国未来记》和刘鹗的《老残游记》,尽管属于广义的社会小说和政治小说,但救亡救国仍然是小说叙事的主旨。在这些作品中,开始尝试将文学叙事与医学术语、内容和关系进行联系、嫁接与"借喻"。《新中国未来记》里的两位主人公留学欧洲,学得大量的西学知识,意图借此改良中国的社会,达到维新建国和强国的目的。为此,作品把其中一位的名字命名为"李去病",把他们留学归国后考察和游历中国南北各地、探究国势阽危原因和寻求救国之道的行为称为"对病论药独契微言"。这样,小说把维新救国的思想和行为与医学治病救人的关系和意象进行了比较单向的类比和联系,把立志维新救国者的社会政治身份与"医生"的身份进行了隐喻性和象征性的勾连。另一部小说《老残游记》的主人公老残,其现实身份是走江湖的郎中——中医。他在小说出场时的使命是到北方救治一个名叫"黄瑞和"的病人。但这个病人其实暗喻水祸不断的黄河,是祸乱深重的国家的象征。因此,老残的身份行为和"意义存在"是双重的:一方面是表层与现实的郎中(医生)身份和行为,另一方面是其中深层地寄予和隐含的纠弊济世、扶正匡危的民间大侠和救国者身份,而这样的身份和职能与他的郎中身份纠合交错,使他在具有了现实医生身份的同时,又具有了象征性与隐喻性的"社会医生"、"国家医生"的使命与功能——像医生治病救人一样救治社会病患,达到救国济世的目的。随着小说叙事的展开和情节的发展,后者的身份形象和功能意义越发得到凸显。虚化医生身份形象的现实规定性而凸现其符号性、象征性,没有对具体的医学症候和病理、医疗过程和医术医学本身的描写与叙事,只是借医生和病人的关系隐喻救国者与国家之间的关系,以医生的治病救人隐喻救国者的济危救国行为的正义和崇高,使救国救民者具有"政治和国家民族医生"的双重身份,成为这种叙事模式的特征。

总之，清末民初的部分救亡文学，在对社会和国家的黑暗衰败之象、对铲除积弊以图救亡济世的叙述和描写中，几乎不约而同地开始把医生和病人、病患和治疗的医学关系、意象引入文学叙事，把弊端丛生、危机深重的社会和国家与沉疴缠身的病夫患者，进行联系、联想、比拟和隐喻，把救亡救国者（不论其政治态度和立场如何）比拟和隐喻为现实的或象征化和符号化的医生郎中，把救国者的行为比拟和隐喻为诊病治病的"政治医学"行为，这几乎成为当时救亡文学的共同想象、修辞和话语。由此，医学作为一种与社会政治现实具有类比性和影射性的"喻体"和意象，进入了救亡文学的叙事想象和意象系统，并成为想象和意象的基本单位与象征符号。

更集中而广泛地借医生与病人、疾病与治疗的医学内容和关系以隐喻救国治国的宏大性"救亡"主题，是20世纪40年代的抗战救亡文学。抗战是晚清以来又一次空前的民族危亡时代，民族国家救亡与重生成为压倒一切的时代主旋律，因而也成为文学的主旋律。而从清末开始的、每逢民族危机严重之际出现的救亡文学常常将救亡主题与医学的内容和意象进行类比和联系的现象与"规律"，在救亡主题宏大的抗战文学中再次显现。夏衍、陈白尘和曹禺的剧作，巴金的小说，不约而同地从医学领域借用想象资源，把医学和文学的两套话语缝合与包容，借以构制有关民族国家的叙事和寓言、形象和意象。

这类关乎抗战和救亡主题的作品的叙事方式之一，是塑造和描绘具有医生身份和职业的知识分子，在民族国家危亡关头，其治病救人的医生天职和医学追求如何与现实环境构成尖锐矛盾，进而揭示在医学职能与民族救亡之间孰轻孰重、知识分子医生如何选择和作为的问题。夏衍剧作《法西斯细菌》里的主人公是留学日本后回国的著名医学科学家，与晚清文学不同的是，这部作品里的医生不再是隐喻的符号或象征性的存在，而是作品竭力追求和凸显其现实主义真实性的名医，并为此设置了得以表现医生身份、形象和职业特征的"行为环境",以及有关的医学研究和医疗行为的术语、过程与情节。但是尽管如此,作品的主题和目的显然不在"医学",而是借医生身份职业和医学术语"别有所图",即着重表现医学科学家在医学天职与民族危亡时代的救国职责之间做出选择的必要性,为此作品展开了相关叙事,让原来一心追求医学科学天职的科学家在社会性的法西斯病菌的肆虐造成的困境中,如何逐步认识到被侵略的第三世界国家医生和医学功能的双重性——同时承担治病救人与民族救亡的任务,医学关怀的人类性和人道性必须置于民族性和国家性的目的之下,必须承担更大更急迫的救国救亡的社会功能和职责,民族性的"救亡"甚至比医学人道性的"救人类"更为紧迫和重要。这样的叙事和叙事逻辑导致作品里医学科学家的身份、功能、职责和医学关系与对象的双重转型,一个追求科学至上主义和世界主义的医学科学家转型为一个民族主义的救亡战地医生。这种转型叙事的目的,正如夏衍在作品后记中一再强调的,是借以表达知识分子与民族国家之间的关系,他们在民族危难关头应该如何选择人生道路和承担历史责任等重大问题。而作品的如此叙事显然是对近代以来救亡文学的文化—审美心理、文学思维传统和修辞策略的承续与弘扬,同时也是 20 世纪 40 年代部分救亡文学在形成具有写实和象征双重性的结构与意义时的集体想象和修辞。

叙事模式之二,是在抗战救国的背景下,通过对医院前后变化的"焦点透视",来隐喻和构建民族国家蜕变新生的"寓言"与神话。曹禺的话剧《蜕变》是表达这类寓言与神话的典范作品。在战时伤兵医院这一特殊空间内,作品安置和描绘了新旧官僚、医生等人物形象及其不同的思想意识,而这些不同人物围绕着爱国救亡和投机敷衍所展开的不同思想意识和行为的冲突,其实是"老中国"和"新中国"、"毁国"和"救国"、"灭亡"和"新生"的冲突。在从后方到战场的"战争与和平"的背景下,作品叙述了这所医院旧死新生的"蜕变"过程和从"伪"到"真"的蜕变结果,以此象征民族生死存亡之际民族和国家的蜕变、得救与复兴，即曹禺所说的这部"戏的关键还是我们民族在抗战中一种'蜕'旧'变'新的气象。这题目就是本戏的主题"[1]。揭示与描绘严峻的危亡时代民族与国家的何去何从和蜕变复兴，曾经一度是抗战文学的主题和审美化的社会理想。巴金的长篇小说《火》和老舍的《四世同堂》等作品，都凝聚了这样的主题和作家的关切与思考。在揭示这一时代性宏大主题的时候，不同的作家和文本可以经由不同的途径、联系不同的形象和意象，以达到各自追求的社会和美学效果。曹禺《蜕变》中的如此叙事和形象及意象的营造，显然对主题的表现和传达具有一种更直接的但又不乏寓言化的效果：医院既是治病救人的医学空间又是包容广泛的社会空间，将面临危亡与新生两种机遇和可能性的民族国家与救死扶伤、重振生命的医院相联系，把治病救人的医学追求与救亡救国的政治追求相扭结，让爱国和报国心切的高尚医生与同样追求的"青天"政治家在同一空间里"同气相求"，从而大大强化和凸显了医院与社会、医病与"医国"、改造医院与改造政治的意义同一性与象征性，使单纯的救亡主题延伸和扩大为具有强烈时代特征和认识特征的民族国家关怀，成为乐观化和理想化的"中国寓言"。戏剧中正直爱国的丁医生在目睹了医院的新旧蜕变后的低吟——"中国，你是不会亡的"——就是这种寓言的最好表达。而医生和医院作为象喻和符号系统在这样的叙事、想象和寓言中发挥着独特的修辞作用。

叙事模式之三，是在抗战救亡的外部大环境下，借医生和医院的形象与意象描绘现实社会政治环境的恶劣与黑暗，从而把医学和医生的消灭病菌、治病救人与改造社会与政治相联系，让医学和医生在承担治病救人、救亡救国的同时，又承担批判和改造政治与社会的任务，或者折射出时代与社会的"黑与寒"。环境的双重性、医生职业和

---

[1] 曹禺：《蜕变·后记》，《曹禺全集》第 2 卷，花山文艺出版社 1996 年版，第 358 页。

医院意义所指的多重性，成为这种模式的突出特征。陈白尘的话剧作品《岁寒图》不仅间接描绘了外部的、整体性的民族危亡与救亡的大环境及其构成的压力与紧张，还更直接和具体地展示了现实和政治造成的内在环境的压力和挑战。相比于外部环境，由社会现实和政治的黑暗造成的内在环境更为恶劣，压力和挑战更大。这是"岁寒"的意蕴之一。"岁寒"的另一意蕴是表现著名爱国医生黎竹荪为代表的知识分子不凋不屈的"松树"品格、职业坚守及坚守中的转变。作品如此叙事的目的，是借此表现和凸显强烈的政治化主题——让"医生"的思想认识在困境中发生变化：消灭医学病菌、治病救人的医学使命和目的，必须在消灭政治病菌，变革社会和政治环境的前提下才能实现，即"医生的首要任务具有政治性：与疾病作斗争必须首先与坏政府做斗争。人必须先获得解放，才能得到全面彻底的治疗……"[1] 进而让医生在医学（科学）功能和追求与社会性追求和功能之间同样进行抉择，使其由单纯的救民救国的医学医生转型为兼有批判和批判社会政治的"政治医生"、"社会医生"和"国家医生"的多重身份与使命，多项承担和职责集于一身，借以达到对抗战救亡背景下国统区社会与政治环境进行讽喻、批判和否定的目的。与这样的目的相同，巴金的《第四病室》也在抗战后期国统区"岁寒"或"寒夜"（"寒夜中国"是巴金此时作品的整体意象）的时代环境和氛围中，将视点转向了医院和病室。外部的、与后方相对的前方的战事即严酷的民族救亡战争，也是作品的大氛围和环境，且在作品里时常以人物对有关战事的谈话和关注等间接方式加以暗示和渲染，但作品的主要目的却在于通过对医院病室的聚焦和散点透视式的描写，揭示大后方社会环境和氛围的整体性黑暗、悲苦与压抑。战争和到处存在的苦难一方面造成了大量的穷困的病人，另一方面又使这些病人在医院中得不到有效的治疗，甚至

---

[1] 福科：《临床医学的诞生》，译林出版社2001年版，第34—37页。

招致的是治疗不平等、痛苦的难以解除，以及社会政治和经济的阶级差序与等级导致的医院治疗体系下的生命和人格的屈辱，社会空间的性质和结构也被内化和复制在医院的结构和功能中，由此导致贫穷病人在医院遭受肉体和人格的双重苦痛，善良正直医生的医疗技术和人道主义精神无法有效施展。这样的医院正如福科所说："就其一般形式而言都带有悲苦的印迹……是一种不合时宜的解决办法，不能满足穷人的真正要求，反而给贫困的病人打上耻辱的烙印。"[1]因此，巴金作品在表达"对医院怀疑"的"病室"悲苦叙事时，自内向外地联系和映衬着病室外社会空间的环境特征，"病室"和医院的整体景象和意象其实是作者感知的战时大后方中国的象征，叙事指向是"意在医外"，借病室以隐喻和批判社会，与契诃夫意在反映和渲染沙皇俄国社会黑暗压抑氛围的小说《第六病室》显示出精神和意义的同构性。而《第四病室》如此的叙事策略和功能的实现，与"病室"和医院的意象及其描写是分不开的。医院既是医学单位又是社会单位，既是独立的医学空间又是社会空间的延伸和复制，或者说医院的体制和结构内存社会性体制和结构的特点，为这样的叙事奠定了修辞与想象基础。

总而言之，上述的有关医生和医院的描绘与叙事，其实内涵共同的思维、想象与修辞模式，即以医生和医院作为能指和借喻，在医生和医院一连串的医学功能受阻、中断和困窘中，使作为能指符号的医生和医院的"所指"功能发生滑行和转义，进而变成双关性的隐喻：医生除固有的医学功能外还兼有救国救亡与改造政治与社会的使命，医院的意义增殖为民族国家兴亡的缩影与代表，病理学上的疾病与细菌具有了社会学上的意义，文学叙事里的医学与社会政治建立关系，成为社会政治意义大于医学意义的"政治医学"。从借喻到隐喻和所指功能与意义的增殖扩大，成为20世纪40年代救亡文学里医学叙事的

---

[1] 福科：《临床医学的诞生》，第45—47页。

明显特征。

在上述文体和叙事各自不同的作品里,还有一个值得关注的现象,那就是都出现了好医生兼爱国者的形象,如《法西斯细菌》里的俞实夫,《岁寒图》里的黎竹荪,《蜕变》中的丁大夫,《第四病室》里的杨医生。他们献身医学,热爱职业,以治病救人和消灭病菌为天职,医德和人品高尚,在现实环境的促动下,把强烈的爱民救民、爱国报国之心转化为或投身抗战,或改造环境,或救治病人的具体行为,成为岁寒中的松柏,民族危亡时代的栋梁,或黑暗王国里的希望与光明。他们被赋予了医生与救国者和新的民族国家的缔造者的多重身份与角色,承担着医学与社会、时代和历史的重任,从而使医生形象具有复合色彩和象征意蕴,这成为20世纪40年代救亡文学的一个比较突出的特点。这样的特点与此前的救亡文学既存在精神的承续,又共同构成近现代救亡文学的集体记忆方式、思维想象方式和言说表达方式。

3. 启蒙文学中的医学隐喻

滥觞于"五四"的新文学本质上属于启蒙主义文学,而启蒙主义的精神与价值结构的特点——居高临下的俯瞰者与被俯瞰者、启蒙者与被启蒙者、拯救者与被拯救者,与医学的结构与功能天然地具有相似性和可比性。因而,启蒙性质的文学借鉴和移用某些医学资源进行想象和修辞,自然就在所难免。"五四"启蒙文学的先驱者和集大成者鲁迅,就是与医学"结缘"最深的现代中国作家之一。少年时代父亲的患病、治疗和死亡,由此带来的家道中落和社会歧视,是他怀疑和厌恶中医并后来选择和学习医学的重要原因之一。而学医中途发生的"弃医从文"的选择,虽然使鲁迅最终没有成为医学医生,但学医的经历和医学知识,却作为一种支援意识和背景资源,对成为作家的鲁迅的思想和创作产生影响,使他的启蒙小说创作在文学与社会学视野和结构中，含蕴和内存着医学的知识背景，成为小说叙事要素的内容之一。因此，阐述启蒙文学与医学的关系，鲁迅小说是最好的范本和范式。

鲁迅启蒙文学的基本主题是批判传统中国的思想文化"吃人"的罪孽，以"哀其不幸，怒其不争"的态度揭示中国国民性的落后，达到"引起疗救的注意"和批判改造后的"立人"目的。为此，鲁迅在小说中常常使用看与被看的二元结构模式，描写启蒙者（先觉的战士或现代性知识分子）与被启蒙者（落后愚昧的民众）、封建性传统文化的维护者与牺牲者等两大类对立的人物及其关系。鲁迅在描写这几类人物的基本属性及其精神性格特征时，强调和揭示出这是他们生活或活动的社会与历史环境的产物，是连接、折射、象征、说明和臧否社会历史环境性质与特征的存在。与此同时，在他们精神性格的社会学特征中，又比较普遍地具有符合医学病理症候的因素。对人物形象和精神特征的如此描绘和"集成"，鲁迅既借鉴了外国文学特别是俄国文学的既成资源，比如果戈理和安特列夫等作家对狂人的描绘，但他的医学知识又无疑地积淀和蕴涵于其中，直接或间接地渗透到启蒙文学的主题构成、人物形象和叙事的意象与艺术中。

在鲁迅小说里，那些意图对既成的由精神现实与物质现实构成的环境进行改造、破坏或革命的思想启蒙者、反抗者与革命者，如《狂人日记》里的狂人，《长明灯》里的疯子，《孤独者》里的魏连殳，都基本上具有社会写实性与象征性、社会真实性与医学病理性两种属性，它们水乳交融地融会在人物的性格和整体存在中。在描绘这些人物的时候，鲁迅首先化用具体的医学知识作为塑造人物、揭示和展示其性格精神构成因素与特征的手段，如狂人的被迫害妄想症、疯子的偏执癔症，他们的语言行为和整体形象，无不符合医学病理和症候真实，充分表明了鲁迅的医学知识和背景在文学描绘上的成功运用和发挥。其次，鲁迅化用了医学史上疾病症候与社会环境的联系，即医学症候与"社会症候"之间,存在着一定联系的相关知识和背景。在欧洲和西方历史上,对某类疾病和患者的医学认识、社会认识与处理(包括处理方式),既有医学自身的原因,又往往掺杂医学外的政治、宗教和社会因素。如对异教徒、疯子、巫婆、麻风病的疯狂迫害与监控驱赶,就更多的是落后、残忍的宗教和政治,以及由此形成的民众"合谋"的结果[1];是自以为代表神意、真理、理性而实质代表落后与偏执的社会共同体,进行消灭另类,铲除异己,压制声音的"驱巫"行为。目的是"不让周围的人同他交流,让周围的人对谵妄病人的自由呼喊、高亢表演无动于衷,保持缄默"[2]。鲁迅小说里狂人的高喊狂呼无人响应,没有听众,周围世界和民众对他的沉默与敌视,他的被呵斥、冷遇、隔离和被迫"清醒",回归所谓的正常世界和理性世界,也是传统、现实、家族、庸众和环境合力惩罚的结果。这种文学结构、叙事模式与医学和社会史上的驱巫行为、异教迫害和癫狂监控与惩罚模式,无疑具有情境、原型、结构和仪式的相似性,是那种历史和医学史"文本"通过绵延的时空和精神隧道,在鲁迅小说文本里的沉潜、积淀和"互文"的结果。

对被启蒙的民众与庸众、封建传统文化思想卫道者与被害者,鲁迅主要以医生般的诊察——即病象诊断、病理扫描的方式描绘和呈现他们的社会性病症,在这些社会性病症里包含着医学病理学的症候因素。《示众》里的"看客"行为是作为国民性弱点被予以描绘和放大的,这种普遍性的国民弱点,在医学上属于"窥视癖";阿Q的精神胜利法是中国历史和文化合谋制作的结果,是国民性病症的集合,又带有自卑、妄想、人格分裂的病理特点;《药》、《祝福》、《狂人日记》里民众的冷漠与迟钝,是社会环境造成的必然后果,这后果显然也符合医学的自闭症病理规定。《祝福》里的祥林嫂在失去孩子后的不断

---

[1] 对此可参看福科的《规训与惩罚》、《临床医学的诞生》、《疯狂与文明》等著作。
[2] 汪民安:《福科的界限》,中国社会科学出版社2002年版,第17页。

"痛说家史"和恍惚木然，是遭到难以承受的巨大打击后的精神失常和强制性偏执。而那些封建传统思想文化、伦理道德的维护者和旧乡村秩序的统治者，也同样表现出各种各样的病象与病症。《肥皂》里的四铭和《高老夫子》里的高尔础，《离婚》中的七大人，都表现出医学病理上的"恋物癖"、窥视癖、性变态症状，封建传统思想和伦理在人性欲望与压抑强制上的病态结构和规训要求，不仅使民众"中毒"而变得愚弱麻木，成为患病而不自知的"愚弱的国人"，也必然使那些所谓的维护者而实际上的伪君子变态与畸形，成为自以为正常而其实病症缠身的"病人"、活死人与"死魂灵"。同样，以科举为代表的封建制度和传统规则虽然已退场和消亡，但它早已制造了大批类似孔乙己这样的"多余人"、"废人"和残疾者。他们是百无一用、进退无路的"残疾"的正常人，即精神上的落伍者和"残废者"。他最后的身体被打致残，其实是内化在身心，对人的精神和身体进行双重摧残的"传统"导致的必然结果，而不仅仅是个偶然事件。封建性传统必然导致人的精神和身体的"残废化"，必然造成大批带有病理症候的社会病人。在一定意义上，那些封建传统的维护者和孔乙己这样的中毒者，都是"废物"、残疾者、不正常者和病人，都存在这样或那样的社会性与医学性病症。而孔乙己伤残后用手支撑身体走路的细节，更是一种"医学真实"的"坐实"和描绘。渗透到社会性观察和文学描写里的医学知识与背景，成为这些人物描写背后的成功和积极要素。

鲁迅启蒙小说对封建性传统和国民性批判、对"荒村"中国"凉薄"环境的描写中，还揭示和描绘了构成这样的传统和环境的"医学"要素——那就是对"老中国"环境里的伪医、庸医的身份及其医术和形象的"证伪"。在鲁迅小说中，愚昧的民众对真心拯救他们、从而可能真正改变他们处境和命运的"精神导师"和"医生"——启蒙者与革命者，极为反感、漠视乃至敌视，拒绝他们的劝告与"疗救"；相反，对那些伪医和庸医，却承认其身份，接受其治疗，即使付出金钱和生命的代价也没有怨言和责怪。小说《药》里的康大叔，真正的身份和职业是刽子手，但他却假冒用"人血馒头"之类"偏方"给人治病，并且笃定"包好"的民间医生。小说的叙事表明，对这一"民间医生"身份，刽子手康大叔"自以为是"，没有假冒意识，他不过是按照历来的"惯例"行事和"行医"；而且被病人、病人家属和"庸众"构成的环境"公认"为医生。小说中华老栓一家以及周围的人们对康大叔的毕恭毕敬、奉若神明、坚信不疑的态度，就是最好的说明。然而，鲁迅用病人华小栓吃药后的无济于事和最终死亡的"反讽"性叙事，对康大叔的伪医生身份及其药物的效用进行了"证伪"，还原了其刽子手的真实身份及其药物的荒谬性。而这样的"伪医"居然可以胡作非为地行医，居然被民众接受和承认，由此可见民众的愚昧之深、华夏中国的悲剧之深重和启蒙之艰难。

另一类"伪医"虽具有现实的、真实的医生身份和职业，但其医生身份的名与实和医术，以及医生与病人之间的医疗关系和结果，却同样具有虚伪性与荒唐性，而医术和治疗的虚伪性与无效也"反证"了其医生身份与职业之"伪"。这类医生形象在鲁迅小说里多为"中医"。在《明天》中一段年轻守寡的单四嫂子带孩子求诊于名医何小仙的场面中，"名医"何小仙的奇怪的名字，四寸多长的指甲，冷漠的态度，不看具体对象和病情，可以在任何场合对所有人运用的模糊的语言，"程式化"和职业化的中医术语令人云山雾罩，更令"粗笨"的单四嫂子不知所以。其实，这就对这位"名医"的身份和医术构成了拆解与"证伪"，而求诊后孩子的迅即死亡，也愈加有力地说明和印证了"名医"身份下的"伪医"与"庸医"的实质。在另一篇小说《弟兄》里，鲁迅也描写了中医白问山虽然不像名医何小仙那样冷漠，但也同样是热情的庸医——把出疹子诊断成猩红热，与不懂医学的普通人一样。对这些"名中医"的反讽性描写，既表现了鲁迅对包括中医一以贯之的批判否定态度——荒唐可笑、欺世盗名、毫无用处和涂炭民生，也有更深广的用意和目的——对包括中医在内的传统和"国粹"予以批判、否定与拒斥，表达彻底的反封建、反传统的文化立场和态度。而这样的态度立场是与鲁迅"立人""醒民"的启蒙追求融为一体的。真医缺失而"伪医"充斥的老中国"黑夜"环境，使得从肉体到精神患病的民众或者无医生可寻，或者被伪医和庸医误诊，从而导致精神和身体上的病症和痛苦的无法解除以及死亡——《药》里的华小栓和《明天》里的单四嫂的儿子，都是病症被伪医和庸医误诊而死。对这种中国的和民众的悲剧的揭示，同样是叙述的目的和启蒙主题的组成部分。

把医学的某些意象和知识背景揉进启蒙文学叙事，这有力地拓展了鲁迅小说的视野，深化了启蒙主题，丰富了启蒙文学的叙事艺术。如上所述，鲁迅小说看与被看的二元叙事结构和视角，深层里积淀医学的目视与被目视（诊断与治疗）的关系和原型，使得鲁迅启蒙文学的总体叙事中，或者说在鲁迅深刻的思想启蒙者和作家的目光里，时常透射出和令人感到来自医生和医学的锐利的"诊断"目光。"国民性"改造和批判构成的叙事里，那种对国民精神愚昧与疾患准确的描绘与定位，"揭出病苦，引起疗救的注意"的启蒙目的，对国民精神疾患和病苦剖析和批判时不动声色、寓热于冷，甚至将博大宽厚的启蒙主义、人道主义追求潜存过分的冷静乃至冷酷之下的叙述立场和态度，与医生敏锐地诊断、目视与治疗的行为模式和精神态度具有诸多相似性与同构性。同时，"疗救"、"病苦"、"解剖"这些医学术语的使用，说明鲁迅在思考、关注和描述社会历史性现象之际，医学的知识背景和思维逻辑已经融入他的作家和文学思维的结构机制中，并构成他的基本语言和意象单位，参与着文学的思维、写作和叙事，作为启蒙文学的构成要素发挥着独特的作用。

鲁迅开创的这一启蒙文学的叙事模式和传统，在此后的文学中时隐时现，特别是受鲁迅影响的乡土文学，多揭示和描绘宗法制乡村环境里农民生活的困苦与精神的落后，甚至人物精神性格的扭曲与病态，但他们的关注与描写多集中在社会性视阈和焦点上，少有或缺失鲁迅那样的医学背景，以及对医学资源的借用、转喻和修辞。倒是在20世纪40年代丁玲小说《在医院中》，这种传统得到了赓续和发挥。同样置身于抗日战争的大背景，同样描写后方的医院环境和医生形象，丁玲的小说不是探讨和表现医生的医学使命、救国救亡使命与政治和社会改造的关系，不是借医院这样的医学空间影射、联系和批判社会空间，而是通过医院的环境构成和医生的形象与作为，描写在政治正确的空间里乡村农民意识与现代文明意识的冲突和冲突的结果，提出与揭示了在"光明与解放"的环境中陈旧落后的农民小生产意识、乡村传统观念以新的形式和面目广泛存在着，它们对以医学和医生代表的科学与现代文明顽固敌视和排斥，对之改造的更加艰巨，甚至可能招致失败。因此丁玲的《在医院中》和她此时的其他作品一起，共同揭示和提出了在新的政治和时代环境里反封建、反传统、反农民小生产意识和乡村意识的必要性与紧迫性，提出了"何为病"、"谁之病"以及如何治疗的问题。也就是在新的时代条件下如何继续启蒙、怎样进行新的启蒙问题，从而与鲁迅小说具有了精神共鸣和接点。这样的"新启蒙"主题，由于借用医生和医院的形象与意象作为"喻体"以寄托旨意，进行修辞与叙事，因而使小说同样具有了写实与象征的丰富意蕴和"寓言"色彩，也成为现代启蒙文学隐约绵延的叙事"小传统"。

  这类借医学内涵以隐喻救国救亡，借医生形象和行为以言政治和社会的"医学叙事"模式，在同时期的抗日根据地文学和解放区文学，以及后来的共和国文学中也一直存在并发生着变化。20世纪40年代周而复完成的有关白求恩的报告文学和后来写作的长篇小说《白求恩大夫》，其实也是通过对白求恩救死扶伤、死而后已的叙事，将医生的形象和天职与国际主义战士等政治和意识形态进行缝合与嫁接，其文学文本的话语和"内存"，来自政治文本，或者说，是对后者的文学化复制与浮现。小说《白求恩大夫》的扉页刊载的毛泽东《纪念白求恩》的有关话语，就是自明性说明。20世纪50年代和60年代陆文夫的《牌坊的故事》和茹志鹃的《静静的产院》，或是借民间医生的形象和医术的神奇性，表达医生崇高医德和治病救人的医学功能与社会环境和制度之间的关系，或是把乡村妇女和赤脚医生的身份缝合兼容起来，以表达"风俗纯"的社会环境与人皆可以成医成圣的互动关系和神话。而20世纪80年代轰动一时的《人到中年》，则是意在通过对天使圣徒般的医生形象的描绘，对政治或现实进行批判性反思和联系，所谓借医生形象提出"如何爱护关心知识分子问题"。医生陆文亭对真正医生的身份和意识的极端自觉与殉难般的忘我坚守，医生精神的神性展现，使她的医生角色和内涵增值与扩大，即一方面她是医学医生，她的对象是医学意义上的病人，另一方面也客观上拥有了"社会医生"、"政治医生"的身份与特征，她的境遇映射出妨碍医学功能及其人道功能实现的当时社会生活环境的某些"病象"。医学的自身功能与社会功能相互联系包容的特点同样在这里得到了借用和创造性复制，从而使医生的形象角色和行为功能也显现出双重性。

值得指出的是，从清末到20世纪80年代，由于救亡、启蒙、革命和强国的追求与目的的重大与"神圣"，由于这种强大的社会政治话语的外在要求和民族国家关怀强烈的作家的内在遵从，同时也由于症候诊断、治病救命的医疗关系里内含和熔铸的生命关怀哲学——人道主义——的崇高与神圣，使得近现代文学在借用医学关系、资源和意象描绘医生形象与行为时，往往多赋予其伟大、崇高和神圣的色彩，像夏衍、陈白尘、周而复、丁玲、巴金、沈从文、谌容笔下都出现了这类医生形象，他们在承担和履行医学与社会的职责中大多具有普通人和"白衣天使"、殉道者和神圣者的复合色调。不过，这种情形在20世纪90年代以后却出现了"变调"。刘恒小说《白涡》里的中医研究员——特殊的医生，他的双重乃至多重人格，既贪色又贪权的"天使的堕落"和对堕落的渴望,则是借医生形象对市场经济时代知识分子欲望膨胀、精神变形和角色逃亡进行敏锐的揭示与辛辣的嘲讽。在这里,医生缺失了身份职业操守——希波克拉底精神,不再与"救亡救民"和崇高宏大性联系在一起,而是矮化为作奸犯科的凡夫俗子,逆转为社会性的"病人",医生及其所代表的知识分子"铁肩担道义"、救民又救国的角色与形象,医生与病人、医学功能与社会功能的崇高性关系,遭到毁灭性颠覆、瓦解与"脱魅"。此后,学医出身的作家余华小说中不时地有医生角色,但医生只是"中性化"或无性化的道具,医生与病人、医学与病患的现实和隐喻关系均不存在;池莉作品里的医生护士多是凡夫俗子甚至宵小之徒,个别医术和医德高超者平素也是灰头土脸;陆星儿的长篇小说《精神科医生》里的主人公形象,虽有治病救人和救世纠弊的医学人道主义精神与社会正义感,却在医院内外处处碰壁,志向难抒;毕淑敏小说里的林林总总的医生形象,大多比较纯洁或圣洁,但他们或者局限于对医学和医术钟情于执著,追求医术的高超完美,是地道的"医者"和"术者"——职业化的医学专家,对"疾病"的重视超过对病人的重视,显得"医道"超绝而"人道"不足,或者在医学意识和人道意识中掺杂着个人的生活和情感,或者虽然追求和不忘医生的医学职责与社会职责而显示出神圣之感,但却难得崇高和伟大起来,像《红处方》里的戒毒医生一样,治病救人济世的高尚换来的却是丈夫背叛,病人下毒,自戕身死的悲惨下场。还有一些医生形象和医学叙事,往往借医生和医学以言生死之道、终极关怀和生活与生命的"形上"之道,很少将医学功能、关系和意象与民族国家兴亡之道缝合连接。至此,一再地从医学借鉴想象、素材、意象等资源,依托医生形象的崇高神圣性和医学内涵的多重关系,以写实和隐喻的方式,进行有关国民性批判、民族国家关怀等宏大叙事的近现代文学的有关"医学"叙事模式,发生了有意味的变异。

4. "医学"隐喻的文学与审美价值

医学作为借鉴资源进入文学，对文学主题和意象的构制，对叙述手段和模式，自然会带来相应的影响。而具有医学背景的作家的医学知识、医生职业或经历，也会作为一种独特的资源渗透进写作中，对文本的叙事产生显在或潜隐的影响。中国近现代文学的这样两种资源的渗透或进入，带来了一定的"医学文学和叙事"特征。

这种特征之一，就是在将医学关系作为想象和借鉴资源引进文学叙事中构制文本的时候，不可避免地出现了较为突出的写实与象征、明喻与隐喻的多重文本结构。如上所述，医学内涵的多重内容，使近现代文学在借鉴和挪用时，进行了广泛的社会性、复合性的联系、开掘、暗示、象征、寄托和隐喻。这里，具有医生经历和医学知识背景的作家，与不具备这种经历背景的作家，一方面显示出共性，即它们都常常选择和描写医生、医院和医院里的医学场景与关系，作为基本的意象单位和叙述空间，在其中灌注作者的思考与作品的主题；一方面又显示出差异。就大体而言，非医学背景的作家对医学关系的借用与描绘，大多停留在"借用"的层次上，即便有一些医院场景、医学术语和医学关系的描写，也往往是浅尝辄止，医学关系和主题关系具有外在的嫁接性特点。对比之下，具有学医和从医背景的作家，他们的医学知识和经历，使他们不仅也愿意借用医学关系，在作品中常常出现医生形象、医院场景、医学术语和医疗过程，构成基本的意象单位和文学化的医学叙事。更重要的是，他们作品中的医学与文学关系往往显示出内在的融合性，借用传统美学术语来说，就是二者之间"不隔"。不仅如此，他们中的一些人的医学叙事还能冲破简单外在的医学关系和医疗过程的描绘，深入到医学病理学、心理学的"内行"层次，在具有医学真实、病理学"症候"真实的基础上来描写人物的心理、性格和行为，从中透射出"意在医外"的文学主题，寄托和隐喻作者与作品的多重"所指"。在这方面，鲁迅及其小说就是典型的代表。人们公认鲁迅的《狂人日记》中狂人的心理、话语和行为，无一不符合临床医学上精神病人的症候，小说的文学和社会学意义都从狂人身上典型的、符合精神病理学症候的心理语言和行为中投射出来。其实不止《狂人日记》，《长明灯》里疯子的行为，《白光》里陈士诚科举考试失败后的精神狂想和发狂行为，《孔乙己》被打折腿后用手走路的细节，《祝福》里祥林嫂再婚不久夫死子丧的打击所造成的精神偏执与强迫症（逢人便诉说自己的不幸遭遇），《离婚》里七大人的"屁塞"与医学病理上的"恋物癖"，《肥皂》里四铭和《高老夫子》里高尔础的性变态心理行为，都符合医学病理真实，是在医学病理和症候真实基础上与社会真实进行了有机融合与嫁接。这种广泛而又具有医学真实和深度的人物心理行为描绘，或者说，这种对医学真实的广泛而具有深度的借用和向文学的转化与融合，显然得益于他的学医背景和医学知识。鲁迅的融社会性思考与批判于医学病理真实的文学—医学叙事，可以说与他的学医背景和知识构成了内在深刻的关联。

另外，即便是对医院这样的医学空间和其中关系的借用与描绘，在两类作家那里也显得"内外"有别。如上所述，丁玲和池莉都有对医院进行"证伪"叙事的作品。但丁玲对医院的内部组织结构和现象的描绘，明显地是一种外在的、游历和观察的目视，因而描绘也是比较大略和粗线条的，尽管是借用了医生陆萍的目光和目视，也无法摆脱那种略图式的"隔"与外在。相比之下，池莉对流行病防治所和医院的描绘，得益于她的职业经历和医学背景，显示出一种内在的职业化目视的特点，因而其医院描绘能够展示和揭示出其中复杂的组织、结构、功能和关系，是一种文学化的医院和医学写实，而不是简单外在的医学空间的借用和隐喻。医学背景的支撑和自信，使他们敢于和善于展开对医学关系的深度利用和描绘，作为文学叙事的背景、内容和基础。像池莉的《霍乱之乱》，就是通过对医院、医生和流行病防治的描绘，在医疗过程的完整和内行的叙事中解析、融入和表现出文学的、社会的和审美的思考与关怀，几近于医学内容的报告文学。文学叙事中的医学真实和深度内容，与医学叙事中蕴涵、凝聚的文学主旨，在这里是双性同体、合二而一的。

在这方面更为具有代表性的，是另一位医生出身的作家毕淑敏。毕淑敏很多作品的情节内容，像《眼睛是一座彩虹桥》、《术者》、《生生不已》、《预约死亡》、《血玲珑》、《红处方》等，都与医生、医院和医学场景不可分离。医学空间、关系和意象成为文学想象与叙事的酵母和土壤。医生经历和医学知识的背景使她笔下的医学关系和意象不是简单的借用资源和包装外壳，而是与文学内容血肉相依、难以分离的。很多故事情节和其中蕴涵的深刻主题都凝聚和融化在医学空间、意象和关系中并由此展开和表达，成为医学环境中的人生故事，或医学中透射出来的文学主题。医学既是叙述的背景，也是叙述的内容和单元。在这样的文学—医学叙事中，不仅作品里充满大量的医学术语、细节、规则和一些医护人员及医院内部的非公开的"行规"，而且更充满了专业性医疗过程、立体性医院空间环境、多样性医生护士形象和病患与病人形象的真切描绘。在百年中国文学的有关医学的叙事中，往往倚重对医生形象的描写，从中引申或寄寓作者所要表达的思想或社会意义，而相对缺失或忽视对病患和病人形象的具体的、有血有肉的和非象征隐喻的描绘。巴金的《第四病室》于此方面有所补偿，整个作品都是从病人的角度对医院、医生护士和其他病人的观察与描写，具有很强的写实性，但这种对"他者"的描写因为是外在的观察与目视，所以"观察与目视"多于描写与透视，人物的外在行为形象多而内在的心理与心理联系着的复杂关系和内容少。毕淑敏的作品可以说是对百年中国文学中的"医学叙事"的这一方面内容作了补课，她的作品里对病人、病人心理和病人所联系着的多方面关系，进行了全方位、全过程、充满职业特征和符合医学真实的文学探视与表现。特别是对医学所联系和包含的复杂关系，从医 20 年的毕淑敏，通过作品进行了广泛和深度的利用、开掘与表现，以传达她的人生认识和评价。医院与病人，医生与病人，病人与病人，医生医院与病人亲属，疾病与医学和社会，医学与医学道德和社会伦理道德，医学自身的科学性、合法性、目的性与人道主义和人文关怀……这其中贯穿和联系的医疗关系、心理关系、社会关系、道德乃至哲学关系，都在她具象的医学叙事中作了较为全面、细致和深入的透视与描绘，堪称文学叙事中的医学关系百科全书。这种将文学与医学紧密相连，人生、社会、道德和哲学思考都与医学意象、空间和其中内涵的复杂多维关系互为缠绕包容的表现方法，形成了毕淑敏式的文学医学叙事特色，是一种"集道德、文学、科学于一体的思维方式、写作方式与行为方式"[1]。

其次，由于医学自身的规定性——目视、诊病与治疗的特点与功能，使得近现代文学在借用或依托有关的医学意象和资源进行叙事时，也在总体上形成一种寓博大的人道主义悲悯于冷静的观察透视、剖析批判的叙事视角和倾向中，即寓"热"于"冷"，"冷"中有"热"的叙述风格和特征。这"冷"在不同作家及其文本里或者表现为冷静，或者表现为"冷酷"。而有关作家的医学背景和经历，在一定程度上对这种叙述风格的形成起到了"助成"作用。鲁迅的医学背景使他在"国民性改造"的主题叙事中，极其准确和敏锐地目视到国民和人类的愚昧性精神疾患，并通过文学手法和文学背后积淀的类乎疾病分类与诊断的医学方法，对国民精神病灶进行了分离、分析与解剖。鲁迅的《呐喊》、《彷徨》中充满了大量的病人，很少有身心健康的人物。这些病人之病既是历史、现实和文化造成的国民性弊端，也是医学上的病理症状，是二者的融合。即便是阿 Q 的"精神胜利法"，也不纯粹是社会性的国民精神弊端，而是同时符合精神癔症和人格分裂的医学病

---

[1] 王蒙：《作家—医生毕淑敏》，《毕淑敏自选精品集》，中国社会出版社 2002 年版，第 1 页。

理真实。鲁迅自述自己对各类病人描绘与解剖的目的是"揭出病苦，引起疗救的注意"。"病苦"、"疗救"这类隐喻和借喻性的医学术语，从语言与思维同一性角度看，隐匿和内存的正是鲁迅的医学知识和背景。而鲁迅对国民精神疾患和病苦进行揭示、剖析和批判时的叙述立场和态度，正像医生诊病和手术时的立场态度一样，是表面的不动声色、毫不留情的冷静，甚至于冷酷。而"疗救"的人道主义和民族国家关怀的博大目的是潜存于这之下的。

鲁迅开创的这一叙事风格和立场态度，在后来的具有医学背景的作家那里得到自觉或不自觉的承传。相反，那些不具有医学背景的作家在关涉到医学的叙事时，倒往往显得充满热情和激情，如夏衍、丁玲、陈白尘、谌容的相关作品，大都具有一种诗情或激情色彩。20世纪80年代几位弃医从文的作家，将类似医生面对疾病、痛苦、血腥、死亡时表冷而内热的职业化态度，渗透和凝聚于作品里，从而几乎都表现出一种叙述上的冷静、从容乃至"冷酷"的态度与语调；并且他们还时常在作品中描绘一些带有医学目视和解剖学特点的细节、场面和情节。牙医出身的作家余华，其早期那些带有先锋性质的小说，经常出现一些充满残酷、暴力与血腥的叙述。他自己也说"暴力因为其形式充满激情，它的力量源自于人内心的渴望，所以它使我心醉神迷"[1]。余华对血腥与暴力的一度迷恋自有他当时的思想与美学认识和追求，但他在叙述这些场面和细节时的寓激情于冷静乃至"暴力迷恋"的"类医生态度"和立场，那种医学解剖式的对肢体、流血和疼痛的"中立"和"客观"的描绘，可以认为与他自述的牙医经历不无关系。对余华而言，这些未必都是长处，却是他的特点。后来的那些被认为"返璞归真"的作品，如《活着》和《徐三官卖血记》等，则更是在表面冷静"中立"的叙述中沉潜着博大厚重的人生和人性关怀，

---

[1] 余华：《虚伪的作品》，《余华作品集》(2)，中国社会科学出版社1995年版，第280页。

更接近于寓人道使命于冷静手术和医疗的医生情怀。毕淑敏的作品则更具有描绘与叙述上的医生般的态度和立场，即将其带有生命尊重与博爱色彩的医学人道主义和社会人道主义，沉潜和灌注于那些医学性事件的从容叙述中。像《眼睛是一条彩虹》中的尸体解剖的描写，《血玲珑》和《红处方》等作品对恶病、吸毒和死亡的描写，以及对医生和医学在疾病与死亡面前的有用与"无奈"的展示，都具有病理诊断、医学解剖的真实性和"残酷性"，具有职业医生病理诊断报告的"客观"与职业化的"无情"——作者在叙述中也一再地提及和描绘医生面对这些真实和残酷性事件时的客观与"无情"的职业化态度的必要性，实际上这也是医生出身的作者在描绘这些事件时的叙述态度。但是，描绘这些医学真实事件时来自作家医学背景的医生式的冷静从容乃至"残酷无情"的叙述，并不代表着作为文学作家的作者在冷静描述"残酷"事件背后的人生态度与美学态度。实际上，具体的医学性事件的真实乃至残酷和无情的叙述，与作品整体的、以生命之爱和生死考问为核心的人道主义关怀是互为表里、相容相生的，真实与残酷中浸透和溶化出善与崇高，"无情"里熔铸和凝聚着爱与情，是残酷之善和无情之情。因此，正如王蒙一再言及的，毕淑敏的"把对于人的关怀和热情悲悯化为冷静"的"医心"，使"她正视死亡与血污，下笔常常令人战栗……但主旨仍然平实和悦，她是要她的读者更好地活下去、爱下去、工作下去"，"善意与冷静，像孪生姐妹一样地时刻跟随着毕淑敏的笔端"。[1]

此外，医生的经历和背景还使他们有一种看透生死、了悟人生、生命等值（无贵贱、无差别、无歧视）、生命尊重和敬畏等带有生命本体论色彩的人生哲学和态度。这样的人生态度导致他们在表现对象的选择和描写上、在人生价值和美学价值判断上，表现出不约而同的所

---

[1] 王蒙：《作家—医生毕淑敏》。

谓的"避光性"、"趋下性"与趋俗性，即回避以往的宏大崇高性叙事，而转向对平凡事件、凡俗人生的亲和性叙述，表现出在文学的真善美原则上的重新思考、追求和定位。这种倾向是 20 世纪 80 年代中国文学的共同抉择和特征，池莉、余华等人也是在这样的潮流之中开始写作的，因而不能不受到影响。但是他们独特的医生经历和背景，却使他们在与时代文学的共性接轨中保有了自己的特征。他们没有对以往的高大全式"伪崇高"和宏大叙事进行愤世嫉俗的谩骂嘲讽，没有在世俗亲和和描绘中弘扬痞子意识、虚无人生和丑恶狂呼。的确，池莉《烦恼人生》和《冷也好热也好活着就好》，与余华的《活着》和《许三官卖血记》，异常相似地表现出对凡俗人生、卑微生命价值的亲和与肯定，一种完全没有传统崇高性和"形上"性的"活命或苟活哲学"，但这里其实却凝聚有一种医生般的悟透生命的人生价值和对生命尊严的肯定，有同情和悲悯万物的人性与"医心"，有貌似苟活中的高贵与庄严，有中国老庄式的和现代生命本体哲学的终极关怀，以及医学和平民意识构成的中国式的生命存在主义。医学家和文学家的博大的人道主义悲悯和关怀，就在这些不动声色的冷静和近乎残酷的叙述中，在平庸与凡俗的小事和小人物的人生描绘中，透过表面的故事和倾向而隐匿和浮现出来，令读者在阅读中受到感动和感悟。而且，对生命、人格平等原则的内在遵从与尊重，叙述对象的无差别、无歧视、等贵贱，对弱小凡俗人物和一切生命存在的博大宽厚的理解、温存、热爱与悲悯。这种掺杂着作家与医生双重体验和感悟的人生态度与文学叙事，使他们的作品与同时期的类似文本显示出内在的差别，成为他们的文学叙事中的重要的、甚至是一以贯之的构成因素和诗学与美学原则；并由此成为他们作品魅力与价值的所在。

第五章

试论中国现代流浪汉小说

1. 不安定的灵魂——20世纪20年代的流浪汉小说

在中国现代文学发轫期的"五四"小说创作中，还没有严格意义上的流浪汉小说，但它的雏形却不乏其例。

在彪炳写实主义的文学研究会或与之创作倾向相同或相近的作家当中，我们看到了像潘训的《乡心》、《人间》，巴人《疲惫者》（以及后来的《阿贵流浪记》）等作品。出现在这些作品中的主人公，都来自社会最底层，来自苦寒的农村；然而，他们已不是终日躬耕于垄上、辗转于阡陌的完全意义上的农民：《乡心》中的青年农民阿贵，为了谋生，被迫从熟悉的乡村来到陌生的城市；《疲惫者》中的运秧，从乡村到市镇，再从市镇到乡村，到处漂泊打工，背负着挣不脱的贫穷苦难；《人间》中的火吒司，被生活挤到了几乎与世隔绝的荒山野岭。他们几乎都被斩断了与土地、与乡村的固定联系，被生活变动的巨轮抛离了传统的人生轨道，迹近于流浪者。主张关注人生、同情底层人民疾苦的文学研究会（或创作倾向与此相类的）作家们，敏锐地感觉和捕捉到历史深层中这种以无形之手播弄着农民的命运、毁坏具有田园风味的传统乡村生活，使农民"既丧失自己古老形式的文明又丧失祖传的谋生手段"[1]的社会变动，并将其作为直接的社会根源同底层人民的不幸连接起来（在有些作品中，则作为背景置于暗处和底里），揭示历史变动所造成的生活的不安定性带给人们的物质苦难和精神悲哀。不过，上述作品中这些"雏形"的流浪者，由于他们所生存的这块土地的制约，同外国文学中那些厌恶固定职业和生活，喜欢到处漂泊的流浪者，反差极其明显：中国农民特有的乡土根性和心理积习，使他们尚不习惯于偏离既定轨道的不安定的生活，更遑论"喜欢"；虽然被生活的大轮无情地抛甩出来，但乡土根性、心理积习却使他们身在异处而心在故乡，人生夹缝中的逼仄感、陌生感、寂寞感，脱离了土地的那种断裂感、失重感、不安全感，使他们怀念并渴望那逝去了的安宁的乡村生活，而生活的理想的目标，便是重返过去，重返乡土。《乡心》便提供了这种例证。

在上述作品中，尽管作者们的同情和悲悯都是真挚的，态度是严肃认真的，但作为表现对象的流浪者和作为创作主体的作者之间，存在着一种距离，分属于两个不同的世界。被悲悯和悲悯，这本身就是两种不同的境遇，处于两个不同的点位。由此，决定了作品的叙述角度是"俯视"的、观察的。

浪漫的、注重主观抒情的创造社作家，即使在描写流浪者时，也显出与现实主义作家不同的色调。不论是成仿吾的《一个流浪人的新年》、郭沫若的《漂流三部曲》，还是王以仁的《流浪》、《漂泊的云》[2]，以及郁达夫的一些作品，往往取材于自己的某一段生活经历。作品主人公身上，往往有作者本人的影子，或者是作者影像的扩大、缩小、折射，有的径直是"夫子自道"，甚至是作者的全身心投入。因

---

[1] 〔德〕马克思：《不列颠在印度的统治》，《马克思恩格斯选集》第 1 卷，人民出版社 1995 年版，第 760 页。
[2] 王以仁不是创造社成员，但其创作内容、倾向和格调均有意逼肖创造社作家，故在这里一并论之。

此，这些作品的人物形象和作者之间，对象世界和主体世界之间，彼此的界限已经分不大清，人物呼喊的往往正是作者心灵的声音。由此带来的叙述角度是平视与内视的，叙述方式是诉说的。生活的艰难和不安定性是所有流浪者小说中浓重的阴影，但如果说文学研究会的作品中的流浪者多是底层人民，作者们关注和强调的是流浪者面临的经济压迫的苦难，物质贫困的煎熬，那么，创造社小说中的流浪者多是出身于小资产阶级的知识分子，作者更注重他们在经济压迫、社会歧视下的精神痛苦。由于出身经历和社会文化背景的缘故，创造社小说中的流浪者们，对痛苦和不幸格外敏感，具有较大的情感张力和起落幅度。他们固然因面临着诸如失学失业、亲朋疏远、流落他乡、生计维艰等具体苦难而感到痛苦和愤懑，止不住时常大声哭诉或愤怒诅咒，如郭沫若的《漂流三部曲》等。但是，从根本上说来，他们更大的痛苦，却是由于与夹裹着上述具体压迫的整个社会的对立而产生的疏离感和放逐感，是那种以"集体无意识"积淀下来的、知识者传统的人生事业格式和价值尊严被彻底打碎贬低、既不能兼济天下、也不能独善其身、因而进退失据所带来的愤懑感与屈辱感。整个社会以狰狞冷酷的面目威压在他们的四周，断绝着他们的生路，播弄着他们的命运，不能不使他们身心俱疲，万分痛苦。在与社会的疏离与不相容这一点上，创造社的流浪小说与外国的同类作品具有了共同精神色调。但是，在外国文学中，流浪者往往是带着怀疑和不信任的情绪，自觉主动地远离和避开那个充满敌意的、罪恶的"文明社会"，他们是"自我放逐"，流浪生活不仅不是痛苦，反而是一种幸福的主动追求，一种保持自由人格和良心的恰当方式。在创造社作品中，情形恰好相反：中国的知识者出身的流浪者们，是被冷酷的社会贬斥和打碎了家园温暖的梦想之后，被迫流浪的。他们丝毫体验不到外国流浪者的那份浪漫和幸福。与整个社会的对立和疏离，使外国文学中的流浪者们充满自信和自豪，生活意志、生命力极为强悍，敢于以真率的、无拘无束的、甚至放浪形骸的行为同社会对抗和挑战，如梅里美笔下的卡门；而在创造社作品中，与整个社会的对立，也使一些流浪者在痛苦愤懑之余产生了浪漫英雄式的抗争情绪，如郭沫若的作品，但大多数流浪者却由此变得懦弱消沉、悲伤颓唐，王以仁的作品就是其中的代表。他作品中的流浪主人公，敏感多疑，自卑脆弱，时时感受到一种无处不在的压迫和歧视，而又缺乏抗争的勇气和力量。当现实中的失学失业、失恋失家的诸般苦难与社会的整体性压迫袭来的时候，他们纤弱的灵魂几乎被揉碎撕裂，禁不住泣血痛哭，甚至动辄想以自杀作为最后的逃避，正如作者王以仁实际上所做的那样。"人间的弱者"，这是王以仁一篇作品的名字，以此作为创造社作品中的流浪者们共同的精神性格特征，大概是较为妥当贴切的。

同时或稍后出现的、隶属于"革命文学"的流浪小说，在很多方面同创造社的同类作品，颇相类似。这些作品，叙述方式仍然是诉说的，直抒胸臆的，主观抒情的，表现对象和创作主体之间，也存在着某种精神联系，或者也径直是"夫子自道"，像洪灵菲的《流亡》，作品中人物的流亡经历同作者儿子毫无二致。流浪主人公也都是出身于小资产阶级的知识革命者，相对于物质压迫而言，他们感受更多的也都是人间的黑暗苦难、社会性压迫歧视所带来的精神痛苦，因而也忍不住常常直接站出来高声诅咒、悲愤抗议，具有较大的情感张力；同时，某些流浪者是由于"革命"或"政治"原因而被迫流亡的，像《流亡》中的沈之菲，这种"政治流浪"的特殊境遇，更使他们感情冲动增强了数倍。此外，同创造社小说的"浪漫情调"一样，这些作品中的流浪者们，仍然脱离不了"公子落难，红尘相怜"的传统文本和叙事模式的潜在影响，即使身处贫困不堪之境和艰难的流浪途中，也仍然常有美好女性的相爱，有爱情（有时是夸大的）点缀其间。不论是蒋光慈《少年漂泊者》中的汪中，还是洪灵菲《流亡》中的沈之菲，莫不如此。不过，"革命文学"的流浪者小说毕竟属于另一个范畴。作为革命文学家，蒋光慈和洪灵菲赋予他们的作品一种独特的东西：政治和革命。因此，他们不是仅仅只让流浪主人公们停留在诉说痛苦、大声抗议上，而是让他们有所行动；不是像创造社作品那样仅仅展现漂泊生涯的凄苦和悲凉，将展现流浪生涯作为目的，而是将流亡生涯作为一种手段，作为一种走向革命或坚定革命信念的痛苦的修炼过程，在过程的终端，便是完成或"圣化"的革命者。所以，在《少年漂泊者》中，少年汪中在苦难中一步步流浪到革命圣地广州，成为革命者，并最终含笑战死于斯；在《流亡》中，革命者沈之菲在经历了炼狱般的流亡生涯后，重振斗志，踏入征途。由于在流浪者精神性格中注入了"革命与政治"的色素，因而，他们与出身和文化背景相同的创造社作品中的同类们，在许多的相似之中，也显出了自己的特色。创造社作品中的流浪者们，往往是从"落难"的个人的角度与社会对立，其对社会的诅咒控诉流于情绪性、空洞性，带有宽泛的社会批判的色彩；而革命文学中的流浪者，则往往是从阶级、革命和政治的角度，或者是将个人同阶级、革命和政治掺杂在一起同社会对立，更多地带有具体的政治批判的色彩。创造社的流浪者们，其整体的情绪基调始终是悲哀的或者悲愤的；而革命文学中的流浪者们，其情绪却有一个从悲哀悲愤到激奋高昂的流变过程。最为明显的，应该说是精神、性格的强度与力度的不同。不论是少年漂泊者汪中，还是革命流亡者沈之菲，他们蒙受的苦难绝不比创造社的流浪者们少，由于掺杂了现实的政治因素，毋宁说，他们的苦难更为沉重。然而，在一度的悲哀消沉后，他们渐渐止住了哭泣低诉，更没有以弱者的自戕方式寻求解脱和逃避。在接踵而至的苦难中，少年汪中"虽几番欲行自杀的短见，但是求生之念终战胜了求死之心"。他发下如此誓言："万恶的社会给予我的痛苦愈多，更把我的反抗性愈养成得坚硬了——我到现在还是一个漂泊的少年，一个至死不屈服于黑暗的少年。我将此生的生活贡献在奋斗的波浪中。"话虽然说得有点"浪漫"，但你不得不承认其音调的"高昂"。从这里，中经20世纪30年代的艾芜等作家（后面还要详论），人们似乎可以隐隐听到20世纪40年代歌剧《白毛女》中喜儿的"我不死，我要活，我要报仇"的声音。

自然，革命文学中的这些"特殊流浪者"们，其"性格"往往较为单色，不如某些创造社作品中人物性格的芜杂丰富，且时有政治浪漫主义式的人为夸张和"主观理想化"，但其熔铸了革命与政治色素的精神性格的强度与力度，其生存生命意识的坚韧顽强，同创造社流浪者相比，还是给人留下了较醒目的"反差感"。

2. 大地之子——20世纪30年代流浪汉小说

进入20世纪30年代，你会发现，流浪者小说及形象显示出某种成熟和特异。如果说，对"五四"及革命文学中的流浪者的界定和描绘，或许有人会以为"牵强"，那么对20世纪30年代小说中的流浪者形象，你却不能再做这样的责难了。不论是"性格"还是"味道"，20世纪30年代小说确实提供了真正的流浪者形象。

对20世纪30年代的流浪小说匆匆扫瞄之后，同上一时期的流浪小说相比，首先使你感到的，是"形式感"的显著差异。20世纪30年代的一部分流浪者小说，是客观写实的，然而，却不同于文学研究会风格的流浪小说。在那里，如前所述，表现者和被表现者，分属于两个互不相通的世界，叙述视角是居高临下的"俯视"，叙述者与人物分离，只代表着作者对生活进行描绘和倾向性判断。在这里，叙述者往往与作者同一、整合，与被表现的对象之间，往往处于同一时空境地和生活位置，视点不是俯视而是平视中有仰视，如萧军《同行者》和艾芜《南行记》中的"我"与路人等。20世纪30年代的流浪者小说中，也有一些是带有主观抒情色彩的，然而，也不同于创造社或革命文学中的"浪漫"的流浪小说。在那里，也如前述，作者、叙述者、主人公往往三位一体，视点内向，抒发咏叹的尽是被社会歧视迫害的小资产阶级知识分子或出身于彼的知识革命者的生活与情感；在这里，则虽也有对知识者生活情感的自我表现与抒发，但更多的则是知识者对底层流浪者人生价值的发现与慨叹，视点既内向又外向。在 20 世纪 30 年代流浪者小说的这种"形式差异感"背后，其实正反映出中国社会的特殊历史发展对流浪者阶层和生活的"扩大"与"组合"：时代的巨手已将众多知识者和底层人民推入同一的命运轨道，在同样的时空境遇里和"同是天涯沦落人"的生活位置上共同漂泊，而不像上一时期文学那样，知识者和底层人民在不相往来、不相关联的生活天地中各自流浪。因此，20 世纪 30 年代流浪者小说的形式差异感，所带来和透射出的是流浪者生活和形象的广泛性、包容性、混杂性，而对知识者和底层人民两类流浪者之间的生活联系与情感联系的发现和描绘，正是 20 世纪 30 年代流浪者小说的基本母题。

艾芜的《南行记》诸小说，可以说是 20 世纪 30 年代流浪者小说的典型文本。打开首篇《人生哲学的第一课》，一个正在流浪的青年知识者的困顿生涯便真切地展现在面前。然而，这却是一个怎样的"知识流浪者"啊！他没有创造社漂泊者的软弱多悲，也没有"革命流浪者"的一度消沉，在历经了种种磨难坎坷之后，他的心态是："就是这个社会不容我立脚的时候，我也要钢铁一般地顽强生存！"像山涧一股活泼的激流，任凭路途险仄，定要寻路前行。就是这样一个意志坚强的年轻漂泊者，走过了一条由国内而国外的漫长的流浪之途，并在途中结识了形色各异的人生流浪者。于是，在《南行记》中，跟随着知识青年漂泊者不断南行的足迹，众多的风姿独特的流浪者形象，便第一次以如此鲜亮的色彩，呈现在现代文学的读者面前。

在这里，有必要同"五四"及外国文学中的流浪者小说作一下比较。在艾芜笔下的流浪者口中，时常可以听到某种"流浪者宣言"："一个人喜欢到处跑跑跳跳，喜欢到处看看稀奇，喜欢自由自在地过日子。"(《我的旅伴》)"要我成年累月,老蹲在家里,那就不成了。我们一群赶马人的快乐,你是想都想不到的。有好些人,他们连家都不想要的。"(《寸大哥》)这些流浪者,对自由的流浪生活充满着由衷的热爱,喜欢在漂泊中寻找人生的幸福和价值意义,对他们而言,流浪生活成为一种自愿选择的人生方式,一种不无自我浪漫的洒脱的活法。这同"五四"文学中的流浪者视流浪为畏途,恰成鲜明对照。这也是20世纪30年代小说中的流浪者们的某种普遍性的心态和"性格"。比如,荒煤的小说《长江上》并非流浪者小说,但里面写到了一位叫独眼龙的水手,从前当过兵,退伍归来时已妻离子散。个人的不幸和船上那种固定而又忧郁的生活令他痛苦烦闷,内心的不安宁最终促使他离开轮船,踏上前途未卜的流浪之途,并希望在流浪中找到人生归宿和幸福。这样的情形,很容易令人想起那些跋涉在广袤的俄罗斯大地上、不屈不挠地寻找幸福的流浪汉们,想起高尔基的早期流浪汉小说。在高尔基的作品中,也时常可以听到自豪的"流浪者宣言":"那么你就这样流浪吗?这很好!你给自己拣了一条挺好的路,鹰。就应该这样,到处走走,见见世面……不要在一个地方长住——那有什么意思呢?"(《马卡尔·楚德拉》)在那里,流浪者对自由和流浪生活的热爱,甚至超过了生命。《马尔华》和《马卡尔·楚德拉》中,就充满了这些至今读来仍令人怦然心动的生动描写。中外流浪者们开始具有共同的精神气质、思维和行为方式,以及人生价值取向,这不能不说是20世纪30年代小说在流浪者形象塑造上最显著的特点。

其次,艾芜笔下的流浪者形象还往往具有较雄强蛮悍的性格。《山峡中》的野猫子,多有将其与梅里美笔下的卡门相提并论者。的确,在野猫子身上,确有几分那个蔑视一切礼法成规、真率放浪得美丽的卡门的野性气息。还有《偷马贼》中那个为了谋生甘愿做贼、被人打坏了身骨也在所不惜,执意要找一条人生"裂缝"并钻进去的年轻人,其性格与意志之坚强,不能不令人叹服,尽管其人生方式的选择未必妥当。在更多的情况下，艾芜在展示流浪者心灵世界的时候，是以动情的目光，凝视和挖掘他们的品德道义美与心灵情感美。在这一点上，艾芜又可能对高尔基有所借鉴或者与高尔基不谋而合。高尔基的流浪汉小说，像《契尔卡什》《叶美良·皮里雅衣》《草原上》等，或描写流浪者善良的天性，或在对比中揭示和讴歌流浪者高尚的品德。与此相似，艾芜的不少作品，如《流浪人》《森林中》《我的旅伴》和《海岛上》等，无一不是通过不同的流浪生涯的展示、绘写和歌赞那些底层流浪者的诸如关心他人、助人为乐、慷慨大度、济危扶困、多情重义等美德美情美行，在沙尘里披捡出金子。这一点也是20世纪30年代流浪者小说的基本母题之一，萧军的《同行者》，传达的正是相同的人生内容和观照视点。

　　事情还不止于此。在20世纪30年代艾芜等人的流浪者小说中，作为知识流浪者的"我"，在与底层流浪者天涯同命的共同漂泊中，不仅仅是他们美德美情美行的发现者，同时也是他们美德美情美行的受益者。正是他们的品德行为，使知识者之"我"一下子消除了同他们的心理情感距离，心灵上、人格上受到震动与提升，且对那些"粗糙的人们"产生了强烈的认同感和敬仰感。在不少作品的结尾，当目睹或身受了底层流浪者美德美行之后，他总是满怀激情地大声感叹或赞美："这是一个真正的人！""我留着他们性格中的纯金，作为我的财产，使我的精神生活，永远丰饶而富裕。"在《南行记》的后记中，作者又用清醒的理性语言，说明自己正是在南行途中，开始热爱劳动人民。这样，同是天涯沦落人的共同命运与对底层流浪者心灵德行的发现与敬仰，便在知识者与底层人民之间建构起一条心理精神纽带，并使知识流浪者在认同的同时，更从底层流浪者那里汲取了精神道义力量，增强了在残酷的世界上更坚强地生活下去的信心和能力。正是这种平视中有仰视的叙述角度，这种对知识分子与底层人民两个流浪者阶层精神情感联系的咏叹与描绘，给20世纪30年代的流浪者小说带来了一丝"暖色"和"亮色"。

3. 终极关怀——20 世纪 40 年代流浪汉小说

20 世纪 40 年代后，当艾芜还在追忆中补写着他的南行篇章的时候，一位对流浪汉怀着温情和偏爱的年轻的作者，开始用另一种笔调，写出他的流浪汉小说。这个人便是路翎。

我们知道，作家偏爱他笔下的某类人物形象，必定有某种个人的原因在内。高尔基早年之所以写出那样多、那样漂亮的流浪汉小说，之所以对流浪汉大声赞美，是因为高尔基在感情和理智上喜欢、偏袒流浪汉。他说："我为什么要描写流浪汉？"这是因为，"我生活在小市民当中，我看见我眼前的许多人唯一的志愿就是用诈骗的手段来汲取别人的血，把血凝成戈比，再用戈比铸成卢布"。而流浪汉虽然比"平常"的人过得更坏，但是他们"并不贪心，不互相倾轧，也不积蓄金钱"。"我对流浪汉的偏爱就是出于我想描写不平常的人，而不想描写干巴巴的小市民型的人物的愿望。"[1] 也就是说，高尔基赞美和描写流浪汉，是出于对小市民的厌憎和对健全的理想人格的追求。与此相似，路翎对流浪汉的偏爱，同样是出于对平庸疲软的生活的厌憎，和对"人民底原始强力、个性底积极解放"的人生社会理想的审美追求。为此，他把自己在动荡的抗战时代中的追求与思索几乎都寄托在流浪者身上，因而，在他笔下，流浪者形象如此超拔而美丽：

> 流浪者有无穷的天地，万倍于乡场穷人的生涯，有大的痛苦和憎恶，流浪者心灵寂寞而丰富，他在异乡唱家乡底歌，哀顽地荡过风雨平原……
>
> ——《蜗牛在荆棘上》

---

[1]〔俄〕高尔基：《论文学》，人民文学出版社 1978 年版，第 195—198 页。

年轻的路翎自身似乎没有严格意义上的流浪经历,也未"感同身受"地同底层流浪者共同漂泊,他几乎完全是从上述主观偏爱和诗意激情出发,在滞重而沉闷的生活现实中,孜孜地寻求和挖掘着流浪汉气质和精神,用理想和热情射入、连缀和激活他作为生活目击者的印象与感受。因而,他作品中几乎所有的主人公,都带有几分流浪汉气质,更不用说那些直接描写流浪汉的作品了。另外,路翎笔下的那些流浪者们,都有着强大的激情和丰富的心灵,不甘于生活和命运派定的那份平庸与苟且,渴望着有刺激性、冒险性、挑战性、有大痛苦和大欢乐的人生,熙攘的内心难得有片刻的安宁,他们也不稀罕安宁,因为安宁的另一面就是沉滞。不论是饥饿的郭素娥,还是其他衣衫褴褛的流浪汉们,莫不如此。在这里,年轻的路翎不同于"五四"文学研究会风的作者们,他注目的不再仅仅是底层人民生活的艰辛与物质上的痛苦,不再仅仅为他们的苦难和不幸掬几捧同情之泪,悲凉地哀叹几声;他也不同于20世纪30年代的艾芜和萧军,对流浪者美丽的灵魂大声赞叹。路翎所关注的是流浪者的纯粹的精神世界,是流浪者的精神和人格如何从平庸猥琐,从苦难和激情的炼狱中得到洗礼和升华,走向强大和高傲的心灵历险过程。在作者看来,流浪者只有保持高傲的、雄犷的、独立的人格精神;只有保持一颗强硬的、不受污染的心灵,才能抗拒、穿透乃至超越具体的人生苦难而奔向幸福之门。同时,流浪者要保持自己的人格精神,就应该拒绝一切外在的世俗诱惑,立足和保有那种充满艰辛的流浪生活。流浪生活具有至高无上的"本体"意义,须臾不可放弃。《两个流浪汉》传达的正是这样的一种人生意蕴。在作品的开头,作为题记,路翎引用了裴多菲的一首诗:

    我的爱并不是欢欣安静的人家,
    花园似的,将和平一门关住。
    其中有"幸福"慈爱地往来,

> 而抚着那"欢欣",那娇小的仙女。
> 我的爱,就如那荒凉的沙漠一般——
> 一个大盗似的有嫉妒在那里霸着。
> 他的剑是绝望的疯狂,
> 而每一剑是各样的谋杀!

此诗的引用实际上成为作品意蕴的"题解"和诗化说明。作品中的那个少年时就闯入社会、养成了一副狷傲大勇者性格的流浪汉陈福安,当他偶然成为一位荣华富贵的营长的用人时,那种上流社会的高贵气派很快毒化和扭曲了他的人格,他幻想有一天自己也能爬入上流社会成为上等人。当不测的命运之神又一次将他驱入流浪之途时,他还沉迷在未来上等人的虚幻灵光里,变得猥琐、自私、庸俗和胆怯。而当漂泊的伙伴身遭不幸时,他先是送贿以自保,企图卑鄙地逃避。最后,在一种聂赫留道夫似的忏悔和心灵搏斗中,流浪者的品性和人格终于使他复苏。他不顾一切地去解救并和伙伴一起受难。在"鞭子落在脸上"的受难中,他的心灵却感到安宁与幸福,他感到自己过去对权势富贵的迷恋是多么可怜可笑,感到自己的前面,有真正的人生道路在。这样,通过一个流浪汉灵魂一度扭曲异化而终又复归升华的过程,作者强调了流浪者所应有的人生选择和生活道路。作者认为对流浪者而言,所谓荣华富贵、上流"文明"的生活,只不过是摧毁和腐蚀流浪者的牢笼地狱和染缸而已,任何对它们的贪恋,都会对流浪者人格产生卑劣的扭曲。正像冲出牢笼的猛虎才会有巨大健旺的生命力一样,流浪者只有摆脱和冲破一切外在内在的羁绊束缚,像作品中孩子们所唱的歌谣那样:"猫石子,金刚沱,光着屁股求生活",保持心灵与生活的"原生态",坦荡荡来去无挂地生与死,才能永远"哀顽地荡过风雨平原",唱出永恒的流浪者之歌。

不难看出,路翎对流浪者生活和人格的如此描绘,明显地带有理想主义、浪漫主义的浓重痕迹与色彩，带有某种古典的、思辨的味道和车尔尼雪夫斯基小说《怎么办》式的理性热情。这使路翎笔下的流浪者形象具有较丰富的内涵，且往往超出了阶层的、类的意义，而成为某种国民构成、理想人格乃至人类精神的寄托、呼唤和符号能指。这一点，首先具有不可忽视的文学史意义。在中国新文学史上，鲁迅是最早提出并始终关注国民性问题的"五四"先辈之一，他创作的基本导向和大功利目的，就是希望在批判剔除国民性弱点的基础上重建国民魂灵。不过，对于"新的人"，对于理想的国民性格的具体形态，应当说，鲁迅还未遑在作品中表现出来。肯定受到鲁迅精神熏染的年轻路翎（上述所引之裴多菲诗，即出于鲁迅文中），在民族处于血与火挣扎奋斗的年代，却在他的作品中以流浪汉的人格气质，以"原始强力"和"英雄性格"，作为新的国民性的理想模式之一，并希望借此否定和对抗疲软的生存状态，振兴和激活民族的精神与生命，这不能不说是对鲁迅和"五四"精神的一种新的时代呼应和回声。而且，这呼应与回声虽然不无稚拙与浅白，但未始不包含着某种合理且又深远的意义。

其次，若从扩大了的时空和人类精神文化角度看，路翎的思索和描绘显示出某种"人类共时性"和"形而上"的意义。富裕和文明本是历史发展进步的标志，也是人类追求的目的之一。但是，历史发展的事实表明，富裕和文明并非总是同"善"、同人的合目的的自由正常发展成正比的。相反，从一定意义上可以说，人类追求文明富裕的进程，是以将人贬低、扼杀和异化为代价的。所谓历史进步与道德退化的二律背反，即是其现象描述之一。近世以来，西方越来越多的作家、学者，日益深刻地感受到此问题的严重性，因而他们在作品中高声诅咒文明和金钱——富裕的象征，显示出表面上的"反进步"的"反动性"。从莎士比亚、巴尔扎克对金钱的诅咒到现代西方作家对文明的批判，莫不如此。而为了逃避和对抗"文明"，不少西方作家或者退回内心，回到过去；或者寻找世外桃源，如法国作家夏多布里昂的塔希提岛；或者在未受或厌恶现代文明污染的人身上寻求和寄托理想，如以吉普赛人为表现对象的"流浪汉文学"，劳伦斯《查特莱夫人的情人》中的守林人等。尤其是西方现代派文学，更具有鲜明浓厚的反文明反异化倾向。总之，近现代西方乃至世界文学的一个基本母题，是以人类目的为基点，寻找和要求回归人类文化文明借以发展的源泉——非文化文明的洪荒旷野性，呼唤人类挣脱异化、返归"自然"，使人得到全面的自由发展和自我实现。

从这个角度看，路翎的流浪者小说及形象正深蕴了这样的内涵：它强调合于自然和人性的、粗糙旷野性的流浪生活的"本体"意义，强调摆脱外在扭曲异化的必要性及必然性，称许"回归"的内在幸福感和价值取向。这些，恰与近现代的世界文学的基本母题同构，具有了共同的文化"语码"。因此，路翎作于20世纪40年代的流浪者小说并未随光阴流逝而成明日黄花，而是穿越了时空，对今天困惑于商品经济冲击的中国读者而言，日益显示出鲜活的生命力和"当代"意义。同时，路翎的流浪者小说所内蕴的上述观照性内容，给中国现代流浪汉小说的发展作了总结性的提升与上掷，画下了一个较完美的句号。

第六章
流派与空间视阈中的文学史现象

1. 20世纪30年代的"论语派"和"论语八仙"

中国古代散文史上,常有以作家文人的数量和创作倾向来对之进行"流派命名"的现象,如"唐宋八大家"、明代的"公安三袁"、"前七子"、"后七子"等。这类命名大多是后人或史家在进行描述梳理时所作的归纳与概括,当然也不排除有一些是时人之所赐。流风所及,在中国现代文学史上,也出现了这种对某个流派中具有相似倾向的作家进行集体命名的现象,那就是20世纪30年代的"论语派"和此流派中的"论语八仙"。

"论语派"由《论语》杂志(半月刊)而得名。《论语》是林语堂等人于1932年9月16日创办并由林语堂主编、主要刊登散文小品的刊物。此外,林语堂又于1934年和1935年参与创办了《人间世》和《宇宙风》两份刊物。林语堂在《我们的态度》一文中,说他创办《论语》,"以提倡幽默为主要目标"。在《〈人间世〉发刊词》中,又提出"以自我为中心,以闲适为格调"。这几份刊物均以这样的宗旨相号召,大量刊发上可以写宇宙之大,下可以写苍蝇之微,充满闲适幽默格调的小品散文,一时间写稿投稿者踊跃,刊物发行量可观,在文人圈子中和社会上产生了不小的影响,在20世纪30年代散文创作中刮起一股幽默闲适风,成为当时文坛上引人注目的独特景观,曾经引起鲁迅和左翼文学阵营的反感与批判。

但是,不管是林语堂的有意提倡也好,还是鲁迅的反感批判也罢,以《论语》杂志为代表的散文小品创作及其倾向格调,已经成为20世纪30年代散文创作中的一个颇有影响、颇具特色的流派,则是毫无疑义的了。尽管"论语"中人始终认为他们只是文人情趣相同,并没有扯旗盟誓结帮结派。正因为在当时他们客观上已经构成为一个文学流派、人们实际上也把他们作为一个文学流派来看待,所以才会有"论语"派之称,相应地,"论语八仙"之类的说法也才会出现于文坛。

不过,"论语八仙"的称呼虽然在当时的文坛上颇为盛传,但具体起于何时、何人、何种刊物已不可考。可以考证确实的,是"论语八仙"所指的八位作家,他们是:周作人,林语堂,老舍,老向(王向辰),姚颖,何容,海戈(张海平),大华烈士(简又文)。据海戈回忆,当时曾有人在刊物上作了一幅"论语八仙"的漫画,画一船中乘载八人:以林语堂喻吕洞宾掌舵,以周作人喻汉钟离坐船首,以姚颖喻何仙姑坐船腰,其他如老舍、老向、何容和被称为"林大师之弟子"或"林门一卒"的海戈等人,亦各有所喻。此漫画虽然属于文人之间的游戏之作,也可能不乏嘲弄讽刺之意,但在"戏笔"之中也透露出历史的真实信息,那就是:不管是褒义还是贬义,"论语八仙"的确已是为当时文坛所承认的"共名",是对"论语"派散文小品作家集团及其创作倾向的一种颇为准确恰当的形象概括。

若一般地看来,"论语派"或"论语八仙"中的个别人(如海戈)不承认这样的说法或命名,似乎也有他的道理。比如被誉为"八仙"舵手的林语堂,除了曾与周作人是旧相识外,与其他人都是因为投稿编稿、情趣相投而后相交相识,成为文友笔友,此前并无更多瓜葛。尤其是《论语》杂志和"论语派"活动的大本营在上海,而被认为是"论语派"精神领袖的周作人,一直是"京兆布衣",在北平安稳地做着教授和名流，与"论语派"并无组织上的、人事上的瓜葛与联系。但若仔细推敲和往深层里看，周作人之被视为"论语中人"和精神领袖，实际上确有道理，毫不冤枉。这不仅是因为周作人曾在"论语派"的杂志上发表文章，更主要的是彼此同气相求，志同道同。这"同气""同道"主要表现在：一是林语堂与周作人在散文小品写作上以及做人上都提倡幽默闲适"性灵"之风之趣，表现出人生观上的、文学美学追求上的完全"共鸣"，并通过互通文章倡导文风，实际上构成了人生观、文学观、美学观上的南北呼应。二是他们都对明代公安三袁和竟陵派为代表的抒写性灵闲适、格调清新流丽的散文小品称赞有加，甚至奉为精神源头和创作的圭臬。周作人在《中国新文学的源流》中就曾称道明代的公安派和竟陵派，认为明末的文学运动和"五四"文学革命及新文学创作多有相似之处。林语堂更是大力宣传并翻印公安三袁的文集和明代散文小品，称"袁中郎是吾论语中人"。由于存在着这诸多方面的相同与"相投"，所以林语堂和"论语派"自然而然称周作人也是"论语中人"，引为精神上的同道和"领袖"，周作人事实上也成为这样的同道和领袖。当时的文坛，不论对"论语派"是赞赏还是反对，在论及"论语派"的时候，也常常将林、周并提并称。而林语堂本人，虽然天性喜幽默自由，爱无拘无束，不爱做也不善做扯旗扎寨的山大王和振臂一呼应者云集的头人领袖，但由于他是"论语派"几份杂志的主要创刊者，并公开打出幽默闲适性灵的旗子竖立于《论语》杂志的山头上，而且这旗子下很快就集聚了一批志同道合的文坛朋友，加之林语堂自由坦率真诚幽默的性格很有粘合力与凝聚力，所以他之被视为"论语派"的大王和舵手，也在情理之中。"论语八仙"的称呼和漫画出现之后，一次林语堂写信向老舍邀稿，老舍复函戏称林语堂为"语帅"，令林语堂和"论语"朋友乐得捧腹。这虽是玩笑，但也可见"八仙"之类称呼已成为"论语"中人否认中的默认。

"论语八仙"中的诸位"神仙"身上都有着不同的经历和"典故"，

其中姚颖的秘密和典故，最足令人为之抚掌。单从名字上来看，姚颖似为女性。"她"以"京话"为总题目的系列文章，写的是当时首都南京的各种社会人生相，其中尤多以讥刺之笔描画的政府内外达官贵人的可议之事。从文字和内容上看，作者似为一位熟悉政府衙门各种情形且身在其中的人。内容独到又兼文字老辣，所以姚颖的文章成为"论语"同志爱读盼读的文字，自然也成为读者爱读的文字。据海戈的回忆，《论语》曾经征集常为刊物写稿的朋友的相片，准备制版出特刊。姚颖的"玉照"如期寄来，相貌清癯秀美，在几乎全是男同志尊容的照片中显得一枝独秀，别具风采，与其老到老辣的文字不甚"貌合"，引起林语堂和海戈诸人的私议与怀疑，认为其中颇有问题。后来林语堂因事到南京，顺道专访"姚颖女士"，一见面，大为吃惊："姚颖女士"者，男人也。原来，姚颖女士是当时直至抗战以前的南京政府秘书长王漱芳的太太，并不写文章，写文章的是王漱芳先生。王身任市政府要职，所以对当朝内外的大小事故，知之甚多甚详。由于对许多事情看不入眼，如骨鲠在喉，不吐不快，但因为自己亦是朝中显贵，牵制甚多，不便公开身份发表批评讥刺性的文字文章，于是便假托其太太姚颖的名字，陆续写下以"京话"为题的文章，寄至上海《论语》刊出，由此演成一段"男扮女装"的"论语佳话"。后来海戈在20世纪40年代写的《悼漱芳》一诗中，有"假名闺阁写文章，月旦权威意味长"之句，以记其事。

又"论语八仙"中的大华烈士，是简又文的笔名。大华烈士开始是在《论语》上发表系列连载散文"西北风"，记述冯玉祥的西北军中的掌故、见闻与趣人趣事。后来又续写同样是系列性的"东南风"，其中内容自国内至国外，所涉猎的范围更加广泛，而风趣幽默的笔调则如一。西北东南二风与姚颖的《京话》一样，都是当时论语同志及读者喜读的作品。不过很多人不明白"大华烈士"的署名真义何在，有何内涵，有人望文生义，以为是"大中华烈士"或"大中华民族的猛鬼"之谓。由于猜义颇多，使作者后来不得不在《论语》特意辟出一角，专门做出解释：原来作者在西北军中服务公干时（与共产党人刘伯坚等曾为同事），彼此间多以"同志"呼之。"大华烈士"即俄语"同志"的音译。

"论语派"以幽默闲适相号召，"八仙"的文章自然体现出相应的特色，但我以为，事情也有未尽然者。即如上举的"姚颖"的《京话》，幽默闲适当然有之，但也不乏讥刺犀利之笔。还有老舍的"论语"文章，自然幽默之极，但幽默底下却是对社会人生各种弊端和腐朽落后现象的透底深刻的讽刺与批判，并不完全"闲适"。当然，由于"论语派"竖起这样的旗子，"论语八仙"的创作也的确存在这样的倾向，所以当时以及后来的人们以此来评定或否定他们，也不能说不对。不过，时至今日，我觉得应该冷静下来，沉下心来，对"论语派"认真研读，仔细辨析，得出准确结论，以求得历史的公正和公允。

如果暂时抛开某些历史的缠绕，单单从适宜今天人们情趣的角度去品评"论语派"和"论语八仙"的文章作品，你会感到，仅就幽默的表现来说，老舍、老向诸人的文章，在读了令人捧腹喷饭之余，对人精神的滋润和修炼，也是不无裨益的。

2．现代文学中的"沙龙"现象

《辞海》对"沙龙"的注释是：(1) 法文 salon 的音译，即"会客室"、"客厅"之意。(2) 17 世纪起，西欧贵族、资产阶级社会中谈论文学、艺术或政治问题的社交集会。18 世纪欧洲资产阶级革命前夜，在法国特别流行。

对西方的文学艺术有一定了解的人都会知道，近代欧洲文学艺术同沙龙的关系是相当密切的。一些有钱、有闲、有地位、有文化和修养、有社交圈子并特别讲究社交的上流社会的贵妇名媛们，时常在自己豪华的客厅里聚集和招待文学艺术家与各界名流，谈文学、艺术、政治、海外冒险和各种赶时髦话题，在裙钗时装与燕尾服的交相辉映中，在粉黛香水与香槟白兰地的气味缭绕中，名媛与男宾或喁喁低语，或各抒己见，或高谈阔论，真是尽兴而来，尽兴而归，开时髦风气，留绝代佳话。在17世纪和18世纪的法国，最有名的沙龙，据说一个是尼侬于1657年在家里举办的艺术沙龙，当时的一些有名的作家、艺术家、政客、军人几乎都出没其间，尼侬夫人及其沙龙以聚集和庇护了大批的作家和艺术家而名闻巴黎，尼侬也因此受到法国国王路易十四的青睐和召见；一个是法国大革命前的罗兰夫人的政治沙龙，像后来在大革命中叱咤风云的罗伯斯庇尔等人，都是那里的常客。还有一些著名的艺术沙龙，或者是某种重要的文学艺术现象、流派和运动的发源地，或者是艺术家及其作品进入"圈子"、得到承认的入门证和标志。沙龙与欧洲文学艺术的关系，是需要大部头的专书仔细加以描述的极其有趣的话题。

在中国文化史上，与欧洲的沙龙比较相近的，大概要推历代的文人结社了。比如，有些文人结社带有政治色彩，像明代的东林党，有些像法国罗兰夫人的政治沙龙。更多的文人结社则是在文学艺术的追求上志同道合、同气相求，类似于文学和艺术的沙龙。不过，就总体而言，在封建性的社会环境中，中国的文人结社与欧洲的沙龙最大的不同，一是缺乏真正自由的空气和可以自由发挥的话题，二是结社的团体中没有女性或女性很少，特别是学识、才情、品貌俱佳的女性，更是少之又少。因而，中国传统的文人结社近似于欧洲的沙龙，又不是沙龙。

清朝末年，随着大一统的专制统治在种种的压力和挑战下渐趋松动，兼有政治与文学沙龙性质的文人结社开始出现，其中影响最大者，当推成立于1909年的"南社"。与以往的文人结社相比，在封建的王纲政体"礼崩乐坏"、大厦将倾的情形下，南社可以谈政治，谈文学，或者是借着文学来谈政治,具有相对宽松自由的环境和氛围。不过南社的组成过于松散和庞杂,最多时其成员达千人,内部的主张又千人千面,大同之下歧异甚多,试想一下,这么多的人如何能成为一个沙龙?难怪辛亥革命以后南社很快分化。

真正具有沙龙性质的文人结社,应当说是"五四"时期才出现。动辄因言获罪的专制政治压迫虽然没有彻底消失,但思想和言论的环境氛围暂时宽松多了,千载难逢的思想大解放的时代,从心底涌动的解放感和自由感,青春的梦想和热情,外国各种思潮的蜂拥而入,使那个时代可以谈政治,谈人权,谈妇女解放,谈自杀,谈文学艺术……可谈的话题实在太多太多。由是,各种各样的政治的、文化的、文学的团体——这些中国的沙龙纷纷出现。即以文学社团而论,文学研究会、创造社、新月社、语丝社等等,都可以说是文学性的沙龙。不过,我个人以为,如果严格按照西方沙龙的模式和标准而不考虑"中国特色",那么现代文学中的沙龙,顶够格的应该是以下的这几个:

一个是新月社。谈及新月社,就不能不谈到徐志摩。1923年初,徐志摩从英国留学归来,回到北京。徐志摩回国的目的,本来是为了追求"中国第一才女"林徽因,期望在短时期内与林徽因共结连理,然后两人回英国继续学习。但林徽因已与梁启超的公子梁思成订婚,因而徐志摩好梦未成。滞留北京期间,徐志摩暂寓于西单牌楼石虎胡同7号的松坡图书馆外文部。石虎胡同7号,其前身是大学士裘曰修府第,一代文豪曹雪芹和他的挚友敦敏、敦诚曾经落过脚的地方。松坡图书馆是由蔡锷将军命名的,原在上海,后在梁启超的主持下迁居北京,主馆设在北海快雪堂,梁启超任馆长。梁启超也是徐志摩的老师,他曾推荐徐志摩去上海《时事新报》作副刊编辑,徐没有去,在胡适、蒋百里的帮助下,担任了松坡图书馆外文部的英文秘书。

20世纪20年代初期的北京,上流社会兴起了生日会、聚餐会、消寒会、消暑会的风尚。一些政界要人为联络感情或培植势力，逐渐地将生日会发展为在私人俱乐部举行的周末聚餐会。聚餐会的风气很快扩散到其他阶层中，其中以中产阶级的大学教师，特别是欧美留学生这一群体最为活跃。徐志摩因为感情受挫，同时他那做不成中国的汉密尔顿也要通过文艺影响中国的思想文化界的理想，加上他那诗人的火一样的热情和自由不羁的天性，使他发起了以石虎胡同7号为俱乐部的聚餐会，每两周聚餐一次。俱乐部名为聚餐会，每次活动时也吟诗作画和举行各种娱乐活动。徐志摩那时正陶醉于中国的传统戏曲，经常练唱京剧和昆曲，所以又叫"双星社"。新月社就是在聚餐会的基础上发展起来的，或者说，聚餐会就是新月社的前身。

成立新月社文学社团是徐志摩提议的，"新月社"这名称也是徐志摩受泰戈尔《新月集》的启示而提出的，可以说徐志摩是新月社最主要的发起者和组织者。由聚餐会发展而成的新月俱乐部，要聚餐、要活动、要娱乐，需要有相应的物质条件，即场所和经费。场所有了，就是石虎胡同7号；经费呢，也有着落，徐志摩的父亲徐申如和北京《晨报》的掌门人黄子美慷慨解囊，共同为新月社的开张和活动垫付了一大笔经费。

新月社俱乐部的活动是丰富多彩的，社里有自家"现成的设备"，"房子不错，布置不坏，厨子合适，什么都好……有舒服的沙发躺，有可口的饭菜吃，有相当的书报看"，"新年有年会，元宵有灯会，还有什么古琴会、书画会、读书会"，这是徐志摩致新月社同人的信中描述的"新月沙龙"的热闹情景。在他的《石虎胡同七号》一诗中，对此又有更"浪漫"动人的抒写：

我们的小园庭，有时荡漾着无限温柔：善笑的藤娘，祖酥怀任团团的柿掌绸缪，百尺的槐翁，在微风中俯身将棠姑抱搂，黄狗在篱边，守候熟睡的珀儿，它的小友，小雀儿新制求婚的艳曲，在媚唱无休——我们的小园庭，有时荡漾着无限温柔……

我们的小园庭，有时沉浸在快乐之中：雨后的黄昏，满院只美荫、清香与凉风，大量的寒翁，巨樽在手，寒足直指天空，一斤，两斤，杯底喝尽，满怀酒欢，满面酒红，连珠的笑响中，浮沉着神仙似的酒翁——

我们的小园庭，有时沉浸在快乐之中。

当时常来石虎胡同7号参加聚餐会和新月俱乐部活动的人物，有胡适、徐志摩、陈西滢、凌叔华、沈性仁、寒季常、林徽因、林语堂、张歆海、饶梦侃、余上沅、丁西林这种大学教授和作家文人，也有丁文江、黄子美、徐申如这样的企业界、金融界人士，还有梁启超、林长民（林徽因之父）、张君劢等社会和政界名流，都是一时俊彦，真可谓"谈笑有鸿儒，往来无白丁"。这些出身背景兴趣和"职业"不尽相同的人物，所谈话题从政治、经济、文化、教育到文学，驳杂多样，所关心的问题也不尽一致，虽然其来俱乐部"社交"的目的是一样的。

但徐志摩发起新月社的目的，却不是只为了给一班有知识、有学问、有闲有钱的友人们提供一般的社交俱乐部，"假如我们的设备只是书画琴棋外加茶酒，那我们的新月社岂不变了一个古式的新世界或是新式的旧世界了吗？这 Petty Bourgeois（小资产阶级）的味儿我就第一个受不了！"那些年会、古琴会、元宵灯会什么的，他认为："只能算是时令的点缀、社友偶尔的兴致，决不是真正新月的清光，决不是我们想象中的棱角。"那么新月社成立的真正宗旨是什么呢？徐志摩在《致新月社朋友》的信里对此说得很清楚：

我们当初想做的是什么呢？当然只是书呆子的梦想！我们想做戏，我们想集合几个人的力量，自编自演，要得的请人来看，要不得的反正自己好玩……几个爱做梦的人，一点子创作的能力，一点子不服输的傻气，合在一起，什么朝代推不翻，什么事业做不成？当初罗刹蒂一家几个兄妹合起莫利思朋琼几个朋友，在艺术界里新打开了一条新路，萧伯纳卫伯夫妇合在一起在政治思想界里也就开辟了一条新道路。

就是说，徐志摩创办新月社的目的，是为了演戏。而演戏是为了替中国的文学艺术界和思想文化界培植新的风气，开辟新的道路。为此，1924年5月8日，为欢迎印度大诗人泰戈尔访华和庆祝泰戈尔64岁生日，徐志摩、林徽因等人在北京协和礼堂，用英语演出了泰戈尔的一出爱情剧《齐德拉》。林徽因在剧中扮演国王的公主齐德拉，徐志摩则扮演邻国的王子，他们演得很投入、动情，演出的效果当然也很好，为此在林徽因即将过门的梁启超家里还惹了一场小小的风波。此后，新月社还准备排演丁西林的几个小戏，但最终未果。不过，新月社俱乐部的成立及他们的戏剧演出，在国内外还是产生了一定的影响。可以说，由中上流知识分子的沙龙进而发展成文学社团，新月社是新文学中最典型的一个。

新月社在戏剧演出上没有取得更大的成就，却在新诗理论的提倡和诗歌创作上独树一帜，颇有成就，影响也大，而这，在一定程度上得益于吸收了另一个沙龙性质的新诗群体加入新月社。这个小沙龙，就是闻一多为主的"四子"。1925年，留学美国三年的闻一多回国，由徐志摩推荐任北京国立艺术专门学校的教务长。闻一多是一个富有艺术激情和才情的诗人，他曾经激赏郭沫若"五四"时期的那些大胆而狂暴地抒写自我、表达了时代精神的诗篇，自己在美国期间也写下了一些具有浓烈的思乡与爱国情愫的诗章。但艺术天分极高又对中西诗歌颇有造诣的闻一多，也感到以白话——语体文写作的新诗，不能总是像"五四"诗歌那样过分自由放滥而缺乏诗的内在"章法"与约束，应该注重新诗的形式美和艺术感。为此，回国后的闻一多，把自己居住的地方营造成了艺术的"阿房",成为与志同道合的诗界朋友谈诗论艺的沙龙。对此,徐志摩在《诗刊弁言》中作了真切的描绘:

> 我在早三两天才知道闻一多的家是一群新诗人的乐窝,他们常常会面,彼此互相批评作品,讨论学理。上星期六我也去了。一多那三间画室,布置的意味先就怪。他把墙壁涂成一体墨黑,狭狭的给镶上金边,像一个裸体的非洲女子手臂上脚踝上套着细金圈似的情调。有一间屋子朝外壁上挖出一个方形的神龛,供着的,不消说,当然是米鲁维纳斯一类的雕像。他的那个也够尺外高,石色黄澄澄的像蒸熟的糯米,衬着一体的背景,别饶一种澹远的梦趣,看了叫人想起一片倦阳中的荒芜的草原,有几条牛尾几个羊头在草丛中转动。这是他的客室。那边一间是他做工的屋子,犄角上支着画架,壁上挂着几幅油色不曾干的画。屋子极小,但你在屋里觉不出你的身子大;带金圈的黑公主有些杀伐气,但她不至于吓瘪你的灵性;裸体的女神(她屈着一只腿挽着往下沉的亵衣)免不了几分引诱,但她决不容许你逾分的妄想。白天有太阳进来,黑壁上也沾着光;晚上黑影进来,屋子里仿佛有梅斐士滔佛利士的踪迹;夜间黑影与灯光交斗,幻出种种不成形的怪相。
>
> 这是一多手造的"阿房",确是一个别有气象的所在,不比我们单知道买花洋纸糊墙,买花席子铺地,买洋式木器填屋子的乡蠢。有意识的安排,不论是一间屋或一身衣服,一瓶花,就有一种激发想象的暗示,就有一种特具的引力。难怪一多家里天天有那写诗人去团聚,我羡慕他!

这是一个地道的"文艺沙龙",经常聚会于这个沙龙谈诗、谈艺、谈梦的所谓"四子",是朱湘(字子沅)、饶孟侃(字子离)、杨世恩(字子惠)、刘梦苇四位年轻的诗人,而闻一多自然就是这个沙龙的领袖和"龙头"大哥。闻一多和"四子"一班年轻诗人加入新月社，为新月社带来了一股生力军和活力，改变了新月社成立初期时那种散淡的俱乐部状态和文艺活动的缺乏"定力"和"凝聚力"的不足，使新月社成为一个具有独特的新诗理论和创作实践的著名的文学流派。

另一个著名的文艺沙龙，是20世纪30年代的林徽因的"太太客厅"。林徽因与梁思成订婚后，即按照梁启超的"人生安排"，于1924年6月与梁思成同往美国留学，先后就读于康奈尔大学、宾夕法尼亚大学和耶鲁大学，1928年在加拿大温哥华成婚，并于同年按照梁启超的旨意参观考察了欧洲建筑后，于8月份经西伯利亚回到北京。9月份夫妻二人受张学良之邀，去沈阳任东北大学建筑系教授。1930年底林徽因由于肺病日趋严重回北京治病、休养，次年梁思成也辞去东北大学的工作回到北京，担任中国营造学社的法式部主任，林徽因任校理。他们的家坐落在北总布胡同三号，是一套地道的北京四合院，林徽因自然就是这座四合院的女主人，她的客厅，就成了北京文化界著名的"太太客厅"。

那个时期，林徽因的生活是充实而丰富的，先是她和一班朋友们沉痛地获悉了徐志摩乘飞机失事的噩耗，并以极其悲痛的心情主持了徐志摩的追悼活动；又与梁思成外出考察古代建筑，还要生育孩子。但是，只要她人在北京，她的"太太客厅"总是名流云集，终生爱慕她因而终生未娶却又是他们夫妇终生朋友的北京大学著名哲学教授金岳霖，文学界的作家诗人，以及美国著名汉学家费正清、费慰梅夫妇，还有其他一些当时的著名人士，都是"太太客厅"的常客。对林徽因的美丽清秀、聪明绝顶和儒雅渊博，费正清赞叹不已，终生难忘并同样成为终生的朋友。一些文学界刚刚出名的年轻的新人，以能够出入林徽因的"太太客厅"、结识这位美丽的女主人并获得她的赏识为荣，而林徽因也关注和爱护那些文学园地的幼苗。来自偏僻的湖南湘西、没有受过现代教育、自称"乡下人"而靠着一支笔在文坛立足和成名的作家沈从文,就是这样成为林徽因的客人和朋友。同样,1933年11月,北京的一个秋天,被当时担任《大公报·文艺副刊》主编的名作家沈从文发现的一个20出头的年轻作家、还是燕京大学新闻系三年级学生的萧乾,受到林徽因的正式邀请:

沈二哥:

　　初二回来便乱成一堆,莫名其所以然。文章写不好,发脾气时还要呕出韵文!十一月的日子我最消化不了,听听风,知道枫叶又凋零得不堪,只想哭。昨天哭出的几行,勉强叫它做诗,日后呈正。

　　萧乾先生文章甚有味儿,我喜欢。能见到当感到畅快,你说是否礼拜五,如果是,下午五时在家里候教,如嫌晚,星六早上,也一样可以的。

　　关于云冈现状,是我正在写的一短篇,那一天,再赶个落花流水时当送上。

　　思成尚在平汉线边沿吃尘沙,星六晚上可以到家。

　　此问

　　俪安,二嫂统此。

徽因拜上

"沈二哥"即沈从文,当时文化文学界朋友都这么叫的。在他的引领下,萧乾来到了这个文坛巨子、社会名流出入和云集的地方,在座的还有梁思成和金岳霖。纯净如一首诗的林徽因的落落大方和轻盈潇洒,使初次见面的萧乾很快消除了拘谨和忐忑,在清茶和人语的温馨缭绕中,林徽因向萧乾谈起了他的一篇小说《蚕》。林徽因不仅能把《蚕》中的大段内容背诵下来并加以称道,而且由这篇小说谈起了文学创作的色彩、感觉、形式等艺术问题,使萧乾和在座的人深为叹服。

他们谈了整整一个下午，而那个下午也就成了萧乾人生回忆中永远难忘的一页。

抗战爆发以后，林徽因一家于1938年来到云南昆明，借住在翠湖巡津街前市长的宅院里。不久，那班北平文化界的名流和朋友，如杨振声、沈从文、萧乾、金岳霖、朱自清等，也大多先后来到这里，住在林徽因家的附近。战时的生活是动荡、凌乱和艰苦的，但是，知识分子的积习，使他们很快恢复了北平文化界的风气。他们经常聚会，而聚会最多的地方，还是林徽因的家里。他们谈文学、谈时事、谈战争，时而在人倦话尽的时候，结伴去西南联大教授李公朴开的北门书店逛逛，或者去品尝当地的风味小吃。林徽因家里的下午茶虽然平添了战时的清苦，但依然散发着文化和儒雅的芬芳。

20世纪30年代的北京，还有一个与林徽因的"太太客厅"齐名的文艺沙龙——景山后面的慈慧殿三号，北京大学教授朱光潜的寓所。朱光潜20世纪20年代中期先后留学英国和法国，1933年7月回国后担任北京大学西语系教授，同时还在北大中文系、清华大学、辅仁大学、女子文理学院、中央艺术研究院等处兼课，讲授西方名著选读、文学批评史、文艺心理学和诗论。因为热爱诗歌并为了探讨中外诗歌的融通之路，这个沙龙又称"读诗会"，主持人是朱光潜，每月集会一次，朗诵中外诗歌和散文，探讨和争论诗歌理论与创作的各种问题。沙龙的主要成员有周作人、朱自清、梁宗岱、郑振铎、冯至、沈从文、冰心、凌叔华、孙大雨、何其芳、卞之琳、林徽因、萧乾等人。这里面的大多数人都有留学的经历，对中外文学和诗歌有深厚的修养和造诣，梁宗岱、孙大雨、冯至、何其芳、卞之琳都是名噪一时的诗人，中西方古典诗歌和西方现代主义诗歌与文学的话题，都在这个沙龙里提起、探讨、争辩，有时他们争论得面红耳赤，话语里中文夹杂着外文，但并不影响彼此的感情和交往。而这个沙龙讨论和争辩的问题，又会从这里扩散出去，或者成为整个文艺界注目的问题，或者影响到文学和诗歌创作的发展与流变。这是一个中国自由主义知识分子的文艺沙龙，也是地道的欧美风格的沙龙，它对20世纪30年代文学特别是"京派文学"的形成和风貌，具有绝对不能漠视的作用。

"沙龙"的原意是客厅里的社交聚会，其实，法国及欧洲的很多著名的艺术沙龙，后来已不局限于在个人的客厅，而是既有个人或家庭客厅里的沙龙，也有公共场所的沙龙，比如，都市里的公共俱乐部、小酒馆和咖啡馆，就是一些沙龙的聚会场所，特别是像法国巴黎的那些众多的咖啡馆和小酒馆，是许多文学艺术家常常光临的地方，是许多文学艺术现象产生、文学艺术流派诞生的园地。本雅明在《发达资本主义时代的抒情诗人》就天才地叙述了19世纪巴黎的街道、小酒馆与波德莱尔和现代主义文艺的内在关系。20世纪30年代的北京，是京派文学的大本营，除了林徽因的"太太客厅"、朱光潜的寓所可以看作京派文学性质的家庭沙龙之外，"京派"还有另一个在公共场所定期聚会的沙龙，那就是"来今雨轩"茶社。

"来今雨轩"坐落在中央公园西南隅，是一座上下两层的别致小楼，环境清净幽雅，"来今雨轩"的匾额出自北洋政府大总统徐世昌的手笔。茶社之名，化自唐代大诗人杜甫"旧雨常来今雨不来"的一篇诗序，20世纪20年代和30年代北京的一些大学教授和具有京派倾向的作家诗人，如杨振声、朱自清、朱光潜、靳以、林徽因、沈从文、凌叔华、萧乾等，经常来此聚会畅谈。萧乾离开学校后去了天津《大公报》，后来又去上海筹办沪版的《大公报》。他每个月回到北京，总要在"来今雨轩"邀来十几个性情、志趣相投的友人，于品茶聊天之中放谈文学艺术与社会人生，他们的睿智与谈吐成为那段历史中一道亮丽的文化风景。

这个茶社沙龙做成的最有意味和影响的事情，一是1936年春天，萧乾委托林徽因选编《大公报文艺丛刊小说选》，经过半年多的忙碌，林徽因选出了30篇作品，既收有已经出名的作家的作品，也收入了一些文坛上还较陌生的青年作家的作品，8月份由上海的大公报馆出版，受到读者的欢迎和好评；二是为纪念《大公报·文艺副刊》接办10周年，由萧乾组织和协调，聘请京沪两地享有盛名的叶圣陶、巴金等20名作家担任评委，举办全国性的文艺征文，12月由上海良友图书印刷公司出版，在文学界和社会上产生不小的影响。

一个文艺沙龙不止于聚会聊天的"说话"，而且还"做事"，做出了对新文学发展很有影响和意义的事情，仅此一端，"来今雨轩"便不能不令人神往，神往于那样的茶社和沙龙，神往于那样的文学文化界，神往于那样的文人和朋友。

沙龙不仅在现代中国文坛出现并对中国现代文学的历史格局和面貌产生了影响，而且也出现在现代文学作品中。李健吾的戏剧、胡也频和钱钟书的小说都有对上流社会和知识分子家庭的客厅沙龙中的女主人以及围绕她而出现和上演的人生或爱情悲喜剧的叙写。其中比较典型的是钱钟书的《猫》。当然，钱钟书是以他一贯的讥讽和喜剧笔法，对抗战以前20世纪30年代北京知识分子的客厅沙龙、男女主人、人生爱情，都作了淋漓尽致的嘲弄和讽刺，在轻松幽默又辛辣苦涩的笑声中批判地揭示了所谓沙龙和知识分子生活的虚伪与无价值，喻示了都市上层知识分子沙龙的本质性虚幻和必然性的解体，以及寄居于这种生活之上的知识分子命运的迷离与漂浮。

都是留学欧美的知识分子，都是当时属于精英阶层的大学教授和文化名流，徐志摩、闻一多、林徽因、沈从文、萧乾等人是那么喜爱文艺的沙龙，喜爱在这样的沙龙中谈文学、艺术、人生、社会，喜爱通过这样的沙龙去结识新朋友，去联络感情，去做一些自己喜欢、有利文学艺术从而有裨世道人心的事情。而同样绝顶聪明、才华横溢的钱钟书，却不仅远离这样的沙龙，而且还反感讥刺，对之狠狠地"幽"了一"默"。这两种截然相反的态度，是耶非耶，作为后生的我们无权评判，也无法评判。但是无论如何，他们对现代中国社会和文化史上的沙龙的态度，他们自身在沙龙中的所作所为或者对沙龙的远离和文学化的反讽，都使他们的行为自觉不自觉地与现代文学的历史产生了历史性的联系，成为现代中国文坛上有意味的现象和话题。

3. 现代文学中的小城镇形象

作为一种区域建制，"镇"的历史在中国存在千年以上，可谓历史久远。进入 21 世纪的中国，仍然把小城镇建设作为缩小城乡差别、减低农民数量和实现现代化的当然国策。因此，小城镇在相当长的历史时期内，都将是中国制度建制上和实际上的空间存在。相当多的人口在过去和将来都将生活在这样的空间里。

"镇"是介于城市和乡村之间的特殊空间存在，因此在汉语中，它往往与"乡"和"城"并列，称为"乡镇"或"城镇"，成为专有名词，即它是乡的扩大和城的缩小，与城乡有血缘联系又有差别。这样的地理位置和空间存在，使小城镇成为城市与乡村两种人生和文明的交汇点和集散地，有别于城乡而又兼有城乡的若干特点，在中国的历史和社会中扮演着重要而又独特的角色，在中国的社会结构里具有和发挥着独特的功能。小城镇人生、小城春秋成为中国人生活中既灰色又浪漫、既感伤又温柔的集体记忆，小城其实与小城镇是等同的。

不过，虽然小城镇在从古至今的中国的空间地理结构、经济政治结构、制度风俗结构、文化精神结构中都自有特色，角色、功能、性质和意义都自成一格，理应进入文学的视野，成为重要的文学表现对象。但是，由于近代以前中国社会的前现代性质，基本上千年不变的以农业为主体的生产生活方式、文化文明方式，使得小城镇的角色与功能多共性而少个性，多凝固而少变化，制度建制和空间地理上的特殊存在，并没有使之成为社会文化和文明变迁交汇的桥梁。因此，它自然也没有成为文学的青睐之地，而是从文学的视线中滑落或者被忽视了。近代以后，随着西方文化与文明的到来，中西方文化急切地交融或冲突的世纪壮剧，在中华大地上轰轰烈烈地上演，介于城乡之间的小城镇，由于其地理位置和社会结构的特殊性，便顺理成章地成为两种文化与文明交汇或冲撞的合适空间，演出了一幕幕人生与文明的悲喜剧。而作为近现代中国历史与文化产物的近现代文学，开始将小城镇纳入视野，小城镇文学由此应运而生。

具体地考察起来，应该说，"五四"时期诞生的现代文学，是最早以小城镇为观照和描写对象，创制"小城镇文学"或小城镇叙事的，小城镇文学就此成为现代文学中有特色的存在。小城镇文学的滥觞者，似乎应该首推鲁迅。鲁迅的不少以启蒙主义为主题追求的小说里，往往存在着一个以绍兴古镇为"模特"而虚构出来的"鲁镇"形象和空间。"鲁镇"在鲁迅的小说里大体具备着两种意义功能：首先，是老中国灰色和悲剧人生发生的空间地域背景；其次，是一个重要的形象和角色。《狂人日记》、《药》、《故乡》、《祝福》、《孔乙己》等一系列的作品中，"鲁镇"都是灰暗沉重的人生悲剧的依托背景，物化的目睹者，甚或是参与者，在祥林嫂、孔乙己等鲜明的悲剧人生命运里无不叠印和透射着"鲁镇"的形象。或者说，这些人物的人生命运和性格形象与鲁镇的环境内涵和整体形象紧密相连，二者具有性质的同一性。鲁迅笔下的"鲁镇"是和故乡、荒村意象等同的，它们内含同样的负面价值。鲁迅出色独特的"鲁镇叙事"，对当时的作家和文学产生了深远的影响，如在同样来自绍兴、受鲁迅影响的作家许钦文的小说里，作为叙事背景和空间意象的"鲁镇"，就时常出现和"显象"；叶圣陶和王鲁彦小说里的灰色小城镇，也与鲁迅小说里的"鲁镇"存在精神联系；同时，"鲁镇"叙事和形象对后来的"小城镇文学"，同样提供了"原型"和资源，具有重要和深远的示范意义。20 世纪 30 年代至 40 年代左翼作家柔石的《二月》、周文的《在白森镇》、沙汀《淘金记》、萧红的《呼兰河传》以及师陀的《果园城记》等作品中描绘的芙蓉镇、白森镇、北斗镇、呼兰河城、果园城等，或是东南与西南的"南国小城镇"，或是中原与东北的小城，地域空间虽有不同，但精神性质却基本相似，即它们几乎都是封建性的思想和势力占据着统治地位的所在，对内顽固地维护落后陈腐的"传统"，对外封闭、"排异"与"斥新"，这构成它们的思想特征与精神功能。同时，某种外来的、异端的、革命的或现代的思想和行为又进入小城镇，与小城镇固有的传统和成规构成冲突，使小城镇成为现代与传统、外来与本土、文明与落后、新与旧交汇激荡的独特空间。由于小城镇传统的此在性、本土性和主流地位所形成的强大的排异功能，冲突的结果无不以小城镇传统的胜利和对手的失败与退场而告终，小城镇的传统和"镇情"得以存在和延续，如鲁迅《狂人日记》、《药》对鲁镇的定位和叙事一样。这几乎成为现代启蒙主义和左翼性质的文学中"小城镇叙事"的基本模式，也是这类文学叙事中小城镇的基本形象。

另一种文学叙事中的小城镇，如沈从文的小说《边城》，与现代启蒙主义文学和左翼文学大异其趣。这种如作者所说的"希腊小庙"似的边城，是作者认为的古老传统和边地淳朴民风的物化存在和精神象征，充满着牧歌情调和桃源境界。小城的存在和它所体现出的一切都是符合人性，是应当永存的，非但不是人性的压抑，反而是人性的安慰。现代社会的冲击和时代变化，带给小城的不是善与美，而是善与美的毁灭。《边城》的叙事就在牧歌中开始夹杂着悲歌。到20世纪40年代沈从文写作的《长河》，这种幻灭的悲剧感就愈加浓烈。当然，沈从文笔下的小城镇形象也不是单色的，其散文《槐化镇》则以写实笔法绘出了灰暗压抑的另一类小城镇的色调和情调。

1949年以后的17年文学中，以小城镇为表现对象的文学叙事，大致有两种：现实题材的作品多以小城镇人生的变化隐喻或宣示历史和时代的旧貌换新颜，如陆文夫的《小巷深处》；革命历史题材作品则以小城镇为背景演绎大浪淘沙的革命风云，如《小城春秋》。20世纪70

年代后期和新时期出现的、以《芙蓉镇》、《小城镇上的将军》为代表的作品，在精神价值取向和对小城镇的形象定位上，应该说，继承了沈从文《边城》的流风遗韵而舍弃了启蒙或左翼文学的传统。在这些作品叙事里，小城镇固有的传统并非都是落后的"历史之恶"，而是呈现出淳朴的人性之善的性质，这种传统与代表"历史之善"的现代性、正义性、先进性的思想和力量相互接纳和包容，同以"革命"面目出现实质上却是反现代的真正的"历史之恶"，构成了小城镇冲突的人性内容和历史内容。由是，文学叙事中的小城镇成为向现代性转化和蜕变的、蕴涵了历史正向价值的意象空间和环境，其内涵和形象具有了不同以往的变化与特征，小城镇在文学叙事中也由过去的负面形象变为正面形象。

20 世纪 80 年代后期和进入 90 年代以后，一方面，在林斤澜、余华等人的小说中，小城镇的形象和叙事变得怪异与丰富；另一方面，在更多的作家那里，对小城镇的关注却日益减少和稀薄。这一方面与小城镇或乡镇在中国社会中的地位、对中国市场经济和现代化进程起到的推动作用不相称，另一方面对中国百年以来小城镇文学的传统和精神，是一种不合时宜的背离与中断。当然，文学不一定要与社会历史同步，某种文学现象的出现或消失都自有其合理性。然而，考虑到现代小城镇文学的传统和小城镇在中国当代和未来社会格局中的重要性，考虑到小城镇角色功能的特殊性和承载的人生内容的丰富性，无论如何，放弃这一资源都是中国文学的巨大损失。

由于中国小城镇文学包含的文学、历史和文化内容的丰富性，因此，对小城镇文学的研究和阐释应该具有多维视野和方法。我个人感到，首先小城镇文学概念的包容性和纵向的历时性的梳理建构，非常重要，特别是当代中国大众通俗文学文化中的小城叙事，如通俗歌曲《小城故事》，尽管流露和表达的是小资的伤感和怀旧情绪，但也应该纳入小城镇文学研究的视野中。其次，在研究方法上，将小城镇文学纳入文化学研究的视野，或者与文化学进行联系也是非常重要的。这包含两个层面：一是要把区域文化、民俗文化、启蒙主义文化和政治文化引入小城镇文学的研究；一是应该在中国百年历史变动的大格局、在中国走向现代化的历程和由此带来的社会结构的变迁和转型中，来研究和透视小城镇文学的种种现象和问题。自然，在研究这一文学现象时，概念与边界的准确界定，同样非常重要。

第七章

20 世纪 30 年代左翼"牢狱"文学的叙事倾向

1. "牢狱文学"产生的原因及文学命名

在 20 世纪 30 年代的中国,社会各界的著名的或不著名的人士因为政治、救国的言行和其他原因而锒铛入狱,成为当时的普遍现象。其中引起广泛关注和较大反响的,就有 1931 年的"牛兰夫妇入狱"事件,1935 年杜重远因"闲话皇帝"一文入狱的"《新生》事件",1936 年以沈钧儒、邹韬奋为代表的上海"救国联合会"的"七君子入狱"事件,以及中共政治领导人瞿秋白、方志敏、王若飞的被捕入狱等。这当中,左翼作家文人的被捕入狱,更是屡见不鲜。在上海和关内其他地区,就有左联五烈士的被捕牺牲,周立波、丁玲、艾青、陈白尘、陈荒煤、艾芜、彭家煌、楼适夷、洪灵菲、冯宪章、潘漠华、舒群等人的先后入狱,在沦陷的东北,左翼作家罗烽也曾经一度坐牢,金剑啸则死于狱中。

"牢狱事件"的普遍性自然引起了普遍的关注,成为时代性的政治、文化和文学话题之一。无党派作家曹聚仁对政治迫害与牢狱现象的普遍性作了讽刺性的描绘,指出当时"中国第一流人才,有的在爬山,有的在牢狱里"[1]。还有一些非左翼的作家文人,尽管他们的

---

[1] 周立波:《1935 年中国文坛的回顾》,《周立波三十年代文学评论集》,上海文艺出版社 1984 年版,第 147 页。

政治立场和态度与左翼不同,但对那种大批逮捕和杀害作家文人、查禁刊物的白色恐怖和普遍的牢狱事件,同样反感和反对,于是以"春秋"笔法引申生发,推古及今,大谈清朝的文网密布及层出不穷的文字狱现象,明里暗里与现实进行映衬。翻译界的部分人士也"里通外国",先后翻译出版了《囚人之书》和《狱中记》等外国纪实作品,实际也是借此对压迫与恐怖遍布的"牢狱中国"的时代环境,进行类比与"暗喻"。

作为受压迫最重和入狱作家人数最多的左翼文学阵营,自然更不能不对"牢狱中国"的现实环境做出感应与反映。首先,是直接发表宣言进行政治揭露和抗议,如"左联"在1931年4月连续发表《中国左翼作家联盟为国民党屠杀大批革命作家宣言》、《为国民党屠杀同志致各国革命文学和文化团体及一切为人类进步而工作的著作家思想家书》,揭露了"左联五烈士"被"恶毒"虐杀和"许多我们的同志,思想家,作家,现今正呻吟于世界上最黑暗的中国牢狱和租界牢狱中"的事实,明确提出"反对国民党和租界巡捕房逮捕及杀害中国作家和思想家"[1],革命作家国际联盟也在发表的宣言中,对"左联五烈士"的被杀害,对"现在无产阶级的文学家和革命文学家在中国牢狱里面数目,是在一天天的增加起来,数都数不清的"现象,进行了抗议与谴责[2]。其次,是以纪实和叙事文学作品进行直接的或曲折的反映与暴露。左翼文学旗手鲁迅对如此的白色恐怖极为愤慨,在《黑暗中国的文艺界现状》、《中国无产阶级文学和前驱的血》等文章,抨击统治当局"将左翼作家逮捕,拘禁,秘密处以死刑"的暴虐,和"只有污蔑,压迫,囚禁和杀戮"的凶残[3],并在1933年和1934年专门写下

---

[1] 张大明:《三十年代左翼文艺资料选编》,四川人民出版社1983年版,第155—157页。
[2] 《革命作家国际联盟为国民党屠杀中国革命作家宣言》,张大明:《三十年代左翼文艺资料选编》,第162—163页。
[3] 鲁迅:《鲁迅全集》第4卷,人民文学出版社1981年版,第282、285页。

《光明所到》和《关于中国的二三事·关于中国的牢狱》，对中国牢狱的由拷打和虐待构成的"地狱"式的黑暗，和现实中以思想"改造"为对象的"反省院"存在的"有效性"，进行了"证实"与讽刺，将牢狱的黑暗与现实社会的整体性黑暗、将牢狱事件与整个社会的"牢狱现实"联系起来，揭示出中国现实环境的"牢狱性"和"地狱性"本质，以作为"匕首和投枪"的杂文形式参与了"牢狱文学"的建构。更多的左翼作家则把这种"自然值得我们大家很大的注意"[1]的普遍的牢狱现象作为重要的文学题材，纳入小说戏剧等叙事文学的视野和范围，从而使"牢狱文学"作为一种倾向鲜明、意义独特的左翼文学现象。

对这种文学现象最早以"牢狱文学"进行命名并做出评价的，是20世纪30年代左翼作家和批评家周立波。在《1935年中国文坛的回顾》一文中，他首次对左翼的牢狱题材小说的现象，用"牢狱文学"加以概括，对整体的牢狱题材小说和具体的有代表性的作家作品进行了点评和概述。

值得指出的是，周立波在论述1935年左翼牢狱文学出现的原因和取得的成就的同时，也指出了左翼牢狱文学数量不够丰富，发达的程度尚不能与包括日本在内的外国牢狱文学相比。周立波的认识和评价诚然是正确的。然而，若不限于他所论述的1935年的范围而是扩及整个20世纪30年代，那么左翼牢狱题材文学的数量还是有相当规模的，牢狱文学的表现内容也是比较丰富多态的。上述的那些曾经被捕入狱的作家中的很多人，如艾芜、罗烽、陈荒煤、陈白尘等，都写过以牢狱为背景和对象的小说，其中尤以陈白尘为甚，他20世纪30年代出版的《曼陀罗集》、《小魏的江山》和《茶叶棒子》三个中短篇小说集，近三分之一都是写牢狱生活，《小魏的江山》还被茅盾选入良友图书公

---

[1] 周立波：《周立波三十年代文学评论集》，第147页。

司 1936 年出版的《二十人所选短篇佳作集》，此外他还写有描绘牢狱生活的话剧《大风雨之夜》、《癸字号》，陈白尘也认为自己写牢狱生活的作品"在同侪作家中也可称为我的特色之处"[1]。而一些没有被捕入狱的左翼或进步作家，为了表达对"牢狱现实"和社会的黑暗不公的抗议与批判，也时而把笔触伸向了牢狱。像东北作家群里的端木蕻良、萧军、白朗等人，并没有牢狱体验，但是故土沦陷的现实创痛和流离失所的漂泊，却转化为共同的心理体验——失去自由幸福的沉痛的囚禁感与压抑感，沦陷的家乡故土在他们共同的、集体性的心理想象里也不免转化为"牢狱"的感觉和意象。于是，他们几乎都写出了各自的"牢狱文学"。还有一些左翼作家，如周立波自己，不仅提出了牢狱文学的批评概念，还一直想尝试或从事这种题材的写作，在 20 世纪 30 年代没有机会完成，就一直把这种愿望带到 20 世纪 40 年代，在解放区连续写下多篇以 20 世纪 30 年代为背景的记忆性牢狱小说。此外，一些被捕入狱的政治领导人如方志敏，也写有《牢狱纪实》、《可爱的中国》一类的非虚构作品，在当时和后来产生了很大影响。这样，20 世纪 30 年代左翼的文学作家和政治作家写作的包括虚构和非虚构的"牢狱题材"作品，确实构成为整个 20 世纪 30 年代左翼文学中有意味的、较独特的文学流脉。

从表现对象、题材类别和作家体验来看，20 世纪 30 年代的牢狱文学在概念、内涵、题材、内容诸方面存在区别。周立波提出和评论的"牢狱文学"，主要指的是左翼作家（包括有入狱经历和没有这种体验的）创作的以描绘牢狱生活及其"内幕"的作品，他在《1936 年小说创作的回顾》的年度小说述评中，仍然继续对东北作家罗烽和舒群表现"狱中生活"的作品予以点评和称道，"狱中生活"似乎构成了时代性和权威性的牢狱文学内涵和"正统"。除此之外，当时还有另一种

---

[1] 陈白尘：《〈陈白尘选集·小说卷〉编后记》，《陈白尘文集》第 8 卷，江苏文艺出版社 1997 年版，第 409 页。

牢狱文学的形态，一些作家并没有直接描绘牢狱生活，而是在牢狱环境中写出了或抒情言志、或回忆寄托、或抨击时弊的作品，如艾青写于狱中的《大堰河——我的保姆》，方志敏的《清贫》《可爱的中国》、杜重远的《狱中杂感》等，抒写或表现的是牢狱外部的世界与生活。这种表现或描绘与作家本人的狱中体验和特定环境形成的情感世界具有内在关联，同样应该纳入牢狱题材文学的范畴。

2."牢狱文学"的现实影射与叙事指向

既然是以牢狱为描写和表现对象的文学，所以牢狱的形象、种类和牢狱内的生活自然成为左翼牢狱文学叙事的必然内容。我们看到，与中国社会当时的半殖民地半封建的社会性质和"禁锢得比罐头还严"的社会压迫的日益严酷相关，左翼文学"同步"地描绘出存在于中国社会的牢狱及其性质的众多与多样化：陈白尘、吴奚如、艾芜小说写的是中国的牢狱，罗烽、白朗小说里出现的是日本帝国在"满洲国"的牢狱，周立波所写的则是上海租界牢狱，此外还有模范牢狱、女子牢狱、感化院、反省院之类。由于创作个性及生活经历与体验的不同，左翼作家作品里的"牢狱叙事"的角度与视点各有千秋。但是，由于左翼作家的政治和意识形态诉求的同一性，以及左翼作家遵奉的以反映和暴露现实为圭臬的批判现实主义或"革命现实主义"的创作方法的基本一致，由此导致左翼作家的"牢狱文学"写作，首先呈现出的一个相近乃至于相同的叙事切入点，是以控诉性、揭露性和讽刺性笔调，展示和描写牢狱的黑暗王国的形象及其内在的"地狱性"性状。

几乎所有的左翼牢狱文学，包括共产党人方志敏的纪实作品《牢狱纪实》，都着意地进行这样的"叙事聚焦"。其中，陈白尘的诸多牢狱题材的小说和话剧，堪称旧中国牢狱的黑幕大观，他的《鬼门关》、《癸字号》等作品，既"客观"地状写中国地方牢狱里犯人的病饿交加、牢房里环境的脏黑窄臭等种种令人发指的情形,也以戏谑和嘲讽的笔调叙述那些草菅人命的牢狱统治者种种腐败与丑恶行径:在如此恶劣的环境中,还要在犯人的伙食费里克扣勒索、中饱私囊和贪赃枉法,在牢狱里疾病和瘟疫流行之际倒卖假药大发"狱难"财,从这些极端的黑暗情形和腐败行为的叙述中,牢狱的"人间地狱"的形象与内幕便具体而鲜活地"自我呈现"和演示出来。

在左翼作家笔下,这种黑暗王国的地狱性还更多地表现在牢狱里盛行的以严刑拷打、摧残虐待为代表的暴力压迫现象和牢狱统治者对此的依赖与"爱好"。不论是本国统治者设立的反省院、囚牢一类的牢狱,还是英法殖民者在上海租界、日本帝国主义在"满洲国"设立的牢狱,普遍存在和盛行对犯人进行非人化的打骂、摧残等暴虐现象,它们甚至形成了牢狱的"暴力文化"。陈白尘和艾芜、端木蕻良等人不仅描写牢狱统治者对犯人实施的暴力压迫和摧残行为以及由此构成的统治者的"暴虐迷恋"和压迫机制,还在描写中有意通过犯人之口把"现在时"的中国牢狱与"过去"及"前清"的大狱进行联系与类比,意在揭示和"暗示"当下牢狱及牢狱制造者与过去的封建政权的相似性和同类性。

牢房内的黑社会性质的"黑帮势力"及其文化现象的存在,也是左翼文学着重描写和揭示的牢狱"地狱性"的鲜明特征。作为统治阶级镇压机器和惩罚权利体现的牢狱,从其社会性质来看,是被外部社会权力机构隔离的特殊社会空间,是外部社会结构的缩小和复制,因此它与外部的权利机制和社会系统既隔离又相连。在国民党江苏省"反省院"蹲过大牢的左翼作家陈白尘,在其自成系列的牢狱文学作品里,比较多地描述了在这个由惩罚与被惩罚、牢狱统治者与犯人为关系准则和基本架构的空间单位里,狱内黑社会和黑帮产生的过程及其内容。《小魏的江山》里的普通刑事犯人小魏,在受尽牢狱黑帮令人发指的压迫摧残后不屈不挠,带领几个处于牢狱最底层的犯人,以种种骇人恐怖的受侮和自残的手段,"九死一生"地在牢房里"打江山",终于成为被牢狱统治者和狱内黑帮社会承认的新牢房的新"龙头"老大,在牢狱这一特殊的社会空间里淋漓尽致地表现出牢狱黑帮社会和文化的形态与全景,重现了牢狱黑帮社会以及其中隐含的新的压迫阶级诞生与形成的过程与"神话"。在这一过程中,作品不仅对牢狱黑帮社会以龙头为中心的等级结构,各种各样的牢房刑法和日常生活中的兽行等中国特色的牢狱黑帮文化,进行了多方面的展现与剖示,还有意揭示了牢狱黑帮社会势力与牢狱统治者的共生"合谋"关系。陈白尘、端木蕻良和艾芜等人的小说里,也都写到了以牢头为代表的牢狱黑帮现象及其表现。这些小说的叙事表明,牢狱黑帮社会是一个特殊群体和阶级:他们是被监禁者,但又是牢房内的统治者;他们丧失了外部社会的权利却又具有牢房内的各种权利,甚至可以自由出入牢房为非作歹。这个牢狱黑社会的形成和存在是牢狱统治者和权利主体允许和支持的,他们之间是相互依存和共生合谋的关系。这种关系不仅表现在牢狱黑帮组织对新到犯人私设刑讯——"开公事"得到的钱物要与牢狱统治者分成,更表现在牢狱统治者需要借助牢房黑帮组织对牢狱进行监视和控制,维护牢狱的"秩序",在应付外来检查和参观时进行安排好的掩饰、伪装与"遮黑"。陈白尘等作家所写的牢狱黑帮组织和成员,按福科的观点,属于"过失犯"和"社会必要边缘阶层"——统治阶级为了统治权利和国家惩罚与镇压机器的存在,为了使这种存在具有合理性和必要性,或者为统治阶级的非法活动寻找和制造出合法性,就必须使社会存在过失犯和社会必要边缘阶层,以便通过控制他们更好地控制其他的非法活动,在国家统治权利与过失犯和社会必要边缘阶层的惩罚与被惩罚的关系中,包含着相互依存与合谋关系。当这些过失犯和社会必要边缘阶层进入牢狱之后,他们就演变成牢狱牢头和黑帮。因此,左翼笔下作为牢狱内的"过失犯"和牢狱必要边缘阶层的牢头黑帮,他们与牢狱统治者构成的互存、共生和合谋关系,是对二者本质上的归类与证明——共有的"罪犯"与黑帮属性,这才是陈白尘和其他左翼牢狱小说的"黑帮"叙事的深层诉求。

  左翼作家对牢狱的地狱性性状和特征的叙写,是为了以牢狱为"缩影"达到对统治者和现存社会合法性的否定。因此,地狱性不仅体现于牢狱,也体现于整个社会——牢狱不过是社会肌体的一部分,是社会整体"人间地狱"的反映和浓缩。由是,一些左翼作家以牢狱为窗口和中介,有意把弱势与无辜的犯人在狱中的遭遇和苦难,进行透视和"放大",或者通过他们在牢狱内外的生活遭遇,连接和透视社会的"人间地狱"的现实性状,达到更广泛的现实"写真"与批判目的。陈白尘的小说《父子俩》和吴奚如的小说《第十六》,分别以一对盲人父子和一个拣煤核的孩子在牢狱内外的遭遇故事,"讲述"了黑暗社会如何把这些弱小者投入牢狱并使他们在狱中遭遇了极其难堪和非人的苦难,牢房生涯和牢狱外的社会如魔窟一样吞噬和折磨着弱小者,呈现出比盲人"黑洞"更加深重无边的黑暗。萧军的小说《羊》、陈白尘的小说《暮》等作品写的都是像羊一样善良老实的农民,但他们都蒙冤入狱,前者在苦难漫长的牢狱生涯中迫切希望出狱回家而希望终于落空且惨死狱中,后者在度过几十年的牢狱生涯后已无家可归,无奈中只好要求返回牢房却被拒之门外,惨死荒野。牢狱内外都是使底层人民陷于无望与无边"苦海"的人间地狱。舒群小说《已死的与未死的》通过狱卒的嘴,道出狱中犯人和罪名的众多:土匪、土匪嫌疑、政治嫌疑、政治犯、盗贼、暗娼……如此众多的"罪名"与"罪犯",既反映出阶级、民族矛盾的日益尖锐和社会动荡不安的现实"真实",更"映衬"出中外统治者出于统治和镇压需要,也出于恐慌,大肆滥捕无辜,制造冤狱与苦难,使得整个社会和国家日益"牢狱化",或者径直就是一座大牢狱。其他左翼牢狱作品如陈荒煤的《忧郁的歌》、《罪人》等,也以各自的牢狱故事叙写着这样的社会景象,传达着如此的认识和批判。

周立波的小说对上海租界里的牢狱和东北作家对日本占领下的东北"满洲国"牢狱的黑暗内幕的描写，除了与一般的左翼"牢狱"文学具有相似和相同的倾向与主题之外，还显示和包含了较为独特的文学中的政治和文化意义。一般的左翼牢狱题材文学是从阶级性视角——即通过牢狱这样一个特殊的空间和窗口、通过牢狱的地狱性存在与黑暗的描写，表达和揭示当时中国社会阶级斗争的尖锐与阶级压迫的残酷。当然，这些实施统治与压迫的压迫者在小说中没有表现为现实社会中的具体阶级形象，而是具象化为牢狱的统治者和管理者。而周立波和东北作家的牢狱叙事，其意义和蕴涵则显然不单纯是阶级压迫和斗争，而是民族压迫与矛盾。这种压迫和矛盾同样通过牢狱这一具体的压迫形式具象地表现出来。因此，这类小说就呈现出左翼牢狱文学主题的另一方面：表现被压迫和被殖民国家文学的反帝反殖的政治爱国主义和民族主义诉求，进而在广义上与整个第三世界国家和民族文学表现出相同的精神话语与轨迹，同时，也是以特殊的题材和表现对象应和了"左联"明确提出和要求的"抓紧反对帝国主义题材"[1]宏大政治诉求，使左翼牢狱文学具有和内含了鲜明的政治和意识形态色彩。然而，在殖民压迫和民族危机日益加深的历史环境与语境中，表现新文学诞生以来一直存在的、在 20 世纪 30 年代又被明确和具体强调的反对帝国主义和殖民主义的文学主题，其意义则显然有所深化和延展。像周立波描写的殖民者的租界牢狱，这一现象本身就包含着复杂的意义：一方面，租界和牢狱是殖民者霸权和压迫的产物与象征；另一方面，不论是以暴力还是和平方式进入东方的西方帝国（东方的日本已经是西化的帝国主义），从另一个角度看又代表着一定的先进和文明等现代性价值。革命导师马克思也认为英国殖民者对东方的殖民占领和殖民事业的开拓，其历史和道德的善与恶是互相掺杂

---

[1]《中国无产阶级革命文学的新任务》(1931 年 11 月中国左翼作家联盟执行委员会的决议)，张大明：《三十年代左翼文艺资料选编》，第 181 页。

的[1]。殖民主义和帝国主义行径中又包含着现代性、文明性，这是来到东方的西方所呈现出的双面形象。

"五四"以来，中国的启蒙主义文学侧重于对西方的现代性价值的发现与肯定，并以此为价值取向和视角反观本国文化与传统，对西方的帝国和殖民性的一面则进行了叙事的遮蔽与不见；爱国反帝文学则着重于对西方的帝国和殖民罪恶的揭露，但作为新文学两大主题之一的反帝爱国文学，其实流于浮泛的口号化的情感表达而缺失具体的帝国和殖民压迫者的形象与行为。而20世纪30年代左翼的牢狱题材文学由于鲜明的政治和意识形态诉求，也由于民族和国家危亡已是严酷的现实，因此其所表现的反帝主题已经具体化、具象化和深入化了：其一，东北作家作品的反帝反殖的主题诉求表现为帝国和殖民主义的赤裸裸的民族侵略和殖民统治，以及由此引发的被侵略和殖民的民族和人民的激烈反抗，而牢狱就是民族压迫和对抗的尖锐和集中的表现形式。其二，西方和日本都是在近代的现代化过程中，形成了民族主义的思潮和民族共同体并进而形成民族国家，他们的帝国和殖民性是与其强烈的民族主义密切关联的。但他们却通过殖民地牢狱的设立镇压被殖民国家人民的民族反抗，遏止被殖民国家和人民的民族主义运动与行为。殖民牢狱的形象和存在就敞露出帝国主义者的自我乖张和自相矛盾，这样的矛盾内在地暴露出帝国与殖民行为和逻辑的强盗性与反动性。其三，作为帝国和殖民压迫的最直接的压迫形式殖民牢狱，不仅囚禁中国的反殖民反侵略的民族主义人士，也囚禁了从事争取自由、民主和阶级与民族解放事业的革命者和进步人士，周立波的牢狱题材小说里写的多是这类人物。民主与自由是西方的现代性和文明性的标记与表征，但来到中国的西方却镇压被殖民国家的革命者和进步人民的民主追求，这样的行为显然有悖于文明、民主和现代。由此，

---

[1] 马克思：《不列颠在印度的统治》，《马克思恩格斯选集》第1卷，第760—766页。

在左翼牢狱题材小说的叙事中，租界牢狱的存在和形象自我呈现和敞开的是西方（包括日本）的帝国性与殖民性的阴暗与落后，是对其现代性与文明性的自我颠覆与"证伪"——周立波小说描写的上海租界牢狱里的暴虐和迫害行为，更是以具体的情节描写对殖民统治者赤裸裸的野蛮与伪善予以"还原"性揭示。"当我们把自己的目光从资产阶级文明的故乡转向殖民地的时候，资产阶级文明的极端伪善和它的野蛮本性就赤裸裸地呈现在我们面前，因为它在故乡还装出一副很有体面的样子，而一到殖民地它就丝毫不加掩饰了"[1]，左翼牢狱题材小说里的殖民地和租界牢狱的形象和相关叙事内容，在传达和宣诉左翼文学共有的反帝反殖诉求时，也具象地传达和包含着上述的认识，进而把一般的左翼文学的"反对帝国主义"的主题从政治和意识形态批判扩大到文化与文明批判的层面，使其意义和蕴涵得到升华和深化。

3. "牢狱文学"的隐喻化叙事

通过牢狱故事与描写对中国统治者和外国殖民者的牢狱进行"地狱性"还原、显露与揭示，是左翼牢狱题材文学重要的主题诉求之一。但是，左翼牢狱文学故事和叙事中的蕴涵与功能，还不止此。如前所述，左翼牢狱文学是一种政治倾向和意识形态色彩都相当鲜明和强烈的文学，那种来自阶级、政治与意识形态的代表历史、未来与正义的主体感，使他们不止于"忧郁"地描写或激奋地暴露牢狱的地狱性黑暗，而是在如此叙事的同时，还要通过"牢狱故事"变更旧中国牢狱的"存在属性"，赋予其新的社会、政治意义和"性质"，借此达到意在言外、意在狱外的目的。把牢狱这一特殊空间凝聚在一起的被囚禁的"犯人"和"我们"，与统治牢狱的"敌人／他们"，进行截然对立

---

[1] 马克思：《不列颠在印度统治的未来结果》，《马克思恩格斯选集》第 1 卷，第 767 页。

的正义与否的阶级和民族本质的划分和确定，从而把"我们"与"他们"之间的监禁与被监禁、压迫与被压迫的关系，进行"合法性"置疑、颠倒和正名。以牢狱为代表的统治者在叙事中被"他者化"和"自劣化"了，他们的监禁、审判、压迫等权利与其表面的存在完全构成了背反，其非法性与恶魔性的本质在牢狱叙事中被呈现和暴露出来，并由表面的统治威权的拥有者逆转为历史和正义的被审判者。相反，因信仰、政治和革命入狱的政治犯人和广大的"我们"，在叙事中被"主体化"与正义化了：通过在牢狱里的见闻感受、述说表达和行为演示，明确地找到和确立了自己本质——代表着阶级、民族和历史的正义。这种来自阶级、民族、政治和历史的"正义"本质，使表面上无权和被囚禁的"我们"具有和获得了话语权利，在话语表达中对牢狱内外的一切予以正义与否的评说和"历史的判决"，被囚禁者由此而实现了存在身份的分离与突破，成为对以牢狱为表征的统治者权利进行合法性颠覆的历史审判者和主人公。由此，牢狱这一显示统治者威权、对人民和反抗者进行压迫、隔离与规训的暴力空间的性质与功能在叙事中发生了逆转。

这样的叙事内容和逻辑，在方志敏等人的政治性纪实作品里，是直接"诉说"出来的，他的《狱中纪实》描述了当时中国社会存在的和统治者裁定的"有罪"与"无罪"的现象："抗日有罪，降日无罪；反抗帝国主义有罪，投降帝国主义无罪……爱国有罪，卖国无罪；反抗有罪，驯服无罪；进步思想有罪，复古运动无罪；揭发各种黑幕有罪，对黑暗统治歌功颂德的无罪；总括一句：革命有罪，反革命无罪！"这种表面上对罪行有无现象的罗列和陈述实质上是一种"归谬"和"解构"——罪行的有无及其审判与刑罚的正义与否，在这里都是颠倒的，真正能够或者有权利对罪行有无进行裁定与宣判的，不是表面上或形式上以牢狱为代表的统治者，而是那些形式上被囚禁的犯人特别是政治犯及其所代表的阶级与集团。这样的叙事内容和逻辑使牢狱成了显示压迫者与被压迫者有罪与否、正义与否的"法庭"和分水岭。

而在陈荒煤的《罪人》和《忧郁的歌》等小说中，通过牢房故事和叙事对"谁之罪"、"何为罪"等"重要"问题进行了质疑与回答。《罪人》里的小职员蒙冤入狱，忧郁压抑的牢房环境及其所代表的社会与政权的惩罚与规训功能，这种功能具有的现实和形式的合法性与强大性，促使他向"认罪"的方向滑行，终于认为自己"有罪"——不是现实行为有罪，他也一再诉说和申辩自己现实行为中的无罪和无辜，而是从宗教上、从基督教信仰中找到和承认了自己的"原罪"和"有罪"。宗教协同统治者就这样在一个小职员和冤狱者身上实现了自己的惩罚与规训的功能和目的。然而，这一切都是表面的。小说中出场的另一个犯人——因革命和政治而入狱的政治犯，尽管没有方志敏文本中政治犯人那种明确讲述出来的代表政治正确与正义的历史审判者身份，但是政治犯的罪名本身就暗示了他的身份与性质。小职员的思想精神变化的过程都是在他的目睹和观察中完成的，但也恰恰是在这样的观察和思索中，他挺身而出，对小职员的"认罪"行为和诉说进行"反诉"与批驳，终使小职员从"有罪"的自责中解脱出来，认为自己无罪。政治犯的出场使罪行有无的认定发生叙事的反讽和逆转。

由此出发，一些左翼作品还描绘了具有阶级和民族正义性的政治犯人如何重组和分化牢狱敌我阵线和关系、改造和变化牢狱空间性质的"故事"。白朗的小说《生与死》中的一位女性看守，在看守因抗日而入狱的女性政治犯的过程中人性和民族意识受感染而苏醒，由看守转变为政治犯的"看护"，最后放走了抗日的政治犯，自己也沦为与前者性质相同的政治犯被关进牢狱。不仅如此，这个被反向改造过来的看守——新的政治犯，还公开对牢狱的所谓"改造"功能发出了讥讽与蔑视："改造，改造，改造了什么呢？天杀的。"这种蔑视与讥讽既是对牢狱代表的统治与被统治的现存权利机制及其合法性的颠覆与重构，对非法不义的殖民者的牢狱存在和压迫权利的否定与"证伪"，也是对民族正义与历史正义的划分与还原，同时，改造与反改造的关系和看守成为政治犯之后的斗争故事，也使得牢狱成为"我们"与"他们"、友与敌、阶级与民族关系和本质的重新组合与确立的空间，成为表现特殊环境下民族压迫与抗争这一时代主题的"有意味"的舞台。

这样的牢狱故事及其主题，在有些左翼作家的小说中，则往往通过叙事与隐喻的方式予以映现，或者以"寓言"的形式予以寄托和象征。端木蕻良的《被撞破的脸孔》和艾芜的《强与弱》，描写的是牢狱牢房里土皇帝般的牢头和黑帮对弱小者的霸道欺压和被欺压者的反抗，表面上不涉及阶级与民族斗争的宏大主题。但是，如果将小说放置于当时的语境、联系作家的政治背景和写作动机予以考察，就会看出，艾芜小说在写实的故事下面蕴涵和隐匿着强烈的主观诉求和期望：忍让和懦弱招致欺压，反抗和挑战才能颠倒和改变强者与弱者的地位与关系。在《小犯人》里，作者继续描写和深化这一主题，把牢狱里的黑社会与犯人之间的强弱叙事，通过"政治学生"、小犯人为中介，与阶级和政治的压迫与反抗这种时代性宏大叙事联系起来，牢房内犯人之间的压迫与反压迫和强弱地位与关系的颠倒改变，蕴涵和指向的是牢狱外的阶级与政治的关系，即表层的牢狱写实里隐匿的是深层的阶级与政治的寓言和"象征。"端木蕻良小说的牢狱黑幕和强弱转化叙事，同样具有写实和象征的双重意义，甚至比艾芜小说表现得更鲜明和强烈。当然，作为东北流亡作家，家乡沦陷产生的精神创痛以及由此产生的民族危机意识，使端木蕻良的牢狱黑幕写实和强弱转化叙事里蕴涵和隐匿了阶级与民族的诉求。通过小说里的弱者在绝境中奋起反抗牢头威权并战而胜之的"斗争故事"，作品于写实中寄寓了有关如何变弱为强、在抗争中求生存以及拯救民族危亡的"宏大叙事"，牢狱里犯人之间的打斗故事隐含了阶级与政治、民族与国家如何作为及必然结局的"神话"和"寓言"。

另外一些左翼作品则通过描写政治犯在狱中生活和地位的特殊性——他们受到的优待和优越性"地位",以及他们的精神影响,揭示牢狱空间里颠倒的合法性与正义性本质和关系。萧军的《羊》和舒群的《死亡》里的政治犯"我",都是"被优待的犯人",有可以单独散步和抽烟的权利。曾经因"闲话皇帝"事件而入狱的著名报人杜重远的纪实作品《牢狱的收音机》和中共领导人方志敏的纪实性作品《死》,也有政治犯人在吃住方面受到照顾和优惠的叙述。政治犯人不仅受到普通刑事犯人的敬重,也受到牢狱管理者及其代表的统治阶级的"看重"与一定程度的压迫让步。监牢里霸道蛮横的黑帮牢头与"龙头",也不得不对艾芜《小犯人》里面学生出身的政治犯"让步"与"客气"。罗烽小说《狱》甚至还出现了看守与政治犯之间关于"谁"是真正的"好人"的讨论性对话:被以"乱党"罪名逮捕入狱的反满抗日的政治犯,在看守的眼里却是"好人",作为殖民统治阶级"合法地"进行惩罚与镇压的牢狱,却具有专门"收好人"的歪曲的性质;而作为惩罚权利拥有者的"巡官","他才真是一个满洲国的走狗",民族伦理与道德伦理上的坏人与恶人。政治犯在牢狱里拥有的物质与道德上的"优越"和特殊地位,不是来自统治者的善良与仁慈,而是来自阶级与民族、历史与政治的正义性和"优越性"。当然,不是所有的政治犯都能够受到优待,陈白尘的小说和戏剧里的政治犯人,就受到牢狱权利者与普通犯人的虐待和歧视。但是,这种歧视和虐待,这种"对灵魂的惩罚超过对肉体的惩罚"、对政治犯人的惩罚超过对"过失犯人"[1]的惩罚的统治者行为,恰恰从反面和扭曲的角度印证了政治犯人的合法性优越与正义,即歧视与虐待里反映出的恰恰是"重视",是牢狱制造者和权利者深层里对自我合法性的焦虑和危机意识的过度反映。

---

[1] 〔法〕福科:《规训与惩罚——牢狱的诞生》,三联书店1999年版,第281页。

由于意识到自己先在地拥有或代表着阶级、民族与历史的崇高与正义,因而在某些左翼牢狱文学的故事里,那些政治犯人或者像方志敏的"牢狱抒情"一样充满着"砍头不要紧,只要主义真"的"英雄"气概,或者如艾芜小说《狱中记》和《小犯人》里坐牢的左翼作家和革命者、农民运动的参加者和被普通犯人称为"小英雄"的青年学生,以及周立波牢狱小说里的革命者那样,不仅在牢房中组织和开展各种形式的抗争,而且更加坚定了自己的信仰,把进牢狱看作人生的一种必然要经过的"历练",进牢狱和进学校具有相同的作用,是革命者的成长仪式和政治"成圣"的必经炼狱。由此,在揭露牢狱黑暗和挑战与颠覆现存统治阶级威权的同时,他们的行为也消解和淡化了牢狱的恐怖性与苦难性,在牢狱的压迫空间和苦难集中地的形象与"意义"上,增添和强化其"炼狱"与"战地"的形象与性状,开创了左翼文学和后来的共和国文学中《红岩》等文学模式的雏形。

4."牢狱文学"的叙事格调与结构模式

周立波在20世纪30年代点评左翼"牢狱文学"的时候,曾指出了一个不足:创作数量不能与俄罗斯和当时日本的牢狱文学相比,没有那些国家的鸿篇巨制。其实,不止是数量的问题。作为一种与左翼的政治和意识形态密切联系的、相当政治化的文学,过于急迫的政治与现实的功利性和目的性,以及在"风沙扑面,虎狼成群"的时代对文学的"匕首和投枪"的武器作用与战斗性的追求,致使有些左翼文学作品的构思和写作是粗线条的,速写式和平面化的,在总体上存在某些单向化和类型化现象。与左翼文学作为精神导师而景仰和接受其影响的俄罗斯批判现实主义的牢狱文学相比,20世纪30年代左翼牢狱文学普遍缺少俄罗斯文学对法庭、审判、牢狱、流放、苦行和罪与罚的全面而深刻的描写,特别是没有在这样的描写和叙述中像俄罗斯文学那样与历史、道德、宗教、人性、心理、哲学进行广泛深刻的联系和发掘，达成和揭示丰富的意义与价值，从而造成和留下了左翼牢狱文学的历史局限。然而，这种局限又是难免和可以理解的。俄罗斯的牢狱文学所具有的丰富和深刻是独一无二的，几乎是此类文学的顶峰，不要说中国20世纪30年代的左翼文学，世界其他国家的类似文学也都难与其相伯仲。特别是考虑到左翼文学当时所处环境的残酷与恶劣，左翼文学和整个新文学的发展历史与实际水准，应该说，左翼牢狱文学创作还是对20世纪30年代文学、对整个新文学，做出了力所能及的尝试、开拓与贡献，尽管这种开拓和贡献是与局限并存的。何况，就以左翼牢狱文学自身而论，其情况和水准也不一致。某些作家的作品存在速写式的简单与直露，而萧军的《羊》、陈荒煤的《忧郁的歌》和陈白尘的《小魏的江山》与端木蕻良的小说，即使放在整个20世纪30年代或"五四"以来的文学中，也都属于具有相当水准的作品。并且，由于左翼牢狱文学表现内容和题材的特殊性，使其形成和出现了某些为"牢狱文学"所特有的叙事特点。

勃兰兑斯在论述19世纪波兰浪漫主义文学时，曾指出由于目睹了祖国的沦陷和身遭流放与流亡，使波兰作家和诗人情感冲动增强了数倍[1]，由此产生了强烈的政治浪漫主义并表现在他们的文学创作中，使得整个波兰19世纪文学都具有由特殊的政治遭遇而产生的浪漫主义特色。20世纪30年代中国左翼的牢狱文学，也普遍存在类似的政治浪漫主义的倾向和"底色"。由于整体存在着阶级与民族激烈对抗的政治激情，同时也由于一些左翼作家有过被逮捕入狱的人生经历和体验，这种特殊遭遇与政治流亡具有同样的性质。它实质就是一种被驱逐和隔离的政治流亡和流放。左翼作家里的东北作家，更是已经遭遇了故土沦陷的创痛和流亡生涯，是民族压迫和政治对抗下的地道的流亡者，

---

[1] 勃兰兑斯：《十九世纪波兰浪漫主义文学》，人民文学出版社1980年版，第1—12页。

在流亡前后舒群和罗烽又先后蒙受牢狱之灾,因而,写作牢狱文学的几乎所有的左翼政治作家和文学作家,与波兰诗人一样,普遍产生和存在着政治浪漫主义情绪。

这种政治浪漫主义在左翼牢狱文学创作中,首先表现在如前所述的对政治犯和革命者视坐牢为"炼狱"、蔑视压迫与苦难、追求信仰和理想的"英雄"形象和精神的描写。政治犯和革命者把"牢底坐穿"的行为与精神,在红色30年代也是白色恐怖严重的年代里,是有生活的底子和"真实"的。然而生活的"真实"是复杂的,当时身陷牢狱的左翼政治犯和作家,也有在坚执信念的同时检视自己革命方式选择的错位,有动摇者乃至变节者。而左翼牢狱文学在面对和表现这样的生活内容时,显然经过了政治性过滤,筛去了生活的杂色而留下和强化了英雄主义的"纯色"和单色,这使得秉承现实主义或革命现实主义的左翼牢狱文学,尤其是小说和戏剧,在描写和表现牢狱生活时固然是写实的,但这写实中不乏浪漫性或是一种浪漫的写实。并且,这不仅表现在大无畏的英雄主义精神上。那些对牢狱内外黑暗与不义的激烈抨击与抗议,对巨大压迫与苦难的蔑视和把牢狱变为斗争阵地的精神与行为,无一不演绎着来自政治和意识形态的"反抗的浪漫"。正像现实中的压迫与斗争是具体和残酷的,但那种激烈的、激情的和巨大的反抗总体上和骨子里显示出政治浪漫主义精神一样。与此密切相关,左翼牢狱文学里的"英雄精神"和"反抗的浪漫",是与对自由、理想和光明的表现与诉求联系在一起的。在萧军、舒群和周立波等人的牢狱小说中,牢狱生涯的阴暗、压迫和抑郁里始终有暖色和亮色,那就是狱中的政治犯和革命者对自由与美好、对光明和理想的信仰与诉求。这种信仰与诉求既体现在他们对鸟、燕子、蓝天、白雪、大海、山峦等自然景象的渴慕性凝视上,也体现在对与当时的苏联有关的社会性意象和事物的关注和热爱上。在左翼牢狱文学中,不少社会性意象往往与当时的苏联有关。陈荒煤小说《忧郁的歌》里入狱的青年和革命者，热爱苏联书籍和文学；舒群、萧军、罗烽等东北作家的牢狱小说里，更是多有涉及苏联的描写与细节，甚至出现了关在中国牢狱内的苏联犯人、苏联儿童的形象。在中国 20 世纪红色 30 年代的左翼政治和文学话语中，比较普遍地以当时的苏联为光明与理想的现实乐土和精神天国。尽管当时的苏联事实上并非天堂而是也有阴暗面，舒群小说《无国籍的人们》入狱的苏联儿童与白俄犯人还发生了斯大林是否为"恶魔"的对话与争论，但是这些被时代所遮蔽和不见，没有成为主流性话语。因此，在左翼牢狱文学里，有关苏联的事物和意象，萧军小说里入狱的苏联儿童对祖国的描绘、渴慕和百折不挠的回归历程，具有或被赋予了理想、光明与未来的色彩与意义，是入狱的政治犯和革命者的英雄精神、反抗力量的源泉和为之奋斗的理想和"伊甸园"。这样的情节、人物、精神和意象的描写与叙事，无不浸透和贯穿着政治浪漫主义的色调。或者说，是政治浪漫主义导致左翼牢狱文学出现如此的意象与"想象的乌托邦"。

其次，左翼牢狱文学较普遍存在的政治与文学的抒情性与抒情格调，也与政治浪漫主义的诉求具有精神联系。部分左翼作家的牢狱经历——人生经历和心理情感上起伏变化最为剧烈的体验，本身就导致他们情感世界的丰富和浓郁，情感张力的倍增与巨大。加上掺杂着政治和意识形态诉求的对旧世界和压迫者进行抗争与批判的"激情"，这些"合力"共同促使他们创作中的"激情灌注"和由此产生的作品写实视景里渗透着较浓郁的情感氛围与色调。这种抒情的氛围和格调，在政治作家瞿秋白等人的政治性文学和小说家艾芜、周立波等人的作品里，表现为赤裸高昂的直抒胸臆与英雄主义的乐观精神，这种高昂与乐观的底里，是对自己及其所代表的政治、阶级与历史正义的自信和坚信。在萧军、舒群和陈荒煤的一些小说里，则体现为忧郁、压抑和不乏悲愤的作品氛围与叙述的格调。这种忧郁、压抑和悲愤既是牢狱所代表的黑暗中国压迫的广大沉重、人民苦难的巨大无边在小说主人公心理中的投射,是他们在牢房中目睹这一切后产生的心理感受和情绪反应,也是一种"诗人"的愤怒和作家批判激情的"变调"。俗云"愤怒出诗人",愤怒和批判也是一种激情,但愤怒和激情的表达可以是高昂和大叫,也可以是沉郁与悲愤。同时,这些作家的作品又不是一味"忧郁"和压抑,而是掺杂着激昂和亮色。由于小说里坐牢者的政治信仰,俄苏文学的熏陶和理想的存在,使人物的心理和小说的氛围沉郁中夹杂着昂扬。如萧军小说《羊》和舒群小说《无国籍的人们》,把犯人的狱中歌唱糅入情节,罗烽小说则把坐牢者的无畏精神同牢狱的黑暗沉郁相映衬,既增强了作品的抒情性又使其具有了"复调"色彩。在陈白尘的牢狱小说和戏剧中,政治浪漫主义的激情使他的作品的情感色调和叙述风格,既不是高亢,也不是沉郁,而是表现为充满讽刺与戏谑的喜剧性,这种喜剧性体现于他作品里人物的行为和心理上,也体现于作品的整体倾向和氛围里。而这些喜剧性的倾向、氛围和格调,既是作品艺术的形式和特征,更是"有意味"的形式。自我感觉到的阶级、政治和历史优越性与正义性的拥有和对此的信仰,使作家具有居高临下、蔑视压迫者外强中干的心理和意识,这种历史、政治和心理的优势与"浪漫"精神,外化和投射于作品的故事与叙事中,导致了以戏谑与喜剧的方式表达对统治者和旧世界进行批判否定的叙事格调。

当然,充满阶级、民族与政治对抗的政治浪漫主义所导致的左翼牢狱文学的抒情性,不止表现于作品的氛围与情调中,它也表现于这类作品叙事中经常出现的回忆与梦境的情节与意象,还表现于直接的抒情,特别是在诗歌类作品中。艾青的《大堰河——我的保姆》就是这类在回忆中直接抒情的作品的典范。狱中的诗人通过回忆故乡、童年和大堰河这位农村劳动妇女苦难的一生,在表达左翼政治与文学共有的对现存社会和旧世界的黑暗与不义进行强烈控诉与激情批判的同时,也表达了"我"对大堰河这位具体的母亲和她代表的苦难而伟大人民的热爱，和同他们的超越血缘的"血缘"联系。诗人与大堰河母亲的关系及大堰河的一生，是生活中的真实存在，一直积淀和潜存于诗人的心里。是坐牢的特殊境遇触发了心中的块垒而"心事浩茫连广宇"，将这一记忆深处的、本身就极为感人动情的故事以诗的样式叙述出来，产生了震撼人心的抒情效果。应该说，因政治而坐牢的牢狱生涯和在这种境遇里产生的独特的心理与情感体验，是触动诗人回忆和抒发的酵母，并给这一故事和抒写增添了极为强烈的情感色彩和浓度，而且牢狱生涯和狱中的回忆也深化和升华了诗的主题与意义：不仅描述了大堰河对自己的哺育之恩和自己与她的血肉联系，表达了感谢与热爱，也揭示了自己与人民的广大的联系和对母亲般的人民的热爱；不仅诉说了大堰河的个人苦难，也借此控诉了整个旧世界的黑暗和人民普遍的苦难，表达了自己与本阶级和旧世界决裂对抗、报答人民的意愿与诉求。由此，作品的回忆和抒情，与那种揭露与控诉、批判与否定、确立本质与信仰、变更牢狱性质使其具有战地与炼狱等意义的牢狱文学的主题、意象和特征，具有了内在的精神联系与赓续。

某些优秀的左翼牢狱小说，在叙述方式上也具有由表现对象带来的特点。其中比较典型的，是作品的视角和叙述方式与牢狱和牢房这种特殊空间环境的某种对应。牢房的狭小和封闭使小说里的人物或者产生"内视性"，由此引发的是回忆、梦境等"心像"和意象；或者产生"他视"，政治犯人通过窗口、孔洞和缝隙，观察其他犯人，也观察窗口外的世界，将牢房和外部的"社会视景"进行连接和"本质归类"。舒群的小说《已死的与未死的》里的"我"，"从每个铁门仅有的小小的洞孔里"，看到了一个"纯真的"年轻的犯人，他的"童年的纯真"、善良和富有同情心，他对母亲、妻子和孩子的眷念，说明这是一个善良的无辜者。而从这个无辜者的入狱和死亡，"我"看到的是牢狱的黑暗与社会黑暗的紧紧相连。陈荒煤和萧军小说里的叙述者和观察者，通过对邻室和同室的难友——无罪入狱的基督徒、被诬为偷羊贼的无辜农民、恋爱中的青年学生的观察，看到了"牢狱中国"的现状——普遍的冤狱、苦难与压迫，以及现实社会与制度的整体性黑暗和恐怖。法国学者福科认为欧洲牢狱的全景敞视的建筑空间特点，是根源于社会理性和统治阶级的监视、惩罚和规训要求。而左翼作家作品叙事的视角和方式与牢狱空间特点的对应与结合所形成的叙事征候，既是一种形式特征，也是思想和意义通过形式的反映：以牢狱为窗口表达社会现实批判和对历史正义性的认识及诉求。

第八章

20世纪90年代"抗战文学"的历史记忆与现实诉求

严格地说，抗战文学是 20 世纪 30 年代至 40 年代中国现代文学的一个历史现象和概念，它在时间上是指 1937 年"七七事变"到 1945 年抗战胜利时期"抗日"题材的文学。20 世纪 50 年代以后，由于历史距离的切近、战争文化的惯性制导和影响，以及主流政治话语的允许与要求，中国文坛上出现了很多、普及面很广因而很有影响的抗日战争题材作品，像小说《铁道游击队》、《苦菜花》、《野火春风斗古城》、《战斗的青春》、《平原枪声》，电影《地道战》、《地雷战》、《平原游击队》，戏剧《节振国》、《红灯记》等。但历史、时代和政治语境的变化，使陆续出现的这类文学，统归为"革命历史题材"或"革命战争题材"，而不再称为"抗战文学"。

进入 20 世纪 90 年代，"抗战文学"的口号和主张又以民间话语和官方话语的形式出现在中国文坛上。首先以个人和民间话语的方式明确提出"抗战文学"口号的，是作家张承志。他在 1994 年发表的《无援的思想》中郑重其事地指出："今天需要抗战文学。需要指出危险揭破危机。需要自尊和高贵的文学。"[1] 张承志文章中提出的危险与危机，是指他在国外留学期间看到和感受到的某些新殖民主义势力对中国的

---

[1] 张承志：《无援的思想》，《花城》1999 年第 1 期。

歧视、丑化及其分裂中国的企图,这是他对当代中国和世界关系的一种想象和认识。其次是作家尤凤伟,他在写作有关"抗战题材"作品的时候思考并提出了这样的问题:"细想想会发现这样一种现象:二战西方(包括苏联)作家写了大量反法西斯题材的文学作品,直到现在还势头不减,如最近获奥斯卡金像奖的影片《辛德勒的名单》便是根据一部传记文学改编。而与此相比,我们国家的抗战题材的作品就少得多,可谓凤毛麟角。"因此,他提出:"战争是不能忘记的……而对文学而言,只有从一个民族经历过的战争才能真正窥见这个民族的精神脊髓。"[1] 以国家话语形式提出抗战文学主张的,是中国作家协会。在1995年中国抗战胜利和世界反法西斯战争胜利50周年之际[2],中国作协发起了"中国作家协会所属报刊'中国抗战文学征文奖'",这些报刊包括《文艺报》、《中国作家》、《当代》、《人民文学》、《诗刊》、《民族文学》,公开征集并集中刊发以中国的抗日战争为表现内容的各类作品,并于1996年3月刊出了获奖作品名单。实际上这是一次由国家意志和体制操作的大型文学活动,它直接冠以"中国抗战文学"称号,带有强烈的国家意志和主流意识形态色彩,同时也产生了较广泛的影响[3]。

此外,还有一些地方性刊物也出版了专刊,或者比以往更集中地刊载有关抗战题材的作品。同时,20世纪90年代又是一个以传媒为主体的大众文化发达的时代,意识形态要求和商业利益的双重驱动,使影视媒体也进入了抗战文学的制作之中。因而,20世纪90年代的抗战文学,文本数量不少,文体种类也颇繁多,如诗歌、小说、散文、

---

[1] 尤凤伟:《战争·苦难·人性》,《尤凤伟文集》第3卷,山东文艺出版社1997年版,第538—539页。
[2] 这些刊物主要有隶属于中国作家协会系统的《人民文学》、《诗刊》、《民族文学》、《中国作家》、《环球企业家》、《文艺报》等。此外一些地方性的、省市的文学刊物也集中刊发了有关抗战题材的作品。
[3] 所有获奖作品名单发表于《文艺报》1996年3月1日第1版。

戏剧、电影、电视剧等，可以说众体皆备，使20世纪90年代的抗战文学呈现出"多声部合唱"的独特风貌。

1. "历史记忆"和历史真实的个人化重构与叙述

对历史的书写实际上是一种"历史记忆"行为。而历史是一条广阔的河流，任何对历史的记忆，不论是个体的还是集体的，都不可能是历史的全部，只能是历史大河的一个部分，一条支流或一个浪花。历史的广大性与复杂性，往往使"历史真实"扑朔迷离，使得任何一个身入其中的人都不敢说自己掌握了历史的全部真实，有的时候，你认为和把握的历史真实恰恰是不真实的，或者是局部真实，而那些你认为不屑一顾的非本质非主体的东西，可能恰恰是历史真实的重要组成部分。主流与支流、主体与局部在历史的迷宫里可能既存在又不存在。本质主义的、绝对主义的历史观在当代受到了越来越大的挑战。同时，任何历史的记忆或书写都具有"建构性"和"叙事性"，即便是那些亲身经历过某些历史场景的人，他的事后追忆因为时间和距离关系也不会与当时的现场体验保持完整如初的同一性，而是有所补充或遗漏。而对于历史场景或事件没有亲身经历与体验、只能凭借由前人记忆或文字材料等"遗留态"历史去书写和"记忆"历史的人，他的书写和记忆无疑更具有"叙事性"和"建构性"，这也是意大利美学家和历史学家克罗齐所说的"一切历史都是当代史"的重要原因之一。而文学比历史具有更明显的叙事性与建构性甚至虚拟性，文学家的历史记忆比史学家的历史记忆具有更多更大的主观性、当代性甚至"自由性"，更容易受到当代立场和主观条件的制约。20世纪90年代的中国文学，本来就呈现出某种"后现代性"，如回避宏大叙事和主流话语，消解意识形态色彩，追求民间性和个人性。因而，20世纪90年代的抗战文学，在构筑历史记忆、在历史记忆中"忆什么"和"怎么忆"等诸多问题上,与20世纪50年代以来的"抗日战争题材文学"形成了明显的差别,显示出某种后现代主义的、新历史主义的倾向。

不论对历史如何记忆和言说,"抗战文学"首先不能回避战争这个话题。而对于抗日战争这样一个现代历史上的巨大事件和民族记忆,以往的主流的和意识形态性的话语早已确定了自己的权威历史叙述,一种政治化、党派化的"正史观"。而从20世纪30年代的东北作家群的"反日文学"、20世纪40年代的抗战文学到20世纪50年代以后的抗日战争为背景的"革命历史题材"文学,其主导叙事与政治化的正史观基本同构,突出和强调的是民族战争的党派性、国家性、集体性、善恶相报的因果正义性和历史必然性,民族战争环境中的任何行为、哪怕是最个人性的行为都必然地与民族国家的宏大历史叙事相关联。20世纪80年代以后,随着以实事求是为标志的思想解放运动的促动,那种正统化和政治化的历史观开始解禁,一批力图全面和真实地描述抗日战争历史、把被传统正史观"遮蔽"和"不见"的历史重现出来的史学著作,不断地出现,至20世纪90年代初期形成了一个小高潮,从而构成20世纪90年代语境的重要组成部分。受这样的语境的影响,以20世纪80年代出现的电影《血战台儿庄》为标志,那种打破正史化、意识形态化的主流历史叙述,以民间的、个人的立场和话语解构"正史"、重新叙述和建构抗战历史的文学文本,同样不断地出现,到20世纪90年代,这已经成为新的抗战文学的基本的主题模式和叙事模式,成为一种新的主导性话语。

周梅森的《焦土》是为纪念中国抗战胜利50周年而创作的中篇小说。作为一部响应国家意志和号召而写作并获奖的作品,在切近和叙述那场民族记忆和事件的时候,却表现出一种与"正史"化叙述不同的个人视角。首先,小说中参加惨烈的抗日战争的角色主体,是曾被过去的正史所"不见"的地方军阀性质的军队;其次,这样一支军队并不是主动而是被动地被历史拖进了一场他们不情愿的焦土抗战中。

"逃跑将军"李威和他的168军,假抗战以沽名钓誉的钱大兴和他的游击军,带着旧军阀习气和内战时期形成的利益规则,都只想让对方抗敌而自己保存实力和地盘。但是,历史的情势却逼着他们在犹豫、动摇、推诿和算计中一步步走进抗战,在迫不得已中由被动到主动、由推诿到坚决地进行了一场壮烈的战争,他们自己和他们的军队在血与火的个人生死、民族生死考验中得到了锤炼与升华。而这样的军队中的人物并非都是一种嘴脸,一个模式。以赵副军长为代表的一批军人,则自始至终以民族利益为最高准则,以为国捐躯为最高荣誉,浴血奋战,慷慨赴敌,更有众多士兵肉身炸坦克,舍身炸敌垒,表现出中国军人、抗战军人的风骨。这样的叙述,为我们展现了以往的"正史"和传统的抗战文学所遮蔽的"历史记忆",浮现出另一种"历史真实",从而以文学的方式叙述了历史,建立了作家自己的历史陈述的观念与"说法"。

当代东北作家辛实的长篇小说《雪殇》,基本上是一部未脱离"正史"观念的作品。但就是这样一部作品,在叙述杨靖宇将军领导的东北抗日联军气壮山河、艰苦卓绝的战斗历程中,也着意突出民族战争的悲壮性、英雄性而淡化正统史观的意识形态色彩,同时也浮现和复原以往有关东北抗联的"正史"叙述所遮蔽的真实态历史:在白山黑水与日寇进行殊死搏斗的,除了中共领导的东北抗联外,还有隶属于大韩流亡政府李承晚的高丽独立军和隶属于国民政府的辽宁民众自卫军,三支不同国家和党派的队伍以最传统的磕头结义方式建立了生死情谊,与共同敌人浴血奋战直至悲壮地毁灭。

尤凤伟的中篇小说《五月乡战》写的是家族伦理纠葛、血亲复仇与乡民抗战的"混合"故事,在这个抗战救国的最高利益神圣地"整合"了各种私欲私利的乡村抗战图中,那些为保卫麦收、保卫民众、捍卫民族国家尊严而英勇抗战的力量,首先是政府县长李云齐和他的以县警备队为主的政府军,其次是乡下地主高凤山毁家卖地组织起的胶东抗日救国军，最后还有高家逆子高金豹和他花钱雇佣原为报私仇的土匪队伍，是这些人演出了轰轰烈烈极其悲壮的乡村抗战故事。类似的情形也出现在莫言小说中。从20世纪80年代的《红高粱》到20世纪90年代的《丰乳肥臀》，莫言的这些小说严格地说不属于"抗战文学"，但里面却包含了抗战的场面与故事，而在这些抗战的场面和故事中，那些浴血抗战做出了轰轰烈烈惊天动地行为的，同样是敢作敢为的山大王余占鳌、风流倜傥的乡下地主司马良以及国共两党的武装。他们在历史提供的特殊情势里，在故乡情与民族情、个人欲望与民族大义混杂交融的情形下，奏响了抗击外侮的民族大合唱和英雄交响曲。既然是合唱和交响乐，所以当然就分不出谁是主流谁是支流，谁是主体谁是非主体，谁是主角谁是非主角。如果一定要做出主次之分，那么毋宁说，余占鳌、司马良式的草莽英雄和民间人物成为这些作品描述的血火迸发的抗战历史的主角与主体。这样的抗战历史的叙述与历史角色的定位与分配，无疑是对传统意识形态化的"正史"历史叙述和文学叙述的颠覆与解构，是作家利用想象的权利、虚构的权利和文本的权利对既往历史的个人发现、发言和表现，是对历史记忆、历史真实的"当代化"和"民间化"调整与反正。对此，一些作家是有意为之、自觉追求的，如钟情于抗战题材写作的作家尤凤伟，通过接触和翻阅那些没有经过后来人"整理"和"加工"的、"原汁原味儿"的记载抗日战争的"史料"和"老书"，从而产生了"心灵的冲动"，促使他思考这样的问题："抗战的实际战场如何？抗战的实际状况如何？抗战中出现的各种人物如何评价？只有阶级分析那一个脸谱化的模式么？"并由此确立了他观照、叙述抗战历史的"完全民间化"的立场和"说法"[1]。在这样的对历史记忆、历史真实和历史叙述的"解构"与"重构"中，中心与边缘、所见与不见、一元化的历史真实与多元

---

[1] 尤凤伟：《尤凤伟文集》第3卷，第539、540页。

化的历史真实的关系,都发生了深刻的变化与逆转。

如果说,上述的文学叙述虽然对有关抗日战争的"原汁原味"作了还原与重构,但这种还原和重构还局限于大的"历史真实"的话,那么,还有一些作品从更为个人化和民间化、从个人与战争的关系和命运、从反英雄化的"日常真实"的立场与视角,对抗日战争作了"另类"的叙述、"编码"与还原。余华的小说《一个地主之死》,为我们展现了一幅迥异于其他抗战文学的"真实"叙述:将日本兵引向绝路并与之同归于尽的人,不是什么英雄,而是王地主家的大少爷,一个没有任何政治党派色彩、在以往的生活中只讲究消遣享受的纨绔子弟;他是在无奈之中被日本人抓去带路并受到折磨辱骂、在一路上没有任何豪言壮语和英雄般的反抗行为的情形下做出这种壮举的,当最后他被绝望中的日本军队用刺刀杀死的时候,他喊的不是悲壮英勇的口号,而是"爹啊,疼死我了"。他是很偶然地使个人命运与战争发生了联系、极其个人化地做出了令他以往想都没有想的"英雄壮举"。另一方面,在这个地主少爷带着日本军队走向绝路的过程中,除了他的老地主父亲和家人关心着他的命运,别的地方的别的人们,仍旧按着老套的生活模式麻木而自得其乐地"活着":街上的人津津有味地忙着搞"羊配猪"的恶作剧,被派去打听少爷消息的王家长工孙喜也不失时机地"嫖娼"取乐,茶馆里的士绅们也在"齐了齐了"的声音中一如既往地聚集消闲。不见国仇家恨的愤慨,没有慷慨悲歌的"万众一心",更没有"民族""国家"意识下的民众的"觉醒"与"反抗复仇",在外侮蹂躏、在战争岁月中的江南乡镇,生活仍旧是"隔江犹唱后庭花"似的"绮靡"、无聊与"有聊",是带着霉味的"正常"与"日常"。

尤凤伟的《生命通道》也是从个人命运与战争关系的角度对抗日战争所作的新的透视和叙述。苏原医生在战争中被迫地为日本军队治好了脚病,被迫地成为日本军队的随军军医。在逃离无望的情况下,

"身在曹营心在汉"的苏医生在日本反战军医的帮助下，传奇般地找到了拯救被俘抗战将士的"生命通道"，也找到了自己在特殊情形下报效国家、实现生命和自我价值的人生通道。然而，就是这样一位医生，他的"内线"身份和角色在生前就已经被遗忘和"失名"，在死后更是长期地被定为"汉奸"。战争就是这样偶然和无常地改变和播弄着个人的渺小的命运，个体行为不管具有怎样的正义与高尚，但由于它的个人性和单独性往往难以得到公正的记述。历史总是只记述宏大的、一般的、普遍的和主流的事件，或者说，历史往往由大概数和约数构成而对个体和个别事件往往忽略不计，就如数学上的四舍五入一样。同时，历史过程中的复杂性与多样性，使得其间活动的人物、发生的事件（包括真善美与假丑恶），在一段时期内并不总是成正比地、准确无误地书写在历史中，并不总是得到历史的公正对待。因而，像苏医生这样的小人物的个体行为就被大的历史所遗忘和扭曲，生命真实被民族记忆共同体构成的"历史真实"所掩盖，个体存在被历史的逻辑所遮蔽，个别和特殊被一般和大概所抹杀。然而，宏大的"众数"的历史的基础是具体的人与事，历史的真实应是由众多的个体的存在、活动和生命的真实所构成，遮蔽、掩盖和脱离了个体生活与生命的真实，所谓的"历史真实"就缺失了真实性与合法性的基础，从而也就构不成历史真实。《一个地主之死》和《生命通道》的叙事及其"所指"，既是对以往"正史化"、意识形态化的抗战历史的"宏大叙事"和主流话语的背离与消解，同时也是对有关抗战的历史真实的还原与重构，更是对个体生命与历史真实的关系、对历史真实的概念和内涵的文学化思考与重新命名。

2. 《生死场》上的生存抉择与历史记忆的理性诉求

在 20 世纪 90 年代出现的众多的"抗战文学"作品中，田沁鑫改编、中央实验话剧院演出的《生死场》[1]，和尤凤伟的《生存》(后被改编成电影时易名为《鬼子来了》，由姜文导演并获得国际电影节大奖)，表现出新抗战文学的另一个鲜明特征，那就是：作者力图站在与历史拉开时空距离的 20 世纪末的制高点上，以当代社会熔铸的价值观念和理性之光，对那段历史进行形而下的生活描绘与形而上的反思和追问。

东北著名女作家萧红的小说《生死场》，本来就是 20 世纪 30 年代抗日文学的优秀作品，由于内容的特别和鲁迅的好评与推荐而名震一时[2]。20 世纪 90 年代的改编不仅使其文体发生了变化，由小说变为话剧，使接受者由阅读变为观看，更重要的是，它的主题意识（问题意识）呈现了历史性与当代性的统一。所谓历史性，是指萧红小说原来具有的性质。《生死场》与当时一般的抗日文学的不同之处、它的特色和深刻性在于，它蕴涵了三重主题：人的生死问题，阶级的生死问题，民族的生死问题。而这三个问题的核心，是由人的生活环境、生存质量构成的人的"存在"问题。《生死场》中的抗日描写，只占了全书的三分之一。萧红着重思考和表现的是：由于生活环境的过于低劣，中国农民和中国人尚处于奴隶状态，是传统和自然的奴隶，是人的"非人"化和动物化，"活着就活着，死了就死了"，丝毫没有生命的自觉和人的尊严意识。这种非人状态的人不会自己起来改变自己的生活和命运——虽然在惨重的生活中偶尔会产生改变命运的想法和行为，但长期的奴隶状态和非人状态不会使这样的想法和行为贯彻到底和真正实现，带有阶级反抗性的地租事件的失败就是最好的证明。因此，日本人才会"说来就来"，自然的、阶级的、民族的灾难才会接踵而至，

---

[1] 改编的话剧剧本发表于《新剧本》1999 年 6 月第 6 期，由中央实验话剧院演出，因演出产生影响，剧本后被转载于《新华文摘》2000 年第 2 期，第 73—92 页。

[2] 鲁迅：《萧红作〈生死场〉序》，《鲁迅全集》第 6 卷，人民文学出版社 1982 年版，第 408 页。

这样的非人类的人才会有这样的非人间的苦难。在这个意义上，萧红的小说暗示出，中国人的这样的命运是无法避免的，就像弱小无能的动物被凶猛的野兽吞噬一样，是自然性和必然性的。日本侵略者的到来——一群更凶恶的野兽——把他们逼到了只有死路没有活路的"绝境"时，才使他们的人的意识、进而是民族和国家意识觉醒过来，他们在生死不能之际采取了抗争的行为。然而，长期的奴隶状态和非人状态使他们在巨大灾难的刺激下一时觉醒，但这能坚持多久、能彻底地使他们"解放"成人吗？对此萧红及其《生死场》是留下了疑虑的，灾难过后的金枝姑娘的"我恨日本人，可是我更恨中国人呢！"的话语，就是这种疑虑和意旨的流露。因此，小说《生死场》在萧红"力透纸背"描述的生死挣扎的生活之流的内里，蕴涵着一种"天问"式的、以人为终极思考和关怀的"人本理性"。

20世纪90年代的改编话剧《生死场》，可以说一方面继承了原作的这种精神风貌，同时又力图以当代意识对其进行"深化"与明确化。戏剧中村民金枝与成业的"原欲"构成的爱情、打鱼村曾经最美丽的女人月英的横祸与暴死、二里半与麻婆的极度的愚昧，在在说明和演示着本剧序幕里揭示与强调的中国人的非人化和"动物性"存在的本质、人的意识与尊严的极度匮乏。因此，虽然村里唯一具有人性意识和生命抗争意识的王婆希望她的丈夫和村民们能够成为"高高的、高高的"、大写的、真正的人，能够杀死地主二爷夺回生存的权利与生命的尊严，但长期的非人的奴隶状态使他们难以承担这样的使命。不仅如此，极度的愚昧与无知的奴隶性存在，使村民二里半夫妇误以为日本人是远道来的客人，热情招待，结果招致麻婆的被奸污与被杀害，临死麻婆才明白来的是野兽。而二里半不但不怪罪日本人，反而在被奸杀致死的老婆脸上狠打了一巴掌。同样，地主二爷不是由于民族意识，而是由于到来的日本人想白吃白住破坏了二爷的威风和霸道才使他像过去对待村民那样豪横地对待日本人，到死他也不明白这日本人从哪里来、干什么来、是什么样的人、有什么样的势力。这一点同萧红小说中所写的"日本人说来就来"、而村民们不知道他们为什么来、来自哪里的叙述，显示出意旨的相近乃至相同，但话剧《生死场》利用改编之际有意虚构和增多了这类情节，强化了这样的主题诉求，显示出当代性对历史记忆的强烈介入与"推陈出新"。

因此，话剧《生死场》的叙事，在表现"村民抗日"的历史"宏大"主题的同时更多地"反求诸己"，进行自责与内省，实际上将"内暗"、"自弱"与外侵外祸、将人民自省与外抗侵略、将人的解放与民族解放联系起来，从而深层地隐含了不摆脱奴隶状态和非人状态，没有真正的"人"的觉醒与存在，就不会有真正的民族国家意识，就不会彻底摆脱民族的危机与危险和"落后就要挨打"的当代理性与意识。不过，话剧《生死场》也多少显现出创作意旨和理性诉求存在着一定的矛盾：作者本来是借萧红小说提供的"村民抗日"的历史记忆和话头，去进行"话说、反思中国人"的历史建构和话语建构，但后来过于明晰和快速出现的村民抗战的场面，则不仅缺少心理的深度，也显示出历史理性的不足。一个现代的民族国家不是一群奴隶能够建造的，从盲目的、对生命都缺乏自觉的奴隶到人，到民族的战士，这样深刻的转变不是一场民族的灾难和战争，哪怕是巨大的灾难和神圣的战争就能使其完成的。如上所述，萧红对此是犹疑并实际上是表示怀疑的，而话剧却表现得很明确，在这一点上，应该说 20 世纪 90 年代的话剧没有超越 20 世纪 30 年代的小说，这不能不说是一个遗憾。

尤凤伟的小说《生存》，叙写的是一个情节奇特而又具有深度内涵的故事。抗战时期的一个贫穷的石沟村，由于上级突然送来了一位日本军队的少尉俘虏让他们暂时看押，一下子把小山村置于生存的危机两难处境中：不接受俘虏不行，因为这是上级派下的任务；接受又会使全村处于险境，因为如果走漏风声，附近的日本军队将会使小山村片瓦无存。但村长赵武却把这一艰难的任务接受下来。如果说接受任务是将山村村民置于生存的考验和两难之中，那么接下来发生的事情就更把他们推入生存的困境和选择之中：先是日军俘虏小山少尉拒绝吃那由糠菜构成的"猪狗食"——村长和村民在饥荒年代一天只能吃两顿的饭食。为了使俘虏不致因绝食饿死，村长出去借粮给日军俘虏。后来，上级让山村政权将俘虏就地处死。这样一来，一贯蛮横的日军俘虏面临生存绝境，而同时，随着看押俘虏时间的延续，山村的村民也处于更加危险的生存困境中：饥饿已经造成村民们不断地死亡，为了保密，村政权又不允许濒临绝境的村民外出讨饭。在生存绝境中，狡诈的日军俘虏为了免除一死，提出用生存换生存，"命换命"，即抗日村政权不处死他，由他带队到山里的一处日军的秘密粮站拿粮食，用粮食换回他的性命，而这些粮食也能使饥饿的山村村民获得生存。对村长和村政权而言，这是一个艰难的抉择：与俘虏做这样的"公平"交易，就等于违反了上级的命令，他们自己在情理上也不愿意放走这可恶的不共戴天的敌人，但这能换来粮食挽救全村人的生命；不做这样的交易，于情于理都对，但面临饥饿威胁的村民生命难保，"咱石沟村就毁了，挨到麦收就剩不下几个人"。最终，饥饿带来的生存毁灭的威胁使村政权作出了与"魔鬼签约"、生存换生存的选择。然而，忠厚善良的中国农民无论如何也不会想到这所谓的"命换命"的公平交易竟是"魔鬼的阴谋"，生存交换的抉择带来的是生存的毁灭。

至此，小说表达的意蕴是丰富而多元的，至少它包含了三重"母题"：其一，它表现了中国农民在不论怎样艰难的处境中都具有善良淳朴的天性，他们总是屈己待人，宽以待物，如他们没有能力接受上级的任务却还是接受，本来应该在春节前处死敌人却由于过分善良懦弱而一直拖到后来，所以这天性既是优点，也是缺点，对造成他们的生存困境和毁灭都有影响。其二，小说也表现了中国农民以"活着"（生存和生命）为根本、为最高存在和选择的"人本"、"命本"思想，显现了中国农民对生存与生命的执着。小说从接受看押俘虏任务到后来与敌人签约"命换命"的过程，可以看作是政治道义生命与自然生命的冲突过程，在这一过程中，一开始是政治道义生命高于、大于自然生命，所以饥荒中的石沟村尽管没有能力和生存资源承担任务，他们还是接受和承担。但在后来，当自然生命由于饥饿面临毁灭威胁的时候，他们一步步舍弃了（尽管是被迫和无奈地）政治道义生命，与魔鬼签订的"命换命"协议等于承认了最高、最有价值的生命是人的自然生命，是"活着"，没有经过上级的同意而与敌人签约并答应释放他，实际上是"违法"和"犯罪"的行为，标志着对政治道义生命的律令和至高无上性的放弃与背离。其三，小说最重要的"母题"，可以说在一定意义上是"农夫和蛇"的寓言的现代翻版，或者说，是现代版的、有具体所指的"农夫和蛇"的寓言。小说中的日军俘虏小山少尉，是蛇一样狡猾、狼一样凶狠的"动物"，不管中国农民怎样以善良、宽厚和诚信对待他们，结果换来的都是"恩将仇报"，"狼"与"蛇"的本性是不会改变的，在它们面前，善良、宽厚与诚信只是懦弱、无用与毁灭的别名。结论是：无论处于什么样的生存境遇，都应勿忘狼蛇的本性，不要过于善良、宽厚与怜悯，更不可相信小山少尉那样的魔鬼或与魔鬼签约。在尤凤伟自己改编为《鬼子来了》的电影剧本中，对"签约"后的情节作了新的处理与大的改动，从而更明确地凸显、强化和深化了这一母题，增强了文本的寓言性和历史与现实的批判性。

3. 历史记忆引起的现实言说与超越历史的文化反思

历史记忆往往是由现实的刺激引起的，由现实刺激重提历史旧事和重构历史记忆，是为了更好、更直接地对现实进行评说与书写。日本的侵华战争及其造成的灾难，本来就使中国人民难以忘却，而战后日本对战争的态度，又不断刺激中国人民回忆历史。特别是20世纪

90年代以来，日本一些官员对靖国神社的参拜、对侵略战争和对南京大屠杀的否认、教科书诉讼和东史郎诉讼的败诉、日本右翼反华势力的猖獗，都日益强烈地刺激和促使中国人民旧事重提、回溯历史和对日本进行现实的认识、想象与评说。1995年又是抗战胜利50周年，时间和历史为中国人提供了说话的机会和权利，于是此前此后，在大陆文坛上出现了虚构类抗战文学的同时，也出现了一批以散文为主的纪实类抗战文学。像《随笔》一类的散文刊物，在1995年几乎都刊发了有关抗日战争的专辑。《诗刊》刊出的"纪念抗日战争和世界反法西斯战争胜利五十周年特辑"，就分为"历史的回声"和"记忆的权利"两个专栏，这大致代表了20世纪90年代纪实性的抗战文学的基本话语走向。

以亲身经历对那段"灾难的岁月"进行"回忆"与言说，展现历史的真实，是20世纪90年代纪实性抗战文学中最普遍的诉求。乔迈的《岁月物语》，以文学家的激情和历史的理性，以他的家族和他自己在"满洲国"的亲身经历，述说了当年日本统治者的残暴与罪行：城门经常悬挂的被日本军队绞杀的人头，到处存在的白骨累累的万人坑，不许中国人吃大米白面，否则要被当作"经济犯"等等。此外还有很多作品，也都通过自身的经历或通过对历史史料的钩沉，再现了日本侵华的事实及造成的苦难，重构了真实的历史景象。同时，在对历史记忆的言说再现中，透露出的是"勿忘历史"的真诚而焦灼的呼唤。张承志的《无援的思想》就是为了不忘却的纪念而写下的孤独的感受和决绝的宣言。他的文章或许不无偏颇，但他的"所看"和感受绝对是真实的存在。在中国的相对贫困和日本的繁荣富裕造成的落差中，的确有一些中国人数典忘祖，以"准汉奸"的心态与声调附和着新殖民者的声音。对此，作者感到自己的"勿忘历史，准备抵抗新的形式的侵略"的呼吁可能是"无援"的，但他相信大多数的中国人能够"不忘历史，抵抗投降"，为此，他发出了这样的呼唤："出发吧，到这条路上来，我等着你。"冯亦代的散文《永远不忘"闸北大火"》和刘白羽的散文《绝不许历史重演》，也都通过对日本侵华战争的"灾难记忆"，表达"前事不忘，后事之师"的呼唤和主题。正像诗人刘向东在诗作中表达的那样，中国人经历了那样一场巨大的民族苦难和磨难，不能被抹杀，不能够忘却，这是我们"记忆的权利"[1]。

其次，是对某些日本人歪曲抹杀历史、否认战争罪行的斥责与批判。梁晓声的《答X小姐问——一个中国作家的备忘录》，以回答日本某电视台记者小姐的采访的形式，痛切而愤慨地批驳了某些日本人歪曲的历史观。张承志的《日本留言》则通过主持正义的日本教授家永三郎起诉日本政府的教科书败诉事件，对否认侵略战争罪行的行为提出了义正词严的叱责，从而把否认战争罪行者置于历史和正义的被告席上。

当然，这些奠基于历史记忆和历史真实基础上的"日本批判"与言说，不可避免地带有民族主义的思想情感。对于一个历史上曾经蒙受侵略的民族而言，它有权利表达这种民族情感，特别是，当那个曾经加害于它的民族否认历史罪行时，被迫害一方具有和表达强烈的民族主义情绪，就具有历史的、合理的和天然的道义性与正义性。然而，民族主义有时是一把双刃剑，简单地、过多地以民族主义的立场考察历史和现实，有时可能会遮蔽理性的光芒。值得指出的是，20世纪90年代的中国作家中，一些人并没有简单地沉醉于民族主义之中而不能自拔，他们在面对历史时既自发地产生民族主义情感，历史的理性又使他们能够超越民族主义，力图全面正确地对日本进行"知日"化的批判与言说，而不是"妖魔化"日本。张承志的《日本留言》把起诉日本政府篡改历史的家永三郎教授、20世纪60年代为打破反华包围圈、支持世界革命事业的日本红军，都作为值得尊敬、不应该忘却的

---

[1] 刘向东：《记忆的权利》（组诗），《诗刊》1995年第8期。

日本志士而予以衷心的赞誉。这样的观点是否正确姑且不论，但它表达了对具体的日本、具体的日本人区别对待、进行具体分析而不是一概而论的倾向，表达了对主持正义的日本人的崇敬之情。在同一篇文章中，他又提出对一个国家的认识应该勿忘历史但又不应只是昔日的仇恨，一个文学化的鸠山形象并不能代表整个的日本民族，不能对一个民族简单地以善恶好坏加以臧否。"我开始了对它必需的宣战，更深深地感知了它的美。"梁晓声的散文《感觉日本》，更是力图全面地了解和解释日本。与《答X小姐问》不同的是，它既写了"相当恶劣的"、否认侵略战争的日本人，但更多地写了他结识的善良正义的日本人——男人与女人、富人与穷人、教授与学生，写了那些勇于承认和反省历史的真正的日本人，以及这些日本人身上的品行与美德，而这样的日本人使他感到温暖和敬佩。此外，《感觉日本》还力图从当今日本的衣食住行、男女关系、社会习俗等现象入手，深入、准确、全面地剖析日本社会、文化和民族性格，得出正确的认识与结论。这些作品同一些学者写的发现日本、解读日本的学术随笔一道，显示出20世纪90年代中国作家和知识分子超越民族主义的理性精神。

不过，应该看到，20世纪90年代抗战文学中的"日本批判"或知日诉求还存在着局限。这主要表现在，有相当多的文章尚停留在以民族主义的情绪和重复的语言，指责"右翼的日本"对战争罪行的否认，却普遍没有从二战后东西方冷战的国际大背景、日本的国家体制和文化上深挖日本及部分日本人为何不承认历史罪行的多重原因。众所周知，二战结束后，作为世界霸权的西方出于冷战的需要，把战后的日本纳入西方的势力体系和话语体系，它把战后的日本同战前的日本人为地分割成两块，只惩罚了其他战犯而保留了天皇体制，这使战后的日本人可以合理化地认为战争是过去的事情，与过去一刀两断，合理化地不承认过去。同时，战后的世界西方的声音仍然是世界话语的主流，出于冷战的需要西方的话语没有导向对日本的战争责任和罪行的揭露，在西方中心主义的话语深层里，只有德国希特勒（白人）对西方人和犹太人（白人）的战争与罪行是应该进行彻底惩罚和忏悔的，而东方的日本对东方的其他民族进行的战争与犯下的罪行，西方人看得并不重要，在他们的话语中没有要对其进行彻底惩罚的主流性声音。这是战后西方世界的话语和意识形态。而认为自己属于战后西方的日本当然也乐于附和与从属于这样的话语。这自然导致他们不会轻易地承认战争的罪行。另外，日本文化（包括东方文化）中缺乏西方基督教文化的原罪意识和忏悔精神，这样的文化也导致日本民族缺乏正确对待历史的内在助力和精神主动性。还有，中国过早地放弃对日本的战争赔偿要求，这也一定程度地助长了部分日本人的"拒罪"意识。因为，既然国际社会裁定日本犯下了发动侵略战争的罪行，那么按照国际公法，就需要对罪行进行惩罚，对受害者进行赔偿。而讲究"恕道"的善良的中国人虽然没有否定对方有罪，却出于善良的动机放弃战争赔偿要求，这从日本人的立场来看，就等于承认对方无罪，因为有罪才需惩罚和赔偿，不要求对方进行赔偿就是承认或默认对方没有犯下战争罪行，没有罪行当然就不需要赔偿，这是日本文化造成的日本人的逻辑。作为20世纪90年代的抗战文学，应该在更深的层次上对上述问题作出超越民族主义的理性分析，而如果缺乏这样的分析和认识，则显然达不到全方位地"知日"和历史言说与现实批判的目的，从而留下历史的和文学的遗憾。

综上所述，本书对20世纪90年代的"抗战文学"作了大致的爬梳，因篇幅、资料和其他条件的限制，还有一些同类的文学作品没有论及。由于百年来中日两国复杂的历史纠葛所形成的中华民族无法忘却的民族记忆和历史记忆，由于迄今为止日本的某些人对这段历史的"非历史"态度、言论与行为，促使中国人要不断地回溯历史，强化记忆，有话要说。因此，这类"抗战"性质的文学，已经出现很多，还会不断出现，用张爱玲小说的话来说，是"还没完——完不了"。

第九章

中西文化互动中的文学史重述
——进化论的理论预设与胡适的文学观

1. 分割传统：胡适的文学史重构

　　进化论作为一种概念体系被中国知识分子所接受并成为"五四"前后社会的主导思潮，不仅因其具有科学的理性形态，更重要的是它的物竞天择、适者生存的思想内核在当时中国特殊的历史语境中契合了人们忧国救亡、寻求变革的社会心理。进化论的理论效应不再局限于自然科学领域而具有了意识形态的性质，被提升为一种新的世界观和求新求变的理论工具。胡适在《四十自述》中谈到："《天演论》出版之后，不上几年，便风行到全国，竟做了中学生的读物了。读这书的人很少能了解赫胥黎在科学史和思想史上的贡献。他们能了解的只是那'优胜劣败'的公式在国际政治上的意义。在中国屡次战败之后，在庚子辛丑大耻辱之后，这个'优胜劣败，适者生存'的公式确是一种当头棒喝，给了无数人一种绝大的刺激。"[1] 正是在这种"绝大的刺激"下，胡适接受了进化论的思想洗礼并从中寻找到一种观照文学史的基本观念和方法。这种观照具有既定的目的性，它伴随着强烈的诠释冲动使胡适的文学进化观蒙上了一层浓重的工具理性色彩。

---

[1] 胡适：《四十自述》，岳麓书社1998年版，第40页。

胡适的文学改良主张即以进化论为其内在的精神指向。"胡适对于文学的态度，始终是一个历史进化的态度。"[1] 胡适在讲到文学革命的发生时说："那时影响我个人最大的，就是我平常所说的'历史的文学进化观念'。这个观念是我的文学革命的基本理论。"[2] 进化论对胡适的影响巨大，他对实验主义的吸收也是以进化论为理论中介的。与传统的循环论不同，进化论中蕴涵着一种单向的、不可逆转的线性时间观。进化论认为，社会的变迁是不可避免的，历史总是按照某种既定的观念，向着必然的目标高歌猛进，而且社会进化的后期总要比前期复杂和优越。这种对于时间前方维度进行价值肯定的"铁律"和"公理"成为胡适推动文学转型的理论依托。

在进化论的观念体系中，社会进化是一个不断吐故纳新的向善的过程，是以对传统的批判和否定为基本特征的。胡适以"道以世更"的进化论作为理论支援，对中国文学的文胜质、模仿古典、言文分离的痼疾进行否定性的批判，倡导文言合一的大众化的"活文学"，将白话文学视为中国文学的正宗和文学进化的目标。胡适注意到了时代对文学演化的作用，认为文学是随时间的推移不断演变进步的。在《文学改良刍议》中，胡适指出："文学者，随时代而变迁者也。一时代有一时代之文学。周秦有周秦之文学，汉魏有汉魏之文学，唐宋元明有唐宋元明之文学。此非吾一人之私言，乃文明进化之公理也。""文学因时进化，不能自止。"[3] 胡适的文学进化观打破了传统的文学循环观念，将文学史描述成一个动态的发展过程，在这样一个演进流程中各种文学现象反映不同的时代精神，具有某种不可重复性。"《三百篇》的诗人做不出《元曲选》，《元曲选》的杂剧家做不出《三百篇》，左丘

---

[1] 胡适：《五十年来中国之文学》，《胡适文集》第 3 卷，北京大学出版社 1998 年版，第 253 页。
[2] 胡适：《尝试集·自序》，《胡适文集》第 9 卷，北京大学出版社 1998 年版，第 74 页。
[3] 胡适：《文学改良刍议》，《胡适文集》第 2 卷，北京大学出版社 1998 年版，第 7 页。

明做不出《水浒传》，施耐庵也做不出《左氏春秋》。"[1] 进化论使胡适抛弃了崇古的价值取向，他对于崇古、复古、仿古的文学倾向予以猛烈抨击，呼吁转型期的文学应该具有新的精神风范和时代面貌："今日之中国，当造今日之文学，不必摹仿唐宋，亦不必摹仿周秦也。"[2] 胡适认为，文学进化的标志是要建设一种有情感、有思想的白话文学，取代那种模仿古人、无病呻吟、只重形式的古文文学。胡适认定，一切语言文字的作用在于达意表情，具备了这样的作用才是活文字。文言作为古代的表达工具，已不能有效地承载现时的思想和情感，不适合文学进化的需要。根据进化论优胜劣汰的原则，他认为文言是已死的文字，死文字不会创造出活文学，"凡是带有真正文学价值的，没有一种不带着白话文的性质，没有一种不靠这个'白话性质'的帮助"。[3] 胡适宣称："以今世历史进化的眼光观之，则白话文学之为中国文学之正宗，又为将来文学必用之利器，可断言也。"[4] 从而为他的文学变革主张确立了主题。

以进化论新与旧、传统与现代、进步与腐朽的二元对立思维模式为先导，胡适将中国文学史一劈两半：一半是古文文学（死文学），一半是白话文学（活文学），形成双线并行的文学史格局。这一划时代创见打开了中国文学史的新视界，是胡适文学史研究的主要功绩。他的文学史代表作《白话文学史》没有以时间和文体为线索结构其文本，而是以白话文学的发展为主线，借进化论的理论模式对错综复杂的文学史现象作整体把握。将非正统的白话文学从文学史中剥离出来并加以增色处理，从中可以看出胡适欲把白话文学推到正宗地位以推动中国文学转型的主观意图。

---

[1] 胡适：《文学进化观念与戏剧改良》，《胡适文集》第2卷，第116页。
[2] 胡适：《文学改良刍议》，《胡适文集》第2卷，第7、8页。
[3] 胡适：《建设的文学革命论》，《胡适文集》第2卷，第46页。
[4] 胡适：《文学改良刍议》，《胡适文集》第2卷，第14页。

进化论的观念切入胡适的文学史叙述并规定性地制约了他检视传统的思路。在《介绍我自己的思想》一文中，胡适说："我的思想受两个人影响最大，一是个是赫胥黎，一个是杜威先生。赫胥黎教我怎样怀疑，教我不信任一切没有充分依据的东西。"[1]在这种观念催动下，胡适对古文文学的话语霸权地位进行了大胆的质疑和颠覆。胡适更多地关注古文文学内部的病症，在进化论的支持下宣判了文言文学的死刑。"一千多年中国文学史是古文文学的末路史，是白话文学的发达史。"[2]由此核心观念出发，胡适对从中国文学史中梳理出的两个传统（古文文学和白话文学）进行价值重估。胡适注意到两种传统的质的差异，他认为，古文文学的症结就在于徒有华丽的形式而没有实际的精神，更不能代表当今的时代。文体与语体的脱节使文言文学虽华美典雅但却"不能与一般的人生出交涉来，故仍旧是少数人的贵族文学，仍免不了'死文学'和'半死文学'的评判"[3]。文学成了少数人的专利而难于为普通读者所接受，使其自身的存在处于一种根基薄弱的状态。时代在变迁，而"做文的只会模仿韩、柳、欧、苏，做诗的只会模仿李、杜、苏、黄：一代模仿一代，人人只想做'肖子肖孙'"[4]，缺乏自我更新的机制，文学只能日渐委顿，危机四伏。相比之下，白话文学则凭借语言和内容的优势在与古文文学碰撞中显示出明显的优越性，蕴涵着蓬勃的生机。白话文学因为不肖古人，所以能代表当世，这种来自民间，不能登大雅之堂的"小道"才是"最富于创造性，最可以代表时代的文学史"，而"'古文传统史'乃是模仿的文学史，乃是死文学的历史"，"白话文学史乃是创造的文学史，乃是活文学的历史"[5]。胡适认为白话文学史是中国文学史的中心部分，

---

[1] 胡适：《介绍我自己的思想》，《胡适文集》第2卷，第507、508页。
[2] 胡适：《白话文学史·引子》，上海古籍出版社1999年版，第3页。
[3] 胡适：《五十年来中国之文学》，《胡适文集》第3卷，第238页。
[4] 胡适：《白话文学史·引子》，第2页。
[5] 同上，第3页。

他在谈到《白话文学史》的体例时说："这书名为'白话文学史',其实是中国文学史。"[1]

在一种观念的推导下,白话文学取代文言文学的话语地位被视为体现历史必然要求的必然结果。进化论理念的内在扩张使胡适产生出一种理想主义和激进主义情绪,只顾及目的性而忽略了科学的严密性,单向度的思维势必带来某些行动上的偏颇。古文文学和白话文学本是一个相互交融的有机体,二者共同构成了中国文学的传统。然而,激情的纠缠和功利的支配促使胡适采取快刀斩乱麻式的行动哲学,举起进化论的利器将传统分割成对立的两个部分,以一个传统否定另一个传统,试图用白话文学史代替整个中国文学史,从而抹杀了文学史本身的丰富性和复杂性,也无法对白话文学的发生做出科学的解释。白话文学被设定为文学的正宗和本源,凡是偏离这个本源的便被称为是死文学,二元对立的思维模式拒绝了对文言文学的主动继承,切断了延续几千年的文言传统。虽然胡适在他的《白话文学史》中有意将白话文学的范围加大、历史拉长,想以此来确证白话文学与文言文学有同样漫长的历史,确立白话文学在中国文学史中的主体地位,但仍不能掩盖他文学史观的内在缺憾。

2. 与西方对接:新文学创造的外部资源

胡适以历史进化观作为理论武器对传统文学史进行颠覆性重述的同时,也明确了文学进化的路向,那就是"向西走"。在相当一部分"五四"一代人的眼中,西方社会正处于进化的高级阶段,而中国仍停留在古典时期,因此,西方化是中国实现现代转型的必经之途。正如陈独秀所说:"若是决计革新,一切都应该采用西洋的新法子,不必拿

---

[1] 胡适:《白话文学史·引子》,第7页。

什么国粹、国情的鬼话来捣乱。"[1]胡适的文学变革主张以及对传统文学的价值重估都是以西方的现代性作为参照系统的，批评话语中暗含着对这个参照模式的认同。胡适指出，中国新文学的繁荣，是受了西洋文学洗礼的结果。他认为，在文学的方法上要取法西方，"中国文学的方法实在不完备，不够做我们的模范"，而"西洋的文学方法，比之我们的文学，实在完备得多，高明得多，不可不取例"，"我们如果真要研究文学的方法，不可不赶紧翻译西洋的文学名著做我们的模范"。[2]

胡适以西方文学作为参照系统阐发自己的文学主张在学理上与文化进化一元观有着渊源关系。一元文化进化观是19世纪末和20世纪初西方最具影响的文化学说之一。它认为人类各个民族的生理构造基本相同，所处的生存环境也差别不大，因此人类文化的进化在阶段、顺序和所走的路径上具有同一性，都是循着一条一元的单线进化之路向前发展的。而这种进化的方向和指归则是西方文化。胡适在《读梁漱溟先生的〈东西文化及其哲学〉》一文中，批驳了梁漱溟的"三大文化路向说"，提出自己的文化观——"有限的可能说"。胡适认为，各民族的"生活样法"是根本的大同小异，因此在解决自身面临的问题时所采取的方法也大致相同。他指出："我们拿历史眼光观察文化，只看见各民族都是在'生活本来的路'上走，不过因环境有难易，问题有缓急，所以走的有迟速的不同，到的时候有先后的不同。"胡适由此推出中西文化的差别并非是"路向"或类型的不同，而是"时间上、空间上的一种程度的差异"。胡适断言："当初鞭策欧洲人的环境与问题现在又来鞭策我们了，将来中国和印度的科学化与民主化是无可疑的。"[3]中国的现代化并非与西方一样是早发内生型的现代化，它具有

---

[1] 陈独秀：《今日中国之政治问题》，《新青年》1918年第1期。
[2] 胡适：《建设的文学革命论》，《胡适文集》第2卷，北京大学出版社1998年版，第55—57页。
[3] 胡适：《读梁漱溟先生的〈东西文化及其哲学〉》，《胡适文集》第3卷，北京大学出版社1998年版，第195、196页。

与西方现代化不同的历史文化背景，并非简单的"西化"所能涵盖。胡适的"有限的可能说"在当时具有破除封闭自大的文化心理、反对倒退、倡导变革的客观意义，但在一定程度上却忽视了文化进化中的特殊性和民族性而过分强调了一致性和时代性。

如果说胡适对传统的批判是破坏的话，那么他的文学"西化"的主张则出于建设的目的。胡适在《先秦名学史·导论》中强调，对外来文化的吸收要采取有组织的吸收形式，而不是突然替换的形式，换句话说，就是要寻求中西文化交融的结合点。在他看来，中国文化中的非正统文化最具有与西方文化整合的内在机制。胡适是一个具有世界观念的知识分子，他的文化理想是"能够成功地把现代文化的精华与中国自己的文化精华联结起来"[1]。胡适曾"披肝沥胆"地奉告人们："我十分相信'烂纸堆'里有无数的老鬼，能吃人，能迷人，害人的厉害胜过柏斯德（Pasteur）发现的种种病菌"，他自信"虽然不能杀菌，却颇能'捉妖'、'打鬼'"。[2] 胡适对中国文学史的重述便是一个"捉妖"、"打鬼"的过程。他将文学史割裂开来，驱走"妖鬼"，留下人的精华。白话文学就是胡适从传统文学史中分析出的"中国自己的文化精华"，他力图将其与世界近代文学对接，创造出一种崭新的中国现代文学，从而将中国文学纳入世界文学的发展轨道。白话文学通过胡适世界主义的过滤得以最终的保留。

两种互不相容的异质文化是很难嫁接在一起的，必须找到恰当的连接点，白话文学提供了中国文学与西方文学接轨的可能性。胡适喜欢将中国的新文化运动比做欧洲的文艺复兴，文艺复兴时期的欧洲文学与胡适倡导的白话文学确实有某些相通之处。

第一，在语言形式上，都主张采用活文字做表达的工具，倡导文

---

[1] 胡适：《先秦名学史》，学林出版社1983年版，第8、9页。
[2] 胡适：《整理国故与"打鬼"》，《胡适文集》第4卷，北京大学出版社1998年版，第117页。

体解放。胡适指出,欧洲文艺复兴时期的文学就是以语言形式的变革作为突破口的。欧洲的文艺复兴之所以成功,是和它采用活文字分不开的,在那个时代,如果"欧洲文人都还用那已死的拉丁文做工具,欧洲近代文学的勃兴是可能的吗?"[1] 胡适将意大利的文学变革与中国的新文学运动加以对照:"在意大利提倡用白话文代拉丁文,真正和在中国提倡用白话文代汉文,有同样的艰难……当时反对的人很多,所以那个时候的新文学家,一方面努力创造国语的文学,一方面还要做文章鼓吹何以当废古文,何以不可不用白话。"[2] 在《谈新诗》一文中,胡适总结道:"文学革命的运动,不论古今中外,大概都是从'文的形式'一方面下手,大概都是先要求语言文字文体等方面的大解放。欧洲300年前各国国语的文学起来代替拉丁文时,是语言文字的大解放……近几十年来西洋诗界的革命,是语言文字和文体的解放。这一次中国文学的革命运动,也是先要求语言文字和文体的解放。新文学的语言是白话的,新文学的文体是自由的,是不拘格律的。"[3] 胡适频频将目光投身向西方,一方面是想以西方为参照推动文学革新,为自己的文学主张寻求精神支援;另一方面,他是在寻找白话文学与西方文学对接的同质性。

第二,在文学的精神上白话文学与西方近代文学的价值同构也提供了中西方文学对接的可能性。从一定意义上说,西方文学的现代化就是文学世俗化的过程。低俗的生活描写中往往包含着一种深刻的人学内容,体现出一种人本主义精神。欧洲的文艺复兴运动将人从神坛上拉了下来,恢复了人的本来面目,肯定了人的世俗生存和自然欲望的合理性。胡适提出中国的新文化运动与欧洲的文艺复兴之间的相似之处在于二者都体现了"人类(男人和女人)一种解放的要求。把个

---

[1] 胡适:《四十自述》,第81页。
[2] 胡适:《建设的文学革命论》,《胡适文集》第2卷,第49—50页。
[3] 胡适:《谈新诗》,《胡适文集》第2卷,第134页。

人从传统的旧习俗、旧思想和旧行为的束缚中解放出来。欧洲文艺复兴是个真正的大解放时代。个人开始抬起头来，主宰了他自己的独立自由的人格；维护了他自己的权利和自由"[1]。他认为中国的文艺复兴是一场为了推动一种用人民的活语言的新文学去取代旧古典文学的有意识的运动，一场理性反对传统，自由反对权威，以及颂扬生活与人的价值与反抗对它们的压制的运动。

传统的白话文学过去一直被正统的文学观念看作是不登大雅之堂的末流，胡适对此进行了大胆的解构和重构。他指出："欧洲文学，最近两三百年如诗歌、小说等皆自民间而来，第一流的人物，把这种文学看作专门事业，当成是一种极高度的、极有价值的终身职业。"[2] 与此相对应，胡适提出民间文学是中国文学的中心源泉。他认为古文学和白话文学属于互相对峙的"贵族文学"（庙堂文学）与"平民文学"（田野文学），而文言文学就是被少数人所拥有的贵族文学。要想打破这种局面必须使文学向以白话为主体的大众文学转化。他对古文文学发出挑战："庙堂的文学可以取功名富贵，但表达不出小百姓的悲欢哀怨；不但不能引出小百姓的一滴眼泪，竟不能引起普通人的开口一笑。因此，庙堂的文学尽管时髦，尽管胜利，终究没有'生气'，终究没有'人的意味'。二千年的文学史上，所以能有一点生气，所以能有一点人味，全靠有那无数的小百姓和那无数的小百姓的代表平民文学在那里打一点底子。"[3] 因此，胡适相信，"庙堂的文学终压不住田野的文学，贵族的文学终打不死平民的文学"[4]。从这些叙述中可以清晰地窥见胡适文学史观所具有的平民意识和人文情怀。

与西方文学的对接并不是目的，更重要的还在于创造。胡适从白

---

[1] 胡适：《胡适口述自传》，华东师范大学出版社 1993 年版，第 172 页。
[2] 胡适：《中国文学的过去与来路》，《胡适文集》第 12 卷，北京大学出版社 1998 年版，第 31 页。
[3] 胡适：《国语文学史》，《胡适文集》第 8 卷，北京大学出版社 1998 年版，第 22 页。
[4] 胡适：《白话文学史》，第 13 页。

话文学史中发现了可以与西方近代文学精神产生同频共振的文学内涵，并希望这种积极健康的因子能够在西方文学的洗礼下重现光辉，从而以此为基础为中国创造出一种新的、适应时代的文学。胡适倡导平民文学的意图是以西方批判现实主义文学精神否定中国的古典文学，用人道主义关切社会和人生，在文学中高扬个性解放的旗帜，促进思想的启蒙。因此，他对陈独秀在《现代欧洲文艺史谭》一文中用文学进化理论检视欧洲近代文艺史，将其发展过程描述为古典主义、理想主义、写实主义到自然主义的从低到高的价值等级次序的观点[1]，深表赞同："足下之言曰：'吾国文艺犹在古典主义理想主义时代，今后当趋向写实主义。'此言是也。"[2] 在《文学改良刍议》中，胡适呼唤那种"实写今日社会之情况"的"真正文学"。[3]《易卜生主义》一文更是直接张扬社会批判的写实主义精神。他这样评价易卜生的创作："易卜生的文学，易卜生的人生观，只是一个写实主义……"[4] 这样，进化论的文学史观念使胡适在对本国传统文学价值的评估和择取中弃文言文学而扬白话文学，在对西方文学的迎娶中则把写实主义文学作为创造中国新文学的必由路径。

3. 弥合裂痕：文学史叙事的文化姿态

对传统的激进拆解一方面将白话文学推上了话语中心位置，使新文学获得了进一步发展的潜力，符合历史的必然逻辑。另一方面，现代性的发生难免产生一种脱离文化母体的断裂感。其实这种文化上的担忧和焦虑在胡适身上早有体现。胡适在回忆当年推出《文学改良刍

---

[1] 陈独秀：《现代欧洲文艺史谭》，《青年杂志》1915年第3期。
[2] 胡适：《寄陈独秀》，《胡适文集》第2卷，第3页。
[3] 胡适：《文学改良刍议》，《胡适文集》第2卷，第8页。
[4] 胡适：《易卜生主义》，《胡适文集》第2卷，第476页。

议》时说:"可是我受了在美国的朋友的反对,胆子变小了,态度变谦虚了,所以此文标题但称'文学改良刍议'而全篇不敢提'文学革命'的旗子。"[1] 将革命改写成改良,这种犹疑的态度正来自远离文化之源的内在恐惧。与陈独秀等人不同,胡适的进化文学观具有双重内涵,一是肯定文学的进化发展,二是主张渐进的积累和改良。胡适坚持改良主义的立场,主张一点一滴的进化。他说:"达尔文的生物演化学说给了我们一个大教训:就是教我们明了生物进化,无论是自然的演进,或是人为的选择,都由于一点一滴的变异,所以是一种很复杂的现象,绝没有一个简单的目的可以一步跳到,更不会有一步跳到之后可以一成不变。""实验主义从达尔主义出发,故只承认一点一滴的不断的改进是真实可靠的进化。"[2] 改良是保存传统的最好方式,只有改良才能使传统不至于完全丧失,才能实现传统的现代转化。

这种既主张进化又强调渐进的改良思想,使胡适认识到"每一类文学不是三年两载就可以发达完备的,须是从极低微的起源,慢慢的、渐渐的,进化到完全发达的地位"[3]。因此胡适以"国语的文学,文学的国语"作为新文学建设的主要内容,提出了"工具、方法、创造"的建设程序。[4] 语言形式的变革被视为文学建设的第一步,在前两项工作完成之后,才谈得上新文学的创造。胡适更多地从文学的表达形式和语言的表意手段入手提出文学改良主张。胡适认为,"文学不过是最能尽职的语言文字"[5]。文学革命的第一步应该是文字问题的解决,"文学革命须有先后的程序:先要做到文字体裁的大解放,方才可以用

---

[1] 胡适:《四十自述·逼上梁山》,第 96 页。
[2] 胡适:《介绍我自己的思想》,《胡适文集》第 2 卷,第 508 页。
[3] 胡适:《文学进化观念与戏剧改良》,《胡适文集》第 2 卷,第 116、117 页。
[4] 胡适:《建设的文学革命论》,《胡适文集》第 2 卷,第 50 页。
[5] 胡适:《什么是文学——答钱玄同》,《胡适学术文集·新文学运动》,中华书局 1993 年版,第 87 页。

来做新思想、新精神的运输品"[1]。胡适以历史作为他的"工具论"的逻辑起点:"一部中国文学史只是一部文字形式(工具)新陈代谢的历史,只是'活文学'随时起来替代了'死文学'的历史。文学的生命全靠能用一个时代的活的工具来表现一个时代的情感与思想。工具僵化了,必须更换新的、活的,这就是'文学革命'。"[2] 胡适关于文学变革的工具性立场的背后隐藏着他对传统的态度:一方面激进地反传统,另一方面又不主张将传统彻底摧毁,而是要对其进行根本上的改造。因为他对传统的否定主要针对的是文学的工具而非其内在的精神。他的反传统不是对传统的全面排斥和否定,而是批判和怀疑。胡适主张以科学的态度和方法整理国故,对传统文学遗产进行价值重估。《白话文学史》等著作的写作以及用历史演进方法对古典小说的考证都是整理国故中所取得的成就。循着进化论的理路来理解,在文学史的研究中并不存在永恒不变的绝对标准,文学随时代而变迁,因而对文学的考察必须考虑时代的因素。所谓"整理国故",就是以"批判的态度"和"历史的眼光"将传统文化置于一定的历史发展阶段去评判其价值,"从乱七八糟里面寻出一个条理脉络来;从武断迷信里面寻出一个真价值来"[3]。整理国故和批判传统同样符合进化论的理论逻辑。从传统中择取出适合时代需要的有益成分,就如同进化论主张选取良种以促进物种进化一样合乎文化进化的需要。由于胡适将整理国故和"再造文明"结合起来,这就使它在性质上与复古派的"保存国粹论"拉开了距离。

从胡适对待写实主义的态度上,也可以寻到他主张点滴进化的思维逻辑。在他看来,中国文学尚处于古典主义和理想主义时期,而写实主义是文学演化过程中一个难以跨越的阶段,是承前启后的不可或

---

[1] 胡适:《尝试集·自序》,《胡适文集》第9卷,北京大学出版社1998年版,第82—85页。
[2] 胡适:《四十自述·逼上梁山》,第80、81页。
[3] 胡适:《新思潮的意义》,《胡适文集》第2卷,第557页。

缺的一环。胡适曾对宣扬新浪漫主义的茅盾等人提出批评，劝他"不滥唱什么'新浪漫主义'。现代西方的新浪漫主义文学所以能立脚，全靠经过一番写实主义的洗礼。有写实主义作手段，故不致堕入空虚的坏处"[1]。

胡适力主用西方文学的现代性重新观照中国文学史和改造中国文学，但只字未谈中西文学哪个为本、哪个为末的问题。这实际上正体现了他文化的自然进化观。胡适反对人为的调和与折中，强调文化融会中自然的优胜劣汰。"西化"只是一个表层的目的，它的真正用意在于"让那个世界文化充分和我们的老文化自由接触，自由切磋，琢磨，借它的朝气锐气来打掉一点我们的老文化的惰性和暮气，将来文化大变动的结晶品，当然是一个中国的本位文化"[2]。胡适的本意并非是进行数量上严格的全盘西化，他相信"全盘接受了，旧文化的'惰性'自然会使他成为一个折中调和的中国本位新文化。若我们自命做领袖的人也空谈折中选择，结果只是抱残守缺而已"。胡适的中西文化观不同于陈序经等人的"全盘西化"论，也不同于保守派保持中国本位、恢复过去光荣的文化主张。胡适将他的"全盘西化"解释为"充分世界化"[3]。他的文化建设方向是在充分世界化基础上再造文明，这充分显示了"五四"时期进步知识分子可贵的创造精神。

强调西方文学的接受和冲击对中国新文学创造的重要性，但胡适没有把中国的文学革命看成是对西方冲击的简单呼应，而注意到了中国文学源自内部的变革要求及其自身的演变进化。在中国传统文论中，不乏"文以代变"的朴素的文学思想，在《诗大序》中便有"变风"、"变雅"的概念。胡适提到："这种思想（历史进化的文学观）固然是

---

[1] 胡适：《胡适日记》（上），上海文化研究社1933年版，第156页。
[2] 胡适：《试评所谓〈中国本位的文化建设〉》，《胡适文集》第5卷，北京大学出版社1998年版，第452页。
[3] 胡适：《充分的世界化与全盘西化》，《胡适文集》第5卷，第453—455页。

达尔文以来进化论的影响,但中国文人也曾有很明白的主张文学随时代变迁的。最早倡导此说的是明朝晚期公安袁氏三兄弟。清朝乾隆时代的诗人袁枚、赵翼也都有这种见解,大概都颇受了三袁的思想的影响。"[1] 周作人说,胡适的观点基本上与明代中国文学改革者的观点相类同。[2] 胡适寻找到了中国传统文论中与文学进化观相契合的可再生资源,这些非正统、反正统的文学观念作为支持胡适文学进化观的逻辑符号频频出现在他的文章之中。胡适一方面鼓吹"有意的革命",另一方面也承认中国文学自身的进化。他将文学史的进化分为两种,"一种是完全自然的演化;一种是顺着自然的趋势,加上人力的督促。前者可叫做演进,后者可叫做革命"[3]。他指出白话文学不是由于文学革命的倡导凭空创造出来的,它是"有历史的,是有很长又很光荣的历史的","国语文学乃是一千几百年历史进化的产儿"[4]。胡适认为文言文学之所以成为正宗是依靠了文学之外的政治因素,中国古代的文学史其实是文言文学与白话文学此消彼长的历史,是白话文学不断战胜文言文学的曲线进化史。胡适揭示出传统文学中变革的基因,为文学革命找到了历史的依据。传统为胡适的文学史观的形成提供了可能并预设了它的民族指向。

---

[1] 《中国新文学大系·建设理论集·导言》,良友图书印刷公司1935年版,第19页。
[2] 周作人:《中国新文学的源流》,人文书店1932年版,第42页。
[3] 胡适:《白话文学史·引子》,第4页。
[4] 胡适:《白话文学史·引子》,第1页。

第十章
对左联和左翼文学研究的几点思考

同中国现代文学史上的很多文学现象的研究一样，对左联和左翼文学的研究，新中国成立后到现在，也是不平衡的。20世纪50年代和60年代，现代文学研究界对左联和左翼文学的研究投入是很重视的，取得了不少成果，当然其中也存在着过于政治化的倾向。新时期以来，在资料的收集和整理上也取得了一些扎实的成绩，但研究的投入和热情明显不够。现在，距"左联"成立已经70余年，以学术的、理性的态度认真研究中国现代文学的这份经历和独特经验，是很有必要的。

研究左联和左翼文学，我觉得首先必须厘清四个观念：第一，作为政治化的文学社团的左联及其独特性；第二，左翼文艺运动；第三，左翼的文艺思想和文学理论；第四，左翼文学创作。它们之间存在着既直接又复杂、既单向又多向的关系。对这些课题和问题做出认真扎实的研究，是非常有价值和意义的，也是现代文学研究界义不容辞的责任。我本人在这方面没有什么研究，只能粗略地谈一点感觉和印象。

1. 重视史料的发掘、整理与研究范围的拓展

上面说过，左联和左翼文学是中国现代文学的一份经历和经验，在整个中国文学史上都是一种独特的现象，在尽可能多地掌握资料的

前提下对之进行深入的、公正的、理性的学术研究，不仅是一个良好的学术规范问题，更是现代文学研究界的无法推卸的历史责任和学术责任。应该说，新中国成立以来，在对左联资料的收集、整理和出版上，现代文学研究界做了大量工作。近年来，海内外的一些有识之士，如写作《思想激流下的中国命运》的香港学者王宏志，编写《左联词典》和《左联画册》的姚辛，都在这方面做出了极其难能可贵的成绩与贡献。不过，仍有很多工作要做。比如左联是在世界范围内的"红色的30年代"的大环境中诞生和出现的，20世纪30年代世界性的左翼文学的具体状况及其与左联的影响关系，还需要更细致的资料和研究。其中苏联革命文学和文艺运动、日本30年代左翼文艺运动与左联有更直接的联系，学界在这方面业已做了有价值的工作并取得了有价值的成果，艾晓名的《中国左翼文艺思潮探源》和吉林大学中文系多年来所作的日本左翼文艺思潮与运动同中国左翼文艺的关系研究，都相当扎实深入。但总体上看，还有一些问题需要进一步的整理与研究。特别是近年来形势的发展对进一步的整理与研究提供了条件，如苏联20世纪20年代各种文化文学派别争论与斗争的史实资料近年不断出版，这是20世纪80年代研究左联和左翼文艺运动与苏俄文艺的关系所不具备的时代条件和资料条件。在这方面，我们需要学习日本学者扎实细致爬梳积攒资料、一个问题一个问题地入手、由小到大一步步深入的学风。再如对上海以外的地区性左联和左翼文艺的研究，也应该作为左联和左翼文艺研究的重要组成部分。以东北地区为例，"五四"新文化和新文学在一向鄙陋少文的东北地区产生了影响，但影响并不是很大。到了20世纪30年代，情况却发生变化，受关内左翼文艺运动的影响，以北满为中心的左翼文艺运动一度开展得颇为有声有色，萧红、萧军、罗烽、白朗等人就是在这里起步并走进关内文坛、成为著名的东北作家群的，他们实际上是从地区性的左翼文艺组织和氛围中走进上海这个左翼文艺中心，并成为上海左翼文艺运动的有活力的组成部分。此外如北平左联、其他地方和城市的左联或左联外围组织以及左翼文艺运动,国外的如东京左联支部,都需要在现有基础上爬梳和掌握更丰富的资料,进行更细致的社团组织构成方面的、报纸杂志方面的、文艺思潮和运动方面的、文学创作方面的研究,力争还原和呈现历史的全貌。在条件成熟的时候,最好能编撰和出版《三十年代左翼文学大系》,并组织和出版系列的对左联和左翼文学进行系统研究的著作。

2. 注重对 20 世纪 30 年代左翼文艺运动的深度研究

20 世纪 30 年代左翼的文艺运动可谓是繁密、丰富的,如对"自由人"和"第三种人"、对民族主义文学的斗争、文艺大众化讨论、两个口号论争,等等,以往的教材和研究著作多有论及。我所说的深度研究,是既顾及当时斗争或论争的具体语境及其语境意义,又要站在与那段历史拉开距离的当代立场上,对其进行科学的、实事求是的价值意义衡估。对左翼文艺运动做翻案文章、完全否定是错误的,而一味地仰视和全部肯定也不是科学的态度。比如与"自由人"和"第三种人"的论争,可以放在来自苏俄又被中国化的马克思主义文艺理论与来自欧美的自由主义文艺理论相互碰撞的宽阔背景上,来加以阐释。在论争中,左翼用以阶级论为核心的文艺学说批驳对方以人性论为核心的文艺观点,自有其历史合理性,但是把阶级论的文艺学说绝对化和极端化,则显然也有不当和错漏之处。即如鲁迅先生在批判第三种人时打的那个著名的比喻,认为生活中的人非胖即瘦,没有不胖不瘦的第三种人,从而说明文艺上的第三种人不可能存在。这样的比喻和认识显然是可以商榷的,因为生活中和医学意义上的不胖不瘦的第三种人是存在的。而从认识论上来看,传统认识论都承认事物的正、反、合存在和发展变化,现代认识论则更确认事物不仅可以一分为二,也可以一分为三,为无限多。"自由人"和"第三种人"向被国民党政府压迫的左翼文坛要自由,显然是荒谬的,这样的观点不管其主观动机如何,客观上却起着为虎作伥的"帮忙"作用。左翼在激烈的阶级斗争的时代大力彰显阶级论的文艺观并激烈地反对对方的自由论和人性论文艺观,自然具有历史的合理性,但完全否定人性论和左右之外的"第三种人"及其理论观点的存在,则显然既与中国现代文学史的实际存在状况不完全相符,也不完全符合认识论的规律与逻辑。此外,如关于文艺大众化讨论,应该不止于描述具体的过程和其中有些什么观点,而应该像汪晖在《地方形式、方言土语与抗日战争时期民族形式论争》一文中所作的那样,将文艺的、语言的论争,放在文化模式以及文化模式背后的现代中国的社会历史发展模式和现代性模式的视野中进行深入探讨。

论及 20 世纪 30 年代的左翼文艺运动和文化运动,我觉得还有一个问题不能回避,那就是围绕有关对苏联的态度问题展开的争论及我们今天的评价。从 20 世纪 20 年代"新月派"徐志摩等人关于"友俄仇俄"的争论,直至 20 世纪 40 年代萧军在东北主编《文化报》时因所谓"反苏"言论而获罪,对苏联的立场态度这样一个政治社会问题一直与现代文艺运动存在不解之结,并成为现代文艺运动的一个重要内容和组成部分。在 20 世纪 30 年代,鲁迅和左翼阵营出于对以苏联为代表的社会主义阵营和事业的热爱与支持,几乎是无条件地拥护苏联的一切,发表了很多文章,对被认为是反俄反苏的文章言论进行坚决的批驳,特别是对右翼的民族主义文学理论和作品中的反共、反苏(反社会主义)倾向,及其为压迫者张目帮忙的拙劣表演,左翼的批判与揭露是十分及时和必要的。问题是当时左联人士,除了像瞿秋白和蒋光慈等人在 20 世纪 20 年代初期到过新生不久的苏联、有过切身的体验和观察以外,很多人则是凭着文字材料关注和了解苏联,凭着政治热情、信念和理想拥护苏联,凭着在专制黑暗中渴望光明和看到光明希望的热切心情憧憬并难免美化（这一点可以理解）苏联，而不能像20世纪30年代的法国作家纪德和罗曼·罗兰那样实地在苏联生活和考察，做出实事求是的全面判断。原本拥护苏联的纪德访苏归来后对苏联态度的变化，以及他所写的对苏联现实有所批评和揭露的《从苏联归来》，从现有的资料看，左翼作家大多没有看到全文。而左翼作家十分敬佩的高尔基十月革命后对苏联有所批评的那些文章（收在《不合时宜的思想》一书），和罗曼·罗兰的访苏日记（罗曼·罗兰规定他逝世50年后才允许出版），左翼作家当时同样无法看到，这不能不影响到左翼作家对苏联的全面了解和判断。70年后的今天，在众多的资料包括高尔基等人的有关著述都已经公开出版的情况下，研究左翼与苏联的关系和政治文化态度，我们不能总停留在当时的认识水平上亦步亦趋，或者重复几十年来几乎已成定论的那些说法，尤其在一些具体问题上要具体分析，得出公正的结论。如当时中苏之间围绕中东铁路和边界问题而发生的争执或冲突，左翼方面几乎完全站在苏联一边，认为是反动的国民党政府掀起的有意的反苏挑衅行为。而近年来历史学界的研究资料和研究成果，却说明这里面的确包含着民族感情和领土问题，当时的社会主义苏联在这些问题上未必都是正确的，而中国方面的行为也未必都是政治上的反苏挑衅。在这些问题的研究上，我觉得现代文学研究界应该借鉴历史学界的研究成果，应该扩大知识储备和充实知识结构，应该具有当代的学术眼光和立场。与此相关的，还有一个左翼与托派的问题。托派是现代中国政治和革命史上的一个极其重要的和敏感的问题，同中国现代文学史中的很多现象一样，这一政治问题也与文学和文艺运动紧密缠绕，曾经是"五四"新文化运动和文学革命重要发起人之一的陈独秀，后来成为中国托派的领袖，鲁迅20世纪30年代答徐懋庸的信，实际上是反托派立场态度的声明，作为左翼文学最重要实绩的茅盾的长篇小说《子夜》，其创作动机之一也是为了在中国社会性质问题上回答托派，20世纪40年代的王实味最后也被定罪为托派……托洛茨基在苏联历史和革命上的功过是非，是国际共产主义运动史、现代史学界研究的问题，近年来，有关托洛茨基的自传、传记和各种资料陆续出版，为研究和评价这一问题提供了便利。无论如何，托派与中国现代文学、与左翼文艺运动的关系，是一个重要的、有价值的研究课题，在条件和时机成熟的时候，应该对这一问题进行深入研究。

3. 注意对左联作为一个政治化的文学团体的内在差异性的研究

近年来对左联的研究中，比较注重左联作为一个政治化的、有明确的政治理论、文学理论和纪律要求的"团体共性"。这应该说有道理。因为左联是以明确的政治要求和政治文化做主导的，因而难免产生政治和文学上的一致性。但是，尽管如此，作为20世纪30年代的一个最大的最有影响的文学团体，左联其实还是存在着相当多的内在差异。这些差异主要表现在以下几个方面：

首先，是政治上的一致性与作家作为文人个体的个体性与自由性的差异。左联是一个政治性和党派性很强的团体，左翼作家是在认同这些政治和党派要求并遵守这些要求的情况下加入左联的，但是，作家作为文人、文化人的个体性并不因为加入了党派一致性的团体而完全泯灭，在表现出政治和团体一致性的时候也保留和表现出个人性，政治和党派化的团体对他们有利益和纪律一致性的要求，作家也有对党派和团体的个人性和个人利益的要求，二者之间有一致的时候，也有不一致的时候（这不一致在政治上后来就被叫做"用知识分子的面貌改造组织"）。左翼作家张天翼既坚持左翼立场和左翼作家身份，又不愿意到上海去被完全组织化和纪律化的生活所束缚，就是一个例子。而鲁迅也是既支持和加入左联，又不满左联的领导，称他们为"奴隶总管"，双方在很多问题上不一致，总是产生或小或大的误解并导致了彼此的论争。这种现象的产生，固然不排除文人相轻的传统和宗派习气，但根本上却是将一群最具个人性和自由性的作家文人，组织在具有严明政治目标和纪律的社团中时的必然结果。其实，在上海这样的中国最大最现代化的都市中出现的左联这样的无产阶级党派性质的文学团体，同那些真正的严格的政治组织相比，它对作家文人习气天性的允许与宽容，已经是相当大度的了。即便如此，文人的积习传统和"五四"以来对个人本位和个性自由的尊重与强调（这也是上海的现代都市的环境与氛围的构成内容），还是使一些左翼作家难以同严格的政治化、组织化和规范化相适应。不仅被领导的一些个性极强的作家如此，居于左联领导地位的作家如夏衍也是如此。读读夏衍的回忆录就会知道，一方面，当时的他是一个具有政治热情的左联领导者，是纪律和规范的制订者、执行者之一；另一方面，他又具有和挥洒着作家文人的自由不拘的天性，以至于到了1949年后，当他成为上海的政治领导人而面对着由森然的警卫制、级别不同而享受不同的配给制、上下尊卑有别的等级制等严格的规范和环境时，他才真正感受到这与他以往在上海的生活，即便是左联时期的生活构成了巨大的差别，感受到对组织制度化的新的规范的不适应。

其次，应该看到左联在文艺思想上共性追求中的差异性。革命文学论争之后在政治和文学问题上基本达成共识而成立的左联，在文艺政策的制订、文艺思想的提倡和文学批评的价值取向上，表现出政治化的文学团体的共同性和一致性，比如对文艺的阶级性的提倡，对新写实主义等创作方法和创作题材的共性要求，对大众化和工人通讯员运动的鼓动，等等。一个以政治文化为主流话语的文学社团表现出诸多相同的文艺思想和文学意识形态，是自然和正常的。然而也应看到，政治目标和意识形态追求的相同、主要的文艺观点和主张的相同，并不能说明在文艺思想和主张的所有方面都完全一致。在看到左联文艺思想相同性的同时，也应该看到它们的差异性。且不说"两个口号"

的论争充分表明这种差异的存在,就以左联坚持和提倡的现实主义(包括新写实主义、社会主义现实主义)而言,左联作家们的认识和理解也是不尽一致的,可以说左联作家是带着自己的生活积累和艺术积累走进这一共同的文艺思想的旗子下或标举这一旗子的。茅盾的《子夜》中既有所谓革命的现实主义或革命现实主义的成分,也有对他影响深远的法兰西式的自然主义的积淀。张天翼、沙汀的现实主义更多地具有19世纪批判现实主义的特征,而艾芜的现实主义可以说是浪漫现实主义……只有认识和看到左联文艺思想共同性下的差异性,才不至于把左联文艺思想和文学创作简单化,也才能更好地看到左联文艺的丰富性,衡定其取得的成就和价值。

最后,也要看到"左联"文艺思想和理论与左联文学之间的差异,以及左翼文学内部的差异。以往的研究和印象使人们以为左联的文艺政策、思想和理论,与左翼文学创作是完全一致和吻合的,左翼作家是在左联的文艺思想和理论的指导下进行创作的,比如"左联"执委会的"抓紧反对帝国主义的题材"的号召导致了东北作家群的出现,抓紧现实题材的主张影响了中国诗歌会的现实主义诗风,社会分析派小说创作与世界观决定创作方法的理论和左联的政治要求有直接的联系。实际情况是,左翼文学创作是丰富多样的,它们既同"左联"的集团性理论话语要求保持着一致,又具有作家创作意识和文学作品形成的内在规律所带来的独特性品格,这其实不是一个复杂的理论问题,而是一个文学的事实和现象问题,不然就把左翼文学简单化了。仍然以茅盾的《子夜》为例,这是20世纪30年代左翼文学的最重大的收获,也是所谓20世纪30年代社会分析派小说的典范。茅盾自己在谈到这部小说的创作动机时一再强调,他写作《子夜》是具有明确的社会政治目的,即以文学的形式参加当时的中国社会性质论战,回击托派的观点。实际上《子夜》的创作也的确是在明确的理性——中共的和左翼的意识形态话语的贯穿下完成的,从收集生活素材到形成形象和文本，理性的意识形态的东西一直贯穿其中。因此，小说的形象塑造和形象内涵、主题指向和情节结构模式，都带有理性的和意识形态的色彩，与左翼意识形态的话语要求基本同构，也因为这个缘故，所以难免会被人们称之为高级的社会政治文件。不过，这只是问题的一个方面。另一方面，作家的形象思维和以往的丰厚的生活和艺术积累，化为具体的感性形象和形式出现，积淀在《子夜》的创作过程中和文本中，比如作品的编年史式的"宏大叙事"的企图和结构，人物形象性格和命运的基本轨迹与规定，场面的壮阔、色彩的丰富、语言的绵密等，无不表现出了作家创作个性的独特和艺术积累的丰富从中可以看到茅盾所偏爱的法国巴尔扎克的现实主义到左拉的自然主义、俄国托尔斯泰的批判现实主义到高尔基《阿尔达莫诺夫家的事业》的新写实主义的多重色彩。以往的艺术积累同左联的意识形态话语共时地出现和浸透在文本中。同时，《子夜》的内容和主题——20世纪30年代时代条件下中国民族资产阶级的困境和悲剧，并不都是茅盾根据"左联"的意识形态话语而进行的"向壁虚造"和主观性的纯粹的"文学叙事"，也不是茅盾根据左翼的意识形态指令，只有意收集符合意识形态意图的生活素材并把它转化为文学形象和叙事。如果对《子夜》背后的话语环境进行还原和复制，就会看到，作品所写的帝国主义性质的国际金融集团对后发展国家的民族资本主义的夹击与强迫依附，缺乏合法性的有力的民族国家支持，社会的整体性动荡与危机，民族工业资本家吴荪甫家族环境中的反资本主义化和反工业文明氛围——从吴老太爷的对立、吴荪甫夫人林佩瑶与丈夫的同床异梦和精神上的"红杏出墙"，到都市无聊诗人范博文攻击都市文明和汽车"玷污了诗意的苏堤"，都是"有史为证"的，费正清主编的《剑桥中华民国史》、法国学者白吉尔所写的中国资产阶级的著作、中国学者许纪霖主编的《中国现代化史》和罗荣渠教授撰写的多部研究中国现代化问题的著述，都以大量的史料描述了采取国家资本主义现代化模式的国民党政权对资产阶级的限制与压迫，以及中华民族和民间资本主义势力在与国民党政权和中共的不同的现代性选择模式的冲突中的内外交困的处境。上海《申报月刊》在1933年7月进行的有关中国现代化问题的征文讨论中，完全赞同走西方式现代化道路的只有一篇，大多数人赞同社会主义方式或资本主义与社会主义的混合模式[1]。这个讨论虽然比作为《子夜》背景的1930年晚两年，但总体的时代环境和氛围是基本相同的。由此可见，作为左翼文学实绩和代表的《子夜》，既受来自左翼的政治意识形态和文艺思想的"宏观调控"，又有独特的文学与历史真实的品格。茅盾如此，其他很多的左翼作家的创作也是这样，像张天翼、沙汀、艾芜、萧红、端木蕻良等人，都既是左联作家，其作品具有左翼文学的总体特征，又具有自己特异的个性世界和文学世界，有自己人生和美学的独特经验与追求。如此才构成左翼文学的丰富和文学成就的可观。

4. 注重鲁迅与左联的关系的研究

香港学者王宏志的《思想急流下的中国命运》，研究的就是鲁迅与左联的关系，其中梳理和提供了很多宝贵的资料。我觉得在此基础上，还可以再做一点事情。其一，以鲁迅与左联的关系为基点，研究鲁迅与现代文学社团的关系。鲁迅在不同的时期都加入或组织不同性质的文学社团，如"五四"时期与《新青年》，20世纪20年代与"语丝"社，20世纪30年代与左联等。鲁迅加入或组织每一不同的文学社团时，都与他彼时彼刻的思想和文学观念的变化有关，而他不同时期的不同的思想和文学观念使他对社团都提出或具有不同的要求。鲁迅与现代文学社团的关系及他对文学结社的观念和要求，进而言之，他的文学

---

[1] 罗荣渠：《现代化新论》，北京大学出版社1993年版，第315页。

社团思想、结社行为与他的思想变化和文学创作的关系,是具有研究价值的。早年的鲁迅提倡尼采式的超人精神,赞赏孤独的"精神界战士"和"过客",不愿意哄成一团的"结伙",他参加"五四"启蒙集团也是被动的。但是,每当鲁迅参加一个社团时,他都或多或少地表现出某种"依恋",不愿意社团的解体,对社团的解体几乎都表现出或彷徨或惋惜之情,特别是对左联,鲁迅尤其不愿意它解散。固然,作为清醒的现实主义者和思想家的鲁迅,认识到中国社会黑暗的顽固和庞大,希望组成大群的战士与之进行韧性的战斗。但从早年的孤独的"精神界战士"到加入政治党派性质的左联,这其间表现出的鲁迅思想和文学观念的巨大变化,以及这变化中的一些具体问题,研究起来是颇有意味的。其二,鲁迅在左联成立大会上的讲话中表现出的某些深刻的思想,也值得进一步思考。左联作为一个党派性的文学文化组织,参加者本身就内涵一种内在矛盾:一方面,这是左翼的知识分子对集体主义、集团主义的归依,近代以来的中国知识分子的一个鲜明的特点,就是在具有忧国救世的精英意识的同时,也越来越表现出一种集体主义的追寻和归依倾向,而这种对群体的依恋倾向同中国古代知识分子对政治和权势集团的依附传统有历史的和精神的联系;另一方面,尽管参加了左翼,崇尚集体主义倾向,但知识分子内心深处的自我崇拜、唯我独尊、精英意识和先天的个人主义仍然存在,这些东西潜在地具有反集体的特性,它们对于要求团结、统一、集体主义和共同政治利益的左联具有离散和破坏的作用。表现在思想和行为中就是忽左忽右、激进偏执、精英领袖欲望和宗派主义。同时,左翼化了的知识分子在为民众、为集体和为主义的激情意识中难免夹杂着为自我的倾向,或者在狂热的由个人崇拜转向民众崇拜的过程中产生虚无主义和绝对主义。因此,鲁迅在讲话中以他对中国知识分子的透彻的了解,告诫左翼作家若不与实际斗争结合,左很容易变成右,并以德国诗人海涅的诗为例,消解知识分子的精英意识和幻想,对知识分子在为民众、为集体主义而斗争的过程中和未来社会中的政治地位，做了现实主义的、清醒的预告，认为知识分子和作家文人即便为工农大众而工作、而奋斗，将来的社会中工农也不会特别地优待知识阶级，不会成为主人和精英。换言之，知识阶级不会有更好的社会政治地位和优裕的生活。想一想后来一段历史时期内中国知识分子的遭际和命运，我们一方面不能不深深感佩鲁迅先生思想的超前和透底的敏锐，那种"真实得残酷"的惊人预见；另一方面，鲁迅对当时左翼作家和知识分子精英意识及自我中心主义的解构，强调"为大众"、"为工农"的那种左翼化和政治化的新民粹主义、人民中心主义，如果放在"五四"以来整个知识分子历史地位和命运的变迁、知识分子与现代中国政治、社会、文化的整体关系中加以考察，将是很有意义的。很希望能有像俄国哲学家别尔嘉耶夫的《俄罗斯思想》那样的著作，在研究鲁迅与左联、与中国现代社团的关系时，不仅注意到具体的事实性联系，而且在此基础上揭示出 20 世纪中国知识分子的复杂的精神特征与历程。

第十一章
左翼文学研究冷热现象的审视与反思

1. 左翼文学研究热度再现的多维因素

左翼文学在20世纪30年代的崛起和兴盛,是中国现代文学历史中相当重要的文学与文化现象。在当时的国家体制和国家意识形态的敌视与压迫的环境下,用鲁迅的话说,是"风沙扑面、虎狼成群"的时代,作为反抗国家体制和国家意识形态的左翼文学[1],却取得了文坛"霸主"的地位,掌握了时代和文学的话语权,以至于当时的"自由人"和"第三种人"不是向体制化的国家政权而是向在野的左翼要求生存空间,并由此引起左翼与他们的论争。左翼的文学创作和批评在当时就是国家体制、国家意识形态、文化文学界和社会舆论的关注中心。1949年以后,由于左翼被认为是推翻旧国家体制、建立新国家体制、发挥了"武器"的强大作用的"文化军队",因而在国家意识形态架构中占有了重要的地位,也由此成为中国现代文学史研究和书写中的主要对象。在"文革"10年中,受"20世纪30年代文艺黑线论"的政治大棒的打压,左翼文学被打入冷宫,只有作为左翼文学实际主帅的鲁迅被抬到了不恰当的也是歪曲的地步。改革开放以后,左翼文

---
[1] 执政的国民党政府是以所谓法理性的《危害民国紧急治罪法》和"鼓吹阶级意识、煽动阶级斗争"的意识形态指责压抑左翼的。

学又重新进入研究的视野,当时关于20世纪30年代左翼文学评价、关于左翼文学中一系列问题(如关于两个口号论争的评价)的探讨,使得左翼文学成为研究热潮之一,当然,这样的热潮是政治上的拨乱反正所派生并配合政治变化而出现的。20世纪80年代中期以后,随着政治上的改革开放和思想解放的加深,经济上计划经济与市场经济的并存及前者向后者的转型,社会思潮和价值观念上的多元化与世俗化趋向的开始出现与发展,外来思想、文化与学术的引进与促动,左翼文学研究的热度开始降低并逐渐转向沉寂。在重写文学史的潮流中,重新发掘和浮出历史地表的,是过去被压抑和遮蔽的张爱玲、沈从文、无名氏、徐訏等非左非右的"自由人"作家,是张恨水等通俗小说作家,他们的"出土"和价值发现相当程度地对文学史的序列和结构进行了"颠覆"与"重构"。与之相反,左翼文学在文学史中的地位和价值不断遭到"解构"、非主流化甚至被边缘化和"遮蔽",在20世纪30年代就被认为代表左翼文学成就的茅盾在20世纪90年代的大师排序中其地位不及通俗小说大家。这样的趋势一直延续到世纪末,成为世纪转折时期包蕴复杂的文学研究现象。

但学术思潮和社会思潮的变化与历史的辩证发展和变化一样,当某种潮流走向高潮或成为热点时往往会退潮或趋于平淡,某些边缘化的、淡出历史和学术视野的现象在沉寂中又会孕育着反向发展的因素和动力。对左翼文学研究也是这样。在20世纪90年代以后市场经济加速、狂欢化的世俗消费文化潮流鼎沸泛滥、成为被看不见的手所制造和牵制逐渐成为"主潮"之际,日益沉寂的左翼文学研究也在沉寂中被理性地观察和审视,在世纪转折之后,重新出现对左翼文学研究的学术关注,出现退潮中的回潮现象。几次比较有影响的对左翼文学研究的学术会议的召开,研究左翼文学的论著的增多(其中高校和研究机构中的研究左翼文学的博士论文较以往大为增加),显示出对左翼文学的研究已经重新回归学术视野,甚至成为小小的热点。当然,与过去相比,此时对左翼文学研究的范围在扩大,学术审视的理性在增强,问题意识和反思意识也比较强烈,研究成果的水准也有了部分而不是全部的提升或深化。

左翼文学研究之所以重新进入学术视野,成为关注、研究、探讨的对象和话题,自然有学术研究的冷热、起伏的规律的发挥作用,即这种规律内在导致的学术自身的研究对象和格局的自我调整,有大学教育和研究生培养体制对文学研究的体制化支撑——越来越多的现代文学博士拥挤在相对狭小的学科、博士论文选题的不易导致人们去关注"冷门"或寻找新的热点。但是,就如同左翼文学其实是一种由时代政治和意识形态诉求催生和造就的文学一样,近几年对左翼文学的"朝花夕拾"和重新关注,在学术自身发展规律的因素之外,实质也是现实和政治的状况与情境导引了学术趋向的变化,也即现实的状况引发了对历史的重新凝视和反思。

众所周知,中国始于 20 世纪 70 年代末的改革开放,迄今已历时 30 年。在这 30 年中,中国社会发生了震惊世界的历史性的变化,这种变化最显著地体现在三个方面:其一,由市场进行资源配置的经济运行模式,带来了中国经济持续不断的奇迹般的高速增长,中国国民生产总值已经位居世界第三,中国的崛起已然成为不可逆转的巨大事实;其二,经济和社会结构经历着史无前例、"世无前例"的规模和深度极其巨大的转型:计划经济向市场经济的转型、农业社会向工业社会的转型、城乡二元社会结构的转型及其带来的大规模的农村人口向城市的流动;经济模式和生产方式的转型带来的生活方式和价值观念的裂变与转型;其三,中国的对外开放使世界进入中国,也使中国进入世界,全球经济与贸易的一体化使中国经济与社会进入了世界的大循环,中国成为经济全球化和世界市场中的重要成员。[1]

---

[1] 2007—2008 年,中国股市的动荡和美国次债的风波都互相影响并波及世界。

马克思认为，历史的灾难总是以历史的进步为补偿的。同样，历史的进步也不是直线和单向的，而是在种种艰难中开辟前进的道路。中国改革开放的巨大成效有目共睹，如此巨大、深广而复杂的社会结构变化和转型在推动社会发展的同时，也不可避免地产生了巨大的阵痛和成本：贫富差距的扩大，国有企业的破产转制造成的工人下岗失业和成为城市新贫民，农民工的大量进城既为城市发展做出贡献，也使农村出现"空心化"现象，同时农民工在城市的底层化和边缘化也成为巨大的社会问题；经济全球化使中国成为世界工厂，同时资本的逐利本能又造成外资企业对中国劳工的"血汗"剥削和超经济强制的奴役劳动。[1] 以至于在中国加入世界贸易组织（WTO）的谈判中，资本主义头号强国美国的两大工会组织劳联和产联向美国政府施加压力，要求在条款中对社会主义中国在缩短工人劳动时间、增加工资福利、改善劳动条件方面提出明确限制。[2] 总之，改革开放和经济与社会转型、发展产生的巨大成本更多地由不具有政治资本、经济资本、知识资本的边缘和弱势群体承担。[3]

在这样的国情和现实中，中国的知识分子的身份、功能、角色和群体也在发生着变化。在现代社会中，知识分子大致分为两类：科技、实用类知识分子和人文社会科学类、非实用类（包括作家诗人）知识分子。在中国，前者是传统的强调经世致用的知识分子的现代转型，后者是"代圣贤立言"的"儒生"的现代传人和后裔。当然，这只是

---

[1] 数年前中国报刊曾经多次报道了外企对中国农民工在劳动时间、劳动强度、人身自由、生产工作环境方面的"虐待"。

[2] 美国工会组织和政府提出的这一要求，并非工人阶级无祖国和世界无产者互相帮助的高尚动机与目的，而是基于中国工人工资待遇和劳动成本低使得中国制造的产品具有价格低廉的优势，从而冲击美国市场，造成部分企业难以竞争和工人失业的现实考虑，即为了保护美国企业和工人利益而并非真正为了中国工人的利益。

[3] 2008年1月《南方周末》刊登中国东北本溪的中年女工，过去是先进和三八红旗手，后企业倒闭，失业后到法国非法打工，警察来时跳楼身亡。此事"极端化"地反映了改革成本与弱势群体的关系。

就一般情况而言。由于物质文化与精神文化的大发展,由于知识爆炸带来的知识的急速增长与知识分野的日益细化,知识分子在现代社会中承担的职能、扮演的角色、占据的地位也随之出现了大分化。但不论如何分化,从世界范围和历史过程来看,知识分子的社会职能和使命或者是为人类和社会发展提供思想资源,如西方的苏格拉底、柏拉图、康德、黑格尔、马克思,中国的孔子、老子、庄子等;或者是以自己的知识直接推动科学技术、文明文化和社会的发展,如牛顿、爱因斯坦和居里夫人等;或者是对社会、历史和文明发展的问题进行"挑剔"与批判,甚至要唱反调和向后看,中国的老庄和西方的现代主义就是这样。而不论是对历史与社会发展唱赞歌还是唱反调,目标只有一个:社会的正义与公正,这是知识分子最本色的职能和终极关怀之所在。在欧洲和西方,由于希腊和希伯来文化所造就的知识和知识分子传统的持续和强大,古往今来始终出现和存在追求正义、将多种社会职能兼于一身的知识分子:卢梭对科学技术进步的质疑,马克思的资本主义社会批判理论,第二次世界大战时期英国科学家贝尔纳在西方对共产主义和社会主义的恐怖中却倾向于社会主义,并写下《科学的社会功能》的著作,苏联核物理学家和氢弹之父萨哈罗夫超越政治和意识形态畛域提出了反核的主张,当代美国麻省理工学院语言学教授乔姆斯基"越界"对美国的伊拉克战争提出尖锐批评……他们都超越了知识和专业的界限而成为公共知识分子或意大利共产党人葛兰西所说的"有机知识分子"。对社会和人类永恒正义的追求和关怀、对违反公义和正义现象的不绝批判,成为有机知识分子的崇高和永恒使命。而知识分子的思想先驱功能和社会批判功能的存在和有效发挥,是使社会、国家、人类、文明和谐有序发展的必要保障。

而中国改革开放和经济与社会的剧烈变动与转型中,知识分子摆脱了过去一穷二臭的老九地位一跃成为社会的主流和中坚。政治经济地位的改变,使知识分子的身份角色和功能也发生巨大变化。一些社会发展需要的"显学"学科的专业知识分子，或者以专家身份和知识资本参与到经济与社会发展的主战场，获取市场给予的、等值的、合理的也是不菲的回报；或者走入新的"学而优则仕"的人生格式，出相入府，成为执掌权利、影响决策、号令天下的技术官僚、顾问智囊和代言人；或者在高校和研究机构成为学术中坚与知识精英。在中国当代社会阶层构成中，按照社会学家的分析和调查，掌握政治权力和资本的政治精英，掌握商业资本的商业精英，掌握知识资本的知识精英，成为社会的上层结构。知识分子进入经济、政治与学术领域获取政治、经济与知识回报，是社会发展与进步带来的必然现象同时也推动着社会的发展与进步，本身无可非议，随着市场经济与全球化的深化，这种现象将更为普遍和常态。但不可否认的是，随着知识分子的科层化、上层化和精英化，职业、观念、心态和环境也会造成他们与下层联系的社会性阻隔和阶层性盲视。其中，也会出现并确实出现了某些无良知识分子成为资本和利益集团的共谋与代言人，以专家身份和知识资本影响政策，误导社会，谋取利益最大化，其言论、话语、文章、著作的全部目的就是为资本、利益和强势集团掠夺国家、社会与公共资源制造合理性与合法性，在这一过程中他们自己也成为新贵和权贵，参与巨大的利益攫取。

想想 30 年来某些显学的专家从策划和参与股市、经济转轨、国退民进到为中外资本利益集团"顾问"与代言并使自己成为富豪的过程和现象，就会了然知识分子分化与变化的剧烈与巨大。某些由"知本家"变为"资本家"的无良知识分子和新贵，其所作所为一如茅盾《子夜》里所写的经济学教授李玉亭，来往和奔走于金融与工业资本家之间并为他们的事业劳心出力，而根本不屑于也不会去关注弱势和底层的"李玉和"们。那些非显学的人文学科知识分子，其专业学科的非实用性和"有机性"，本来应该更多地保持社会正义关怀，但是由于生活在学校和学术圈子等构成的象牙塔，由于以职称、项目、评审、奖惩、报表等构成的教育和学术体制的牵制与钳制，由于体制和经济的压力使他们或者更多地关注自身的生存和发展而无暇无力关怀社会与底层，或者急于向体制靠拢以获得自我价值实现的资源，或者以知识优势参与文化市场和媒体狂欢，成为媒体知识分子和大众文化名流，以期获取高额巨大的利益回报。当然，不是所有的知识分子都如此，身在庙堂、高校和各种象牙塔里而不计利害地关怀社会正义的，享受到体制的利益好处但又不安于此的，还有已经存在于民间自甘于体制外的，以有限的资金和力量去民间大地考察调查的，被认为是自由主义或新左派但都从自己的"主义"出发关怀社会公平的，构成了当下中国的"有机"知识分子。但是，市场和经济的力量是相当强大的，就总体而言，被市场和经济分化并参与和卷入以利益最大化为旨归的市场狂欢，是当下中国知识分子变化的主流。以不计利害的良知、正义立场和价值态度，去关注弱势群体和边缘阶层——艰辛劳动却拿不到工资的民工、想劳动却没有劳动岗位的下岗的"李玉和"、为国家贡献良多却所获甚少甚至长期享受不到国民待遇的农民，这样的有机和公共知识分子，在总体上还是相对稀缺的。

正是由于改革开放的巨大成就和效益在社会分配上（二次分配）的相对不平衡，改革的巨大成本更多地落到没有政治、经济与知识优势的普通大众和弱势群体——他们构成了社会学意义上的底层社会，而底层社会又没有自己的话语权利和话语表达通道，由于总体上知识分子在市场经济大潮中的分化导致的对社会正义关怀的缺失或关注度不够，更由于执政党由注重改革发展的效率向效率与公平并重的执政方向转化，提出了关注民生与和谐社会的执政理念和发展方向，这些文学之外的社会现象和潮流的合力作用，使得从诞生之日起就强调关注底层与平民、并在后来的发展中产生左翼文学并形成强大传统的现当代文学，在世纪之交出现了底层写作、无产者写作和打工文学，相应地，基本上以现当代文学研究领域为主体的部分人文知识分子，面对着中国社会的问题和知识分子在市场喧嚣时代"何为"的境遇,将反思与寻找解决之道的目光投向了20世纪30年代的左翼文学。

2. 左翼文学的品格与作为精神资源的价值

那么,20世纪30年代的左翼文学及左翼知识分子在关怀社会民生、追求社会正义方面具有和表现出什么样的内质与品格,从而可以作为我们今天的借鉴资源呢?撮其要者,我以为至少在以下几个方面,左翼文学可以成为我们的精神资源。

第一,20世纪30年代左翼知识分子所处的时代,同样是剧烈的社会动荡与转型期,矛盾复杂、多重而激烈。政治上,国共两大政治集团的斗争与对抗和其间掺杂的各种政治、经济和军事势力的博弈,构成基本的政治格局;经济上,外国资本以殖民的姿态进入和掠夺着中国,也给中国提供了现代化的压力和范式,政府主导的国家资本主义形态的现代化进入快速发展时期,民族资本和工商业在各种压力下也艰难而快速地发展(故有学者称20世纪30年代为中国现代化和资本主义发展的黄金岁月),商品和市场经济已然大潮漫卷;社会结构上,以上海为代表的沿海都市和广大的前现代的农村并存的二元结构构成了中国特色。政治与经济的格局和激变造成了都市的畸形发达繁荣与内地乡村自然经济的衰败和困境,由此带来谷贱伤农、农民和手工业者纷纷破产,破产失地的农民和破产的小手工业者进城谋生等现象(作家王统照的长篇小说《山雨》就描绘了农民离开乡村进城谋生的社会现象)。而城市工人和进城的农民工只能在劳动条件低劣的中外企业进行着超强度的劳动和受到超经济强制的盘剥,成为现代化、都市化与市场经济的牺牲品。但是这样的时代与环境也给知识分子提供了自我价值实现、利益攫取的机会和个人成功的可能。就都市环境而言,日益发达的市场经济使知识分子可以凭借知识资本进入学校和媒介、进入和掌控文化市场获得不菲的经济回报,成为中产阶级。实际上,包括鲁迅、茅盾、夏衍等左翼知识分子在内的知识阶层从经济收入、生活水准、社会地位和社会影响力方面看,很多人都已经是中产阶级,甚或成为鲁迅所鄙视的上流阶级。就是说,凭借知识、文化资本和优势,知识阶层可以获得社会和市场给予的精英地位,事实上一些作家文人和知识分子也获得了这样的地位。同时,一些知识分子的家庭背景和社会关系也使他们具有政治和社会资本(如"左联五烈士"之一的殷夫的哥哥就是国民党政府的高官),他们可以利用这样的关系和资本向上爬和爬上去。知识分子在20世纪30年代拥有的多种社会和文化资本与成功机会,是工农大众和小市民所无法比拟的。可贵的是,在这样一个政治斗争激烈、市场经济漫卷、社会分野悬殊和对知识分子而言充满机会的时代,左翼知识分子总体上具有的政治的和意识形态的理想与信念,赋予他们一种担当道义、追求正义的公共知识分子品格。这样的品格与信念使他们不是在政治和商业利益的诱惑面前放弃和丧失知识分子立场,不是将个人利益追求和自我价值实现作为最高目标,而是以社会和正义关怀为己任。为了这样的责任、理想、信念和目标,他们很多人可以放弃个人利益与飞黄腾达的机会。或者,即便他们以自己的文化资本获得生存的空间和地位、从社会和文化市场获得不菲的物质回报,也不会沉溺其中自炫炫人。经济和文化市场给予的物质回报只是作为保持知识分子立场和人格的保障而不是追求的目标,如鲁迅,他以自己的知识和文化资本通过媒介和文化公共空间所获得的丰厚的物质回报和社会名声,从经济学角度看都增大和扩充了知识资本,但鲁迅并没有以此作为价值目标,这些也没有影响和干扰鲁迅作为公共知识分子的立场,没有影响他的强烈社会责任意识和批判精神。对理想和正义的追求使得一些左翼知识分子不但放弃名利追求,甚至付出了生命的代价。

第二,正是这样的知识分子立场、意识与担当,使主要是由左翼知识分子操作的左翼文学，表现出强烈的社会正义关怀、民间底层关怀和对社会不义现象的批判锋芒。20世纪30年代中国社会的诸多问题，如外国资本的进入与蚕食、民族企业的困境、自然经济的破产、乡村社会的衰败、礼俗道德的坍塌、贫富差距的扩大、都市与乡村的分裂等，左翼都做出了及时的关注和反映，以至于文学史家以"社会分析派"来对左翼文学进行命名。其中，对造成下层民间疾苦的诸多社会问题，如谷贱伤农、丰收成灾、乡村破产、农民进城、妇女童工的奴隶劳动、工人阶级的贫困化等，左翼文学不仅通过及时的关注与描写使之呈现于社会和公众面前，而且通过这样的关注和反映实际上承担起民间和底层社会大众代言人的角色，成为底层大众现实生存状况与愿望心声的传达通道和媒介。作为没有政治、经济与知识文化权利和资本的底层社会，尽管承受着社会的整体性、巨大性压迫和灾难，但权利的缺失使他们缺乏表达诉说的通道和空间，知识与文化的缺失又使他们无法、无力自我表达。因此，底层、无产者和弱势者蒙受的压迫和苦难不仅体现于物质与身体，也表现在没有话语权利、渠道、空间和无力自我表达，这样的缺失是对苦难的加重和遮蔽。而20世纪30年代左翼文学与政治和意识形态掺杂在一起的正义和道义承担，使之对底层和民间进行了自觉的积极的代言和表达，从而使左翼文学成为底层民间社会的申诉通道和表达空间。为了真实与准确地替底层和民间表达与代言，自身的经济收入和社会身份居于社会中上流的一些左翼作家如夏衍等，能够深入底层进行实地调查和考察，写出了像《包身工》这样的揭露日资企业里的女童工的超强度劳动和非人遭遇的著名作品，激起了强烈的社会关注和反响。还有不少左翼作家本身就来自底层，曾经在中国社会的各个角落和底层边缘社会摸爬滚打，对黑暗中国的状况，对底层民间的疾苦，不仅熟悉且有亲身的接触和体验，社会使命感和正义诉求使他们自愿承担揭示民瘼、传达民声的代言人的责任，写下层和为下层人民写作已然成为左翼作家和文学不可剥离的当然任务。深入生活，深入民间，这些我们后来对文学知识分子一再提出的要求，在 20 世纪 30 年代左翼作家那里已经被普遍而自觉地践行，并因此使左翼文学与社会底层和人民大众保持着密切的联系，显示出真正的人民性。

第三，左翼作家和文学不仅为底层代言，而且力图让底层自己说话和表达。传播学理论告诉我们，一个阶层或群体若没有自己的声音和话语、不能或无力表达自己而总是被表达，这本身就是不平等的，而且被表达者的被表达还可能存在一定的真实性的缺失和遮蔽——尽管这样的遮蔽可能是无意的。因此，20 世纪 30 年代左翼知识分子和作家试图解决这样的问题。解决的方式之一，是在理论上开展文艺大众化讨论，从大众语言、表现内容和形式等方面，探讨如何使文学走进工农大众，文学如何被大众掌握。文艺大众化讨论固然有政治和意识形态的因素——革命政党在革命理论上认定代表现代工业生产力的工人是革命的领导和主导阶级，农民是革命的基础力量，不能书写和自我表达对农民的革命领导性和战斗性造成限制。因此，如何使他们接受和掌握文学并从而掌握自我表达的能力和话语权，就是一个涉及革命事业能否成功的政治问题。由于环境和历史条件的不成熟，这样的讨论在促进文学与人民大众的联系上取得了一定进展，对左翼作家的写作产生积极影响，但没有也不可能解决根本问题。同时，讨论自身存在和内含的二律背反问题——是文学改变自身实现"大众化"，还是以文学去"化大众"，并没有一定的认识，也影响到讨论的实际效果。另外，在进行大众化理论探讨的同时，左翼作家和知识分子也进行了积极的实践，把为底层写作与帮助底层自己写作、表达的努力结合起来。这样的实践就是左翼知识分子到工厂办工人夜校，培养工人通讯员，让工人掌握必要的文化和自我表达的能力，进而达到让工人和底层完全自己表达自己而不总是被人表达的目的。当然，在受压迫和限制的环境下，这样的力图让人民表达自己的实践和努力取得了一定效果,但是离目标的真正实现还存在很大距离。实际上鲁迅等左翼知识分子已经清醒地认识到,在没有掌握政权、进行大规模的物质与文化建设的时代,无论是大众化和化大众,还是让人民掌握知识和话语权利以便进行自我表达,都难以得到根本解决。但是,20世纪30年代左翼知识分子的这些理论探讨和实践,不管取得了多大的成效,都是令人敬佩的。左翼知识分子不放弃为大众和让大众表达的努力并进行了积极的有意义的尝试和实践,这本身就是具有重要价值的,因为他们为历史提供了实践和经验,因为这体现出左翼知识分子对社会正义性、公共性和理想性的执着,表现出一种知识分子精神、情怀和品格。

3. 左翼文学的缺失与研究的态度

在人们力图从20世纪30年代左翼文学和知识分子的行为中寻找和发掘可资借鉴的精神资源的时候,也应该实事求是地看到,左翼文学并不是完美无缺的,而是在它独特的历史贡献中存在一定的历史遮蔽和盲视。左翼知识分子并非独立的民间的文人团体而是具有意识形态一致性的政治组织化的集团,是志在革命夺权的政党在文化文学领域的具体组织与实施。这样的性质使他们在进行政治批判、社会批判和文学批判的时候具有强烈的指向性、目标性和战斗性,加上怒火和激情燃烧的时刻很难冷静和克制,这当然会影响到他们知识分子立场的客观与公正。比如,左翼阵营在对当局和现实进行政治和正义批判之际,也进行了广泛的文学、文化批判,比如对"自由人"和"第三种人"的批判,既显示了左翼知识分子的"党派评论"的特点,也显然有偏颇和绝对化之弊,不承认在左翼与右翼之间存在第三种人,把所有人都纳入非此即彼的阶级阵营里,把所有的思想文化问题与争论都同政治和阶级斗争联系起来,把阶级分野和阶级斗争范围绝对化与无限化,连鲁迅在批判第三种人时也用世人非瘦即胖、没有不胖不瘦之人的比喻，否定政治、文化和文学上的第三种人的存在，这些立论和批判显然既违背辩证逻辑与形式逻辑，也违反生活现实。公共性和客观性是为社会提供思想价值资源、进行正义批判的知识分子的存在与立论的社会和道德基础，左翼知识分子的某些文化批判在当时历史环境中具有历史合法性与合理性，具有很强的战斗性、功利性、时效性与排他性，但也因过于强烈的意识形态性、党派性和排他性而影响到公正性与价值性，从而使左翼知识分子的正义性诉求存在窄化和一定程度的狭隘化倾向。当然，这不是要否定左翼文学的社会批判。前已述及，左翼文学的社会写实和批判表达的是为底层、为被压迫者立言的知识分子立场，但我们还应该看到和反思左翼的社会批判和正义诉求中存在的历史局限性。这种局限性对左翼知识分子的社会正义诉求构成了内在的弱化，使得社会批判演变为单纯的政治批判，文化批判变为意识形态批判，从而使得批判和正义诉求缺乏历史的厚度与宽度，没有超越政治、党派、意识形态而上升到哲学的形而上的高度，像马克思那样把政治性、意识形态性和历史性与哲学性统一结合起来进行对现实的批判那样，这无疑影响到左翼文学与文化批判的时代与历史价值。

在对历史正义认识、现实批判理念和实践中存在的这些局限和偏颇，必然会给左翼文学在叙事和艺术上带来内在的制约和局限。首先，是受到意识形态影响的对历史、现实和文学的片面的本质化认识和追求，使左翼文学在处理文学真实与历史真实的问题上难免有"失真"和"失当"之处，从而影响了左翼文学作品的艺术魅力和生命力。像属于社会分析派的（即社会写实与批判）的左翼小说，由于受政治和文学的本质观与典型观的影响，把20世纪30年代某个时期社会存在的民族工业和小商业的困难、农村谷贱伤农的现实和现象普泛化与本质化，而没有认识到历史存在的复杂性与多层性，因而在左翼文学叙事上，他们把自己看到的局部性与时间性的现象，通过"典型化"的手法，描述为普遍性与时代性的本质真实。当然，不是说左翼文学不应该叙述和描写这样的现实与现象。作为在野的知识分子集团，它的责任不在于为当局与国家的行为唱赞歌，可以不像历史学家、经济学家那样在调查和掌握了全部的社会历史资料之后再做结论，而是应该对社会保持强烈的正义关怀和批判立场。毕竟，在20世纪30年代经济快速发展的过程中，确实存在工人和市民底层的贫困化、农村自然经济的衰败和农民利益受到损害（如丰收成灾）、都市和乡村发展的极度不平衡、贫富差距的扩大等社会现象。正是这些社会存在的非正义、不公平现象，才为政治革命造就了阶级和社会基础。历史、时代和现实的复杂性与多层次性，使得20世纪30年代中国社会存在和出现的问题与现象，既与政权和政治制度有关，也是任何第三世界国家在急速现代化和工业化过程中都难免出现的现象和历史进步的阵痛，马克思早就指出过这一点。[1] 20世纪30年代中国既有谷贱伤农、工商业发展遇到困难和社会动荡的一面，也有经济发展和现代化推进上比较快速的一面[2]，并非茅盾和左翼文学描绘的那样一片萧条和危机。包括工人农民阶级的生存状况和革命态度，既有夏衍《包身工》里外资企业里的奴隶劳动和血汗剥削，有茅盾《子夜》里所写的工人的苦难和革命，也有荣氏家族企业对工人职员的相对友善和宽和；有阶级压迫深重和阶级斗争激烈的内地农村并爆发农民起义和革命的地区，也有长江三角洲和东南农村的相对平稳。左翼文学与意识形态相关的文学立场和视野，使他们在看取和摄取现实的时候，把时代和历史中某些方面和层次存在的问题当作时代和历史的全部，把确实存在的、既是现实政治统治所造成又是落后国家现代化推进中难以避免的现象，与

---

[1] 马克思：《不列颠在印度的统治》，《马克思恩格斯选集》第1卷，人民出版社1995年版，第760—766页。
[2] 根据经济史料，20世纪30年代至抗战前中国经济发展的速度是相当快的，有"黄金岁月"之称。参见〔美〕费正清主编：《剑桥中华民国史》，上海人民出版社1991年版；〔法〕白吉尔：《中国资产阶级的黄金时代》，上海人民出版社1994年版。

历史的整体和某种阶级和政治统治联系起来,并把它们历史本质化和意识形态化,进而在文学中对它们进行"典型化"和宏大化叙事——意在通过这样的文学反映和揭示"历史真实"和本质。这样的追求和叙事自然符合左翼文学的政治和美学要求,但这样的追求也是双刃剑,它对左翼文学的文学真实与历史真实的关系造成了撕裂,对左翼文学的艺术生命力和艺术价值也造成窄化。因此,即便是被鲁迅认为代表了左翼文学实绩的《子夜》,尽管作者在创作之初就设立了大规模描写中国社会的意图,诸多评论者和文学史家也称赞小说有"史诗"气象,但茅盾自己一再阐述的创作意图与创作实践之间的不平衡,以及作品实际上难以企及的"史诗性"状貌,既有作者了解生活的局限性和艺术功力的原因,更有左翼文学的政治观、艺术美学观和创作方法带来的内在限制。在生活、历史真实与虚拟性的艺术真实、生活和历史的现象与本质的对应关系等问题上的认识和处理的失当,是造成左翼文学宏大叙事的内在局限性和审美缺陷性的重要原因。

其次,同样由于与政治和意识形态相关的美学观念的制约,使左翼文学在表现生活与人物的时候出现了简单化与政治符号化的倾向。就以小说而论,中国古典小说和西方小说都强调生活与人物描写的复杂丰富性和"圆形"与立体,而在左翼小说创作实践中,即便是代表左翼文学最高水平的《子夜》,也存在明显的人物表现的政治符号化和单质化弊端,把人物的心理行为与概念化的阶级和政治的必然性进行联系和对位,重政治性、阶级性、集团性而损害了人物表现和文学描写的复杂性与丰富性。而左翼的文学理论和文艺方针还对这种被历史和文学证明是损害文学的艺术美学价值的倾向有意进行引导和提倡,如作为左联领导人之一的冯雪峰在对丁玲小说《水》的评论中,就积极倡导写阶级、集团和群体的人,写集体和"群",提倡政治和意识形态指引下的非个人化叙事,而反对与"五四"精神相联系的个人性或"自我"表现,从理论到创作实际上对"五四"新文化和新文学精神进行了抽离与遮蔽。在这样的文学、美学观念的影响下,左翼文学难免出现政治正确而美学和艺术不足的现象,甚至使一些左翼文学成为政治和意识形态的传声筒,被有的研究者认为是高级的社会政治文件,从而造成左翼文学的社会政治意义大于文学意义,认识价值大于审美价值的弊端,影响了左翼文学的整体艺术水平和持久的文学生命力。

再次,部分左翼作家的政治立场和正义诉求使他们关怀底层与民间并使他们可以一度到民间和底层大众中去感受和了解生活,但知识分子身份又使他们不可能长期生活于其中,"到民间去"只能是一种临时的短暂的而不可能是长期态的。这使他们在一定程度地了解、熟悉并表达出底层状况的同时,又不可避免地与底层存在着一定的隔膜,从而又影响和限制了他们对底层状况的更广泛真实的了解,也因此造成他们对底层的书写和替底层表达,存在某种程度的无意识遮蔽、目的性强调和单向性放大,比如把底层描写和想象为苦难渊薮和革命源泉的两极倾向,底层的更广大的生存与精神状态则可能被"不见"了。那些到工厂办夜校、培养工人通讯员的举动,固然可以更真实地让底层传达出自己的声音,但左翼的这种行为其实是学习当时工人阶级掌握政权的苏联,中国左翼知识分子不具备这样的政治与文化条件,相反,他们的行为是受到压迫限制的,是以密谋者、地下革命者的身份从事这样的工作,不能公开和大规模地进行,而这必然在左翼知识分子的良好愿望和努力与实际效果之间存在着很大距离,使这样的行为的实效性和广泛性受到极大限制。还有部分左翼知识分子对底层的关注和书写,固然不排除有公共知识分子的道义关怀,但更主要的是来自政治信仰与激情,来自具有浓厚的政治和党派色彩的左翼文学阵营的理性号召与指导。比如,左翼作家联盟执行委员会做出的诸多决议,对左翼文学创作从题材、人物、主题到具体的创作方法,都做出具体明确的要求。一些左翼作家是从这样的政治正确性出发进行对底层民间和革命的书写,并没有实际的底层经验。这种在亭子间和咖啡馆里写作的底层与革命，不论对底层还是对革命而言，都难免有想象的乌托邦色彩。鲁迅就曾经不客气地指出这种没有实际底层经验和革命体验的"革命文学"，很容易将革命写歪。在左翼作家联盟成立大会的讲话中，鲁迅一再强调这个问题的重要性，左翼文学也力图将此前的革命文学存在的这种弊端加以纠正，但按诸实际，左翼文学也未能完全避免作家和作品对底层与政治和革命书写的"想象"与隔膜。这也当然会导致部分左翼文学的底层和革命书写的仿真性与一定程度的失真性。底层状况与声音的真实表达与传达，对左翼文学而言，仍然是一个在当时环境下未能完全解决的问题。

还应该指出的是，在部分左翼作家和文学中存在着一定的民粹主义倾向，这也必然影响到左翼的底层写作的真实与深刻。从"五四"开始，中国的新文化和文学一直存在着启蒙精英主义与民粹主义并存的现象，即使在单个作家身上，也存在这样的现象，如鲁迅一方面在《阿Q正传》等小说中居高临下地俯视和悲悯底层民众的愚昧，并以精英主义意识试图对之进行改造和启蒙；另一方面在《一件小事》中又"仰视"底层车夫的高大和剖视知识分子自我的渺小。精英主义和民粹主义的纠结起伏"导演"了现代文学的发展路径，也造成现代文学内部的紧张与嬗变。1927年以后，政治形势的剧烈变化使一些自由主义文人一度表现出"不知道风向哪一个方向吹"的迷茫，也使大批左翼知识分子毫不犹豫地进行"从个人主义到集体主义"的"方向转换"。由此，在"五四"时代同时被俯视和仰视的底层，在政治和意识形态导控下被"仰视"和"圣化"的色彩越来越浓，政治民粹主义成为左翼文学描写底层大众时的基本色调。从《春蚕》三部曲到《丰收》三部曲，农民必然走向革命；从殷夫的诗歌到茅盾的都市小说，工人当然暴动和起义。就连不写革命而写个人漂泊的艾芜的《南行记》，那些独行侠似的马帮盗贼，都闪烁着道德和人性的光辉。当然，这种道德民粹主义看似游离时代，实则总体上与时代的政治民粹主义音调吻合同步，表达着左翼知识分子共同的、与意识形态相连的"人民认识"。问题是，作为底层的人民大众，其存在、构成、意识和诉求是复杂多样的，左翼作家和文学从自己的党派立场出发固然可以而且必须进行这样的民粹主义的仰视与表达，但同时，这也必然会对底层和人民的丰富性与复杂性造成遮蔽和真实性的欠缺。即便是那些被民粹主义赋予神圣的"革命"色调的工农大众，在现实存在中其革命性和人性的丰富性与复杂性也是并存的，强调和圣化其革命性而忽略人性诉求的多样与丰富，必然会带来左翼文学在工农形象描绘与表现上的单质与单薄。民粹主义的神圣性与无法避免的单向性，成为左翼文学的底层革命工农叙事的内在矛盾与伤痕，这矛盾与伤痕一方面不能不使左翼文学的底层声音与状况描绘的真实性受到制约和窄化，另一方面，左翼文学毕竟是文学，对文学而言，"写什么"即题材与内容的选择和表现，在特定历史时期可能具有政治和意识形态的正确性与道德的"高尚性"。质言之，在20世纪30年代的历史情境和语境中写下层、写工农及其革命自然和自动地获得了政治与道德的双重正确性，但这并非就能同步地转化为优秀的文学性。文学性的优秀、浓厚或伟大与写什么、与政治性和道德性并不存在天然联系。因此，为底层和"劳农"大众写作、以他们为表现对象和强化凸显他们的神圣色彩，使一些左翼文学作品产生了政治浪漫主义的传奇性和抽象性，但它们对左翼作品的文学性和审美性的作用与影响，却是双面和复杂的。

在红色的30年代"红遍"文坛的左翼文学已经成为历史，是现代中国文学和文化中的具有独特价值的精神遗产，也是现代文学和文化所形成的传统之一。任何精神遗产和传统的构成都是丰富复杂的，把历史简单化、纯化、单质化和浪漫化都是对历史的不尊重。审慎地、力争全面地辨析和反思历史的得失及其与现实的联系，才能对历史有所赓续和继承，历史也才不是一堆僵死的沉积物而是成为启迪后来的精神资源。对左翼文学的研究，也应该采取这样的立场与态度。

第十二章
"志怪""传奇"传统与中国现代文学

1. 古代"志怪"与"传奇"小说的基本特征

"志怪"与"传奇"是中国古代小说的重要叙事特征和"传统"。鲁迅在其研究中国古代小说的专著《中国小说史略》中,用七章篇幅谈六朝以来的志怪传奇小说,可见志怪与传奇在中国古代小说中的重要地位。按鲁迅的观点,志怪与传奇是源出一体、有联系又有区别的两个小说学概念和小说文类,在时间上,是先有志怪,后有传奇。志怪小说盛于魏晋六朝,当时的文人是以"录实事"、写新闻的"纪实"态度来写志怪的,所以志怪中所写也大抵是天地两界的神怪和人界的怪异事物。六朝小说除志怪以外,又有以《世说新语》为代表的"志人"一脉。"志人"文学则排除了志怪中的天地两界,专写人间的"奇人"的"奇行奇事","俱为人间言动"。[1] "人间言动"是鲁迅概括的"志人"小说的最鲜明的特点,也是从志怪到传奇的一个过渡。唐传奇从一定意义上看就是"仙界"与"人界"、"志怪"与"志人"结合而成的小说文类,其主要特点,一是出于志怪,但已超越志怪,鬼怪神异已经不是小说叙事的主要功能和目的,即使一些多讲鬼怪的短篇集

---

[1] 鲁迅:《鲁迅全集》第9卷,人民文学出版社1981年版,第60页。

如《玄怪录》等，也不像六朝志怪的过于简略，而是"曲折美妙"[1]。其次，在叙述的内容、情节、主题上，也已超越了六朝志怪"传鬼神、明因果"的简单性或单一性，而是"意想"（主题、内容）丰富，情节曲折，其所"传"的人神各界"奇象"与"奇事"多样多态、绚烂多姿。虽然其中也不免有"寓惩劝"、"纾牢愁"的地方，但总体上还是"少教训"，不"贵在教训"，即不重说教或说教的东西很少。这是鲁迅认为的唐传奇很重要的特点。第三，唐传奇注重"文采"，讲究"藻绘"，叙事和描写手段绚丽多样，篇幅也远过于志怪。这些特点，在后来的《聊斋志异》等兼具志怪与传奇的小说中得到了继承和发扬。

综上所述，志怪与传奇作为古代小说的文本模式，二者有分有合，其共同的特点有二：一是不论是追求"纪实"还是自觉地"虚拟"，都追求非常态的"奇怪"性和实质上的浪漫性；二是明确的"非正史性"和非正史意识。而超越了志怪的唐传奇和后来的《聊斋志异》等拟传奇小说，从叙事的时间、空间和叙事手段来看，又具有比较突出的特点：在时间上，传奇小说的内容和情节一般不建立在自然时间（物理时间）、传记时间的基础上，而是具有巴赫金所说的"传奇时间"，自然的时间意识和过程在小说中非常淡薄和虚化，仙怪、人物、故事、情节的发展往往不受自然和物理时间的支配与影响；在空间上，也形成了一种"传奇空间"，空间转换和变化的频率与幅度快速而巨大，天上、地下、神界、人界可以自由地切换和往来转移，基本不受自然和物理空间的限制，而是多维空间同时并置，同时，传奇的世界和空间一般具有非常态特征。叙事手段也是虚实结合，讲究曲折婉丽和文采藻绘，这在唐传奇和《聊斋志异》等小说中体现得非常鲜明。

---

[1] 鲁迅：《鲁迅全集》第9卷，第60页。

2."志怪""传奇"传统与鲁迅小说创作

在作为现代小说开路人和奠基者的鲁迅的思想和小说创作中，就存在比较鲜明的与古典小说"志怪""传奇"传统的历史和精神联系。作为中国古典小说研究的集大成者，鲁迅对魏晋文学特别是唐传奇是偏爱的，他不仅在《中国小说史略》中以两章的篇幅专论唐传奇并给予很高的评价，而且还编校印行了《唐宋传奇集》。刘半农曾经用"托尼思想，魏晋文章"来概括鲁迅的思想和作品，是有一定道理的。魏晋文学和文人的风度与思想对鲁迅精神气质的影响，魏晋隋唐小说的志怪、志人和传奇之风对鲁迅小说的影响，确实是一种得到普遍承认的客观存在。对此，王瑶在分别写于20世纪50年代和80年代的关于鲁迅和现代文学与中国古典文学历史联系的研究论文中，就曾提出了鲁迅小说与魏晋文学和唐传奇之间的关系。

魏晋文学和唐传奇固然与鲁迅的整个小说创作都存在着历史联系，但我认为，单就志怪传奇这一"小传统"而论，它们与鲁迅的《故事新编》中的历史题材和神话题材小说[1]，应该说存在更多的影响和联系的迹象。首先，《故事新编》小说中的一些具体的素材、细节和意象，就来自志怪或唐宋传奇，如《理水》中写百姓传说大禹怎样请了天兵天将，捉住兴风作浪的妖怪无支祁，镇在龟山的脚下，此传说就出自鲁迅编辑的《唐宋传奇集》卷三的《古岳渎经》。《铸剑》中的眉间尺的传说，魏晋的志怪类书《列异传》和干宝的《搜神记》中都有记载，鲁迅在《古小说钩沉》中将《列异传》辑录其中。如果不局限于此而是从更广阔的角度和范围来看，鲁迅在治中国小说史的过程中对志怪传奇、古史神话广泛搜求，编校辑录，积累甚厚，这为他的历

---

[1] 以往认为《故事新编》是历史题材小说，我认为这种说法是不准确的。历史和神话有联系但又存在重大区别，鲁迅的《故事新编》既取材于历史，又取材于神话，所以准确的概念应是"历史神话题材小说"。

史神话小说创作提供了广阔的题材领域，也为"志怪""传奇"传统进入小说、积淀融合提供了契机。《故事新编》中有近一半的作品取材于志怪传奇和神话传说，就与鲁迅对包括志怪传奇在内的古代小说史以及历史和神话的研治和喜好密切相关。

其次，《故事新编》中某些小说的情节，如《铸剑》中的复仇故事，侠肝义胆的黑衣人将自己的头颅砍入鼎锅内、帮助眉间尺与仇家的头颅厮杀的场面，固然是出自作者鲁迅的大胆的想象和虚构，但这种想象和虚构也是为历史和神话小说所允许的，一者这样的想象没有脱离《列异传》中同类志怪故事本身的基本"原型"和规定，不是完全的向壁虚造、凭空独设，二者这样的情节和场面所表现出的亦神亦人、打破时间空间和人鬼神界限的特点，恰与志怪和传奇的"怪异奇谲"传统同流同构，可以说是对志怪与传奇传统创造性的继承与转化。而且，不只是《铸剑》，在《故事新编》的历史和神话两大类题材所构成的小说中，可以说都存在志怪与传奇的"传统积淀"。当然，取自神话题材的几篇小说在强烈的传奇性中夹杂着志怪性，或者说是志怪与传奇的融合，而取自"有史可徵"的几篇历史题材小说则多传奇性而少志怪性，或者说，具有"历史的现实性和人间性"，减弱了非现实和非人间色彩的志怪性。

最后，鲁迅在《故事新编·序言》中一方面认为自己的创作是从古代取材，应该有"博考文献的"史实性和历史场景性，但另一方面，又强调自己的创作对历史是只取"一点因由，随意点染"的"铺陈"——即是一种站在现在时立场的、"后视性"的以历史为话题的当下写作，这导致了鲁迅《故事新编》主题的"双重指向性"，即一方面指向被"现在时"所过滤和筛选的历史，另一方面指向现实。在二者之中，前者的作用是基本的基石，目的是为了在此基础之上支撑和建构起"现实指向"的大厦。这种鲜明强烈的现实指向和当代意识的贯穿渗透，又必然形成了《故事新编》"托古说今"、"以古喻今"的叙事意图、策略和模式，并由此带来主题的或反思批判性，或悲剧喜剧性，以及艺术表现上的美学倾向和特征。而这样的倾向和特征，也与唐传奇开创的叙事传统和模式不无关系。如上所述，与俱是怪魅神道的六朝志怪不同，唐传奇将志怪、志人、传奇融为一体，把神怪灵异与人间言动交合互渗，形成一种别开生面的新文类。鲁迅认为唐传奇的特点之一是"少教训"，不"贵在教训"，议论性的说教和"载道"的东西很少，这和宋代以后的传奇形成明显区别。但是，唐传奇的"少议论"不是没有议论，不重教训不是没有教训和"神思"。对此，明胡应麟在《少室山房笔丛》中说："变异之谈，盛于六朝，然多是传录舛讹，未必尽幻设语。至唐人乃作意好奇，假小说以寄笔端。""假小说以寄笔端"是唐传奇不同以往的一大特点，这"笔端"寄托的不仅是想象和才华及艺术描写方法，而且是作者的思想情感、价值取向、主体认识等"神思"。唐传奇中的《补江总白猿传》（又名《欧阳纥》），写的是欧阳纥之妻被山中白猿所掠，救回后却生下一个长相颇像白猿的儿子。就故事本身而言，是一个曲折有味的传奇。但实际上这传奇底下另有寓意，是唐初憎恶欧阳纥的人以此传奇故事对其讥讽的"谤书"。还有《周秦行记》，托名牛僧孺所撰，实际上是牛的对立面李德裕门人韦瓘所作，用以攻击牛僧孺之大逆不道的。这种用传奇骂人伤人（或进行党争）的"谤书"行为虽不可取，但反映出部分唐传奇小说的变化和特点：不再客观地"纪实"而是"托事言怀"、曲寄笔端——虽然这寄托的神思情怀有优劣高下之分。唐传奇中还有不少通过叙述神怪灵异或传奇故事寄托笔端的寓意而不是流于下品的"谤人"的作品，像《枕中记》、《南柯太守传》、《板桥三娘子》、《昆仑奴》、《霍小玉传》、《莺莺传》、《长恨歌传》等，都包含着不同的"寓意"，掺入了作者的主体意识和当代意识，尽管这主体和当代意识的成分很复杂。当然，唐传奇中来自作者的主体意识和当代意识的"寓意"，一般很少是脱离作品的空发议论或在故事结束后来一段"太史公曰"式的总结，而大多是寓于传奇故事之中，这一点，与鲁迅所说的好发议论的宋传奇以及后来的传奇大为不同。

唐传奇的这一传统在《故事新编》得到继承，但鲁迅并不是简单继承而是在有所继承的基础上予以深化和变化。《奔月》、《理水》、《出关》、《起死》、《非攻》等作品，在可以"随意点染"的历史因由构成的情节故事和语境中"托古寄意"、"以古言今"，将作者的主体意识和当代意识贯穿和寄托其中，既发掘和制造"历史"又超越"历史"，既注重历史神话小说的"故事性"更注重故事中的寓意性、寄托性和当代性，在"话说历史"的基础上更注重"借历史说话"，甚至是"戏说历史"，将强烈的主体性和现实性始终寓含于故事情节中。故事情节本身就具有历史和美学的规定性与自足性，但这并不是它的主要功能和目的。正如所谓"工夫在诗外"，鲁迅历史神话小说的更主要的功能和目的是"假历史以寄笔端"的寄托情怀和现实寓意。可以说，《故事新编》的这些叙事特征和唐传奇开创的传统之间，存在着绵远的呼应和联系。

其实，如果不局限于上述的对应似的"实证"研究，而是从创作方法和艺术思维的角度着眼，可以说，不仅志怪、志人与传奇的传统与《故事新编》的取材、情节结构、叙事技巧、艺术表现手段之间存在着影响、继承和联系。而且，这种传统渗透、融合进鲁迅历史神话小说的创作和艺术思维机制之中，成为其中的有机组成部分，在总体上对这种思维机制的形成产生了积极重要的作用。

3. 沈从文与张爱玲小说中的"传奇"叙事

鲁迅之外的现代小说中，志怪与传奇传统的影响依然是不能漠视的存在。特别是像类别和包孕都很丰富的传奇传统，它的艺术取向和思维中的怪、新、奇，它的寄托性和虚拟性，本身就符合"小说"艺术的思维规律和构形规律，或者说，本身就在创制和形成小说的思维和艺术特征，就是小说思维和艺术规律的体现者。因此，新文学和现代小说中的传奇传统非但没有"断流"与消失，反而在进行现代改装后频频亮相，展现身姿，蔚成一脉。除了那些被新文学拒之门外的以奇侠、神侠、怪侠、女侠、奇缘之类命名的武侠通俗文学以外，一些现代小说家也不仅在创作中追求"传奇"之风，还有意在作品名字上加上"传奇"等类字眼借以"明志"，如张爱玲把自己的小说集名为《传奇》，沈从文也把一篇小说叫《传奇不奇》，此外像巴金的《神·鬼·人》，巴人的《捉鬼篇》，张天翼的《洋泾浜奇侠》、《鬼土日记》，徐訏的《鬼恋》、《阿拉伯海的女神》，老舍的《微神集》，欧阳山的《鬼巢》，穆时英的《黑旋风》、《红色的女猎神》等，这类带有"传奇风"的命名现象在现代文学中不时出现。

被称为"最后一个浪漫派"的作家沈从文，在创作中有意地借鉴古代小说的传奇传统，以强化或者形成某种"传奇情结"、"传奇思维"和眼光。他"从小又读过《聊斋志异》和《今古奇观》"[1]，评价他人作品时也称道"不只努力制造文字，还想制造人事，因此作品近于传奇（作品以都市男女为主题，可说是海上传奇）"[2]。在自己写作的由四个短篇构成的现代传奇体小说《雪晴》中，沈从文不仅把其中的一篇有意称作《传奇不奇》，还在《雪晴》、《巧秀和冬生》中直接地写叙述者（作者自己）尽管"一生到过许多稀奇古怪的去处"，可是对眼前发生的事情，他马上意识到这是一个"传奇"，或者说，他的传奇意识使他用传奇的眼光看周围发生的一切，感到"我又呼吸于这个现代传奇中了"。《从文自传·常德》一篇中写他青年时期单恋过一个女孩子，当得知那女孩被土匪抢入山中做压寨夫人的时候，"我便在那小客店的墙壁上写下两句唐人传奇小说上别人的诗，书写自己的感慨：'佳人已

---

[1] 沈从文：《沈从文小说选集·题记》，《沈从文文集》第11卷，花城出版社1984年版，第69页。
[2] 沈从文：《论穆时英》，《沈从文文集》第11卷，第204页。

属沙陀利，义士今无古押衙'"。有意地借鉴传奇传统所形成的传奇思维和眼光，表现对象和领域自身的特异性和传奇性，使沈从文在创作"边地小说"的时候，有意规避了"五四"后占主流地位的所谓现实主义文学强调的"日常性"、"平凡性"的要求，在现在的"常"与过去的"奇"中避常而取奇，注重和瞩目于湘西那片神奇的土地的神秘性和特异性，从而使他的很多小说充满了非常、奇异和怪诞的传奇色彩。

具体而言，沈从文的传奇可以分为三类：第一类是那些纯粹取材于神话或宗教的小说，如收在《月下小景》中的15篇"佛经演义"，它们继承了志怪和传奇中"佛经故事"的传统，以故事演绎佛理，托物而言志；第二类是写湘西苗民的具有原始神话色彩的人生或爱情传奇，像《龙珠》、《神巫之爱》、《眉金、豹子与那羊》、《七个野人与最后一个迎春节》等。这些以"过去时态"叙述的作品，都近于"氏族神话"。其中的白耳苗族王子、神游于人神之间的神巫、痴情中的白耳苗族青年男女和逃避文明回到山洞的野人，都在一种奇异的、原始朦胧的环境中遭遇和上演着文明常态的社会中永远无法遭遇和看到的传奇人生。其中的悲剧与喜剧都是真正的亦真亦幻、神人莫辨的传奇；第三类则是边地奇异环境中"日常"中的"异常"现象，如《三个男人和一个女人》写作者早年湘西军旅生涯中闻见的奇异"尸恋"，《山道中》中写三个返乡军人在云贵湘神秘山道的神秘旅行和遭遇，《说故事人的故事》述说了一个军人和一个被捕入狱的年轻妖艳的女匪首的奇异的恋情，此外如《黔小景》、《山鬼》、《阿黑小史》、《在别一个国度里》、《雨后》、《旅店》等。这些作品中的故事都发生在湘西或川湘云贵的崇山峻岭，其背景和作品中的自然环境本身就具有蛮荒险峻、怪异奇特乃至阴森骇人的特点，幽明的山洞、险峻的山道、多雨多雾而又郁热的山林、冰凉刺骨的山泉等，成为作品中自然环境的基本构成意象，而时间又都是清末民初西南边地尚未开化的年代。虽然这些作品中故事不是取材于人神混沌的神话,但近于神话或类神话,都是浪漫传奇或具有浓郁的巫楚文化遗风。而作者似乎为了强化和突出这种巫楚遗风和传奇色彩,又在这些本来乖戾神奇的自然环境和人事中挖掘奇中之奇,怪中之怪,如《山鬼》和《阿黑小史》将笔触伸向了奇特的湘西人生中更为奇特的疯子、花痴的疯恋与奇遇。同时,为了追求传奇的效果,作者不对作品中故事的来龙去脉、前因后果作繁冗的描写和说明,而是强调突然性、偶然性和奇特性。《山鬼》中的山鬼为什么发疯?《阿黑小史》中的五明、《黔小景》中的孤寡老人、《旅店》中黑猫的丈夫和与她有过一夜情的商人为什么突然死亡?作品中都无任何解释性的描写,而是陡然起落,留下无数疑问和令人遐想的广阔空间。即便是比较常态的故事,在沈从文的湘西传奇里也有非常态的陡仄突转。如《在别一个国度里》受过教育的富家小姐,嫁的却是山大王,这样对比鲜明的两极性的婚姻故事,本身就自然构成传奇,更奇的是小姐非但没有丝毫痛苦,反而用书信向朋友述说她的无限的幸福之情。这样的故事的确只能发生在沈从文的"别一国度里",也只有这样的"别一国度"才会有这样的人生传奇。

与沈从文的表现对象和领域完全不同的新感觉派文学的都市叙事,同样不乏传奇色彩。沈从文就认为穆时英的小说是现代都市传奇,施蛰存《将军的头》等历史小说,则是历史、宗教、传奇与神话构成的"海上奇谈"。一定程度上延续了新感觉派"海派"风格的"后期浪漫派"作家徐訏和无名氏的小说创作,传奇色彩更为强烈。徐訏的小说刻意设置曲折的故事情节,营造亦真亦幻的氛围,追求朦胧而出人意表的结果,寄托和挖掘某些形而上的"哲理",大有唐传奇和《聊斋志异》之风。《鬼恋》将一出现代的人鬼相恋而又难成正果的传奇演绎得有声有色;《阿拉伯海的女神》则打破真实与梦幻、人与神的界限,把人间奇遇梦幻化,神灵世界人间化;《精神病患者的悲歌》则同样把爱情故事的特异性与癫狂世界捆绑到一起,追求和表现奇特爱情的癫狂性、曲折性、悲剧性和极端性。无名氏的《北极风情画》、《塔里的女人》、《露西亚之恋》、《海艳》等小说，也无不在极尽曲折神奇的故事情节中描述千古绝唱、万世难遇的爱情（丝毫不亚于唐传奇中张生与莺莺的爱情），并且同样把这些爱情故事描绘得极端决绝、凄美艳丽、无限婉转。像所有的浪漫传奇一样，徐訏和无名氏的具有传奇色彩的小说中，人生或爱情故事都具有这样的奇绝性和异常性，小说中人物亦不是社会中常见的平常人和芸芸众生，而大都是具有诗人哲人气质、道德和理想气质、极端的情感气质的另类人，超越于一般的饮食男女的超拔人类，对精神世界的极端性、完美性、丰富性和悲剧性的追求和注重远远大于对一般世俗的关注与眷恋，或者说既在凡尘中又高于尘世。就像沈从文在奇特的湘西人生中还要挖掘表现更为特异非常的疯人世界一样，徐訏和无名氏的小说也时常把笔触放到癫狂世界中的痴迷怪异的人事中，以显现和强化浪漫传奇性。而小说中人物与故事的超凡性和传奇性，又与小说中的大跨度和多变性空间紧密相连。两人小说中的空间地域异常广阔而奇异，要么是阿拉伯海，要么是华山，要么是欧洲的巴黎、柏林、西班牙、极地边缘的西伯利亚雪城，要么是中国的南京、上海等大都市，具有一种广阔多样的传奇空间的特点。[1] 在这样的特色鲜明或极端的空间境遇中发生的男女之恋、异国之恋，自然具有异常的传奇色彩。

与上述作家不同，20世纪40年代的张爱玲虽然把自己的一个短篇小说集起名为《传奇》，但是，她在创作中明确地反对"只注重人生飞扬的一面"，不喜欢"壮烈"、"刺激性"而喜欢安稳、和谐、苍凉的一面。[2] 因此，如果说沈从文、徐訏等人是有意地舍"常"而求"异"并

---

[1] 苏联著名文艺理论家巴赫金认为"情节展开在非常广阔多样的地理背景上"是古希腊传奇小说的特点之一。巴赫金：《巴赫金文集》第3卷，河北教育出版社1998年版，第278页。
[2] 张爱玲：《自己的文章》，《张爱玲文集》第4卷，安徽文艺出版社1992年版，第176页。

由此形成了自己作品的强烈的传奇性,那么张爱玲则是有意舍"奇"而求"常",发掘和表现"常"中之"奇",她的小说的所谓"传奇",就建立在这种以常为美、常中见奇的基础上。像《金锁记》、《倾城之恋》、《沉香屑·第一炉香》等,表现的都不是人生的"宏大"和"刺激",而是日常中的平常。不过,这日常却不是"庸俗"无奇,而是有陡转,有平常中的不"常"和"反常",乃至有异常、变态和疯狂。《倾城之恋》中乱世男女的命运偶然的、传奇般的变化,《金锁记》中的变态和反常,《心经》和《茉莉香片》中畸情畸恋,都是所谓正常世界里的不正常和反常、异常,这些就是张爱玲小说所要"传"的"奇"。

4. 左翼文学的政治与革命"传奇"

在一般认为的现代文学史上的主流文学,也即那些志在启蒙或革命的文学中,也存在着某些传奇的因素或追求传奇的思维模式,特别是革命文学、左翼文学和 20 世纪 40 年代的解放区文学中,一种具有政治浪漫主义色彩的"革命传奇"和"战争传奇"小说,时常出现和登场。这些作品中传奇性因素的出现,首先自然不能排除受到传统传奇文学影响。其次,还与现代作家置身的时代环境有关。现代中国的历史,革命、战争和诸种社会大变动屡屡发生,始终不断,是一个本身就制造和充满革命的、政治的、战争的、爱情的传奇的时代,这个传奇的时代自然不断地制造着一幕幕令人惊心动魄或拍案叫绝的各色传奇,因而具有政治浪漫主义色彩的革命加爱情的现代传奇,从 20 世纪 20 年代的革命小说到 20 世纪 40 年代的解放区文学中不断出现。而战争和革命的巨大性与酷烈性,在认为代表了历史的主体与未来,代表了价值与正义的政治家与文学家眼中,是一种人类历史、中国历史上的"史诗性"行为。史诗与传奇存在着密切联系,因而描述史诗行为的作品,自然与描述的对象同构,不可避免地具有了史诗性带来的传奇性。

　　自然，在这些存在传奇因素的主流性文学作品中，由于受"五四"以来现实主义的启蒙倾向和革命文学的政治倾向的强烈影响，或者说，对启蒙和政治倾向的自觉认同与遵从，使作为创作主体的部分作家在继承传统的传奇心态和思维的同时，却有意淡化和舍弃传奇志怪小说的虚拟性与非正史性，转而强调把传奇性与"史实性"、纪实性和意识形态化的正史性联系起来，把传奇的寄托与儒家的文以载道联系起来，特别是革命文学和左翼文学，更着重突出和强化正史意识、政治现实性与某些传奇因素的融合，从而形成这类新的"革命传奇文学"的若干新的叙事特点。蒋光慈的《鸭绿江上》、《山村夜话》、《少年漂泊者》和《短裤党》等"革命小说"，一方面不乏传奇浪漫，有的可以说是"抒情传奇"，有的艺术描写上借鉴了传奇乃至武侠小说的某些表现手法；另一方面，却又具有明确的政治指向性、寄托性和纪实性，作为"东亚革命的歌者"，他是以"留下中国革命史上的一页证据"的正史心态书写这些革命的"罗曼蒂克"加传奇的小说，将其作为反映中国革命的"镜子"。艾芜的《南行记》其实是具有传奇性的漂泊奇遇，西南边陲充满瘴疠之气的热带雨林，峥嵘险峻的山崖深谷，奔腾咆哮的江水和铁索桥，盗马贼、烟贩子、马帮和逃难者构成的"人生夹缝"中生存挣扎的特异人群，这些奇特的自然和人生视景画面，无不具有浓烈的传奇色彩。但这些传奇性是建立在作者对真实性、现实性追求基础之上的，其中包孕着来自新文学传统和左翼文学要求的政治与现实的指向性和意识形态性，或者说，作品是在有意追求政治现实的指向性和批判性、在"反映论"和"武器工具论"的文学思维中表现出传奇性的，传奇性的存在是为了更好表达和映衬文学的政治现实性和正史性。20世纪40年代解放区文学中的孙犁小说和国统区的《虾球传》等作品，也都在战地传奇和漂泊奇遇中渗透着、寄寓着现实政治性和意识形态化的"正史"倾向。

其次，主流的左翼性质的文学，在正史心态和思维调控下追求政治性、纪实性的同时，为了使作品达到相应的美学效果，也吸收和采用了神话与传奇的若干叙事与艺术表现手段，形成了与浪漫主义相关的新的神话与传奇色彩。像20世纪30年代来自东北的左翼作家端木蕻良的长篇小说《科尔沁旗草原》和短篇《遥远的风沙》，就在蒙太奇式的时空转换和具有寓言性的特异环境中，把"老北风"、"煤黑子"这样的"土匪抗日英雄"和农民大山写得亦人亦神，他的《大地的海》和《大江》在描写和塑造民族战争英雄的性格和形象时候，也或者在其中穿插神话传说和原始蒙茸的民俗文化内容，在中国的农民身上烙印着中国传说中的地母和希腊传说中的大地之子的"原型"；或者让人物像古希腊史诗和传奇小说中的英雄一样，不断奔波流徙于多变的广阔空间地域中，做出一系列可歌可泣的壮举。解放区文学中的《白毛女》则同样典型地糅进和掺杂了浪漫主义的"神话"和传说，白毛仙姑的传说，白毛女从人到鬼、从鬼到人的人生经历，不管其寓含和寄托着什么样的政治主题和"神思"，单就如此奇特曲折的生活命运的悲喜剧变化构成的"神话性"而言，完全可以说是具有志怪传奇和聊斋风格的现代拍案惊奇。

当然，像《白毛女》这样的具有传奇性的左翼文学或解放区文学作品，除了吸取和运用神话或拟神话的表现手段外，其传奇性还往往表现在设置对比分明、反差极大的善恶两极的情节，以及善恶对立中必然性的巨大转化和由此而来的正剧化的乐观色彩。变化、转化是传奇中的基本的情节和叙事美学特征，但是，传奇中的变化往往是与巧合、机遇、陡转、偶然性、突然性联系在一起的，当把变化（哪怕是巨大的变化）安排为一种预定的必然性而排除了偶然、巧合、陡转和突然性因素的时候，传奇的色彩与效果也将随之减弱和淡出，传奇将失去它的传奇性。20世纪40年代的《白毛女》、《王贵与李香香》、《漳河水》、《赶车传》、《一个女人翻身的故事》、《新儿女英雄传》、《虾球传》等作品，力图将政治正确性与史诗、民间传奇和神话（拟神话）杂糅并置，这使得这些作品在具有鲜明的政治倾向和意识形态色彩的同时，也形成和具有了"新传奇"的特征。但是，对悲剧性的剔除和越来越强烈的"必然性"统治，不可避免地减弱和淡化传奇性，20世纪40年代以后相当长时期内文学的传奇性因素和色彩越来越少，恐怕与此有重要的关系。

小说本来就是传奇，或者说是志怪、志人与传奇的综合体。现代小说既然在本质上属于虚构类文学，当然不能脱传奇之"魅"。不过，由于现代文学的"启蒙出身"和追求，以及后来的革命与政治诉求，使新文学或者由于不脱"欲新……必新……"的工具化的正史心态而注重于"载道"，或者由于"表现和指导人生"的现实主义倾向而注重攫取和表现"普通人生"。这样，就难免影响到文学的空灵、飘逸和自由腾飞。幸好，以反传统出身立命的新文学终究无法彻底割断传统的血脉，志怪与传奇因素的继承和滋养，使现代小说中的传奇流脉薪火相传，蔚成景色，也使现代文学免于单调而显得丰富多彩。自然，在这一过程中，来自西方的浪漫主义和现代主义文学，如莎士比亚戏剧中的亡灵托言、梅里美小说的真幻并置、笛福的海外奇遇、卡夫卡的人兽转化和现代魔幻主义，同样对中国现代小说产生了重要影响。或者说，它们与中国的志怪传奇传统融合在一起，共同对现代小说的传奇志怪之风产生了积极有益的影响。

第十三章
东亚病夫、醒狮与涅槃凤凰
——晚清到"五四"时期中国形象的书写与传播

1. 近现代"中国形象"出现与嬗变的原因

大致以 1840 年作为划分中国古代与近代历史的界限，同样，中国的国家形象也以 1840 年为界呈现出截然不同的面貌。1840 年以前的中国形象，是物阜民丰的天朝大国，是文明悠久的礼仪之邦，曾经有过汉唐盛世、康乾盛世，意大利人马可·波罗写于 13 世纪的中国游记里描绘的中国的文明与富裕，曾经极大地震撼了欧洲[1]。18 世纪英国使臣马戛尔尼率领庞大的代表团到中国庆贺乾隆 80 岁大寿并进行外交和商务谈判，当时的中国已经落后于世界潮流且呈现出衰败迹象，但依然是一个独立的、自尊自大的并在对英贸易中处于顺差的国家。中国的皇帝及其臣民仍然陶醉在"万物皆备于我"的天朝大国的良好感觉中，在世界上中国的国家形象的主体仍然是正面的[2]。1840 年鸦片战争以及随后西方列强对中国的不断的军事与经济征服，政治上专制、经济上以自然经济和农业文明为主的中国，在与进入工业文明时

---

[1] 对于游记的真伪，中西方学者一直存在争论。
[2] "中国"的称号本身就包含着一定的中国中心主义的蕴涵：中国在世界的中心，外部和外邦皆"夷狄"。关于中国称号的起源及其流变，请参阅于省吾等人的《释中国》，上海文艺出版社 1998 年版。

代的西方的对抗中不断失败，这种失败以及失败的结果——不断地割地赔款和遭到瓜分，使中国的国家形象与1840年以前呈现出截然不同的面貌和色调。从外部看，率先进入工业文明和现代化因而具有先进性和侵略性的西方国家，在以胜利者的姿态进入历史上比他们先进但现在已然落后的中国的时候，难免以现代文明拥有者和代表者的高傲居高临下地"俯视"、评价和言说中国。据统计，在19世纪的西方有以下数种影响较大的有关中国和中国人形象的著作：英国传教士亨利·查尔斯·萨的《中国和中国人》；法国人埃法利思特——莱基·虞克（吉伯察）的《中华帝国——〈鞑靼·西藏旅行追想〉续编》；托马士·泰勒·麦多士（密迪士）的《中国人及其叛乱》；华尔特·亨利·麦华佗的《在遥远中国的外国人》；S.W.威廉姆斯的《中国》；乔治·温格鲁夫·库克的《中国〈通信集〉》，以及美国传教士明恩溥（Artur Henderson Smith）的《中国人的素质》。这当中，明恩溥的《中国人的素质》一书影响最大最广。此书在1890年先是以文章的形式，发表于上海的英文报纸《华北每日新闻》，在亚洲及欧美各国引起广泛注意，结集出书后，四年中就再版五次。1896年，日本人涩江保将此书译为日文由东京博文馆出版，译名改为《支那人气质》。与马可·波罗游记观察和记述的角度、立场、态度与内容不同的是，这些19世纪的西方人描述的中国和中国人的整体形象，基本上是负面的，类似于巴勒斯坦裔的美国学者萨义德所说的，是以文化帝国主义的立场、视角、话语对东方的知识生产和形象制造。

从内部看，1840年以后中国面临的挑战和遭到的失败，这种被陈寅恪称之为"亘古未有之奇变"的劫数对中国社会的创痛是极其巨大的，包括官员、士大夫、知识者和一般大众在内的中国人在国家遭逢的不幸和失败后，陷入一种对国家认识和评价的整体性的"认同反思"中。极端者甚至产生了"我们万事不如人"的全面的失败感，陷入了对国家与民族文化的认同危机。这种在外力压迫下开始的对中国的国际地位、国家形象和国家内部的政治体制、经济结构、文化文明的反思以及认同危机，是导致晚清以来中国社会发生的诸种从政治到文化的变革、运动的重要原因。而在本质上围绕救亡与启蒙展开的持续不断的社会性运动和变革中，都离不开对中国的国家地位与形象的认识、反思与描述，并且通过晚清以来开始出现且越来越发达的报纸杂志等媒介，将其传播于广泛的社会层面。于是，被各种政治与思想文化力量和派别建构出来的不同的国家形象出现和存在于整个中国的近现代历史过程中。

2. 负面的中国形象——破船、陆沉与东亚病夫

一向以历史悠久、文化灿烂的"上国"和大国自居的中国，在西方的打击下惨遭失败与屈辱，被迫割地赔款、开辟通商口岸、允许西方在中国建立享有治外法权的租界……这一系列的"丧权辱国"的行为在救亡心切的士大夫和知识分子阶层看来，是"亡国灭种"的民族危机日益加深，用晚清革命志士陈天华在《猛回头》中的话说："我中华，原个是，有名大国……到今日，奄奄将绝；割了地，赔了款，就要灭亡……"亡国的危机与救亡的动机，使得晚清以来由主张变法维新到社会革命的各种政治派别的救亡者，在对国家处境与形象的认识上形成了普遍共识：中国处于被蚕食、瓜分乃至灭亡的巨大危险之中，是一个衰落和趋于灭亡的弱国。这种弱国与亡国的认识，在政治与文学话语中被时人通过比喻和符号，描述为两个象征性形象。一个是"危船"形象。光绪二十九年（1903）发表于《绣像小说》半月刊上的《老残游记》，是清末四大谴责小说之一，小说中的走方郎中老残，四处游走为民间治病，实则寻求救国之道与良方，第一章写老残来到山东，为"浑身溃烂，每年总要溃几个窟窿的大户黄瑞和"（与"黄水河"谐音，即寓指黄河）治病看病。在"看病"中老残梦中与朋友到

蓬莱阁望海时，发现大海的洪波巨浪中有一只遇险的"挂着六扇旧帆，又有两只新桅，挂着一只簇新的帆，一扇半新不旧的帆"的八支桅帆船。这只船的东边三丈长短的地方已遭破坏灌进海水（喻东三省被日俄侵占），与此相连仍在东边的一块亦被海水渐渐浸入（喻山东）。在这遇险的船中，八个管帆的船员各人管各人的帆，彼此不相关照，水手在乱窜的男男女女队里搜干粮剥衣服，有人跳海逃命，有人借机演说骗钱，叫别人流血。看到这一切的老残等人好心驾小船给迷失方向的遇险帆船送去指路校航的罗盘和纪限仪，却被当为"洋鬼子差遣来的汉奸"而触犯众怒被砸得翻船落水，几乎丧命。胡适在《老残游记序》中指出"那只帆船便是中国"[1]，并且具体指出了危船与沉船中的各种具体事物所代表和隐喻的中国的政治与国势。早在1793年出使中国的英国使者马戛尔尼在他的日记中，也曾以"破船"形象比喻中国："中华帝国只是一艘破败、疯狂的战船。如果说它在过去的150年间依旧能够航行，那是因为侥幸出了几位能干的船长。一旦碰到一个无能之辈掌舵，一切将分崩离析，朝不保夕。即使不会马上沉没，也是像残骸一样随波逐流，最终在海岸上撞得粉碎，而且永远不可能在旧船体上修复。"[2] 马戛尔尼与刘鹗相差几乎一个时代，而且马戛尔尼的日记近年才翻译出版，写作《老残游记》时的刘鹗根本不可能看到。但是历史竟有这样惊人的相似之处，破船与沉船的形象与意象在距离马戛尔尼的日记100多年后，在中国人自己的著述中出现，并且成为晚清救国之士的国家想象之一。

与破船和沉船的中国形象同时出现而且影响和流传更广的，是中国面临的"陆沉"。"陆沉"一词在中国先秦典籍中就已出现，在晋代以后其语义才与国家衰亡联结起来，"神州陆沉"在危亡之际的古代文人的诗词典章中频频出现。晚清小说《孽海花》第一回对近代中国的

---

[1] 胡适：《老残游记序》，《胡适文集》第4卷，北京大学出版社1998年版，第444页。
[2] 周宁：《历史的沉船——中国形象·西方的学说与传说》，学苑出版社2004年版，第22页。

"陆沉"现象亦有描写:

> 去今五十年前,约莫十九世纪中段,那奴乐岛忽然四周起了怪风大潮,那时这岛根岌岌动摇,要被海若卷去的样子。谁知那一般国民,还是醉生梦死,天天歌快乐,富贵风流,抚着自由之琴,喝着自由之酒,赏着自由之花。年复一年,禁不得月啮日蚀,到了一千九百零四年,一声响亮,那奴乐岛的地面,直沉向孽海中去。[1]

"陆沉"或"神州陆沉",在清末以后众多的各种政治派别的政治家与知识分子的诗词文章中,是出现频率最高的词汇和话语。康有为、黄遵宪、张之洞、秋瑾、刘师培、梁启超、章太炎等晚清名士的诗词翰墨中都经常出现这样的词语,章太炎还在自己的一部文稿后署名"陆沉居士"。"陆沉"在晚清的语境中不仅象征和代表着国家的现实危亡处境,它还喻指着更深层次的中国的制度、文明、文化、传统,在冲击和打击下趋于解体和消亡的可怕景象,隐含着这些被中国文化所化之人对此的深层担忧和恐惧。1895年以后,随着由内外压力导致的清王朝统治的松动和报纸杂志的兴起与日益发达,传统中国所没有的新兴的传播媒体对"陆沉"中国的处境与危亡景象,特别是一次次列强对中国的打击与蚕食,清朝政府被迫签订的一个个丧权辱国的条约,报纸杂志为代表的传媒都予以大量的猜测、分析、想象、报道和描述,"舆情汹汹",准确与不准确的消息报道和评价通过媒体而泛滥于社会。而那些救亡人士为维新变法或反满革命而进行的国家处境与国际环境的描述,对自己主张的大肆宣传乃至夸大,也都与那些关于国事和国势的报道一样,共同制造着、强化着中国陆沉的形象以及维

---

[1] 曾朴著,今心、张峻点校:《孽海花》,安徽文艺出版社2004年版,第1页。

新和革命的历史必要性与合理性，制造和形成着中国近现代的民族主义，成为晚清中国最具有代表性的关于中国国家形象的整体性民族想象和共识。[1]

与"危船"和"陆沉"相联系，或者说由"危船"和"陆沉"的处境导致的另一个晚清中国的负面的国家和国民的形象，是所谓"东亚病夫"。英国对中国发动的两次鸦片战争以后，鸦片作为英国与中国贸易中为数不多的顺差货物，开始行销于中国的城乡，鸦片不仅为英国赚取了大量的白银，也严重摧残着中国人的身体和精神。长期抽鸦片的人身体瘦弱，形容枯槁，被中国民间称之为"大烟鬼"——与死人相差不远。长袍马褂、男人头梳辫子、嘴含烟枪、鬼形鸠目，是来到中国的西方人心目中的晚清中国人的形象，并由他们的介绍书写而传播到一般的西方民众中，而晚清中国报刊中描画的危机中的中国人形象，也是这样的轮廓。可耻的鸦片贸易本来就是英国人为了商业利益对中国的祸害，而对这样祸害的结果——吸食鸦片的中国人的身体的衰弱现象，又是西方人不无恶意和轻蔑地进行了描述和命名：东亚病夫。这一词汇最先叫"东方病夫"，出自上海《字西林报》（英国人办的英文报纸）于1896年10月17日登载的一篇文章，作者是英国人。按照梁启超的翻译是："夫中国——东方病夫也，其麻木不仁久矣。"鸦片的泛滥确实毒化了一些中国人的身体和精神，但在广大的中国人中，吸食鸦片的人毕竟还是少数，他们不能代表所有的中国人。1872年来到中国并在中国传教二十几年的美国传教士明恩溥，以基督教和西方的现代科学与文明的观点和立场考察中国与中国人。他于1894年完成和出版的《中国人的素质》，对中国人和中国社会的总体描述是批判性的，但是也有若干篇章对中国人和中国社会进行了赞誉（这一点为历来阅读和引用此书的人所忽略）。其中对中国人的吃苦耐劳、身体

---

[1] 单正平：《晚清民族主义与文学转型》，人民出版社2006年版，第89—112页。

抵抗疾病能力强以及缺医少药食物缺乏环境中却有很多长寿者的现象，予以了描述和称赞。在很多地方，即便是在批判中国人的篇章里也经常以优胜劣汰的进化论观点把中国人与西方人作对比，并指出在生存竞争中如此素质的中国人可能是最终的胜利者。这个事例说明当时的中国人的身体并未如东亚病夫一词所描绘和想象的那样糟糕。但是，由于吸食鸦片者确实存在而且人数在不断扩大，更由于西方人的胜利者和殖民者的帝国姿态与立场产生的对被殖民者的蔑视和傲慢，因此把对部分吸食鸦片者身体与精神的轻蔑性描述推而广之，扩大到整体性的中国人。东亚病夫作为侮辱性和轻蔑性的对中国及中国人描述与概括的话语，在晚清及此后的中国社会就这样产生和传播开来，并由一种西方人命名的、带有殖民和帝国色彩的外来话语，成为志在救国的中国人用以砥砺民气、启发民昧、激发民族爱国意识的本土话语。在外来的歧视性话语的接受和传播中加进了中国自己的意识，使其语义结构发生了变化和增殖。梁启超对东亚病夫的翻译就包含着这样的意识，晚清著名小说《孽海花》的作者曾朴为自己起的笔名"东亚病夫"，也包含着这样的意识。这一来自西方的带有歧视和侮辱性的称呼对晚清及此后中国人的刺激是相当大的，几乎活动于和出生于那个时代的有见识的中国人——包括在晚清政治和文化舞台上活跃的梁启超等人，和晚清结束后在现代中国的历史大舞台上叱咤风云的各派政治和文化人物，如毛泽东、郭沫若等，都是带着对这样的中国形象和称呼的创痛记忆走上历史舞台的。

　　1956年，在革命成功和新中国建立后的第六年，毛泽东在《增强党的团结继承党的传统》一文中自豪地说："过去说中国是'老大帝国'，'东亚病夫'，经济落后，文化也落后，又不讲卫生，打球也不行，游水也不行，女人是小脚，男人留辫子，还有太监，中国的月亮也不那么很好，外国的月亮总是比较清爽一点，总而言之，坏事不少。但是，经过这六年的改革，我们把中国的面貌改变了。"[1]郭沫若在 1959 年写作的《全运会闭幕》诗，也自豪地宣称："中华儿女今舒畅，'东亚病夫'已健康"[2]。郭沫若的诗歌里暗含着一种历史的创痛记忆：1936 年第 11 届奥运会在柏林举行。中国申报了近 30 个参赛项目，派出了 140 余人的代表团。在所有的参赛项目中除撑竿跳高选手进入复赛外，其他人都在初赛中即遭淘汰，最终全军覆没。中国代表团回国途经新加坡时，当地报刊上发表了一幅外国漫画讽刺中国人：在奥运五环旗下，一群头蓄长辫、长袍马褂、形容枯瘦的中国人，用担架扛着一个大鸭蛋，题为"东亚病夫"。从晚清到 1936 年，中国经历了从清朝到民国的转变，但西方和外国媒体和视界中的中国和中国人形象，仍然没有摆脱"东亚病夫"的定位与定格，且愈益广泛流播。当然，令制造和传播这一蔑称的西方和外国媒体没有想到的是，这种成为晚清到现代的几代中国人普遍和耻辱记忆的创痛，却又成为力求摆脱耻辱、救亡强国的强大的历史动力之一。

晚清中国的关于中国国家和国人的各种负面的形象，不论是中国人自己制造的还是西方人制造的，在中国当时的语境中，都成为晚清民族主义和救亡大潮的催生剂和酵母。特别是中国的有识之士，其制造中国的危船或陆沉的形象是与救亡图存的旨归紧密相连的。当清王朝解体、历史进入到民国之后，由国家危机局面导致的救亡思潮并没有结束，而是以变化了的形式依然存在和影响巨大。1915 年由《青年杂志》（第二卷改为《新青年》）创刊为标志的"五四"思想启蒙和新文化运动，其总体目标和深层旨归还是民族主义性质的救亡。用鲁迅在《文化偏至论》中的话语和逻辑表达，一般性的物质和制度变革对拯救和强大中国而言，都是非根本之图的枝叶，最重要的工作和根柢

---

[1] 毛泽东：《毛泽东文集》第 7 卷，人民出版社 1999 年版，第 87 页。
[2] 郭沫若：《全运会闭幕》，《郭沫若全集·文学编》第 4 卷，人民文学出版社 1984 年版，第 429 页。

在于"立人","人立而后凡事举"[1]，但"立人"的最终目的还是为了"立国"——建立强大的现代民族国家。为了达到"立人"启蒙的目的，"五四"新文化运动的先驱者们发起了对中国传统文化、礼仪、道德和文明的质疑与批判。因为在他们当时的启蒙思维和逻辑中，正是传统中国——他们称之为"老中国"或"白首中国"——的负面的传统造成中国国民精神和素质的落后与愚昧、麻木与枯槁。因此，为了救国强国和改造国家，须首先改造国民性，为了改造国民性就必须批判乃至打倒造成国民性落后愚昧的传统文化中的负面要素，极端者甚至提出了"打倒孔家店"和对传统中国的文化道德"全部踏倒它"的主张。由这一思路和逻辑，"五四"启蒙者通过发表于刊物杂志的小说、戏剧、散文、论文和学术论著，即通过当时社会影响堪称广泛的传媒，对中国的国家形象及文化与传统，进行了新的塑造与描绘。老中国即传统中国的文化、道德、制度、利益和文明，被概括为"吃人"，中国被描绘为人民在其中昏睡不醒的"铁屋子"，"所谓中国的文明者，其实不过是安排给阔人享用的人肉的筵宴。所谓中国者，其实不过是安排这人肉的筵宴的厨房"[2]。文学家郁达夫在他的小说《沉沦》和其他小说中，则一再描绘和述说中国的弱国形象及作为弱国子民的悲哀。即便在"五四"运动过去之后，爱国主义诗人闻一多由对祖国的狂热的爱转为极度失望，于是在他的诗歌里写下了这样的诗句："这是一沟绝望的死水／清风吹不起半点漪沦／不如多扔些破铜烂铁／爽性泼你的剩菜残羹。""死水"成为诗人眼中当时中国的国家形象的象征。此后作家老舍在描写中国人在伦敦的小说《二马》中，也这样描述中国和中国人的世界形象：

民族要是老了，人人生下来就是"出窝儿老"。出窝老是生下

---

[1] 鲁迅：《文化偏至论》，《鲁迅全集》第1卷，人民文学出版社2005年版，第45—64页。
[2] 鲁迅：《灯下漫笔》，《鲁迅全集》第1卷，第228页。

来便眼花耳聋痰喘咳嗽的！一国里要是有这么四万万出窝老，这个老国便越来越老，直到老得爬也爬不动，便一声不出的呜呼哀哉了！

20世纪的"人"是与"国家"相对待的：强国的人是"人"，弱国的呢？狗！

中国是个弱国，中国"人"呢？是——！

可以说，在整体的"五四"新文化和新文学的叙事与描述中，"铁屋子"、"人肉筵宴和厨房"、弱国、"死水"、老中国、白首中国等词汇所描述和塑造的中国的形象，其整体上的负面、压抑、灰暗和无价值的特征，比晚清救亡人士描述的中国的形象有过之而无不及。"危船"与"陆沉"还只是描绘了中国的危机处境，并没有对中国的内部和文化价值进行否定。而"五四"启蒙和新文化则对中国的国家形象和内部的文化价值与基础，进行了全部的激烈的否定。这样的中国形象描绘所透露出的思路和逻辑其实内含着矛盾：否定和颠覆旧的国家形象及其文化基础是为了新的国家（人国）的创建，而没有了固有的基础，新的国家将何以建立？总不能凭空创造或横向移植或简单以西化的国家为蓝图进行复制吧？当然，在历史大潮突起狂涌的时代，急于开路的先驱无暇也不可能从容梳理缜密考量，历史没有给他们和中国提供这样的环境和机会，对此不能作更多的苛求。

3. 正面的中国形象——醒狮、少年中国与涅槃凤凰

从晚清到"五四"，立志救亡与启蒙的"先进的中国人"，在塑造或者描绘危机和落后的中国负面形象的同时，还存在另一种思路和情结：希望唤醒和改造危机与落后的中国，使之振兴和强大，屹立于世界民族之林。换言之，他们对中国由过去的"世界中心"滑落到世界

的边缘成为任人宰割的"第三世界"弱国，甚至要被"挤出"世界，深感忧虑恐惧[1]，迫切希望通过政治、经济与文化的变革或革命，使中国得以苏醒、振兴和强大。这是中国的由古代士大夫阶层转化而来的官员与知识分子普遍存在、千古不变的"中心情结"，是近代以来所有的以救亡、启蒙和革命为目标的志士仁人的共同心声。这样的思路和心声，自然导致了近现代救亡、启蒙和革命大潮中对中国形象认识和塑造的另一种努力和奋斗目标：唤醒、重塑和再造中国。与此相应，近现代中国的历史和文化语境中出现了新的中国国家形象：狮子和醒狮。

关于中国是一头沉睡的狮子、一旦它醒来将震惊世界的比喻性说法，一般都认为起源于滑铁卢失败后被囚禁在圣赫勒拿岛的拿破仑与英国人阿美士德的谈话。1817年6月、7月之交，出使中国后返英途中，阿美士德拜见了拿破仑。在谈话中，对英国怀有愤怨的拿破仑说："你们说可以用舰队来吓唬中国人，接着强迫中国官员遵守欧洲的礼节？真是疯了！如果你们想刺激一个具有两亿人口的民族拿起武器，你们真是考虑不周。"[2]但是，拿破仑没有以狮子和睡狮比喻中国。迄今为止几乎所有谈论拿破仑睡狮论的著述，也都没有准确的具有说服力的证据。所以对此问题深有研究的澳大利亚学者费约翰认为：法文或其他语言的任何第一手资料，都没有记载拿破仑曾经说过这样的话，而中外的转述性记载拿破仑睡狮说的所有书籍"都奠基于谣传之上"，"实际上，一个静止的中国从沉睡中醒过来，这一预言最初由基督教传教士在教会内部作出的，然后被清朝总理衙门的一名高级官员宣扬开来，他在19世纪80年代让这个预言引起了世界的注意，最终由清末

---

[1] 启蒙与救亡之士普遍信奉当时风行世界的社会进化论的"弱肉强食"的观念，并由这种观念出发怀有鲁迅所说的中国被挤出世界的大恐惧。半个世纪后当毛泽东领导革命成功、建立了新中国之后，毛泽东仍然强调如果不在一定时间内超过美国，中国就会被开除"球籍"。

[2]〔英〕佩雷菲特：《停滞的帝国——两个世界的撞击》，三联书店1995年版，第595页。

的中国民族主义者波及全世界"[1]。

尽管没有充分和准确的证据表明拿破仑是中国睡狮和醒狮论的原创者，但从晚清到现在的中国传媒上和大众印象中，都还把这一"知识产权"归属于拿破仑，并且中国是睡狮和醒狮的说法和话语已经牢牢地凝结在中国的语境和民族的整体思维、记忆与想象中。最早接受和提出中国"先睡后醒"这一说法的，一般认为是曾国藩的公子、也是朝廷命臣的曾纪泽。作为晚清的重要驻外公使，他在1886年结束使臣生涯回国时，在英国的《亚洲季刊》(*The Asiatic Quartely Reuiew*)发表 China the Sleep and Awakening，后于1877年2月8日以《中国先睡后醒论》的中文题目刊载于香港的《德臣西字报》[2]。这篇文章虽然阐说了中国"不过似人酣睡，固非垂毙也"，并强调了中国在列强环伺特别是英法联军火烧圆明园后"中国忽然醒悟"，但通篇没有"睡狮"或"醒狮"的比喻和言辞。曾纪泽之后，1899年戊戌变法失败后亡命日本的梁启超在《自由书·动物谈》中，谈论并暗示"昔支那公使曾纪泽"[3]以狮子比喻先睡后醒的中国。到1902年前后，以睡狮、醒狮比喻和象征中国，已经成为志士仁人普遍接受的关于中国的修辞和话语，并通过他们的言说写作流播于社会。1902年（光绪二十八年）维新派的《新民丛报》第33号，封面是一头雄狮于空中腾跃，狮子右爪踩踏的是小小地球。这一年12月蔡元培等人在杭州发起明强学社，其宣言性的广告中就有"我国睡狮不醒"之类词语。黄遵宪的诗词、梁启超的小说《新中国未来记》已有"雄狮犹睡"、"睡狮惊起"之语，此后被称为"革命军中马前卒"的邹容的《革命军》、革命派壮士陈天华的《猛回头》和革命女侠秋瑾等人的宣传革命的文章辞赋中，"睡

---

[1] 〔澳〕费约翰：《唤醒中国——国民革命中的政治、文化与阶级》，三联书店2004年版，第2、3页。
[2] 单正平：《晚清民族主义与文学转型》，第124、125页。
[3] 梁启超：《饮冰室合集》专集二，中华书局1989年版，第44页。

狮起舞"、"猛睡狮，梦中醒"、"警睡狮"等类极具鼓舞性的词语比喻，频频出现。由于他们的文章辞赋或所办刊物在当时影响很大，因此雄狮、睡狮和醒狮之类话语在社会和民众中传播甚广，得到广泛认同。1905年留日学生创办的鼓吹革命的杂志，就直接起名为《醒狮》，封面就是一头威武的狮子。在辛亥革命前后十余年，以醒狮作为中国的国家形象的象征，已经成为普遍共识和时尚。民国成立后，以雄狮或醒狮作为国家形象的思维和行为，依然存在。1924年10月，信奉国家主义的青年党创办的机关刊物，刊名同样是《醒狮》。1925年孙中山逝世后，广州的国民政府当局为他修建纪念堂。艺术家高其风为纪念堂门厅画的三幅画，是一只老鹰、一匹马和一头狮子。"高其风的狮子画有别于其他作品之处，不仅在于其题材，还在于其狮子的表现方式。高其风的笔下是一头睁眼看世界的狮子……它那大胆而自信的凝视，表明这是一头已经觉醒过来的狮子……象征着一个现代的、鲜明中国风格的、已经觉醒过来的孙中山和中国形象。"[1] 不论是书报、杂志和火柴盒、月份牌，还是建筑、雕塑、绘画，它们实质上都是广义的传媒和文化公共空间，印刷与出版出来的狮子和镌刻与描绘出来的狮子，其内含和功能其实都是共同的：制造或凝聚民族主义的情绪与意识，书写或形成关于救国与强国的共同想象。而睡狮或醒狮所代表的国家民族想象和形象，就成为具有民族特色的、包含意识形态功能的鲜明的象征符号。

与"醒狮"的唤醒和振兴中国的意旨相接近的，还有从晚清到"五四"启蒙和新文化运动时期的"少年中国"与"青春中国"的述说与描绘。梁启超于1908年戊戌变法失败后，以其"笔锋常带感情"的梁氏文体，酣畅淋漓地写下气势磅礴的《少年中国说》，大声呐喊：

---

[1] 费约翰：《唤醒中国——国民革命中的政治、文化与阶级》，第6页。

> 造成今日之老大中国者，则中国老朽之冤业也；制出将来之少年中国者，则中国少年之责任也……故今日之责任，不在他人，而全在我少年。少年智则国智，少年富则国富，少年强则国强，少年独立则国独立，少年自由则国自由，少年进步则国进步，少年胜于欧洲则国胜于欧洲，少年雄于地球则国雄于地球……美哉我少年中国，与天不老；壮哉我中国少年，与国无疆！

《新青年》的发起者李大钊作为"五四"新文化运动的先驱者，与作为"同一战阵战友"的鲁迅等人一样，具有相同或相似的进化论的启蒙与文化立场，认为过去的传统的中国基本无价值，是"白首中国"、"僵死中国"，而发动启蒙和新文化运动的目的，就是埋葬"白首中国"，创造新的、屹立于世界的"少年中国"和青春中国。为此，他同样以类似于梁启超的文风对青春中华尽情讴歌与描画："吾族今后之能否立足于世界，不在白首中国之苟延残喘，而在青春中国之投胎复活"，"不在龈龈辨证白首中国之不死，乃在汲汲孕育青春中国之再生……以青春之我，创建青春之家庭，青春之国家，青春之民族，青春之人类，青春之地球，青春之宇宙"。[1] 受到这种时代性的告别和埋葬"白首中国"、创造青春中国的思潮的影响，诗人郭沫若在他那被认为反映了狂飙突进的"五四"时代精神和最强音的诗集《女神》中，把"五四"时代的中国比喻为"年轻的女郎"和涅槃中的凤凰：旧中国在烈火中毁灭，新中国如凤凰一样在涅槃中得到新生。郭沫若是"五四"时期名气和影响最大的诗人，刊载郭沫若诗歌的创造社的刊物是"五四"时期影响最广泛的新媒体之一，拥有广泛的读者和文化市场份额。他在诗歌里所描绘、爱恋和赞美的如女郎和凤凰一样的新中

---

[1] 李大钊：《青春》，《新青年》1916年第2期。

国形象，也成为正面描绘的中国形象中极其华美的一章。

不论是醒狮、雄狮还是少年中国、青春中国抑或涅槃凤凰，这些以社会性或动物性事物作为隐喻或象征手段对中国形象的描述，如上所述，反映的是他们力图复兴和振兴中国的努力与诉求，也反映了他们对中国价值的并未绝望和放弃，正因为没有绝望和放弃，所以才会力图振兴，才会认为中国可以如凤凰涅槃一样得到新生，成为少年的或青春的中国。这样的内在的思路和逻辑，是隐含于他们所描画的中国形象的深层结构里的，与鲁迅式的启蒙者对老中国、吃人中国、死水中国及其价值的彻底绝望和抛弃的理路存在差异。在"五四"时期及其以后，与这样的思路和逻辑有相同之处但表现得更公开和直接的，是属于文化保守主义的各种思想文化派别，如过去被认为国粹派、甲寅派、学衡派的林纾、章士钊、梅光迪、胡先骕等人，以及没有具体派别隶属的辜鸿铭。晚清以降，随着在中西方对峙和冲突中中国遭到惨败，在社会上引发了对国家形象和国家价值的认同怀疑乃至危机。这种怀疑沿着军事器物、体制制度、思想文化的路径演变发展。即先是认为军事和工业技艺不如西方，故要"师夷长技以制夷"，建立军事工业以图船坚炮利；继之认为制度改革和革命重于"金铁"物质，于是有维新变法和辛亥革命；终至认为思想文化启蒙和"新人新民"为根本之图，因此导致"五四"新文化运动，喊出"打倒孔家店"、打碎传统文化的主张。其实从清末谭嗣同的《仁学》开始，对传统的伦理道德和文化的局部的反思乃至批判就已经开始，一直发展到"五四"时期的"全盘反传统"。这种由国家的失败导致的对国家赖以存在的文化价值和传统由局部到整体的怀疑乃至扬弃，成为近现代中国的一种重要的思想潮流。但是，在这种思潮诞生、发展和鼎沸的整个过程中，还存在与之对立的另一种思潮——文化保守主义思潮。在"五四"新文化运动大潮汹涌之际，文化保守主义通过自己的刊物所营造的舆论和文化空间，始终捍卫和强调中国和中国文明与文化的价值，强调五千年文明的中国之所以未像其他文明古国一样灭亡而是创造了领先世界几千年的辉煌，现在仍然存在和发展，其根本原因就在于中国文化的价值的伟大和永恒。文化保守主义者虽然具体主张有所不同，但立场与价值的一致性，使他们共同守护、捍卫和创造了一个"文化中国"的形象，一个在西风东渐和殖民大潮中存在于东方的、特色鲜明和文明悠久且生生不息的中国形象。这个"文化中国"、"价值中国"的形象，在20世纪20年代文化保守主义与新文化阵营的论争和对峙中得以守护和确立。中经其后的东西方文化论战、林语堂《吾土吾民》等以英文向西方介绍中国及其文化的著述，20世纪50年代以后海外中国籍学者的新儒学，一直存在、延续和强化。新儒学20世纪70年代"出口转内销"到中国大陆，受到中国的改革开放和走向全球化过程中强调文化多元化和中国特色的政治支持，演变为当下中国的"国学热"，这种"国学热"其实与当年的文化保守主义的诉求一样，根本上是要塑造和强化"文化中国"和"价值中国"的形象，强调国情、文化、道路、未来的独特性和"中国性"。

20世纪20年代文化保守主义到迄今的"文化中国"形象及其价值的守护与强调，不仅局限于当年的《学衡》和当今的国学杂志等学术媒体，也进入文学、戏剧和影视及其他文化媒体。现代文学中闻一多留美时写作的诗集《红烛》对"菊花故乡"、"文明故土"的怀恋，沈从文和废名小说对乡村中国及其文明价值的赞美讴歌，20世纪80年代以来大陆影视中现实题材、古代题材和武侠题材对文化中国元素的重视和强调，以至2008年奥运会开幕式中对中国元素的凸显，可以说，包括文学、戏剧、影视和各种演艺在内的媒体，都在塑造和传播"文化中国"、"价值中国"、"特色中国"的形象，而且这种潮流有愈演愈烈之势。20世纪20年代尚属"小众范围"传播的"文化中国"形象，而今已经进入大众传媒和全民视野，这恐怕是当年的文化保守主义学者们没有想到的。

晚清到"五四"时期对于中国形象的塑造与描绘，尚不止于上述所论。同样，"五四"以后现代传媒中的中国国家形象，如抗战时期对于"受难中国"和"不死的中国"、1949年以后对于新中国形象的塑造和描绘，是非常丰富多彩的。推而广之，近代一百多年来出现于传媒中的由中国人自己书写和由外国人书写的中国与中国人形象，更为丰富和复杂。当然，那是一项巨大的任务，需要有更多的时间和更多的投入。但无论如何，那都是一项值得深入研究的、极有价值和意义的工作。

第十四章

现当代文学视野中的"农民工"形象及叙事

1. 现代文学对进城农民的书写

中国古代的城市是政治与军事的中心,经济只是在城市主要功能基础上衍生的附加功能,没有体现出城市与乡村质的差别。这就决定了城市与乡村之间的联系是紧密而又具体的,它们之间形态上的对立被经济上的千丝万缕的联系所消解了。"从我们今天的现代意义上毋宁说:整个古代中国都是乡村性的,因此它没有必要独立出一个'农村'来。"[1]而近代以来殖民主义经济与军事的东方化扩张和他们在通商口岸城市的经济与政治统治,打碎并改变了中国城市的性质与功能。在此冲击下,晚清政府逐渐放弃"重农抑商"的国策和洋务运动依托城市创办军用和民用企业,都在推动着中国城市性质、功能和面貌的变化,打破了传统的城市与乡村的性质一体化,开始形成城乡在地域空间环境、生产生活方式和文明发展形态上的分化与距离,而这样的差距势必造成乡村的衰败和农民向城市的出走,造成城乡之间的单向流动,成为中国追赶现代化历史进程中具有中国特色的现象和问题。可以说20世纪以来的中国农民一直走在从乡村到城市的路上,"在现代

---

[1] 张未民:《批评笔迹》,吉林人民出版社2002年版,第78页。

化进程中，农民就成了在路上疲于奔命的追赶者"[1]。

中国新文学在诞生不久就开始关注由乡村进入城市的人物群体，"逃离乡土，进入城市，由农村人变为城里人，便成为现当代文学中不倦的命运主题"[2]。潘训的小说《乡心》是20世纪20年代较早出现的描写农民进城的小说，"这一篇小说虽然并没写道正面的农村生活，可是它喊出了农村衰败的第一声悲叹。主人公阿贵是抱着'黄金的梦'从农村跑到都市去的第一批的代表"[3]。然而，摆脱了贫穷的乡村来到了都市，阿贵也仅仅能够维持自己的生活，甚至因为患病还欠了一些债务。"出乡来，也总是如此往往，究竟有什么好处？"城市谋生的艰难和不习惯于城市生活的阿贵开始怀念故乡，越来越强烈地流露出难以排遣的乡愁。巴人的《阿贵流浪记》等小说也都表现出江南农村的衰落和农民外出谋生的艰难。这些小说的叙事背后，正是茅盾所说的"农村衰败"的社会与经济背景，随着殖民经济、商品市场经济的扩张和农村自然经济的日益破产，农民们祖传的谋生手段和生活方式已经使他们难以在乡村立足而被"挤出"农村到城市谋生，但是在心理上、感情上和价值认同上他们还没有对城市生活及其文明做好准备，人在城市而心在故乡，城市生活的艰难又加重了他们的心理折磨与困惑，从而造成他们在身心两方面的撕裂感和痛苦感。到20世纪30年代，吴组缃、王统照、老舍和后起的东北作家萧军，也都从各自的生活领域和视角描写与审视被迫进入城市的农民及其生活和心理状态。当然，相对于20世纪20年代作品对农民离乡进城的历史背景相对简略的揭示，20世纪30年代的这些作品因时代因素、作品篇幅和作家思想的深度与视野的扩大，他们对于历史背景和农村衰败的原因的揭示，就比较深入、全面和丰富。王统照的长篇小说《山雨》里主人公奚大有

---

[1] 贺绍俊：《在路上还是在土地上》，《文艺报》2004年6月8日。
[2] 雷达：《李佩甫〈城的灯〉》，《小说评论》2003年第3期。
[3] 茅盾：《中国新文学大系·小说二集·导言》，良友图书公司1935年版，第27页。

所生存的乡村世界呈现出全面的凋敝的态势，小农经济不仅在工业资本介入下破产，还要遭受来自兵匪之乱的掠夺与祸害，他们时刻面临着被预征钱粮、被拉夫修路的"农奴"命运。破产的奚大有只能走向城市。老舍的《骆驼祥子》虽然没有对祥子生活过的农村作具体描写，但从作品的其他情节折射出的，仍然是农村的贫困和军阀战争的拉夫抢夺造成的动乱。而萧军小说《第三代》则描写了经济以外的政治性和社会性因素：帝国主义渗透下东北农村阶级压迫与反抗的激烈，以及反抗失败后的被迫离乡。经济的、政治的、社会的多种原因全面瓦解着乡村，逼迫农民走向城市。

然而，当时的中国除了上海等少数城市以外，大多数城市的工业化和城市化程度都很低，一般市民的工作和温饱尚难以解决，更远不能吸纳那些来自乡下的农民。于是，来到城市谋生的农民遭遇到无法谋生、无处谋生的困境。吴组缃《栀子花》中的乡下人祥发抱着到城市赚取钱财的幻想来到北京，然而工作难找，只能当抄录的工作，而且这样简单的工作最后也难以为继。三四个月之中，他体验着"干枯、寂寞、孤凄、愁苦、压迫、恐慌"，城市既非乐土又浮躁喧嚣，生存压力大且心理紧张焦虑，远不如乡村那样使人内心安宁。王统照和萧军小说里的奚大有、汪大辫子等进城的农民——包括妇女和孩子，都普遍感受到城市的艰辛、凉薄和焦虑，始终无法适应和融入城市社会，无法真正认同和归依城市生活、城市人的行为和城市文明所代表的一切，在城市生活的紧张感、无力感和渺小感只能导致和加重对城市的厌倦和逃离之心。这样，由于始终无法在物质、经济与精神心理上适应城市生活，所以《山雨》里的奚大有、吴组缃《栀子花》里的祥发、萧军《第三代》的凌河村农民和丁玲的小说《奔》里闯荡上海的湖南农民，最终都离开城市、重返故乡农村。萧军《第三代》写的凌河村农民在城市生活十年之后重返故乡的时候，有一段对农民看到故乡时的动人的场景和心理描写，这段描写透露出的，不仅是农民对故乡自然风物等"物质存在"的热爱、欣喜和怀恋，而且是对故乡代表的精神价值即乡村文明的热爱和认同，这热爱和认同的反面，折射出的是农民对城市及其文明的厌恶与拒斥。离乡—进城—回乡的人生模式和轨迹，就包含着对乡村与城市的生活选择和文化价值选择。

当然，不是进城的农民都返回农村，生活的复杂性也决定即使是农民也不一定都选择同样的人生道路和模式，20世纪30年代小说在这方面的描写也不尽相同。丁玲小说《奔》中写经济破产阴影下从乡下到上海谋生的农民，先来到都市的依然是"都市乡下人"，物质生活的极度贫困和心理的焦虑使他们如《乡心》里的农民一样，身在都市而心在故乡，做着返乡的打算和准备。而未到过城市的乡下农民则前赴后继地涌向上海。城市作为圆点不断地接纳和吐出农民，最终，总是有一些对城市绝望和无法忍受的农民返回故乡，也总是有一些农民作为外来者而留在都市。返回乡村的继续贫困，而留下来的则要继续忍受城市的艰辛、贫困和折磨，还要忍受乡情的折磨和焦虑。乡村与城市都不是农民的天堂。老舍的《骆驼祥子》里进城拉车的农民祥子，与大多数同时代文学作品里写的农民不一样的地方，在于他讨厌乡村而喜欢城市。即使在受到虎妞"假怀孕"恐吓而手足无措之际，祥子想的还是绝对不回乡下，宁可看守北海公园的白塔也不回农村当农民，不管受到多少城市的磨难，"忘本"的祥子选择的都是拒绝回农村。在中国现代文学中像祥子这样原本是农民的人物形象，在乡村与城市的生活选择和价值选择上完全倾向后者的，可以说独此一份。然而，小说的叙事表明，祥子的选择绝对是错误的和悲剧的。具有城市文明反思和批判意识的作家老舍，把祥子置身的、喜欢的北平都市及其文明形象化为"吃人魔窟"，是在政治、阶级、经济、身体、性爱等各个方面都存在吞噬乡下农民的各种"妖魔"的所在，拒绝回乡的祥子在这样的都市环境中，只能一步步被吞噬和牺牲，最后从人变成鬼。祥子的人生道路和结局，形象地揭示和预示了离乡进城的农民谋生的艰难、希望的虚无和毁灭的必然，在离乡进城的农民和都市及其文明之间，构制了一个命运和文化的寓言。

即便是没有被城市同化和回到乡村的，在城市求生和磨难的经历，都市文明对人的精神灵魂的熏染和改造，还是使一些逃离城市回到乡村的农民，如《山雨》里的奚大有，在城市时心在故乡，回到乡下后，又因被城市生活和文明熏染过而不复是那个纯粹的农民了，乡村世界在奚大有的眼睛中也不再是记忆与想象中的乡村，城市生活使他厌烦，但真正回到以往的乡村生活，也使他无法忍受，重新离乡进城的选择将不可避免。近代中国被迫的现代化造成的社会转型，由此造成的都市与乡村两极对立的社会与文明结构，就这样不断地冲击和撕裂着乡村与农民，不断地制造着他们的人生道路与精神心理的困惑与困境。只是由于生活本身的制约和作家视野与观察的限制，《山雨》及其他现代文学作品对此类生活内容和农民心理变化的描写，还显得不够丰厚。

上述这些描写"农民工"的小说，可以看作是在现代文学发现农民，以及农民题材文学深入之后所出现的一种必然现象。但是，这些形象的塑造不够深入与丰富，没有构成一个形象系列且成为鲜明的文学史现象，也没有形成创作的潮流，为数不多的关于"农民工"形象的小说，主要是为了展现近代以来乡村经济的破败以及农民的破产，或者表达对城市文明的文化批判。有些作品忽视了农村经济破产对人的冲击与影响，以及对乡村农民离乡进城的深刻原因的揭示和描写，如《骆驼祥子》；更多的作品则缺失对城市、城市生活和文化的内在描写，以及进城的农民作为外来者遭遇到的复杂境遇，在这样的境遇中和生活与文化的差异中他们的复杂人生与心理，以及心理精神的嬗变。当然，这是历史与时代复杂因素造成的不足，对此不能苛求，同时，这些不足也为后来的文学和文学史留下了空间。

在《山雨》和《栀子花》中，作者已经开始尝试把乡村人放到城市背景下考察其行为及心理状况。但这种尝试很快就被剧烈变化的社会背景所终结，对农村的叙事受社会状况的影响走上了另外一条道路。抗战的爆发使文艺作品不能再在对乡村肯定与否定的思维模式下运行，乡村在这样的社会背景下成为了民族抗战的舞台、战地与力量源泉。中国革命的道路是以农村包围城市，农村是社会舞台的中心，农民很快就成为了阶级、民族与历史的主体性力量，在乡村从事革命、抗战和创造历史的大业，在乡村可以大有作为而不必进城谋生。城市与乡村作为两种文明发展层次的差距暂时被社会现实所抹平了，城市失去了对乡村的吸引力。乡村经济虽然依然在向谷底滑落，却是躲避战争的最佳去处。所以乡村的经济衰退与没落的主题被反映农民抗战的主题所遮蔽与覆盖，农村比城市更具备由民族战争带来的政治、军事、文化和道德优势。在出现了《乡心》《骆驼祥子》《山雨》等描写"农民工"的小说之后，这一形象暂时消失于文学的视野。

2. 新时期"农民工"文学的复杂内涵与咏叹

从新中国成立到 20 世纪 80 年代的 30 余年时间之中，农村人口向城市体流动呈现出停滞状态。这种状况的出现有着复杂的社会因素，其中户籍制度的日益严密，阻遏了农民进城的道路。而建国以后文学对作为革命胜利根据地的农村的表达，延续了解放区文学的那种基本样式，对乡村的革命圣地与战地的辉煌历史记忆、对现实农村欢欣景象的浪漫主义想象和描绘取代和遮蔽了对乡村落后的描写，乡村具备了与城市一样甚至超过城市的政治和道德优势。由此，新中国成立后30 年里并不缺乏农村题材作品，却缺少把乡村人置于城市的背景来考察，以此来观照中国城乡发展进程的叙事。缺乏现实中的客观对象，造成文学对"农民工"形象的表现的一度欠缺。

20 世纪 80 年代以来，中国城市化进程加速，逐渐拉大了与乡村的差距，这种差距在 90 年代后表现得更为明显，经济文化等各方面的两极差距,将中国社会分裂为两个不同样态的生存空间。与此同时,乡村社会在经过联产承包之初几年内的大发展之后日益呈现出停滞的发展态势,"在中国当代发展的情景下,农村成为她们想要挣脱和逃离的生死场,而不是希望的田野。希望的空间、做'人'的空间是城市"[1]。这种差距性对立产生了巨大的人口流动力量,同时,户籍制度在经济发展冲击下的松动也为人口流动提供了制度缝隙和通道。于是,农村人口不断流向城市,形成了波澜壮阔的农民工大潮,逃离乡村进入城市成为乡土世界的普遍的人生模式和文明价值追求。

社会历史的变化再次为文学表现来自乡村的"农民工"形象提供了丰富的源泉。早在20世纪80年代,江苏作家高晓声就在小说《陈奂生上城》里,通过农民陈奂生的视角,描写和表现了农民对城市既欣羡又恐惧的矛盾心理,一段城市生活的经历成为他骄傲和炫耀的资本。铁凝的《哦,香雪》则诗意地抒写了以火车、塑料文具盒和"北京话"代表的现代文明与都市文明对乡村少女的巨大吸引力,以及乡村少女——也是广大农民——对现代、对都市生活方式和文明的向往与追求。当民工潮汹涌澎湃、作为城市外来者的民工群体日益庞大并引发了诸多社会问题的时候,描写和展现在城乡对立的二元社会结构挤压下农民的离乡进城、城市遭遇和弃城返乡——农民在城乡之间跋涉转换的人生际遇和轨迹,成为当下文学的重要现象,甚至逐渐形成了一个以"农民工"为描写对象的小说潮流,"农民工"形象渐成系列且蕴涵丰富复杂,完善和接续了现代文学对"农民工"关注与同情的传统。

表现农民对城市及其文明的渴望和千方百计的进城行为,成为当下文学普遍的聚焦点。20世纪80年代刘庆邦的中篇小说《到城里去》似乎延续了铁凝小说的"母题",小说里对城市充满强烈渴望的宋家

---

[1] 严海蓉:《虚空的农村和空虚的主体》,《读书》2005年第7期。

银，虽然仅有一次匆匆的北京之行，但这并不妨碍她对城市的永恒向往。小说《城市里的一棵庄稼》中的农村姑娘崔喜为了能够进城费了一番心机，争取到了嫁给死了妻子、30多岁的宝东的机会，如愿地成为了一个城市人。身份的改变压抑了年轻的心灵与对真正爱情的渴望。王安忆的小说《富萍》中的农村姑娘富萍来到昔日望而生畏的城市，城市的新鲜也给她带来了很多的欣喜，她渐渐地喜欢上了城市，并下决心留在城市。对城市的留恋成为富萍发生婚变并最终嫁给残疾人的根本原因。

然而，进入并逐渐熟悉城市之后，他们发现这是一个相当陌生的世界，这里充斥了他们所不熟知也不习惯的、从生活方式到价值取向的各种陌生的人与事。在城市当中，这些"农民工"不仅要承受生理、安全、人格、发展等各个层次的需要被压抑而无法实现的焦虑，而且由乡村进入城市文化背景的转换更使他们感受到了剧烈的心理与生活方式和文明价值的冲击。荆永鸣的中篇小说《北京候鸟》中把离乡进城的农民比做迁徙的候鸟，为了生存而迁徙到可以争得生存资源的都市。但与候鸟不一样的是，农民工对都市的环境、都市文化却不能很快适应、甚至是长时期不能适应。因此，像现代文学史上描写的一些农民在城市闯荡之后又选择回乡一样，当下的"农民工"小说当中，不仅描写农民的城市渴望和千方百计的离乡进城行为，以及他们在城市的生活状态与精神状态，也描写和关照他们作为外乡人在城市生活的尴尬和厌倦下的离城返乡行为，出现了众多的返乡者形象，如焦祖尧（《归去》），侯赛寅（《娘家侄儿侯赛寅》），金小平（《蒙娜丽莎的微笑》），杨青（《上海一夜》），许子慧（《异乡》），刘小丫（《紫蔷薇影楼》）等等。当初，在逃离乡土的道路上他们义无反顾，现在，对城市的难以适应和心理焦虑导致他们结伴返乡归。"锦城虽云乐，不如早还家"，"不如归"成为他们心灵共振的思乡曲和现实行为的选择，也是他们的文明价值选择，他们的还乡行为实质上是以行动书写了当代中国农民的《归去来辞》。

从离乡进城到弃城回归，他们似乎走了一个圆圈，但事情并不如此简单。城市生涯及其代表的现代文明，尽管对他们的谋生、身份和心理都造成了压力与焦虑，全身心地受到城市的整体性伤害，但正如历史的进步往往通过"恶"来开辟前进道路，恶是历史发展的动力且最终能够转化为"善"一样，城市生涯及城市代表和拥有的文明对来自乡村的农民，以农民所感受到的痛苦的方式对他们进行了潜移默化的启蒙，让他们体验城市生活的压力的同时也体验了城市的五彩缤纷、发达繁华以及这一切所包含的现代文明的价值和力量。一旦再次回到乡村世界的时候，他们就会忘却城市给他们造成的焦虑和伤害，忘却"城市之恶"，城市的"恶之花"在他们脱离城市返回乡村的时候转化为现代文明的灿烂与绚丽，成为他们难忘的记忆。因此，他们看待乡村世界的视角发生了连他们自己都没有想到的变化：以城市生活和文明为坐标和"榜样"，对自己曾经生活的乡村具有了居高临下的"俯视"和洞观，"目视"和眼光里包含和积淀着城市及其文明的内涵和色彩。由是，这些在城市里被看作"外来者"的乡下人，在返乡之后，却又变成了乡村世界的外来者和"他者"，曾经熟悉的一切在另外一种眼光的注视下都今非昔比，与感觉和想象，与乡恋和乡情记忆中的故乡"错位"和变异，模样、味道和目视的一切都在表明故乡已经"流传"和"流失"，就像现代文学史上闻一多等诗人怀抱浓浓思乡爱国之情回到祖国后却发现"这不是我的祖国"一样，从城市返乡的农民发现，现实故乡已非乡情思念中的故乡，差距和错位使他们感到了一种米兰·昆德拉似的存在境遇：生活在别处，故乡在"远方"。由此，被城市熏染和过滤的眼睛已经看不到故乡的温情与亮色，为城市所摧残的心灵在乡村故乡非但不能得到应有的安慰，反而使心灵受到落后造成的屈辱感与"隔膜"感的折磨，从而促使他们生发出更强烈的乡村逃离之念。罗伟章的长篇小说《我们的路》里表达的，正是《山雨》

中奚大有返乡后的现实感受和心理感受,并促使他们在失望和厌倦后再次逃离经济停滞、文化"落后"、亲情退色、伦理畸形的乡村故乡。

那些没有"逃离"而是"顽强"地留在城市的农民,有些在生存的艰难、精神的苦恼、人格的歧视乃至身心屡遭蹂躏等导致梦想破灭后,像当年老舍笔下的骆驼祥子一样,终于变得人格扭曲、身心堕落——他们不再相信靠辛勤和踏实的劳动能改变生活,能改变自己在城市的形象和待遇,能真正融入和征服城市。尤凤伟的长篇小说《泥鳅》里的主人公国瑞是一个有高中文化程度的农村青年,不甘心几代农民面朝黄土背朝天的乡村命运,来到城市寻找机会。在城市谋生的过程中,国瑞的身心在城市的磨砺下越来越远离其本性的淳朴善良,最终被毁灭。国瑞的悲剧在于他被城市迷失了自我和本性(这一点也与骆驼祥子相似),过于放纵自己的欲望,在被设计好的圈套里,只能越陷越深,最终像大象脚下的蚂蚁一样,被无情、充满阴谋的城市大象踩死和碾碎,身体与梦想都被毁灭。还有一些"外来者"在城市压力与歧视导致心理发生扭曲和变化后,选择了另一条"征服"城市的道路和方式——对城市进行破坏、对抗和报复。蔡毅江(《泥鳅》)、老六(《一个谜面有几个谜底》)、远子(《怀念一个没有去过的地方》)等作品里描写的农民工,他们对城市的抗拒与报复心理既来自他们不甘于被城市所歧视和冷遇,城市的排斥与压抑激发了他们向城市报复的欲望,也来自城市人与乡村人之间深深的隔膜。不论是在物质生活层面还是在精神生活方面,城市人与乡下人都不在同一个层面,从而造成他们之间的差距和几乎无法泯灭的鸿沟,这种差距和鸿沟导致双方无法进行现实的与精神的平等交流和对话。来自乡村的农民工感受到他们既是物质上的贫困者,又是人格和身份上的"下等人"或边缘人,更是无法纳入城市语言和话语的"失语者"。这样的心理落差导致部分人的心理扭曲后,只能选择破坏性的对抗与报复。而这样的对抗和报复流露出的是恶向发展的草根意识和流民乃至"流寇"意识,不具有任何文明提升的价值和意义，也无助于真正改变他们的生活和命运，相反，都只会使他们的物质现实生存和精神心理趋向更加"劣化"和恶化，加重了他们的边缘地位和悲剧命运。可是他们自己无法意识到这一点，在自以为正确而实质是错误的报复道路上，他们其实根本报复不了城市而只能毁灭自己。这才是真正的悲剧所在。

逃离乡土来到城市世界，体验着生存需要无法满足以及身份认同和文化认同的焦虑，然后或者全身而退返回乡村世界，或者在所谓的征服、对抗和报复城市的行为中被城市毁灭和吞噬。这，构成了当下"农民工"小说的叙事模式和人物形象的城市历程。在这样的"城市历险记"中，这些既是城市外来者又成为故乡"异乡人"的农民，陷于生存的与文明的尴尬之境，感受着无地生存的焦虑。古代中国的农民，往往是在土地兼并严重、人地矛盾紧张造成失去土地后被迫背井离乡，转为流民，流民是一种迫不得已的无奈选择。而一旦社会安定下来，统治者的国策往往是尽快地使流民回到农村重新成为被束缚于土地的农民，流民自己也迫切希望回到乡村和土地，扎根故土。所以，在中国的文字里，有土地并在田间劳作的人称为"甿"（meng），没有土地"自彼来此之民曰氓"，"野民曰氓"（meng）。当下小说里描绘的这批农民，恰恰经历了一种由"甿"到"氓"的变化过程，成为不断"自彼来此"、由此到彼、游走和迁徙于乡村与城市之间的"候鸟"，在无根的漂泊中希望找到而又无法找到安心安身的现实家园和精神家园。

3. 乡村女性的城市挣扎与悲歌

与现代文学对奔波于城市与乡村的农民形象的描写相比，当下表现来自乡村的"农民工"小说中，就人物形象而言出现了一个鲜明而突出的变化，那就是：一批进入城市的乡村女性形象及其城市境遇和遭际，进入作家和文学的视野，她们的数量之多、形象和遭遇之复杂，成为表现农民工文学的显著特色或症候，而这与社会现实中庞大的进入城市的农民群体中女性占了相当的比重，具有直接关系。现代文学里也有表现乡村妇女背井离乡进城谋生的叙事，如沈从文的《丈夫》、萧军的《第三代》和萧红的《生死场》等。不过，就总体而言，这类女性形象一是数量较少，二是对它们离乡进城的动机和原因的揭示较为简单：《丈夫》里的"无名"妻子是因为"贫穷"和"风习"进城为娼，《第三代》里的屏翠作为妻子和孩子的母亲，是在家乡农民与地主的斗争失败后被动地跟随着丈夫和家人背井离乡，《生死场》里的乡村妇女金枝是在民族敌人入侵、当义勇军的丈夫战死、乡村无法生存和立足后被迫进城，一言以蔽之曰：经济贫穷、阶级和民族压迫造成的农村动荡，驱使乡村妇女不情愿地离开故土。而丈夫的要求、城市生活的艰难和屈辱以及对乡村和家园的眷恋，又无一例外地使她们最后离开城市返回乡村。形象、原因和人生轨迹都显得相对单色。与此相反，当下文学对这类女性的表现，不论是数量、内涵和人生道路及其结局的揭示，都要丰富和复杂得多。

　　在乡村社会中，由于生产方式、生活方式的限制和传统观念的影响，女性实际上处于弱势和边缘地位。相反，"相较于乡村而言，城市的文化特征无疑是更为女性化的，它对于体力绝对依赖的摆脱，在相当程度上给女性提供了同男性平等的契机"。所以，当社会的发展为农民提供了在城市生活的机遇的时候，尽管进城是一种未知的冒险，但乡村女性对城市的渴望和逃离乡村的愿望，丝毫不亚于男性，甚至有过之而无不及。"当夏娃们开始告别乡村时，他们不是在逃离自己的伊甸园，而是要去寻找自己的伊甸园，"[1] 女性进入城市改变自己的存在处境的渴望，不仅来自经济物质，也来自追求真正的平等和自我价值

---

[1] 路文彬：《城市空间、视觉媒介与女性形象》，《文艺争鸣》2006 年第 3 期。

实现的"人性"和人格诉求。当然，也不排除个别人的虚荣心理——进入城市或城市生活标志着身份、地位和精神心理上的优势。当下小说对这一"历史大趋势"进行了敏锐的捕捉和呈现，并且更进一步地摹写出乡村女性在进城道路上的主动积极乃至偏执——20世纪丁玲的小说《阿毛姑娘》就表现出乡村女性阿毛的这种偏执。小说《荒弃的家园》里17岁的乡村少女芊子，外出打工回来探亲的小姐妹的时髦见识对她产生了强烈的刺激和影响，由此而产生的对城市生活的盲目向往和欣羡，已经成为一种病态，这病态逐步扭曲了她的人性，使一个原本善良的乡村少女变善为恶，为了能够进城而丧心病狂地对瘫痪在床、拖累自己无法进城的亲生母亲由厌烦、打骂到最后致之于死地。对城市的追求竟如此扭曲人性，城市的魅力和对之的向往，竟导致乡村少女泯灭亲情走向血腥，导致乡村以血缘家族为纽带的伦理道德的退化和崩塌，这种极端化的文学描写折射出的是历史大潮对部分乡村女性、对乡村社会秩序和伦理影响的巨大、复杂和可怕。

在乡村生活中，女性的性别因素使她们处于劣势和弱势，进入城市，与男性"农民工"相比，性别因素在就业、谋生和报酬等方面依然处于劣势。城市生活对单纯体力依赖的摆脱、城市文明本质上的有利于妇女解放人格独立的功能，主要是对城市女性而言。对赤手空拳来到城市的乡村女性而言，由于不具有政治、经济、文化、知识、资源和地域的优越性，因此，她们来到城市后的就业、谋生和发展，面临着相当严酷的环境和压力，生存竞争中的劣势和屡受打击，无情地粉碎了她们的城市梦幻。在这种情形下，城市生活的严峻和不甘于理想破灭的一些乡村女性，力图重新发现和寻找自己的优势，掌握进入和征服城市的资源和筹码，由是，严酷的城市逼使她们"发现"了自己的性别和身体的市场价值与可资依仗的优势。"在男性的乡村那里，诚实和劳作构成了全部生活简单而又本真的逻辑；但在女性的城市那里，计谋与享乐使生活的逻辑变得复杂且又浮华。"[1] 现代化、城市化在促进经济、物质和文化的巨大发展的同时，也产生了一系列的"城市问题"。其中，对需求和欲望的不断刺激与膨胀，使城市成为超越需求无穷扩大的"欲望空间"。在这一空间里，高楼大厦、汽车服装等与妖艳苗条的女性身体，都成为城市欲望的对象、象征和都市叙事的组成部分，成为客体化、符号化和商品化的都市风的标志。现代文学史上的新感觉派，就把女性身体作为都市构成和都市欲望的象征，不论主动还是被迫，女性都被编织进都市旋涡和欲望叙事里。当代中国城市的性质和功能当然与过去迥然有别，然而既然处于现代化和市场化的进程中，现实中就确然存在着巨大的城乡差别和包括女性的大量农民的涌入城市。因此，进入城市的部分乡村女性在利益攫取下对身体资源的利用以获得城市生存的资源，就成为难免的现象。英国19世纪小说《德伯家的苔丝》，日本现代的电影《望乡》、《啊，野麦岭》等，都描写过工业化和现代化过程中来自乡村的女性的身体牺牲与堕落，这似乎成为现代化过程中的普遍现象和文学的共鸣性主题。因此，中国的当下小说势所难免地描写了面临巨大生存压力的女性"农民工"以身体堕落为代价满足自己的城市生存需要和城市刺激起的欲望要求。

在这些小说中，进入城市谋生和谋梦的乡村女性的身体堕落的叙事，首先包含和传达着对都市的文明及其价值的社会性与道德性的批判与谴责。这些作品在现实的层面明晰地表达了作家对城市使乡村女性"堕落为娼"现象的文学与道德批判的诉求与激情，在象征的层面表达了城市"魔窟"与地狱的意义——这也与现代文学史上老舍、沈从文的都市"妖魔化"叙事暗合相通。其次，在这样的描写与批判中，又透射出超越表面的都市道德批判的复杂内涵与意义。在乡村女性的城市谋生叙事转化为女性的身体堕落叙事的焦点转移中，堕落的

---

[1] 路文彬：《城市空间、视觉媒介与女性形象》。

意义也发生了转移：商品化和欲望化的城市需求，造成了乡村女性的身体堕落和性资源的出售。但这种堕落和出售既是被动的，也是主动的——是为了在城市生存和生存得更好而被迫主动地发现和开掘自己的资源与优势。此种自我选择行为又具有了符合经济理性和市场理性的合理性，以及由生存至上性带来的超越道德的合理性（当然未必具有合法性）。因此，当下的部分描写乡村女性城市堕落的作品里，堕落的被迫性与主动性和合理性的纠缠，使得女性堕落身体的叙事并非都呈现出复杂的意义——既强化和加重了乡村女性城市堕落的悲剧性，她们利用身体资源换取城市生存的行为越是主动和自觉，其客观的悲剧性就越大；也弱化和减低了身体堕落的悲剧性，因为这是乡村女性与城市博弈的唯一资源和资本，是进入和融入都市实现城市梦想的无奈中的主动牺牲，带有某种无奈性和悲壮性。这样的描写反映出作家不是站在纯粹的伦理道德的立场上简单地批判身体的堕落，而是从生存正义的层面描写堕落的合理性和无奈性，体现了当下作家在思考和描写这一现象时的超道德关怀和对"合理"的经济与市场理性、对由此构成的都市文明和价值的复杂思考。

这样的复杂性和"去悲剧性"，还表现在对女性"农民工"身体堕落中的灵肉分离的叙事里。这是一种不乏美化与理想化的描写——农村女性堕落和牺牲的只是身体，这是进入城市的必然代价，而灵魂与精神并没有被征服和出卖。邓刚的中篇小说《桑拿》中来自乡下的漂亮姑娘小琴在一家洗浴中心做按摩小姐，虽然身为按摩小姐，但她一直守身如玉。虽然小琴终究没有逃脱城市社会黑老大陆老板的魔爪，失去了身体的纯洁性，但这种吞噬和堕落是被迫的而不是主动的。邓一光短篇小说《做天堂里的人》中的姐弟两人父母双亡投奔叔叔来到城市，为了生计和照顾患了艾滋病的弟弟，姐姐只能依靠出卖身体赚钱。这种赚钱的方式固然是不道德的，但在生存的大道德面前，伦理的道德是苍白无力的。因此，姐姐的堕落被叔叔婶婶以及周围人所接受，姐姐自己身体的堕落却显现出自我牺牲和利他精神的高贵，隐含着"受难圣母"的类宗教和文化原型意义。还有一些进城的乡村女性用身体来与城市博弈所希望赢得的并不仅仅限于金钱，她们还希望得到城市人的人格认可与情感认同，希望得到精神上的平等与尊严。金钱只意味着她们在城市立足的资本和物质资源，要真正地融入城市、成为城市人还必须要通过与城市人的联姻才能完成身份的与人格价值的转换。《二的》中的小白在进入城市家庭做保姆之后改变了最初进城的那种干活挣钱的简单想法，她对城市越来越认同的同时，也产生了越来越多的想法，不希望只是身体的付出和金钱的回报，还希望情感的回应，希望得到正常女性应该具有的东西。这种在以身体和性别为代价追求城市生活的资源和筹码的同时，又希冀得到城市异性情感的满足和回报的奢求，折射出她们情感世界的相对单纯与纯洁——她们一厢情愿地将堕落的身体与真挚的情感分离，认为身体的堕落并不妨碍情感的纯洁，这构成了她们内心世界的单向和面对复杂都市世界时包含着简单的质朴——不管身体如何堕落，她们的内心世界当中依然还会有纯真的情感。《傻女香香》中的香香，《城市里的一棵庄稼》中的崔喜，《一个谜面有几个谜底》中的王梅，都在希图奉献身体的同时得到精神与情感的补偿。但是，这毕竟只是女性"农民工"的一厢情愿，对这些来到都市"出售"身体的乡村女性而言，城市只看重她们身体的能满足欲望的"使用价值"，而拒绝承认、接受和尊重她们的精神与人格价值，只把她们当作没有"主体"性的欲望化客体和工具，而拒绝接受和认同她们作为灵肉俱有的人性价值，拒绝和压抑着她们的情感诉求。这样的叙事深刻地揭示出欲望化都市对乡村女性更大的更内在的贬低、歧视与压抑。同时，进城的乡村女性在尝试了精神和情感追求的失败与痛苦之后，为了迎合城市和立足城市，她们只能放弃情感而奉献身体，只好遮蔽与压抑自己真实的情感世界，将身体与情感的归属进行分离，进行自我的"非人化"和工具化的心理与行为的转型。傻女香香的怅然若失,崔喜的去留两难,王梅的痛苦选择等,都表明她们在进入城市后痛苦地懂得了城市的狰狞残酷与自我的实际价值——只把身体像祭品一样奉献给城市,将自己真实的爱憎放在一边,因为城市并不接受和需要她们的精神与情感,并没有为她们提供两全其美的选择。如此的自我认识和心理行为裂变,同样深刻地表现出"农民工"尤其是乡村女性在追求城市文明、融入城市生活过程中代价与牺牲的巨大。

更可悲可怕的是,为了满足生存需要和城市梦想,乡村女性在城市的被迫堕落或主动堕落的过程中,其个体的身体、情感和心理道德上是蒙受着痛苦与牺牲的。然而,她们的"都市故事"里的痛苦与代价不仅被都市人所漠视和无视,也被她们所来自的土地和乡村故乡所忽视,甚至被"正向"地理解为合理的"价码"。陈应松的短篇小说《归来·人瑞》就通过乡村人的口说出了这一事实:"桃花峪有二十几个妮子长梅疮,就是梅毒,没了生育,可人家楼房都做起来了,富裕村哪,哪像咱们这儿!后山樟树坪穷死了。可去年死了八个,挖煤的,瓦斯爆炸,一下子竟把全村的人均收入提高了一千多块,为啥,山西那边矿上赔的么……要奋斗就会有牺牲……"在以摆脱贫困为最大目标的乡村世界看来,为了富裕而牺牲肉体甚至牺牲道德是值得的。这样的堕落观、牺牲观和发展观,反映了畸形理解的市场经济和富裕诉求对农村的道德、伦理、风俗、人性的全面瓦解与摧毁,也反讽地揭示了长期的城乡差距的鸿沟所造成的贫困的最大恶果——培育了原本朴素的乡村世界和农民的逆向价值和心理:笑贫不笑娼成为普遍的共识和新的道德伦理准则,成为沈从文小说《丈夫》里所说的农村不与道德相悖的"习惯"。由此,乡村女性在城市出卖身体就是一种合理的行为和乡村女性为自己和家族"翻身"而做出的值得赞赏和欣羡的选择。也由此,女性"农民工"身体堕落的无奈性与实现自己城市梦想的"自主性"选择,个体意义上的自我牺牲的悲剧性与拯救家族实现富裕的悲壮性和崇高性,在城市堕落的"失德"和村落社会对之没有任何道德评价的推崇和效法,都包容和杂糅在乡村女性身体堕落的叙事中,使得乡村女性在城市堕落的身体和行为成为包蕴广泛复杂的"能指"符号,从中可以延伸的所指意义远非一般的历史评价和道德评价所能概括。

在百年中国文学中,像当下"农民工"小说这样大规模地对中国社会巨大转型时期进入城市的乡村女性进行形象塑造和命运描写,可以说是空前的,凸显出当下文学对20世纪30年代左翼文学关注底层女性传统的继承和发扬。如果说在"农民工"小说中,中国乡村女性与乡村男性一样在时代推动下抛别乡村走入都市,成为等值的城市民工和城市文明的创造者,这显示出历史之手在善恶纠缠中对妇女解放和男女平等的推动力和助力作用,大批乡村妇女进入城市毕竟对广大农村妇女的社会化和现代文明化具有值得肯定的意义。那么,当下小说在城市社会的背景下,通过乡村女性在城市的被工具化、欲望化和客体化存在的揭示,以及他们依然被压抑的性别地位和由此造成的心理与情感的焦虑,展现了作为农民工的乡村女性"城市人生追求和命运"复杂的图景,其价值和意义远非一般的历史评价和道德评价所能涵盖。

第十五章
论"新边塞文学"的革命性与现代性叙事

1. 何谓"新边塞文学"

"边塞文学"一词是从中国古代文学借取的。中国古代从先秦到明清，由于中央政权与周边游牧民族和地方政权一直存在着"寇边"与"卫边"性质的战争，所以造就了古代文学中的边塞文学的存在和兴盛。先秦诗歌总集《诗经·小雅》中的《六月》、《采薇》、《南仲》就有周朝与猃狁征战的描述，可认为是古代边塞文学的萌芽。一般认为，边塞诗初步发展于汉魏六朝时代，隋代开始兴盛，唐即进入发展的黄金时代。据统计，唐以前的边塞诗，现存不到200首，而《全唐诗》中所收的边塞诗就达两千余首。初唐至盛唐出现了高适、岑参、王昌龄、李颀、王维、高适代表的"边塞诗派"，在中国文学史上大放异彩，影响深远。

本文提出的"新边塞文学"，也可称之为"新边疆文学"，指的是1949年新中国建立后至"文革"前17年，特别是20世纪50年代中期至20世纪60年代中期，在开发与建设边疆和维护民族团结的两大国策的影响与驱动下，中国出现了开发与建设东北与西部的热潮，遥远的边疆成为万众瞩目的热土。在新边疆开发与建设的热潮推动下，以小说、诗歌、散文、电影为代表的"新边塞文学"随之而起，出现了像徐怀中和刘克等人的小说，李季、闻捷、高平、汪承栋等人的诗歌，碧野的散文等一大批描写边疆著称的名家名作。而共和国建立后日益得到重视和普及的电影，则由于其表现手段的直接性与特殊性，更是积极广泛地参与边疆题材的拍摄与制作，涌现出《内蒙人民的胜利》、《老兵新传》、《冰山上的来客》、《山间铃响马帮来》、《边寨烽火》、《景颇姑娘》、《达吉和她的父亲》、《阿诗玛》、《刘三姐》、《五朵金花》、《芦笙恋歌》等几十部往昔少有、于今为盛、声誉遐迩、影响广泛的出色影片，成为"新边塞文学"与文化的最卓越的代表，也成为共和国文学影视辉煌的一页。这里的"新边塞文学"的"文学"，即是指包括电影在内的大文学概念。

毋庸置疑，新中国的"新边塞文学"与电影，与古代的边塞文学在性质与本质上截然不同。古代的边塞诗歌和文学反映与描绘的主体是汉族中央王朝，同边塞少数民族构成的地方政权之间的战争与征伐，尽管这种战争实质上是广义的中华民族在形成和统一过程中的内部纷争，其正义性与非正义性具有鲜明的时代性和历史性——有的是边塞游牧民族进行的"寇边犯疆"、南下中原与汉族朝廷的"靖边镇远"和"守土护疆"，有的是汉族政权出于文功武业和开疆扩土目的而进行的"击胡收蛮"。自然，在古代边塞文学表现的大漠征战、雪夜厮杀、醉卧沙场、秋肃马嘶、仰天长啸等战争场景和掺杂忠君报国、心忧社稷、建功立业的壮士情怀中，由于当时所依托的国家行为和话语中难免存在着一定的华夷之防、华夷之辨和"天朝"观念，因此，在古代边塞文学的深层和内里，自然也潜存着一定的汉族中心主义或大汉族主义意识、华夏文明与四夷蛮邦的上下尊卑的不平等意识。而新中国开始的新的东进或西进热潮，不是征伐平乱而是开垦建设，在民族关系上强调的是平等团结和中华一家，禁止大汉族主义意识和行为，这是新中国的执政党和中央政府在民族关系和边疆开发中制订和奉行的坚定不移的国家意识形态与国策，并以法律的形式予以实施和保障。因此，以边疆开发和少数民族为题材的文学影视作品构成的"新边塞文学"，在性质、观念、表现对象、主题倾向、风格情调上与古代边塞文学具有了本质的区别，成为一种全新的、与新中国的政策即国家意志相吻合并服从和服务于后者的"新边塞文学"。

2．"新边塞文学"的革命性与现代性

"革命"是现代中国历史发展的主潮。而现代文学自"五四"诞生以后，很快就从文学革命演变为"革命文学"。在1927年以后出现的革命文学、20世纪30年代的左翼文学和20世纪40年代的解放区文学中，"革命"与翻身解放构成了其中的主导叙事。

"新边塞文学"中有相当多的作品承续着这种革命性叙事，如长篇小说《草原烽火》和《多浪河边》，叙事长诗《复仇的火焰》，电影《内蒙人民的胜利》、《鄂尔多斯风暴》、《草原晨曲》、《金银滩》、《柯山红日》、《回民支队》、《金玉姬》、《远方星火》、《羌笛颂》等。这类小说和电影继续演绎着中国革命与斗争的历史，将少数民族和边疆的历史纳入革命的正统和主流轨道里，以显示和揭示边疆少数民族的历史诉求与整个中国现代历史诉求的一致性，显示他们对新中国诞生的历史贡献和与共和国命运的休戚相关。在广义上，它们与17年的红色经典一样，在革命性叙事中为革命和共和国建立的合法性与合理性进行历史探寻和诉说。在叙事策略上，不论小说还是电影，这类作品和文本的革命叙事话语有两个基本语码：苦难与解放。苦难的构成和表现集中于肉体痛苦、物质贫寒与奴隶地位，而这一切总体生成了政治和意识形态背景下的宏大性所指和意义：阶级压迫与斗争。这一意义的生成和"在场"及其构成的叙事话语的宏大性，切断和阻隔了此类题材和内容可能包含的少数民族与汉族的民族关系的内容，凸显民族内部的阶级与阶级仇恨和斗争。即使出现

汉人或汉族与少数民族关系的内容，也被处理成阶级的而不是民族的关系：欺压或欺骗少数民族的汉人只是汉族中的属于剥削者阶级的"坏人"而不代表汉族。同样，来到边疆或少数民族地区的外来的汉族或本族的革命者也不是民族的代表或象征，而是具有与少数民族苦难者同等的阶级身份的政治与革命的代表。在肉体痛苦、物质贫困、奴隶地位构成的苦难话语中，身体是中心能指和符号，不论是物质生活贫困还是奴隶地位，都体现和落实于身体的受难——衣不蔽体、啼饥号寒、非人劳作、遭受打骂摧残和受到侮辱（女性还要受到性侮辱）。以身体为符号进行的苦难聚焦和叙事，以及由此导出和生成的阶级性的压迫与仇恨，便成为另一个叙述语码的铺垫与逻辑指向，或者说自然指向和过渡到另一个叙事主题和层面：翻身与解放的渴望和诉求。为了翻身解放，在外来的汉族或本族革命者的发动与唤醒下，这些苦难的奴隶参与了革命、夺权、创建新中国的壮举与征程，完成了从旧社会奴隶到新中国主人的"翻身"与解放的过程。不少"新边塞文学"与影视还着重描绘了参与革命夺权的往昔的奴隶，在争取翻身解放和创建新中国过程中的英雄业绩，具有比较强烈的革命史诗和传奇的色彩。

这样的革命叙事的底里，实则是一种中国现代性或中国化的马克思主义现代性。众所周知，诞生于西欧现代化进程中的马克思主义，本来就是为解决资本主义现代化弊端而出现的社会发展理论和现代性方案。这种现代性经过一定的"俄国化"改装、随着十月革命的炮响被送到中国以后，最终演变为中共的"造反有理"和"革命夺权"——革命的手段和目的是先之以新民主主义革命（为资本主义发展扫清道路）、继之以进行社会主义现代建设——一种中国化的马克思主义现代性抉择和方案。这种革命现代性在1949年以前的革命文学、左翼文学和解放区文学中逐渐明晰并得到强化，演化为文学主题或主潮。不论是写反抗、革命、翻身、土改、婚恋还是战争，其中都深隐着革命现代性的内在话语，而在1949年至"文革"前17年的文学，特别是包括电影在内的"红色经典"中，革命现代性依然是甚至是更为明确地成为主导性的文学叙事的深层"语码"和"语法"。故此，"新边塞文学"的革命性叙事的鲜明与突出，就在情理之中。

"新边塞文学"的革命性叙事，还表现在描写少数民族对建基于共同的革命性诉求之上的"新中国"利益的保卫与捍卫，而这一行为根本上是对自己追求的从奴隶到主人的翻身解放的革命性成果。革命性成果的最高体现就是对新中国的捍卫，因此也可以说是对于革命性的捍卫。电影《冰山上的来客人》、《神秘的旅伴》、《山间铃响马帮来》、《边寨烽火》、《摩雅傣》、《草原上的人们》、《景颇姑娘》等，基本上都是这样的革命性主题和叙事。有意味的是，这些影片揭示的捍卫革命成果、维护国家统一和利益的主题诉求，在表现形式上，大多采用的却是惊险片、侦探片和间谍片的模式——一种新中国建立之初在政治、意识形态和美学上极力反对和排斥的西方"帝国主义"的文化与美学。在电影上，就是美国的好莱坞意识和模式。当然，中国传统文学里就存在公案小说、武侠小说，中国民众在几千年的文化熏陶中也形成了追求惊险、神秘、悬念、扑朔迷离的审美接受心理和积习。现代中国出现的属于大众通俗文化和文学的武侠电影《火烧红莲寺》等，尽管遭到鲁迅等追求启蒙的作家的反感与抨击，其实际影响依然大于精英化的新文学。但是，新中国建立以后的17年，对现代西方从政治经济到思想文化、文学艺术实际上是全盘否定的，西方的现代派文学和艺术、好莱坞电影、音乐上的靡靡之音……都是坏的和丑恶腐朽与堕落的代名词，都在批判与排斥之列。在这样的政治与文化环境下，作为现代科技与艺术融合体的电影，由于其在近现代中国"舶来品"的性质，由于其作为积淀西方的物质现代性与审美现代性内容的"形式"，表面上已经与内容割裂开来而变成纯粹的"手段"和形式，变成普世的形式美学。因此，当大力和全面"反西方"的新中国借用电影手段表现边疆和少数民族的革命性诉求的时候，本身就是现代性产物的电影其内在的、西化的意识和模式，便潜隐地进入革命的新边塞电影的内容与美学形式中，形成了这类新边塞电影的革命诉求与好莱坞艺术模式的"非有意"和"看不见"的结合，一种被排斥和否定的深源于西方的形式的现代性如此渗透和存在于革命性中——这是革命的新边塞电影的创作与制作者们没有料到的。

3．"新边塞文学"的浪漫性与现代性

"新边塞文学"与影视中还出现了大量的以神话、民间传说和现实的边塞少数民族的爱情为表现内容和对象的作品，其中如闻捷写新疆哈萨克和维吾尔青年爱情的诗歌，特别是电影如《阿诗玛》、《刘三姐》、《五朵金花》、《芦笙恋歌》、《蔓萝花》、《阿娜尔罕》、《秦娘美》等，更是这类题材和内容的登峰造极之作。爱情本来就是民间传说和神话中常见的主要内容，中国的很多能歌善舞的少数民族民歌的主题就是咏唱爱情，或者是以民歌和对歌的方式表达男欢女爱的诉求，加之不少民族一直保留原始的、前现代的古朴的民风习俗（个别民族如云南纳西族甚至还存在着母系社会的走婚制），这些民风习俗和神话中的爱情天然具有浪漫性和传奇性，当它们被电影聚焦和表现时，其浪漫和传奇的色彩就被艺术地加以放大和强化，或者说，被电影叙事有意地予以突出和渲染。山水自然的如诗如画，青年男女的爱情纯真，歌舞乐曲的诗情画意，少数民族的奇异风俗，构成了这类电影叙事的浪漫主调。

需要指出的是，这类电影的爱情浪漫叙事，一方面具有如上所述的一定的生活原型或生活真实的底子，这样的生活现实自然会反映在他们的民歌、传说等民间文学形态中，如刘三姐的故事在广西壮族民

众中就长期和广泛流传着。当这样的少数民族的生活似乎以原生态的状貌呈现在诗歌小说和电影叙事中时,往往就会被接受者认为具有浓郁的民族风格和特色。电影《刘三姐》不仅在中国大陆而且在国外特别是亚洲地区受到欢迎和好评,原因之一就是其中的边地民族风情。另一方面,诗歌和电影中的少数民族的生活与爱情中包含和透射出的边塞风情和民族风味,其实又不是纯粹的"原生态"。如从民间传说和故事中的刘三姐到电影《刘三姐》,就经历了一个复杂的建构过程,就如同华北民间山区的普通的白毛仙姑的传说经过复杂的建构成为歌剧和电影《白毛女》一样。既然是在一定的原生态基础上的建构和叙事,那么当然就存在叙事者的主体性的介入问题,这个主体性的叙事者包括两个层面:其一是诗歌的作者、电影剧本的作者和导演等制作拍摄者;其二,是作者和导演等制作者背后的或身处的以国家政权和国家意识形态为主导的政治与美学的要求,后者是前者必须服从的并体现和"内存"于文学作者和电影制作者的写作与拍摄中。由此,诗歌和电影中的边塞民族爱情与风情、现实与浪漫的场景和画面里,便必然隐含着由上述二者构成的叙事者的视点、立场、话语与想象,成为叙事的或形式的意识形态。

这种隐含的叙事者的主体性话语的介入,首先,使得上述的文学和电影里的边疆民族的生活与爱情的浪漫叙事,既有生活的"原色"和"客观真实"的基调,又有想象的和被有意强聚焦与放大的"成色",换言之,是在生活原色基调上被建构、叙事和制作出来的艺术化和想象化的民族风情与特色。美国学者安德森在经过实地调查和长期研究后认为,现代民族国家形成构建过程中对本民族同一性和特色的描绘与阐述,都有很大的建构成分,是"想象的共同体"[1]。我倒不认为17年边塞文学的浪漫爱情叙事都是想象的共同体,但其中确实不

---

[1] 〔美〕本尼迪克特·安德森:《想象的共同体——民族主义的起源与分布》,上海人民出版社 2003 年版。

乏想象与建构，因而难免包含着一定的外来性的"奇异"目光和叙事者话语混合而成的"他者想象"的因素。由于这种因素是内在于情节画面中的，是隐含的叙事者的声音而并不公开出现、呈现和流露，因此一般的接受者是看不到和觉察不到的，并由此形成一种审美遮蔽，他们看到和接受的是电影和文学希望他们接受、他们也乐于接受的浪漫化和狂欢化的边塞爱情的视觉盛宴，在视觉盛宴的愉悦中这种边塞爱情叙事的主调和基调被"客观化"为生活的真实和原貌——边塞民族的爱情和生活本来就是、当然就应该是这样的色调。文学和电影就这样通过爱情叙事为边塞少数民族的民族风情和特色"着色"与"定调"，制造了一个牧歌般的边地世界和想象的乌托邦。在现代文学史上，作家沈从文从他的人生理想和审美理想出发，也曾以这样的方式制造了一个边地湘西的浪漫世界，究其实，这个想象和建构出来的浪漫的边地世界和真实世界之间是难以等同和存在相当距离的。

其次，17年的社会政治和文化语境，可以看出主要是与革命夺权和革命建国相关的革命现代性话语。这种革命现代性话语在闻捷的叙事长诗《复仇的火焰》中，表现为维护国家统一和民族团结、反对分裂的"宏大"政治性主题，而这种主题是与现代民族国家意识联系在一起的。诗歌里，类似于《静静的顿河》的格里高利的哈萨克斯坦骑手巴哈尔，在复杂的爱恨情仇纠葛中的艰难的个人觉醒与民族解放的历程，与《白毛女》和《王贵与李香香》所折射和揭示的主题具有相似性：个人的爱情与阶级、民族和国家的利益紧密地捆绑在一起，政治阴谋煽动下的叛乱不仅损害着民族国家利益，也最大限度地损害着巴哈尔的个人爱情和利益。由此，个人的人生和爱情诉求与"革命建国"后的民族国家的利益显示出内在的合一性——革命建立的以共和国为代表的民族国家才会带给各民族人民最大的幸福。

再次，源于革命现代性的阶级和阶级斗争话语也出现于"新边塞文学"的叙事中。如电影《刘三姐》中的对歌求偶的情节中，就掺杂了阶级话语——刘三姐不仅以美妙机智的对歌拒绝了财主的求爱，还以鲜明的阶级立场嘲讽和打击了地主阶级的威风和气焰。其实在中国民间故事和传说中也有好人坏人、富人穷人之分，为富不仁的财主和阔人也往往成为嘲讽的对象。但根源于中国传统的平均主义和原始共产主义的"仇富亲贫"，却不是马克思主义现代性阐述的阶级对立和斗争，因此在民间文学和故事传说中，穷富尊卑是可以互相转化的，穷人因为善良和天意娶到富家女或得到意外财宝，也可以成为富人，因仁而富，富而行仁，是民间故事和文学的常见叙事模式。在民间传说中的刘三姐故事固然也有拒富爱贫的情节，但那不过是几乎所有民间故事的共有内容，同时也不构成故事的主干。而电影《刘三姐》却将这一非主流的、民间水平的内容升格为包含现代性的阶级和阶级斗争意识的重要内容，这显然与叙事者的受制于主流意识形态的话语构成有直接的关系。

来自国策和政治意识形态的时代性话语，在作为边塞民族浪漫爱情叙事的经典之作的电影《五朵金花》中，则表现为另一种形态。这部电影的创作缘起是为建国十周年献礼而筹划和拍摄的，电影界领导夏衍接受周总理"写一部以大理为背景，反映边疆少数民族载歌载舞的喜剧影片"的指示组织落实，并将电影的内容和主题确定为"要表现出山河美、人情美，这部片子的主题就是社会主义好！"民族团结、社会主义和时代进步等复合型的现代性话语就沉潜于边塞爱情的浪漫叙事里。由此，电影中的白族青年阿鹏在寻找意中人金花的过程中，那些叫金花却并非自己意中人的白族姑娘，几乎都在名字前面有一个时代性的前缀和定语："炼钢手金花"，"拖拉机手金花"等，阿鹏历尽浪漫艰辛最终寻找到的意中人金花，名字前面同样有一个时代性的定语和表征：女社长——人民公社的副社长。纯洁如水貌美如花的边塞白族少女的生活与爱情与往昔相比发生了千古未有的变化，都与时代和政治发生了联系，或者说，时代和政治及其话语已经与她们个人的生活爱情紧密地掺杂和包容在一起。而这部电影与其他影片不同的是，那个代表着内地、时代和国家的叙事者不是隐含潜在的，两个来自内地电影厂的人物作为边地的外来者和白族青年男女爱情的见证者在影片中公开出现，民间的、边地的、奇异和浪漫的爱情与时代的联系，都是在他们的"目视"和目的性"见证"中完成的。

4．"新边塞文学"的叙事模式与现代性

从整体叙事和结构上看，部分"新边塞文学"隐含着一种与近现代中国社会结构和文学史结构相似的叙事模式。

为了表述清楚，需要对这种社会的和文学的现代性结构有所阐述和认识。众所周知，近代中国在外来压力下被迫开始了以现代化为目标的社会现代性进程，这种进程从晚清的船坚炮利、实业救国一直延伸到新中国的大规模工业化建设和迄今尚在进行的工业化、城市化等现代化工程。另一方面，由于中国的社会现代性是受到西方侵略和打击而被迫启动的，曾经在经济和文化上领先世界上千年的中国在工业文明代表的世界现代化进程中一度落伍，从天朝大国和"上国"沦为第三世界和弱国、从中心滑向边缘。因此，中国一度成为西方世界的"他者"和"被看者"，而率先实现工业化和现代化的西方，则以掺杂着帝国的傲慢和文明优越感的现代性目光，对中国进行以西化的现代文明为价值判断的居高临下的"目视"、观察与言说，在这样的现代性视野和话语中，中国自然呈现出西方现代性视阈下的落后与野蛮——一种文化普遍主义或"文化帝国主义"视野中的"东方视景"。

这种融殖民性与现代性为一体的对中国的目视、认识和言说——一种社会性行为和结构，经过复杂的中介和演化在现代中国文学结构和模式中得到"响应"、"复制"和赓续。从"五四"肇始的以改造国民性为主题的启蒙主义文学，鲜明地存在着"看者"与"被看者"两

类人物和由此形成的两个世界,"看者"来自外部世界,受过现代教育,拥有现代性世界观和价值观,在小说中化身为回乡的游子并担任叙事者,而"被看"的世界往往是前现代的封闭的内地和乡村(故乡、鲁镇),衰败、停滞和落后。"被看"的人物或人民无知、保守和愚昧,面临身体与精神的痛苦,需要被现代文明改造和拯救。这样的叙事模式在"五四"以后的其他非启蒙诉求的文学中一直存在,只不过"看者"拥有并用以改造环境和人物的已不是一般的启蒙现代性话语。当然,现代中国文学中的这种叙事结构和模式,与近现代社会结构中的西方的中国目视和言说,尽管在视角、话语和模式上具有一定的相似性,但立场和目的截然相反,后者是为了确证"自我"的优越性和殖民的合法性,前者恰恰是为了民族唤醒以实现"立人"(人的现代化)、"立国"和"强国"(现代民族国家),使中国和人民摆脱落后、走向现代与强大。

"新边塞文学"大体上也存在"现代性进入边疆"、对欠发达地区进行改造与建设的叙事及结构模式。这种模式大致由两方面的主题内容所构成。其一,是以工业文明为代表的物质现代性唤醒沉睡的边疆,将其纳入现代化开发与建设的历史洪流中。许怀中的长篇小说《我们播种爱情》,叙写一群来自内地、代表和拥有现代文明的汉族干部和技术人员,来到尚处于封建农奴制的西藏高原,他们带来了马拉犁铧、播种机和拖拉机——西藏地区从来没有的现代性事物,建立了农业技术推广站,并且改良麦种,进行冬播和科学种田,还要修建水坝电站和建设农场。这是"五四"以来中国现代文学的一种典型叙事——拥有现代文明和知识的人从外部来到缺失现代文明的乡野或边陲,对进入之地进行现代性介入和改造。在鲁迅等启蒙主义小说中,来自外界或外地的进入者与回乡者力图以科学、文明进行的改造和介入,都以失败告终,文明的行为与话语在"故乡"或进入之地没有知音和接受者,被目为"疯狂"或"疯子",只好沉默、失语和退出。但在徐怀中的小说里，外来的汉人和他们的现代化介入与改造行为，包括被藏民称为"狮子"的拖拉机在内的所有现代化的东西，在初期和个别人那里受到一定的抵制后，很快以其改造自然的巨大威力和在藏民看来的神奇魅力，收获了藏民的信服和拥戴，驾驶"狮子"的汉族拖拉机手也收获了藏族姑娘的爱情。现代化唤醒了千古沉睡的高原处女地和边民的现代化渴望，把前现代的边塞带进现代化开发建设的宏大历史征程，并因此与内地、国家的命运和目标具有了"同时性"和"同质性"。这样的内容与模式也出现在其他的"新边塞文学"中，关注和描绘以工业文明为主调的现代化建设浪潮带给边疆的巨大而深刻的变化。现代文明的步伐对"边疆新貌"的影响和绘制，成为"新边塞文学"的主导叙事之一。不再是古代边塞文学出现的大漠风沙、旷野千里的自然环境的苦寒、拓边征伐和马革裹尸的战争艰辛、夜半畅饮和月下醉卧的豪气，而是现代化的机器唤醒和开垦沉睡千年的土地、现代文明之风吹遍边陲沃野，工业文明和现代化的推进及边疆民众对现代文明经历了从好奇到渴慕的心路历程，一个个过去的牧羊人或刀耕火种的奴隶"成长"为"藏族驾驶员"、"勘探队员"、"石油工人"、"电厂的藏族工人"、"女拖拉机手"、"藏族女护士"、"维吾尔族纺织女工"……边疆从自然环境到社会生活的方方面面被带进现代化的时代进程，构成了边疆新貌和新生活蓝图的主色调。

其二，"新边塞文学"还着重叙写作为现代性的社会主义的制度文明来到和进入边疆，将边疆带入社会主义与现代化融为一体的历史轨道。历史学家翦伯赞在散文《内蒙访古》中对此进行了充满理性和激情的表述：

> 两千多年的时间过去了，现在，内蒙地区已经进入了历史上的新世纪。居住在这里的各族人民，蒙古族、达斡尔族、鄂伦春族、鄂温克族等等，正在经历一个前所未有的伟大历史变革，他们都从

不同的历史阶段和不同的生活方式,经由不同的道路进入社会主义社会……很多过去的牧人、猎人,现在都变成了钢铁战士。

把以往停留在原始的、奴隶制的、封建制的社会阶段和以游牧、狩猎、刀耕火种为生产生活方式(文化学称之为"获食模式")的边疆民族,带进社会主义的新时代和历史阶段,在进行以改造自然为目的的工业文明和物质现代性建设的同时,实施和推进以改造历史和社会制度的现代性建设,这构成了"新边塞文学"的重要主题和图式。甚至表现边塞民族浪漫爱情的作品,如在闻捷的《爱情》、《送别》、《种瓜姑娘》等边疆爱情诗篇中,边疆貌美心美的青年男女"将自己的爱情生活,同热爱劳动,同社会主义建设的愿望,完全统一了起来"[1],个人的爱情追求与宏大性的社会主义和现代化诉求融为一体。即便在碧野的那些一度脍炙人口的叙写新疆自然景貌的散文中,优美神奇的山河自然的抒写中蕴涵着"新国家"、新时代、新人的形象,换言之,是新国家、新的社会主义时代使千古存在的自然呈现出前所未有的壮丽色调。

不言而喻,新边疆文学的这种外来的现代性进入边疆,并对边疆从自然到社会的各个层面进行介入和改造使之发生翻天覆地变化的叙事模式,与现代文学的现代性叙事和社会结构上的现代性视阈有某种相似。但是,相似的形式所积淀的现代性内容,以及隐含在叙事中的外来者、叙事者对边塞看视的目光、价值态度,却存在本质的区别。"新边塞文学"表现的现代性,既不是对现代文学的以西方现代文明为思想资源的启蒙(精神)现代性的简单模仿,更不是对以"西化"的现代性目光俯视"落后"的行为和话语的应和与复制,而是中国特色的社会主义现代性,即革命现代性在新中国成立后的顺向发展——"以

---

[1] 周庆瑞:《歌颂爱情的诗篇》,《天山》1957年第6期。

俄为师"的马克思主义现代性在完成革命、新中国成立后（苏维埃制度），自然要实行这种现代性的另一个目标"电气化"（现代化的另一种说法）。换言之，"师俄"而来的"苏维埃制度加电气化"的中国现代性，定然会在革命夺权成功后"学习苏联老大哥"和"超英赶美"，进行大规模现代化建设，尽管在这一现代化进程中来自革命时代和战争思维的政治惯性对现代性产生严重干扰，但"球籍"危机意识[1]和"实现四个现代化"依然是国家的宏伟目标。

社会主义的政治制度诉求与现代化的经济诉求，构成了中国现代性的价值内涵。而在以这样的现代性向边疆推进、实施过程中，尽管内地与边塞的文明程度客观存在差异——由于历史上中原汉民族最早进入农业文明时代，其物质、制度与精神文明与周边以游牧为生产和生活方式的民族相比，客观上呈现出"先进性"，也由于时代和政治的制约，古代中国因此难免存在一定的对周边"蛮夷"的傲视的汉族中心意识。古典小说《三国演义》描写的诸葛亮南征蛮夷七擒孟获的叙事，就在一定程度上反映出这样的民族意识和观念。进入近代以后，虽然整体的中国都沦为西方列强的半殖民地，与工业文明的西方相比处于落后状态，不过同样由于历史和现实的原因，中国内地在现代文明程度上，仍然显示出先行性和先进性，内地与边疆的文明差距仍然客观存在。但是，中国现代性的内涵与现代性向边疆推进中的政治和国策，使得"新边塞文学"在其表现的"红太阳照边疆"（社会主义）和"拖拉机开垦处女地"（现代化）等"边疆新貌"的展示与叙事中，自然呈现出一种全新的叙事立场、视角与态度：边疆的旧貌和新景、边疆以往的沉睡和落后与如今的惊醒和现代化，同样是在叙事者的目

---

[1] 1956年8月30日，毛泽东在中国共产党第八次全国人民代表大会预备会议上，作《增强党的团结，继承党的传统》的讲话，号召团结一切可以团结的力量，搞好建设，50年至100年超过美国，不然就会被开除"球籍"。毛泽东：《毛泽东文集》第7卷，人民出版社1999年版，第91页。

视中被看到、在叙事者的"讲述"中被展示出来的。这样的叙事者在电影《五朵金花》中直接出场与"在场",但大部分"新边塞文学"的叙事者是隐含和内在于叙事中。不论是隐含还是直接出场,这个叙事者在"新边塞文学"中往往等同于或代表着作者,以来自内地的身份和视角、以包含着革命性(社会主义)和现代性(工业化与现代文明)的话语和目光,目视和描述着边疆。当然,这样的目视和描述与近代西方殖民者对中国的居高临下的傲慢目视和蔑视性言说、与现代启蒙主义文学以现代性价值视阈对落后中国及民众的悲悯性"俯视",在逻辑、立场和视点上存在根本差别。"新边塞文学"叙事者对"被看者"的边疆进行目视和叙事的"视角"和"视线"是平等、"共时"和"同质"的,即代表着革命性与现代性、客观上具有"文明优势"的叙事者进入和目视边疆,不是将边疆作为确证自我优势的"他者",不渲染和强化内地与边疆存在的现代与原始、文明与落后的差距和现代文明"征服"落后的巨大魅力;而是或者竭力淡化和竭力避免这样的对比,避免和回避这样的对比包含的居高临下的"目视"的不平等和政治不正确,或者以欢乐和喜悦的态度、以民族团结和中华一家的伦理化政治立场和文明价值观,注视和描述往昔落后的边疆,在纳入社会主义和现代化历史进程中的变化和新貌,表达与政治和国策同步的"祖国颂"与"边疆颂"。因而,"新边塞文学"的叙事者立场及其"目视"行为,就没有任何殖民的、次殖民的那种高傲和蔑视的意识,没有中心与边塞的不平等的"位差",从而既与现代中国的启蒙主义文学叙事构成显著的差别,更与殖民文学的那些把殖民者的到来视为现代性历史起点、从而把第三世界描写为落后野蛮和把殖民行径当作文明征服野蛮的殖民文学,形成本质的差别,而这样的根本差别,使"新边塞文学"的"现代性入边疆"的叙事,内含和透射出全新的、社会主义文学的性质和特色。

第十六章
动机的善良与装置的不当
——《中国人的素质》的正与误及其与启蒙和民族主义的关系

1. 批判与赞扬：对中国及其人民的两种评价

19世纪中叶前后，跟随着西方的殖民大潮来到中国的传教士、商人、冒险家和其他人士，陆续撰写和出版了他们有关中国人民、社会和国家的观察性、观感性或调查性的文章报告和书籍。美国传教士明恩溥于1894年完成和出版的《中国人的素质》一书，也属于这类西方人"看"中国的著述。

不过，与当时其他西方人士的著述有所不同的是，写作《中国人的素质》的明恩溥对中国社会和人民的观察并非一般的走马观花，而是长期生活在19世纪的中国并进行持久的观察与记录——他1872年来到中国，先后在天津、山东、河北等地传教，广泛接触了中国社会和各个阶层的人群，特别是对中国北方的农村生活、风俗和农民有长期的接触与了解，掌握了中国的语言，并对中国的历史和文化有一定程度的了解，在来华传教22年后才撰写了此书。这样，在中国社会长期的生活体验和观察以及认真的观察与记述，使得此书具有相当的社会学价值，也正是这种价值致使此书出版后产生了很大的、持久的甚至是世界性的影响。

作为一个西方传教士撰写的关于中国的著作，《中国人的素质》的写作主旨和主体内容，是对当时作者所看到的中国人素质的缺点和负面现象，所谓"民族劣根性"或落后的国民性的种种表现，进行集中的、力求全面与客观的归纳与描述（这也是此书出版后长期在阅读者和引用者的"主体印象"）。为此，作者在全书 27 章内容中，用了将近 20 章篇幅，以作者认为的中国人性格和国民精神中的某种突出表现和现象，如"面子要紧"、"漠视时间"、"天性误解"、"心智混乱"、"麻木不仁"、"柔顺固执"、"拐弯抹角"、"缺乏同情"、"轻视外国人"、"模式舒适与方便"、"缺乏公共精神"、"互相猜忌"、"因循守旧"、"言而无信"、"多神论、泛神论、无神论"等，作为每一章的标题，然后列举自己在中国生活的观察所得和具体细节与事例，对之进行归纳证明和阐述。也有一部分篇章的内容，作者的观点与感慨的陈述与演绎比较多，而具体的例证材料显得少了一些。

实事求是地说，《中国人的素质》描述和阐述的中国人（主要是农民）身上的有缺陷的、负面的精神气质和国民性征候，在 19 世纪的中国乡村社会，确实一定程度和范围地存在着。如明恩溥列举的中国人讲究面子、漠视时间与精确、因循守旧、固执麻木、迷信盛行、缺乏公共精神和同情心、蔑视外国人的现象，在传统的农业社会中、在晚清帝国社会的各个阶层中，的确比较普遍地存在。还有些现象，如诚信意识和行为，本来也是中国传统文化倡导的价值资源，但在 19 世纪的晚清社会，它们在某些阶层和行业被坚守和恪奉，但在上层和下层社会中又确有一些人漠视诚信，直至现在，诚信的缺失还是社会亟待解决的重要问题。至于讲面子、讲人情、重视潜规则性质的礼尚往来等，的确是中国古往今来一直存在的"国情"和民族性格中的构成因素，其存在的一定的合理性和对社会规则的破坏性与对社会发展的阻碍性，是始终困扰中国社会的问题。明恩溥看到并指出了当时中国社会和部分中国人中存在这样的问题，这说明了他的观察是认真的并且具有一定的准确性。

值得指出的是,《中国人的素质》一书的主旨虽然是对中国人的"民族性"或国民性中的负面征候进行批判性描述,但并不仅仅局限于此。在主体性的批判描述中,全书有一部分内容,则是对中国人气质和国民性中有正面价值的现象进行揭示和评价,像"省吃俭用"、"辛勤劳作"、"生命活力"等章节,描述的其实是中华民族自古以来得以生生不息的优点而不是民族的劣处,作者对这样的民族性也显然是认同和赞赏的。这部分内容所占比例不大,但却与全书对中国人气质和国民性的批判与否定的主旨构成了悖谬,也显示出作者极力要追求和保持的"客观"态度。另外,在其他篇幅中,作者或者运用具体的事例来描述中国人的诸如"生命活力"、"遇事忍耐"、"知足常乐"、"孝行当先"、"仁慈行善"、"共担责任与法律"等民族性特点,显示出一种价值相对中立的立场和态度,认为中国人的不过分挑剔、心境平和、不抱怨、喜欢交际聊天的"民族性格","无疑极大地缓解了中国人的种种不幸遭际"而不是简单地予以否定和批判;或者是对某类中国社会和民族的现象征候表现出既有批判也有肯定的态度,在指出其消极价值的时候也指出或强调其积极价值,而且,在阐述中作者常常把中国人的这些"民族性格"同西方进行比较,在比较和比较的结果中实际上肯定和认同了这些"中国人的素质"的存在价值和存在的合理性。比如在描写中国人的知足常乐、忍耐顽强时,作者认为中国人在那么多的灾难、疾病、操劳和苦难中表现出的乐观态度和镇定自若,"在我们看来,中国人的忍耐力量最值得注意的是:他们有能力毫不怨言地等待,泰然自若地忍受苦难……如今的文学常常表达这样的看法:碰到一个被剥夺了一顿饭的英国人,如同碰到一个被抢走幼子的母熊,两者同样危险……尽管我们拥有值得吹嘘的文明,但我们仍然受制于我们的肚子"[1]。在有的地方,作者指出:"我们所指出的中国社会存

---

[1] 〔美〕明恩溥:《中国人的素质》,学林出版社 2000 年版,第 135 页。

在的各种弊端，也同样可见于徒有虚名的基督教国家。"[1] 即中国社会和民族性格的某些东西是人类社会共有的，并非中国独有和"国粹"，即如明恩溥看到的中国社会在衣食住行多个方面普遍存在的落后现象，造成中国人的"漠视舒适与方便"，但同时他也指过去的欧洲和西方的生活也是如此，"我们不能认为弥尔顿、莎士比亚和伊丽莎白的英国是未开化的国家，但是，对于我们大多数人而言，那个时代的英国也肯定是不堪忍受的"[2]。因此，在指责和批判中国人素质的同时，也应该看到中国民族性格的某些有普遍价值的存在并学习之，"中国人具备许多令人赞叹的素质，其中之一，便是与生俱来地尊重律法"[3]，"中国人是一个守法的民族"，守法与共担责任的伦理使得中国即便经历了社会的大动荡，但也是相对安全的，"我们必须承认，一个中国城市中的人们的生活要比一个美国城市安全——北京比纽约安全"[4]。在盛行个人自由和天赋人权的西方国家，"我们为何不去明智地多少强调一下个人意志必须服从公众利益的重要性，为何不能强调法律的尊严呢？在这些方面，我们难道不能向中国人学点东西吗？"[5] 在"恪守礼节"一章中，一方面对中国社会的各种礼节予以了"繁文缛节"的定性描述，一方面又这样指出："在贬低了中国人注重的繁文缛节之后，我们还是应该在社会交往方面学习不少东西，学习他们的一整套规则。我们很有必要保持真诚，而不要坚持我们的莽撞，把西方人的顽强独立与东方人的彬彬有礼结合起来，将会更好。"[6] 对中国人的孝道，作者在指出其种种弊端的时候，也认为"在徒有虚名的基督教国家里，家庭关系的纽带有点过分松散，对从中解放出来的西方人来说，中国人的孝

---

[1] 〔美〕明恩溥：《中国人的素质》，第 283 页。
[2] 同上，第 123 页。
[3] 同上，第 205 页。
[4] 同上，第 205、206 页。
[5] 同上，第 207 页。
[6] 同上，第 33、34 页。

行确有不少吸引人的方面。孝行之中对年长者的尊重有助于盎格鲁－撒克逊人提高修养……假如我们从中国人的立场出发，去仔细想一下，就会发现我们自己的社会实践中尚需改进的地方"[1]。

在对中国社会和民族性格中的某些特征进行了既有否定批判也有肯定赞扬、或者是整体否定批判中包含着局部肯定赞扬之后，作者还往往以来自达尔文自然进化论的社会达尔文观念，在很多篇章里对中国人民族性格中存在的落后与消极现象中包含的积极价值，进行了阐扬与预言，如在描述了中国人民经历那么多的苦难折磨仍然可以保持顽强、忍耐、乐观的生命活力之后，作者在不少章节的最后都强调指出：

> 中华民族这种无可比拟的忍耐一定是用来从事更为崇高的使命，而不只是咬紧牙关，忍受一般的生活之苦，忍受活活饿死的苦难。如果适者生存是历史的教导，可以肯定，他们这个民族有此赐予，他们以非凡的活力为背景，一定会有一个伟大的未来。[2]

甚至在"麻木不仁"这样的属于比较鲜明的以整体性否定的态度揭示中国人气质和精神弱点的篇章中，作者既指出了中国人能够长期忍受单调的工作、能够忍受疼痛、不从事体育锻炼、睡眠时不要求安静和通风也能安然入睡等麻木现象（其实是忍耐），同时也对比性地指出了现代文明给西方人带来的焦躁不安、神经衰弱等"文明病症"，并在比较后下了一个这样的设问：

> 我们相信，至少总的说来，适者生存。在20世纪的各种纷争中，究竟是'神经质'的欧洲人还是永不疲倦、无所不往而又不

---

[1] 〔美〕明恩溥：《中国人的素质》，第159页。
[2] 同上，第139页。

懂感情的中国人最适于生存呢？[1]

答案不言自明，换言之，作者的如此设问本身其实就是答案。这样一来，作者前面对中国人"麻木不仁"弱点的批判性指责，就陷入了一种自相矛盾似的逻辑悖论：中国人的种种落后的物质与精神的存在和现状应当遭到批判和扬弃，向现代化的西方及其文明学习；但落后的中国人在生存竞争中却可能胜过享受现代文明的西方人。这样的矛盾和悖论，使作者和此书对中国人素质和民族性格进行整体性的批判和否定的立论，难免一定程度地遭到自我颠覆和消解。这可能是作者写作此书时没有想到或未遑深思的。

2. 装置的不当与观察的失误

然而，尽管作者有在中国长期生活的经验和观察，并且尽力追求观察和写作的客观性与真实性，并且在一定程度上的确具有这样的真实性，尽管作者不是抱着蔑视敌意而是对中国和人民怀着相当的友善态度，但毋庸讳言的是，作为来自西方的传教士，明恩溥在《中国人的素质》中的观察、立论、阐述和评价，还是存在不少的误读和问题，这些误读和问题又不可避免地影响到此书的客观、真实与价值。

首先，从写作方法、问题的提出与设置和知识论的角度来看，本书存在着现象与内容重复、观察与结论以偏概全、存在不少知识性错误之弊。比如，在谈到中国人的麻木不仁时，明恩溥列举了以下的例子：

> 对一个中国人来说，在某个位置上呆多长时间也都没有什么特别的不同。他会像一台机器那样写上一整天。如果他是个手艺

---

[1] 〔美〕明恩溥：《中国人的素质》，第83页。

人，他会呆在一个地方从晨光微熹到天色变黑，编织，打造金箔，或者干任何别的事情。日复一日，单调得没有任何变化，显然也意识不到有什么单调需要变化。中国的小学生也同样受各种限制，没什么休息，功课又单调重复。[1]

这种被作者认作是中国民族性弱点的"麻木不仁"现象，与作者在其他篇章里阐述的遇事忍耐、辛勤劳作、生命活力、漠视舒适方便的诸种现象，其性质一样而表现方式略有不同。作者在不同章节里对性质相同的类似现象的反复描述，在内容上既显得重复和没有仔细加以区分，在逻辑上又显得有些前后不一和自相矛盾：北方农民和孩子能够忍受单调的工作和学习、能够在任何环境下都酣然入睡，这是物质匮乏、生存压力极大的环境中"适者生存"而形成的适应环境的生存能力和心理身体素质。在这里作者把它们作为显示中国人"麻木不仁"气质的生活现象和表现，但是这种素质与明恩溥在其他章节里描述的中国人的忍耐和勤劳的气质是相通的，而在那些章节里它们是受到作者称道和欣赏的。它们到底是民族性格的积极因素还是消极因素，应该根据具体环境和条件加以区分和辨析，不可囫囵吞枣似的一概而论，作者对此的重复描述、简单归纳和矛盾态度，显示出作者认识上的不甚清楚。更何况，当时中国民众尤其是下层人民身上表现出的、在严酷恶劣的自然与社会环境下形成的极端耐苦耐劳和忍受伤痛的品质，是所有在类似环境下生存的人民共同具有的，基本上与某一个民族的性格关系不大，把它们单独归为中华民族的品质，显然有以偏概全之弊。类似的用以说明中国人素质的生活细节和例子与"立论"之间的这种不吻合、不确切之处，在明恩溥的著述里是很多的。就是说，明恩溥观察到的存在于特定时代和环境中的北方农民身上的精神现象

---

[1]〔美〕明恩溥：《中国人的素质》，第80页。

和生活现象，不可否认地具有一定的真实性。但是，这些具有局部性、地方性、阶层性、时代性的现象本身就存在着可以进行多种解释和概括的可能性。用符号学的话语表述，就是这些"能指"的意义不是单一的，而是具有多重"所指"，当把它们作为超出地域、阶层、局部的整个民族特性的例证而使用时，很显然它们"不堪重用"，难负使命，不足以支撑观点和概括的大厦。

至于书中对中国文化和历史的描述中出现的知识性错误，更是屡见不鲜。尽管作者对中国社会见多识广、对中国文化有一定造诣和修养，但书中对中国历史与文化的描述还是出现不少知识与见解上的错误。在谈到中国人的因循守旧、对外来的东西初则抗拒继之接受固守时，作者举了中国人对辫子和佛教的态度作为阐述的证据。前者的列举和描述大体准确，但论述后者时认为"佛教引入中国，也是靠战争开道，多少中国人为此付出了性命"[1]，则显然违背史实，作者是想当然地把西方历史上的宗教战争移植到了中国。甚至，在一些作者欲肯定中国社会的地方，也存在明显的错误，比如作者描述了中国人缺衣少食、灾害频繁、生存条件恶劣，但又认为这样的国度里中国的老人也普遍长寿，中华民族是世界上老人最长寿的国家之一，这显然是把个别的现象普泛化，既与常识相背，更缺乏统计学的事实和知识的准确。这些有悖于史实、不符合知识和常识的判断，显然是对此书价值构成的硬伤和内伤。

其次，从观察与立论的角度和立场来看，明恩溥的目光及其著作不可避免地内含西方宗教与文化的价值标准，并由此与知识论上的某些错误掺杂在一起，形成观察与评价中国社会、历史和国民精神时的某种认识论的偏差与偏见。需要申明，我们不同意一般化的把传教士在中国进行的传教和其他活动，看作是比经济和军事侵略"更坏"、

---

[1] 〔美〕明恩溥：《中国人的素质》，第103页。

"更恶"的帝国主义文化侵略的理论,不认为在中国传教 20 多年的明恩溥是帝国主义文化侵略的急先锋,也不主张搬套"文化帝国主义"、"东方学"或殖民与后殖民主义理论衡量一切西方人看中国的著述。不过,在殖民与被殖民、帝国与弱国弱肉强食的时代,从中国与当时西方的关系和国际政治角度看,又不得不承认,作为传教士的明恩溥得以到中国自由地传教和生活,显然得益于西方对东方的殖民主义征服的霸权背景和环境,这种霸权背景无疑具有帝国主义的性质,尽管这种帝国主义的强权不是传教士明恩溥所追求的;尽管明恩溥本人的主观动机并非如此,但这样的历史环境和条件使明恩溥的传教活动难免在客观上具有了殖民和帝国主义文化侵略的性质。另一方面,尽管明恩溥对中国及其人民抱着相当友善的态度[1],他本人力求对中国的观察和描述尽可能地客观准确和中立,但毋庸讳言,西方传教士的身份和立场,以及他所拥有的西方的宗教、文明和知识,理所当然地成为他在观察和描述中国时的价值尺度与标准,而以这样的尺度与标准进行哪怕是善意的传教和文明开化工作,并以此为镜子进行对中国的观察、对照与言说时,其角度、立场与话语,自然不可避免或自觉不自觉地蕴涵了东方主义、"文化帝国主义"的逻辑与"内存"。

这种逻辑在明恩溥观察与评价中国及其人民的话语中的表现之一,是基督教文明优越论,或者说,明恩溥力求客观却时有舛误的观察与言论,很大一部分是来自这种逻辑。在明恩溥看来,"基督教文明最美好的结果,就是它所造就的美好人生"[2]。而中国及其人民的落后,就在于缺失这种基督教文明。因此,要使中国脱胎换骨,以中国本国的思想文化资源如儒学去振兴或复兴,是根本不可能的,"儒学的最终结果就是中国","中国永远都不可能通过内部自身进行改革",用西方的

---

[1] 1906 年 3 月 6 日美国总统罗斯福在白宫接见明恩溥时,明恩溥建议美国退还庚子赔款并被最终采纳。
[2] 〔美〕明恩溥:《中国人的素质》,第 284 页。

科学、文化及物质文明，以及让中国融入国际大家庭进行自由交往与贸易，以之作为改革中国的手段，都难以达到目的。"要改革中国，就一定要在素质方面追根溯源……中国需要正义，为了获得正义，必须了解上帝……中国的各种需要只是一种需要。这种需要，只有基督教文明，才能永恒而完整地给以满足。"[1] 明恩溥正是抱着这样的目的来到中国传教的，希望通过传播上帝的福音，拯救落后的、不幸的、没有基督教信仰的"迷途的羔羊"——中国民众，使之迷途知返，在上帝的博爱与智慧之光的关怀启迪下皈依基督教，建立信仰，得到拯救，建立良心、正义和美好生活，以便最后得登天国。基督教的四海之内皆兄弟、天下众生皆上帝子民的世界观所包含的博爱和平等的观念，使明恩溥能够在传教的同时为中国的下层百姓做善事——如治病防病、宣传卫生和科学知识等，而不是厌恶和嫌弃生活条件恶劣的、不讲卫生的中国民众。基督教的原罪、救赎和基督教文明优越的观念，又使明恩溥难免把自己作为比中国的文明、国家、人民都更高级先进的启蒙者与拯救者，有责任和义务（来自上帝赋予的责任）对没有基督教信仰的中国民众，进行居高临下的观察、悲悯、关怀与拯救，坚信中国民众若能信仰基督教，民众和国家会因获救而有光明的未来。由于预设了这样一种最高的优越的文明价值标准，并以这样的有色眼镜去观察中国和民众，所以他所看到的与基督教文明迥异的中国固有的文明文化以及中国的民众，自然就呈现出落后的色调。

基督教文明优越论还常常与西方文明中心论结合在一起，由它们构成的认识论，以及观察中国时的知识的欠缺，必然严重影响和妨碍了《中国人的素质》的客观性与科学性。结果，尽管动机上不乏客观公正的追求，但观察与立论中又无所不在地充满偏见与偏颇。例如对中国的历史的评价，近代以前的西方学者对此一向予以称道中国历史

---

[1] 〔美〕明恩溥：《中国人的素质》，第 284—293 页。

的悠久及历史记载的丰富即史学的发达。对此，明恩溥也承认："毫无疑问，中国的古人在保护历史记载方面，要比同时代其他国家先进得多。他们的史书，不管有多么冗长啰唆，但肯定面面俱到。"但另一方面，又认为中国人虽"擅长于书写历史"却又认为中国历史是大洪水以前即原始的，中国人是"一个耽于撒谎的民族"和"没有时间观念的民族"，因此中国虽然有秉笔直书的史官，但从孔子写《春秋》时的为"尊者讳"的传统又使中国的史书总体上缺乏严谨和真实。这样的结论，明显是以西方文明优越的价值标准看待中国历史的，既是一种对中国历史的知识论欠缺——作者是否对中国历史和史书进行过认真阅读和研究，是值得怀疑的，更是一种认识论的偏颇。

进化论也是明恩溥中国观察与评价中的西方话语与逻辑。明恩溥生活在 19 世纪，其时正是进化论风靡世界之际，它与能量守恒定律、细胞学说等自然科学一起，成为形成 19 世纪人类世界观与价值观念的基础构成。在《中国人的素质》中，进化论也构成了明恩溥在考察中国文明、社会与民众时的基本理论之一，而他在运用进化论与中国比照时，大致运用的是进化论的两个方面。其一，是以"庸俗进化论"即社会进化论作为观察和比较的基准，强调的是适者生存、优胜劣汰。把这种理论运用到中国，使明恩溥在对中国和民众弱点进行揭示的同时，如前所述，也着重强调了生存条件低劣的中国人的生命顽强及其在进化中的意义。从适者生存的角度对中国人的生存能力予以积极肯定，也就是说，中国社会与民众的某些消极落后的现象却具有了社会达尔文主义的积极正向的价值和意义，对中国民众的批判变成了肯定。其二，以进化论的时间观、历史观和文明观，对中国的历史与文明进行否定性批判，并由此在知识论和认识论上都犯下明显错误。把中国历史和语言视为大洪水以前产物的观念与论断，就明显地包含着价值与时间的推移成正比的进化论观念，即认为在时间前端的事物随时间的前移而价值递减，在时间后端的事物随时间的后移而价值不断递增，所以越原始越没有价值。他认定中国的历史和语言都是原始的即大洪水以前的，当然也就是落后的和无价值的。由此出发，中国的历史和文明文化越悠久，也就越无价值，而无价值的东西当然都是应该遭到否定的，这是明恩溥论说中国时导致偏见的深层逻辑和语法。实际上，进化论观念是与社会现代性相联系的价值尺度，并不能放之万物而皆准，特别是考察和衡量人类文明与文化的历史的时候，其价值尺度与标准的功能往往是有限的甚至是无效的。由生物进化论理论形成的社会发展观与时间观和价值观，又与基督教由原罪、赎罪、拯救和未来天国的理念构成的世界观与价值观，在内涵和趋向上基本同构。因此，明恩溥用进化论观念作为衡量和评判中国事物的尺度之一，虽在情理之中，也是失误之处。

此外，现代西方民族国家形成中的民族主义思想资源和理论背景，也是明恩溥的中国描述与言说中的西方话语和逻辑之一，当然也是造成他立论偏颇的因素之一。西方由宗教改革、文艺复兴、工业文明和印刷资本主义所促成的现代民族国家的形成，虽然也是一种"想象的共同体"，但的确具有了民族共同体的基本性状，特别表现于宗教背景、民族语言和民族心理，即所谓共同的民族性和国民性。明恩溥把西方的民族主义的民族同一性理念作为观察和思考中国问题的方法，先验地把中国及其民族当作具有同质的、一致的民族性或国民性的存在，漠视中国各地区的文化模式、生活方式及民众心理与风俗的差别，经常把他看到的乡村的、北方的或地方的东西作为全国共有的东西，把具有地域、城乡、阶层差别的行为上升为普遍的民族素质。不能说明恩溥看到和描述的具体的中国民众身上存在的精神弱点都不准确，但是把它们扩大为文化普遍主义和民族普遍主义的共同模式，把北方农民和部分中国人的某些特性扩大化和普泛化为全体中国人的共性，制造出一种中国的普泛化的民族性和国民性，则显然存在失误和偏颇，以这样的思维去观察中国及其人民并进行判断，必然造成视角与方法的不尽恰当。

基督教、进化论和民族主义，是明恩溥所运用并贯穿于此书的三大西方话语和逻辑，成为基本的理论支撑和骨架。明恩溥观察与评价的准确与偏颇，都与这样的理论装置有关。而这样的装置，无论承认与否，无论动机如何，都在客观上生产和制造了近现代西方的关于"中国"的知识，都与东方主义的话语逻辑相同：为了确证西方文明的先进性，需要寻找东方的和中国的落后性，而落后的东方性成为西方中心主义和文明优越论自我确证的"他者"和材料，正是在这样的意义上，西方世界的东方主义的理论和方法具有了文化帝国主义的性质。在这种关于中国的文化帝国主义的合唱中，明恩溥及其他传教士的观察和描述起了一定作用，尽管从主观上说，这不是明恩溥所有意追求的。

3．对误读的误读及原因

有意味的是，《中国人的素质》出版以后，在阅读和引用此书的中国人里，绝大多数都接受了明恩溥对中国国民性的否定与批判，而对作者肯定的部分和肯定与否定并存及整体否定中的局部肯定的内容，则很少有人提及，或提及很少，即以明恩溥的否定批判性的所见为见，而对他的部分肯定性的所见则出现了集体性的遮蔽与"不见"。如现代中国社会学家潘光旦认为此书"大体上很可以说是一幅逼真的写照"[1]，另一位社会学家李景汉通过自己的实地田野考察和研究，也认同了此书对中国人特性概括的基本正确性和客观性，"他对中国农村社会的现象，可谓观察精密，独具慧眼，而且他那描摹入微、写实逼肖的能力，岂但在西洋人中间没有几个可以与他比拟的，就是在我们

---

[1] 潘光旦：《民族特性与民族卫生·自序》，转引自明恩溥：《中国人的素质》，第315页。

自己的国人中间恐怕也是凤毛麟角的吧"[1]。而著名的思想家和文学家鲁迅对此书更是推崇有加,从在日本留学时阅读日本人涩江保翻译的《支那人气质》,到1936年逝世前几天还希望有人翻译此书给中国人看,40多年不断地在文章著述中反复提及,可见其在鲁迅心目中的地位和对鲁迅思想的影响之大,也说明鲁迅和中国很多知识分子对其真理性与真实性的基本接受和认同。

只有极少数人如著名的文化保守主义者辜鸿铭,对明恩溥及其著作进行了整体的否定,认为不过是对中国一知半解的西方人对中国的肤浅观察,既不真实也没有任何价值,辜鸿铭还以他的博学和对西方文化的造诣、以所引用的西方知名学者对中国及其文化的评价,来证明明恩溥的观察和结论,与那些对中国一知半解的半吊子的西方人的中国知识和印象一样,既浅薄又充满谬误。

为什么会出现这样的阅读行为?为什么对此书的接受和认同成为阅读中的主体和主流?印度学者在谈到印度殖民历史的时候,提出了一个著名的观点:印度的很多知识分子对西方文明的先进性和殖民统治的合理性趋于认同的行为,是一种"自我殖民主义"。同样,近代以来,中国的先进的知识分子对于西方及其文明和文化的进步性是承认的,对于西方人包括明恩溥批判中国的言论也是认同和接受的,同样在总体和主流上表现出"自我殖民主义"的价值取向。问题不在于简单指责这种倾向,而是应该弄清中国知识分子何以如此,以及这样的倾向对于现代中国及其文化的意义。

众所周知,历史和文明悠久灿烂、经济在世界上领先上千年的古老而强大的中国,在近代与率先进入工业文明的西方帝国的抗衡中,遭到了痛心的失败。其实,以农业文明为主的中华帝国遭到工业文明为主的西方帝国的扩张性侵略并且失败,是具有历史必然性的。中国

---

[1] 李景汉:《民族特性与民族卫生·序》,转引自明恩溥:《中国人的素质》,第298页。

的失败在上层部分统治者和士大夫看来，只是物质文化与制度文化的失败，因而救弱图强之道或在船坚炮利或在维新变法。而在同样救亡心切的诸多知识分子看来，中国的失败是文化或文明的失败，是中华文明与文化几千年来从未有过的"劫难"与"奇变"，而文明与文化是物质与制度、国体与政体的"根底"，因此，中国遭遇的失败是全面的和彻底的失败，是文明的溃败。这样的失败必然逻辑地产生出胡适后来表述的"我们万事不如人"的全面溃败感，这里的"人"指的是西方。既然万事不如人即落后与于西方，那就不仅要"师夷长技以制夷"，更要以"夷技"背后的文明与文化作为学习的目标，作为衡量万事尤其是中国文明与文化的价值标准。由此，在救亡心和失败感同样强烈的先进的中国知识分子中，具有殖民侵略性和文明示范性的西方国家及其文明，其殖民性被大大忽略或遮蔽，其先进性和示范性被接受和认同。如果说在西方人心目中有一个想象的东方或中国，那么，在中国知识分子心中也有一个想象的西方，这个想象的西方散发着现代性文明和普世价值的光辉。中国部分先进知识分子的"自我殖民主义"就是这样产生的，而且这种自我殖民主义在中国语境中具有历史之善的性质和价值，它催生出以救亡和立国为根本目的的民族主义，以及由此派生出的启蒙主义。在近代的洋务运动、变法维新、辛亥革命之后诞生的"五四"启蒙运动和新文化工程，其根源都在这里。

正是由强烈的文化溃败感导致的对西方文明先进性与价值性的接受和认同中，从近代开始，部分知识分子开始对本国传统文化价值，对本民族和国民的缺失与弊端，展开了从局部到整体的自我怀疑和否定。在这样的语境中，作为西方人的明恩溥，以西方文明为价值标尺看中国的《中国人的素质》，当然就会被以西方文明为示范和价值的中国人所接受和认同，并被认为具有真理性和真实性。《中国人的素质》对中国文明和国民弱点的批判被主流知识界接纳和推崇、对中国民众某些素质的肯定却被视而不见的深因，就在于此；《中国人的素质》与中国近现代的民族主义和启蒙主义的联系,也在这里。把对中国存在"正读"也有误读的明恩溥的著述全盘接受和进行再"误读",这是中国近现代部分知识分子的有意选择。这种意图性误读不过是借他人的酒杯,浇自己的块垒——接受他人批判,进行自我反思,以图改造和再造国民与国家,一个与西方"环球同此凉热"的现代的民族国家。从这个意义上看,《中国人的素质》为中国兴起的民族主义,以及为此进行批判、改造、更新、振兴以达到人立国立的启蒙主义,提供了思想资源,或者对中国民族主义与思想启蒙主义双性同体的思潮的兴起和蔓延,起了推波助澜的作用。

在近现代具有国家主义性质的民族主义和启蒙主义的如潮汹涌、在对《中国人的素质》的一片接受赞同声中,作为文化保守主义者的辜鸿铭对之进行的质疑和否定,同样是颇有意味的。在近代中国与西方的碰撞中,也有一些知识分子虽然承认中国遭到的打击和失败是"亘古未有之奇变",但并不认为中国的失败是中国文化的失败,更不认为中国的失败是文化造成的。相反,在世界各大文明体中,中国文明历经千年而仍然存在,恰恰说明中国文化的永恒价值。继承、发掘、维护中国与文明的价值,"为往圣继绝学",使之不致消亡而是发扬光大,同样可以保种强国,延续国脉。这些知识分子被称为文化保守主义或守成主义,他们的言行和作为其实也是救亡背景下的民族主义——一种拒绝自我殖民主义的文化民族主义。这种通过继承、发掘、坚守、维护传统文化价值以图维系国脉、抗衡西方、振兴国家、再造辉煌的文化保守主义,其实倒与近代西方的启蒙主义思潮,具有相似的文化价值取向,而与中国近现代特别是"五四"的启蒙主义背道而驰。辜鸿铭是中国近现代的文化保守主义者中的主要一员,他通过对明恩溥所著《中国人的素质》中的观点的批判和否定,目的当然是捍卫中国及其文明和文化的价值,反对来自西方的文化殖民主义和文化帝国主义的东方想象与充满错误的知识制造。而且,由于辜鸿铭深谙西方文化，所以他的批判和拒绝具有知识的、逻辑的和道义的力量。通过对《中国人的素质》的批判和其他著述中对东方文明、中国文明的价值维护与捍卫，辜鸿铭表达的正是所有文化保守主义者的共同价值观念与立场，流露出的同样是文化民族主义的强烈的使命感与道德感。因此，在这个意义上，明恩溥所著《中国人的素质》同样为中国的文化民族主义提供了思想资源——不过是负面的思想资源，它以反面的形象为文化民族主义的滋生，提供了精神营养。只不过由于近现代中国的民族主义和启蒙主义潮流的强大性和压倒性，辜鸿铭及文化保守主义和民族主义的声音"大音希声"，没有产生广大的影响，因而其与《中国人的素质》的逆向精神联系，也就没有冲出历史地表而是成为历史大潮中的潜流和支流。

第十七章

中国与亚洲启蒙中的文学

1. 文学与启蒙的关系

19世纪至20世纪初,在亚洲,很多被压迫国家,伴随着民族和民主革命的高潮,曾先后普遍掀起了规模与程度不同的思想启蒙运动。那么,在亚洲国家的启蒙运动中,文学扮演了一个什么角色?它的地位作用如何?它自身又在启蒙运动中发生了什么样的变化?

一般说来,在亚洲国家的启蒙运动中,文学与启蒙的关系大致有三种情形:其一,文学一开始就参与了启蒙,换言之,思想启蒙和文学启蒙同步进行。比如,清末至辛亥革命前夕,中国资产阶级改良派所发起的启蒙运动,就是思想启蒙与文学启蒙几乎同步进行。其代表人物梁启超一方面在政治、思想、学术上进行启蒙宣传,一方面,也身体力行地以《新中国未来记》等"新体小说"进行文学启蒙。孙中山领导的资产阶级革命,亦在从事政治、思想、学术学理启蒙的同时,从事文学启蒙,如秋瑾等革命志士创作的充满革命豪气的大量诗文。其二,是在思想启蒙的基础上,自然而然地、顺理成章地导致和催生了启蒙性的文学。比如,中国辛亥革命以后的具有资产阶级民主主义思想的知识分子,如陈独秀等人,于1915年创办的《青年杂志》(即后来的《新青年》),其根本目的是为了"辟人荒",即对中国人民进行思想启蒙。至 1917 年，在思想启蒙的基础上，终于引发了胡适《文学改良刍议》和陈独秀的《文学革命论》的出现，启蒙运动的重点由思想移至文化文学，并终于在 1918 年出现了鲁迅的小说《狂人日记》，由此正式诞生了"五四"新文学和中国新文学。在邻国印度，19 世纪中期以后，在北方穆斯林地区出现的著名的"阿利迦尔"启蒙运动中，启蒙的发起宗旨和重心首先是带有民族解放性质的思想启蒙，在思想启蒙的荫泽下，后来诞生了现代乌尔都语文学。其三，还有一种比较特殊少见的情形是，文学启蒙的呼声和要求先于思想启蒙运动。如 19 世纪下半叶，伊朗阿塞拜疆的著名民族主义者阿里·阿洪德孔德，作为文学上的启蒙者最先提出的是初步的文学启蒙要求。不过，在更多的情况下，亚洲被压迫国家的思想启蒙和文学，往往是连体双胞、共生共在，很难抽象式地将二者截然分开。

启蒙和文学在启蒙运动中之所以成为"共生"现象，是由启蒙主体——启蒙运动发起者、领导者——的启蒙动机、目的、功利追求和文学观念所决定的。受启蒙运动的功利目的性驱使，亚洲各国的启蒙者们普遍认为，为了使启蒙运动能够深入人心、更有效果，让文学担当启蒙的重要工具和手段，往往是最佳的选择。换言之，由于近代亚洲国家先后沦为西方列强的殖民地和半殖民地（只有日本例外），这种惨痛的被压迫现实环境促使这些国家的有识之士发起了志在挽救危亡、振兴和解放国家与民族的启蒙运动，即启蒙是为了救国。而在启蒙运动中，各国启蒙者普遍认为，救国须先"醒民"，即唤醒和教育人民，使之摆脱不识、不知、不争、不强的落后与愚惰，在思想精神上觉悟强大起来，也即辛亥革命失败以后中国现代启蒙者所说的"辟人荒"。由此，决定了亚洲各国启蒙者的启蒙思维方式，是以救国为本的"精神救国论"、"精神启蒙论"。自然而然，启蒙者普遍地看重并选择纯粹的精神产品——文学，作为思想和精神启蒙的主要工具，就是再恰当不过和顺理成章的事了。因此，在亚洲各国的启蒙运动中，在以救国为本的"精神救国"论的思维方式和目的论影响支配下，启蒙者们异域而共相地形成了一种思想化、启蒙化、政治化、功利化的文学观念和文学主张，将文学作为最重要的启蒙工具。或者说，是在工具论的前提和意义下肯定了文学及其意义。比如，中国现代最伟大的文学家和启蒙者鲁迅，在鸦片战争以后中国社会救亡图存的时代氛围中形成自己的救国救民思想，并为此东渡日本学医，希望通过掌握医学和科学来为国家人民服务并以此作为振兴祖国的手段。在学医的同时，他开始自觉地以启蒙者的角度和身份去思考探讨近代中国启蒙者都在思考的启蒙课题：中国国民性问题。后来因为一次偶然事件的强烈刺激，他中断了学医，他认识到，医学和科学并不是救国救民的有效手段，因为中国人全体在思想和精神上患有严重疾病，是一群"愚弱的国民"，他们的身体再健壮，也只有做被杀头示众和杀人看客的资格，中国国民性存在着严重问题。因此，重要的不是治病拯救中国人的身体，而是要治疗拯救中国人的思想和精神，改造"国民性"。而为了实现这一目的，鲁迅说，"我那时以为当然要推文艺"[1]，于是鲁迅"弃医从文"，开始从事文学。可见，鲁迅正是在启蒙主义的思想动机、要求和目的驱使下选择了文学，并把文学作为最恰切的启蒙、"治病"的工具，选择文学是为了启蒙，而不是"为艺术而艺术"。在这种启蒙主义文学观的支配下，鲁迅在日本时不辞辛劳、不怕寂寞地和弟弟翻译出版《域外小说集》，并终于在1918年应"五四"启蒙和新文化运动成员的邀请，写下了开创中国新文学先河的第一篇白话的也是具有思想启蒙性质的小说。此后，他便"一发而不可收"，连续写下了数十篇启蒙性质的优秀作品。在鲁迅——现代中国文学的开创者和奠基者——的影响下，中国现代文学的基本主题、倾向、发展和流向，都带有启蒙性质。"五四"时期最重要文学社团之一的文学研究会，其文学主张

---

[1] 鲁迅：《呐喊自序》，《鲁迅全集》第1卷，人民文学出版社1981年版，第417页。

就是为人生、表现人生和指导人生。这种主张本身，其实就是一种启蒙主义文学主张，其根源来自近代中国的启蒙思潮。再进一步，中国新文学从开始到结束之所以选择并让现实主义占据着主流地位，其深层背景仍然脱离不开近现代中国的启蒙主义思潮，或者说，深层背景中的启蒙化文学观念和主张导致与决定了中国新文学中现实主义的主流地位。

　　无独有偶，这种情形也发生在亚洲国家。与中国的鲁迅几乎同时代的印度乌尔都语大诗人伊克巴尔，也曾抱着救国救民、寻找真理的目的去欧洲留学，并在留学期间形成了更为坚定激烈的、以救国救民为本的民族主义情绪。回国以后，在"阿利迦尔"启蒙运动的影响熏陶下，他自觉地以继承和发扬"阿利迦尔"启蒙运动的精神，以对民族民众进行民族主义的、爱国主义的启蒙宣传为自己的光荣使命，并形成了与中国鲁迅非常接近乃至在字句话语表述上都几乎相同的启蒙文学观。比如，在谈到文学和文学家的使命与任务时，伊克巴尔认为：只有那些熟悉民族脉搏，并以自己的艺术医治民族的病症的人，才是真正的文学艺术家。熟悉"民族脉搏"、"医治民族病症"，即用文学为患病的民族进行诊断和治疗，以达到改造民族性（国民性）、使民族康复和振兴的目的，这种启蒙文学观，同中国鲁迅几乎如出一辙，极其相似。此外，伊克巴尔和其他"阿利迦尔"启蒙运动中的作家诗人，都提出并主张"文学是生活的助手和仆人"，而不是娱乐的手段，作家从事文学事业是为人民和社会服务，文学要接近现实生活中的迫切问题并要在社会变革中发挥作用等等。这些文学观念和文学主张，同鲁迅的"听将令"、"遵命文学"，同"五四"时期文学研究会的反对将文学作为娱乐和消遣，以及同"五四"以后的整个现实主义文学，都非常接近乃至相同，异域而共时地反映出启蒙主义文学观的共同的特征。

　　从这种启蒙主义的文学观出发，或者说，正是在这种启蒙主义的文学观的驱使下，亚洲国家的启蒙者都非常重视强调并往往夸大了文学的作用。如中国清末维新派主要首领梁启超就认为："彼美、英、法、德、奥、意、日本各国政界之日进，则政治小说为功最高焉。"[1] 故此，他大声疾呼："故欲新道德，必新小说；欲新宗教，必新小说；欲新政治，必新小说；欲新风俗，必新小说；欲新学艺，必新小说；乃至欲新人心，欲新人格，必新小说。"[2] 将文学的启蒙教化作用夸大到无所不能的地步。当时持此种文学观的不止梁启超一人，如有人真诚地宣扬并相信："昔者法之败于德也，法人设剧场于巴黎，演德兵入都时惨状，观者感泣，而法以复兴；美之与英战也，摄英人暴状于影戏，随到传观，而美以独立。"[3] "五四"时期的李大钊也认为："抗战不屈之德意志魂，非俾士麦、特赖克、白仑哈的之成绩，乃讴歌德意志文化先声之青年思想家、艺术家所造之基础也。"[4] 鲁迅也在辛亥革命以前写的《文化偏至论》、《摩罗诗力说》等文中极力强调文学的作用，并在"五四"时期提出"文艺是引导国民精神向上的灯塔"的观点。类似的情形在亚洲其他国家也可以看到，尽管程度有所不同。同样以印度为例，乌尔都语诗人伊克巴尔在谈到诗人及其作品的作用时指出：诗人既可以培植民族生命的根基，也可以毁坏民族生命的根基。一个民族和精神文明更多是依靠从诗人和艺术家那里得到的种种鼓励。泰戈尔认为：一个国家的诗歌、绘画及音乐的灭亡，便是这个国家的灭亡。[5] 他们都将文学（艺术）的功能作用同国家民族的兴亡联系起来，将文学（艺术）提升高悬到"经国之大业，不朽之盛事"的地位。应该说，对文学的作用如此强调看重并这样夸大，是近代亚洲、东方文学中特有的精神现象。这种现象，在欧洲文学乃至在欧洲启蒙运动

---

[1] 梁启超：《译印政治小说序》，《中国近代文论选》上卷，人民文学出版社1959年版，第149页。
[2] 梁启超：《论小说与群治之关系》，《中国近代文论选》上卷，第151页。
[3] 天生：《剧场之教育》，《月月小说》1903年第2期。
[4] 李大钊：《〈晨钟〉之使命》，《李大钊选集》，人民出版社1959年版，第58页。
[5] 转引自林承节：《印度民族独立运动的兴起》，北京大学出版社1984年版，第461页。

和文艺复兴时期都是少见的。而个中原因，只有联系到近代亚洲被压迫国家迫切的民族解放任务和启蒙运动，才能得到解释。

2. 文学在启蒙中的作用

在亚洲国家的启蒙运动中，被启蒙者挑选出来作为启蒙工具的文学，所起的作用是十分巨大和辉煌的。具体而言，文学在启蒙中的作用大致表现在两方面：

首先，文学刊物、社团乃至非纯文学性质的刊物社团的出现，往往直接推动和扩大了启蒙运动的步伐、声势与范围。在近代中国，从辛亥革命前后的南社、春柳社等文化文学团体和刊物的出现，到"五四"时期"文学研究会"、"创造社"等上百个文学团体和《小说月报》等大量刊物的涌现，它们为宣传播扬新思想新观念，为壮大启蒙运动的声势，使启蒙运动更加深入人心和更为扎实具体，都做出了巨大贡献。文学刊物和团体在启蒙中往往具有双重作用：一方面，它们的作用是文学性的，即进行了文学上的启蒙，引进和创立新的文学观念、理论、形式、体系，进行文学革新或文学革命，逐渐尝试并建立一种新的文学；另一方面，它们的作用又是思想性的，即实质和深层中进行了思想上的启蒙。因为不论是新的文学理论、形式、体系的引进和创立，还是文学自身的革新与革命，它们在引起人们"文学观"发生变化的同时，实质上也引起人们的思想观念、思维方式的变化。这种情形，在亚洲其他国家也可以看到。如朝鲜1895年甲午农民战争之后掀起的文化启蒙运动中，出现了像"西北学会"、"湖南学会"、"峤南学会"等文化文学团体及相应的刊物，它们对朝鲜的思想文化和文学启蒙，对思想变革和文学变革，都起到了非常明显和巨大的作用。这当中，特别值得提出的是非纯文学的思想文化刊物，像印度"阿利迦尔"启蒙运动的机关刊物《道德修养》和中国"五四"前后的《新青年》,它们是启蒙中的最重要的思想文化堡垒。中国的为了思想启蒙而创立的《新青年》(原名《青年杂志》),一方面大力批判封建传统思想,积极介绍宣扬易卜生主义、无政府主义和马克思主义等各种思想学说,一方面在创刊不久便开始介绍引进西方文艺思潮,并终于引发了文学革命,催生了现代中国文学的诞生,成为孕育了现代中国思想革命、文化革命和文学革命的母胎。同样,印度的《道德修养》虽然重在进行思想启蒙,但是在它的孕育催生下诞生了现代乌尔都语文学,一大批现代乌尔都语作家都是在它的荫泽下长大的,同它有着明显的精神血缘关系。

其次,大量的带有启蒙性质的文学作品的创作和面世,对启蒙思想的更加普及和深入,起了明显的推动作用。作为一种特殊的意识形态和精神产品,文学作品具有其独特的功能,它诉诸人的心灵情感,具有独特的形象和激情力量,往往比一般的政治性的启蒙说教更能引起普遍的共鸣,起到启蒙说教所不能起到的作用。亚洲各国的启蒙者普遍认识到了文学作品这种特有的激情煽情功能,因而纷纷采用文学作品作为"载道"——载启蒙之道——的工具,进行启蒙宣传。在中国,从梁启超到鲁迅,历代启蒙者皆看重文学,那种"欲新……必新……"的思维方式和言辞,固然过分夸大了文学的作用,但也说明他们对文学作品的独特功能有着清醒的、偏激中不乏深刻的积极认识。不仅如此,中国启蒙者还身体力行,积极尝试运用文学作品或选择文学形式进行启蒙煽情。梁启超的那些政治性小说和传记文学,在当时风靡全国,其人人争诵的情形,其起到的巨大作用,几乎令今人难以置信。其后的资产阶级革命派中的革命家兼启蒙者,如邹容、陈天华等人,也注意并积极运用"动心悦情"的通俗的、民间的文艺形式进行革命思想的启蒙和宣传,邹容的《革命军》,陈天华的《狮子吼》、《警世钟》、《猛回头》等等,也都在当时为人争相传颂,产生了极大影响。此外一大批革命志士如秋瑾等人的诗文,也在当时影响广泛。至

"五四"时期,鲁迅先生以《狂人日记》为代表的小说创作,如春雷一样炸响在中国的天空和中国人面前。它以"内容的深切和格式的特别",对"五四"思想启蒙和思想解放,对中国新文学的诞生,都产生了难以估量的作用。在印度,以大诗人伊克巴尔、启蒙讽刺诗人里兹维为代表的乌尔都语作家,以泰戈尔为代表的孟加拉语作家,以帕勒登杜·钱德拉为代表的印地语作家,纷纷以各种形式的大量的文学作品,或者揭露抨击束缚、压迫人民的野蛮的陈规陋习,呼唤新的文明的到来;或者怀念和歌颂本国古老灿烂的文明,描述远祖先贤们的优秀品质与事迹,再现乃至美化本国的历史,以启发人民的民族自信心和民族、历史、文化、文明的自豪感与优越性,以对抗殖民者的"同化"和污蔑,进而达到进行民族反抗、民族振兴和解放的目的。可以说,近代印度文学作品对近代印度的启蒙运动和民族解放运动,起到了直接的、巨大的推动促进作用。在菲律宾,民族解放的先驱者和启蒙者黎刹所创作的长篇小说《起义者》和《不许犯我》,以及其他一些作家诗人深情描绘祖国历史、文明和人民的作品,同样深受人民的喜爱,引起了广泛的共鸣和影响,起到了巨大的启蒙、宣传和鼓舞作用。在缅甸,在朝鲜,文学作品对思想启蒙和民族解放运动也都起到了类似的作用。总之,在亚洲各国的启蒙运动中,作为启蒙最主要承担者的文学,以其自身特有的功能出色地完成了历史使命。

3. 文学自身在启蒙中的蜕变

在亚洲国家的启蒙运动中,被作为启蒙工具的文学自身,也相应发生了变化乃至是"革命性"的"蜕变"。而这种变化或"蜕变",则往往是在启蒙运动中所引进的西方文学的参与撞击下发生和完成的。

近代亚洲各国是在西方列强的侵略下沦为殖民地或半殖民地的。因此,亚洲人民和各国启蒙者始终对西方殖民者抱着憎恶敌意态度。

但是，他们对随着殖民者的铁蹄一同来到的西方文化和文学，却普遍持欢迎亲和态度，至少开始的时候是这样。特别像中国这样的半殖民地国家，有志之士把介绍引进西方的思潮学说、文化文学作为对人民进行思想启蒙、改变人民的思想精神态度和使民族国家摆脱积弱、走向富强，以及创建新文化新文学的重要手段。因此，积极介绍和翻译西方文化文学，就成为近代中国一种重要的文化现象。从清末的林琴南到"五四"前后，中国出现了两次大量翻译引进外国文学的高潮。在亚洲其他国家，也都有类似或相近的情形。虽然后来在亚洲不少国家，"开头对于西方无条件的崇拜被后来的批判情绪所代替了"[1]，但有趣的是，他们在对西方及西方文化文明持否定批判态度的同时，却并不否定排斥西方的文学。当然，由半殖民地殖民地的现实处境和启蒙与民族解放运动的要求所决定，被压迫的亚洲国家在引进翻译西方文学时具有自己的"接受视界"：他们注意译介那些表达了自由、平等、民主和人道主义，以及"立意在反抗，旨归在动作"，具有"反抗挑战破坏之声"[2]的作品。像中国鲁迅和印度诗人都对拜伦、雪莱等人的作品深为推崇。对某些被认为有殖民偏见的作品则或拒之门外或进行驳斥，像印度乌尔都语历史小说作家认为英国司各特对阿拉伯人的描写是对所有穆斯林生活的丑化，因而排斥并在作品中与司各特进行论战。[3] 不过，从整体上看，亚洲各国对西方文学普遍持欢迎接受的态度，而对西方文学的大量引进，势必会对各国固有的、传统的文学产生撞击、交流与"解构"，促使原有的文学发生变化和"重构"。亚洲近现代文学在西方文学撞击下所发生的文学变革，最明显地体现在文学形式上。这些被压迫的亚洲国家一般都具有悠久丰厚的文学传统，在某些文学形式和形态方面，如短篇小说，有人认为最早产生于

---

[1]〔印〕许马云·迦尔比：《印度的遗产》，上海人民出版社1959年版，第97页。
[2] 鲁迅：《摩罗诗力说》，《鲁迅全集》第1卷，人民文学出版社1981年版，第63页。
[3]《现代乌尔都语文学》，《东方文学专辑》（二），中国社会科学出版社1981年版，第101页。

亚洲和东方，像阿拉伯的《一千零一夜》，印度的《五卷书》、《嘉言集》、《故事海》，中国的《聊斋志异》等等，其他如史诗、寓言、故事、戏剧（宫廷剧、宗教剧、戏曲），章回体长篇小说等，亚洲、东方文学都有自己独特的风姿。近世以降，即便没有外来文学的参与影响，亚洲各国文学也会缓慢地向"现代形式"过渡和转化，像中国清末的《老残游记》、《海上花列传》等小说，中外学者认为其在叙述视角、方式和功能等方面，已经朝着现代的形式演进，印度19世纪乌尔都语诗歌也在酝酿着形式上的变革；但是，西方文学的引进和撞击则加速了亚洲文学向现代形式的转化演进过程，加上启蒙时代对文学的特定要求，终于使亚洲文学改变了既往的、传统的结构、秩序与形式，跨进现代文学。比如，在诗歌领域，中国传统诗歌的正宗和主体是旧体诗，但从清末开始，在中西方文化文学的碰撞下，即已酝酿着变革。夏曾佑等人提出的"诗界革命"和黄遵宪提出的"我手写我口"，虽然未脱五七言的根本，但毕竟对旧体诗是一次冲击和革新。至"五四"文学革命，以西方诗歌为参照，中国诗歌发生了一场彻底的"断裂和革命"，产生了完全异于传统诗歌的经验、秩序和形式的现代白话诗，并以此成为中国诗歌的主流。在印度乌尔都语文学中，"虽然乌尔都语诗歌有着丰富的经验，可以轻而易举地在已经形成的框框里去求创新"，但是，"同西方文学的结识活跃了乌尔都语诗坛，给它带来了新的力量，为它展开了新的前景"。"新的诗歌形式，其中包括自由韵诗，十四行诗与无韵诗，在乌尔都语诗歌中也都得到了公认。"[1] 乌尔都语批评家"不止一次地强调在乌尔都语诗歌中研究自由诗的必要性，他援引欧洲，甚至希腊波斯的诗歌经验，预言了这种诗歌体裁的美好前景"。

小说领域，比如短篇小说，最早可能产生于东方，但得力于现代

---

[1]《现代乌尔都语文学》，第118页。

自然科学切片观察的启示而产生、以截取生活横断面为特征的现代短篇小说，却是在近代亚洲的启蒙运动中、在西方文学的影响冲击下产生和出现于亚洲被压迫国家的。中国现代短篇小说的诞生，是以1918年鲁迅《狂人日记》的发表为标志，这篇小说，直接受启示于俄国果戈理的一篇同名小说，而鲁迅的全部小说创作，用他自己的话来说，是仰仗了先前读过的百来篇外国小说的缘故。在印度，现代乌尔都语短篇小说迟至20世纪初才出现，而印地语的短篇小说出现则更晚。它们都诞生于民族解放、思想启蒙和欧洲文学撞击的近代大潮中。至于长篇小说，中国打破章回体的现代长篇小说同样是在"五四"文学革命以后才得以诞生和逐渐成熟的。在其他亚洲国家，情形也大都类似。像缅甸的现代长篇小说就是在欧洲文学的影响参与下形成出现的，它的第一部现代白话长篇小说《貌迎貌玛梅玛》（1904）系从法国大仲马的《基度山恩仇记》改编模仿而成。菲律宾的现代小说亦同样是在欧洲文学，特别是西班牙文学影响参与下形成和出现的。

在戏剧领域，完全产生于西方文化土壤上的话剧，以及诗剧和歌剧，也都在近代亚洲被压迫国家的启蒙运动和东西文化文学的交流碰撞中被介绍、引进和模仿，从而催生出新的戏剧样式，改变了亚洲国家由戏曲、宫廷剧、宗教剧等传统戏剧形式一统天下的局面。

总之，亚洲被压迫国家近代启蒙运动中西方文学的积极参与和影响，使这些国家的文学形式都发生了重大的变革乃至彻底的革命，完成了由"传统"向"现代"的过渡和转变，使这些国家的文学纳入和走进了现代世界文学的共同大潮中。

下编

重读经典与历史阐释

第十八章
《阿Q正传》与辛亥革命问题的再思索

1. 回到历史语境：辛亥革命性质与意义的再思考

这似乎是一个老调重弹的问题，似乎是一个早已经解决、已成定论的问题——鲁迅《阿Q正传》中通过对阿Q在革命中的表现与作为，批判了辛亥革命的阶级和历史局限性：脱离群众，没有对农民和农村进行发动与动员，反而把阿Q这样的贫苦农民送上了革命的断头台；批判了辛亥革命的不彻底性：没有彻底打击旧的封建统治者，反而与他们同流合污，共同镇压了最具有革命要求的底层农民群众；《阿Q正传》深刻揭示和总结了辛亥革命失败的历史教训云云。

然而，这种看似正确全面的定论，随着时间的推移和认识条件的变化，越来越显示出脱离文本语境的过度阐释和误读。这种误读不仅表现在曲解和拔高了鲁迅当时的思想实际，是一种从时代性意识形态话语出发的"后设"文本阐释，即从党史化、政治化和意识形态化的辛亥革命认识来对号入座地联系和解释鲁迅小说，把鲁迅小说当作印证意识形态话语正确性的样本和文学注脚，不是从鲁迅的思想实际和作品实际进行客观的、实事求是的阐释；而且，这种对辛亥革命的政治化解释也是对辛亥革命性质、目的及伟大意义的曲解，是越来越被史学界和政治学界的研究成果及认识所否定的陈见与"伪说"。

为了更好地说明问题，让我们先从辛亥革命本身谈起。

谁都无法否认，辛亥革命是一场资产阶级民主主义革命。这种性质决定了辛亥革命的目标，是推翻封建帝制，建立资产阶级民主共和国，而不是工农专政的工农政权。这种革命的性质与目的，决定了革命的手段和方式，是自上而下的、局限于城市的突发似的暴动和起义。革命的领导和依托力量，是具有强烈反封建专制倾向（其中也夹杂着一定的排满反夷的民族意识）的资产阶级革命家、知识分子、青年学生、市民商人和军人，以及具有造反精神和流亡无产者习气的会党。因此，深入农村启蒙和发动农民进行革命或起义，就理所当然地不是这种革命的性质和策略，而是后来的无产阶级革命的策略和手段。

作为一场反对和推翻封建主义政体的民主革命，不去发动和组织农民——封建主义统治下受压迫最深最重、因而天然地具有和蕴涵着反封建革命要求的阶级，显然是资产阶级领导的辛亥革命的不足。但是，第一，这样的不足是中外资产阶级革命甚至无产阶级革命都无法幸免的。近代世界史上的资产阶级在进行反封建主义的民主革命的时候，往往都采取自上而下的革命策略。英国的资产阶级革命是这种革命的最成功、社会破坏力和成本都最小的典范，无论在革命前、革命中和革命后都没有动员和波及农村与农民。法国大革命虽然充满暴力和引起了激烈的社会动荡，其实也是自上而下，局限于社会中上层及其所依托的城市。就连俄罗斯的无产阶级十月革命，也没有从沙皇俄国最广大的社会基础——农村和农民做起，而是知识分子出身的革命者带领工人和士兵进行城市武装起义。以列宁为代表的俄国布尔什维克革命者曾经长期地进行马克思主义"俄国化"的宣传，在思想和理论上创造性地解决了在落后国家可以进行社会主义革命的问题，为革命胜利进行了思想、组织、舆论、队伍和其他条件的铺垫，但是这些工作主要是以城市和工厂为依托进行的，这一点，是所有研究十月革命的资料和著作都承认的。[1] 孙中山领导的资产阶级为了推翻清政府代表的封建专制，进行了多次的革命与起义，却屡战屡败，孙中山不得不亡命海外。有了这样长期革命的基础，加上各种剧烈的社会矛盾，使辛亥革命出乎统治者和革命者的意料而突然爆发，革命爆发后黄兴、孙中山等人才匆忙回国进行领导与组织。[2] 上举的这些新旧民主革命几乎都没有发动封建主义统治的最广大的社会基础——农民，但都没有影响革命的成功。

第二，历史事实和史学界的研究成果表明，中国资产阶级领导的辛亥革命，取得了历史性的伟大胜利，是一场成功的革命而不是失败的革命。它不止推翻了一个清政府王朝，而且结束了封建主义政权在中国长达两千年的统治，不止在制度层面奠定了中国走向民主共和的第一块基石，而且使民主共和的思想深刻地影响于社会。辛亥革命以后的中国，任何统治者都不再敢公开地复辟封建帝制和鼓吹封建主义思想，而只能变相或暗地里偷偷操作；任何复辟帝制、为封建主义招魂的行为都必然地、很快地失败。袁世凯复辟的闹剧及其失败就是最有力的证明。曾经有一种说法，认为袁世凯复辟是辛亥革命的不彻底性和失败性的表现。其实恰恰相反，袁世凯复辟帝制，只做了83天"皇帝"而迅即失败的事实，雄辩有力地证明了辛亥革命胜利的伟大和革命成果的伟大。正如毛泽东所说："辛亥革命以后，谁要再想做皇帝，就做不成了。"[3] 当然，辛亥革命存在着不足，辛亥革命后中国的复辟与反复辟、民主与专制、动乱与和平的现象交替出现，对中国社会和人民都造成了很大伤害与破坏。但是，在封建主义历史最长、统

---

[1] 不论是斯大林时代组织编写的《联共（布）党史教程》还是苏联解体后出现的著述，都承认这一历史事实。
[2] 关于辛亥革命爆发的突然性和对于革命得以成功的多种因素（包括被清廷重新起用的袁世凯的消极"怠工"与乱世野心），可以参看马昭：《世纪之门》，云南人民出版社2000年版。
[3] 毛泽东：《关于辛亥革命的评价》，《毛泽东文集》第6卷，人民出版社1999年版，第344页。

治最残酷最顽固的中国,像辛亥革命这样第一场大规模的反封建主义民主革命不可能是完美无缺的,不可能毕其功于一役,必然存在很多瑕疵和血污。欧洲反封建主义的民主革命,如法国大革命,不是也存在历史局限和血污、与封建主义几经较量才最后取得成功吗?

第三,辛亥革命把皇帝拉下马、结束封建帝制的历史壮举,不仅在政治制度层面标志着革命的成功,也对中国人民的思想是一次巨大的启蒙和解放。"思想的闸门一经打开,这股思想解放的洪流就奔腾向前,不可阻挡了。尽管辛亥革命后,一时看来政治形势还十分险恶,但人们又大胆地寻求新的救中国的出路了,再加上十月革命炮声一响和中国工人阶级力量的发展,不久便迎来了'五四'运动,开始了中国历史的新纪元。从这个意义上可以说:没有辛亥革命,就没有'五四'运动。"[1] 正是有了辛亥革命的成功,也才有了后来的"五四"新文化运动的胜利和中国共产党的诞生。记得革命导师说过,任何人物和历史运动,只能提出和完成历史条件规定的任务。辛亥革命提出和完成了历史规定的任务,它的成功和局限,都成为对后来的历史发展产生积极影响的丰厚资源和遗产。比如作为自上而下的资产阶级民主革命,它推翻了封建帝制而没有唤醒和解放农民,这自然成为它不可能避免的局限并影响了革命的成果和民主革命任务的彻底实现,它只完成了民主革命的第一步。但也因为有了这种存在局限的革命的第一步,才会有后来共产党领导新民主主义革命,以唤醒、发动和组织农民为革命手段的第二步。而且这第二步共产党也不是一下子就认识到的,是在多次革命失败后才逐步和最终确立的。因此,要求革命性质、目的和手段与中共革命都完全不一样的辛亥革命去发动和组织农民,显然是超越历史发展阶段的貌似先进正确而实则"唯心"的反历史主义的认识,以此指责辛亥革命,显然是站不住脚的。

---

[1] 金冲及:《辛亥革命的历史评价》,《人民日报》1981 年 4 月 13 日。

总之，辛亥革命的性质决定了它的自上而下的革命方式，这种性质和方式使得它不会深入农村进行广泛的发动与组织，不会以农民为主体进行自下而上的革命。这是这场革命的特点，这种特点导致了革命的胜利与成功，完成了革命的性质所规定的任务；从后设的历史视角看，这又是这场革命的缺点，是革命本身、革命领导人在历史给定的条件下无法意识到、无法超越和解决的革命局限。但是，不能由此得出辛亥革命失败的不实之论，不能进行超越历史条件的指责和苛责。

其实，早在20世纪40年代，曾经参加过辛亥革命的林伯渠就很有感慨地说："对于许多未经过帝王之治的青年，辛亥革命的政治意义是常被过低估计的，这并不足怪，因为他们没看到推翻几千年因袭下来的专制政体是多么不易的一件事。"[1] 在改革开放和思想解放如潮如涌的20世纪80年代，研究近代史的学者也对长期存在的对辛亥革命及其历史意义评价过低的现象，提出了批驳，指出"中国在君主专制政体统治下经历过几千年的漫长岁月。这是一个沉重得可怕的因袭重担！多少年来，至高无上的君权一直是封建主义的集中象征"，而以"孙中山为首的资产阶级革命派正是在这样的历史条件下，破天荒地在中国历史上第一次提出了推翻君主专制制度、建立民主共和国的主张"，并付诸实践。辛亥革命把"皇帝拉下马"，把统治中国几千年的君主专制制度推倒颠覆，这对中国此后的社会发展和革命奠定了制度与思想基础，"它为中国人民革命的胜利开辟了道路"。当然，"辛亥革命虽然推翻了皇帝，但并没有从根本上推翻帝国主义和封建主义的统治，'革命尚未成功'，这是事实"。但是，"中国封建势力的统治，实在是太根深蒂固了！推翻它，消灭它，决不是一两次革命运动的冲击所能完成的。辛亥革命诚然没有能从根本上解决这个问题（这一点，始终应该有一个清醒的估计），但它在当时的历史条件下，把统治中国

---

[1] 林伯渠：《荏苒三十年》，《解放日报》1941年10月10日。

几千年的君主专制制度一举推倒了,为此后的革命打开了通道。这种不朽的业绩,难道不值得我们今天给予热情的歌颂吗?"因此,那种"把从君主专制到建立共和国,只看作无足轻重的政体形式上的变化,甚至只看作是换汤不换药的招牌的更换"的看法和认识,都是历史的偏见和不实之论。[1]

2. 回到文学语境:鲁迅小说对辛亥革命描写的再解读

那么,在鲁迅的小说里又确实描写了辛亥革命没有进行农村动员、没有发动封建社会最广大的社会基础的农民给革命带来的局限性:广大农民不了解革命的性质和意义,把革命理解成反清复明和改朝换代——中国历史上千年轮回的革命模式,从而极大影响了革命的效果。这又该如何认识和评价呢?我认为,这首先是《阿Q正传》这部伟大作品的现实主义创作方法和艺术原则的胜利。这样的评价和理论术语,可能会有人认为陈旧和过时,但我认为在认识和评价鲁迅小说时却是适用和准确的。所以,我们还是以体现了这种理论原则的巴尔扎克的创作来说明问题。众所周知,自称是记录法国社会和历史变迁书记官的巴尔扎克,在他卷帙浩繁的"人间喜剧"系列长篇小说里,将法国和欧洲资本主义上升时期广阔的社会生活内容,以史诗般的笔触进行了真实生动、编年史般的描绘,以至于无产阶级革命导师认为在巴尔扎克小说里看到和得到的东西,比统计学、经济学、历史学、社会学、政治学等加在一起还要多。其实,对靠喝浓咖啡提神、甚至为还债而拼命创作的巴尔扎克而言,他只是以自己的生活体验、社会观察和艺术想象去创作作品,他的小说表现的丰富广阔的生活内容里所包含的诸多意义重大的思想价值,很多是巴尔扎克本人所没有想到或不很

---

[1] 金冲及:《辛亥革命的历史评价》。

明确的。就是一向被认为的巴尔扎克小说所映现的生活的真实性，其实很多都是超越现实的，或者说是超越了法国当时社会历史发展阶段的"艺术想象"，这一点，当代法国的巴尔扎克研究已经得出了证明和结论[1]。对文学创作中常常出现的这种现象，以往的文艺理论一般用"形象大于生活"和"形象大于意义"来加以解释，我认为这种解释是合理的和具有说服力的。社会生活本身是包含着无限丰富性、可能性与复杂性的存在，而能动地介入、想象、反映和表现生活复杂性与丰富性的文学形象，这类形象越典型和成功，其所包含的思想、认识和审美价值与意义就越多、越大、越深广。这是文学艺术史一再证明的、颠扑不破的、永恒常青的真理。《阿Q正传》所描写的阿Q这样的农民与革命的关系问题中所客观包含的辛亥革命脱离农民的思想认识和意义，很大程度上来自形象所包含、蕴藏和反映的社会生活本身的丰富性与复杂性，是形象大于意义这一艺术规律的生动体现。

其次，作为精神界战士和先觉的思想家型的作家，不排除鲁迅的确较早地、敏锐地发现了辛亥革命脱离农民和广大民众的局限，在创作《阿Q正传》时，与辛亥革命更是拉开了一段历史距离，这种革命的局限可能看得更为清楚。因此，在创作《阿Q正传》时，鲁迅以现实主义的艺术真实客观呈现了革命的场景。但是，鲁迅看到并表现了辛亥革命与农村和民众的脱节，却决不代表着当时的鲁迅认为辛亥革命应该如何避免历史的局限，应该采取如何正确的革命方式。如前所述，鲁迅当时的思想实际还达不到那样高的水准，广泛动员和组织农民进行自下而上的政治革命的方式是后来的中国共产党人几经摸索、付出巨大牺牲和代价并在总结了历史的经验教训后才找到的。同时，

---

[1] 在1999年巴尔扎克诞辰二百周年纪念时，《中华读书报》曾发表了对法国著名学者的专访。法国学者认为，从历史的角度看，巴尔扎克描写的当时法国社会资本主义的发展和社会生活，远未达到那样的程度。因此，巴尔扎克的小说既是写实的，也是想象的、虚拟的和"浪漫"的。

鲁迅小说描写和揭示的辛亥革命脱离农民和民众的局限，以及阿Q一类农民成为革命牺牲品，也决不代表着鲁迅认为辛亥革命走向失败，更不意味着鲁迅对辛亥革命的否定。认为鲁迅通过阿Q形象和命运揭示了辛亥革命的失败、揭示了辛亥革命失败的历史教训并进而批判和否定了辛亥革命的说法，以鲁迅小说人物的行为和命运来拔高性地印证鲁迅对辛亥革命的认识及认识的正确，是不符合作品实际、不符合鲁迅当时的思想实际的凌空蹈虚之论。

再次，我认为鲁迅对辛亥革命局限性的这种描写，与其说是表现了鲁迅对辛亥革命的正确认识和批判否定，毋宁说是表现了鲁迅对革命的失望，以及由此引发的对在当时中国进行的一切改良、维新和革命的怀疑：它们一方面不可能给阿Q一类农民福音，改变他们从精神到物质的生活和命运，特别是不可能带来对农村和农民的精神影响与改变，即不可能对改造阿Q这样的农民、对改造国民性有任何实质性的意义。鲁迅的经历和他的思想认识特点，使他一向对封建主义历史和传统过于强大顽固的中国的改革、维新和革命之类，抱有怀疑乃至悲观的态度。"见过辛亥革命，见过二月革命，见来见去就产生了怀疑。"[1] 在当时的鲁迅看来，中国这样一个国度，极其强大、顽固的封建主义传统不仅制造了大批阿Q这样愚弱混沌的国民，使吃人的宴席长盛不衰，使任何的启蒙、改革和革命都极其艰难，"移动一张桌子都要流血"，都很难取得实绩。而且中国传统和社会的阴鸷与顽劣造成的污染性和酱缸性，使任何外来的好东西都被"中国化"和非驴非马，使任何启蒙、改革和革命都变质、变形和空洞化。以至于到了学界认为鲁迅成为共产主义者的20世纪30年代，鲁迅还一再强调，革命绝非圣洁，其中有血秽和卑污。这种对中国历史及社会变化的认识，使鲁迅（也包括周作人）一度产生了对中国历史与社会发展的轮回

---

[1] 鲁迅：《〈自选集〉自序》，《鲁迅全集》第4卷，人民文学出版社1981年版，第455页。

而非进化发展的悲剧感和虚无感。另一方面，这样的历史观和社会观使鲁迅在小说创作里不仅写传统吃人、降低和愚化人，也实际通过阿Q写了鲁迅所认为的辛亥革命的必然空洞化、形式化、荒诞化和喜剧化——革命不但不能真正唤醒和解放阿Q这样极端愚昧、极端庞大的民众（传统和统治阶级"醉虾"式统治的结果和治绩，也是中国社会和国情的特色与本体），而且启蒙也害人（《头发的故事》），革命也吃人（如阿Q）。革命会吃掉拥护它的人、吃掉它应该解救和解放的人，甚至会吃掉革命者本人，是鲁迅在《阿Q正传》中通过阿Q、在文章中通过对中外革命事件的阐述所表达的一个极为令人震颤的思想。

在中外革命史上，这样的现象和悲剧屡见不鲜。别说是中国的辛亥革命这样的资产阶级民主革命，近代以来所有中国革命者都赞颂的法国大革命，也曾把在自己家庭沙龙中培育的革命者罗兰夫人以及制造革命恐怖的革命领袖罗伯斯庇尔都送上断头台。就是无产阶级革命，苏联20世纪30年代的大清洗和肃反，把大批列宁的战友和革命领袖以及红军将领、军人、作家、诗人、艺术家、科学家和平民投入牢狱或送上绞架，人数有千万之多。中国革命也存在大量这样的悲剧，第二次国内革命战争时期在湘鄂赣苏区和红军中进行的清洗AB团运动，大批红军将士和革命干部与群众被整肃和杀害，连毛泽东和邓小平这样的革命领袖都受到株连。20世纪40年代解放区延安整风运动本来是以解决思想、作风和路线为宗旨并避免前次党内"残酷斗争，无情打击"的悲剧现象的，但整风扩大化还是从精神到肉体株连和严重伤害了很多追求进步和光明的革命青年和知识分子，以至于王实味等不是死在敌人手里而是死在革命队伍中。新中国成立后的政治运动，特别是在以"无产阶级专政下继续革命"为旨归的"文化大革命"中，被以革命的名义予以专政和迫害的革命领导者和群众，真可以说是史无前例，连著名革命领袖和领导制订共和国第一部宪法的党和国家领导人刘少奇都未能幸免，几乎死无葬身之地。联想到近代和现代中外资产阶级和无产阶级领导的革命中发生的这些事实和悲剧，再联系阿Q经历的辛亥革命和鲁迅的描写与态度，应该说鲁迅描写和揭示的革命也会"吃人"（鲁迅认为真正的革命是让人活——精神的与物质的——而不是让人死）的现象和事实，是极为深刻、超前和发人深省的。当然，鲁迅描写和揭示的"革命吃人"结论是有特指的、有特定环境与语境限制的，即他是通过对辛亥革命这样的由中国不成熟的资产阶级领导的旧民主主义革命的反思和描写而揭示出这一现象的。不过，鲁迅由辛亥革命总结和揭示出的这种悲剧性的革命现象和"血的教训"，却使他一直对革命和革命的未来存有一定的保留和疑虑，即便是到了鲁迅思想发生巨大变化的后期亦复如此。对未来黄金世界的不相信，在左翼作家联盟成立大会上对知识分子在革命以后的社会也不会有甜蜜供果的预言，都显示出鲁迅即使在拥护革命的时候也始终保留他的清醒现实主义和悲观主义认识。这一点，鲁迅的战友和学生们无人能及，包括以坚持鲁迅传统为己任的冯雪峰和胡风，他们直到碰革命之壁后才意识到鲁迅警示的深刻和自己"时间开始"式的乐观主义的肤浅。由此，落实到《阿Q正传》，似乎可以说，鲁迅在对阿Q形象和命运的描写中固然不排除对辛亥革命有一定的批判（不是全盘否定），但是这种批判主要的是通过对革命的鲁迅式质疑而表现出来的。

最后，鲁迅通过阿Q对辛亥革命历史局限的客观和内在性呈现，由此内含的对革命的失望、怀疑和一定的批判，之所以没有构成对辛亥革命的否定，除了上述的辛亥革命自身的历史完成性和文学家的鲁迅思想认识并没有达到那种超越历史条件的超拔性等原因外，更主要的，还是由小说的创作主旨——揭出病苦、引起疗救注意的启蒙主义诉求所规定和决定的。鲁迅创作此篇小说的主要目的，众所周知，是描写和揭示中国长期的封建主义的政治、经济和思想文化统治造成的农民与国民极端的物质与精神贫困，这种贫困的极端化就是以阿Q的精神胜利法为核心的愚昧麻木、奴才思想和人格分裂，是人的非人化、废人化与草芥化，是彻底丧失了人的尊严、主体和自我的精神世界的退化与动物化。形成如此思想精神、国民性病状如此严重的人，不论在封建主义老中国的"过去"，还是在发生了志在推翻老中国的辛亥革命的现在，其人生命运都如草芥浮尘一样，被播弄、玩弄和戏弄而无法自主自由，不会有真正的改变和好的命运。阿Q身上体现的并具有典型性和概括性的国民性沉疴越严重，一方面越鲜明有力地构成了对造成这种沉疴的封建主义"老中国"的控诉与批判，从而表现了鲁迅小说强烈沉痛的批判和否定封建主义的宏大主题；另一方面，也越发内在和深刻地揭示了这种病苦的疗救的艰难——几乎无药可治、无法改变，现实的社会变动和革命无视他们因而也无从改变和改造他们，他们这些中国病人更没有能力、无法自主地在社会变革中掌握自己和改变自己。二者的合力使他们只能成为历史现实中的草芥游魂、野马尘埃，浑浑噩噩地、悲剧性也是喜剧性地走向死亡的大团圆。历史、现实和他们自己都要为这样的人生、这样的性格、这样的命运承担各自的责任。阿Q要求革命却被革命无视和葬送是悲剧性的，阿Q从要求革命到走向革命刑场的过程却又是喜剧性的，鲁迅说是匆忙其实是必然地让阿Q走向大团圆，这种喜剧的态度和处理方式，又充分地表达了鲁迅的悲凉和绝望——他所经历和看到的革命与启蒙，都没能疗救和解放本应该被疗救和解放的阿Q一类农民，都无法真正改造应该被改造的国民精神，死亡与大团圆就充满着这样的所指、意义和隐喻。而且，不止是辛亥革命这样的具有历史局限的革命不能真正疗救阿Q、改造国民性，辛亥革命之后的诸多社会变革和革命，实际也没有能够彻底地疗救和消除精神胜利法一类鲁迅所痛恨和批判的国民性沉疴。"文革"过后，不少人不是反过来高度评价和认同阿Q精神、甚至宣言正是阿Q精神使得他们能够苟全性命于乱世吗？联系鲁迅小说发表后80余年来阿Q精神等国民性症候的存在和变化的历史，再联系小说的文本实际，似乎可以看得更清楚，鲁迅绝没有把阿 Q 精神等国民性的改造单纯单向地寄希望于一场社会变革或革命。在阿 Q 与辛亥革命关系的描写中，鲁迅客观和内在地揭示了辛亥革命的历史局限，表达了对革命的失望与怀疑，也表达了对沉疴严重的阿 Q 等农民和国民的失望、绝望与能否改造的怀疑。在一定意义上，辛亥革命与阿 Q 是互为因果的。因此，鲁迅所描写的阿 Q 与辛亥革命的关系中所包含的丰富深邃的文学主题和思想意义，远远地超越了所谓总结和反思辛亥革命历史局限性并予以批判和否定的单极认识与立论。

第十九章
鲁迅小说中的非对话性与失语现象

1. 鲁迅小说的对话性与非对话性及其深因

　　传统的小说学理论认为对话是小说创作中塑造人物、推动情节的重要手段。苏联著名文艺理论家巴赫金在对陀思妥耶夫斯基小说的研究中，发现在陀思妥耶夫斯基的具有"复调"和"思想者"性质的小说中，对话已经远远不是一种"客体"的小说修辞手段，而是一种重要的、极有价值的小说诗学主体。传统小说中作为修辞手段的对话，巴赫金认为那是为了刻画社会典型性和性格典型性的、体现于小说具体叙事结构中的"独白型"对话。而真正"复调"性质的小说对话，是来自作者而又独立于作者的主人公之间具有独特性的、同时共存的思想意识的复杂多态的交流与"互映"，在作者的世界与主人公的世界之间、在不同的主人公的世界及其自我意识之间、在某一个主人公复杂的自我思想意识之间，存在着多重的对话关系，"复调"小说的一系列独一无二的诗学特征，就建立在这种对话关系之上。

　　在现代中国，鲁迅无疑是思想极为深邃、最具有思想家气质的作家。因而，鲁迅的小说是一种具有思想深度的小说，或者说是一种"思想小说"。作为一个目睹和感受到民族国家危机的爱国知识分子，鲁迅的思想中始终存在着强烈的民族国家意识和"中国问题"的焦虑，认为应该解决"以底于灭亡"的中华民族在优胜劣汰的当代世界上的生存危机问题,并且在反思清末以来各种不同的救国方略和运动得失成败基础上,提出了从思想文化上"辟人荒"、立个人、建人国的命题和主张,即进行思想启蒙。那么,用什么样的思想文化达到启蒙和救国的目的呢?作为受过西学教育和影响的、对本土和传统文化因民族国家的危机与失败而产生深刻怀疑的现代知识分子,鲁迅认为,要解决中国的问题,就必须让来源于西方的现代性思想和话语进入中国,对"无声的中国"和"铁屋子"中昏睡的广大的不觉悟的人民进行思想精神上的启蒙。正是出于这样的认识和追求目的,鲁迅听"将令",开始了以"改造国民性"和启蒙民众为根本之图的小说创作。即是说,鲁迅从事小说创作,不是单纯为了文学,而是以文学为"批判的武器"实现思想启蒙和拯救与复兴民族国家的宏大目的,是一种本质上与儒家文化精神相通的"入世"的现实关怀。对此,鲁迅自己在若干著述中毫不掩饰地多次予以强调和说明。只有把鲁迅的小说作为其思想启蒙和民族国家关怀的重要有机组成部分,才能真正衡定其小说的价值和意义。同样,也正是鲁迅的这种价值追求,导致鲁迅的小说具有了"思想小说"的特征。

但是,鲁迅思想的深刻和强烈的批判与怀疑精神,又使他的思想中和谐与矛盾、追求与怀疑、确信与拆解、热与冷同时并存,在对待思想启蒙和民族国家改造与振兴问题上,依然如此。一方面,对本土文化的深刻的怀疑使鲁迅认识到古老中国的"厚障蔽"和"铁屋子"是窒息和扼杀中国人的罪恶渊薮,必须全力打破,使昏睡于其中的人民醒悟;另一方面,鲁迅对这样的"厚障蔽"和"铁屋子"能否打破、昏睡在里面的人民能否得到解救、是否需要和欢迎解救,又时时产生怀疑。一方面,认识到必须让以个人主义为核心的现代性思想和话语进入中国、启蒙民众;另一方面又认为中国的过于坚硬的"厚障蔽"和"铁屋子"会使现代性思想难以真正进入和发挥作用,它们是正义的然而又是软弱的少数,在中国永远具有一种悲剧性命运,或者说,在中国,希望永远是绝望,因而对于这些外来话语的功能和作用产生怀疑。一方面,希望通过启蒙的呐喊使"无声的中国"变成能够反抗绝叫的"有声的中国"(在沉默中爆发而不是在沉默中死亡),中国的人与人之间摆脱冷漠和麻木,能够进行心灵之间的沟通、交流和感应;另一方面,又认为在同一个"共时"的中国里,存在着或守旧复古、或求新求变、或亦旧亦新等不同的思想和人群,使同一个中国里几乎存在着不同的世纪和不同的"中国"。由此,这同一的中国里似乎生活在不同国度、世纪和思想世界中的人群之间,从根本上缺乏沟通、理解和对话的可能,因而造成中国的民众对异端的思想或者盲目地拒绝,或者党同伐异,对他人的生活和痛苦,或冷漠旁观或不屑一顾,永远是"戏剧的看客"。在中国的环境中,人心与人心是否能够进行真正的交流和沟通,鲁迅是持怀疑和悲观态度的。当作为思想家的鲁迅带着他思想上的这种深刻与矛盾进入他的文学世界的时候,那么,他的思想上的矛盾与特征就会反映在小说文本里,从而内在地"预制"和形成了其对话的未完成性和失语现象,并由此导致和形成鲁迅小说的一系列诗学特征。

当然,鲁迅的小说中也存在着作为小说修辞手段的精彩的人物对话,用以展开和推进情节,塑造人物,刻画性格,深化主题。但是,如果认真辨析,就会令人吃惊地发现,鲁迅小说中经常出现的人物之间的对话,往往构不成真正的对话,对话双方经常出现言不及义、答非所问、顾左右而言他,是"关公战秦琼"式的对话错位。对话双方的话语内涵和所指根本歧异,并且根本没有进入彼此的思想意识里,根本没有被对方所接受和认同。或者对话的语言结构存在着表层与深层的对立和冲突:表层上双方的话语可以构成一般性的对话,但是在对话的深层中双方的话语却构成着对立与"解构",话语的深层意义对表层意义进行着颠覆与消解;或者对话未及展开进行即告结束,或者对话成为一种虚拟的、本身没有任何对话功能和意义的"伪对话"等等。由于存在着这样众多的非对话性现象,所以导致小说中的对话经常出现阻遏和中断,对话的双方或一方陷入"失语"状态,造成对话的中断和"未完成性"。

2. 两个世界的鸿沟:启蒙者与落后人民的对话中断

鲁迅的小说中最明显和最经常出现的对话中断、失语和"未完成性"现象,发生在代表启蒙话语的、具有现代性思想意识的知识分子与落后不觉悟的世界与群众之间。鲁迅的第一篇小说《狂人日记》就属于此类。虽然这篇小说是"日记体"的心理小说,狂人的自我心理展现和剖示成为小说的主要叙述方式。但是,从小说的整体结构和深层逻辑来看,它内含以狂人为主体的对话要求和这种要求无法实现的矛盾。而《狂人日记》的深刻性和悲剧性,就蕴涵在这种矛盾中。《狂人日记》实际上构置了两个世界:一个是狂人生活的、身在的现实世界,一个是狂人发疯(觉悟)后形成和创造的高于现实世界的独特的精神世界。狂人身在的现实世界已经存在了几千年,是老中国的象征,即"古久先生的陈年流水簿子"。这个世界有自己自以为是的生活逻辑、现实法则和精神资源,它们共同构成了这个世界的语境、语码和话语体系。而狂人发狂后形成的独特的精神世界里,也具有迥异于身在的现实世界的原则和话语。由于这套原则和话语高于、优于狂人身在的现实世界的存在和话语,是真正具有价值性和真理性的话语,从这样的原则和话语出发必然会发现现实世界的存在、法则和话语存在着巨大的弊端。因此,发疯后具有自己的精神世界和话语的狂人便在这样的话语驱使下产生了强烈的对话欲望和冲动,他要把自己的真理性话语和在这种真理性话语观照下对现实世界缺失与弊端的发现,告知、传达给身在的现实世界。

但是，由于"发狂"后狂人的这一套具有独特信息、语码和内存的话语和世界，是他"超前"拥有的，是远远高于他身在的现实世界并同现实世界尖锐对立的，就是说，是具有悠久历史和传统的现实世界所从来没有过的，也是现实世界中生存的大众所从来没有听说过、从来不知道因而也是不被他们认同的。所以，现实世界和生活于其中的大众根本拒绝狂人世界的那套话语和声音。在他们看来，狂人是个疯子，因而他所说的那些他们从来不知道、也不理解的话语，全都是些疯话。而他们自以为自己是生活在从来如此的所谓正常世界的正常人，既然是正常人，就根本没有必要、也不可能去听信和相信一个疯子的胡言乱语。这样，在狂人的精神世界和话语与现实世界的大众和话语之间，存在着一条根本无法沟通和逾越的巨大的鸿沟，彼此之间完全是"两股道上跑的车"，从而也就没有任何可以对话交流的基础和可能。故此，在小说的描写中，狂人的行为始终被周围的世界——包括大人、孩子、大哥、佃户乃至于"赵家的狗"——视为怪异、荒诞和不可理喻。他的话语始终被认为是"疯话"，被家族内外的所有人拒绝。拥有了包含新的信息和真理的话语却无法传达出去，无法同周围的世界与人群进行交流。狂人的精神世界和身在的现实世界之间的法则与话语的根本对立使狂人只好自言自语，退回内心，只好以日记的形式表达他自以为是真理的话语。任何信息和话语只有在交流和对话中才能"增殖"和实现价值、完成意义，才能成为一种存在，而无法对话和交流的话语，则不管其具有多么丰富的信息和真理，都必然处于封闭状态，最终导致信息和意义的减缩、趋小、零化乃至死寂。同样，任何对话也只有在对话双方了解了对方话语的内容和思想意识、互相进入对方的思想意识并在自我的思想意识中认同、接受或反对（了解后的拒绝）的情形下，才能构成对话或具有对话性。而狂人的思想和话语根本就传达不出去、没有接受者，这难以构成对话。庸众世界在根本没有了解狂人话语的内涵和"语码"的前提下，就凭着传统和"积习"本能地对之进行"疯话"的简单判断,盲目地加以拒绝,根本没有进行真正的反驳——反驳是了解之后的否定,是一种逆向的思想意识交流和对话,而狂人和周围世界之间也没有构成这样的对话关系。这样,狂人的精神世界和真理性话语在无声的现实世界、无声的中国遭到碰撞和拒绝之后,只能逐渐地自我减缩和趋向价值意义的零化,最后关闭自己的精神世界,返回所谓正常世界,重新认同和遵循由传统构成的现实世界的法则、逻辑和话语,"赴某地候补",也即启蒙话语在遭到拒绝和遏制之后失语、退场并向以封建思想意识为核心的传统话语屈服投降。

简言之,狂人发狂后形成的独特的精神世界与身在的现实世界存在巨大的鸿沟,即先觉的精神界战士(启蒙者)的世界与话语同被启蒙的庸众世界和话语的根本对立。启蒙者的话语和思想根本无法进入被启蒙者的世界和思想意识中,是狂人与周围世界和人群难以对话、并"失语"、退场和向旧世界投降的根本原因。而这种投降,实质上表现了启蒙话语在过于悠久、过于庞大的中国语境中的尴尬和悲剧性命运。如此的情形,在鲁迅其他一些小说中也同样存在,只不过,这些小说描述的已不是"病态"和寓言世界,而是现实世界,主人公也不是异类的狂人,而是所谓正常世界的正常人物。

在《故乡》和《祝福》两篇小说中,都存在着第一人称叙事者兼在场人物"我"与作品中其他人物的对话。"我"是一个曾经在故乡生活过而今在外面谋生的、受过现代教育、拥有现代性知识、思想和话语的现代知识分子。在两篇小说开始的时候,"我"都是以外来者、返乡者的身份,从外部世界回到故乡。"外来者回乡—离去"构成了这些小说的第一层结构和叙事模式。接下来,这个来自外部世界的知识分子,以来自外部的现代性思想和话语构成的"眼光"看视作为被看者的故乡的自然与人事。在《故乡》中,"我"20年后回乡时看到的故乡是"苍黄的天底下,远近横着几个萧索的荒村"的"荒村"景象,是老屋上断茎的枯草和衰老的母亲，是今非昔比的农民闰土。在《祝福》中，"我"同样看到了以鲁四老爷的书房为代表的鲁镇的"传统型"存在和祥林嫂的"今非昔比"。而在"我"以外部世界的现代性目光观看和感受"传统故乡（中国）"的过程中，出现了"我"与他者的对话场景。在这些对话中，"我"来自的和生活的那个世界赋予"我"的知识、思想和话语，代表着进步、现代和文明，属于"现代性"话语，与故乡所代表的传统世界的传统思想和话语截然两途，根本对立。因而，在"我"与故乡和故乡的人们之间，彼此话语的内涵、信息和语码的不同导致他们缺乏共同的话题，缺乏对话的基础，从而造成他们的对话或者出现阻遏、或者自说自话、或者被迫中断，或者出现沉默和失语。

《故乡》中外来者"我"返乡后的对话主要有两次。第一次是与"豆腐西施"杨二嫂的对话。杨二嫂人未到声先到，然后又套近乎地说"我还抱过你"，而叙事者"我"的反映是"愕然"、"愈加愕然"，接下来，就是这场对话的主要内容：

"忘了？这真是贵人眼高……"

"那有这事……我……"我惶恐着，站起来说。

"那么，我对你说。迅哥儿，你阔了，搬动又笨重，你还要什么这些破烂木器，让我拿去吧。我们小户人家，用得着。"

"我并没有阔哩。我须卖了这些，再去……"

"阿呀呀，你放了道台了，还说不阔？你现在有三房姨太太，出门便是八抬的大轿，还说不阔？吓，什么都瞒不过我。"

我知道无话可说了，便闭了口，默默地站着。

这是一场典型的对话阻遏、中断的情景。在这场对话中，不仅对话双方没有共同的话题，而且对话双方的话语内存、信息和语码完全不同，因而他们之间无法进行交流和沟通，从而他们的对话也就难以成为真正的对话。从杨二嫂的出场和对话的过程来看，她的话语有两个特点：第一，没有任何真实信息，或者说，话语信息是零，从见面时说的"我抱过你"到"你放了道台"等，完全是由自说自话、自我想象构成的"伪话语"，因为她既不曾"抱过我"，"我"也没有当什么"道台"发财娶姨太太；第二，这样的"伪话语"虽然没有任何真实信息，但在它的语言符号下面却有其语法逻辑结构和语码内存：一是它反映了旧乡村妇女自私自利和小生产者的心理，而杨二嫂的语言不过是这种心理的直接反映；二是它与时代和现代脱节、格格不入（道台是清朝的官职），代表了过去的、封建社会时代的普遍性话语构成，代表了这种话语中聚集和凝固的封建社会的意识形态和价值观念与标准，即，评判一个人是否成功和有"出息"，主要看他是否读书做官、做官后发财和占有更多的女人（财富和性爱资源的广泛占有）。而作品中离开故乡 20 余年的叙事者"我"，虽然在外部世界生活得"辛苦而展转"，却是一个现代知识分子，这一点作品虽然没有过多的说明和描写，但这个叙事者的观点和"视点"无疑在很大程度上代表了作者。同时，作品中在描写杨二嫂因为"我"忘却了她早年"抱过我"的"恩情"而显出不平、鄙夷的神色时，说杨二嫂"仿佛嗤笑法国人不知道拿破仑、美国人不知道华盛顿似的"，这样的借喻性和比喻性的话语完全出自叙事者并标志了叙事者的现代知识分子的身份和知识结构，无论如何，生活在闭塞乡村和传统轨道上的无知的杨二嫂是不可能知道拿破仑和华盛顿之类知识话语的。这样，作为具有与乡村中国完全不同的知识和话语的现代知识者身份的叙事者"我"，对杨二嫂的没有真实信息且蕴涵着小生产者的自私自利心理和传统的封建意识形态及价值观念的"伪话语"，起先还辩解了两句，最后则"知道无话可说"，于是只好缄默失语。

第二次失语表现在外来的叙事者"我"与闰土的那场著名对话中。

少年时代的闰土与"我"尽管分属不同的阶级,却有不受阶级和礼教"规矩"拘束的共同的话语和兴趣。而 20 年后进入成年世界的两个人在故乡重逢之际,外归者的"我"仍然保留着少年时代的心境、兴奋和语言,同时作为现代知识者的"我"也不可能具有阶级和尊卑的意识与"规矩",但是,在"我"兴奋地喊出了充满少年时代真情和重逢喜悦的"闰土哥"之后——

> 他站住了,脸上现出欢喜和凄凉的神情;动着嘴唇,却没有做声。他的态度终于恭敬起来了,分明的叫道:
> "老爷!……"
> 我似乎打了一个寒噤;我就知道,我们之间已经隔了一层可悲的厚障壁了。
> 我也说不出话。

"我也说不出话"也即又一次"失语"的原因,是"我"清楚地意识到在乡村中国的"传统"和"规矩"下进入苦不堪言的成人世界的闰土,他的思想和话语、他的生活世界和精神世界与"我"之间已经存在无法逾越的鸿沟。他们之间少年时代的友情和话语已经丢失、消逝、不复存在,已经没有共同的语言,因此,彼此已经不可能真正地交谈和对话。意识到这一"可悲的厚障壁"的"我"当然只好哑言和失语,他们的见面也就成为没有任何真正交流和声音的"哑场"。

同样,在《祝福》中,从外部世界归乡的现代性知识者和叙事者"我"也有两次失语。第一次是开篇叙述中与鲁四老爷的对话:

> "一见面是寒暄,寒暄之后说我'胖'了,说我'胖'了之后即大骂其新党。但我知道,这并非借题在骂我:他所骂的还是康有为。但是,谈话是总不投机的了,于是不多久,我便一个人剩在书房里。"

这种话不投机，自然是双方生活的世界、思想和话语存在巨大差异，缺乏共同话题和语码。因而，双方的话语很难进入对方的思想意识里，对话只得中断，难以完成。第二次是在河边与祥林嫂的对话，这也是鲁迅小说著名的、经典性对话场面。这场对话是一种存在着结构上的表层和深层的对立与矛盾的双重对话现象。表层上对话的双方说的是同一话题，即双方一度围绕着"人死以后有无灵魂"的话题进行了一段具有时间长度和内容的对话，但实际上在这一话题的深层结构中，双方的认识、理解和态度完全不同，由此导致对话双方的话语"内存"不同：在现实苦难的重重打击和传统的思想道德规范下的祥林嫂，是真诚地相信人死之后有灵魂、有地狱、死去的一家人可以在彼岸世界见面的，她向出门在外、"见识多"的"我"问讯的这三件事，是想从唯一还信赖的人的嘴里得到确证，所以她的话语是她思想的直接现实和真实反映。而作为"出门在外"、"识字"和有"见识"的现代知识分子，"我"生活的现实世界和精神世界以及由此形成的话语，同祥林嫂是完全不同的，对祥林嫂所关心的那些事情是不关心、不相信的，彼此的思想和话语的互相对立和矛盾实际上是不可能进行一场真正的对话的。所以，对祥林嫂提出的有无灵魂、地狱和死者能否在地狱见面这"一件事"包含的三个问题，对灵魂的有无"向来毫不介意"的"我"，首先的反映是"悚然"和"吞吞吐吐的说"，接着是"我很吃惊，只得支吾着"，最后是"这时我已知道自己也还是完全一个愚人，什么踌躇，什么计划，都挡不住三句问。我即刻胆怯起来了，便想全翻过先前的话来"，以吞吞吐吐的"我也说不清"仓促结束对话，在失语的尴尬中匆忙逃走。也就是说，彼此的精神世界和话语的内在矛盾在深层中必然性地瓦解了表面的对话。从外地回乡的知识者"我"的思想意识中难以接受和回应对方的思想话语，没有与对方在内涵和结构上相同的话语类型，因而这样的对话难以真正地展开和完成，只能陷于中断和失语状态。

从外部世界返乡的现代性知识分子的精神和话语与传统的乡村中国固有的精神和话语的深层矛盾，是上述作品中非对话性和失语现象产生的根本原因。而知识者从外部世界携带而来的现代性的启蒙话语，本来自有其"先进性"与文明性，属于更具有生命力与征服力的思想意识形态。但是在鲁迅的小说中它们却无法真正进入乡村中国、传统中国的语境中而只能在边缘徘徊。无法改变传统和乡村世界固有的语境与话语，在对话中完成启蒙，改造与拯救的使命而只能一次次地"失语"；无法成为被乡村传统中国接受的主导话语而只能退场。这既表现了传统和乡村为代表的"老中国"环境、思想意识和话语的落后与僵化，也说明了它的可怕的"强大"力量和"排异"功能。同时还反映了现代性启蒙话语在时代环境和中国语境中的软弱无力与难以克服的局限，反映了启蒙思想家和作家的鲁迅既迫切地期望对传统文化和国民性进行启蒙性的批判与改造，又对这种启蒙改造的现实性和可能性，以及现代性思想话语心存疑虑的思想矛盾。或者说，是对本土的、传统的文化的怀疑与焦虑导致的批判要求，和对本源于西方的以启蒙为价值核心的现代性思想话语既认同又怀疑的态度。这种思想上的双重矛盾和怀疑，就转化和凝聚为知识分子的现代性话语进入乡村中国的困难，及其必然性的尴尬和失语。

与上述小说中的非对话性和失语现象相似的，还有小说《药》。当然，《药》中的人群身份发生了一些变化：与落后群众相对的，已经不是单纯的启蒙者而是将思想化为行动的早期革命者。小说以虚写和暗线结构的方式叙述了革命者夏瑜与狱卒的对话及对话的不欢而散。这场对话场景是刽子手康大叔为了炫耀而转述的：

"你要晓得红眼睛阿义是去盘问底细的，他（革命者夏瑜）却和他攀谈起来了。他说：这大清的天下是我们的。你想：这是人话吗？红眼睛知道他家里只有一个老娘，可是没有料到他竟会那么穷，榨不出一点油水已经气破肚皮了。他还要老虎头上搔痒，便给他两个嘴巴！"

"义哥是一手好拳棒，这两下，一定够他受用了。"壁角的驼背忽然高兴起来。

"他这贱骨头打不怕，还要说可怜可怜哩。"

花白胡子的人说，"打了这种东西，有什么可怜呢？"

康大叔显出看他不上的样子，冷笑着说，"你没有听清我的话；看他神气，是说阿义可怜哩！"

听着的人的眼光，忽然有些板滞；话也停顿了。……

"阿义可怜——疯话，简直是发了疯了。"花白胡子的人恍然大悟似的说。

这一段对话中出现了双重"中断"现象。首先是革命者夏瑜与狱卒阿义的对话。夏瑜以自己的"革命话语"与作为清朝统治者走卒的阿义进行对话和沟通，由于双方代表的阶级、世界和话语的尖锐对立，这种不看对象、对牛弹琴似的对话自然不可能进行和完成。或者说，他们之间实际上根本构不成对话、根本不可能进行对话。其次，茶馆里的茶客在倾听康大叔转述的夏瑜与狱卒对话的过程中，通过插话及插话中表达的立场态度，实际上以事后介入的方式间接地参与了那场对话。并且，他们是站在狱卒一边、与狱卒具有共同的话语构成和倾向的。当听到被狱卒阿义以暴力方式打断了对话的夏瑜说对方"可怜"时，与狱卒站在一边的茶客们意识到自己与狱卒一样，也属于"可怜"、可悲、可笑的对象，于是他们目光板滞、话也停顿，出现了暂时的失语和哑场。随后，他们像《狂人日记》里的庸众一样自以为自己正常而对方发疯，因而把对方的话语蔑称为"疯话"，并理直气壮地拒绝疯话，也把夏瑜称为疯子，把他的话称为"疯话"，以显示夏瑜不配说他们"可怜"，他们实际上不"可怜"而是很正常和"正义"。他们不会接受而是拒绝"疯话"、不会与一个异类的"发了疯"的人进行对话，从而保持心理上和精神上的优势。于是他们转移话题，一场他们不在现场而属于事后参与的对话就这样中断和收场。以夏瑜为代表的"革命话语"就这样被落后世界的落后民众所拒绝。同时，这两个世界、两种话语和话语中蕴藏的思想意识的巨大鸿沟及它们之间的难以对话和沟通，也是作品所揭示和表达的"华夏"悲剧之一。

3．无所不在的隔膜与失语

在鲁迅小说中，对话的中断、未完成和失语现象，不仅发生在启蒙者（或革命者）与被启蒙的落后群众之间，也发生在其他的更广泛的人群中。当然，这样的对话中断或非对话性已不单单是由于启蒙者与被启蒙者思想和话语的对立，而是由于更多的思想、话语和阶层地位的差异，以及人与人之间的隔膜与冷漠等原因造成的。不过，这诸多原因却在整体上与鲁迅的国民性批判和改造的启蒙思想追求，与深沉执着的彻底反封建的思想和文学主题，具有内在紧密的联系。它们共同构成了鲁迅小说的话语指向。

小说《孔乙己》表现的是落魄的知识分子孔乙己与普通民众的无法对话和难以沟通的无奈。孔乙己每次出场都遭到属于底层民众的酒客们的调笑，以至使他语无伦次，"他对人说话，总是满口之乎者也，教人半懂不懂的"，最后陷入尴尬的自言自语或失语。与成人世界难以对话，"便只好向孩子说话"，但结果这样的对话也难以为继，同样尴尬地中断。在这个世界上，孔乙己已经没有谈话的对象，没有人倾听他的话语和声音。或者说，不需要他的话语和声音，他的思想、话语和存在本身，都成为"多余"。很显然，孔乙己的"失语"，是由于在封建旧世界的生存方式和思想话语已经成为"过去时"，失去了现实存在的基础和合理性的新旧过渡时代。孔乙己还"不知魏晋"地以旧世界的陈旧的思想话语和旧式读书人话语同周围的现实世界、同下层民众言说与对话，所以必然会"对牛弹琴"，处处碰壁，无法得到回应。同时，固守在旧世界的思想和话语中不能自拔而导致的病态的自尊，不肯正视现实而导致的狡辩、不能正视现实而导致的自卑，也使他难以同周围的世界和人群进行真正的对话沟通，而只能遭到嘲弄和讥笑，成为众人眼中可有可无的存在和耻笑的对象与话题。时代的错位、身份的错位、思想和话语的错位使孔乙己从"心残"到"身残"，从语无伦次、无法与周围世界对话到失语，成为一个多余的、从语言、思想到身体都"残疾"的"废人"。而这样的一种人物和生命存在，最终自然会被这个冷漠的世界先窒息和泯灭了他的话语和声音，最后连他的身体和生命也一起泯灭消失。从"无法说话"到"无法生存"再到"无话可讲"，孔乙己典型地表现了为传统文化所误的一类知识分子在时代转换中的"残疾性"和悲剧命运。

小说《明天》表现的则是年轻守寡的下层妇女单四嫂子在无边的"暗夜"和普遍的冷漠构成的社会环境中的悲苦命运。当带着每天节省下来的仅有的一点钱到大夫何小仙家给孩子宝儿看病时，小说中出现了一幕这样的对话：

> 何小仙伸开两个指头按脉，指甲足有四寸多长，单四嫂子暗地纳罕，心里计算：宝儿该有活命了……便局局促促的说：
> "先生——我家的宝儿什么病呀？"
> "他中焦塞着。"
> "不妨事吗？他……"
> "先去吃两帖。"
> "他喘不过气来，连鼻子都扇着呢。"
> "这是火克金。"
> 何小仙说了半句话，便闭上眼睛；单四嫂子也不好意思再问。

在这段对话中，表面上病人家属单四嫂子与"名医"何小仙以孩子的病情为话题进行了交谈和对话。实际上，他们的对话仍然是"两股道上跑的车"，没有达到对话应有的内容的交流与沟通、即信息的彼此了解和输入的目的：年轻守寡、以孩子为生活和生命的唯一希望的单四嫂子一心追问的是孩子的病情——得了什么病、病症表现、是否危险，而所谓"名医"何小仙的回答表面上有问必答实质上是答非所问，根本没有解答单四嫂子心中的疑问。不仅如此，若仔细分析，何小仙的应答包含着典型的非对话因素和特征：第一，他的回答是一种不看具体对象、具体病情的"程式化"套语和职业化术语，可以在任何场合、对所有人运用；第二，这样的专业化术语是"粗笨妇女"单四嫂子之类根本无法了解和回应的，也就是说，这样的回答话语本身就包含着阻断对话、中止信息交流与沟通的功能。同时，这类职业化话语内涵和信息的过于宽泛、模糊会使对方感到云山雾罩，把握和捕捉不到真实准确的信息从而失去了继续对话的资格和可能；第三，如此的应答话语包含和表现了一种冷漠和残酷：他根本不关心孩子的病情、生死和单四嫂子的心情与命运，根本不想同这个乡下女人认真对话和"啰嗦"；第四，他的回答和话语还包含着对这位所谓"名医"和其医术自我拆解、颠覆与解构的功能和趋向，他的满口来自传统和"国粹"的中医专业术语，其实在深层中恰恰传达着他"庸医"的真实信息和身份。单四嫂子的孩子在这位名医的诊治和服药后的迅疾死亡，也说明了这一点。因此，自己其实深知自己"名医"身份和医术的真实内涵与本质的"何小仙"（有何小小贤能的寓意？），有意故作"专业"和"深沉"，"说了半句话便闭上眼睛"，中断对话和回答，以保持"虚伪"尊严和防止在继续对话中"自我证伪"。这幕对话中的"非对话性"，内在和深沉地预示了寡妇单四嫂子极其悲苦的命运：不仅光棍红鼻子老拱和蓝皮阿五之类帮她抱孩子的"义举"不是真正的关心而只是趁机占便宜。对门的王九妈等人也不会真正关心她，就是本来承担着治病救人使命的医生和诊所实际上也根本不具备这样的功能，整个的环境都是如此的冷漠和无助，单四嫂子只能生活在悲苦和黑暗之中而没有"明天"。

在《阿Q正传》中，鲁迅还描绘了一些具有荒诞性、喜剧性的非对话性场面，其中最典型的，是第九章《大团圆》中阿Q被抓进城受审。在审问性的对话中，审问者和阿Q之间的话题本来是一个不能进行下去的"伪话题"：阿Q是强盗集团的一员并从他身上追问强盗集团的下落，这一话题没有任何真实内涵和信息。但意味深长的是，审问者和阿Q之间却围绕着这一伪话题进行了一段认真的对话。审问者把伪话题当作了真话题，真的把阿Q看做落网的强盗集团的一分子，并希望通过审问，从阿Q口中追问出其他强盗的踪迹；阿Q也把伪话题当作了真话题，他本来不是强盗却在审问中顺着审问者的逻辑把自己和强盗联系到一起。双方在"双误"的前提下进行的对话越是认真，就越具有喜剧性、荒诞性和"非对话性"。也就是说，越随着对话的进行和对话长度的延长，他们对话中的真实信息越来越少，而虚假信息却越来越多。自以为真实的双方越来越"南辕北辙"，整个对话的非对话性和荒诞性也越来越强，以至这些非对话性和喜剧性的因素对整个对话和对话的结果，构成了巨大的效果和意义的反讽与"解构"，对话的信息和意义等于零。这是一场可笑的、以不包含任何真实信息的"伪话语"，对话本身拆解了对话应有的功能和意义的。但这种没有对话功能和意义的"伪对话"在修辞上和美学上却具有重要的价值，它的"非对话性"、喜剧性和荒谬性越强烈，就越对整个作品的意蕴和主题起到深化与强化的重要作用。

与这种喜剧性的非对话性相似的，还有《离婚》中的爱姑。但不同的是，爱姑是从"有声"到"无声"、从"有话"到"无话"以至最后"哑场"和失语的。小说中的爱姑从一出场，就以极大的勇敢的声音，通过吵闹的方式与人不断地对话。但是，及至到了七大人那里，在家里和路上不断地"出声"且准备为了自己的利益"对簿公堂"做公开对话的爱姑，在七大人的威严及其心理压迫下，竟至怯场和"消声"。一场原打算进行得轰轰烈烈的对话场面没有真正地展开即告退场。在这一过程中，爱姑虽然还有一些小小的申述，却已经构不成对话，因为她已经失掉了话语权和对话的勇气；虽然还有简短的应答，却越来越接近"无声"和"失语"状态。准备大闹一场的爱姑在整个作品中呈现出的是"声音递减"的过程。她在其实没有直接压力情况下的近乎失掉声音的"失语"，委婉而又鲜明地揭示出以"七大人"和他的"屁塞"为代表的"传统"的"淫威"，对农民造成的巨大的精神和心理的震慑。话语即权利，话语权是统治权力的最直接表现。在传统的、封建性的中国乡村，拥有了政治、经济和文化权力的士绅阶级，同时也就拥有了对乡村公共事物的管理、裁判与言说的权力。因此，他们不仅可以控制直接的物质资源的占有和分配，也可以控制精神、话语和声音"资源"的占有与分配，形成话语"霸权"。从而可以表面上以非暴力的形式使被统治者"自愿"地屈从于这种话语霸权，使其失去在乡村公共的和个人的事物中"说话"的权利，自我"失声"与"失语"。爱姑的从"有声"到渐渐"无声"的过程，其实就是以统治权为基础的乡村话语权在公共事物（评判乡民婚姻诉讼和纠葛）中的"霸权"表现和话语权利的分配过程，也是爱姑的声音、话语和权利在貌似公正的"调解"和分配中被剥夺的过程。爱姑"失语"（实质上是失权）的根本原因和机制就在这里。

综上所述，在鲁迅的小说中，存在着较普遍的、多样化的对话中断、非对话性对话和"失语"现象。它们往往和鲁迅小说的其他几种叙事模式交融在一起，对小说主题、意蕴的丰富与深化发挥着重要作用，是鲁迅小说鲜明的诗学特征之一，也是打开鲁迅小说世界之门的一把钥匙。通过这把钥匙，我们可以更深入地"登堂入室"，探索和挖掘鲁迅小说世界里独特的思想与艺术的奥秘。

第二十章
鲁迅启蒙文本中的现代性言说与叙事

现代性与中国现代文学的关系，是近年来学术界关注和研究的热点。大体而言，既往的研究与论争大都着重于理论层面的阐发与探讨，着重于现代性与现代文学的外部关系，即与文学的生产体制、文学制度、传播方式的联系。这样的考察和研究视角无疑带来了很多学术发现和启示，但也留下了遗憾——没有更多地联系文学史现象和文本进行阐释。我认为，任何对中国文学现代性的研究，最终都应该落实到对文学史现象和文本——政论性文本与文学文本——的分析与解读上，包括对文本的主题与母题、叙事与结构的分析和阐释。中国"五四"前后的启蒙主义文化与文学，与来自西方的现代性存在既明显又复杂的联系。作为中国现代启蒙文化和文学肇始者之一的鲁迅文本，尤其显示出这样的特征。因此，本文尝试通过对鲁迅文本的分析，来考察和说明西方现代性在对中国现代文学的影响、渗透和积淀，以及中国现代文学在接受这一影响渗透过程中，所表现出的复杂性、矛盾性与变异性。

1. "立人"与启蒙的诉求高喊与质疑

鲁迅在青年时代写作的《文化偏至论》，是他在分析和阐释西方思想文化基础上提出和建构自己的启蒙思想的重要篇章。在文章里，鲁迅对近代西方的思想文化进行了"循其本"的梳理与剖析，认为"欧西"社会与思想文化在路德的宗教改革和英法资产阶级革命后，带来了自由平等思想和民主制度的盛行，以及物质文明的昌盛。但是，发展到 19 世纪末叶，这两种一般被称为现代性的物质文明和制度文明的事物，却日益显露出弊端：平等自由和民主的思想与制度造成了"同是者是，独是者非，以多数临天下而暴独特者"，至于物质文明的昌盛以及由此带来的物质便利与福祉，同样造成了"灵明日以亏蚀，旨趣流于平庸，人惟客观之物质世界是趋，而主观内面精神，乃舍置不之一省"的严重弊端。出于对 19 世纪这样两种文明的反思与反拨，19 世纪出现了施缔那、尼采、叔本华、克尔凯郭尔为代表的"新神思宗"，即新的思想学说，他们倡导一种极端的或真正的个人主义，主张以"自性"、"我性"、"个性"为至高至善的道德、自由和唯一者，不受任何外在事物与观念的规范与使役。这种以"崇奉主观，或张皇意力"为特征的新"神思"，才是 19 世纪欧西文明的"真髓"，也是"20 世纪之新精神"，鲁迅把这种新精神或"神思"概括为：掊物质而张灵明，任个人而排众数。

在对欧西社会与思想文化进行如此梳理与阐述之后，鲁迅认为，即便是"图就今日之阽危"和"图富强"，中国也不应该捡拾西方思想与文化的"枝叶"——制造商估、路矿电汽等物质文明和国会民主等制度文明。在鲁迅看来，中国真正需要引进和"施之国中"的，是"以己为中枢，亦以己为终极"的新神思宗，以"张大个人之人格"为"人生之第一义"的个性主义思想，即"首在立人，人立而后凡事举；若其道术，乃必尊个性而张精神"，"国人之自觉至，个性张，沙聚之邦，由是转为人国"。这是鲁迅的救亡思路和为中国开出的救亡方略，是他为全面彻底解决中国问题设计的"根本之图"。

值得注意的是，鲁迅的包含着独特精神内容和结构的"立人"启蒙理念和诉求，一方面认同近代欧洲和中国"五四"时期的启蒙思想，即反对一切来自宗教的传统的束缚,承认"天赋人权"和人应该具有的追求和享受世俗幸福的人道主义权利。但这只是鲁迅认同的欧洲和中国"五四"启蒙的第一个也是初级层面,他的"立人"启蒙的内容和诉求还有超出于此的更深刻的层面,那就是避免了欧西的启蒙及其现代性弊端的、以"新神思宗"为思想资源和本源的精神现代性。这种精神现代性对人的要求和设计,是摆脱一切"他执"的"我执"、主体与本体。有此"自性"的自我,既不是神权或伦理纲常的奴隶,也不是一般的人权、民主、物质、众人或世俗幸福与人性欲望的奴隶,而是超越于"神本"与"人本"、此岸与彼岸、精神与物质、主观与客观一切拘执的"灵明"、英哲、天才和永远战斗的"精神界战士"。由此,鲁迅的立人、张精神和尊个性,也绝不是一般的"醒民"和唤起民众,英哲与凡人、天才与庸众、个性与多数在他的文章和思维里处于紧张和对立关系,他要求的是"与其抑英哲以就凡庸,曷若置众人而希英哲?"他瞩望的是"朕归于我"和具有"新神思"的彻底的自性、自我和自由之人。

然而,鲁迅"火中见冰"的思维特点,使他对任何事物在相信倡导的时候又难免质疑和拷问。对同一问题的思考和言说,不仅在不同时期有所变化与发展,即便在相同时期内也会有角度、程度和着重点的不同。特别是在"五四"前后的论说性文本和叙事性文本中,时常可以见到不尽一致的鲁迅的"思想面孔",存在不同的声音和话语,两种文本既存在联系与补充,也存在矛盾、紧张乃至反讽和解构。早期文言论文和"五四"时期杂感随笔里一直强调的"人各有己"的"立人"话语,与小说集《呐喊》和《彷徨》的有关叙事,就构成了这样的矛盾和反讽关系。

在鲁迅小说里,那些在"五四"启蒙时期曾经追求个性解放、婚姻自由的被启蒙的青年,即那些追求"立人"初级目标的人,几乎都没有实现自己的个性与解放的要求与目的。《伤逝》里的子君在追求爱情时曾大胆地宣称:"我是我自己的,他们谁也没有干涉我的权利!"这句话被认为是代表了"五四"个性解放和妇女解放的时代强音,与鲁迅的"朕归于我"庶几相近。从小说里提到的雪莱、易卜生和子君说这句话的具体语境——反对"他们"即父权制家庭对自主婚姻的干涉——来看,子君所追求的"自己"还是欧洲启蒙范畴的人权和妇女解放,并非鲁迅推崇的"新神思"意义上的"自性"和"个人"。但是,就连这样的自由与自我,也因不见容于传统伦理和现实社会而难以完成与守持,被迫放弃与毁灭。《理想之家庭》曾经"决计反抗一切阻碍"、追求个性与爱情自由的作家,与子君一样,在建立了自主家庭后,面临的是物质与金钱的匮乏,琐碎而又巨大的生存压力使得当年追求的爱情与自由早已灰飞烟灭、了无踪影。平庸灰色的现实构成了对个性与自我、爱情与理想的无情嘲讽,它们都只是乌托邦幻想而没有任何现实性。

鲁迅小说里的那些立志改革社会,蔑视和反抗传统与流俗,曾经具有或接近"精神战士"品格的人,也几乎都陷入悲剧:不仅未能改造社会解放自己,成为"朕归于我"、"自性"强大的"英哲",反而普遍放弃了自我的坚守和韧性的战斗与反抗,甚至走向了自我与"我执"的反面,"立人"追求的结果往往是自我和个人的丧失。《在酒楼上》的吕纬甫和《孤独者》里的魏连殳,都曾经是走在时代前列、为改革中国而意气风发的"反抗"青年[1],几年后,他们却或者躬行自己从前所反对的东西,向过去认同和"怀旧";或者"心为形役",向现实和流俗屈服、妥协与敷衍,进行"精神逃亡"。就连《狂人日记》里既追求自我的改造与"立人",也立志改造传统与现实,具有先觉者和精神战士品格的狂人,也既揭露吃人历史的长久与吃人现象的普遍,对之提出斥责、批判与劝诫,又忏悔自己无意中加入了吃人者的行列,

---

[1] 鲁迅在《摩罗诗力说》里提出"立意在反抗,指归在动作"的主张,这也是他所认为的"人国"中所立之人精神和实践结构中的组成部分。

希望自己和他人都真诚改悔,成为不再吃人的"真人"。因此,狂人是最能代表鲁迅"立人"的要求和理想、基本达到或接近"立人"境界的"英哲"之士,是"朕由己出"、以"自性"和"自有之主观世界为至高之标准"的"社会桢干"[1]。然而,狂人最终也不得不在与自己对立的世界的强大压力和制约下,从癫狂中"清醒",回归所谓正常的世界并与之妥协,重新"赴某地候补",由揭露和痛斥吃人者及其吃人罪恶,改造社会与追求"真人",退回到"吃人者"和"非人"序列。《在酒楼上》里面的吕纬甫,以蜜蜂和苍蝇"飞了一个小圈子,便又回来停在原地点"的现象作比喻,描述了自己及其一代曾经欲图有所作为的青年的人生和命运的轮回现象。其实,岂止是吕纬甫,鲁迅小说里追求自我"立人"与社会变革的上述人物,无论他们曾经"何为",其精神性格最终都呈现出或悲剧或表面喜剧而实质悲剧的分裂,他们的追求与命运也都呈现出宿命般的轮回现象。

这种人生社会现象和叙事意象,以及对在理想与现实、物质与精神形成巨大落差的困境里辛苦挣扎和人格分裂的知识者与启蒙者的描写,构成了鲁迅小说对自己倡导的"立人"和"五四"启蒙话语及其结果的多重反讽、困惑和质疑。鲁迅小说里对环境的叙述与描写表明,中国的"国情"以及启蒙中和启蒙后的现实环境,基本的物质生存条件和允许"人各有己"的环境制度都不具备。人本主义意义上的个性与自我的追求都无法实现,更何谈超越"19世纪文明一面之通弊"而实现"任个人而排众数,掊物质以张灵明"的"立人神思"?由此,鲁迅小说叙事不仅质疑和解构了"五四"启蒙中与欧洲启蒙相似的个性主义、人道主义的一般性诉求的现实性与合理性,也质疑和解构了自己那超人性质的"立人"话语的合理性与现实性。更有甚者,在《狂人日记》发表两年后写作的短篇小说《头发的故事》里,鲁迅借头

---

[1] 鲁迅:《文化偏至论》,《鲁迅全集》第1卷,人民文学出版社1981年版,第44—57页。

发的变迁为隐喻，把近代中国自我与社会的任何启蒙与变革行为及其结果，都置于动机与效果的矛盾困境中：社会惯性与遗忘机制的发达使任何个人启蒙与社会变革都难以真正完成，即便完成了，其意义和效果也会被消解甚至走向反面："嫁给人间做媳妇去：忘却了一切还是幸福，倘使伊记着些平等自由的话，便要苦痛一生世！"由此出发，小说对立志启蒙的"先觉者"与社会改造者的行为与思想、对启蒙或改造本身的合理性提出了质疑："现在你们这些理想家，又在那里嚷什么女子剪发了，又要造出许多毫无所得而痛苦的人"，"我要借了阿尔志绥夫的话问你们：你们将黄金时代的出现预约给这些人们的子孙了，但有什么给这些人们自己呢？"就是说，对中国社会而言，任何的对个人的启蒙和对社会的变革，固然可能带来一时的震动和快感，但却可能造成更大和更多的痛苦，启蒙与变革的效果小于或逆于动机与目的，甚至落入想上天堂却掉进地狱的存在主义困境。这些极而言之的叙事话语与声音，对鲁迅自己也对时代的启蒙与改造的思想行为，构成了极为尖锐和深刻的反讽、质疑与解构。

2．进化的呼唤与颠覆进化的叙事

作为19世纪人类科学的三大发现之一的进化论，对人类思想文化、伦理道德和价值观念等都产生了全面持久影响，成为由近现代西方扩散到世界的、具有泛意识形态性的"现代性"思想和"真理"。鲁迅自从在南京水师学堂求学时耽读《天演论》[1]开始，进化论一度成为他从近代西方接受和信奉的重要思想资源。在参加"五四"思想启蒙和新文化运动后写下的大量杂文和随笔中，来自生物和自然科学的进化论和将此用之于人类社会的社会达尔文主义，杂糅在鲁迅的思想里，

---

[1] 鲁迅：《朝花夕拾·琐记》，《鲁迅全集》第2卷，人民文学出版社1981年版，第95、96页。

成为他全面地抨击中国历史、思想和现实中一切阻碍进步的"旧物"的思想武器，成为他世界观的重要组成部分。由此出发，在时间观和由此构成的时间价值上，他肯定现在胜于过去，"将来胜于现在"；在社会历史观上，他否定"旧"而肯定"新"，相信"新胜于旧"、"新战胜旧"的进化法则；在社会现象和人类发展及其价值上，他相信和强调"青年（孩子）胜于老年"；在空间观念上，他承认率先实现现代化的西方国家和落后于此的东方与中国之间在优越性、价值性和文明性上的等级差序，承认其符合"优胜劣汰"的进化公理和存在的合理性。

但是，鲁迅的进化论思想又是充满矛盾和辩证转化的。一方面，新胜于旧、青年胜于老年、未来胜于现在的社会历史观和时间观，其内在的逻辑应该与基督教的世界观和时间观相吻合，随着与价值尺度成正比的时间维度的不断延展，进化的事物不断地趋向属善性的前方和未来，最终导向终极性、神圣性与至善性的"天国"和未来，导向顶峰和圆满；另一方面，鲁迅又坚信和强调"一切都是进化链条中的一环"，都是"历史中间物"。按照这种观念和逻辑，进化是一个个由中间、现在和此在构成的过程，一个不断发展、无限延伸的过程。既然是由"此在"构成的无限的进化过程，那么就不会有至善至高的天国般的黄金世界，不会有顶峰、圆满和终点。因此，时间的延伸并不一定代表价值的延伸和增殖，时间尺度与价值尺度未必同一，未来未必胜过现在和过去，孩子和青年未必胜于老年。

鲁迅的这种充满辩证发展与自我质疑的进化论思想及其装置，也体现在他的小说创作及其相关叙事中。"青年（孩子）胜于老年"是鲁迅自己一再表述的他在1927年以前信奉的进化论思想之一。可是，从1918年创作的第一篇小说开始，在鲁迅的《呐喊》与《彷徨》的全部小说里，对孩子的描写却呈现出复杂的倾向和态度。《狂人日记》结尾发出了"救救孩子"的呼吁，但这种呼吁的前提却是孩子们被"娘老子"教得已经不纯洁：不但跟"娘老子"一起有意无意中"吃过人"，而且跟大人一样仇视反对吃人的狂人,他们已经成为"吃人"传统和环境的组成部分,因此才需要拯救。而在《孤独者》里,小说安排了叙述者"我"与主人公魏连殳关于孩子的对话与交锋:魏连殳认为"孩子总是好的,他们全是天真的","后来的坏"是大人和环境"教坏"的,"原来并不坏","中国的可以希望,只在这一点"。叙述者则认为"如果孩子中没有坏根苗,大起来怎么会有坏花果?"坏的基因在种子的"内本中"和"胚胎"已经存在。这种对话其实正是鲁迅自己思想里对于孩子与进化论等问题的矛盾状态的精神反映。而魏连殳自己对孩子的态度也发生了前后不同的质变:他看到了房东的孩子、街上的孩子、"正如老子一般"的堂兄的孩子对自己穷困荣耀之际的不同面目[1],于是对孩子"始善终恶",对房东的孩子由宠爱到戏弄。孩子的表现和作为也是这些改革者与启蒙者不断陷入孤独与绝望、置身荒原与黑暗的因素之一。

另一方面,在鲁迅小说里,无论是被大人教坏、无意中"吃人"喝血的孩子,还是并无罪恶纯洁无辜的孩子,都成为环境的牺牲品。不是像华小栓和单四嫂的孩子(《明天》)那样患病后无医无药而死,就是像祥林嫂的孩子那样被狼吃掉(《祝福》)。即使没有死亡,如《风波》里七斤的女儿,却在皇帝复辟的闹剧过后被重新缠足,等于被"活吃"和"慢吃",孩子们几乎都没有更好的生活与命运,都没有"前途"和未来。这样,鲁迅小说里对"吃过人"的孩子和被吃掉的孩子的形象与命运的描写,既构成了对中国吃人社会与环境的批判,也通过孩子作为隐喻,构成了对"青年胜于老年"的进化论社会观和历史观的质疑与悖谬。孩子形象与命运的如此隐喻性内涵和"非进化"现象,与鲁迅小说里改革者和启蒙者的悲剧、与中国环境和社会的"荒原"状态,共同成为"没有明天"的象征。

---

[1] 这些描写成为后来《颓败线的颤动》等《野草》篇章的"原型"。

鲁迅小说里不仅孩子们没有"进化"和未来,而且几乎所有成人的生活与命运在时间的链条里都呈现出非进化或反进化的逆向现象。如上所述的那些曾经追求立人与解放的启蒙者、改革者与精神战士,其人生和命运呈现出"轮回"与下降现象,其他几类人物如祥林嫂、单四嫂子这样的下层劳动妇女,闰土、阿Q一类农民,孔乙己、陈士成一类没落的旧读书人,其人生和命运随时间延伸不是越来越好而是越来越悲惨、暗淡和无望,不断地"逢吉化凶"或者退化与轮回。由此,这些人物生命的前方指向没有随着时间的延伸而趋向光明、希望和圆满,没有至善的黄金世界和欢乐的大团圆,而是由"坟"与黑暗构成的死亡与荒凉。与此相联系,鲁迅小说里的人物与情节,在新与旧、传统与现代的对立冲突中,不是新战胜旧而是新难以胜旧,甚至是新败于旧。《离婚》里的爱姑和《风波》里的七斤一家的遭遇,都显示出这种鲁迅所说的进化的"怪现象"。20世纪40年代的女作家张爱玲曾认为"五四"新文学存在新战胜旧终至圆满胜利的"进化腔"和"现代腔",一种时代性宏大话语构制的"新文艺滥调"[1]。其实,"五四"新文学就大体而言确实存在着这种时代性现象。但是,在作为"五四"新文学肇始者的鲁迅小说里,如上所述,恰恰不存在这种进化似的、不断趋向进步光明和圆满的叙事结构与模式。不但不存在,鲁迅小说反而对这种"新文学滥调"构成了颠覆和拆解,这是鲁迅小说的独到处和深刻处,是鲁迅小说区别于一般"五四"文学和"五四"后职志继承鲁迅精神和传统的启蒙文学的地方。

3. 现代性视野中的"中国发现"与现代性的困境

其实不只是进化论思想,鲁迅与那些新文化运动中的"同一战阵

---

[1] 张爱玲:《烬余录》,《张爱玲文集》第4卷,安徽文艺出版社1992年版,第54页。

的战友",在对本国传统思想和文化发起强大攻击时,作为他们批判武器和思想资源的,是包括进化论在内的众多而又芜杂的近代与现代的西方思想。这些思想不仅构成了资源与武器,也构成了他们的价值立场、思维方式和话语方式,构成了他们观察,特别是观看中国问题时的视角、视点和视线。这些来自西方而被鲁迅称为"进步的知识"的思想文化,在鲁迅"五四"时期的以随感录和杂文为代表的论说性文本中,成为时代性的共名话语和思想旗帜。

而这种由本源于西方的知识和思想文化构成的"看视"中国的价值立场与话语,其实与近代以来进入中国的一种文化殖民主义和普遍主义意义上的西方现代性(即泛指的"西化"、现代文明),及其在中国的地位和影响紧密相连。由于西方是世界现代化潮流的发源地并率先实现了现代化,因而,由此带来的文明优势,使西方产生了包含着"西方中心论"价值观的文化普遍主义和文化殖民主义。它将西方看作世界和历史的本质,是主体性存在,而将非西方世界看作没有这种"本质"和"主体性"的他者。所以,当19世纪的西方以工业文明和现代化所带来的经济技术和军事优势来到中国、实施政治和经济的殖民主义的时候,势必要从那种包含西方中心主义的话语和目光出发,来"观看"和探察中国。于是,来到中国的西方商人、政客、记者、传教士等人,以西方文明和现代性的目光,以话语和权利的殖民主义优越感,成为中国的看者并看出了作为西方"他者"的中国缺乏西方的那种"历史本质"、"主体性"和现代性。而中国本来固有的主体性就被西方的目光"不见",被其话语遮蔽了。

有意味的是,这种将西方看作主体、本质、进步与文明而把"被看"的中国作为"落后"的他者的殖民性话语,逐渐为中国(东方)的很多作为民族精英的知识分子所接受和认同,并经过他们的书写和宣扬而泛化在本国社会中,使之从一种外来的西方话语逐渐演化和同化为"本土话语"。当然,近代中国的知识分子并非有意和主动地以西方的立场和话语看待和评判中国，而是在西方及其文化的暴力性、压迫性与"先进性"、"示范性"的双性同构中，出于救亡目的不得不做出如此选择。即他们认识到欲使中国复兴，就必须接受西方的话语和范式，而接受西方的话语和范式也就意味着接受西方的一般历史叙事和权利关系，并将自己纳入其中。这是非西方国家在反抗和追赶西方国家时难以避免的历史"悖论"。正是在这种悖论中，中国知识分子同其他非西方国家的知识分子一样，接受了有关民族国家、进步进化、知识文明、历史目的和必然性等来自西方的现代性话语。

这种左右和制约近现代中国历史发展和结构模式的主导性逻辑和话语，作为思想和真理被文学知识分子带进文学叙事与文学史结构中，不仅成为启蒙主义文学诞生的思想资源和动力，还成为启蒙主义文学的叙事"语法"和规则，成为"形式的历史"和"形式的意识形态"。这种"形式的意识形态"和叙事语法对启蒙主义文学的叙事和文学史结构的影响和干预力量是强大的和明显的，它催生和构制了启蒙文学叙事中的国民性批判和文明与愚昧、进步与落后等对立性主题，构制了看与被看的基本结构模式。

作为现代文学的开创者，鲁迅的小说里比较典型地存在这样的叙事方式和视角。大体而言，鲁迅小说基本采取了两种看与被看的叙事视角与方式。第一种以《狂人日记》为代表。在这部小说表层的"日记体"叙事形式中，实质上同样内含了一种"看与被看"的叙事关系和模式。狂人在小说中的所有活动实际上就是一种看、听、说、想的表意过程和独特的叙事过程。而在这个表意和叙事过程中，"看"是基础和首要的，是狂人所有行为的基础。从小说开始的看月光，看狗，看各种各样人的"怪眼色"，直到看到了"满本都写着两个字是'吃人'"的历史。不断"看视"的过程使狂人成为与周围环境和身在的精神地域相分离的独行者和流亡者，独自拥有了一个与周围环境和世界完全异质、对立和有着自己的知识真理和价值话语的精神世界。当狂人从这个世界出发、带着这个世界关于知识、真理、价值话语，进入那个自己身在而精神早已分离的、由大哥和狼子村佃户等人构成的世俗世界并对其观看时，他立即并不断地看出了该世界"吃人"的历史、现实和"吃人"现象的普遍性与"合法性"，看出了该世界所代表和象征的"传统中国"、"家族中国"、"礼教中国"的非人道和非现代的巨大弊端。这是一种什么样的知识价值系统和话语呢？从小说中狂人对"吃人中国"的发现、对吃人者的憎恨及劝告、对"将来的世界"的述说以及对自己无意中也可能曾经吃人的自悔自责来看，这是一种来自西方的、包含了人道主义、进化论学说和原罪——救赎意识的西方现代性知识价值谱系和话语，与近代以来由西方人肇始、中国部分知识者接受并成为社会历史和思想文化结构中的叙事与话语，具有相当的精神联系和同构性。

鲁迅小说中另一种"看与被看"的视角，是采取"游子回乡"的叙述方式，以《祝福》、《故乡》和《在酒楼上》为代表。这些小说的第一人称叙述者"我"，都是从外部世界回到古老故乡的"外来者"，并且是拥有以"现代文明"和"进步"为标准的知识价值话语的现代知识者。而且这外来者明显地与故乡的现实环境、与故乡的"精神地域"和精神话语格格不入，处于异在和隔膜状态。因此，"我"才能看出故乡环境萧索阴冷的"荒村"景象，才能看出河边的祥林嫂的巨大痛苦和传统宗法礼教制度"吃人"的残酷，才能看出迫使吕纬甫从反抗走向妥协的"老中国"环境里"老调子"的依然存在和强大。总之，才能看出故乡与中国从物质到精神无可挽回的全面溃败，看出国民及其精神世界的压抑与扭曲，看出与进步和现代文明的巨大差距和相距遥远。因而，这样的外来者和游子也就成为故乡与中国现代文明缺失的发现者和批判者。

然而，狂人"看视"的目光尽管敏锐，对吃人的诅咒和救人的呼喊尽管强烈，但最终还是没能打碎吃人的"铁屋子"并最终无奈地

"清醒"。同样，归乡游子尽管看到了故乡和中国从传统到现实、从自然到社会、从个体到群体的全面落后与破败，看到了农民、妇女在传统与现实压迫下的不幸，但他们却面对溃败、压抑、不幸和苦难无可奈何，甚至一次次"失语"。《祝福》和《故乡》等小说都描绘了归乡的现代知识分子在与祥林嫂、闰土和"豆腐西施"杨二嫂的对话中不得不沉默无语、不得不"失语"与"失声"的尴尬场面。《在酒楼上》和《孤独者》里作为回乡者和在场者的"我"，对陷于孤独、走向平庸的当年的"战士"，也只能同情而无力挽救。这既表明从外部世界返乡的现代游子与故土人们的思想精神的差距与对立，与故土整体的思想话语系统的差距与对立。也表明渗透在这种叙事方式之下的鲁迅的思想认识：以西方知识和思想构成的现代性目光、话语在看视中国历史和现实时具有惊人的敏锐性与准确性，但却"止于看视"而不能有所作为，它们面对现实和真实存在时的无力性与有限性，使它们是真理却绝对不能放之四海而皆准。而小说里曾经接受这些思想和话语的知识者的妥协与放弃，也表明它们在中国语境里的隔阂与乏力。

这样，鲁迅"五四"时期大量的随笔杂感中，作为猛烈抨击中国传统思想文化的大纛和武器的"进步的知识"和话语，鲁迅是承认其真理性、价值性乃至"唯一性"的。那种"不读中国书只看外国书"的言论就是这种认识和思想的极端化表述。在小说里，归乡者或隐含的在场者对非现代的中国和国民弊端的看视与发现，也表明那种以西方思想话语为底子的现代性视野与目光的有效性和价值性。但是，在鲁迅小说叙事里，它们也同时因为其功能与效果的局限性而遭到了质疑甚至解构。从狂人的最终"候补"到归乡游子的"失语"，本源于西方又积淀在中国近现代历史与精神结构中的现代性话语，最终在鲁迅小说叙事中成为被质疑的对象，成为难结果实的精神之花。

因此，从"五四"以来整个新文化和新文学的历史语境来看，鲁迅小说毫无疑问是追求现代性的文学，是来自西方的现代性在中西文化交汇碰撞中的产物。但是，鲁迅小说也存在非现代性、质疑现代性乃至反现代性的因素和话语，是追求现代性和质疑与颠覆现代性融为一体的、独特的现代中国文学。这样的情形，在鲁迅思想和文学，在他的多种文本中还有复杂丰富的表现，需要继续认真地梳理与解读。

第二十一章
启蒙主义与民族主义的诉求及其悖论
——以鲁迅的《故乡》为中心

1. "乡村与故乡风景"中的启蒙话语与诉求

作为"五四"新文化运动的参与者和以启蒙为职志的作家,鲁迅1921年创作的小说《故乡》无疑是表达启蒙主义诉求的典型文本之一。小说以一个回乡探亲和搬家的知识分子作为叙事者,用他回乡和离乡的过程与经历,串联起当时中国的三个世界:可以"坐火车去"的"异地"即外部的现代性都市、母亲与侄儿和小市民豆腐西施杨二嫂共同居住的乡镇、闰土和农民生存的农村。现代性知识分子身份的叙事者"我"回到小镇故乡,农民闰土(童年的伙伴)闻讯从乡下来到"我家",小镇是联系外部都市与闭塞乡村的中介,叙事者"我"及其回乡则是把这三个世界连接起来的红线。小说的叙事表明,外部的异地与故乡世界不仅空间距离遥远(相隔两千里),而且时间的距离更大:外部的异地已经是"通火车"的现代性世界,而遥远的内地乡镇和农村还停留在"古代"或中国的"中世纪"时期。

这种"异地"和故乡的巨大的差异性都是通过叙事者回乡历程中的见闻感受表达出来的。小说开篇即描写了叙事者乘船接近故乡时候的视觉景象:冬季冷风,天气阴晦,苍黄的天底下,远近横着几个萧索的荒村。一种风景就是一种心理,苍黄、萧索和荒村景象必然引起的是叙事者的心理感觉：悲凉。这样的"视景"与心境伴随着回乡的整个过程：回到家看到的是祖居的老屋的瓦楞上"枯草的断茎当风抖着"，说明故乡和家族的败落；小市民杨二嫂身在民国而思想停留在"古代"或前朝，满脑袋都是封建时代的价值观念：做官当"道台"、出门坐八抬大轿，娶三房姨太太，以及贪图便宜阿谀取巧的意识和伎俩。儿时的玩伴闰土已经被多子、饥荒、苛税、兵匪官绅和尊卑等封建传统时代的"规矩"弄得"像一个木偶人"，没有一丝活气。破败的老房子、思想陈旧的杨二嫂和呆滞的闰土，都是"荒村"景象的延续和加深，是萧索"荒村"的组成部分。他们的存在和表现也内在地演绎了"荒村"的内容和萧索的含义，解释了叙事者心境悲凉的外部和内部原因。

由此，可以看出《故乡》在中国文学中开创了一种史无前例的叙事风格与模式——即颠覆和瓦解游子归乡文学的温情美好、乡情眷恋的叙事传统和模式，颠覆和瓦解美化故乡、故乡美好的文学主题和价值倾向。[1] 在绵延千年的中国文学上，游子归乡的叙述大都充满憧憬和美好、温情与乡情的格调，其中有时也掺杂着亲朋老去、物是人非、韶华不再的自然性的感伤，但不是绝望似的伤悲。"少小离乡老大回，乡音未改鬓毛衰。儿童相见不相识，笑问客从何处来"，就是这种游子回乡叙事与抒情的典型文本。即便在故国和故乡遭遇难堪与不幸，也不愿意离开故土，如屈原《离骚》中的抒情主人公在决心离开时，马上缱绻地看到和感到"仆夫悲，余马怀兮"。鲁迅的故乡绍兴本是东南形胜之地，其应接不暇的山阴之道，小桥流水的江南风致，使诸多往古的骚人墨客意兴淋漓，挥毫写下无数诗文佳作。而鲁迅一反这千年传统，他笔下的故乡——多篇小说中反复出现和描写的鲁镇，整体上

---

[1] 中国文化和传统中一直存在"故乡美化"，所谓"亲不亲，故乡人；美不美，家乡水"，"五四"后的文学方始颠覆这一传统。当代文学的新时期，洪峰的《奔丧》、刘震云的《故乡天下黄花》和《故乡相处流传》等，延续并深化了这一传统。

都呈现出"荒村"似的压抑、破败与荒凉的内涵与色调,而从"异地"和外部世界回乡的游子,如《故乡》和《祝福》里的"我",要么回乡的目的是永别故乡,要么回乡不久就急于离开。因此,《故乡》所表达的"反故乡"模式,是典型的现代性文本和叙事。

那么,《故乡》如此叙事的动机和目的何在呢?答案很简单:启民之蒙。曾经那样鲜活而具有未受压抑的儿童灵性(也是人类正常天性)的闰土,之所以被"异化",变得如一个木偶,现实的多子饥荒、兵匪官绅、苛捐杂税固然是重要的物质原因(注意,这些直接的现实的原因不是直接描写出来或闰土自己言说出来的,而是叙事者和母亲的转述语,属于间接叙述,按照叙事学理论,转述和间接叙述的真实性和重要性亚于直接叙述),但长期流传的千年传统和等级森严的上下尊卑"规矩"("规矩"一词是小说里闰土自己的陈述),是更严重的摧残性因素。正是现实的压迫和这些千年不变的"规矩"的合力作用,使得农民闰土从少年到成年的成长过程不是人性的自由舒展和发扬,不是越来越成为正常的人性和心灵丰富的"人",而是越来越成为"非人",是自由人性和天性的不断丧失。与此相类,像"豆腐西施"杨二嫂这样的小市民的满脑袋升官发财衣锦还乡的既庸俗又"传统"的思想观念,也是故乡的产物,是不发达的、前现代的、思想和精神依然惯性停留在千古不变的"先前"和传统的乡村,必然会产生和盛行的思想和行为。因此,故乡——非现代的和传统笼罩的乡村中国,其间产生和盛行的思想、文化与习俗,是使包括农民和小市民在内的群众变为"庸众"的环境和精神要素。

如此的故乡—故国—古国的物质与精神环境,使闰土等农民和杨二嫂等小市民的思想表现形式不同,但却都具有和表现出现代性视野和标准下的停滞的、落后的、愚昧的特征(小说中知道拿破仑和华盛顿的叙事者和还乡者的"看"故乡的目光中,显然内含这样的视野和标准),这样的思想精神症候即"国民性"病症,异化、窄化、弱化、毒化着他们的心智与人格，阻碍着他们成为"与时俱进"的现代的"人"、现代的国民与公民，而由这样的存在严重国民性弱点的落后国民构成的国家，是不可能在弱肉强食、优胜劣汰的进化公理和历史法则等"规律"支配的世界上生存和发展的。因此，为了"立国"与强国——建立与列强比肩和"竞存"的现代的民族国家，必须"首在立人"、开辟"人荒"、唤醒民众、启发民智、觉悟伦理，只有大批的不觉悟的愚弱的"庸众"被改造为具有强大的"内曜"、"我执"、"灵明"、"个性"的自我和个人，"沙聚之邦"的中国才能"由是转为人国。人国既建，乃始雄厉无前，屹然独见于天下"。[1] 这种为"立国"而"立人"和"醒民"的启蒙思想和主张，是鲁迅从早年留学日本写《文化偏至论》到"五四"时期写作的大量的随感录和杂文中一以贯之、始终坚持和反复倡导的，同时，这也是"五四"新文化阵营的共同的启蒙思路，用陈独秀的话语表述，就是"伦理的觉悟，乃吾人最后觉悟之最后觉悟"[2]。以救亡和立国（民族国家）为根底的民族主义诉求，就这样转化为启蒙主义的思想文化诉求，或者说，"五四"的启蒙是与民族主义难以分离的。如果追本溯源的话，是近代西方以殖民主义和帝国主义方式表现出来的现代性压力（西方现代性本身就包含着民族主义或制造了民族主义），激起了中国知识分子的以感时忧国、救亡自强、再造国家为诉求和表现形态的民族主义思想情绪，而恰恰是这种救亡图存的民族主义诉求内在地导致了他们的启蒙诉求。因此，救亡图存、构建与世界比肩的民族国家、使之强大和现代化的民族主义抱负，启动了中国"五四"的启蒙主义运动，民族主义诉求和启蒙主义诉求的掺杂交融构成了中国"五四"启蒙的双重内容和特色。

而要达到"立人"和"伦理的觉悟"即实现启蒙目的，救治国民的思想的重负与精神的贫困，摆脱生活的不幸和思想的不觉悟，自然

---

[1] 鲁迅：《文化偏至论》，《鲁迅全集》第 1 卷，人民文学出版社 1981 年版，第 56 页。
[2] 陈独秀：《吾人最后之觉悟》，《陈独秀文章选编》上卷，三联书店 1984 年版，第 109 页。

就要挖掘造成国民性病症的思想根源——在鲁迅和新文化运动先驱者看来,就是中国传统中带有浓厚封建主义包含的思想文化,并对之进行否定、批判甚至某种程度的"决裂"。这是"五四"启蒙的必然思路和逻辑理路,也是启蒙实践和运作的必由之路。也就是说,"五四"的启蒙运动和新文化运动的质疑和批判传统文化,实质上是反对和破坏传统的"公共文化"——他们认为这样的公共文化弱化和病化着国民性,阻碍着现代国民和公民的形成并进而制造了中国的衰败、阻碍着民族的复兴和现代民族国家的形成,而启蒙和新文化运动实质上是为国民性改造和现代民族国家在创造一种新的、也是现代民族国家应当具有的"公共文化"。

这种启蒙文化实践中的理路和诉求,在鲁迅小说的叙述里,当然不能一一对应,启蒙文化诉求的宏大性、复杂性和丰富性,在文学文本中只能转化为具体的形象、意象和小叙事,利用文学的想象、形象、隐喻、象征等功能进行意义的连接、联系和"放大"。具体而言,小说《故乡》对启蒙文化诉求的"转述"和转化,不是表现为直接的激愤的诉说,而是表现为对农民闰土现实生活状况的忧叹和精神世界的贫困、退化与自我低贱(后者的叙述比重和重要性在小说里远远大于前者)的悲哀,并进而表现为对造成"闰土现象"的"故乡"——在隐喻和象征的层次意义上代表着故国、过去、传统即鲁迅一再强调的"老中国"的厌弃、否定和批判。同样,这种厌弃、否定和批判也不是直接由叙事者诉说出来,而是由叙事者回乡过程中对故乡的从自然到人事的不断失望、绝望和最终离去,从回乡的目的——卖掉祖传的老屋、带着从母亲到侄儿的全家老少离开祖居之地、永别故乡和故乡的一切的叙述中表达出来的。换言之,回乡的叙事者目睹和经历了故乡的总体悲凉后的离开和诀别,就代表着对故乡及故乡一切的现实否定和整体批判,当然,在表达了对故乡现状和导致现状的"历史"的不满与否定之后,叙事者也表达了对新的故乡和新的人生的朦胧希望。不过就总体而言，这样的新的希望一方面反映了作为现代知识者的叙事者、也是作者鲁迅和整个"五四"时代信奉的"将来胜于现在"的进化论思想和话语；一方面这种由现代性思想话语带来的新希望又如空中月亮一样，是空幻的和不具有现实可能性的，叙事者自己也认为它不过是自己"手制的偶像"，与闰土的"崇拜偶像"具有相同的性质。因此，小说最后叙事者所描绘的新的人生希望和接踵而至的对希望的空幻性的叙述，同小说此前的叙述一样，构成了对"故乡"及故乡所隐喻和象征的文化意义的否定。

总之，鲁迅在小说《故乡》里通过身在异地的现代性"游子"还乡和离去的叙事所表达的对"故乡"——乡村中国——传统的否定和批判，对落后的农民、市民和国民思想精神的忧虑及其"改造"的内在诉求，是"五四"新文化和启蒙话语的文学化表达，也是"五四"时代的重要时代性话语。

2. 两个乡村世界的存在及其对启蒙话语的颠覆

细读文本，我们会发现在小说《故乡》的这种主流性主题诉求和话语中，同时存在和包含着矛盾、裂缝和自我拆解与颠覆因素，那就是：对回忆中的过去和少年时代乡村的描写。如上所述，《故乡》的"反故乡"叙事模式所要表达的是对现实的故乡、故乡人生状态及其所隐喻和象征的传统与文化的批判、否定与诀别，因此《故乡》所描写的自然景观、人物形象、社会环境都是阴郁、压抑、破败和荒凉的，即整体上的"荒村"景象与色调，是没有现代性价值的存在。不过，就在这一片阴晦荒凉的环境和景象中，由母亲的话语引起的少年闰土及叙事者"我"与闰土当年的交往和生活，那个"过去"和"往昔"的"故乡"与乡村，却是美好和温暖的，是令人难忘的"黄金时代"。在小说里，往昔时代的中国乡村自然环境优美，乡风民俗淳朴（口渴的人吃瓜地里的西瓜不算偷），主仆上下之间并无阶级的严厉和"压迫"的鸿沟，少爷和长工的儿子可以成为朋友和伙伴。如果扩展开来，我们会发现鲁迅在其他作品，尤其是在《社戏》里其实也描写了这样一个过去的、少年时代的、充满前现代的礼俗社会的美景、美德、美情的乡村：乡村庆典性质的社戏，看社戏的愉快，没有阶级意识和地位差别的少年伙伴，民风的朴厚（乡村少年看戏后偷煮自家和六一公公家的青豆，被偷的六一公公非但不埋怨反而感谢偷吃自家豆子的少爷"有眼力"并特地送来新的豆子），与《故乡》里描写的往昔乡村具有相似的内蕴与格调。

由此可以说，鲁迅的小说文本中实际上存在着两个"故乡"和乡村世界：一个是《阿Q正转》、《祝福》和《故乡》等作品所描写的现实的乡村，这个乡村自然环境阴晦荒凉，农民物质贫困精神木讷，礼教和规矩、愚昧和无知、落后和停滞使农民身在现代而思想停止于"前清"、中世纪和更远的"先前"。另一个是非现实的、回忆中的和过去的乡村世界，这个世界自然、社会、人事和民风一切皆善皆美，按照礼俗和传统乡村社会的公俗良序自然、正常和充满温情地运转与流传。[1] 这样的乡村世界，是鲁迅之后的废名、沈从文等抒情和浪漫的乡土文学作家极力追求和构造的，出于对审美现代性的追求和对一般的社会历史进程中的现代性的反感与批判，他们分别对传统的、前现代的礼俗乡村和汉苗混居的边地，予以诗意浪漫的描绘和"美化"，故此，他们笔下的古老乡村和边城苗地，山清水秀，人性美善，风俗淳朴，爱情纯真，忠孝之风尚存，仁义之德宛在，是现代的桃花源或中国的"希腊小庙"。而冲击和瓦解这传统乡村的，恰恰是那不请自来的现代、科学、新时代和新生活等现代性文明。鲁迅开创和代表的以启蒙为旨归的乡土文学所描写的现实的乡村世界，在外显的层面上与它

---

[1] 对于鲁迅小说文本中的两个截然不同的乡村世界的存在现象，惜乎论及不多。

们截然两途，但鲁迅的《故乡》和《社戏》所描写的过去时代的乡村世界，却与它们具有精神文化的同质性。也可以说，废名和沈从文等浪漫派的乡土世界描绘和构建，是对鲁迅小说的此一方面传统的继承。

过去的乡村既然如此之美善，那么，那个时代乡村中国（中国人的故乡）所拥有和承载的传统和文化，不论是社会物质与思想环境等"大传统"还是民俗礼仪等"小传统"，都是具有价值和意义的。因此，现实的故乡和乡村中国固然是由"过去"和往昔流传延沿而来的，与往昔的乡村具有时空的连续性，但它们的面貌和内质是如此之不同，因而现实故乡的"荒村"状态显然不是往昔乡村的性质和面貌的延续而是一种中断和"割裂"。也因此，过去的、传统的乡村及其文化存在不是造成现实"荒村"的原因，不应为现实的"荒村"现象承担任何责任。其实，小说《故乡》里那个回乡的知识分子身份的叙事者以现代性目光所看到和感到的阴晦、颓败的"荒村"，"荒村"所代表和象征的广大中国乡村的破败现象，如果联系到小说文本外的社会现实予以探究的话，就知道正是强行闯入中国的、包含着殖民征服的"恶"与文明示范的"善"的因素的现代性造成的。同时期的白话诗人刘大白在《卖布谣》里就揭示了"外来"的"洋布"压倒了"土布"，才"饿倒了哥哥嫂嫂"，使祖传的谋生手段和生活方式、使田园风味的中国乡村遭到瓦解。《故乡》里闰土诉说的不太平、收成坏、捐税重、田里的东西不值钱等农民的苦况，从而使闰土苦得像一个"木偶"、使乡村日益凋敝的现实，其实整体上也是由近代中国的大环境的恶化所造成的，只不过《故乡》的叙述主题和策略使其没有过多"明示"而是将其"遮蔽"在文本深层和背后。

由此，鲁迅小说文本中存在的两个截然不同的乡村世界，就构成了其现实和象征意义与价值的对峙、碰撞与矛盾，也构成了叙述的内在矛盾，即叙事者"我"记忆中的"美丽的故乡"，都与过去和过去的传统相关，在民族文化寓言的意义上，它象征着中国人不分尊卑地共有往昔的美好与辉煌，象征着过去的故乡、中国和传统的价值性存在即"先前阔"。但问题来了：同样的大传统与小传统在往昔构成了故乡与中国的"美丽"和辉煌，在现实的故乡与故国，它们却成为造成凋零停滞、落后保守和使农民与国民愚昧麻木的因素之一，同样的精神文化的"规矩"与传统为何却具有不同的功能、导致两种截然相反的结果？这岂不是自相矛盾？这种矛盾带来了自我反讽的结构与叙述，自我颠覆了否定和批判现实故乡及其代表和象征的传统与文化价值、用现代性改造落后愚弱的农民和国民性的启蒙主义主题诉求，暴露了启蒙主义话语的内在困惑。换言之，鲁迅小说中存在的两个乡村世界，构成着鲁迅小说文本的外显与潜在的双重结构，并由此反映和代表着不同的功能与价值，实质上对外显的启蒙叙事构成了深层的"反启蒙"叙事。

3. 两个乡村世界与启蒙主义和民族主义的关系

两个乡村和故乡世界的存在及其内在价值的矛盾，也导致了《故乡》在叙述态度和格调上的两重性和矛盾性。在叙事者的现代性视野中，现实的故乡及其象征的中国和文化已经凋敝破败。人性或者如闰土一样"愚弱化"，或者如豆腐西施杨二嫂一样"卑污化"，都已经成为无价值的存在，所以叙事者要卖掉老屋、带走亲人，永远斩断与故乡的现实的、精神的联系，表现出一种现代性的理性的决绝与决裂态度。但另一方面，故乡毕竟有过美好和辉煌的"黄金时代"，有"我"和闰土共同拥有的少年记忆，是叙事者的、也在象征的意义上是中国人的故乡，因此，与故乡和"过去"告别与永诀，虽然是理性的必须，但也有情感的"难舍"和由此产生的感伤，理性的决绝和感情的感伤遂为小说的叙事风格。

而这样的叙事风格所赖以产生的两个故乡和乡村世界的存在，两个世界的不同色调、内涵和叙事者的态度，以及由此产生的双重结构、文本和叙述的矛盾，其实都与作者启蒙者和新文化主将鲁迅的思想矛盾和困惑息息相关。鲁迅在早年留学日本期间写下的、杂融着启蒙主义和民族主义诉求的《文化偏至论》中，提出了通过"立人"达到"立国"以匡救忧患的主张和方法："外之既不后于世界之思潮，内之仍弗失固有之血脉，取今复古，别立新宗"，对于"铨才小慧之徒"以西方的"金铁国会"和"路矿富有"为文明和救国之道的主张，青年鲁迅予以了激进的批判。同时，对于"青年之所思维，大都归罪于古之文物，甚或斥言文为蛮野，鄙思想为简陋，风发渤起，皇皇焉欲进欧西之物而代之"[1]的鄙薄传统文化的态度，亦予以否定。就是说，青年鲁迅在立志进行启蒙和救国之际，是反对否定传统和古代文化的，认为 19 世纪欧西的"新神思宗"和中国的"古之文物"都是立人和启蒙并进而立国强国的思想武器。10 年之后，在"五四"新文化和启蒙运动中，中年鲁迅被反复动员参加毁坏"铁屋子"的思想与文学革命的时候，在公共空间和公开场合，鲁迅却一改 10 年前的态度，对传统文化表达强烈的批判与否定的态度和主张（在刊物杂志等文化公共空间发表的大量文章都是一种公共态度的表征和表达），那种"无论是古是今，是人是鬼，是《三坟》《五典》，百宋千元，天球河图，金人玉佛，祖传丸散，秘制膏丹，全都踏倒他"[2]和"中国文明是人肉的宴席"的言论，和"五四"时期新文化阵营"打倒孔家店"的话语，一度被认为是"全盘"和激烈反传统的代表。青年鲁迅为"立人"和"立国"而反对否定"古之文物"，中年鲁迅为了同样的目的却要"全部踏倒它"，两者之间何以发生如此大的变化姑且不论，其实就是已经参加启蒙和新文化创建工程的中年鲁迅，对"故乡"所象征的中国的过去和传统文化，其态度也是复合、双重、游移乃至矛盾的，公开的

---

[1] 鲁迅：《文化偏至论》，《鲁迅全集》第 1 卷，第 56 页。
[2] 鲁迅：《忽然想到（五至六）》，《鲁迅全集》第 3 卷，人民文学出版社 1981 年版，第 45 页。

和公共空间里呈现的文化姿态与私下和私人场合的态度与行为，是不尽一致的。比如在公开场合，鲁迅激烈反对开设青年必读书目，甚至提出中国青年不要读中国古书，反对"同一战阵的战友"胡适要青年进"研究室"的主张，反对"暴发的'国学家'之所谓'国学'"[1]。但在私人场合，鲁迅却应老朋友许寿裳之邀为他的儿子开立了一个包含着诸多国学内容的书目，而鲁迅自己更是长期整理和研治古代文学特别是小说史并做出辉煌成果；在公共文化空间里发表的论辩性文章中，鲁迅认为"中国人向来就没有争到过'人'的价格，至多不过是奴隶"，中国历史只有"想做奴隶而不得的时代"和"暂时做稳了奴隶的时代"，"所谓中国的文明者，其实不过是安排给阔人享用的人肉的筵宴，所谓中国者，其实不过是安排这人肉的筵宴的厨房"，[2]在小说《狂人日记》里通过狂人之口将中国的历史和文明概括为"吃人"。可是在历史小说集《故事新编》中，鲁迅描写和塑造了三过家门而不入埋头苦干治水的大禹和他那些黑瘦的干员、主张非战同情弱小和急公好义的墨子等"中国的脊梁"，以及誓死复仇的眉间尺和代人复仇的黑衣人等大勇者的形象，他们是大写的人而没有丝毫的奴性。同时，鲁迅在文章中经常称道中国汉唐时代国力与文化的强大、开放、包容和宏达，那个中国历史、文化和文明的"黄金时代"，代表了中国历史和文明往昔的光荣。中国历史和文明的复杂与丰富，使真正精通国学的鲁迅对待传统文化的态度与立场其实也是复杂丰富而绝非单向的。其实不只鲁迅，整个"五四"新文化阵营的战友如胡适、钱玄同、刘半农等人亦复如此，一方面为启蒙和新文化工程而激烈地否定与批判传统文化，最为激进的钱玄同甚至主张取消汉字；一方面他们心中却存在相当浓厚的传统文化情结，这种情结是导致他们"五四"后回归传统的重要因素。同样，在"五四"新文化的另一个指向——启蒙工程的运思和实施中，新年文化阵营实际也存在着

---

[1] 鲁迅：《所谓"国学"》，《鲁迅全集》第1卷，人民文学出版社1981年版，第388页。
[2] 鲁迅：《灯下漫笔》，《鲁迅全集》第1卷，第212—216页。

这样的矛盾性思维——即一方面从现代性视野出发认定中国历史长期的奴隶时代必然造成中国人的"奴隶性格"和蒙昧心智，需要进行"辟人荒"、改造国民性的启民之蒙的工作；另一方面，又认为乡村和民间是不存在都市之恶的清新刚健之地，民众和民间是有价值智慧和生命力的民间文化的创造者，李大钊的乡村生活和文明赞美与周作人、顾颉刚等教授文人的歌谣征集和民俗运动，都表现出这种民粹主义倾向。由此观之，"五四"新文化和启蒙运动在理念、思维和文化实践中其实存在多重悖论，并非圆融一致。

如果更进一步，联系"五四"前后整个时代语境，就会发现不仅具有立场和态度的同一性的新文化和启蒙阵营对传统和启蒙存在着思维观念的诸多矛盾和悖论，而且，在尖锐对立的新文化阵营和文化保守主义者之间，实际上在互相对立中也存在深层的联系性和某种程度的同一性。"五四"前后反对新文化运动的文化保守主义者——包括以林纾为代表的国粹派、以章士钊为代表的甲寅派、以梅光迪等人为代表的学衡派，他们的文化立场和态度的共同表特征是：强调和维护中国传统文化的价值性与永恒性，认为它们是中国的国粹、光荣与辉煌，不应该轻易否定和舍弃；反对"五四"新文化运动对传统文化的批判。其中的章士钊还在《农国辩》等文章中强调中国的"农国价值"和乡村的价值，认为长期的以农立国及"农国"特色是中国灿烂的文明文化的土壤，乡村、农国和传统文化都具有永恒存在的价值。文化保守主义与"五四"新文化和启蒙主义的论争，以及当时的中西、东西方文明文化优劣性与价值性的论争，在表层上、思维上和观念上确实构成尖锐对立与冲突。但是在深层里，他们却存在着某种共同的精神联系，那就是由救亡而派生和导致的民族主义，只不过启蒙主义认为中国的衰落和危机、民众的愚昧和不觉悟都由传统的政治、制度文化和意识形态性的思想精神文化所造成，因此要救亡、立国和立人醒民必须抛弃和批判传统，"别求新声于异域"，以来自西方的现代性改造、振兴国家与人民。而保守主也认为中国面临亘古未有之奇变，国势阽危，民族遭劫，但这一切却并非中国传统和文化所造成。因此，救亡非但不能否定和舍弃传统，而且应肯定传统文化价值并使之复兴，即通过保存和复兴古代传统和文化以达到救亡和兴国的目的。由此可见，两者在承认民族和国家危机并力图拯救和振兴、使中国成为与世界比肩的现代民族国家的问题上具有目的的同一性，但在如何救亡兴国的方法与手段上却存在方式和思维的差异性，在为实现共同目的而选择和开掘价值资源的问题上存在背反性：一者要从现代西方引进，一者要从传统中挖掘和提炼。前者是一种激进现代性的民族主义，后者是保守的文化民族主义。

在近代中国的语境中，这两种同样为救亡而产生的民族主义处于对立状态。而在西方和其他被殖民的国家，在现代民族主义形成过程中，虽然也都存在这样两种形态的民族主义，但它们在彼处的语境中却不是对立的。不论是盖尔纳还是安德森，这些民族主义的理论大师在论述西方近代民族主义形成的时候，都认为西方的工业革命、王权的衰落、宗教经典的方言化、印刷资本主义和殖民宗主国官员的海外任职旅行等，是造成和形成民族同质性即民族身份认同的重要原因。就欧洲而言，14世纪开始的启蒙运动和随后的文艺复兴中，对古代文化的价值回溯和复兴是创造现代性文化或制造公共文化——文化普遍主义的重要元素，这种现代性公共文化和文化普遍主义其实为民族主义的兴起和形成奠定了精神基础，它们与工业革命和印刷资本主义一起，共同制造和构建了民族主义的同质性。也就是说，传统和往昔文化的价值与光荣是包含在现代民族主义形成之中的。因此，西方和其他被殖民国家，特别是亚洲国家的民族主义的形成都显示出两面性：即现代民族主义是与工业文明、宗教改革、殖民化等现代性紧密联系的，是现代性的产物；同时民族主义的兴起和形成过程中又复兴和寻找传统的文化和道德的价值（欧洲），或宣扬传统的文化与文明的悠久与优越、追溯和强调本国历史与文化上的黄金时代和往昔的光荣（如印度、印度尼西亚、缅甸、朝鲜等国)。这两个方面都为民族和民族主义的形成制造了物质的、制度的、文化的和时间的同质性,也是民族主义的表现特征。

而中国"五四"时期的启蒙主义和新文化运动所表达的传统文化批判和"反故乡"的思维与行为模式,如果从其本质上的民族主义构成和诉求来看,它只吸取和强调了民族主义的一个方面,而拒绝和排斥了同属于民族主义的另一个方面——文化民族主义。如上所述,对传统文化的价值认同和肯定是西方的启蒙主义、民族主义和现代性的组成部分。就此而言,中国的以西方现代性为资源和武器的"五四"启蒙和新文化运动显示出其启蒙主义、民族主义和现代性的偏执与非完整性。同样,维护和捍卫传统文化价值与历史光荣而对现代性表示怀疑和拒绝的文化保守主义和文化民族主义,也暴露了其"主义"的非完整性和偏颇。

"五四"中国的启蒙主义和文化保守主义,由于他们深层中由救亡匡世而导致的共同的民族主义诉求(尽管这种诉求的表现方式不同),这种内在的同质性使他们在论争所表现出的对立与排斥,其实并不像表面那样完全激烈和决绝,各自的立场、态度和价值观念也并非"绝缘"和毫无依存与通融。即以"五四"新文化和启蒙运动的代表性人物——鲁迅和胡适等人的思想而论,他们在所谓激烈反传统的同时也对传统文化具有清醒和全面的认识,并身体力行地以现代和科学的方法对"国故"、"国粹"和传统文化进行了贡献厥伟的发掘、整理与建设,在表现故乡和故乡所象征的"故国"的衰败落后并予以现代性批判和否定之时,他们也表现了历史和往昔"故乡"、中国和文化的美善与优良,表达了对它的眷恋和永恒记忆。鲁迅的《故乡》和《社戏》等小说描绘的少年时代的、往昔的"美丽故乡"的形象,就具象而鲜活地传达出启蒙先驱者的这一思想精神信息和图景,而这一"故乡"和乡村世界的形象及其蕴涵的意义,与文化保守主义和民粹主义的乡村认识、传统认识和文化价值取向,具有了内在深隐的精神接点和联系。

第二十二章
鲁迅若干思想和文学话语探源与比较

1. "庸众"、"看客"和"反民主"思想与苏格拉底的关系

众所周知,两极对立、逆向背反的思想意象和语言意象,及其由此构成的语言单位和句型结构,是鲁迅思想和语言的一个鲜明特点,如魔罗诗人、精神界战士、先觉者与庸众、看客;个人与众数;天堂与地狱;热与冷;火与冰;希望与失望;不朽与速朽;鲜花与坟墓;主子与奴才;民族脊梁与蛀虫;进化与轮回;青皮精神与精神胜利法……其中,鲁迅早期思想中对庸众、看客形象与心理的辛辣描绘和痛切批判,以及由此产生的对"众数"、国会立宪为代表的所谓"民主"思想和制度的不相信,一般认为是来自尼采思想的影响。这是确实的,鲁迅早期思想无疑受到尼采蔑视庸众的"超人"思想的很大影响,鲁迅自己的著作文章对此也不讳言。所谓"托尼思想,魏晋文章"一定程度上是对鲁迅的写照。不过,鲁迅的蔑视庸众看客、崇尚天才,还一定程度上与苏格拉底有关联。

现行的《鲁迅全集》有五处提到苏格拉底,最早提到苏格拉底的一段文字出自早期文言论文《文化偏至论》,"一苏格拉底也,而众希腊人鸩之,一耶稣基督也,而众犹太人磔之,后世论者,孰不云缪,顾其时则从众志耳……故多数相朋,而仁义之途,是非之端,樊然淆

乱"[1]。苏格拉底（公元前469—前399）是古希腊的大思想家和哲学家，是另一位哲学家柏拉图的老师。公元前399年，古希腊的雅典城邦的民主派当权，有三个痛恨苏格拉底的人联名起诉苏格拉底，罪名是渎神和蛊惑青年。三个起诉者中最出风头的是皮匠安匿托士。雅典组成了501人的法庭，经过了三个阶段的审理程序，结果以281票对220票宣告苏格拉底有罪，判处死刑。在审判的三个程序中苏格拉底作了充分的自我申辩，却不被那些远远低于苏格拉底的智慧、学识和正义的、由雅典民众组成的法庭采纳，最终难逃一死。一个最有学识的无罪之人死在民主制度下，此事对柏拉图刺激极深，也在西方历史特别是思想哲学史上产生深远的影响。

　　作为代表鲁迅早期思想的重要论文，《文化偏至论》的主要意旨是通过对西方近代思想文化的解读，阐释精神文明与物质文明的关系及其演变。鲁迅认为，西方的强大不是由于金铁路矿为代表的物质文明的发达、国会立宪为代表的民主制度的完备，而是"根柢在人"，即个性和精神得到发扬蹈厉的人导致西方的强盛。重物质轻灵名（精神）是"缘偏颇之恶因，失文明之神旨"，成为19世纪西方文明之通弊。为纠正这一弊端，20世纪西方出现了"或崇奉主观，或张皇意力，匡纠流俗"、"张大个人之人格"的"新神思"即新思潮。而中国社会部分救国心切的"轻才小慧之徒"，即晚清以来的洋务派和维新派，或者竞言武事，或者提倡"制造商估、立宪国会之说"，以为这是西方强国之道。在鲁迅看来，这是"不察欧美之实"，是徒拾西方皮毛和"尘芥"，是对西学和西方思想文化的误读、谬解与"偏至"。为此，鲁迅在文章中对20世纪西方思想文化清本正源，从而得出"首在立人，人立而后凡事举；若其道数，乃必尊个性而张精神"的结论，即精神文化救国论，认为这是西学的正宗和拯救中国的要务，是应该从西方引

---

[1] 鲁迅：《鲁迅全集》第1卷，人民文学出版社1981年版，第52页。

进的新学和中国走的道路。与这种思想认识相应，鲁迅在对近代西方思想文化的阐释解读和对流俗的批判中，提出和设置了个人、个性、英哲（超人）与多数、庸众、凡庸、众志等概念和它们的对立性关系，并认为由大众构成的民主制度是"借众以陵寡，托言众治，压制乃尤烈于暴君"。作为例证，鲁迅举出了苏格拉底和耶稣被杀害的史实。考究起来，苏格拉底的例子更能说明民主制度的弊端。所以鲁迅的结论是："与其抑英哲以就凡庸，曷若置众人而希英哲？"[1]

这种对英哲、天才、超人、战士、个性的崇尚和对多数、庸众、凡庸、众志的批判，其实不仅仅是鲁迅的早期思想，而是他贯穿始终的重要思想内容和资源，在此后的小说创作中，先觉而孤独的战士与他面对的麻木的庸众和看客，他们之间看与被看和前者被后者压制、逼疯、颓废与死亡，构成鲁迅小说最突出重要的叙事内容、形象、结构、关系和艺术美学特征。这样的小说叙事内容和关系，深层里与苏格拉底的遭遇和情境具有相似性与精神的同构性。而在鲁迅后来的杂文写作中，对看客、庸众、无主名的杀人团的形象揭示和理性批判，也一直是重要内容和锋芒所向，是"这样的战士"永远高举投枪进行战斗的对象。

另外，鲁迅常说的"无主名无意识的杀人团"这样的词汇，一方面是鲁迅的概括和独创，一方面可能也与鲁迅熟知苏格拉底的遭遇和苏格拉底的申辩，有一定联系。苏格拉底在面对雅典法庭的审判进行自我辩护时，曾对告发他罪名的原告这样描述："这批原告人数既多，历时又久……他们单方挂了案，作为原告，从不到案，因为没有被告的另一方出来答辩。最荒唐的是，他们的姓名不可得知而指，只知其中有一个喜剧作家。既不可能传他们到此地来对质，我又不得不申辩，只是对影申辩，对无人处问话。"[2] 在另一段辩护中苏格拉底虽然指出

---

[1] 鲁迅：《鲁迅全集》第1卷，第52页。
[2] 〔古希腊〕柏拉图：《苏格拉底的申辩》，商务印书馆1983年版，第52页。

了具体的原告的名字，但仍然强调说："多数人有对我的深仇大恨，如果定我的罪，这就是定罪的缘由，不是迈雷托士和安匿托士，倒是众人对我的中伤与嫉恨。"[1] 这与鲁迅惯说的"无主名无意识的杀人团"，具有精神和句型语法上的同构性。联系鲁迅在另外几处对苏格拉底生平事迹的提及，甚至提及苏格拉底的太太无知无识（实是丑女悍妻）的情况，似乎可以说，鲁迅应该是看过苏格拉底的有关传记和柏拉图记述的苏格拉底的言论的。鲁迅在1927年做的《关于知识阶级》的讲演中将柏拉图与苏格拉底并列，也可以证明这一点。由此可以认为，在鲁迅思想构成的来源和资源中，存在一些苏格拉底思想和话语的因素与成分。

2. "豆腐西施"的由来

鲁迅在小说《故乡》中，为了与闰土善良忠厚的形象相反衬和对比，还刻画了一个尖酸刻薄、贪图小利的小市民形象——杨二嫂，并为她加了一个能反映其性格形象的绰号"豆腐西施"。鲁迅在小说中说明了她得到这个绰号的原因："我孩子时候，在斜对门的豆腐店里确乎终日坐着一个杨二嫂，人都叫伊'豆腐西施'。但是擦着白粉……那时人说，因为伊，这豆腐店的买卖非常好。"西施是古时越国美女，杨二嫂不过是晚清浙江乡镇极普通不过的豆腐店的老板娘，好打扮，略有几分姿色而已。把豆腐和西施并列，明显含有讽刺之意。

不过，在鲁迅之前，也有人在小说中用过"豆腐西施"一语，并同样作为小说中人物的诨号。那是清代乾隆、嘉庆年间，上海有位才子名张南庄，以过路人的笔名，完全用吴语方言，写作了一部专门描绘阴间鬼蜮世界的讽刺滑稽兼备的章回体小说《何典》。小说的第八

---

[1]〔古希腊〕柏拉图：《苏格拉底的申辩》，第64页。

回,描写拈花弄柳的色鬼,在路上撞见了一个"标致细娘",名字就叫"豆腐西施",其父叫"豆腐羹饭鬼"。色鬼让自己的门客"极鬼"等,夜里装扮成强盗将"豆腐西施"抢来,不料被自己的老婆"畔房小姐"得知,受了老婆一顿好打。随后,待极鬼将抢来的豆腐西施送进色鬼房里的时候,被畔房小姐一棒打去,直把豆腐西施打得"红脑子直射",而豆腐西施的父亲"豆腐羹饭鬼"见女儿被色鬼抢去,不但不恼怒,反而在家里高兴,以为女儿从此有好日子过了。此"鬼"的贪财好利和豆腐西施的命运不济,与鲁迅小说里的杨二嫂有几分相似。

鲁迅《故乡》作于1921年1月,是时,鲁迅虽听说过坊间有一部叫《何典》的奇书,也曾多方访求,但终未得到。直到1926年,在"五四"时期与鲁迅一同战斗过的刘半农,在北京厂甸逛书肆时,偶然得到,大喜过望。于是他详加校点,准备重印出版,请鲁迅作序,于兹鲁迅才看到此书,并在序中称其"谈鬼物正像人间,用新典一如古典"。[1]因此可证,鲁迅《故乡》里的豆腐西施一语,并非抄袭前人故书。

我想,鲁迅之用"豆腐西施"描写杨二嫂,一是生活经历中可能见过类似称呼的人物,周作人在《鲁迅小说里的人物》中,对此这样解释:

> 豆腐西施的名称原是事出有因,杨二嫂这人当然只是小说化的人物。乡下人听故事看戏文,记住了貂蝉的名字,以为她一定是很"刁"的女人,所以用作骂人的名字,又不知从哪里听说古时有个西施(绍兴戏里不记得出现过她),便拿来形容美人,其实是爱美的人,因为这里边很有些讽刺的分子。近处豆腐店里大概出过这么一个搔首弄姿的人,在鲁迅的记忆上留下这个名号,至于实在的人物已经不详,杨二嫂只是平常的街坊女人,叫她顶替

---

[1] 鲁迅:《为半农题记〈何典〉后作》,《鲁迅全集》第3卷,人民文学出版社1981年版,第303页。

着这诨名而已。她的言行大抵是写实的，不过并非出于某一个人，也含有衍太太的成分在内。[1]

而豆腐西施这一俗语的来源，周作人认为是庶民百姓看戏文听故事时，大略知道西施是古代美女，便拿来形容美人或者爱美的人，其中包含着一些讽刺的成分，就像百姓看戏知道貂蝉的名字，自我想象并以讹传讹地以为是很"刁"的女人。这一解释颇有道理，即这是吴越一带不无讽刺戏谑成分的民间俗语，广为流传。与鲁迅不同时代、专用吴语方言写成的《何典》出现此语，即其一证。

3. "历史双向性现象"与句型的"原典"

20 世纪 30 年代，当中国处于民族危难之际，鲁迅先生在为东北作家萧军的长篇小说《八月的乡村》作序时，有感于"九一八事变"后的东北人民呻吟于侵略者的铁蹄之下、关外义勇军苦战于山野之中，而庇荫于"不抵抗"政策下暂时安宁的关内洋场与官场，照样灯红酒绿、纸醉金迷，于是愤然发出了"一方面是庄严的工作，一方面是荒淫与无耻"的慨叹，对中国社会予以概括和描述。

这句著名的话语道出了鲁迅的心绪和现实的情形，即在灾难面前，同一时代和国家的国民，却表现出泾渭分明的人性、道德和行为，二者之间构成巨大的双向逆反。不过，鲁迅感慨系之的这句话的原型，来自当时的苏联作家爱伦堡，鲁迅自己在序言中也作了说明："爱伦堡论法国的上流社会和文学家之后，他说，此外也还有一些不同的人们：教授们无声无息地在他们的书房里工作着，实验 X 光线疗法的医生死在他们的职务上，奋身去救自己的伙伴的渔夫悄然沉浸在大洋里

---

[1] 周作人：《鲁迅小说里的人物》，河北教育出版社 2002 年版，第 72、73 页。

面……一方面是庄严的工作,一方面是荒淫与无耻。"[1]

爱伦堡的这段话出自他的文章《最后的拜占庭人》,此文由30年代上海著名的《申报·自由谈》主编黎烈文译出,刊登于1935年3月《译文》月刊2卷1号,改题为《论莫洛亚及其它》。《自由谈》和《译文》都是与鲁迅关系很深的报刊,因此鲁迅无疑是从黎烈文的译文中看到爱伦堡的上述话语的。爱伦堡文章描绘的是第一次世界大战时法国和欧洲社会的情形。不过,这种"双向"性现象不惟当时的法国社会独有,此类"话语句型"也不是爱伦堡独创。在此之前,无产阶级革命导师卡尔·马克思于1871年所写的《法兰西内战》中,曾引用了当时两位目击者对巴黎公社失败后巴黎的文字描述。一位是英国记者,他这样写道:

> 远处还响着零星的枪声;濒临死亡的可怜的受伤者躺在拉雪兹神父墓地的墓石之间无人照管;6000个惊恐万状的暴乱者,在迷宫似的墓地地道中绝望地转来转去;沿街奔跑的不幸人们,被机关枪大批地射杀。在这样的时候令人气愤的是,咖啡馆里挤满了爱好喝酒、打弹子、玩骨牌的人,荡妇们在林荫大道上逛来逛去,纵酒狂欢的喧嚷声从豪华酒楼的雅座里传出去,打破深夜的宁静![2]

另一位是当时法国的政论家爱德华·埃尔韦,他如此记述:

> 巴黎居民〈!〉昨天表现他们的欢乐的方式有些太轻佻了,我们担心以后还会越来越糟。巴黎笼罩着节日的气氛,这实在不协

---

[1] 鲁迅:《田军作〈八月的乡村〉序》,《鲁迅全集》第6卷,人民文学出版社1981年版,第286页。
[2] 马克思:《法兰西内战》,《马克思恩格斯选集》第3卷,人民出版社1995年版,第75页。

调，令人难过；要是我们不想被叫做堕落时代的巴黎人，就必须消除这种现象。[1]

接着，他引用了塔西佗的一段话：

可是，在这场可怕的斗争的第二天早晨，甚至在斗争还没有完全结束的时候，堕落和腐败的罗马就又开始沉湎于毁坏过期身体、玷污其灵魂的酒色之中了。——alibiet vulnera ali baineaepopinaeque（这里是战斗和创伤，那里是澡堂和酒楼）。[2]

这三段被马克思引用的话语所描述的现象和"句型结构"，其实也不是独创而是有所依凭，特别是第二段话语里将当时的巴黎比喻为罗马，其中包含着历史典故。如果推本溯源，进行话语还原和考据，我以为，从苏俄时代的爱伦堡，到19世纪的记者、政论家和马克思，在欧洲知识分子思想里和著述中反复出现的上述话语，都来源于古罗马著名的史学家塔西佗声誉卓著又影响深远的著作《历史》。在该书第三卷第83章中，叙述两位罗马统帅——安托尼乌斯和维提里乌斯的军队大战罗马时，塔西佗写道：

城市到处可以看到可怕而又可憎恶的景象。这里在进行战斗和负伤流血，那里的浴场和酒馆却还在开门营业；这边是鲜血和大堆的尸首，那边却是妓女和她们同样堕落的人；这里有在放荡的承平时代人们可以遇到的一切放纵和淫行，还有在最野蛮的征服中人们可以犯下的各种罪行，因此人们就很可能会相信，这座城市既愤怒到疯狂的程度，同时又沉醉在欢乐之中……

---

[1] 马克思：《法兰西内战》，《马克思恩格斯选集》第3卷，第75页。
[2] 同上。

由此可见，塔西佗是对那种"双向背反"的社会现象最早予以描绘的人，也是这种"话语句型"的原创者。他的描述和话语说明欧洲和西方历史上出现大的社会动荡和灾难时，社会和人群往往善恶并存的残酷现实。其实，何止是欧洲和西方，在中国历史上，唐代诗人杜牧就写有"商女不知亡国恨，隔江犹唱后庭花"的名句，与塔西佗和其后的西方知识者的"话语句型"异曲同工。鲁迅在同一篇文章中旁征博引，从现代说到古代，以说明"一方面是庄严的工作，一方面是荒淫与无耻"现象在中国的普遍性。看来，这种双向逆反现象中外皆然，在面临自然与社会的重大灾害时尤为突出，并可能在很长时期内与人类社会历史共生同在。

4．鲁迅与胡适的"监狱认识"

20世纪30年代的中国，社会各界的著名人士因为政治和救国的言论行为而锒铛入狱，已然成为当时的普遍现象。"牢狱事件"的普遍性自然引起了普遍的关注，成为时代性的政治、文化和文学话题之一。当此之时，作为同为"五四"新文化运动战友后来却分道扬镳的胡适和鲁迅，各自作为中国自由主义思想文化和左翼思想文化的领军人物，自然不能袖手旁观置身事外，对弥漫于中国的"牢狱现象"，他们从各自的立场出发，以言论或行动表达观点与认识。

胡适早在1929年就在《新月》杂志发表《人权与约法》的文章，批评国民党政府发表的人权保障命令的笼统和抽象，指出在实际生活中无论什么人，只需贴上"反动分子"、"土豪劣绅"、"共党嫌疑"等罪名，便都没有人权与法律的保障，并指责国民党上海特别市党部代表陈德征提出的《严厉处置反革命分子案》，是以"党治"代替法治，是根本否认法治。以此为契机，胡适联合王造时、梁实秋、罗隆基等清华出身、留学欧美的自由主义知识分子，连续发表文章，从政治制度到思想文化等方面，比较全面地阐述实施民主法治、保障人权自由、反对人治和专制的自由主义主张。他们的这些文章结集为《人权论集》，于 1930 年出版。尽管在国民党政权的讨伐和压力下胡适不得不表面上有所收敛和屈服，但反对专制和人治、反对动辄就定人罪名逮捕判决、反对钳制言论查禁报刊、主张民主法治和人权自由的思想，是胡适一生的追求。

不过，由于出身、教养、地位和性格，胡适往往从大的社会环境和政治制度方面提倡民主人权，着重于制度层面的批评与建设。而对于中国社会极为阴损和黑暗的层面，他有时显得有些书生气，容易被蒙骗，缺乏透底的认识。1933 年 2 月 15 日上海英文报纸《字林西报》的《北京通信》，记载了胡适视察了几个监狱后的观感与谈话，他对记者说，"据他的慎重调查，实在不能得最轻微的证据……他们很容易和犯人谈话，有一次胡适博士还能够用英国话和他们会谈。监狱的情形，他说，是不能满意的，但是，虽然他们很自由的诉说待遇的恶劣，然而关于严刑拷打，他们却连一点儿暗示也没有……"

胡适的视察、观感和谈话，无疑是认真严肃的，并没有欺骗隐瞒和故意美化，他自己也认为是公正客观的。但不言而喻，这位纯正的学者和名流在视察监狱时受到了无耻的欺骗而他却没有察觉。在我们这个盛行欺上瞒下的国度，封建时代的"欺君之罪"是祸及九族的大罪，但皇帝得到的"下情"和亲自进行的民间视察，也免不了经常受到糊弄欺骗，不得已才有了所谓明君的"微服私访"。即便是现在，从一般官员到国务院总理和国家主席，在民间视察时同样经常受到欺骗，《中国农民调查》一书对此有生动的描述。在牢狱泛滥的 20 世纪 30 年代，让视察者看不到中国监狱的暴虐，犯人没有暗示或述说存在严刑拷打，来访者可以自由地与犯人谈话而不受到限制，这显然是官方和监狱方面事先的安排与欺骗性质的"作秀"，是中国人和中国鬼都不会相信的"鬼话"，大量的史料和曾经在那个时代有过牢狱体验的人的回忆,都可以对之无情地"证伪"。因此,善良和书生气的胡适对中国监狱的视察和由这样的视察得出的监狱观感和认识,无疑是表面与失真的,是"真实的谎言"。

相比之下,对"黑暗中国"的"白色恐怖"深感愤怒的鲁迅,对中国监狱的认识就比胡适深刻和尖刻得多。鲁迅多次表达自己"黑暗中国"和"牢狱中国"的感受,如《黑暗中国的文艺界现状》,《中国无产阶级文学和前驱的血》等文章,其中经常提到"将左翼作家逮捕,拘禁,秘密处以死刑"和统治阶级"只有污蔑,压迫,囚禁和杀戮"。在作于1933年的《光明所到》一文中,鲁迅对胡适的监狱视察的观感和言论进行了讥讽,这讥讽显示出在"阶级斗争和阵线意识"日益严峻的时代,以鲁迅为代表的左翼阵营与以胡适代表的自由主义阵营之间的矛盾与对立,是"公斗"而非"私仇",同时也表现出鲁迅对中国统治者及其监狱黑暗与黑幕透底的认识,他以自己10年前看到的北京监狱为例,说明中国监狱没有虐待和拷打的所谓"光明",是地道的天方夜谭,对这样的由监狱统治者的欺瞒作秀和视察者的见闻观感自觉与不自觉"合谋"制造的监狱神话,坚决不予相信并彻底予以戳穿。接着,在1934年写下的《关于中国的二三事·关于中国的监狱》的文章中,鲁迅指出,"在中国,国粹式的监狱,是早已各处都有的",那些从古代到国民党"大造"的"旧式的监狱,则因为好像是取法于佛教的地狱的,所以不但禁锢犯人,此外还有给他吃苦的职掌。挤取金钱,使犯人的家属穷到透顶的职掌,有时也会兼带的。但大家都以为应该"[1]。就是说,兼有监禁、摧残、暴虐、累及无辜等多种功能的"地狱"式的中国监狱,才是中国监狱的"国粹"、实质和"中国监狱的精神"。当然,从清末开始,中国也造了一点西洋式的"文明监狱",犯人可以洗澡和得到"一定分量的饭吃",但"那是为了示给旅

---

[1] 鲁迅:《鲁迅全集》第6卷,第12页。

行到此的外国人而建造"的，目的就是给外国人看，以显示中国的进步和"文明"，作秀，造假，装样子。但这样的"内外有别"的监狱，还有克扣囚粮的现象，"行仁政"的国民党政府发布的不准克扣囚粮的命令，就反证了样子工程的"文明监狱"文明到什么程度（胡适视察、参观和受到欺骗的，大概就是这样的监狱）。中国的监狱根本没有什么文明和仁政、人道，有的只是由拷打和虐待构成的"地狱"式的黑暗残暴和对黑暗的遮掩，这就是鲁迅对从古到今中国监狱的实质、"国粹"、"精神"的描述和认识。

胡适是性格温和宽厚的人物，学识和教养更多具有欧美理性主义和自由主义精神，从"五四"新文化运动开始，在诸多问题上显得冷静、客观和公允，其性格和知识适宜文化和制度层面的建设而不宜破坏，对人和人性属于广义的"性善论"，与苏东坡的"天下无一个不好人"庶几相近，"好人政府"和后来的议政参政一定程度上也是这种思想的流露和外化，与鲁迅的峻急和激烈恰成对照。而鲁迅的性格思想更适宜于对老中国的破坏，用他自己的话说，就是善于刨中国传统、国粹、坏种和人性的"祖坟"，因此，对中国社会的黑暗和阴暗、中国人性格和文化里阴损暴虐性的东西，鲁迅认识的更彻底和清醒。20世纪30年代他们对中国监狱的认识与评价，就清楚地说明了这一点。

第二十三章
《子夜》的叙事倾向和文学价值的再认识

1.《子夜》价值倾向的复杂性、合理性与多种阐释的合理性

《子夜》问世以后,作为创作主体的茅盾,对这部作品所作的解释是最多的,超过此前此后的所有作品。而评论界和研究界对《子夜》的阐释与认识,在茅盾作品中也是最多的。其中,从20世纪30年代鲁迅认为《子夜》是左翼文学的重大收获的评价开始,这种肯定性认识延伸了几十年。到20世纪80年代末期和90年代,又开始出现完全否定的意见且渐成主流,同时对《子夜》的评价和争论渐趋冷落。只是近年来,又开始陆续出现一些试图再次解读和认识《子夜》的声音。

对《子夜》争论和评价最多的,是它的创作意图和倾向性以及由此产生的历史与美学价值问题。茅盾自己无疑对《子夜》的价值是颇为自豪和充满自信的,他在多种场合和多种版本与文章中,一再对《子夜》的创作动机、意图和倾向性进行解释和说明,指出自己写作的动机和目的,是用文学叙事和形象对中国社会性质进行回答。即20世纪30年代的中国在帝国主义压榨下殖民地程度日益加深,整个的国际国内环境使中国难以走向资本主义发展道路,民族资本家无论具有多大的个人能力,也无法挽救民族工业走向破产和没落的命运。在茅盾看来,一部现实主义作品是否成功和优秀,在很大程度上看它是否反

映、提出和回答了时代的重大问题。因此，对20世纪30年代中国社会重大问题进行回应的《子夜》，其倾向性决定了艺术性，决定了史诗性和现实主义的优秀性——茅盾的一再解释里是内含了这样的逻辑和自我评价的。鲁迅以及左翼文学阵营其实也是在这样的"视界"上高度赞誉这部作品的。而当今对《子夜》的否定性认识，也大都围绕着倾向性和艺术性、创作动机和效果的关系问题，进而做出《子夜》是"主题先行"和"高级社会政治文件"的评价。

　　面对如此截然不同、落差巨大的评价和认识，应该做出何种选择、坚持什么样的评价立场呢？对一部曾经在文学史上和社会上产生重大影响、在文学史结构上占据重要位置并形成文学风气和传统（这种传统和风气的好坏是另一回事）的作品，是不能宣判了其无价值以后就淡然漠视或置之不理的。它在当时产生那样大的影响，它开创的风气和传统在当时和后来产生那样大的影响，文学素养和判断力相当优异的鲁迅、朱自清等人对《子夜》做出那样高的评价，都说明作品是存在某种价值的。当然，作为左翼文学阵营成员的鲁迅，在政治和文学的阵线意识峻急浓烈的时代环境和语境里对《子夜》作肯定性评价，不排除有政治、阵线和立场的因素，但鲁迅的一贯性人格和批评态度，使他不会对毫无价值的纯粹因为是同一阵线的作品就做违心之论和阿谀之词。非左翼的朱自清也可能在阵线分明的时代受到一些政治因素的影响，但具有自己的艺术判断力和批评立场的他，同样不会违背艺术良知一味阿谀逢迎。他们的肯定性评价是建立在作品价值的承认和发现基础上的。在这个问题上，我是相信（当然不是盲从）鲁迅和朱自清的人格与批评精神的公正性与正确性的。而当今的部分激烈的否定意见，我认为也不是意气用事的单纯翻案和泄私愤的"逞意"和图快，不是专门挑战和骂倒权威借以成名的文坛登龙术。我相信这是他们出于捍卫自己文学观念展开的"公斗"，是从自己的文学价值观出发，自认为准确或正确发现了《子夜》的非价值与无价值。因而，这些否定性批评同样可能具有真理性（至少是他们认为的真理性）。可以说，断然不同的两种批评和意见都有自己的合理性与价值性，都与《子夜》从写作到文本形成的复杂过程和内容有关。因此，欲说明和阐释两种截然对立的《子夜》评价的根源，就必须进入《子夜》文本和现代文学的语境，以重新阐释《子夜》的创作动机、方法和倾向所形成的文学与美学价值的是与非。

毫无疑问，在茅盾的创作方法和理念中，比较广泛和本质化地反映社会现实，追求文学的反映性和有用性与功利性，追求文学的"编年史"功能和史诗性与"文件性"，是他在对西方文学的接受中形成的明确而牢固的文学价值观。广泛接触和接受西方文学的茅盾，对现代主义文学几乎没有肯定性的评价，他接受和高度赞赏的是既深刻表现了人的欲望和心理、又注重描绘宏大社会背景和状况的现实主义性质的文学（主要是19世纪批判现实主义和自然主义文学）。恩格斯曾称道巴尔扎克的《人间喜剧》"给我们提供了一部法国'社会'特别是'上流社会'的卓越的现实主义历史，他用编年史的方式几乎逐年地把上升的资产阶级在1816年至1848年这一时期对贵族社会日甚一日的冲击描写出来……在这幅中心图画的四周，他汇集了法国社会的全部历史。我从这里，甚至在经济细节方面（如革命以后动产和不动产的重新分配）所学到的东西，也要比从当时所有职业的历史学家、经济学家和统计学家那里学到的全部东西还要多"。[1] 这种欧洲批判现实主义的编年史小说，对茅盾的文学观影响是巨大的。茅盾一方面正确地将这种编年史小说理解为反映生活与时代的宏大性、史诗性；另一方面，又存在主观性的"误读"成分，即把编年史理解为历史"文件性"和文献性，把文学反映的客观性的历史与时代的宏大性和本质性问题（恩格斯就认为巴尔扎克并非情愿和主观地描绘了法国历史进程中客观

---

[1] 恩格斯：《致玛·哈克奈斯》，《马克思恩格斯选集》第4卷，人民出版社1995年版，第682页。

出现和存在的重大和本质问题),理解为可以主观地寻找、提炼、描绘甚至制造历史与时代的本质性和重大性问题。同时,茅盾对以左拉为代表的自然主义文学的青睐,也对他认为可以用某种先在的理念去确定和描写人的性格、本质和命运,产生了明显的影响,即"我们应该学自然派作家,把科学上发现的原理应用到小说里"[1]。这种影响的进一步的逻辑发展就是创作中的理念和主题先行,用外在的理念或理论去观察和筛选生活,寻找和概括生活与时代的规律和本质,将其提炼为主题,构成叙事的价值倾向。

同时,茅盾的这种文学观念也与晚清梁启超等人倡导并身体力行的政治小说传统存在精神的共鸣和联系。梁启超等人当时对日本政治小说的社会和政治功能的强调,由于有近代国家危亡社会背景和感时忧国的思想氛围,因而认同者众,影响深远。他自己创作的政治小说《新中国未来记》,就是主题先行,是对他主张和代表的维新派思想理念的演绎,也是文学化的政治文件。尽管当时这类小说数量有限,其主题先行和社会政治文件的叙事追求不一定是优点,但在近现代中国语境中,它却成为一种普遍性的文学征候,构成绵延不绝的传统。因此,到"五四"时期茅盾发起组织文学研究会、倡导写实主义文学之时,他便格外强调文学改良社会与人生的"有用"性——强烈的社会现实关怀和民族国家关怀。这样的观念和关怀实际上将文学置于为社会和国家服务的工具理性层次,不自觉地与古代儒家的文以载道、经世致用的文学观和梁启超的文学观暗合赓续。此后随着时代和政治的变化,茅盾文学观中的政治性因素也愈发强化和鲜明,与近代政治小说的精神传统存在更多的接点和共鸣,从而导致茅盾小说具有现代政治小说的品性,这是我们理解和阐释《子夜》时的基本前提。

作为现代的政治小说(学界一般称为左翼文学或社会写实派文

---

[1] 茅盾:《自然主义与中国现代小说》,《小说月报》1922年第7期。

学),《子夜》在创作方法上的以外在的思想或"主义"统领和观照生活,构制主题,在叙事上追求以对社会现实的全息扫描为特征的宏大性和史诗性,在创作目的上的政治配合性与政治文献性,在人物描写上着眼于人的阶级关系和社会关系对人的心理行为的影响,都是特定语境中的文学行为,应该抱"理解之同情"的态度。在这里有几个问题需要加以澄清。

第一是文学史价值和文学艺术价值与欣赏价值、文学文本的历史价值与当代价值的关系问题。文学史上不乏一些优秀和伟大的作品,它们的文学史价值、文学艺术价值和审美欣赏价值乃至流行价值永远是同一的,如莎士比亚的戏剧和中国的《红楼梦》。但是也有一些作品,它们或在思想、或在艺术、或在文体文类上具有筚路蓝缕的开创之功,或者提供了前所未有的东西,因而具有了一定的文学史价值,却未必具有永恒的欣赏价值和流行价值。《子夜》无疑属于第二类作品,它对20世纪30年代中国社会和中国民族资产阶级生活与命运的大规模描写,它作为最有影响的左翼都市文学,其文学史价值是难以抹煞的,但是它的某些有违于艺术规律的创作方法和由此形成的倾向,也造成了对艺术生命力和价值的伤害。

第二是批评和阐释的标准问题。1949年以后到改革开放之前中国的文艺批评的最明显的谬误有两个方面:一是意识形态为价值中心的泛政治化批评,二是与此关联的异元批评,比如用欧洲19世纪的批判现实主义作为衡量一切外国文学的标准,以所谓的社会主义现实主义评判"五四"以后的所有作家和文学,这种张冠李戴、关公战秦琼似的异元批评给文学和批评造成的伤害是人所共知的。对《子夜》这样的自觉以所谓革命现实主义创作方法为圭臬的作品,用当代的解构阶级、政治、社会关系,消解焦点构造原则和深度模式的后现代批评和大众消费文学标准去解读和评判,同样会产生隔膜、盲视和遮蔽。如果说过去对《子夜》的价值肯定带有浓厚的意识形态批评的话，那么现在的否定性批评也带有后现代和市场意识形态的特征。用变化了的时代性文学观念和批判观念去简单肯定或否定特定时代和语境下产生的作品，这样的做法是否妥当合适，需要斟酌和商榷。当然，这决不意味着经典及其价值不可以重估，文学史结构和序列不可以变动。

第三，《子夜》的宏大叙事所追求和体现的社会政治性和历史文献性，所谓编年史和史诗性，从"革命现实主义"和左翼文学、政治化小说的角度看，正是《子夜》的必然性特征，不能单纯以此作为否定和冷落《子夜》的理由。这里的关键不在于是不是文学化的社会政治和历史文献，而在于这种社会政治化叙事是否具有文学性，是否具有历史和文学的真实性，对历史和政治及其社会时代本质的把握、认识和评价是否正确和准确。正是在这些问题上，《子夜》的叙事倾向、值得肯定的长处和局限互为包容和混淆。

如果还原和联系《子夜》赖以产生的时代语境，应该说，《子夜》力图在20世纪30年代初期中国社会的多维视景中，展现和揭示中国民族资产阶级悲剧性命运的主题诉求中，并非完全是主题先行、向壁虚造和图解政治，而是具有一定历史阶段的时代真实性。来自经济和政治的历史陈述告诉人们，20世纪30年代初期中国社会的确不利于民族资本主义的生长和发展：从1927年建都南京到《子夜》描述的1930年，作为统治阶级的国民党政府一贯奉行的国家资本主义发展模式，对民族和民间资本主义具有一定的制度上和意识形态上的排斥与歧视，并在实际上演化为对民族工商业的限制、分化、打击乃至敲诈勒索；国际资本的进入必然性地带有对民族和民间资本的依附性压力和打击；地方军阀的割据、中共的农村革命和国民党中央政权统治区域的有限性，使得广大的中国内地无法形成平和统一的市场，造成工业发展的环境和市场限制；多种社会矛盾造成战争与革命成为时代的主旋律，抑商仇富的传统心理和社会的极端不公正造成反资本主义和社会主义情绪的浓厚与弥漫……[1] 在这样的环境中发展民族和民间资本主义，难免困难重重。《子夜》的主题诉求和叙事倾向，以及由此反映出来的作者主体对社会历史环境的认识和评价，与历史真实和历史真实呈现出的价值倾向之间，是存在一定的事实联系和精神联系的。卢卡齐认为19世纪以来的欧洲小说的叙事和结构，其实是以复杂的中介与资本主义社会的政治、经济、生产力、文化、社会等整体性结构联系着的，是被后者决定和支配的。由此看来，茅盾小说的结构和叙事，除了作家的创作个性和主体性追求以外，也与当时的社会历史结构中的主导倾向之间一定程度地"双构同体"，具有相应的互文性与同构性。在作家以反复修改的写作大纲和作品叙事表现出来的创作追求，和建基于政治化认识的主体设计之下或深层，还有隐蔽的、对作家的设计和追求产生反向作用的时代与历史的设计，是作家主体与历史客体"双重设计"的结果。当然，二者之间的结构对应和双重设计的联系与转化，是以文学性为中介的复杂过程。《子夜》在对复杂喧嚣的20世纪30年代中国进行叙事和描述的时候，表现出作家丰厚的文学素养和很高的文学性，这决定了《子夜》不仅仅是时代政治和精神的单纯的传声筒。《子夜》的价值和意义的很大一部分，就在这里。

2．凸现于历史与文学语境中的局限与失误

承认《子夜》的倾向和结构与历史倾向和结构的一定的对应性与同步性，承认它的文学叙事与历史真实的联系和由此决定的价值倾向的正确性与合法性，承认它的很高的文学性，并不等于它不存在问题和局限。相反，《子夜》的局限还相当明显。作为一部具有鲜明政治倾向、追求历史的宏大性和真实性因而具有文献性（史诗性）的小说，

---

[1] 费正清：《剑桥中华民国史》第2部，上海人民出版社1992年版，第130页。

作品首先在历史真实性的认识和表现上存在"非真实性"。这表现在：作品把 1927 年至 1930 年这一时期中国民族资产阶级的处境与命运的叙事和揭示，即民族工业被西方帝国主义挤压和国内国民党政府限制下一度步履艰难，作为整个中国民族资产阶级的必然性处境和命运，并通过叙事导出 20 世纪 30 年代中国民族资产阶级和民族工业一定走向崩溃的结论，这显然有违于历史真实。历史资料显示，尽管环境欠佳，1930 年至 1937 年抗战爆发前，民族资本主义还是有相当的发展，甚至可以说是中国资产阶级的黄金岁月，并不像政治理论和左翼文学叙事描述的那样。至于作者反复阐明和《子夜》急于揭示的政治性主题——民族资本主义发展道路在当时和后来的中国走不通，同样与史不符——直至 1949 年，中国民族工业在不断的战争、动荡和艰难环境中还是一直生长和发展，民族资产阶级的数量也在发展和扩大。这种历史的真实同《子夜》力求真实地反映和描摹 20 世纪 30 年代中国社会情状的文学主题和倾向，显然构成了矛盾，从而使得《子夜》叙事倾向的真实性和价值性大打折扣，甚至严重削弱了真实性和价值性。

另外，作为政治倾向强烈的政治性小说，《子夜》善于在政治和在社会关系中表现人物的性格心理与现实行为，这是它的特点和长处，但同时也存在明显偏颇——把复杂的社会关系简化为阶级与政治关系，把复杂的人性简单地与人物的阶级性和政治性等同，从而造成社会关系和人物性格行为的概念化与单色化。遵照瞿秋白的政治化意见就把吴荪甫一类资本家写成失败时的强奸者，每个阶级的代表人物都有符合阶级政治定义的人格和性格，都必然有某种可以预见的行为——买办资本家经济上贪婪、生活上荒淫，乡下地主愚蠢反动，进城的地主不是被资本主义都市"风化"就是被同化，经济学教授一定是资本家走狗，诗人一定是颓废虚无……很多人物几乎都被类型化、阶级化和所谓"典型化"了。

《子夜》的这些局限——把某个历史时期的阶段和局部的真实性

想象推导为历史的普遍真实和必然性（其实是违背了历史真实从而也丧失了文学真实），社会关系、人物关系和人物精神行为的政治阶级化与类型模式化，显然与茅盾的政治化追求和由此导致的把文学文本对应和配合政治与社会文本有关。作为左翼作家的茅盾，如前所述，是要用文学文本来配合和印证政党政治关于中国社会性质的认定。这种政治化追求对于一个革命作家而言并无不妥。广义地看，现代中国文学几乎都有很强烈的政治性，但是应该指出，政党政治文本对于当时中国社会和阶级的认定是充满变化的，如果对照历史史料、拉开历史时段来看，也不是完全无误的，特别是对民族工业和民族资产阶级历史命运的判断，当时的气势磅礴的政治描述充满理论和逻辑的正确性，然而与后来的历史发展事实之间存在误差。而茅盾把这些政治文本的判断作为文学文本主题和倾向的准则，以此搜寻、取舍生活素材，组织和安排叙事，构制主题倾向，就必然出现局部真实和整体真实、文学真实和历史真实的矛盾和失误。就是说，作者在文本写作前依凭、在写作中贯彻的政治文本的误差首先导致了文学文本的偏差，这是茅盾也是后来的中国作家以文学文本配合和对应政治文本、以意识形态和政治主题作为文学主题时普遍出现的现象。这些局限也与茅盾尊奉的创作方法相关。茅盾推崇的批判现实主义、自然主义，在20世纪30年代苏联的影响下演化为左翼作家尊奉的革命现实主义。它要求所谓通过个别反映一般，通过偶然揭示必然，通过现象揭示规律，通过"典型"反映和概括"本质"。而这些必然、规律、一般和本质，是可以通过政治理论和"正确"的世界观发现和掌握的。在这样的文学理论和创作方法的导引下，自以为依凭和掌握了"先进"与正确的政治和世界观的作家，都能够在生活和时代纷纭的表象下发现和掌控必然、普遍和本质，文学的任务不过是以具象和形象去反映、揭示和概括它们。《子夜》在一定程度上是这样的创作方法的演示和实践。其实不只是《子夜》，茅盾的其他小说如《春蚕》、《林家铺子》，以及茅盾为代表的"社会分析派"小说,都有这种意识形态性的必然、本质和深度乌托邦的叙事追求与倾向——任何时代和社会都会发生的企业和商业破产、谷(蚕)贱伤农等常态性事件,被"窄化"地叙事为特定时代和社会专有的政治性与阶级性事件,是社会、政治、阶级矛盾和危机的"本质"反映——所谓窥一斑而知全豹,进而达到社会批判和政治批判的目的,为政治革命寻找和制造历史合理性与合法性。由此,就必然使《子夜》这类左翼政治小说出现主观追求上的"由表及里"而实际上的"以偏概全",出现以局部的文学与历史真实性作为整体和全部的真实性、必然性和本质性,以政治性作为叙事的倾向性和价值性,从而使《子夜》一类文本成为倾向鲜明的政治小说。

其实,历史、哲学和政治理论中的所谓"必然性"、"本质性"是一种黑格尔式的逻辑演绎。事实证明,所谓时代与历史的规律、本质和必然,其实是包含和浸润于丰富芜杂的现象与表象中的,很难如古典哲学和政治认为的那样可以轻易地剥离、提炼和抽象出来。很多认为抽象、概括和把握了时代与历史本质与必然的政治哲学理论与实践行为,已经被人类发展的历史和当代哲学所一再"证伪"。而文学的基本的也是最可贵的特征,就在于它的形象性——通过语言描述现象、表象、感性、情感,它最不适宜舍弃丰富的现象而注重"抽象",忌讳先在地把生活和现象按照政治要求与目的进行所谓提炼、概括与典型化,忌讳把所谓逻辑的必然、本质的抽象和意识形态化的规律与纯度的追求作为文学叙事动力、准则和目的。在作家自以为按照政治或理论的原则把握到生活与时代的本质并予以文学表现时,其实这样的本质或必然都是想象和虚拟的乌托邦,都造成了对文学艺术真实和生命力的压抑与损害,从苏联文学开始到中国现当代文学,凡是那些以所谓革命现实主义或社会主义现实主义创作方法出发去追求典型化、本质化和必然性的作品,莫不如此。来源于政治意识形态的典型化与本质化,往往导致文学中的概念化、类型化和失真化,这是《子夜》和类似作品以艺术生命力为代价一再提供的文学史经验与教训。

当然,《子夜》在叙事与描写上的局部真实与整体真实、违背文学真实性和艺术性的政治化追求与遵从政治文学要求的合理性追求、历史与美学价值的正确与失误,往往是缠绕在一起的。这种复杂情态决定了人们在阅读和评价的时候,需要认真辨析,实事求是,简单化和片面化都可能离真理更远。

第二十四章
茅盾的矛盾
——思想史视野中的茅盾小说

1. 茅盾小说中的时代女性与"五四"启蒙的关系

"五四"退潮后，现代文学中出现了一种现象：通过文学思潮运动或文学叙事，来直接或间接地表达对"五四"的认识，实际上构成了对"五四"的反思，一直到1928年革命文学出现，对"五四"启蒙运动的反思批判已逐渐成为一种文学史现象。反思的作家有几种。一种是丁玲这样的女作家，曾经深受"五四"运动影响，她自己就属于茅盾笔下的时代新女性中的一员。在那样一个思想解放和个性解放的时代，丁玲以及她们那种类型的知识分子是真诚追求解放的一代。可是当"五四"运动成为过去，中国社会重新堕入黑暗、走向沉闷的时候，这些被"五四"思想所哺育的一代青年的确感到了人生的困惑，自我定位的困惑。也就是鲁迅早在"五四"启蒙之初就提出的问题：梦醒了无路可走的悲哀与悲剧，或者说，面临着路在哪里、走向何方的问题。继续坚持启蒙、追求自我，已经不具有现实性，救亡与革命构成的整体性环境使得启蒙话题成为明日黄花；投身救亡、革命、社会解放或走向工农，又与他们被"五四"启蒙所唤醒的自我与个性的追求构成矛盾，更是他们被"五四"启蒙带来的思想意识所难以认识到的。所以丁玲小说在大革命失败后的那个时期，像《莎菲女士的日记》、

《梦珂》等小说,就具象地描写了小资产阶级知识女性的这种"苦闷的绝叫"[1]和人生际遇,即清醒之后无路可走的苦闷。这种描写非常真实,因为丁玲当时是以一种平行视点而非居高临下的姿态来写笔下人物的。在这种真实的叙事中,其实客观上就包含了对"五四"启蒙运动的一种后置的反思,即为什么这些喝"五四"的奶长大的青年,在中国社会发生剧烈变动的时刻他们的心理会产生如此的大起大落?会陷入如此的苦闷而无法前行?很显然,是他们的以自我为中心的思想和人生追求,局限了他们对新的、变化和恶化了的社会环境的认识和适应,造成了他们的无为、无力与茫然。但是,丁玲的这种形象描写中透露出的反思又不是否定和批判,而是作者对笔下人物的"同病相怜"。作者并不高于人物,而是与作品中人物"感同身受"。这样的叙述态度和内容实际上又"内置"了对"反思"的质疑和消解:以个人主义为中心内容的"五四"启蒙并没有错,深受"五四"影响并坚守个性主义的思想立场、价值追求和生活方式也没有错,错在他们"生不逢时",错在日益严酷的中国的整体性环境缺失容纳启蒙和个性的土壤。对于封建主义历史悠久的老大中国而言,"五四"启蒙追求和倡导的个性主义是一种珍贵的应当坚持和发扬光大的社会资源,是建立现代民族国家和现代化社会的不可缺失的思想与行为的价值取向。但是在"五四"后的中国和丁玲小说的具体环境中,它们却与变化和恶化了的社会环境发生矛盾和冲突而无力与无法坚守。因而,以《莎菲女士的日记》为代表的丁玲小说描绘的那些知识女士的人生痛苦和悲剧,其实也是"五四"的悲剧、启蒙的悲剧、中国的悲剧——呼应社会历史进程中的民族国家和现代化诉求而出现的"五四"启蒙,却又因缺失社会土壤而不得不早夭的悲剧;或者说,是"五四"启蒙这样的思想精神之花一度绽放之后无奈萎落的悲剧。

---

[1] 茅盾:《女作家丁玲》,《茅盾论创作》,上海文艺出版社1980年版,第216页。

因此，丁玲笔下的知识女性的茫然痛苦和找不到前进道路，从后来的左翼和政治的批评的角度看是所谓小资产阶级的思想局限，从现代思想史和现代化社会进程来看却未必是局限。社会政治批评认为那些受"五四"启蒙影响的小资产阶级知识分子，只有放弃自我中心的个性主义而投身社会改造与革命、与革命和工农相结合，才是正确的人生抉择和道路，才能摆脱苦闷走向坦途和光明，当时的冯雪峰等左翼批评家和后来的文学史家都是如此批评的。这种观点曾经盛行了很长时间，也左右了一些作家的创作，成为《青春之歌》等作品的主题。但是，这是对的吗？几十年后，韦君宜的《露沙的路》对此却作了截然相反的回答。

还有一种对"五四"启蒙运动的反思，即1928年的革命文学对"五四"的反思和否定，他们认为整个"五四"启蒙运动只是属于像钱杏邨所说的那种"死去了的阿Q时代"，过去就存在弊端，当今已没有价值，以鲁迅作品为代表的启蒙文学已经成为历史的残渣余孽，显示的是落后与无价值。而鲁迅与革命文学的论战则带有捍卫和坚守"五四"启蒙运动的意义。需要注意的是，从这以后，中国一直有一批人试图否定"五四"。每当一些论争出现时，如30年代的文艺大众化论争和40年代的民族形式论争中，否定和批判的声音都不绝于耳，可以说这种种观点都与革命文学的反思立场存在直接或间接的精神联系。

茅盾的小说也可以说是对"五四"进行反思的一种类型，即通过让小说中喝"五四"启蒙思想乳汁长大的一代青年在壮阔的大革命时代中，在革命与所谓小资产阶级人生命运的捆绑中，表现和揭示"五四"走过来的一代青年的风采与局限。而这，也构成了对"五四"启蒙的反思。他的小说通过塑造一些时代新女性、小资产阶级知识分子为代表的青年，一方面揭示和描绘他们梦醒和新中国成立后所走过的人生历程，另一方面又揭示和描绘他们所选择的道路和行为的时代合理性与历史局限性，揭示那条道路的最终不可通行。茅盾的反思与丁玲有相同之处，即都描写了"五四"启蒙的思想局限使时代青年梦醒之后无路可走，或者在时代大变动时陷入苦闷绝望和颓废虚无；但也有明显不同：在丁玲那里是作家和人物都看不到出路因而苦闷；在茅盾笔下，作者和他的人物对"道路何在"的认识则有一个发展过程——在《蚀》三部曲中，那些在"五四"个性主义思潮中长大的青年知识分子，由于阶级的、阶层和所接受的思潮的先天局限，使他们不论追求爱情、革命和教育救国，都没有好的结果。在"五四"的启蒙和大革命的政治两次时代大潮的影响和颠簸中他们始则振奋终则茫然，命运和道路的问题始终困扰着他们。到了长篇小说《虹》，作家让一个知识女性从四川到上海、从"五四"到"五卅"，在时间和空间的不断变换中摸索前行和成长，最终让她在与革命和工人阶级的结合中找到了真正的归宿和人生目标。带有"五四"启蒙给予的先天局限的知识女性如何走出局限选择正确的道路，《虹》似乎给出了明确的、带有意识形态色彩的答案。这种叙事中的政治正确和意识形态的明晰性以及简单性——对复杂生活处理的避繁就简和模式化，在此还是初始，后来则越发自觉，以至招致"高级的社会政治文件"的批评。但是，众所周知，此时的茅盾对《虹》的如此处理尽管已经相当"政治"，却并不代表茅盾对知识女性和知识分子道路抉择已然无惑和绝对明晰，新披露的史料表明小说的如此描写更多的还是来自他人的转述和影响。投入到工人革命者梁刚夫怀抱的梅女士和其他知识女性的人生和道路就一定是正确的、无比灿烂的吗？《虹》的描写只是暗示和揭示了这种可能性甚至必然性，却没有真正的展开和绝对的肯定，毕竟这不是茅盾自己的体验和认识，而是他人的经验。真正而绝对的肯定是几十年后《青春之歌》的主题。即便20世纪30年代后茅盾作为左翼文学的领军人物，其作品的政治和意识形态色彩越来越鲜明强烈，对受过"五四"影响的知识女性的关注依然如故。他也只是强调和揭示她们不应该怎么走，而对她们应该走的道路的具体描写还显得空泛。因此，茅盾通过对知识者和时代女性人生抉择与道路的茫然和清晰,"显示"了对"五四"启蒙的反思和一定的批判意识,但对正确道路的政治化和空洞化的揭示与描写,则又表露出对"五四"反思和批判中的眷恋性与不可能达到的彻底性。毕竟,茅盾自己就是"五四"中走过来的时代人物。

2. 茅盾小说中民族资产阶级形象描绘的独特价值

茅盾是中国近现代文学史上第一个系统描绘中国民族资产阶级形象和历史命运的作家,使中国民族资产阶级成为一个系列形象出现在文学史上,是茅盾在小说人物塑造上的一个贡献。在当下的中国,执政党开始大力呼吁和培植民营企业家之时,茅盾小说中通过发展民族工业和经济与建立现代民族国家关系的叙事也是一个有意思的话题,应该对茅盾小说在这一方面的叙事和描写进行重新的审视。

首先,茅盾描绘资产阶级的那种系统性是其他人无可替代的。从辛亥革命到"五四"运动一直到20世纪30年代和40年代,中国社会面临所有重大转折的历史阶段,民族资产阶级的形象序列都在他的小说创作流程中有所体现。当然,在民族资产阶级形象作为一个整体的阶级进行描绘的时候,应该看到,茅盾作为一个左翼作家,强烈的使命感和参与意识使他对历史进程中的社会政治的宏大叙事过于关怀,他将中国民族资产阶级的形象和历史命运纳入一个既成的理论设定中去,即中国民族资产阶级无论在什么时代都一定没有更好的出路,一定要走向破产和灭亡,这正是他的创作中致命的弱点,也是一些学者将其称为"高级社会政治文件"的一个重要原因。那么丰富的民族资产阶级的历史人物,在近代中国的百年历史上活动了大半个世纪,有过他们的辉煌与鼎盛。但茅盾小说却无一例外地宣判了他们的死刑,即他们无论如何有成就,如吴荪甫即使有留学欧美的见识,有现代企业的管理经验，但他也一定会失败。因为茅盾要通过政治批判来达到否定当时现存政治和社会的存在合法性的目的，也即制度与环境的不合理是资产阶级失败的主因。

最典型的莫过于20世纪30年代的《子夜》和20世纪40年代的《清明前后》，这两个时代的民族资本家都面临觉醒抑或破产的困境，而这一结论是给定的、先验的，或者是带着明确的政治意识去有意收集"为我所用"的材料并以此证明政治结论，并非茅盾从他的生活实践中得知或来自他全部的生活经验和实践。这既对艺术家的良知有所违背，也对茅盾信奉的强调真实性的现实主义的创作精神有所背离。他明明看到他所认识的民族资本家陷入困境，他们可能经历了很多时代的动荡和苦难，如20世纪30年代外国资本的介入与围剿，20世纪40年代的民族解放战争所带来的社会动荡与迁徙，而且国民政府的经济政策又不太有利于资本主义经济的发展，但并未如小说所写的那样都走向破产或崩溃。根据统计数字，从1911到1937年，中国经济每年以很高的速度增长，20世纪30年代至抗战前，中国民族工商业在一定程度上还是一段发展的黄金岁月，截止到1949年，中国民族资产阶级总体上处于发展和壮大之中。这些事实是茅盾了然于心的，可是进行文学叙事时，他那种在政治理念影响下的意识形态话语使他截取部分生活真实而遮蔽其他部分，却认为自己描绘和反映的部分生活现象是全部的生活真实并达到"艺术真实"，是生活的本质和更具典型性。可以说，正是从《子夜》开始，茅盾小说给中国现代文学带来了一个负面的传统：即按照政治理念与意识形态话语去虚构现实，塑造典型，以求完成反映时代本质的任务。

一直到20世纪50年代的《创业史》等合作化小说的题材模式都是如此。一批有艺术才华的作家，明明看到大量农民抵制、不愿参加合作化，也的确在其作品中显示出了农民对土地牲畜等基本生产资料的依恋，但结论却是农民们最终克服了小生产者的局限，在社会主义的感召下加入了合作社，从而开拓了走向共产主义的金光大道。这既是不少作家的悲剧，也是茅盾传统负面影响的结果。这一传统影响了以 30 年代的社会剖析派的创作风格为趋向的中国几代作家，使他们留下了不同程度的遗憾。从茅盾自己的其他小说来看，如"农村三部曲"就是要把农民的某次丰收破产一定概括为某种时代生活的现实和普遍规律，然后达到对现实政治的否定。作家最可贵的品质就是尊重自身的艺术直觉，偶然并不代表必然，个别也不一定反映一般。文学最重要的素质就是偶然性、个性，而非普遍性和一般性。茅盾的"本质"和规律追求无形中降低了他对民族资产阶级描绘的真实价值和重要意义。

无论在创作方法抑或形象塑造上，茅盾对所谓本质和规律的诉求，还可以追溯到西方哲学里的一个重要概念，也就是现象和表象背后一定有理念和绝对精神存在。即以对现象背后存在本质的深度模式的认同为前提，也许类似我们古人所说的纲举目张吧，但这种本质化与抽象化的科学性和精确性是值得商榷的。事实上，以胡塞尔为代表的现象学否定的就是对事物本质的抽象与概括，所摈弃的就是主客体二元对立的思维模式，它强调的是主体感觉到的真实。西方现代主义文学反映的恰恰是对于理性的怀疑，对于确定性和必然性的怀疑，以及对于种种虚幻的理论建构的价值轰毁。对本质和规律的追求与制造，正如米兰·昆德拉所说的：你以为你一脚进入了天堂，可能恰恰掉入了地狱。而主流意识形态所尊崇的哲学无疑存在西方古典哲学的思维和认识模式，这种模式对现代中国的思想和文学影响是很大的。作为现代中国思想和文化语境中的茅盾，未能走出和超越这种认识模式的局限，并给创作带来影响，这是无可奈何的历史遗憾。

不过，政治和意识形态理念是一回事，而文学文本能否与其完全吻合则是另一回事，对茅盾创作而言，依然如此。茅盾文本的多元性和丰富性也为我们认识他笔下的民族资产阶级提供了另一套解读的途径。我们知道，以毛泽东为代表的革命政党的政治意识形态话语，对1927年以后的民族资产阶级在整体上是做出了历史的否定的，茅盾在处理这一形象序列时，的确也做出了与政治意识形态吻合和同步的描写。另一方面，他也用带有同情而不乏赞美的笔调描写这一阶层，把他们看作英雄，尽管是必然失败的英雄。这也揭示出他的艺术家的良知和勇气有时会违背其自身的政治理念，或者说是创作方法冲破了世界观的限制。这一说法来源于恩格斯在《致玛·哈克奈斯》中对巴尔扎克的评价，后者在政治上是保皇党人，却不能不看着心爱的贵族阶级无可奈何地退出历史舞台。茅盾在具象的叙事中对政治理念有所突破，这是他的可贵之处。

其次，茅盾追求小说创作的史诗性，想通过《子夜》来反映中国整个20世纪30年代社会的宏大画卷，这个目的现在看来他可能没有实现。但中国民族资产阶级和民族工业的发展及其对中国社会生活的重要性，资本主义发展环境的恶劣与不足，在这些方面，茅盾小说为我们提供了丰富的认识意义上的价值和资源，中国民族资产阶级生存、发展、壮大、苦斗的历史在他的小说中得以呈现。尽管他的某些结论可能是肤浅和错误的，但叙事过程中留下的某种生动的直觉，使他写出了民族资产阶级在中国社会生活中的存在性和重要性，他们对于中国社会和历史进程的影响及其影响的重要性，也使内地与沿海、乡村与都市的二元对立的社会结构的若干特点得以映现。正是在这个意义上，恩格斯对巴尔扎克的《人间喜剧》的高度评价也可以移用在茅盾身上。茅盾这种左翼都市文学的叙事视角明显不同于刘呐鸥、张爱玲等海派作家的小说叙事视角。后者是立足于市民阶层，从颓废这一角度去反映现代人眼中现代都市的光怪陆离；而茅盾关注的却是推动现代中国都市发展、中国社会工业化和现代化进程的重要力量——民族资产阶级的产生影响、发挥作用以及最终为什么失败。尽管以吴荪甫为代表的民族资产阶级和民间资本发展民族工业的理想在茅盾的作品里和叙事中无一例外地失败了，但这种民族资产阶级奋斗和失败的过程本身，他们被关注和描绘的本身，就说明他们在社会中存在的重要性，如果不重要，他们不会成为文学特别是政治倾向强烈的左翼文学的大规模关注和描写。

中国当下的现实也反证了茅盾和左翼文学所描绘的民间资本和民族资产阶级在当时和后来的重要性。我们看到，今天中国现实的一部分是从茅盾当年描绘的那个过程而非结论开始的，或者说，与那个过程具有历史性的连接。过去的政治和意识形态认为这一阶级灭亡后会由崛起的无产阶级领导社会主义中国完成现代化的使命，而历史雄辩地证明了民营经济，特别是作为经营主体的民营企业家、民间资本在当下中国社会现代化进程中的重要性。《子夜》中描写吴荪甫既在上海也在农村家乡投资办企业，在茅盾的叙事中这种以民族和民间资本发展和实现工业化与现代化的"资本主义王国"梦想都必然性失败。其实，这种事业和"传统"虽然历经磨难却未中断，而是顽强地保存和延续下来，当改革开放的时代给了它们合适的土壤和气候，吴荪甫当年的理想便在他的故乡——江浙大地迅速成为现实，民间资本和民营经济快速发展和壮大，使得这些省份成为中国经济最活跃和发达的地方。而西部、中部和东北等经济欠发达省份和地区，千方百计地呼唤和培植民营经济与民间企业家，已经成为这些地方的政府的当务之急和执政"硬指标"。这样的情形与茅盾的认识和描写虽然有所不同，但也具有惊人的相似之处。这也是茅盾作为一个现实主义作家的伟大之处，是他作品的价值所在，也是他的作品存在的理由。

3. 民族资产阶级形象与启蒙的历史和文学思考

"五四"时期启蒙的目的可以说是使国民觉醒成为现代人，也就是鲁迅所说的"立人"而后才能"立国"的问题，启蒙追求的结果是建立一个现代民族国家。但"五四"在启蒙民众时却陷入了一个历史悖论:追求思想精神启蒙的绝对价值和首要性是正确的,人的思想精神的现代化是物的现代化和社会现代化的前提,没有个体的人的充分觉醒与解放,是难以真正完成社会和国家现代化的,甚至,没有充分完成人的思想精神启蒙,即便建立了现代的民族国家,也可能导致失败或悲剧,明治维新后走向军国主义的日本就是例证。因此,以鲁迅为代表的中国"五四"启蒙者的思想是超前的和深刻的。但是,单纯精神性的启蒙不可能使一个国家现代化,也不可能使国民真正觉悟。精神界战士与经济人必须联合起来。现代欧洲也可以说是思想启蒙、自由市民与工业革命和市场经济结合后的产物。马克思就说过,在欧洲的现代化中,市民阶层的建立是不可或缺的。现代中国经济的落后、民众物质生活的贫困、社会矛盾的众多和思想精神负担的沉重,使得单纯的精神思想启蒙往往难以完成甚至流产。所以,历史的真实是,"五四"精神启蒙仅仅局限于一部分受到教育的中等以上城市中的以青年学生为主体的现代知识群体,广大的中国内地农村中的农民和普通人是没有受到"五四"启蒙思潮的影响的。对整个国民来说,真正使他们认识到现代生活和现代人的重要性的是政治上的解放和经济上的翻身。举例来说,现代化的工业建立后,进厂工作的农民几年后就会在生活行为与思想价值观念上发生巨大的变化。比如当下的由乡村到都市、由内地到沿海劳动的农民工正在逐渐认同城市的生存方式和价值观念,这一点仅从他们中大多数人在计划生育上与此前的不同态度中就可以看出。

在我看来,启蒙大致上可分为精神启蒙、经济启蒙和政治启蒙这三类。在这个意义上,我丝毫不怀疑革命发动者们的初衷。我觉得对于孙中山、李大钊、陈独秀、毛泽东这些先驱者们来说,正是当时的历史矛盾和社会现状使他们充分意识到政治革命的重要性。我坚信他们的动机是好的,只是那种"以俄为师"、为唯一老师的方式和手段可能存在一定的历史局限。从这样的角度看，中国 20 世纪 40 年代解放区的翻身文学是绝对有其历史价值的。对那些生活于中国北方广大内陆地区的农民来说，对赵树理和李季所看到的那些真正的农民来说，"五四"文学的那种过于欧化的启蒙腔调是不起作用的；对农民来说，使他具有一定的土地和生产生活资料，让他过上"三十亩地一头牛，老婆孩子热炕头"的生活，这对他"人"的意识的觉醒，比单纯的"五四"式的启蒙说教更有用，更能起到启蒙的作用。对中国普通人民而言，这种经济上的自立与政治解放，肯定是一种很好的启蒙。由此而言，茅盾小说里的民族工业家，可以说是在实践中以发展经济建立现代民族国家的方式，进行和推进另一种启蒙。所以鲁迅式的呐喊固然重要，但民族资本家兴办实业，吸收农民进厂劳动，把他们变成工人和市民，也是一种重要的现代性工程，同样是启蒙。使农民成为工人和市民，最后成为革命力量，这本身就是中国民族资产阶级的历史性贡献，是一种最大的最有效的启蒙行为，是为思想启蒙的现代性工程奠定了物质与思想的基础。

对于一个像中国这样经济落后的后发展国家，对于广大的经济上极端贫困、文化知识上匮乏的民众，单是用知识分子的呼喊高呼、用来自西方的精神文化资源进行范围有限的思想启蒙，其结果也必定是有限的。鲁迅自己就在"五四"时期积极投入启蒙的时候，也清醒地认识到这种启蒙的悲剧。小说《狂人日记》和《药》，就表现了启蒙知识分子只是像疯子一样的少数和另类。他们发现的真理被周围世界和大众看作异端疯话而拒绝接受，他们与民众之间横亘着无法跨越的鸿沟和"厚障蔽"。启蒙的结果是启蒙者自己要么被当作牺牲品，要么与民众合流，都成为戏剧的看客或有意无意的吃人者。如此的精神启蒙使启蒙的意义遭到消解和颠覆，价值趋向于无，这种巨大的中国悲剧和历史悖论是使得启蒙者鲁迅陷入悲观绝望的重要原因。有人说，鲁迅是伟大的启蒙者，但是，鲁迅也是既积极参与启蒙又对启蒙的意义和效果深刻怀疑的启蒙者,是既强调"立人"启蒙的重要性又看到了在中国进行单纯的思想启蒙的悲剧性和绝望性的启蒙者,是认为在中国不首先进行思想启蒙就无法建立现代民族国家的启蒙者、但如此重要的思想精神启蒙又无法进行和完成的启蒙者。鲁迅的后来积极投入现实批判和战斗、思想发生转变,是与他对中国式启蒙的清醒和深刻认识密切关联的。中国"五四"启蒙的衰落,除了救亡和阶级与民族的斗争等现实原因外,也与国情和中国启蒙的内在矛盾分不开。与这样的启蒙行为和方式相比,阶级与民族的斗争,政治与经济的解放翻身,工业化和现代化在盘剥农民农村的同时也吸纳大量农民、把他们转化为工人和市民的社会历史进程,对现代民族国家的完成所起的作用,可能比单纯的精神思想启蒙更巨大和明显。在这一进程中,广大民众在生产生活方式、思想文化追求和人性与个性的解放与发展方面,也可能比单纯的思想启蒙变化更大。亚洲包括日本在内的国家的现代化模式基本都是先进行物质与制度的现代化,在此基础上人的现代化——启蒙的终极目的——才得以完成。当然,这不是一条最好的道路,比如日本明治时期的著名作家夏目漱石就曾批评日本的现代化是物的现代化,缺失了人的改造。因此,日本后来走上军国主义的侵略道路,与未能及时地、同步地进行彻底的制度与人的现代化工程存在深刻的历史联系。也因此,二战后日本的左翼知识分子在反思本国历史发展道路的时候,再次发现了鲁迅以改造国民性为核心的思想精神现代化诉求的超越国界的深刻性,是亚洲国家在现代化追求中最宝贵的思想资源和遗产。但是,历史的复杂性在于,对于后发展国家而言,它们所处的环境和时代条件又不可能走鲁迅和其他思想家预设和后设的"立人而后立国"的道路,而不得不选择经济和政治变革优先、在这一过程中逐步提升人的精神素质的"后发模式"——一条充满痛苦和无奈的、不得不走的道路,这是一种历史给定的更具有操作性和现实性的选择。

从这个意义上看,这种社会、都市、工业即物的现代化,也是一种启蒙和现代性抉择。欧洲的启蒙本质上就是一种思想上的自由与人权、社会上的市民化与世俗化、政治上的民主化与经济上的工业化和市场化混合包容在一起的。从这样一个背景上去认识茅盾所写的民族资产阶级的形象形态,以及在这种描写中客观透露出来的民族资产阶级在中国社会历史中的重要性,他们的工业救国的抱负和可能的困境与失败对中国社会的影响,就会更深刻地认识到茅盾作品的文学史价值和思想史价值。

茅盾的贡献在于他和一批左翼作家看到了带有一定殖民特征的商品市场经济——一种扭曲的现代性——对中国社会和乡村带来的冲击,并且描绘和表现了在这种冲击下中国以自然经济为主体的乡村社会的日渐崩溃和农民古老谋生手段的丧失,表达了对农民生活与命运的同情和悲悯。他们是站在农民和政治的角度来看待以小火轮为代表的殖民和现代融为一体的市场经济对农村的瓦解和破坏,这是一种具有历史进步性和社会悲剧性的双重现象,马克思早就有言,并承认其历史进步性。[1] 历史家政治家看到的是历史的进步性,文学家可以看重其悲剧性并强调之。作为以批判社会为职能的"有机"知识分子而言,站在农民和批判社会的立场表现农民在不可避免的现代化进程中由历史造成的个人悲剧,强调现代化进程的历史之恶的一面,是应当和无可指责的,是文学的价值之所在。但是茅盾和社会分析派的左翼小说,由于其意识形态的诉求,把一种任何国家现代化过程中都不可避免的历史社会现象人为"拔高"和过度意识形态化,把文学应该具有的对社会历史的美学和道德批判(如托尔斯泰等欧洲批判现实主义文学)转化为党派政治和意识形态批判,这就脱离了文学的本体和本质,使得本来可能达到的历史深度和人性深度受到损害,使一个具有伟大潜

---

[1] 马克思:《不列颠在印度的统治》,《马克思恩格斯选集》第 1 卷,人民出版社 1995 年版,第 760—766 页。

质的作家和作品可能具有的伟大都未实现，并造成了社会分析派文学和很多现代文学总体上社会功利性过强而文学性和美学性不足，影响了这些文学的艺术生命力，以至在未来的中国文学史上它们能占有什么样的位置以及是否有价值都成了问题。茅盾等作家的艺术直觉和文学叙事中包含的堪称卓越的历史性贡献与刺目的历史局限，就这样包容在一起，昭示着现代中国历史与文学的复杂性与丰富性。

第二十五章
闻一多思想精神及其阐释的若干问题

自闻一多逝世以来，对闻一多的形象建构和思想精神阐释，一直没有中断。从20世纪40年代到现在，对闻一多的形象建构，基本围绕着爱国诗人、学者、民主斗士三个方面，没有发生太大的变化。对闻一多思想和精神的阐释，从20世纪40年代到80年代也没有太大的变化，20世纪90年代以后，随着某些历史资料的发掘和还原，在公开出版的期纸杂志和网络媒体上，人们对闻一多思想精神的构成和内涵的丰富性，开始做出不同的认识和评价。笔者不拟对闻一多思想精神的构成进行全面阐述，只想就其中的几个问题，略陈已见。

1. 闻一多与国家主义问题

闻一多与大江会及曾经具有的国家主义思想问题，经过改革开放以来文学界和史学界的研究，已经基本得到澄清并达成共识，即认为闻一多在参与发起大江会并倡导的"大江的国家主义"，主要是在留学期间，以一个弱国子民的身份，亲身感受到由于国家的衰弱使得海外华人——不论是一般的华工还是留学生，普遍遭遇到种族性的歧视，生性敏感、诗人气质的闻一多，正如郁达夫小说《沉沦》里写的那个自杀前呼喊"中国啊，快强大起来吧"的留学生和弱国子民一样，由此萌发出强烈的民族国家意识和爱国主义情怀,"我堂堂华胄,有五千年之政教、礼俗、文学、美术,除不娴制造机械以为掠财之用,我有何者多后于彼哉?而竟为彼所貌视蹂躏,是可忍孰不可忍!士大夫久居此邦而犹不知发奋为雄者,真木石也"[1]。在这种思想情绪驱使下,闻一多参与发起大江会的思想基础,主要是爱国主义而非政党和政治意义上的国家主义,诗人闻一多也从未从政治和政党角度把爱国主义、民族主义(大江会称之为"族国"主义)和国家主义做出明确区分。而闻一多发起和组织大江会后的活动,也主要是在文学实践上践行"中华文化的国家主义"——写作《太阳吟》、《七子之歌》、《长城之哀歌》等燃烧着爱国主义情愫的诗歌、编排戏剧等。一言以蔽之,闻一多早期发起和参与所谓提倡国家主义的大江会,动机、目的和思想基础都是爱国主义,而且,闻一多的思想经历了从国家主义到民主主义的发展历程,随着时代的发展、与社会和民生的接触、政治上的加入民盟和思想认识上的变化,闻一多最终摆脱了国家主义而代之以民主主义,甚至是新民主主义。

对闻一多与国家主义的这种阐释和描述,我认为有很准确的一面,如闻一多参与提倡国家主义的大江会,确实是出于诗人的爱国主义。大江会提倡的国家主义主要是反帝反殖、救国救亡的现代民族主义,与后来的国家主义政党是不同的。但是,对中国现代的国家主义和闻一多思想里是否经历了从国家主义到民主主义的直线发展历程以及完全摒弃了国家主义(民族主义)的问题,我觉得还需要再认识和再阐释。

首先,对国家主义及其在现代中国政治和思想史上的作用,我觉得需要重新认识和阐释。所谓国家主义,是世界范围内的现代性政治和思想现象,它与民族主义具有密不可分的联系。一般而言,现代民族主义是在西方启蒙运动和工业革命前后兴起和出现的,按照安德森

---

[1] 闻一多:《致父母亲》,《闻一多全集》第12卷,湖北人民出版社1993年版。

在《想象的共同体》里的解释，地方性语言的兴起并以此对宗教经典的解读和印刷、书籍报纸和出版物等印刷资本主义的繁荣、王权和国家的统一、工业革命带来的人口的都市化和密集化及模式化的生产和生活方式、教育的逐渐普及等，都对现代民族意识和民族国家的出现、对民族主义思想的形成，具有积极作用。在民族国家基础上形成的资本主义必然地会导致带有殖民扩张性的国家主义——工业革命带来的巨大生产力自然地要寻求更多的原料和更广阔的市场。由是，最先实现工业化和资本主义现代化的国家，以民族国家整体利益和全民利益的面目，以拓展生存空间和现代文明推进的国家意识形态，以早发的工业化和现代化带来的物质与文明优势，开始了对弱小国家和民族的掠夺与殖民。在这一过程中，欧洲封建时期的"国王神圣"演变为民族国家利益和权利的神圣，早期具有历史进步性的民族主义演变为具有殖民性的国家主义。殖民主义和帝国主义时代列强国家的民族主义和国家主义已经成为殖民和帝国扩张的理论工具。

但是，在列强以国家主权、国家利益的天然合法性、正义性为名目对第三世界弱小国家进行殖民和压迫的过程中，却催生出第三世界国家以反抗殖民压迫为旨归的民族主义和国家主义，催生出现代性的民族国家意识和在此基础上掀起的民族独立与解放的思想政治运动和革命。这一点，是殖民侵略和征服者所没有料到的，而生活在19世纪的马克思主义创始人则有清醒的认识，如马克思在《不列颠在印度的统治》、《不列颠在印度的统治及其未来结果》中，就认为大英帝国在印度的统治和推进工业文明，一方面会对印度传统的生产与生活方式造成破坏，一方面则会制造出新的反抗殖民统治的集团和阶级，从而奠定印度未来社会革命的基础。当然，马克思预言的未来的印度社会革命没有发生，但大英帝国却的确制造出后来的以甘地为领袖的印度民族独立运动，成为殖民主义的掘墓人。俄国的列宁也准确地看到和指出了殖民者在印尼等国的统治所促成的民族独立和起义，并将之称为"亚洲的觉醒"。可以说，自19世纪开始，伴随着殖民帝国的扩张与征服，被殖民和压迫的民族与国家普遍出现了民族国家意识的觉醒、民族主义和国家主义思潮的盛行和随之出现的民族独立与解放的运动，这成为一种世界性现象和潮流。所以，从这一大的世界潮流和现象来看，现代性的民族主义和国家主义在不同的历史阶段、不同的国家和民族，具有不同的性质：在工业革命和现代化最早发生和出现的西欧国家，最早出现和形成民族国家意识并逐渐形成民族主义和国家主义，此时的民族国家主义是具有历史进步性和合理性的；但当这些国家进入殖民和帝国阶段并向外扩张和殖民时，他们所奉行的国家主义、民族主义就变质为一种坏的、反动的东西，成为为殖民主义和帝国主义行为寻找合法性的灵幡，换言之，成为掩饰殖民主义罪恶的外衣；而作为发源于19世纪欧洲民族解放运动中兴起的一种思潮，意大利、罗马尼亚、比利时、塞尔维亚、德意志诸国，也曾吸取过这种思想作为发动民众抵抗外族侵略的精神武器。第一次世界大战后，波兰、土耳其、捷克、南斯拉夫、芬兰等国也高张国家主义大纛实现民族独立和国家复兴。在欧洲之外的被殖民的广大的亚非拉第三世界国家，民族主义和国家主义（很多时候二者都没有、也不可能有严格界限）从思潮到运动都是反抗殖民压迫的有力武器，具有这个范畴内的历史的合法性和进步性。

因此，从清末孙中山等人把国家主义与民族主义、军国民主义等混同在一起加以接受和介绍，到"五四"前夕受意大利爱国者马志尼创建"少年意大利"影响而出现的"少年中国学会"，再到包括闻一多在内的留美学生受土耳其人民在凯末尔派领导下，以国家主义为思想武器掀起大规模民族解放战争，终于摆脱奴役获得独立的事件的启示和鼓舞而发起大江会，甚至于从少年中国学会独立出来的曾琦的信奉国家主义的青年党，近现代中国的国家主义其实一直与民族主义搅和在一起，而这些不同派别的国家主义最初和最大的宗旨，都是为了拯救积弱不振的国家，摆脱外来的奴役，使之走向独立、自主和富强，即都是为了"救中国"和"强中国"，这样的国家主义就都具有了历史阶段性的正义性与价值性，属于19世纪以来世界性的民族要独立、国家要解放、人民要自由的浩荡的世界潮流。即便是20世纪30年代的民族主义文学运动，这个曾经被宣判为政治死刑的文化与文学派别，据学者的研究，也绝非完全反动和一无是处的，左翼当时的指责和后来的批判有许多是绝对化、无限上纲上线和与事实不符的。[1] 从这个意义上看，闻一多之组织和参加国家主义性质的大江会并从事文学和一定的政治活动，我们以往的研究一再辨析他并没有从政治上和理论上理解国家主义内涵，他是以诗人的气质和热情、以爱国主义特别是文化爱国主义来理解和参与大江会，因而说明他参加大江会和接受国家主义的单纯性和政治无辜性。甚至强调闻一多崇奉的国家主义和当时其他一些国家主义者提倡的国家主义有所区别，以及闻一多崇奉国家主义主观上是为了爱国，客观上也只是在文化的层面上活动，较少政治影响和意义，等等。这样的辨析是必要的，因为它厘清了大江会的性质、大江会倡导的国家主义的性质和闻一多之接受国家主义的动机和目的的正确性。但另一方面，这样的辨析也是不必要的，因为如上所述，世界上存在两种性质截然不同的国家主义，第三世界国家的民族主义和国家主义在帝国和殖民时代天然具有反抗殖民压迫的历史合理性和正义性，作为第三世界被压迫国家爱国知识分子的闻一多不管是不是在政治上理解国家主义，都不是什么不清白的、有损于声誉和形象的污点，洗刷不洗刷都无所谓。何况大江会发起宗旨里明确地提出国家主义与反对殖民主义和帝国主义的关系问题，即为的是救国强国和反帝反殖。而我们过去一再为闻一多洗刷，主要是因为历史和认识的局限使我们对国家主义和民族主义的认识不全面。

---

[1] 秦弓：《鲁迅与民族主义》，《南都学刊》2008年第3期。

2. 闻一多与马克思主义及"反俄"问题

当然,近现代中国的国家主义,包括大江会的国家主义,存在着与马克思主义和革命政党不同的民族主义和国家观念,即使怎样辨析大江会的爱国性质和闻一多非政治层面的国家主义认识的正确性,也无法掩饰这一点。根据梁实秋的回忆,1924年9月初,闻一多、梁实秋、罗隆基等10余人相约于芝加哥,连续交换意见两个星期,达成三项共识:第一,"鉴于当时国家的危急处境,不愿意侈谈世界大同或国际主义的崇高理想,而宜积极提倡国家主义(Nationalism)";第二,"鉴于国内军阀之专横恣肆,应厉行自由民主之体制,拥护人权";第三,"鉴于国内经济落后,人民贫困,主张由国家倡导从农业社会进而为工业社会,反对以阶级斗争为出发点的马克思主义"[1]。还有,闻一多回国后并且不只是从事"文化的国家主义",还曾与罗隆基、余上沅等人一起代表大江会,与大神州社、醒狮社等国家主义党派,共同参与发起"北京国家主义团体联合会",他甚至将联合会办公处和"国家主义研究会"也设在自己家里。另外,还打算"搜集国内外之各种出版物",促成"国家主义之小图书馆"。[2] 国家主义联合会在北京开展的两项重要活动之一,就是所谓的"反苏反俄":1926年1月29日晚,大江会与中国国民党同志俱乐部、国家主义青年团、国魂社、铁血救国团、醒狮社、夏声社、蜀光社、大神州社、国民党各团体联合会等40余团体在北大二院召开"反对日俄进兵东三省大会",闻一多积极参与,是主事者之一;3月10日在北大三院召开"反俄援侨大会",闻一多不仅是大会主席,还画了恶魔举着皮鞭抽打华人的讽刺画,影响甚大。那么,怎样看待和评价闻一多的这些思想行为呢?

先说说对待马克思主义和阶级斗争的认识和态度问题。无疑,闻

---

[1] 梁实秋:《谈闻一多》,台湾传记文学出版社1967年版,第47—48页。
[2] 《国家主义团体联合会筹设图书馆》,《晨报》1925年12月27日。

一多参与参加的大江会的宗旨里对马克思主义的这种认识和评价,从历史的角度看是错误的。但是,自"五四"时期李大钊等人提倡和引进马克思主义后,中国社会、中国知识分子对马克思主义的真理性有一个认识和接受的过程。应该说,在 20 年代的中国,完全接受马克思主义的知识分子还是少数,即便在整个民主革命时期,中国接受马克思主义的知识分子在知识分子的总体上还是少数派。由于经过俄国途径传进中国的马克思主义的丰富性与阐释的多元性,就是接受了马克思主义、参与发起和创建政党的"先进"知识分子,他们对马克思主义的理解和认识是否正确,都成为"历史问题"和政治问题。如,革命政党的创建者之一的陈独秀,后来被定性为反马克思主义的"托陈取消派",而作为陈独秀反马克思主义罪状的托洛茨基主义到底是正确的还是反动的,当时的认识与评判与苏联解体后的现在存在很大不同。再如那些留学列宁故乡苏联、以为取得马克思主义真经、能读懂俄文版马列著作的人,在延安时期被整肃和批判为"本本主义"和"教条主义",先后被剥夺了政治领导权和对马克思主义的解释权和话语权,甚至被认为是"歪曲马克思主义"。而不懂外文、不能读外文马列原著的"山沟里的马克思主义"即毛泽东思想,被确立为是既继承和发展了马克思主义又将之与中国社会和革命实际相结合的真正的马克思主义。可见,在整个现代史上,无论党内党外,真正被认为掌握了马克思主义的知识分子,应该是很少的,所以在中国革命胜利几十年后,作为公认为掌握马列主义精髓的毛泽东本人,还经常慨叹"我党真懂马列的人不多"。如此看来,在真正"懂马列"的毛泽东思想还没有登上历史和思想舞台的 20 年代,那些引进并自以为掌握了马克思主义"党内的布尔什维克",尚且被后来的历史证明是不懂马列甚至是歪曲马列的,那么像闻一多这样的非革命政党的爱国知识分子,在马克思主义传进中国不久、各种各样的思潮涌进并且都有人信奉的时代,选择别的思潮而不选择马克思主义,也是当时常见的和普遍的现象。马克思主义的真理性是在中国社会救国、革命的实践中逐渐显现出来和被越来越多的人接受的,连鲁迅这样的伟大的思想家和文学家也是在实践中逐步接受马克思主义的,闻一多当然也是这样,在后来的不断接触社会、思考现实和政治实践中逐渐改变对马克思主义态度的。所以,闻一多参与的大江会的宗旨里有对马克思主义的不理解乃至拒绝,也就是可以谅解的问题。何况,现代中国革命中取得胜利的政党的法宝之一是统一战线,统一战线在民主革命为主的时期强调非马克思主义的政党和人士,在爱国和民主的旗帜下都可以参与革命和政权;在民族战争为主的时代强调民族利益大于和高于阶级利益,特别是对民主党派和知识分子,尤其如此。因此,在中国革命阶段,中国社会存在大量的不信奉马克思主义的民主党派和精英知识分子,如冯友兰、陈寅恪、赵元任等,革命政党并不排斥之,在革命政党夺得政权后还吸收民主人士和党派参与新中国政权,第一届中央人民政府的副主席和部长里,有将近三分之一的民主党派和无党派人士,他们其实都不掌握和信仰马克思主义,对拒绝以马克思主义研究史学的陈寅恪,在"文革"以前一直予以生活优待。而新中国成立后对非马克思主义的知识分子的强行学习马列、改造思想(洗脑)、反右直至"文化大革命"把知识分子全部打倒、或赶进农村工厂进行劳动改造和世界观改造,被历史证明都是错误的。在这样一个长时段的大历史里来看,闻一多在那样的时代的一度的政治抉择行为,无可非议和不必遮掩,因为不能要求所有的知识分子都信仰和拥护马克思主义。

对马克思主义主张的阶级斗争观点,也是如此。中国有五千年的文明史,在进入文明社会后,是否经历了如西欧那样的奴隶、封建社会和资本主义社会等社会发展阶段,至今仍然是一个没有完全解决和认识一致的"中国难题",这个难题连马克思主义创始人都没有完全解决,只好以"亚细亚生产方式"概括,而"亚细亚生产方式"的准确内涵和历史内容,现在仍然没有定论。传统的、非马克思主义观念的中国史学，过去一直认为中国古代是"士农工商"组成的"四民社会"结构，这个社会结构的各个阶级或阶层是流动而非固定的，其流动变化也不以阶级斗争为主，尽管中国历史上有阶级斗争性质的大规模农民起义。闻一多作为对中国历史和文明极其热爱和熟稔的知识分子，骨子里深受这种观念的影响并接受之，因而在信奉"国家主义"时代反对阶级斗争学说，同样可以理解。再从中国大历史观来看，在中国几千年历史上，"五四"前后进入中国的阶级斗争学说，在现代中国民主主义革命时期，由于信奉它的革命政党取得胜利而逐渐成为主流历史观。在新中国成立后的前30年里，由于还主张和奉行这种历史观、世界观并化为国家的政治实践，结果给党和国家造成巨大灾难，这种灾难促使改革开放后的中国和革命政党即放弃以阶级斗争为中心而改为以经济建设为中心，强调革命政党由革命党向执政党的转型。由此可见，在几千年中国历史中，阶级和阶级斗争学说，只是在"五四"以后被革命政党接受，用以解释中国过去的历史和现实，并在28年的革命夺权和革命成功后的前30年的政治实践中加以运用，而后30年的阶级斗争政治实践被历史证明是错误的。也就是说，在阶级斗争学说进入中国的90年中，真正在政治实践中成功运用并证明其真理性的时间，是新民主主义革命的28年。改革开放以来，在以阶级斗争观点解释中国历史仍然具有合法性和正统性的同时，也有越来越多的对中国历史和社会发展复杂性与独特性的解释与阐发，它们的真理性和价值性得到越来越多的人的肯定和接受，比如陈寅恪和海外学者黄仁宇等人的中国史观。回溯到20年代，革命政党在思想和政治实践层面都接受和操作马克思主义的阶级斗争学说，那时并没有也不可能把自己的信仰定为一尊，各种各样的思想和政治学说与实践同时存在并各有各的接受群体和实践范围，都有自己存在的合法性或合理性。因此，不能要求那时单纯而血性的诗人闻一多也去相信和接受当时并非主流的阶级斗争理论。反对阶级斗争学说肯定是不对的，但又是闻一多思想发展中必然经历的阶段,对此不必讳言。

其次,闻一多在信奉国家主义时期的"反苏俄"行为,也充满了历史的复杂性与合理性。在中国现代历史和文学中,"反苏"曾经是一个很大的判别政治家和文学家的政治正确性的政治问题,有很多人因此被一度宣判了政治死刑。因为十月革命后的俄国是世界上第一个社会主义国家,而中国革命是在十月革命影响下发生的世界无产阶级革命的一部分,是苏联共产党支持的共产国际(第三国际)领导下的东方革命的组成部分,因此,现代中国任何反苏言行,从政治角度看当然就是政治性问题并必然受到革命政党的否定与批判。但历史往往又是非常复杂的,而历史唯物主义的基本原则就是把具体问题放到一定的历史环境中进行具体分析。闻一多参与发起的带有"反苏"色彩的两次会议,前者的背景是第一次国奉战争中,奉军将领郭松龄前线倒戈,1905年以后即占据"南满"的日本以"满蒙"与其有利害关系为借口公然出兵干涉,致使郭军惨败。战事紧张时,张作霖调黑龙江部队南下,而暗中支持郭松龄、冯玉祥的苏联中东路局,以未交纳车费为名中止中东路交通,张作霖遂扣留苏方路局长。一时双方剑拔弩张,并出现苏联可能出兵东北的传闻。1905年日俄在东北进行的战争曾经给中国人民带来巨大损害,曾经使中国知识界和海外留学生义愤填膺。此时如果日苏两国无论以什么理由在中国境内交战,东北人民必将生灵涂炭,都是对中国主权的侵犯。因此,爱国心切的闻一多主动去找倡导国家主义的中国青年党领袖李璜商量,建议由联合会发起一次"反对日俄进兵东三省大会"。后者的起因是1926年2月,报刊上有报道说旅俄华侨总会会长金石声回国途中在伊尔库茨克被害。也有消息说被驱逐回国的华侨常常被拘,并有人因受刑而导致身体残疾。由是,李璜约闻一多、罗隆基、余上沉等相商,决定在北大三院礼堂召开一次反俄援侨大会筹备会,并推闻一多与李璜、常燕生(北大教授)、邱椿(清华教授)、罗隆基组成主席团,以李为主席。反俄援侨大会3月

10 日下午在北大三院举行，闻一多是主席之一。[1]

　　毋庸讳言，闻一多积极发起、组织和参与的这两次大会，直接针对当时的社会主义国家、也是世界无产阶级和社会主义革命的堡垒苏联，如果简单地从政治层面看，在当时苏联代表世界革命和社会主义事业正义性的时代，闻一多的反苏行为里包含着很严重的政治问题，甚至无异于反革命和反动派了。而回到历史环境和语境里看，闻一多根本不是从政治和党派立场、而是从他一贯的爱国主义立场参与这场活动的，他发起和参与这些表面的反苏活动的真正目的，是保护国家、民族和人民利益，是不管谁损害中国的国家、民族和人民利益就予以反对和谴责，在美国留学时期目睹华人受歧视而致使民族爱国热情膨胀的闻一多此时也是以这样的态度和立场对待苏联的，而根本没有把苏联的行为与其他列强的行为加以区分，闻一多实质上是把这次的行为与从爱国主义立场出发进行的所有反对列强的行为同等对待，是他极端强烈的爱国主义思想情感的"诗性"爆发和流露。另一方面，十月革命后的苏联尽管是世界无产阶级和社会主义革命的源头和堡垒，列宁在世时曾经一再警告苏联党不要搞民族主义和大国沙文主义，还曾提出要归还沙俄从中国夺去的远东领土，但同样无须讳言，斯大林执政时代及其以后的苏联共产党和国家行为，确实有民族主义和大国沙文主义色彩，这是导致后来中苏两党与两国关系破裂的重要原因，也是苏联与其他社会主义国家几度关系紧张、甚至出兵干涉内政并最终导致所谓"社会主义大家庭"和国际共产主义运动分裂和消亡的重要原因之一。共产国际当时把中国革命作为世界革命的一个组成部分，强调世界性而反对所谓狭隘的民族主义，但苏联对待中国革命既有积极支持的一面，也有老子党和沙文主义即损害中国利益的一面，包括后来将蒙古从中国的版图中割裂出去、出兵中国东北打败日本军队后

---

[1] 闻黎明：《闻一多与"大江会"——浅析二十年代留美学生的"国家主义观"》，《近代史研究》1996 年第 4 期。

却又将东北的大量工厂企业的机器设备劫运回本国等行为（新中国成立后又作为援华物资卖给中国）。中国共产党的早期领导人如李立三、王明等人，完全执行苏联共产党和共产国际的指示，把中国革命作为世界革命的一部分，强调中国革命的世界性和国际主义，反对所谓狭隘民族主义，甚至在实际工作中提出过"武装保卫苏联"、即可以牺牲中国民族和国家利益保卫社会主义堡垒苏联利益的主张。这种主张在20世纪30年代左翼文艺运动中就曾经出现过，连鲁迅都深受影响，在凡是涉及当时的中苏的冲突中，鲁迅都毫不犹豫地坚决站在苏联一边，而把东北军队维护国家利益与苏联军队的冲突，都看成是帝国主义剿杀社会主义苏联的阴谋，不问历史事实和真相地将中国军队的行为看成是替帝国主义进行侵苏战略的"反动行为"。李立三、王明等人的"国际主义"主张和行为固然有其一定的历史合理性，但也有明显的偏颇。如上所述，苏联和共产国际当时既有支持中国革命、支持中国摆脱西方列强殖民压迫的国际主义行为，也存在着某些非国际主义的民族主义和沙文主义成分，所以，在延安时期毛泽东同志对所谓"留苏派"的反感和拒斥，既包含政治思想上实事求是与教条主义和本本主义的矛盾，强调从实际出发的中国国情的特殊性和由此产生的中国革命的自主性与中国道路的独特性，反对简单地把中国革命当作共产国际世界革命的棋子；也包含政治原则问题之下实质存在的国家民族利益的潜在冲突。由于中国革命中一直若隐若现地存在着苏联的沙文主义和毛泽东代表的革命政党与中国的合理的民族主义的内在利益冲突，所以才会导致新中国成立后毛泽东对苏联在中国大连建立海军基地的拒绝、对建立联合舰队的拒绝和中苏两党与两国的最终决裂。从这一现代中国历史进程中的中苏关系的大背景来看，20世纪20年代中期闻一多参与的所谓"反苏行为"，与后来毛泽东代表的中国共产党人对中苏两党两国关系处理中的维护民族尊严和国家主权的行为，潜隐地存在近代以来屡遭外侮而产生的中华民族强烈的民族爱国主义的精神轨迹和内在接点,尽管闻一多与毛泽东代表的革命政党对待苏联的政治立场截然不同。也因为如此,与闻一多在文学艺术和私人友情上更为接近的新月社的徐志摩、胡适当时发起的"仇俄友俄"的讨论,与其说带有政治上的反苏、反革命的清醒认识,毋宁说更多的是一种民族主义和爱国主义的、诗人与文人的作为。甚至,我们过去一直认为的这些所谓资产阶级知识分子出于反苏反共的政治立场对苏联的错误评价,今天看来,可能比激进和左翼知识分子完全拥护苏联的言论更接近真实、真理和历史,如胡适20年代访苏后认为苏联为造天堂(共产主义)而不惜先造地狱(以主义和国家利益的神圣性和至高无上忽视和牺牲人民和人民利益)的做法,很可能招致厄运,这样的认识在当时被革命和左翼认为是污蔑苏联,现在看来是先见之明,与同时和后来访苏的巴比塞、罗曼·罗兰的认识,异曲同工。

3. 闻一多的思想发展历程问题

在闻一多与国家主义的关系和认识中,还有一种比较流行的观点,即认为闻一多的思想经历了从国家主义到民主主义的发展历程,到20世纪40年代以后他的国家主义思想日渐稀薄以至完全抛弃。对此,我认为,第一,应该抛弃那种用简单直线的方式描述人的思想发展过程的流行模式,"从……到……"已经成为我们研究中国现代作家思想的积习和惯例,鲁迅、郭沫若、茅盾……甚至周作人也经历了"从叛徒到隐士"的思想演变和人生转变过程。不言而喻,人的早期、中期和后期思想会发生变化,特别是在时代动荡和变化剧烈之际,尤其如此。但思想变化是否如以往描述的那样直线和简单,恐怕是值得反思和商榷的。第二,就闻一多而言,在抗战以后的时代变化中,随着接触社会和加入民盟、参加民主运动,闻一多旧的国家主义思想确实在减少和递减,这已为他自己的言行所证明。国家主义思想和希望国家民族统一与强盛的一贯追求，确实使闻一多一度产生把振兴国家的希望寄托在威权型的国家领袖身上——在遭受殖民侵略和统治的第三世界国家的民族独立和解放运动中，都曾经产生"卡里斯马"型、个人魅力型和威权型领袖，他们也的确为民族和国家的独立与解放做出巨大贡献，因而被拥戴甚至被偶像化和神话化，成为民族救星乃至堪与创世神话中神人同体式的人物。就闻一多而言，他对国民党和蒋介石一度是拥护的，在西安事变发生时对张学良、杨虎城绑架当时的国家领袖蒋介石的叛逆行为非常愤慨，认为这样的举动在民族危机之际是对国家的破坏。对此不必讳言，也是可以理解的，须知那时闻一多不是革命政党党员，那时的蒋介石国民党政府还是代表中国的合法政府，大多数中国人还不反对蒋介石和国民党。抗战时尽管国民党走向腐败，但人民基本还是拥护的，所以抗战胜利以后在曾经被日本殖民的东北，老百姓一开始是"想中央，盼中央"的，只是国民党军队来到以后的糟糕作为，才使得人民认识到"中央来了更遭殃"。因此，同样不能要求非共产党员的国立大学教授闻一多完全反对国民党——闻一多是经历了一个认识过程的。我们现在千方百计地证明闻一多的国家主义与他一度拥护国民党蒋介石政府没有任何关系。其实这种愿望和努力是好的，但也过于对把闻一多"清洁化"和"圣人化"。在抗战中后期，现实的促动和思想的变化，闻一多对国民党政府日益失望乃至绝望，就像他早年写作《红烛》时期对中国无比热爱、回国后所见所闻使他对中国失望乃至绝望后将中国比喻为"死水"一样。早期写下的《太阳吟》、《忆菊》、《七子之歌》等诗歌，表达的是闻一多对祖国无限热爱的赤子之心，后来写下的《死水》、《一句话》等诗作，表现的却是对中国的极大失望乃至诅咒，这样蹦似的、跨度极大甚至截然相反的中国感情，能否说明闻一多后来抛弃了爱国主义思想呢？显然不能。对祖国的赞颂与对中国失望后的极端化的诅咒，其实骨子里都是他强烈爱国之情的不同表达，爱国主义像一条红线一样贯穿在闻一多的思想精神的构造里，不能因为《死水》式的中国诅咒就断言闻一多爱国主义思想减弱或消失。思想起伏变化的波动性与巨大性，正是诗人和学者的闻一多这样的知识分子的精神特点。闻一多对国家主义也是如此。表面看，由于时代的促动、对时局和政治的关心、吴晗等地下党员的引导、对蒋介石和国民党政权的失望不满，使他不再将救国强国的希望寄托在专制的现实统治者身上。但其实，在闻一多和很多中国现代知识分子身上，他们只是对日益腐败专制的国民党代表的国家威权或政府由失望到怀疑到背弃，骨子里并没有放弃对威权型领袖和政府的希望与遵从，只要新的威权型领袖和政权能够救国强国、使中华民族复兴、使中国从边缘重新走向中心，他们就会认同其合法性、道义性并服从之。抗战以后大批知识分子抛弃都市舒适生活、跋山涉水到延安，在遭到整风后仍然不改对领袖的忠诚，高唱着与《国际歌》"从来就没有救世主也不靠神仙皇帝"思想相悖的、歌颂"大救星"的歌曲走进新中国，主要原因就在这里（当然不排除其中一些人具有共产主义信念）。新中国建立后那些在民主革命时期主张思想、言论、信仰、新闻自由、反对国民党一党专制和党化教育的民主人士和知识分子，除了少数外大都接受思想改造、信仰转换和服从安排，主要原因也是新的政党和领袖建立了新的国家、进行大规模的现代化建设、使近代以来屡遭凌辱的中国和中华民族崛起并屹立于世界的东方。如果说近代中国知识分子遭逢千古未有之奇变而"心有千千结"，那么最大的"结"就是民族和国家的复兴。理解了这个"结"，就会理解大批知识分子为什么会一改初衷而对新的国家和领袖产生认同，为什么会弃自我小我而从大我和国家。

如果从更深的思想层次来看，从"五四"走过来的很多知识分子的思想构成和发展，是受制于"五四"思想启蒙与"五四"新文化运动的内容和矛盾的。"五四"的思想资源和结构里存在互相矛盾而又统一的两个装置：世界主义和民族主义，即一方面强调走向世界和融入世界，世界主义是追求的目的，一方面强调用世界主义的普世价值改造传统，改造国民性和民族，使之摆脱积弱走向强大，世界主义在这里又成为了手段，目的则是民族和国家的改造与振兴。用鲁迅的语言表述，就是"立人"是为了"立国"。这样两种构成和装置的存在及其矛盾性，自然会派生出作为学生爱国主义运动的"五四"，并且由于社会环境的日益黑暗和民族危机的不断加深，民族主义和爱国主义的一面越来越成为主流，所以才会出现所谓救亡压倒启蒙，国家主义和民族主义才会成为越来越多的知识分子的思想构成的主导，也才会导致他们的世界观转换和对代表国家利益的政党与领袖的拥护和臣服，哪怕这种拥护和臣服是以压抑和放弃自我与个性为代价的。即如鲁迅那样的很早就立志进行启蒙立人的思想家，其启蒙思想也主要是奠基于救亡基础上的，是为了救亡而进行的启蒙。这样的为了救亡、为了现代民族国家构建而进行民主自由的思想启蒙的思想路径，后来必然导致鲁迅一方面对专制和独裁保持警惕，强调和坚守自由与个性的思想价值立场，反对哪怕是他所拥护的"左联"领导人的"奴隶总管"行为，另一方面，对一切事物都强调"己为规则"、朕由己出的鲁迅，又一定程度地对不需要甚至泯灭个人性的政治和集团进行皈依与服从。来自"五四"思想构成的民族救亡的目的性诉求，使人格强大的鲁迅把拯救民族国家使之屹立和强大的希望寄托在对政治集体主义新的政治力量身上，这恐怕不是鲁迅一个人的行为。闻一多后期对国家主义的态度，也应作如是观——来自他思想深层的民族主义和爱国主义，使他只是抛弃了旧的国家主义，只是把对改造复兴国家的希望由蒋介石代表的国民党转变到新的革命的政党那里。换言之，他信奉的国家主义形式变化了，而以民族主义和爱国主义为核心价值观的、国家利益至上和谁能维护民族国家利益就拥护谁的立场，即骨子里的国家主义，是没有改变的。

4. 闻一多前后期的民主思想问题

闻一多的民主思想，是闻一多思想精神构成的相当重要的部分。过去有些强调闻一多经历了"从国家主义到民主主义"的思想演变历程的研究模式，实质上漠视了闻一多思想里一直存在的民主主义，把闻一多前期思想里同样存在民主主义的事实遮蔽或淡化了，因而也是不符合闻一多的思想精神面貌的实际状况的。

诚然，从"五四"到抗战前，作为诗人和学者的闻一多身上，表现更多的是他的以国家主义为标志的爱国主义，而这是与时代环境分不开的。"五四"运动实际包含三个层面：以《新青年》创刊为标志的思想启蒙性质的新文化运动，由此而产生的"五四"文学革命，最后是1919年5月4日爆发的反帝爱国学生运动。由于在留学期间以诗人的敏感感受到的种族歧视和浓厚的爱国主义情愫（同样留学美国的梁实秋对民族歧视的现象则不敏感），由于诗情爆发而写下的那些著名的爱国主义诗篇，也由于参与国家主义性质的大江会及其活动，所以这个时期的闻一多的言行表现出浓厚的政治与文化的国家主义和爱国主义，就在情理之中。但是，作为现代知识分子，"五四"新文化运动的民主、科学、自由等核心价值对闻一多思想的影响，同样是深厚巨大的，换言之，留学美国的闻一多对民主自由等现代性思想具有天然的亲和性。故此，在1924年9月留美期间闻一多与梁实秋等10余人达成的大江会三项共识的第二条，就是"厉行自由民主之体制，拥护人权"。闻一多后来谈到"五四"对他的影响时，也强调"'五四'时代我受到的思想影响是爱国的，民主的，觉得我们中国人应该如何团结起来救国"。[1]尽管闻一多对民主思想、民主制度、直接民主与间接民主等问题没有像政治学者那样进行深入研究和具体分析，但作为留学

---

[1] 闻一多：《五四历史座谈》，《闻一多全集》第2卷，湖北人民出版社1993年版，第367页。

欧美的知识分子，闻一多追求和向往的显然既包括民主自由的思想，也包括政体化的民主体制。过去人们谈到闻一多受"五四"的影响，更多地关注他所受到的"五四"反帝爱国运动和思想的影响，对他所受"五四"启蒙和新文化运动倡导的科学与民主的影响，重视不够，当然这也与闻一多留学期间和回国后一段时间内，在文学创作和社会活动中更多地表现出爱国主义和国家主义的诉求有关，也与救亡成为时代主潮的历史环境有关。不过，不能因此漠视作为闻一多思想精神构成的民主理念和诉求。毕竟闻一多是经历"五四"大潮洗礼的人物，毕竟闻一多与之同气相求的"鹿鸣"友人，除了爱国主义国家主义之外，都是秉持自由民主理想的同俦。如闻一多参加的新月社，除了文学见识和理念相同外，他们的政治理念也基本相同。而作为新月社思想领袖的胡适，其所坚持的对"五四"新文化运动和对人权与民主自由的捍卫立场，其实是得到新月社同仁支持和拥护的。这新月社同仁就包括闻一多。

闻一多的民主思想和诉求的爆发，确实是与时代变化，特别是与抗战时期的所见所闻有密切联系的。其中的一个重要的触发点是蒋介石的《中国之命运》的发表。受国家主义思想影响的闻一多本来在民族和国家多难之时是拥护代表国家的国民党和蒋介石的，因此西安事变发生后闻一多对张、杨的"逆行"是反感和反对的，担心张、杨的行为会破坏国家稳定和利益，亲痛仇快。但是到1943年蒋介石发表《中国之命运》后，闻一多写道："《中国之命运》一书的出版，在我个人是一个很重要的关键。我简直被那里面的义和团精神吓一跳，我们的英明的领袖原来是这样的吗？'五四'给我的影响太深，《中国之命运》公开向'五四'挑战，我是无论如何受不了的。"[1] 在这里，闻一多所说的对他影响太深的"五四"，指的是"五四"的民主精神，而

---

[1] 闻一多笔谈、际裁笔录：《八年的回忆与感想》，联大除夕社编《联大八年》1946年，第4页。

蒋介石著作中的"义和团"精神，恰恰就是反民主的一个党、一个主义、一个领袖的专制主义。那种既反对共产主义也不容忍民主自由的独裁倾向，使得对抗战爆发后希图中国得以"民主、进步、文明和危机中重生"的知识分子，深感失望。抗战是百年来屡遭外侮的中华民族最大的民族危机和最大的民族解放战争，就像清末以来每次民族危亡和救亡需要都使得知识分子产生思想变化一样，当此亘古未有之际，中国知识界出现了两种显著的变化：一是对民族传统和文化的回归与"寻根"倾向。"五四"思想启蒙和新文化运动处于建设新文化策略的需要，曾经对中国传统文化即"国学"和"国故"进行了比较激烈的反思、清理和批判，被称为"反传统主义"，与欧洲启蒙运动和文艺复兴向古代回归、从传统中寻找启蒙资源的取向不同，也与亚洲和第三世界国家在启蒙和救亡中弘扬古代历史和文化的辉煌以激励民心民气的做法有异。"五四"的被大多数现代知识分子所接受的"反传统"，在抗战爆发后发生了变异，民族危亡和救亡的现实处境使得对立的国共两党都高扬民族传统和文化的旗帜——不说蒋介石的《中国之命运》以"民族文化本位"为思想纲要，革命政党也以 1938 年毛泽东《中国共产党在民族战争中的地位》为纲领，强调民族文化、中国作风与中国特色的问题。由是，思想、文化与文学界也随之出现重新思考和发掘民族传统与文化价值的"传统热"，以古典和传统显示民族往昔之荣光，激励和发扬民族精神。冯友兰之《贞元六书》和《中国哲学史》的撰写，钱钟书的《管锥篇》，作家曹禺的话剧《北京人》等，都是这一社会与思想文化潮流的体现。闻一多此时极其勤勉的古代文化与文学研究，也在总体上属于这种潮流。但对"国故"的研究和弘扬，也可能导致对现实的"国统"、国家领袖"至尊"乃至独裁的认同和标举。而闻一多的可贵之处，就在于在沉湎国学的时候，又能对民族文化回归大潮中的反民主的专制主义保持警惕，强调和坚守"五四"民主自由思想的价值，故此才会对蒋介石《中国之命运》里"义和团"

和专制思想极为反感和坚决反对,并构成闻一多成为民主斗士的主要契机和思想转捩点。不过,如果不是"五四"的民主自由理念深深影响了闻一多,并成为他思想里与爱国主义并列的核心价值,他也不可能对反民主的专制主义具有如此高的免疫力和思想警惕。如果像以往某些研究认为的闻一多早期主要是国家主义而后期才转向民主主义,是无法解释闻一多民主思想行为的深厚性和爆发性的。

抗战后国统区知识分子的另一种思想风景,是对抗战、民主和国家复兴的共识,所谓民主立国、建国是也。对民主问题的关注可以说是国统区形成的时代氛围和思想语境,闻一多来自"五四"影响的民主思想在此时的触发和爆发,除了现实的触动外,也与这样的思想和时代环境有内在联系。如果说辛亥革命后袁世凯复辟等社会现象触发了知识分子对社会革命与思想文化启蒙关系的思考,立人、"辟人荒"、改造传统和民心以救亡强国的诉求使他们创办《新青年》和发起"五四"新文化运动,那么,抗战现实特别是抗战中后期国统区"前方吃紧、后方紧吃"的现实,使得救亡关怀强烈的知识分子再次将外侮与"内暗"联系起来,将民主与抗战建国的问题联系起来,外抗敌寇与内建民主成为他们思考"中国之命运"的焦点,成为思想和行为的价值取向。特别是对闻一多、李公朴这样一批留学欧美、深受"五四"影响的人而言,尤其如此。像李公朴对民主政治的关怀,使得他对国统区的专制大加挞伐,并曾经专门到延安考察那里的民主建设。当他看到边区农村尽管物资生活条件极端落后、文盲占人口的90%以上,物质与文化条件远不如国统区、更不如欧美国家的地方,却通过"烧洞法"、"数豆法"等适合不识字农民参与的选举手段进行基层政权的民主选举后,非常震撼和感动,国统区民主人士、法学家陈瑾昆教授的感叹"解放区虽尚非天堂,非解放区则确为地狱",可以说是李公朴等民主人士的共同感慨。闻一多此时也通过各种渠道了解延安,听说延安边区只有几个警察维持治安而社会秩序非常良好,几乎达到夜不闭户路不拾遗,同样非常感慨。政治民主,政府清廉,"盛世"民风,使闻一多、李公朴这些既有民主思想又有盛世情怀的中国知识分子,对比之下更坚定了从事民主运动的决心与信心。他们普遍希望在抗战这样一个中华民族百年来遇到的最大灾难、也是最大机会的时代,彻底解决使国家积弱的根本的制度问题——民主与民生,把"五四"以来的民主思想制度化,使救亡抗战与践行民主、创建新国家并行不悖。闻一多不仅加入了李公朴早就加入的民盟,而且在民主问题上同气相求,所以在抗战胜利后李公朴被不谙大局的国民党地方当局杀害后,闻一多会表现出那样的愤慨和为民主奋不顾身的斗志。就此说来,抗战时期追求民主建国的时代氛围和精神环境,对闻一多早就具有的民主思想的勃发,又的确具有催化作用。

论及20世纪40年代闻一多的民主思想的表现和行为,不能不涉及在悼念李公朴的群众集会上闻一多的讲演中对美国的态度,因为这也是闻一多民主思想的一个方面。以往的教科书和史书,多引用政治领袖的话语,把"拍案而起"的闻一多和"不领美国救济粮"的朱自清,描述为对美国政府和民主制度极度失望、打破对美国幻想的中国知识分子的代表。而实际上,闻一多在他那篇悼念李公朴的昆明集会上的《最后一次的讲演》,对美国及其大使司徒雷登是予以肯定和赞许的:

> 反动派故意挑拨美苏的矛盾,想利用这矛盾来打内战。任你们怎么样挑拨,怎么样离间,美苏不一定打呀!现在四外长会议已经圆满闭幕了。这不是说美苏间已没有矛盾,但是可以让步,可以妥协。事情是曲折的,不是直线的。我们的新闻被封锁着,不知道美苏的开明舆论如何抬头,我们也看不见广大的美国人民的那种新的力量,在日益增长。但是,事实的反映,我们可以看出。
>
> 第一,现在司徒雷登出任美驻华大使,司徒雷登是中国人民的朋友,是教育家,他生长在中国,受的美国教育。他住在中国

的时间比住在美国的时间长，他就如一个中国的留学生一样，从前在北平时，也常见面，他是一位和蔼可亲的老者，是真正知道中国人民的要求的。这不是说司徒雷登有三头六臂，能替中国人民解决一切，而是说美国人民的舆论抬头，美国才有这转变。

其次，反动派干得太不像样了，在四外长会议上才不要中国做二十一国和平会议的召集人，这就是做点颜色给你看看，这也说明美国的支持是有限度的，人民的忍耐和国际的忍耐也是有限度的。

这段话在1949年以后闻一多的文集和各种选篇中都被删节，因为闻一多、朱自清等知识分子被誉为打破对美国幻想，甚至是反美斗士的代表。其实，在抗战爆发后，由于美国与中国都是反法西斯同盟国，美国对中国的抗战予以物质与精神的巨大支持（抗战前期美国的对华援助经费和物资一部分也给予延安边区政府）并成为抗击德日法西斯的主要力量之一，所以不仅国民党政府亲美，延安政府也对美国表现出友好态度，特别是在德国入侵苏联初期一度取胜、苏联吃紧且一度显现出失败之虞、自己也接受美国援助并不可避免地减少了对中国和中共的物质援助后，加上斯大林支配的共产国际对毛泽东领导的中共存在一些倾向性问题，延安和中共在抗战中后期也对美国表现出友善灵活的态度，接待美国特使和观察团，中共和美国在反法西斯的共同事业中历史性地走向了解和接近。不论是国民党还是中共的报刊舆论，当时都把美国作为反法西斯的正义力量、对抗法西斯极权的民主世界的代表，对美国的国体、政体，对华盛顿、林肯及罗斯福等领袖都予以颂赞，在罗斯福生日的时候中共的主流报纸还发表了祝贺性质的文章。对美国的政体与国体的称道，除了因为彼此是世界反法西斯阵营的"同志"和战友外，还包含着对国民党当局压制民主、限制思想言论和新闻自由的对比性批判。因此，可以说在抗战时期中国各政党、团体、知识界和人民对美国及其代表的正义与民主，是普遍认同的，是"亲美"的。中国抗战和世界反法西斯战争胜利后，由于一度面临败北局面、蒙受巨大牺牲的苏联取得胜利并支持和主导了东欧的社会主义国家阵营，并与美国领导的西方阵营开始和形成了冷战格局，由于美国继续支持国民党政府并实际上卷入了中国的内战，所以受苏联和共产国际支持、并作为国际共产主义运动一部分的中共，开始走向与美国的对立。在中共领导的思想、文化和文学领域，逐渐出现批判、嘲讽美国的"反美"思潮，随着内战的进程和国民党败相日显，左翼知识分子中的"反美"言论愈多，像国统区中马凡陀和郭沫若等人的诗文中，都有"反美"的政治讽刺。在这些诗文中，美国不再是带领世界战胜法西斯、捍卫世界和平与民主的正义力量的代表，而是支持国民党专制独裁和发动内战并屠杀中国人民的帮凶，是世界反民主反进步的落后反动势力的代表。不过，在那些留学欧美、被认为是自由主义的或希望中国走第三条道路的知识分子中，在主张民主建国的民主党派中，像左翼知识分子那样将美国与反动反民主势力联系在一起的"反美""仇美"思潮，还没有得到共识。而作为这个大的派别中的闻一多，此时对国民党当局独裁专制大加挞伐的民主诉求中，还把美国人民的舆论使美国政府"转向"支持中国民主势力看得非常重要，也就是实际认为美国仍然是人民的意志和选择决定政府行为的民主国家，把中国人民的老朋友司徒雷登出任美国驻华大使看作是美国人民和政府理解和支持中国民主进步的重要步骤，即闻一多这类知识分子还对美国抱有希望和"幻想"，还是把毛泽东所说的"欧美资产阶级过了时的老章程"即欧美的民主制度与文明，作为中国打倒和取代专制独裁、进行民主建国的重要的制度依赖和思想资源。闻一多对美国及其制度文明的认识和态度，是闻一多民主思想构成中的不可或缺的一部分，也是研究闻一多民主思想不可回避和绕过的一部分。抽离了这一部分，就无法还原和呈现闻一多思想精神的全貌。当然，闻一多民主思想构成中的"亲美"认识的是非曲直，如何评价，则另当别论。

第二十六章

重读《荷花淀》
——民族战争环境中的节烈与传统道德的合理性问题

　　孙犁的小说以擅长描绘冀中农村劳动妇女而蜚声文坛，特别是抗日战争风云中白洋淀地区的农村妇女，宛如古希腊神话中"出水的阿佛罗狄忒"女神或阿马宗妇女，既能征善战又美丽温柔。以崇敬、热爱和弘扬的态度，诗意而动情地描绘和塑造冀中农村妇女的多情重义与美丽贤惠的形象，是孙犁的追求，也是他的贡献。而《荷花淀》，就是其中的代表作。

　　《荷花淀》是孙犁精心制作的赞美白洋淀女儿的小说化诗篇，战争风云下泽国妇女的美好心灵和高尚行为构成的诗意，通篇流溢。但是，由于作者所处时代条件和主观因素的制约，在对乡村中国妇女美德美情的认知与表现中，在总体上的政治正确或文化正确中，还存在着一些为作者所没有意识到的、值得重新反思或商榷的政治与文化因素。而这些因素渗透和出现在小说文本中，使得小说的颂歌音调中可能夹杂着并非和谐的声音，对乡村妇女美德的赞美中包含着若干苦涩。美德中真正的"美善"成分和其中无意中掺杂的并非"美善"因素，被作者和读者统统作为"美善"予以彰显与接受的时候，就有可能构成了小说中的压抑和遮蔽，构成了对政治和道德正确的深层反讽与颠覆。

　　先看小说中展现主题的重要情节：水生从军、夫妇话别的场面和对话。

女人没有说话。过了一会儿,她才说:"你走,我不拦你,家里怎么办?"

水生指着父亲的小房叫她小声一些。说:

"家里,自然有别人照顾。可是咱的庄子小,这一次参军的就有七个。庄上青年人少了,也不能全靠别人,家里的事,你就多做些,爹老了,小华还不顶事。"

女人鼻子里有些酸,但她并没有哭。只说:"你明白家里的难处就好了。"

水生想安慰她。因为要考虑的事情还太多,他只说了两句:

"千斤的担子你先担吧,打走了鬼子,我回来谢你。"

说罢,他就到别人家里去了,他说回来再和父亲谈。

鸡叫的时候,水生才回来。女人还是呆呆地坐在院子里等他,她说:

"你有什么话就嘱咐嘱咐我吧。"

"没有什么话了,我走了,你要不断进步,识字,生产。"

"嗯。"

"什么事也不要落在别人后面!"

"嗯,还有什么?"

"不要叫敌人汉奸捉活的。捉住了要和他拼命。"这才是那最重要的一句,女人流着眼泪答应了他。

多年来,诸多的文学史、中学教材和分析讲解此篇小说的读物,几乎都一致称赞这段对话的简洁质朴和意蕴深沉,特别是水生嫂的两个"嗯"字,更被解释为一字千钧,民族抗战时期农村妇女的识大体顾大局,既重夫妻感情更重民族大义的美德美情,含蕴在寥寥数语中,达到了低吟盖喧哗、无声胜有声的效果和功能。

但是,这场简短的对话一方面的确具有这样的功能与效果,另一方面，却包含着某些并非作者有意宣扬的值得思索或商榷的观念。这些观念之一，就是水生对水生嫂"嘱咐"的最后一段话中流露和蕴涵的、丈夫要求妻子"守节"和"节烈"的思想。孙犁的小说向以含蓄蕴藉著称，即便是农民的对话也有这含蓄的特点，但这段含蓄对话的潜台词是："壮士儿郎"（丈夫）为国从军，去为民族争光争存，这是大义鸿烈之举，你（妻子）在生产劳动、照顾老小的同时，要守住贞节，尤其不要被糟蹋妇女的敌人捉住，如果被捉住，难免要受到侮辱，那就要以死拼命，做一个为自己、为丈夫和为民族守节的烈妇贞女。这种以政治（民族气节）和道德（民族伦理道德和夫权）的高尚正确出发，要求妻子赴死守节的嘱咐，"才是那最重要的一句"，是对话的重点和核心，而妻子也知道这句话的分量和意思，所以才"流着眼泪答应了他"。这"流着眼泪答应"一句话，放在作品的语境中看，意义当然是多重的，其中包含了水生嫂对夫妻离别的依依不舍，对离别后独自支撑全家生活重担的承诺后的隐隐不安，但最重要的还是对丈夫包含着夫权意识和民族气节观念的"节妇烈女"要求的承诺。这一要求的后果是在万一的情况下，以牺牲生命为代价换取个体的与民族的贞节名声，对此水生嫂十分清楚，因此她才对这一既崇高又沉重的要求"含着眼泪答应"，这答应也同样是既崇高又沉重的。

这种在神圣的民族抗战时期，出于民族气节和伦理道德观念的贞妇烈女观念，在作品的后面又出现一次。那是小说描写妇女们找借口外出探望丈夫的路上，与敌人遭遇和被追赶，这时她们的心理和誓言是："假如叫敌人追上了，就跳到水里去死吧！"孙犁的另一篇描写白洋淀妇女组织起来武装抗日的小说《采蒲台》里，有一段情节描写的是青年妇女一边织席劳动一边编歌自唱，她们的唱曲中有这样一节：

我们的年纪虽然小，
我们的年纪虽然小，

>你临走的话儿
>记得牢，记得牢：
>不能叫敌人捉到，
>不能叫敌人捉到！
>我留下清白的身子，
>你争取英雄的称号！

如果说在《荷花淀》的夫妻对话中，宁死不辱的节烈表达还是以丈夫嘱咐的形式出现，是一种外在的灌输和要求，那么后面描写的妇女们的心理和《采蒲台》里的歌曲构成的誓愿，则表明她们即便在没有外在要求的情况下，其实内心里早已具有了她们乐意遵从的、与生命存在同等重要的民族道德和妇女道德共同构成的伦理规范，外在语境中的政治和道德要求已经化为内在的自觉律令。

当然，并非所有抗战时期的农村妇女都自觉遵从这样的"道德律"，同样是描写抗日根据地农村生活的作品，丁玲小说《我在霞村的时候》中的农村妇女贞贞就是一个另类。贞贞是被民族敌人强行抓去受到肉体侮辱的，她的个体受难中包含着民族集体受难的成分，而她自己后来也愿意以肉体受辱的方式换取情报支持抗战事业，显示着政治文化、民族利益已经突破和舍弃了中国传统伦理道德对女性的规范，显示着贞贞这一"独异"的农村女性对传统道德的超越。但是，贞贞的行为和思想却不能被村民们接受，不仅不接受，村民们始终不能理解和宽宥"不洁"的贞贞，在他们的思想观念和道德意识里，被"鬼子睡过"是比个人受难和民族受难都更大的耻辱，被敌人糟蹋而不去死掉，似乎比民族灾难国土沦陷更不能令人忍受。这种来自历史传统的村民的道德观与是非观是如此强大，以至最终迫使个体生命意志强悍、早已超越世俗道德伦理、又受到政治权利保护的贞贞，始终受到歧视和"孤立"，不得不离开村庄。

由此看来，即便是民族生死存亡的抗战时期，中国社会尤其是乡村和民间"节烈"的道德伦理传统，依然悠久而又强大，在现实中已经构成解放区农村和整个文化语境的重要组成部分。因此，孙犁小说里参军的农民水生对妻子的要求，妇女们对此或沉重或欣然的接受与实践，联系到更宏阔的解放区文化语境来看，就在情理之中。这些在政治与道德的正确性与合理性语境中包含和存在的节妇烈女要求出现在小说中，一方面具有真实性与必然性，即它是那个时代和环境下水生等人必然要提出与妇女必须面对和接受的问题，小说的如此描写具有现实主义的真实性，同时，任何道德都是环境的产物，是适应环境而出现的。鲁迅曾描述说，中国历史上每当战乱动荡之时，特别是异族入侵时代，朝廷和男人自己逃跑，却要逃不走的女性"节烈"，待到天下太平时又回来表彰"节烈"，这一方面反映出"男性中心"的封建伦理道德的虚伪、自私和残忍——以道德化的意识形态对妇女进行压抑与摧残，要求妇女成为牺牲品和受难者，以维护男性的独占权；另一方面，妇女在国难时刻的自觉"节烈"，除了封建伦理道德的毒害——这种长期毒害是使妇女将残酷而不人道的外在要求变为内在遵从的道德规范的重要原因——以外，还有生存环境的残酷：中国历史上，每当大的社会动荡特别是外族入侵的所谓国难之际，妇女往往成为大规模野蛮施暴的对象，这种施暴既是性本能的兽性发泄，也包含着文化、民族和政治的因素——对妇女的身体侵害和施暴，与对种族和民族的蹂躏、占有、征服的现实行为和意识形态想象联系在一起。因而，相对于动乱和国难之际动辄遭受到极端野蛮残暴和痛苦不堪的身体蹂躏，"节烈"似的殉身的痛苦代价无疑更小一些，"节烈"行为包含着在痛苦灾难中"两害相衡取其轻"的"选择理性"因素。由此，男权和夫权中心的封建伦理道德与历次动乱和国难中妇女不得不做出的"苦难选择"所构成的"节烈"，就成为民族文化心理积淀和"集体无意识"，成为社会和妇女普遍认同的意识形态话语之一，对动乱和国难之际妇女的观念意识和现实行为构成了制约和"模式引导"作用。而近代以来在现代性民族国家形成过程中发生的民族战争,出于兽性的性本能发泄和民族施暴与占有的双重目的对妇女身体的大规模施暴,已经成为至今也没有完全消失的世界性现象。现代东方历史上中日之间的那场民族战争,日本侵略军的暴行之残酷和普遍,更是史所罕见,对中国和亚洲妇女的身体施暴的严重与野蛮,也是当时世所罕见的。因此,文学作品中中国农村妇女甘愿以身殉国和"殉夫"的思想意识,现实中东北抗联女战士"八女投江"的壮烈的行为选择,个体性的为夫节烈、不受侮辱和保持身体清白,与集体性的为国节烈、不受民族敌人侮辱和保持民族气节,都纠结在一起,都显示和具有了历史、政治和民族道德的合理性与正义性。

另一方面,如果抽离严酷具体的抗日战争环境,从"五四"新文化和新文学在妇女"节烈"等问题上形成的话语和传统的语境中,来考察和衡量孙犁和解放区文学作品中被作为美德,尤其是作为被敬佩和赞颂的解放区农村妇女的美德诗意描绘的"节烈"观念与行为,则又显示出与"五四"文化、文学传统和精神、与"五四"以来现代性思想文化价值和审美价值判断上的一定程度的偏离。

"五四"新文化的最重要贡献和成就之一,就是对妇女的发现即女性解放。"五四"新文化激烈而又正确地否定了中国传统伦理道德对妇女的无所不在的、巨大和深重的歧视与压抑,将几千年来无声、无权、无性的中国妇女置于人的地位予以审视和重塑。在"五四"妇女发现和解放的思想洪流中,对妇女贞操和节烈等问题的关注、批判与现代阐释,成为其中的重要内容。鲁迅在《我之节烈观》中,对传统政治文化和道德文化施加于妇女的节烈观念和行为,予以彻底清算和批判,指出不论在何种情况下要求妇女节烈,都是压迫妇女、悖谬人性的反人道主义的思想和行为,是一种非现代的野蛮性的文化道德的遗留,不具有任何道德与文化的合理性。现代的文明道德与伦理,无论如何都不应对妇女提出节烈的要求。这种现代的妇女观和贞操观，构成"五四"新文化和20世纪现代中国的伟大传统，是20世纪中国思想文化和文学的现代性标志之一。

用这样的标准来考察，那么《荷花淀》里丈夫的节烈要求和妇女对此的承诺与遵从，在具有环境、时代和人物自身的规定性与合理性的同时，又无疑与"五四"以来的现代思想文化价值和话语，存在一定距离。或者说，在这种为环境、时代、人物身份的合理性所构制和认同的、属于民族的、政治的和道德的美情美德里，是不是也多少包含着传统伦理道德观念和农民小生产者思想意识呢？而人们在阅读和解读中对此的接受和认同，也显然是从民族文化和道德的积极性因素方面着眼的，而对其中存在的消极因素则无意中忽略不见了。当然，读者的认同性和审美性阅读与接受，与作品内存着遮蔽和压抑的赞美一样，都是不自觉、非有意和无意识的，或者说，这是一种集体无意识和文化无意识产生的文化心理和行为。

此外，在小说的所有对话和总体叙事中，还一定程度地存在和包含着作者没有意识到的对妇女欲褒实贬的倾向。这种叙事结构和倾向的双重性与矛盾性，不自觉地构成了对作品表层的、主流的赞美主题和颂歌情调的反讽与解构。这主要表现在：其一，小说的表层叙事情节是妇女们夫妻话别送夫参军、探望丈夫目睹战斗、受到触动武装起来，主题是民族战争如何把女人锤炼成"女民兵"，也就是农村妇女在战争中的成长历程。在这一历程中，表面上女人们是主要描写对象，是主体和主动者，但仔细分析作品，就会看到，实际上女人们是被男人丈夫们一步步引导着"成长"的：男人们主动参军参战是小说情节发展的原动力。参军才引来了夫妻话别和女人要求被"嘱咐"，整个离别对话中女人始终是受动者和受教者，其表情是"呆呆地"或者"流着眼泪"，尽管心灵美好深明大义，但还是一个"弱女子"形象。丈夫在提出生产劳动、照顾老小、死保贞节等嘱咐和要求后，虽然想安慰安慰女人，但还是因为要与别人谈话或者"再和父亲谈"等"太多"的事情而无暇做到，因为女人懂事也因为女人的相对不重要，所以是不包括在"太多"的事情里的。同样是丈夫们的参军才引来她们的探夫心理和行为，以及遇敌目睹战斗场面的。在这个过程中，她们无意地扮演了诱敌深入的"海妖"或"水妖"似的角色，无意地成为丈夫、男人、战士的帮手，帮手和陪衬的角色始终未变。帮手作用的完成、战斗场面的刺激教育和男人丈夫的责怪，又最终引导她们"不爱红装爱武装"。不过"武装"后的她们还是只能起"配合"作用。在小说有意似贬实褒、先抑后扬的叙述追求中，其实不自觉的"贬"是客观存在的，女人是在领袖型和导师型的主人、男人和丈夫的嘱咐教育、帮助引导下走向成熟和战场的，她们的成长和转变中始终离不开男性。从这个意义上看，《荷花淀》的主观动机和目的是对民族战争环境中农村劳动妇女美好品德情操和英雄行为的赞美——以朴实的身躯既承担抚养老幼生产劳动的家庭担子，又承担抗击民族敌人的战士重任，但在这样的叙述中，又内含了女人在民族战争环境中，在男性引导下不断成长"成人"的叙事因素。自然，在民族生死存亡的抗战时期，千百年来一直受到传统伦理规范束缚最重、被限制在狭小空间和角色单位里的农村妇女，能够获得政治、经济和社会的解放、能够这样以抗敌战士的角色和身份参与历史进程，这本身就是巨大的历史进步，她们以这样的方式翻身成长，她们还不可避免地保留着某些旧伦理道德的思想意识和依赖男人的帮助与引导，也是时代的客观真实和妇女解放历史进程的真实，对此不能脱离历史条件地苛求和指责。但是，小说叙事中内含的男女之间在家庭与社会、战争与和平中的不平等关系和引导与被引导的"位置差别"，也是毋庸讳言的。

其次，小说里的妇女们在不自觉地参与和目睹了"伏击战"后，非但没有受到丈夫们的感激与表扬，反而被参军的战士丈夫说成"落后分子"并受到埋怨和冷落。丈夫们的批评与埋怨不乏善意的成分，同时也有战场纪律和中国农民的、民族的含蓄羞涩的文化成分，因此可以理解。但这种批评埋怨中也包含着"居高临下"的因素和成分：男人们全力以赴为国征战，没有牵肠挂肚儿女情长；女人们却"藕断丝连"外出寻夫，并险些误了大事。女人们受到批评和冷落后，产生了两种心理志愿和行为：一是发誓要武装起来参加战争，与男人和丈夫一样。如上所述，这是男人们"刺激"实际上是引导的结果。而这种女人要在所有的事情上（包括战争和粗重劳动）与男人持平和同等，"男人能做到的，女人也能做到"，是那个时代解放区以及后来的共和国的政治与文化对妇女解放的认识和理解，要求和实践，它具有时代与环境的合理性，但又明显具有历史的局限性。二是女人们在丈夫的埋怨后，发出了这样的感慨："你看他们（指丈夫们）那个横样子，见了我们爱搭理不搭理的"，"啊，好像我们给他们丢了什么人似的"，"刚当上小兵就小看我们，过二年，更把我们看得一钱不值了，谁比谁落后多少呢！"无疑，这是一种不乏爱慕和喜悦的嗔怪与牢骚。这种嗔怪和牢骚既包含了对来自丈夫们的冷落的些微不满，以及追赶丈夫不致落后的心理，也包含了如果"落后"就有可能被丈夫"小看"、轻视从而"一钱不值"影响命运的潜在意识和深层心理。丈夫从军或外出从事"伟业"，女子在家耕纺劳作却又屡遭抛弃，在过去的中国是一种普遍性的社会存在和文化存在，它已然成为民族文化心理结构的组成部分，成为多少带有"弃妇恐惧"色彩的集体无意识，弥散在社会心理空间和生活空间，对人们特别是妇女潜移默化地发生影响。《荷花淀》里的女人们的话语，一定程度上是这种社会意识的继承和反映，是民族文化心理积淀的不自觉流露。另一方面，它又可以说是农村妇女们对当时解放区普遍存在的一种社会现象的无意识"反应"，是对战争时期和革命胜利后农村妇女生活与命运的一种"先在预示"。抗战时期的边区和战争胜利后的20世纪50年代，从军从政后成为干部的当年的农家子弟和农民出身的丈夫们，比较普遍地以工作和革命的名义，同没有文化和干部身份的落后的农村原配老婆离婚，再婚重娶女大学生、女知识分子和城市姑娘。20世纪40年代中期和末期丁玲的小说《夜》和萧也牧的小说《我们夫妇之间》，就比较早也比较含蓄地涉及这类问题——农民出身的乡村干部和进城后的知识分子干部与原配的农村妻子，由日益扩大的差距带来感情和婚姻的危机，只是由于对文学叙事的政治正确性追求和时代的某些因素，作品中的悲剧性婚姻危机被正剧化处理或遮蔽不提。联想到文学和现实中这些后来真变得"一钱不值"的农村妇女的命运，应该说，孙犁小说的乐观明快的诗化叙事中，其实隐含了当时和后来有关农村妇女的解放和命运的悲剧性直觉与暗示，尽管作者对此可能同样没有意识到，也不是小说的叙事追求和表现内容。

第二十七章
女人是祸水？
——对虎妞形象及其与祥子关系的再思考

在老舍小说《骆驼祥子》中，祥子与虎妞是刻画得最成功的两个人物形象，祥子与虎妞的关系构成了作品的主要情节，以至于人们一提起《骆驼祥子》，往往把祥子与虎妞并列，离开虎妞，祥子形象的生动性和完整性就要受到影响，他们之间构成了一种相互依存的、互补的关系。祥子原本是一个要强的、来自农村的青年车夫，他最大最高的人生理想就是有一辆自己的车，并为此努力奋斗，几经挫折后理想化为泡影，最后变成不但不求上进、浑浑噩噩而且还出卖朋友的既懒且坏的人渣，一步步走向黑暗、堕落和毁灭。促使祥子的性格和命运发生如此巨大的悲剧性逆转的，除了社会原因外，就是虎妞的引诱、骗婚、婚后对祥子肉体上的频繁要求和精神上的折磨以及虎妞的难产而死，这些，同样是造成祥子命运陡转、人生悲剧的重要因素，甚至是更重要更内在的因素。因为，在作品的描写中可以看出，那些来自社会的外部打击虽然使祥子的人生理想严重受挫，但还没有完全毁掉祥子的精神和身体；而与虎妞的一段情事婚事不仅使祥子精神上几近崩溃，身体上也被"红袄虎牙"、"吸人精血"的虎妞弄得大伤元气，"他的身体是不像从前那么结实了，虎妞应负着大部分责任"。虎妞成为祥子生命中的孽障，人生路上的绊脚石，命运悲剧的灾星，拖着他走向堕落和毁灭的妖魔和祸水！

正是这样的描写和叙事,使《骆驼祥子》问世以来的很多评论家,几乎都认为虎妞是祥子人生悲剧的重要原因之一,或认为是虎妞的出现和引诱加速了祥子的堕落和毁灭。也有的评论认为虎妞虽然也很不幸,也值得同情,但阶级地位和思想观念的差别使她的不幸不能与祥子相提并论。虎妞对祥子主观上有真情真爱的一面,但这种主观上的爱却在客观上伤害了祥子,客观上造成了祥子的悲剧。总之,无论怎样,虎妞对祥子的人生悲剧要负很大的责任,祥子无辜而虎妞有罪,祸害论和祸水观成为历来虎妞形象评价中的基本的观点,或者是深层的语意。

然而,这种几乎已成定论的观点其实包含着极大的误解和偏见,而这种误解和偏见的根源,不言而喻,来自或明显或深隐的男性中心主义。其实,只要我们回到小说的整体叙事语境和主题,从作品实际出发进行认真解读,就会看到,虎妞是祸害或祸水的观点是站不住脚、不能成立的。

首先,从整体叙事语境和主题来看,老舍通过《骆驼祥子》所要描绘和表达的主题之一,是那个社会无边的黑暗、无比的暴虐和不义,以及这种黑暗、暴虐和不义必然给包括祥子在内的广大平民百姓造成悲惨的人生和命运。特务孙侦探在敲诈祥子时说:"把你放了像放个屁,把你杀了像抹个臭虫",这既是威胁,也是实话和实情。就是说,祥子这样的平民百姓在那个黑暗暴虐的社会中只是一种低贱的"物质"性或动物性存在,根本没有任何社会地位、人的尊严和生存与生命的保障,是注定要被那个社会推向悲惨地狱的牺牲品,社会的任何大小变动及其所造成的一切难堪的不幸和灾祸,总是最先或最终地落到他们头上。因此,在小说中,社会动荡和战争"闹兵"使祥子被大兵抓走,第一辆辛苦买来的、命根子一样的车子就此丢掉;大学教授曹先生闹"政治"却使祥子遭殃,好不容易积攒下的、打算再买车子的血汗钱被敲诈一空。社会的黑暗暴虐总是通过一系列接踵而至的灾难事件打击着祥子，命定般地使他的有一辆自己的车、成为一个自食其力劳动者和好人的人生愿望不能实现。在小说中，这些由社会的整体性黑暗暴虐带来的灾难和打击看似偶然，其实是必然的；它们不仅会以抢车抢钱的具体灾难形式针对祥子，也会以别的形式针对所有祥子式的平民百姓。即便没有这些看似偶然实是必然的、直接给祥子带来巨大打击并使他的生活命运发生逆转的不幸事件，祥子的人生理想就能实现、人生命运就不会如此悲惨吗？答案当然是否定的。小说对北平大杂院百姓的生活命运和也曾当过人力车夫的二强子、老马祖孙的描写，就是证明。二强子和老马年轻时候也曾有过祥子似的理想，他们也没有遭遇过祥子似的车子被抢、钱被敲诈的具体直接事件的打击，但他们同样无法逃脱那个黑暗暴虐社会给予的、注定的悲惨命运。作为北平底层的、大杂院社会的一员，祥子的命运不会与二强子和老马有什么两样，小说中的祥子自己也深知这一点。就是说，祥子不论有无那些具体直接灾难事件的打击迫害，最终也难逃其他人力车夫和大杂院百姓所有人的悲剧命运，这是小说的整体语境和基本主题。从这个意义上来看，虎妞在祥子的生活中出现与否，都改变不了祥子命定的人生命运轨迹和结局。换言之，有虎妞，祥子人生和命运的结局如此；没有虎妞，祥子的人生命运也如此。虎妞并不是祥子生命中的祸害和祸水。

其次，《骆驼祥子》中除了揭示和叙写社会环境的黑暗、暴虐和恶劣之外，还蕴涵着另外一层、或者说更深层次的主题：魔窟般的、吃人喝血的都市社会和文明对一切来自乡村的美好的东西的吞噬和毁灭。这种对都市、对现代文明和现代性的质疑与批判成为老舍小说创作中的一个重要的叙事主题。那个来自乡村的青年农民祥子，是乡村生活和文明给了他憨直、淳朴、善良等美好品德。当他离开农村来到都市谋生的时候，他的生活和命运就被先在地决定了：妖魔化的都市必定要吞噬他的品德、心灵和肉体，必定要磨难和毁灭他。这一点，正如美国学者王德威所说:"在经历这些一波未平、一波又起的厄运过程中……他灾星高照,注定了逢吉化凶;他成了霉运当头的扫把星。"[1] 对祥子这样的乡下人而言,离开乡村是迫不得已,进城谋生定然自取灭亡,因为祥子式的乡民与都市在本质上根本对立,截然两途,想在都市保有乡村和乡民的本质根本不可能。固然,祥子进城后一度要努力保持那些来自农村的好品质和好德行,比如,他不嫖不赌,是虎妞使他破了戒,而作品显然把虎妞写成都市魔窟里必然存在的诱人害人的妖魔之一。其实,没有虎妞的"诱骗",祥子能永远守身如玉如圣人、永远保持住质朴的农村本性吗?回答仍然是否定的。如上所述,是黑暗暴虐的社会必然带给他无穷无尽的打击迫害,使他的生活目的和理想不能实现,逼着他往堕落毁灭的道路上走。在这一系列灾难和无法改变的命运面前,对于渺小的、无能为力的、没有更多的精神生产资料的、祥子式的底层小民而言,一旦意志崩溃,便很容易并且是必然地滑向堕落,不可能永远保持坚定的生活意志和淳朴德行,祥子周围的那些车夫们动辄上白房子嫖娼和其他类似行为就是证明。

同样,按照小说的描写,在魔窟般的都市里,诱人堕落和毁灭的妖魔和祸水多种多样,到处都是,防不胜防。小说实际上把虎妞写成了这样的妖魔之一,尤其是祥子生活和生命中的最初的最致命的诱人毁人的主要妖魔之一,在来到城市之前,伊甸园般的农村使祥子淳朴如初民;在遇到虎妞之前,祥子如未吃智慧树上的果子的亚当一样纯洁如玉。是虎妞的出现和诱惑使祥子初尝禁果,被拉着走向"下水"和堕落的第一步,并导致以后的一发而不可收。其实,在小说中,即使没有虎妞,也会有狼妞狮妞,会有蛇一样的如夏太太那样的专门诱人的都市女人(夏太太——堕落的"夏娃"的隐喻?)、有白房子式的妓院和其他"妖魔"的大量存在,祥子的被引诱和堕落只是时间的早

---

[1] 〔美〕王德威:《想象中国的方法》,三联书店 1998 年版,第 167 页。

晚问题。小说把祥子被夏太太引诱和与其苟合在一定意义上归罪于虎妞，即有了初一才会有十五，当初若没有虎妞的引诱和"失身"，祥子就不会后来一见夏太太引诱便自动"上钩"。然而，小说里写的祥子的同一阶级的同类和"同志"——其他的人力车夫们，他们每个人的生活中并没有祥子式的"虎妞引诱与磨难"，但却几乎都上白房子嫖娼，都有过与拉车的主人家的太太或别的什么女人苟合的经历，与祥子被夏太太引诱苟合的经历相同。祥子与夏太太苟合得了性病后，"大家争着告诉他去买什么药，或去找哪个医生。谁也不觉得这可耻，都同情地给他出主意，并且红着点脸而得意地述说自己的这种经验。好几位年轻的曾经用钱买来过这种病，好几位中年的曾经白拾过这种症候，好几位拉过包月的都有一些分量不同而性质一样的经验……"

既然几乎每个车夫都有这样的经历，都程度不同性质不一地被都市的女妖精们诱惑堕落，那么，作为车夫阶级的一员，祥子何能独独例外？也就是说，祥子走向这一步是"劫数"和必然，不管有没有虎妞。而且，妖魔般的都市不仅会以大量存在的妖精诱惑人堕落和毁灭，不仅会吃人喝血——它吃掉了小福子、老马等大杂院的百姓们——而且也会让那些它吞噬的对象变成吃人肉喝人血的野兽。祥子就是在都市的诱惑、吞噬和同化下成为一个既是被吃者也是吃人者的怪物——他为了一点赏钱出卖了远明。远明被杀成为北平市民的一件"盛事"，他们像鲁迅所写的看阿Q杀头的看客们一样，争先恐后地观看"出红差"的场面。看杀头是看客们深层心理中吃人欲望的流露，而祥子虽然因为心虚远远躲开了杀人的场面，但毫无疑问，他实际上比那些流露吃人欲望的看客们更甚一步，他已经将吃人欲望变为行动，成为实际上的都市杀人团、吃人团的一员。而这更在根本上与虎妞无关。

再次，说虎妞与祥子的关系加速了祥子的堕落和毁灭的过程，这种观点也是不能成立的。在虎妞与祥子的关系中，有这样两段情节颇能说明问题。其一，是祥子被虎妞"诱骗"失身后，为了躲开虎妞跑到大学教授曹先生家拉包月。不久虎妞找上门来，以自己已经怀孕为由要祥子腊月二十七回车厂为刘四爷庆寿，借机求刘四爷准许祥子与虎妞的婚事。祥子本来就为与虎妞发生关系而后悔并痛恨虎妞，"就是抢去他的车，而且几乎要了他的命的那些大兵，也没有像想起她那么可恨可厌"。但同时"不管怎样的愤恨，怎样的讨厌她，她似乎老抓住了他的心，越不愿再想，她越忽然地从他心中跳出来，一个赤裸裸的她，把一切丑陋与美好一下子，整个的交给了他，像买了一堆破烂那样，破铜烂铁之中也有一二发光有色的小物件，使人不忍得拒绝。"这说明在祥子的内心深处虎妞还是占据了一定位置，对虎妞还是有爱恋之情的。现在虎妞的怀孕（假怀孕）与回去结婚的要求令他难受难堪，他不想回去，又不愿离开北平，更不愿回到乡下，"就是让他去看守北海的白塔去，他也乐意；就是不能下乡！"来自农村的祥子已经"忘本"而离不开充满诱惑的都市，于是对虎妞的要求他采取了"拖"的办法，拖一日算一日。是特务孙侦探的敲诈最终迫使祥子无法再在曹家待下去，又没有其他立足之地，能够收留他并使他得以安身立命的，只有车厂和虎妞，因而祥子被迫地离开曹家，"主动"地回到车厂。就是说，对虎妞的"逼婚"祥子还有办法拖延，回不回车厂他还有退路和余地，但对特务的敲诈威逼他却一筹莫展，灾难使他唯一的生路就是重回车厂和虎妞身边。这表明，尽管在祥子与虎妞的关系中，小说的主导叙事是写虎妞通过引诱和假怀孕逼婚等手段，把祥子牢牢拴在自己身边，祥子始终是个被动者；但上面的情节却表明，事情也有未尽然者，祥子重回车厂和虎妞身边固然是被迫无奈的，但这被迫无奈的原因并非完全来自虎妞。即如果说祥子当初与虎妞发生关系是"受骗"，那么现在回去与虎妞完婚则并非完全是受骗，这里面有他无奈中的被社会环境所迫的"主动"和"自愿"。

其二，小说写虎妞难产而死后，祥子尽管受到很大打击，但他并没有就此堕落、绝望和一蹶不振。没有了虎妞这个他不喜欢的女人，他还有喜欢的女人，那就是大杂院被迫卖淫救父兄的小福子，小福子适时地提出想与祥子成家的要求。祥子也想与自己所喜欢的小福子成家，这说明他还有继续做一个本分人的良好的生活愿望。但祥子最终放弃了这个愿望，因为小福子有两个弟弟和一个酒鬼爸爸二强子，祥子承受不起这份生活的重担和拖累。也就是说，社会的整体性的黑暗不义所造成的小福子一家的绝对贫困，使得祥子不能、不敢与小福子结合，这对祥子做一个善良好人的生活愿望和道德人格愿望是一个沉重打击。接下来，当祥子重又在曹家拉上包月、有了住处和工钱时，他去大杂院找小福子，不幸她已被卖进妓院；他找到妓院时却得知她已经自尽身亡。与喜欢的小福子不能结合和她的死亡，这使祥子受到了最终的、最沉重的、最彻底的毁灭性打击，把祥子推向了绝望和绝路。小说描写，在小福子自杀身亡以后，祥子才彻底地颓废堕落下去，成为京城混子和人渣。由此观之，把祥子不断推向绝路、加速他颓废毁灭的，是不义的社会及其所造成的上述那些事件，而不是虎妞。

最后，那种说虎妞尽管主观上对祥子不乏爱的成分，客观上却伤害了祥子的观点，是典型的男性中心主义观点，令人不敢苟同。所谓客观上的伤害，一是指虎妞的引诱、骗婚和婚后虎妞在家庭中的"霸道"，使祥子在精神上受到损伤，使他感到自己"成了一个偷娘们的人"，因而产生"有罪"的思想负担和"见不得人"的伦理上的自卑；二是指虎妞的引诱和婚后出于变态和补偿心理对祥子在性爱上的过度要求，伤害了祥子的身体。而这两方面的共同的出发点就是虎妞的引诱和无耻。其实，在小说的描写中，祥子与虎妞的关系固然是虎妞处处主动而祥子处处被动，虎妞是设计圈套的猎手而祥子是不幸堕入其中的猎物。但是，稍有一点生理科学知识的人都知道，在这样的关系中，尽管是被引诱，作为男性的一方很难说是完全被动、完全无辜而一点责任也没有的。在精神方面，婚前婚后的虎妞的确有对祥子的歧视和霸道，如不许祥子再拉车，对拉车阶级以及其他下等阶级的轻蔑，这些当然会带来精神上的伤害，但小说的描写也表明，婚后虎妞的"母老虎"威风和霸道是一个递减的过程，她的"上流人"的阶级意识也是递减的过程，特别是得知刘四爷卖了车厂她永远不可能再回去的事实后，更是如此。同时，虎妞固然曾对祥子带来一定精神伤害，但祥子对虎妞应当说也有一定的精神伤害，这伤害主要表现在对虎妞的精神蔑视。前面说过祥子来自农村，农村生活和环境赋予他一些美好的品格，但同时也应该看到，中国乡村的封闭落后也使祥子具有很多农民的、小生产者的思想局限，这些小农思想观念表现在与虎妞的关系上，一是他对虎妞不是处女的轻蔑和耿耿于怀，表现出农民的强烈的"处女膜崇拜"情结。二是对虎妞的妖魔化比喻和想象，及其性生活中自己是受害者的自怜自悯。三是对虎妞和女人的非人化、物化观念。小说中，祥子多次心里咒骂虎妞是红袄虎牙、吸人精血的"东西"，是"破货"。尽管是虎妞引诱了祥子，尽管祥子可以从他的立场对虎妞进行诅咒，但诅咒中的这些"东西""破货"的语言词汇所反映出的，不恰恰是农民的、男性中心主义的将女人"物化"的思维和观念吗？不也是对虎妞的精神伤害吗？此外，小说中虎妞的难产而死，作品的叙事和以往的观念完全归咎于虎妞自己，是她出于情欲诱骗祥子，怀孕后在性欲和食欲上又不知节制以至难产，是母老虎（虎妞的名字即是这样的喻示）、母夜叉自作自受和咎由自取的闹剧，她的死亡非但与祥子无关反而是对祥子的打击和伤害，这是不公平的。不论如何，女人的怀孕、难产的痛苦和因此导致的死亡，都是最大的值得悲痛和悲悯的不幸，何况虎妞怀的还是祥子的孩子。小说中曾写到祥子知道虎妞怀孕和自己要做爸爸时候的喜悦，因此，不能说虎妞的怀孕难产完全是咎由自取而祥子没有一点责任，不能把女人虎妞（尽管是丑陋的女人）的死亡只看成是对男人祥子的伤害和打击。那样的观点和说法不是太男权主义了吗？

当然，小说中的虎妞不是一个圣女，她身上确实存在着某些丑陋之处,这不但是指她的外貌,更指的是由她的流氓父亲、粗俗无教养的暴发户家庭和从小没有母爱的环境所造成的她生活与心灵存在着的东西:在祥子之前的性爱经历说明了她曾经有过的放荡,抽烟喝酒、讲究享受、敢于放粗和骗婚说明了她粗俗的一面和来自父亲与家庭的"流氓气",婚后收留小福子卖淫而自己从旁"学习"更令人不齿……然而,虎妞的这一切都不是常态而是变态和病态,是虎妞的父亲、家庭、车厂和大杂院构成的恶劣低下的生活环境与社会环境扭曲了她的生活、性格和心理,使她享受不到正常人的生活,使她不能过正常人的生活,只能以变态的病态的心理和生活方式乞讨生活。因而,从这个意义上看,虎妞也是那个社会的牺牲品,也是一个不幸者。而如果从虎妞相貌丑陋、自小丧母、跟着自私流氓的父亲生活并替他经营车厂、婚后被父亲踢开、最后难产而死的经历来看,在一定程度上被"妖魔化"的虎妞,其人生和命运其实是极度不幸的,她的不幸并不比祥子小,虽然不幸的表现形式不同;因而也是令人同情的,她和祥子都是可怜的牺牲品和命运相同的"天涯沦落人"。在一定意义上,虎妞也是那个社会和环境的受害者而并非害人者。同时,虎妞尽管不乏丑陋粗俗,但她遇到老实正派的祥子后便一心追求祥子,想方设法把祥子和自己捆在一起(方式也许不当),并为此最后丧家丧命,却从来没有追求那些正派老实祥子以外的男人,不想把自己的生活命运与他们连在一起。这一点,就说明虎妞内心还存在着是非善恶的价值标准,还充满着对以老实正派、勤劳质朴、憨厚健壮等方式表现出来的"善美"的肯定和追求,说明她心中还存在着善美而不全是丑陋。此外,外貌丑但心里追求祥子式"善美"的丑角形象虎妞,不但失去了父亲,也失去了祥子和肚里的孩子,她追求、挣扎、算计了一回和一生,最后什么也没有得到,连性命都丢掉,而且死后连个悼念、怀念的人都没有,连个好名声都没有得到,她白生了一回,白死了一回。这一点,如果同雨果小说《巴黎圣母院》中的丑角卡西莫多相比,更能说明问题。又聋又丑的钟楼怪人卡西莫多，似乎是生活、命运和上帝的弃儿。但小说的深层意蕴则在说明命运和上帝并没有抛弃他。或者说，暂时的抛弃（丑陋就是暂时被抛弃的证明）是为了最终的升华和拯救，是通向天堂之路的炼狱的磨难和考验，暂时被抛弃是为了最后的完成和回归。这表现在：如此丑陋的他却生活在富丽堂皇的大教堂，这一方面构成了对比，一方面生活在教堂却可以回避人间的不幸，同时爱丝美拉达的出现，同样一方面构成美丑对比。另一方面，这应该看作是上帝通过美的存在来升华和关怀他，使他可以通过救护艾丝美拉达的行为确证自己心灵的高尚与美，实现由丑向美的转变，从而得以超越自身现实存在的局限而得到精神升华，并最终具有了神性的光辉。因此，他是幸福的，因为他有超越性的神性的终极关怀、拯救和大爱。虎妞则不然。暴虐不义的社会和古老的旧北平四合院环境与文化，使她既丧失了人间的一切爱（父亲、祥子），又没有终极性的关爱（中国文化中本来就缺乏终极性的、超越性的拯救），她始终只是一个丑角、丑的形象而没有得到任何的转化和升华，她是真正地被所有人、被生前的生活世界和死后的精神世界所彻底地遗忘和抛弃了，是一个真正的弃儿。从这个意义上说，虎妞的一生不是喜剧闹剧，而是令人荡气回肠的悲剧。

第二十八章
新的小说的诞生？
——试论丁玲小说《水》与左翼文学规范的关系

1931年，丁玲以当时中国16省的大水灾为背景的中篇小说《水》在左联刊物《北斗》发表后，赢来左翼文坛的一片赞誉。茅盾认为"《水》在各方面都表示了丁玲的表现才能的更进一步的开展……这是1931年大水灾后农村加速度革命化在文艺上的表现。虽然只是一个短篇小说，而且多用了一些观念的描写，可是这篇小说的意义是很重大的。不论在丁玲个人，或文坛全体，这都表示了过去的'革命与恋爱'的公式已经被清算！"[1]对于整个左翼文学创作都具有重要意义。左联领导人之一、也是丁玲在政治和文学上都极为信服的理论批评家冯雪峰，为此专门写了《关于新的小说的诞生——评丁玲的〈水〉》的著名文章，认为《水》的出现对于左翼作家和文学具有"范式"转变的创新意义。茅盾和冯雪峰的评论代表了左翼的共同认识和主流话语，在当时和后来都产生了广泛的影响，成为对丁玲《水》的不易之论。1949年以后直至20世纪80年代的关于丁玲的评论和多种中国现代文学史，几乎都是按照茅盾和冯雪峰当年的口径和观点评价《水》的意义。甚至在重写文学史的主张渐趋得到共识并不断地予以"实践"之后，对《水》的认识和评价虽然有所变化，但"根柢"仍然没有撼动，

---

[1] 茅盾：《女作家丁玲》，《茅盾论创作》，上海文艺出版社1980年版，第216页。

如2007年9月出版的一本文学史著作仍然这样叙述:"1931年,中篇小说《水》的发表,标志着丁玲转变后的创作高峰。小说以当年震动全国的16省大水灾为题,用作家前所未有的大笔触,描绘出灾区人民由觉醒而反抗的现实场景。"[1]

这篇受到如此重视和高度评价的小说,若单从小说本身的水平和质量来看,在艺术上其实是比较粗糙和低劣的,它类似于速写,相当粗线条地勾勒和描画出南方某地农民的抗灾失败、遭灾逃亡、自发萌生反抗意识等几个场景,并由此连缀成篇,结构简单而单调,人物有群像而无个性,叙述平铺直露,人物语言和对话刻意"短语化"和粗陋化,明显看出不熟悉农民语言而又要刻意显示农民语言特色的模仿化和想象化痕迹。从小说艺术和中国现代小说艺术发展的角度看,它了无新质,无任何贡献,从丁玲本人文学创作历程来看,它低于作者此前小说创作的水准和特色。连充分肯定这篇小说的冯雪峰也指出"《水》的文字组织是过于累赘和笨拙,就使我们读起来也很沉闷的"。[2]

但这样一篇艺术上不出色的小说,左翼文坛为什么给予如此高的评价?为什么艺术造诣很高的大作家茅盾、诗人出身的理论家冯雪峰等人将之誉为新的小说或新小说萌芽,并认为是丁玲创作的里程碑式的作品和具有重要的文学史价值?这里,实质涉及20世纪30年代左翼文学的规范和标准的形成与建立、什么样的作品符合这种规范和标准的问题,即冯雪峰所说的新的小说、新的文学是什么的问题,以及丁玲的小说在多大程度上符合这样的规范和标准的问题。弄清了这些问题,我们就会明了和理解左翼文坛何以对丁玲的《水》予以如此高的评价。而为了弄清这些问题,就需要联系新文学的发展历程、联系冯雪峰等人评论中透露的整个左翼文学规范的基本内涵和要求进行梳理。

从文学革命到革命文学,曾经是以往撰写和描述现代文学史时的

---
[1] 曹万生:《中国现代汉语文学史》,中国人民大学出版社2007年版,第276页。
[2] 冯雪峰:《冯雪峰文集》第2卷,人民文学出版社1983年版,第334页。

一个流行术语和模式。这个术语和模式力图揭示的是新文学史发展变化的某种历史性的必然律，尽管它有很强的政治和意识形态色彩，并且所谓规律和必然的巨大性会不可避免地遮蔽历史的丰富性与偶然性，会有所洞见也会产生盲视和"不见"，但按诸现代文学史，还是比较吻合历史的轨迹的。文学革命及"五四"文学的诞生，其本身就具有很强的人为设计的理性和意识形态性，是启蒙立国的民族国家关怀和大政治诉求主导下的产物。这种文学的内在逻辑和理路会导致其发展方向和路径的多种可能性——包括向政治和意识形态性强烈的革命文学的转化。而文学外部的社会政治环境的变化，则成为"五四"文学向革命和左翼文学转化的加速器与催化剂。1927年国共分裂及随之带来的社会政治环境的变化，就是这样的催化剂。

国共决裂导致中共单独领导自己以苏俄为榜样和动力的革命，这种政治的变化使得中共在文学上也要求有自己独立的文学。由此，导致革命文学和随后的左翼文学的出现，而革命文学不过是左翼文学的初期阶段。为了与政治和意识形态相配合，革命文学出现后当然就要建立自己的文学场域和话语与规范。这种规范的理论模型和诉求之一，自然是革命文学口号的提出及其内容的阐述，即认为现在是第四阶级——普罗列塔利亚（无产阶级）与反动的资产阶级进行激烈阶级斗争的时代，是为了进行社会主义性质的革命而展开的"光明与黑暗"的搏斗，因而革命文学必须是世界观进行爆发式突变（奥伏赫变）、思想转换后成为无产阶级的作家，才有资格进行革命文学创作。而创作的内容则是直接表现现实的无产阶级和被压迫阶级奋起与资产阶级和统治阶级的"肉搏"和斗争，以及斗争的必然的光明前景与胜利。由这一理论规范出发，革命文学必然地展开对"五四"文学和作家的否定，以及对"五四"文学的批判。在他们看来，"五四"文学的表现对象或者是作为"小有产者"的农民，文学主题则是揭示农民生存的苦难与精神的愚昧和不觉悟，对之进行改造与救治的艰难及其对现代性国家实现的阻碍；或者是以小资产阶级知识分子为表现主体，表现他们对自我价值的关注、对自我与历史传统和现实社会之间的紧张关系的愤怒或沮丧。这种表现启蒙主义的改造国民性主题的文学和表达个性解放的反封建思想内容的文学，按照革命文学的话语规范，当然都是落后于时代的陈腐的甚至反动的文学，应该被清除和扫荡之列。因此，"五四"文学的集大成者鲁迅，自然就被目为"双重的反革命"而痛遭革命文学的批判与否定。革命文学成为"五四"以后从新文化和文学的自身母体里滋生的批判和否定"五四"文化与文学的、具有叛父倾向的新文学流派。否定"五四"也就此成为从"五四"新文学传统里滋生的文化与文学倾向之一。

革命文学创作成就主要体现在既是革命文学口号倡导者也是实践者的蒋光慈身上。与清晰的理论表述有所不同的是，蒋光慈的某些作品实质是把知识分子的个人和自我诉求披上了革命的外衣，把与"五四"个性解放存在精神联系的青年知识分子的身体欲望同政治诉求捆绑混合，其革命往往是一种空想式的想象的革命，形成丁玲所说的"光慈式的陷阱"。当然，蒋光慈的另外一些作品，如《田野的风》，则比较充分地体现了其革命文学的主张，摆脱了革命加恋爱的模式，以有组织的农民唤醒和革命暴动作为主题和内容，倒是超前地具有了新小说的某些特征。不过，像这样不是表现知识分子的身体欲望与政治诉求相互缠绕的革命加恋爱主题、而是以底层农民的经济与政治的解放诉求为表现内容的革命文学作品，在整体的革命文学写作中还是相当少见的，并没有成为革命文学的普遍和主流的叙事。

革命文学的理论倡导与实际创作，应该说是 20 世纪 30 年代左翼文学的先声并实际为左翼文学在表现对象与主题、基本的叙事美学范式和强烈的政治意识形态诉求等方面做了尝试与铺垫。但是，革命文学的政治正确性（革命）和政治的不正确性（对所处时代社会性质认识的错误）、不只对"五四"文学而且对鲁迅代表的"五四"作家从思想到人格的普遍和过分的抨击、革命文学理论多批判少建设的粗暴性、革命的罗曼蒂克的创作方法的单一性、革命加恋爱主题与其中才子佳人内涵的同构共存所产生的叙事的概念化和公式化……这种种的弊端限制了革命文学的发展和拓展，内在的局限使其难以取得更大的成就，甚至对革命文学和左翼性质的文学带来许多负面影响。因此，当继之而起的左翼文学在 20 世纪 30 年代登场以后，为了左翼文学自身的发展，就必然地对革命文学的现象和遗产进行批判性清理。这同时也是现代文学的传统和积习之一：每种新出现的文学往往对此前的文学进行挑战和否定。

通过左翼文坛对革命文学口号、理论和创作的批判，以及茅盾、冯雪峰等人对华汉（阳翰笙）《地泉》三部曲、对丁玲等人的创作的批评，联系鲁迅的有关阐述和左联的各种关于文学的决议，可以看出左翼文学试图建立的文学规范的大致内容和方面。

首先，左翼文学依然强调从事革命和左翼文学创作的作家，其世界观和立场转变的重要性，即鲁迅所说的"我以为根本问题是在作者可是一个'革命人'，倘是的，则无论写的是什么事件，用的是什么材料，即都是'革命文学'。从喷泉里出来的都是水，从血管里出来的都是血"[1]，要从事革命的战斗的无产阶级文学写作，必须首先成为革命文学家，而要成为革命文学家，思想和世界观的转变即"方向转换"是必须完成的。但这种思想转变，不能像革命文学倡导者认为的那样可以一夜之间翻个跟头就能突变完成（奥伏赫变），而必须和实际的革命运动结合。那种在都市亭子间、咖啡店、客厅和舞厅里想象的革命以及由此对革命的描写，只是空想的革命文学，没有革命的真实性和鲜活性，必然流于公式化、简单化和失之于油滑肤浅。就像鲁迅讽刺的某革命话剧那样，小偷和野鸡（妓女）被当作革命阶级，经过简单

---

[1] 鲁迅：《革命文学》，《鲁迅全集》第 3 卷，人民文学出版社 2005 年版，第 568 页。

的动员就会"我再不怕黑暗了","我们反抗去"[1],这样的空头革命作家是作不好革命文学的。此外不能把革命浪漫化和圣洁化,应该看到革命中的血污和艰难,不能把革命者一不留神就写成新式的才子佳人,把艰苦芜杂的革命过程写成新式才子佳人的浪漫传奇。不过,鲁迅和左翼文学也认识到在无产阶级尚未掌握政权的时代,小资产阶级出身的革命作家与实际的革命运动结合还存在困难,对政治正确性的把握和思想意识的转变也非易事。同时,历史告诉我们,即便左翼和革命作家自以为经过长期的革命自己的世界观已经转变,但在后来的文学时代和政治家眼里,他们的转变没有完成,还需要再转变。

作为左联理论家的冯雪峰对成为一个"新艺术"的作家提出了更具体的要求和条件:要能够"厉行自己的清算","逐渐克服着自己"的旧艺术家的思想,完成"从观念论走到唯物辩证法,从阶级观点的朦胧走到阶级斗争的正确理解,特别是从蔑视大众的个人英雄的捏造走到大众的伟大力量的把握,从罗曼蒂克走到现实主义,从旧的写实主义走到新的写实主义,从静心的心理的解剖走到全体中的活的个性的描写"的转变,即从世界观到艺术观都完成这样的转变,才能"是一个新的作家",否则"至多只是一个半新的作家"。简言之,新的艺术家,"新的小说家,是一个能够正确地理解阶级斗争,站在工农大众的利益上,特别是看到工农劳苦大众的力量及其出路,具有唯物辩证法的作家!"[2]

其次,在要求作家世界观和思想意识的转变使其成为革命或左翼作家后,接下来的问题也是最重要的问题必然是"写什么"。恰恰在这个问题上,以左联为代表的左翼文学实质上与革命文学的态度显示出表面的不同和实质上的同一性与暗合性。革命文学认为以鲁迅为代表的"五四"文学是已经死去的时代的反映,已经没有现实存在的价值,

---

[1] 鲁迅:《鲁迅全集》第 4 卷,人民文学出版社 2005 年版,第 85 页。
[2] 冯雪峰:《冯雪峰文集》第 2 卷,第 334 页。

甚至是反时代反革命的文学，阿Q式的农民的苦难与落后、小资产阶级知识分子的痛苦与自我哀怜、一般性的反封建主义诉求，都不再应该是新的革命文学的描写对象与表现主题，表达了一种强烈的从整体上否定"五四"文学的倾向。左翼文学为了阐述自己"写什么"的主张而必然涉及对鲁迅和"五四"文学的价值评判的时候，在清理和批判革命文学的谬误的时候，一方面不同意革命文学对鲁迅的简单粗暴的全盘否定态度，力图发现和肯定鲁迅其人其文的价值和地位，如冯雪峰1928年5月发表的《革命与知识阶级》一文中，认为"五四"运动是国民解放运动，而"五卅"以后是工农起来进行无产阶级革命的时代。在革命时代，除了逆潮流而动、反对革命的知识分子以外，中国的知识分子大多分为两类：第一类是毅然背弃个人主义立场转向社会主义和革命，毁弃旧文化及其赖以存在的社会，成为革命的知识分子；第二类是接受和向往革命但又对这样的接受和向往、对革命本身存在质疑，对旧的东西有所依恋，在过去和革命之间存在徘徊且由徘徊产生痛苦。照此衡量，"在或一程度上鲁迅是配入以上所说的第二种角色的人"，"鲁迅自己，在艺术上是一个冷酷的感伤主义者，在文化批评上是一个理性主义者，因此，在艺术上鲁迅抓着了攻击国民性与人间普遍的'黑暗方面'……但他没有在创作上暗示出'国民性'与'人间黑暗'是和经济制度有关的"。[1] 因此，鲁迅"不是社会主义者"即不是革命者。但鲁迅没有攻击和反对革命，"他至多嘲笑了革命文学的运动（他也并没有嘲笑革命文学的本身），嘲笑了追随者中的个人的言动"，这不等于中伤诋毁革命。结论是：不是革命者的鲁迅不应该是革命打击的对象而应该是革命的联合对象，鲁迅的批判国民性和人间黑暗及眷顾人道主义都可以作为革命的资源，革命文学对鲁迅的诋毁是"小团体主义"和对革命有害无利的。如果说在革命文学声势正

---

[1] 冯雪峰：《冯雪峰文集》第2卷，第287页。

酣的时候冯雪峰能够透过喧嚣看到"在'五四''五卅'期间，在知识阶级中，以个人论，做工作做得最好是鲁迅"，发掘和肯定鲁迅思想与文学的历史价值，但又把鲁迅归为第二类的革命同路人，努力和尽力维护鲁迅地位的话，那么，后来瞿秋白在撰写《鲁迅杂感选集·序言》时候，则明确地认为鲁迅已经完成了从进化论到阶级论、从个人主义到集体主义的转变，从封建主义的叛逆者、批判者，成为无产阶级作家和左翼思想文化与文学的最有价值的代表者及旗手，对鲁迅作了那个历史时期所能达到的最充分的肯定。

另一方面，冯雪峰和瞿秋白在精心地发掘和维护鲁迅思想与文学的历史价值并批评革命文学对鲁迅的否定攻击、在充分肯定鲁迅的历史与时代价值的同时，对以鲁迅创作为滥觞的"五四"文学的整体价值——那种表现国民性和人间黑暗、表现知识分子个人主义关怀与诉求的文学倾向，却没有予以肯定。或者说，把鲁迅创作的价值与"五四"文学的价值割裂和分离开来，肯定前者而否定后者、肯定个体的鲁迅创作而否定整体的"五四"文学。就对"五四"文学的思想价值和意义的一定程度的否定来看，左翼文学与革命文学的主张存在精神的联结性和同一性。左翼文学对"五四"文学精神的否定，不是直接指责"五四"文学的落伍性与非现代性，而是通过文学创作和对具体作家作品的批评，间接地表达了对"五四"文学的价值批判与否定。例如，20世纪30年代的茅盾在理论上一直是肯定"五四"运动及"五四"文学的积极意义的，但是，在《蚀》三部曲中，茅盾尽管对受过"五四"洗礼的知识分子怀有温情怜惜的心绪，但在具体的描写中，又实际表达出这样的价值倾向："五四"思潮哺育的青年知识分子固然个性斐然，解放色彩浓厚，但在实际的革命时代中百无一用，是革命时代的多余人，不配有更好的命运。此后的长篇小说《虹》，更明确地揭示：以个性和自由为主潮的"五四"唤醒和解放的知识青年，在家庭、爱情和社会追求中处处碰壁，只有投身革命运动才是唯一的出路。

其实不止茅盾一人，这种表现受"五四"洗礼的知识分子"梦醒了无路可走"、思想解放而行为乏力、在革命和变动时代找不到位置、或被时代淘汰或陷入苦闷绝叫的文学主题，在"五四"以后的文学中屡见不鲜。这样的文学表现对象与主题，实际上构成了对"五四"思想与文学价值的质疑与颠覆，并且正是在这个意义和层面上间接构成了对"五四"的否定，而在间接否定中，也就表达了这样的认识与判断：如此的文学表现对象和主题已经不适应新时代的需要，革命文学或左翼文学（新的文学、新小说）应该有新的表现对象、内容、主题乃至新的美学。

茅盾等作家不仅通过创作间接表现了如此的倾向，也通过理论批评进行直接的阐发。在《女作家丁玲》一文中，茅盾就认为丁玲的带着"五四"时代烙印的小说《莎菲女士的日记》，虽然反映了"心灵上负着时代苦闷的创伤的青年女性的叛逆的绝叫……莎菲女士是'五四'以后解放的青年女子在性爱上的矛盾心理的代表者！"但是在"中国的普罗革命文学运动正在勃发"的时代，"中国文坛上要求着比《莎菲女士的日记》更深刻更有社会意义的创作"，追求"思想前进"的丁玲随后创作的《韦护》和《一九三〇年春上海》，尽管在题材上还未能摆脱知识分子的革命与恋爱的内容，"不过作者努力想表现这时代以及前进的斗争者——这种企图，却更明显而且意识的"[1]，到了《水》和《奔》，则完全摆脱了"五四"的和革命文学的痕迹，成为作家方向转换完成的标志和左翼文学的优秀之作。在这种作家思想和创作的"进化论"评述的逻辑里，显然丁玲的创作随时间和时代后移而价值递增，反之，越往前则价值越递减，因之，"五四"文学或受其影响的文学的价值就这样被削弱和解构。

如果说茅盾的"五四文学价值解构"还比较间接和含蓄的话，理

---

[1] 茅盾：《茅盾论创作》，第 216—218 页。

论家和批评家的冯雪峰,在他的诸多文章特别是在对丁玲小说的赞扬与批评中,则更直接阐述了对"五四风"的文学的价值否定和新的文学即左翼文学的创作规则。在《关于新的小说的诞生》中,冯雪峰运用了与茅盾相同的批评逻辑,为肯定丁玲新小说的意义而对丁玲以往创作历程和作品进行了阐释。他认为丁玲那些受"五四"思潮影响而创作的早期小说如《梦珂》、《莎菲女士的日记》、《阿毛姑娘》等,都是丁玲作为"在思想上领有坏的倾向的作家"时期写作的,"那倾向的本质,可以说是个人主义的无政府性加流浪汉(Lumken)的知识阶级性加资产阶级颓废的和享乐而成的混合物"[1],这样的文学在新时代和新艺术看来已经没有任何价值,与革命文学的理论家钱杏村认为鲁迅小说是"死去了的阿Q时代"的观念,表述不同实质却有相似乃至相同的逻辑语码。在否定了丁玲的早期创作的思想价值之后,冯雪峰认为丁玲值得肯定的和可贵之处是,"她跟着社会的变动而前进","努力从灭亡的自己的阶级及思想的倾向脱离出来","不失为一个进步的作家",进步和前进的标志就是写下了《韦护》、《一九三〇年春上海》及《田家冲》,作品的表现和描写对象与内容从早期的小资产阶级的虚无颓废转变为青年知识分子的追求革命和农村的阶级斗争,标志着丁玲"从离社会,向'向社会',从个人主义的虚无,向工农大众的革命的路"进步的轨迹。终于,继表现对象和内容转为农村与阶级斗争的《田家冲》之后,丁玲写下了冯雪峰认为是转变完成而且具有新艺术和新小说萌芽的《水》:描写农民的阶级性的苦难和苦难中的阶级意识的觉醒,"作者取用了重要的巨大的现实的题材",在写什么的问题上符合左联的政治性和意识形态性很强的"抓紧现实题材"的要求,文学的表现对象不再是知识分子而是工农劳苦大众;不仅如此,作品还进一步描写了农民(工农大众)在灾害和压迫下的最后反抗——这表示

---

[1] 冯雪峰:《冯雪峰文集》第2卷,第334页。

作者能够"正确地理解阶级斗争","看到工农劳苦大众的力量及其出路",显示作家开始具有了"唯物辩证法的方法"。这是冯雪峰阐述的左翼文学即新艺术和新小说的一个重要的条件,即必须在文学的表现对象上由"五四"文学的小资产阶级知识分子和落后农民,转为现实的阶级意义上的工农大众,作家必须抛弃"五四"时代的个性主义的自我、感伤和颓废而代之以唯物辩证法的阶级和阶级斗争意识,因为时代性质发生与"五四"时期根本不同的变化。在无产阶级独立领导革命且在现实中工农大众已经不是需要启蒙的落后对象而是革命的主体和主力;在唯物论的政治和意识形态中工农是历史的主体和创造历史的动力。在这种情况下,左翼文学即新艺术和文学必须随之发生彻底的转变,作家的世界观必须进行这样的转变。这已经成为左翼的共同批评标准和话语,在20世纪30年代乃至到了20世纪40年代,在左翼的文学与文化批评实践中,不止是以如此的标准对待丁玲,对其他作家及作品,也同样如此。例如作家兼批评家茅盾为徐志摩等诗人和作家写的作家论与创作论,几乎都贯穿着这样的意识,甚至在20世纪40年代为女作家萧红的《呼兰河传》写的赞赏性的评论中,也批评了作者脱离人民的火热的斗争,没有表现人民大众的积极的斗争。[1]20世纪40年代左翼文化阵营对沈从文进行的批判与指责,也都贯穿着这样的理念。同时,要求文学描写对象向工农大众转移,以工农大众为主体而摒弃和驱除小资产阶级与知识分子。左翼文学的这种规范为20世纪40年代解放区文学的"工农兵方向",进行了理论的清除与铺垫。

最后,在解决和阐释了写什么的问题之后,随之而来的就是怎么写的问题,或者说,与"写什么"紧密相连的自然是怎么写的问题。在左翼的文学理论和规范中、在冯雪峰等人的阐述中,这两个问题经

---

[1] 茅盾:《呼兰河传·序》,《茅盾论创作》,第336页。

常是包容在一起的。如上所述，冯雪峰在强调新的小说与艺术应该描写现实的重要题材和工农大众的同时，也指出了如何正确描写的问题，即在正确世界观和意识形态指引下掌握"唯物辩证法的方法"——这样的创作方法就是抛弃浪漫主义（罗曼蒂克）走向现实主义，从旧的写实主义走向新写实主义。如果联系20世纪30年代的文学语境，可以知道这里所说的旧的写实主义，指的是"五四"新文学的那种揭出病苦、引起疗救注意的充满人道主义和启蒙精神的创作精神与方法，以及这种方法的源头——欧洲的批判现实主义。而这里所言的新写实主义，一方面与革命文学所倡导的、苏联拉普提倡的唯物主义创作方法有关（尽管左翼文学清算革命文学），一方面又包含苏联纠正和批判拉普的错误后提倡的社会主义现实主义、革命现实主义的成分，或者说，是两者融合后的中国翻版。这种创作方法的核心，是要在正确的世界观的指导下重新对待现实真实和写真实（写实），真实的核心是无产阶级和工农大众的改造旧世界与创造新世界的实践，是他们的生活与斗争。因此，真实不仅包含着现实，更包括现实的发展、未来与必然。而写真实就不仅应该写出工农大众当前的、"应然"的生活与精神，还要写出他们的阶级和政治属性所逻辑地包含和带来的未然与必然。具体到左翼文学创作，就是在把工农大众作为文学主人公和主体加以表现的时候，第一，不能只写他们的不幸与苦难（这也有必要），更要以正确的"阶级斗争意识"描写他们必然的阶级反抗、斗争及其未来胜利，"看到工农劳苦大众的力量及其出路"。从这个标准衡量，"则《水》的最高的价值，是在首先着眼到大众的力量，其次相信大众是会转变的地方"。而包括鲁迅小说在内的"五四"文学和以往的知识分子作家，是只描写人民的愚昧而没有描写人民反抗与革命的转变，只描写人民的现实困苦而没有看到和写出他们的力量与出路，只揭病苦，不开药方，只提出问题，不解决问题，只写过去与现实，没写未来与出路——这是革命文学和左翼文学的革命创作方法和新写实主义对"五四"文学的共同指责,也是后来很长时期内文学史的一般认识。

第二,写人民的力量、转变、反抗与斗争,"这自然还不够——至多不能比蒋光慈的作品更高明",要从唯物辩证法的高度,写出这种转变的必然及必然的原因——政治与政党的影响、领导与组织,现实中的现象背后的政治与经济原因。丁玲的《水》在写什么的问题上符合或达到了左翼文学的规范,因而是新的小说诞生的标志性作品;但是"《水》里面灾民的斗争没有充分地反映着土地革命的影响,也没有很好的写出他们的组织者和领导者",尽管"作者对于这点是理解的,但没有写得好,不充分","这是一个巨大的缺点",这个巨大的缺点是导致这篇小说还只是"新小说的萌芽"的重要因素。写现实中的真实,写与政治和经济联系的"本质"真实和必然性,冯雪峰不仅对丁玲的小说如此要求,早在1928年写就的《革命与知识阶级》中评价鲁迅作品时,就已经认为鲁迅的局限是"没有在创作上暗示出'国民性'与'人间黑暗'是和经济制度有关的"。非革命作家的鲁迅的作品都要求"暗示"出背后的"必然性"与"规律",转变为革命和左翼作家的丁玲们,更应当明确地揭示和写出农民反抗背后的"革命影响"与"组织"作用,不能停留在"自发""自为"的表层现象与现实上[1]。这个要求对此后左翼文学的创作产生了普遍的影响,如左翼青年作家端木蕻良的《科尔沁旗草原》写东北农民大山的反抗时,其周围的自然和社会环境并无"土地革命"影响与"组织"的存在,但作者一定把大山的行为与在河东干活时认识的"大老俄"硬性地联系起来,暗示大山的反抗是苏联人的影响。

---

[1] 其实,在这一点上,蒋光慈的《田野的风》倒是完全达到了冯雪峰的要求,符合左翼文学的规范,比丁玲的《水》要"高明",当视起新小说的范本,但也许是对革命文学的反感和蒋光慈等人对鲁迅攻击过甚,以及文人意气和宗派主义,冯雪峰和左翼文学在清算和批判革命文学的时候,在强调和建立小的左翼文学规范的时候,只是揪住蒋光慈的"陷阱"和缺点,而对他符合左翼文学规范和新小说贡献的一面,不予提及,有意遮蔽和抹杀了他的贡献。

第三，在描写工农大众的生活与斗争构成的现实与真实的时候，不仅要有宏观的"新写实主义"和"唯物辩证法的方法"，还要有具体的"新的描写方法"即创作手段：不描写个人而描写"一大群的大众"，摆脱个人诉求表现阶级诉求，不进行"个人的心理分析，而是集体的行动的开展"，写出"人物不是孤立的，固定的，而是全体中相互影响的，发展的"，这是新小说或新艺术的艺术手段和美学方法的要求，丁玲的《水》在这一点上基本符合要求。冯雪峰及左翼文学的这种写"群"、"群体"和"群众"的艺术与美学规则的提出，一方面是左翼代表的政党政治和唯物主义为核心的意识形态在文学领域和文艺理论中的反映与落实，一方面也明显受到当时苏联的革命现实主义理论和苏联文学的影响。《铁流》、《毁灭》等描写群众在革命中成长与战斗的苏联革命文学，在20世纪30年代由左翼翻译进中国并被左翼文学奉为新的文学与艺术的圭臬，产生相当大的影响。因此，苏联文学的榜样和影响，左翼文学理论与批评由此形成的要求和规范，以及这种要求和规范通过对《水》的评价而形成的示范性和引导性，在20世纪30年代左翼文学特别是新进的青年小说家的创作中被普遍认同和接受。在叶紫、萧军、萧红、端木蕻良等人的小说里，阶级、民族与集团性的"群"的形象和活动，"群"的成长与战斗的历史，对行动的描写与勾勒和对静态的心理描写的回避，成为他们自觉的美学追求，"我的书是以群众为主角的……我写的是群众的力……"[1]

第四，在文字和语言上，冯雪峰指出并批评"《水》的文字组织是过于累赘和笨重，就使我们读起来也很沉闷"，虽然"还无从知道工人读者的意见"，但不言而喻，"我们"即知识分子尚且感到沉闷的语言，工人大众读起来当然会更感到沉闷。在这里，把冯雪峰的批评与20世纪30年代的文化语境联系起来看，则显然冯雪峰批评的《水》的文字

---

[1] 端木蕻良：《大江·后记》，《端木蕻良文集》第2卷，北京出版社1999年版，第533页。

和语言的沉闷,实际指出的是小说的语言文字不够通俗化和大众化,并设立了评价语言文字的工人阶级标准。在20世纪30年代的文艺大众化讨论中,语言的大众化是其中的重要内容。尽管在采用什么样的大众语言、中国的大众特别是城市工人阶级是否形成了阶级性的语言等问题上存在不同认识。但大众化讨论中对"五四"文学语言的知识分子腔调及欧化的批评,却几乎是一致的,并认为这样的语言文字已经不能用来表现现在大众的生活和时代,且不为大众理解和接受。因此,冯雪峰的批评虽然在时间上早于大众化问题的讨论,但实际上已经表露了左翼关于文学语言大众化的基本态度,实际上是通过具体作品的批评确立左翼文学的语言文字运用的规范和要求。而丁玲的早期小说的语言文字,因为表现对象的要求和时代风气的熏染,自然是那种欧化的白话文,充满"五四"腔和知识分子腔。到了写作《水》的时候,表现对象和意识形态的变化,使丁玲力图运用与内容相适应的语言,但自己又不十分熟悉那样的语言,因此造成语言文字上的过渡与"沉闷"——在叙述语言上力图简洁硬朗但又不能一下子完全舍弃自己的风格,人物语言力图与下层大众的身份地位吻合,刻意追求粗糙和粗鄙化但又因为不熟悉而显得单调和干巴。语言上如此的断裂和斧凿必然带来生硬和沉闷,适足以用来作为阐述左翼文学语言文字要求的例子。冯雪峰对《水》的语言文字的寥寥数语但内涵丰富的批评,其用意正在于此。

如前所述,丁玲的《水》在中国现代小说艺术发展上并没有新的贡献和特质,与她此前的小说相比反而是艺术水准的下滑和艺术感觉的丧失,不是什么创作"高峰"。但是从表现对象、内容与创作方法上看,又确实是丁玲小说创作历程中具有"方向转换"性质的作品。这种转换既是追求"前进"的丁玲在政治和时代潮流影响下的必然性选择,也在一定程度上受到冯雪峰个人的政治和理论影响,而转换后的"新质"基本符合左翼文学的规范和要求,满足了左翼文学的批评需要。因此,"左联"和左翼文学阵营一方面既在有关"文艺政策"性质的决议中(执政的国民党当局出台文艺政策,尚未取得政权但认为代表了政治和历史合法性的"左联"也制定自己的政策),对左翼文学创作提出了从题材、内容到创作方法的规定与要求;另一方面,也需要通过具体作品的批评对左翼文学的决议和政策进行阐释,形成指导性和示范性,从而影响左翼文学创作。而基本符合左翼文学的规范和要求即新的艺术和美学要求的《水》,就这样成为茅盾和冯雪峰等人的批评对象和"样品",并予以高度评价,誉为"新的小说"诞生的萌芽与标志。简言之,丁玲写《水》是力图完成自己思想和创作的转变,冯雪峰等人代表的左翼文学阵营及其政治和意识形态色彩浓厚的理论与政策,力图通过对《水》的批评,影响和促进左翼文学完成从革命文学到"新的小说"、新的艺术和新的美学的转换。

但是,如果说被左翼文学清算的革命文学的理论主张、创作实践存在巨大缺点,动机虽可贵却客观上给无产阶级文学造成妨碍与伤害、甚至是无产阶级文学发展进程中的"陷阱",那么,20世纪30年代左联的文艺政策、冯雪峰等人提出和阐述的左翼文学规范和要求,就一定比革命文学的理论"进步"和正确、具有真理性和合理性吗?按照这种要求和规范去写作,就一定能避免革命文学的"光慈式的陷阱"而走向成功和卓越、创作出伟大作品吗?历史和实践的回答是未必尽然。在20世纪30年代左翼文学蓬勃发展、被自由人指责为左翼几乎垄断了文坛的时代,左翼文学内部却多次展开了"为什么没有产生杰作和伟大作品"的讨论。这种讨论反映了左翼作家和文坛的一定的焦虑情绪:具有正确的世界观和意识形态指导、作家立场转变、创作方法奉行新写实主义又有苏联文学的榜样,时代生活又丰富多样,如此的有利条件却没有使左翼文学同步地出现伟大作品,这是不利于左翼文学声誉和与左翼文学的地位不相称的。在初期的讨论中对为何没有伟大作品产生的原因,一般多从左翼和无产阶级文学历史尚短、作家受到统治者压迫和时代条件的限制不能与无产者和大众的"实生活"密切融合以及作家的创作力尚不够强大等方面进行剖析，还没有对作家奉为圭臬的左联的号召性和指导性理论进行质疑。但是这样的焦虑性讨论和一些作家的创作实践，却已经隐约地或客观地反映出左联的文艺政策和理论，实际上也一定程度的成为"陷阱"，对伟大作品的产生和作家创作的艺术成就造成妨碍或伤害。

例如，对丁玲小说《水》予以高度评价、对革命文学的缺陷进行认真清理、对左翼文学理论做出阐述的作家茅盾，他创作的长篇小说《子夜》是实践其以"社会分析"为核心的左翼文学理论的典型作品，也是20世纪30年代左翼文学水平与成就的代表性作品。这部作品的主要创作目的和主旨，是通过叙写民族资产阶级在买办资产阶级压迫和诸种不利的社会环境限制下的挣扎奋斗及其必然失败的结局，以揭示中国的社会性质。这样的目的和主旨使小说的主角是殖民性都市的形形色色的资产阶级和市民。但是，按照茅盾自己也提倡的左翼文学的规范和要求，一部政治正确的左翼文学作品还必须把工农大众作为主要的表现对象，必须写他们的斗争及斗争的政治经济性根源。而茅盾熟悉的是都市上海的上层、中层阶级，对下层大众并不熟悉。于是，为了左翼文学的要求和规范，茅盾只好"硬写"他不熟悉的、作为资产阶级对立面的工人阶级，以及他更加陌生的农民和农民运动与革命。这样一来，就造成《子夜》文本的双面性和断裂性：资产阶级形象与内容描写具有相当的生动性与真实性，工农大众形象及其革命行为描写则难免概念性与干瘪性，进而对《子夜》结构内容的完整有机性和艺术成就带来很大破坏与伤害。

由此看来，强烈批评革命文学"陷阱"的茅盾在创作中也掉进了他参与制造的新的"陷阱"。左翼文学规范和理论要求使茅盾这样的大作家尚且如此，其他左翼作家的一般创作就更难免掉进陷阱的难堪。正是这样的新的陷阱的存在与刚性要求，才是左翼作家和文坛焦虑的没有伟大作品产生的重要原因之一。随着左翼文学的发展，越来越多的左翼作家，对这一新陷阱弊端的认识也越来越清楚，抛弃陷阱的要求和自觉也越来越强烈，就像左翼文学出现之后对革命文学的陷阱的清理一样。1938年抗战爆发后，在一次创作讨论会上，作为20世纪30年代著名的左翼作家的萧红，就公开提出小说有各式各样的写法，没有固定的、一成不变的小说学，也不必按照固定的小说模式去写作。萧红的言论与认识，标志着茅盾和冯雪峰等人提出和阐述的"新小说"新艺术的模式和理论，在创作实践和作家的认识中遭到了清算和扬弃。

即便丁玲自己后来的写作，在文学的表现对象、思想与主题的政治正确等方面，既有遵守左翼文学规范和后来的解放区文学规范的一面，也有未能完全符合规范的一面，由此造成丁玲创作的丰富性与价值性，也使得丁玲的作品不断地被树立为新的榜样又不断地遭到批评和否定。从《水》到后来的《我在霞村的时候》、《在医院中》，以及优美地表现土地改革和农民的小说《太阳照在桑干河上》，莫不如此，成为"说不尽的丁玲"现象，给文学史留下了"丰富的痛苦"和痛苦中的丰富。

第二十九章
咖啡店里的风花雪月
——《咖啡店之一夜》与都市文化及其他

"咖啡"一词源自希腊语"Kaweh",意思是"力量与热情"。一般认为非洲是咖啡的故乡,咖啡树很可能就是在埃塞俄比亚的卡发省(KAFFA)被发现的。后来,一批批的奴隶从非洲被贩卖到也门和阿拉伯半岛,咖啡也就被带到了沿途的各地。可以肯定,也门在15世纪或是更早即已开始种植咖啡了。1616年,荷兰人将成活的咖啡树和种子偷运到了荷兰,开始在温室中培植。世界上第一个咖啡屋,大致出现于16世纪中期的中东城市大马士革(也有说出现于麦加),但是,随着1683年欧洲首家咖啡屋在威尼斯的开张,咖啡店在欧洲、随后在美洲次第普及开来,出现了18世纪意大利的佛罗沦咖啡馆和美国波士顿绿龙咖啡屋等大批著名的甚或对历史发展产生影响的咖啡店。数百年来咖啡店已经成为西方生活方式和都市文化的标志之一。本雅明描述的19世纪工业化时代的巴黎等欧洲城市的酒吧、咖啡店等,既是西方日趋现代化的都市的物质商业空间,也是都市文化的符号和表征,是作家、艺术家、流浪汉、颓废者、革命者和密谋者出没的地方。[1]

在中国,咖啡店伴随着西方殖民者的东方扩张最早出现于上海、香港这样的殖民风都市,中国都市的咖啡店更"本质"地带有融殖民

---

[1] 〔德〕本雅明:《发达资本主义时代的抒情诗人》,三联书店1989年版,第29—53页。

性和现代性为一体的"西化"色彩,是西方生活方式和都市商业与文化杂糅的物质实体和符号象征。据李欧梵在《上海摩登》中的介绍,上海的咖啡店最先是由法国殖民者在上海的法租界设置的,"当英国统治的公共租界造着摩天大厦、豪华公寓和百货公司的时候,法租界的风光却完全不同……他们拒绝商人在住宅区做生意开工厂",相反,法国公园、电影院、学校、咖啡馆和酒吧,却成为法租界的具有法国风和现代风的标志性建筑与都市文化空间,"当然,它是西式的,一个男男女女体验现代生活方式的必要空间"[1]。李欧梵在书中具体介绍了20世纪20年代和30年代上海法租界的若干有名的咖啡馆,并有意把咖啡馆与上海文化和文学联系起来——从晚清著名小说《孽海花》的作者曾朴到现代作家张若谷、田汉、郁达夫、徐迟等,这些具有波希米亚风的作家诗人,都是咖啡馆和咖啡馆代表的文学文化沙龙的爱好者。李欧梵引当时作家张若谷的散文集《咖啡座谈》,对咖啡馆的功能与坐咖啡馆的乐趣作了描述:咖啡本身如烟酒鸦片的刺激,朋友可以在此长谈特别是作家文人进行"咖啡座谈"与交流,咖啡馆里有动人的女侍,或者"对面坐了一个十七八岁的少女,向他们细细追述伊的以往的浪漫事迹……"[2] 请注意,作为咖啡馆重要"风景"的女侍,既是咖啡馆为招揽生意而必设的"人化"设施,也是几乎所有作家文人认为的咖啡馆吸引人的功能之一,是咖啡馆的罗曼蒂克氛围的构筑要素。1928年,鲁迅在《革命咖啡店》里对《申报》的一篇文章说他与那些"年轻貌美,唇红齿白"的革命文学家出入于咖啡馆的谣言进行辩驳的时候,也指出"可以兼看舞女,使女"是咖啡店的特色之一。[3] 作家田汉"甚至在为他的新书店'南国剧社'登广告时,说里面的一家咖啡馆,'女侍者的文学素养好,可以让顾客喝咖啡的时候领略好的

---

[1]〔美〕李欧梵:《上海摩登》,北京大学出版社2001年版,第23页。
[2] 同上,第26、27页。
[3] 鲁迅:《三闲集·革命咖啡店》,《鲁迅全集》第4卷,人民文学出版社1981年版,第116页。

文学作品，享受交谈的快乐'"[1]。这样的女侍不仅是相貌出众可以满足"看"的要求，而且文学素质高可以进行精神的对话，满足波希米亚风的作家文人的罗曼蒂克需要。因此，20世纪20年代和30年代"上海文学似乎整个的沉浸在咖啡馆风潮里"。[2]了解这一点，对我们下面将要论及的《咖啡店之一夜》，是不可缺少的背景和因素。

田汉的《咖啡店之一夜》，1920年创作于日本东京，是目前所知的中国现代文学中最早出现的描写咖啡店及其生活内容的戏剧作品。这篇作品里咖啡馆虽然没有具体说明是在哪座城市，但毋庸置疑是上海，这不仅有如上所述的史料证明上海是当时中国最早出现咖啡馆的城市，上海的咖啡馆与时代的摩登氛围和文学文化构成了依存关系。而且，这部作品的时代背景是"五四"前后，地点是江南都市，这样的时空条件不言而明指的是上海。作品发表10年后的1930年，田汉又是在上海对作品进行了修改，这也可以说明他所写的咖啡馆与上海的关系。

戏剧的开篇对咖啡馆的环境作了这样的描写：

> 精致的小咖啡店，正面有置饮器的橱子，中嵌大镜。稍前有柜台，上置咖啡、牛乳等暖罐及杯盘等。台左并有大花瓶。正面置物台的右方通厨房及内室，障以布帘……右方置一小圆桌，上置热带植物的盆栽……室中于适当地方陈列菊花，瓦斯灯下黄白争艳。两壁上挂油画及广告画……

咖啡、牛乳代表的是西方的生活方式，油画代表的是西方艺术，广告画代表的是商业，热带植物既是环境的装饰，也暗示着产自热带的咖啡所代表的南国风及南国风情所隐喻的浪漫或感伤。菊花是中国

---

[1] 〔美〕李欧梵：《上海摩登》，第28页。
[2] 同上。

的产物,在这里与热带植物作为环境装饰共同出现,既隐喻地表现了咖啡馆及其环境的中外杂陈,也标志着时间——秋天或深秋,与作品的时间背景"1920年初冬"相吻合,同时,这也是作品人物命运的一种隐喻或象征:怀抱着"热带"似的追求爱情之心的女主人公白秋英,将遭遇到菊花代表的命运之秋冬。总之,戏剧里的咖啡店具有殖民化的都市文明的一切特征:咖啡,牛奶,白兰地,威士忌,漂亮的女侍,为爱情伤感和颓废借酒浇愁的大学生,来自异国的波希米亚人风的流浪者——在咖啡馆弹唱的俄国盲诗人(隐指柯罗先科——"五四"时代的一种精神话语的象征和符号),最后甚至出现了雏形的革命者——要求和号召摆脱个人悲欢投身解放社会和大众的工作。西化与时髦,感伤与颓废,浪漫与现实,商业与艺术,爱情与社会(性爱与政治的雏形),物质享受与精神追求,都浓缩和杂糅在咖啡馆代表的都市现代性空间。

在这样一个包容了殖民性与现代性的都市空间,时代又是1920年——"五四"运动刚刚席卷而去,思想和社会的空气里还存在浓浓的"五四"氛围,作品叙写了情节和人物关系都不复杂、颇有浪漫伤感之风的两个爱情婚姻故事——"五四"时代的共鸣性与普遍性主题。咖啡店女侍、也是作品的主角白秋英的爱情故事是作品的主线。她漂亮美丽,作品虽然没有对漂亮的具体描写,但从前述的当时咖啡馆招聘女侍的条件和社会的共识来看,她无疑具有这样的身貌;她又善解人意,虽然在作品里她自谦"我是一个极平凡的女子,文学美术的知识一点也没有",可是实际的谈吐又使她颇有"人气"。白秋英不顾父亲生前的反对,敢于自主追求与李乾卿的爱情且"千里寻夫"(白娘子的现代翻版?),来到现代都市,置身于都市文明的物质化空间——咖啡店,并希望靠自己劳动所得最终达到追求现代文明与知识的目的——上大学,达到与李乾卿的人格与知识平等。虽然作品故事简单且没有真正通过个性化的语言对她的性格做出生动的描写,致使她的形象和性格都是平面的（作品里的其他人物亦复如此），但显然身在都市咖啡店的侍女白秋英是最具现代性的人物，她的追求和行为与咖啡店代表的都市、现代是吻合内联的。

然而，漂亮勇敢、身份卑微但思想现代的白秋英的爱情追求，却像古往今来的多情女子一样，被负心汉无情抛弃。痴情女子负心汉的爱情悲剧再次在都市空间、在咖啡店女侍的身上发生。问题是，这类痴情女子被负心汉始乱终弃的故事，在传统中国多是发生在青楼楚馆与侯门大宅之中，田汉在1920年、在一个殖民性、西化性和现代性的都市咖啡馆里继续演绎这样的千古传奇，他的创作意图是什么？现代都市咖啡馆里的古老爱情故事与咖啡馆、与都市和现代性又构成了什么样的关系、具有怎样的意义呢？

这一切，需要从白秋英被抛弃的原因说起。白秋英在咖啡馆里先是听说了与自己有婚约的未婚夫李乾卿已经上了大学读了法科——进入和成为都市上流阶级的必备条件之一，继之又传奇般地在咖啡馆"巧遇"李乾卿。此时的李乾卿已经另有新欢——一个更加富裕的大家族的女子，早已经忘却并已经斩断了与白秋英的恋情和婚约。因此，富家子李乾卿抛弃白秋英的最显在直接的原因是嫌贫爱富，白家早已家道中落，致使秋英无钱继续读书只得沦为女侍——这也是作品通过人物之口表达的直观主题："穷人的手和阔人的手终归是握不牢"的，笔者20世纪70年代末读大学时老师也是这么"归纳"出这部作品的主题。但是，这种显在直观的主题固然是白秋英被抛弃的原因，但深入思考却又会发现不是问题的全部。女主人公白秋英虽然是咖啡馆侍女，因家道中落而穷了，但实质并非阶级意义上的穷人，她祖父是读书出身的士绅阶级，作品中饮客的问话"你不是白仁山先生的同族吗？……什么，你就是仁山先生的孙女儿？"很显然秋英祖父是当年家乡清化镇的名人与望族。"你家里听说这几年很不好哇。令祖去世之后，就分家了。去年令尊又过去了。"说明她家过去"很好"，"这几年很不好"的原因是中国传统大家庭走向衰落时共有的"分家"与家长过世。白秋英现在虽穷但她是乡村教书的秀才之女,而那个抛弃她的李乾卿少爷,现在虽是富家子且其父是家乡商会会长,但这位会长却是贩私盐起家,在中国传统封建社会里,贩卖私盐的不是地道的穷人就是铤而走险的流氓无产者。因此,按照传统乡村中国和社会的门第观念,白秋英的秀才父亲生前瞧不起李乾卿的父亲和家世,不同意女儿嫁给李家,是秋英冲破门第观念与李签订婚约。"先前阔"的白家在社会地位、政治地位和门第上曾经高于李家,只是由于分家和父亲死亡才家道衰落,经济上不及李家。尽管如此,按照作品的叙事,李乾卿离乡上城读书时与白秋英不仅有婚约而且有誓约,上大学后还曾写信要秋英读完女子中学,在不知白家已经中落、与秋英没有联系的情况下即与都市富家女订婚,这显然不是简单的嫌贫爱富而是典型的见异思迁——富家子和浪荡子的共同行为模式。因此,白秋英与李乾卿的爱情婚姻悲剧并不是直接地连接着穷富和阶级地位差别问题,老实说20世纪20年代的田汉也没有那样明确的阶级意识和观念。这种因穷富而导致被抛弃的观念,是秋英在咖啡馆巧遇李乾卿并看到和得知他另有新欢后"自我"得出和总结的。而李乾卿的解释倒是比穷富差异更进了一步,他在咖啡馆对秋英解释自己已另有新欢、对做了咖啡店女侍的秋英不能履行婚约时,实际自我辩解地交代了三点原因:第一,同一个咖啡店女招待结婚会被大学里的同学笑话;第二,父亲不会同意,"他的身份已经更比从前两样了。他现在要做商会会长了,让一个咖啡店的女堂倌做儿媳是不能想象的";第三,若要与白秋英结婚会伤害父子感情。

李乾卿的辩解才真正说明和揭示了二人婚恋解体的深因:第一点原因说明李乾卿身在现代大学和都市、学习西化法律、又生在"五四"时代并且表面上欣然享受现代文明的成果——包括上西化欧风的咖啡店,但思想依然是非现代的,缺乏时代共鸣的平等意识。"怕伤害父亲感情"则同样表明他缺少真正"五四"时代青年的以"反传统"、"叛父"和争取婚恋自由自主为表征的思想品质，身在现代而思想停留在过去毫不"进步"，与巴金小说《家》里面真正能够代表"五四"青年思想和行为、敢于爱上使女鸣凤又敢于反叛封建家族和家长威权的觉慧相比，相差甚远。第二点原因则说明李乾卿父亲这样原来并非名门望族而是出身卑贱的暴发户，一旦身份发生变化成为新贵，他们会比旧世家旧贵族更注重和讲究封建性的门第观念，追求身份和门第的"高贵"，更追求与比他们高贵的门第联姻而排斥平民和草根，就像农民当了皇帝后更加"皇帝"一样。问题是贩卖私盐出身的父亲身份变化以后具有如此的门第等级观念尚可理解，而身在都市读大学又处于弥漫平等自由和婚恋自主氛围的"五四"时代的青年李公子，也全盘接受老子的观念意识，这揭示和表明李公子身上存在非常明显的"过渡"（作品里大学生的用语）时代的症候：现代与非现代、新与旧杂陈纠缠，享受着咖啡馆代表的现代与都市文明却又瞧不起咖啡馆的女侍——哪怕这女侍是自己的恋人，外表、形式和皮毛进入现代而思想精神依然故我，与旧思想和传统紧密相连，或者说，是一种明显的半吊子现代性。

此外，公子李乾卿的那种认为与一个咖啡店女招待结婚会被大学里的同学笑话的意识里面，除了说明双方阶级、身份地位的差异以及他自己和社会都认同这种差异的存在和不可跨越之外，还包含了更"深刻"的内容：咖啡店是现代和摩登的，是都市人消遣、享乐和寻找罗曼蒂克、显示身份和现代气息的地方，但咖啡馆女侍却不仅身份地位低下，还是堕落的或代表着堕落。因为咖啡馆代表着都市现代生活和摩登浪漫气息，是现代都会生活和生活方式的象征，所以田汉作品的咖啡店是开设在都市大学附近——都市最现代和文明的所在，大学里的学生和知识人是咖啡店的常客。李欧梵在《上海摩登》引述郁达夫翻译的《一女侍》和其他材料表明，在日本大正时期非常流行的咖啡馆,是上等生活的标志,出到一定的高价不仅可以喝到咖啡,还会享受到优雅迷人的小姐的陪伴,甚至还有其他的服务。[1]1920年代的上海亦复如此,优雅迷人的小姐的陪伴和服务是咖啡馆里不可少的"设施"和功能。虽然,田汉作品里的咖啡店女侍白秋英只是斟酒上咖啡陪人说话,并没有其他的(意思是色情的)服务。作家张若谷等人写的20世纪20年代和30年代的上海咖啡馆的女侍和出入其中的时髦现代女子也都是罗曼蒂克的象征而不是色情的对象,但不可否认部分人会认为咖啡馆的女侍、舞女不仅有"看"的功能,也有其他的甚至提供色欲的功能。在这样的咖啡馆功能观的想象和目视中,咖啡馆女侍就成为"堕落女神"或"神女",成为堕落、卑污和下贱的象征符号。李乾卿的话语里便包含着这样的潜台词。因此,身份地位的不匹配是他"爽约"的口实,咖啡店女侍职业的卑污及其名分和身体的堕落意味,是他抛弃的内因。而这样的咖啡店功能的认识,是当时部分最先现代和摩登的中国人(男人)的普遍心态,也反映出这些追求现代和摩登的中国人的矛盾心态:既追求和享受咖啡馆代表的现代和摩登,又对之存在一定的恐惧和蔑视。某些方面追求现代而某些东西认同非现代。具体到李乾卿身上,这个身在都市念大学法科、身份和外表上已然现代的人,其对咖啡馆女侍白秋英的态度,远逊于、落伍于真正的时代青年——留学日本的郭沫若、周作人就娶日本的下女护士为妻,甚至不如古代小说中曾经想娶妓女杜十娘的旧式公子。

　　如果把作品里另一条作为副线出现的婚恋爱情的故事,同白秋英的婚恋悲剧联系起来,就会使都市咖啡店与时代性爱情婚恋的关系及其意义和价值,看得更加清楚。大学生林泽奇是与白秋英一样遭遇婚恋爱情悲剧的不幸者,并为此出入于咖啡店买醉,自我伤感,颓废,同时与白秋英构成了"同是天涯沦落人"的命运联系与"物伤其类"

---

[1] 〔美〕李欧梵:《上海摩登》,第26页。

的感情共鸣。大学生林泽奇代表的是"五四"时代倡导的思想价值，追求的是"五四"青年共鸣的反对包办婚姻主张婚姻自由，但他却不能自由自主——父亲和家庭的利益要求他接受包办婚姻以报答父亲和家庭，几千年中国传统的伦理孝道使他不忍拒绝父亲的要求和安排，他是活在"五四"时代的现代之子，但又是中国传统家庭和伦理范畴里的人之子，需要自己肩住了传统的闸门，"过渡"时代（戏剧里林自己所言）的中国社会必须要一部分人成为历史的中间物，就像鲁迅和鲁迅无奈接受母亲包办的婚姻一样，林泽奇面临的婚姻与道德困境正是鲁迅当年所面临的。这样的过渡时代和中间物意识，使林泽奇不能喊出鲁迅小说《伤逝》里子君的豪言壮语："我是我自己的，他们谁也没有干涉的权力"，只能陷于两难困境和在困境中自我矛盾与哀伤——当然，就是喊出子君式的豪言壮语可能也无济于事，子君自己最后也还是回到她走出的父亲家门，但子君毕竟敢于大胆地呼喊，而林泽奇则没有一句抗辩的话。新与旧过渡时代的痛苦与矛盾造成了大学生林泽奇在婚姻上的痛苦矛盾，使其多少带有中国化的时代多余人特征："思想新而行动旧"，虽然作品最后加了一点光明的尾巴，暗示林泽奇要去参加拯救"祖国苦难人民"的工作，但究其实，那不过是作者的理念而已。

　　老实说，咖啡馆里演绎的这两个爱情与婚恋故事，形式和走向不尽相同——一个是追求现代爱情而不果，一个是想摆脱旧式婚姻而不得；一个是自主的婚姻不能实现，一个是包办的婚姻难以拒绝；一个是欲嫁而不能，一个是逼娶而不愿；一个是痴情女子负心汉，一个是无情男女硬撮合。在"五四"大量作品描写婚姻自主爱情自由且成为震动社会的时代思潮与文学主潮的时候，田汉的这部作品既有与时代共鸣的东西——控诉门第、财富观念和包办婚姻对青年婚姻的阻碍与破坏，也多少有点与时代脱节——当时的诸多作品描写青年如何冲出婚姻爱情上的旧藩篱的羁绊自由地结合，甚至写自由以后的遭际（娜拉走后如何),田汉的作品却还停留在婚恋难以自主的追究上。而且,由于是独幕剧,篇幅有限,情节简单,人物和性格也不生动,多类型而少个性,每个人物都可以说是作者观念和时代观念的"传声筒",甚至整个作品,都可以说是观念与理念的道具化和故事化,用今天的观念来看,它没有多大艺术或戏剧的价值。但是,这部作品的价值不在于它的戏剧和艺术价值有多高,而在于在一个中国文学很少见的现代都市空间里,通过简单的情节、简单的人物和简单的对话,通过两个婚恋悲剧故事和悲剧成因的叙事,内在地表达和揭示出了作者未必认识清楚的东西——现代都市空间里的非现代婚恋爱情故事。这恰恰说明了过渡和转型时期的中国社会的性质和都市的性质:一方面已经是现代的、西化的和时髦的,一方面却又是传统的、守旧的和封建的;咖啡馆所代表的表面和形式上的西化与都市化,内里却又积淀着中国化和乡村化;咖啡店里的婚恋故事一方面潜存了痴心女子负心汉等既有的文化因子和原型,一方面由于都市咖啡店作为背景接纳、作为角色参与、作为在场者见证了他们的婚恋悲剧,或者说他们的爱情悲剧与西化的咖啡馆而不是中国传统的亭台楼阁发生了联系,因此积淀和浮现出新的意义:时代的过渡性,西化和现代性的未完成性,现代与非现代、殖民性与封建性的共在与合流,某些新青年的"伪新"性和落后性,都在这个都市咖啡店和在其中发生的人生戏剧中折射与呈现出来。在一个殖民风的现代性都市空间里安置和发生的如此的婚恋故事,这个婚恋故事包蕴的内涵,构成了对咖啡馆、都市文明和现代性的悖谬与消解。

更进一步,以往的政党政治和党史国史都一再解说和证明1949年以前的中国社会的半殖民地与半封建性——或者说兼有殖民地的、现代的与封建的性状。我们也曾长时期地用这种历史观建构现代文学史,阐释作家作品,如反帝反封建的两大文学主题,鲁迅小说的反封建思想革命的镜子作用,等等。近年来,随着现代和后现代观念与理论的进入与风行，我们又走到另一个极端，几乎完全遮蔽了这一历史和文学观念。而田汉的《咖啡店之一夜》自身包含的内容和意义，显然形象地彰显和辐射出政治和意识形态过去一直强调的中国社会的宏大性质，都市空间咖啡店里的婚恋故事告诉我们，至少在1920年，中国的社会与都市，都还是半殖民、半西化、半现代、半传统、半封建的，殖民性、现代性与封建性兼有并存，确实是中国社会、中国都市的性状和特色。咖啡馆里的风花雪月，简单而又具象地传达出、呈现出这样的气息和色彩。

第三十章

乱世尘缘中的超俗入圣
——许地山小说《春桃》新解

许地山的短篇小说《春桃》写于1934年，发表于当年的《文学》第3卷第1期。这是一篇写实中蕴涵传奇的优秀小说，将一个动乱年代下层平民的悲欢离合的平凡事，通过妇女春桃对自己面临的"一女二夫"局面的妥善仁慈的处理，"波澜不惊"地表现春桃情感的丰富与道德的高尚。长期以来，在人们对这篇小说的称赞和好评中，有一种压倒性的、主流的观点，即认为这篇小说表现了作者许地山摆脱了早期（20世纪20年代）小说创作中因宗教色彩浓烈而导致的空幻诡谲，走向了现实主义（写实主义）。比如1988年出版的《中国现代文学精解》里就这样评价：

> 《春桃》中的人物形象比《命命鸟》等小说的主人公更富有现实性。春桃的善良、坚强、豪爽、侠义、泼辣的性格，既在一定程度上反映了**劳动人民**的本质特征，又体现了春桃在特定环境和人物关系中的独特个性，取得了现实主义某种典型人物的意义……同时，在《春桃》中人物生活的背景也更为明朗化了。具体、真实地展示富有生活气息和时代风貌的社会环境，是现实主义小说的重要特征。[1]

---

[1]《中国现代文学精解》，上海文艺出版社1988年版，第100—101页。

此外,众多的文学史和中国现代文学作品选读中,也大都如此对《春桃》进行分析和评价。

毋庸置疑,《春桃》与许地山20世纪20年代的那些空灵奇幻的"宗教寓言小说"相比,在小说的时代背景与社会环境、人物性格和形象、故事情节的构成等方面,确实"今非昔比",充满强烈的生活气息和人间烟火味,具有鲜明的写实性,将其誉为现实主义转向后的代表作或径直就是现实主义小说,允为有理。

但是,细读小说,却又发现把春桃归结为"现实主义的典型人物",把她的善良、坚强、豪爽、侠义的性格归结为"反映了**劳动人民**的**本质**特征",因而认为《春桃》比许地山的《命命鸟》、《缀网劳蛛》等前期小说更具有"现实性",是与小说的某些叙述难以吻合且有些矛盾的,因为也是难以令人信服的。

在小说中,春桃的身份是逃难到北京的农村妇女,靠捡废纸为生,的确属于下层劳动人民。不过小说中有这样的细节描写,对春桃的纯粹劳动人民的身份和习惯构成了某种程度的"解构":整天在风沙尘土中出没、与废纸破烂打交道的春桃,每天回家都要洗澡。小说多次写到她这个习惯,即便发生了前夫李茂到来后的自杀未遂、患难中走到一起同居的男人刘向高的离家出走和重新回来,都没有影响到她这一习惯:"**她没有做声,直进屋里,脱下衣帽,行她每日的洗礼。**"城市底层妇女又从事捡破烂的"贱业"却具有这样的"爱干净"的习惯,是令人感到惊奇的。当然,不是说底层妇女和劳动人民就天生肮脏不愿洗澡,作为劳动人民的每一个人都可能具有自己的个性和习惯而未必一定都具有阶级的共性,但是,如果按照现实主义的反映普遍和本质、描写典型环境中典型性格的要求来看,在风沙扑面干旱缺水的30年代的北京,推而广之,甚至在广大的北方,一般的劳动人民特别是"操贱业"的底层民众,艰辛劳作的大众是难得每天洗澡的,这是普遍的生活的真实并可以构成为文学中的典型环境。而春桃却迥异于是,生活和思想观念上的"爱干净"化为具体的每日劳作后的身体的洗浴。许地山前期小说《缀网劳蛛》里的女主人公叫"尚洁"——崇尚和追求精神信仰的洁净,春桃的每天洗浴,其实也是一种身体"尚洁"的表现。

这样的"尚洁"行为根本上不符合典型环境中劳动人民的典型性格,不符合北方干旱少雨地区底层劳动人民的生活习俗,这个细节就在春桃的劳动人民的身份和非劳动人民的习惯之间构成了矛盾与裂缝。很显然,春桃的这种**每日洗礼**的"尚洁"习惯并非是到北京从事捡废纸的贱业后才有的,而是一向如此。那么逃难到北京前的春桃是什么样的身份呢?沦落到北京的春桃前夫李茂对春桃现在的同居者向高说明了春桃过去的身份:地主的女儿,家里有田地。而李茂原是春桃家的长工,因为枪法好,被地主招为女婿,为的是让李茂看家护院。不幸的是他们在婚礼上被乱兵冲散。就是说春桃过去并非劳动人民而是财主千金,应该是地主千金的生活使她养成每日洗浴的习惯。如此一来,春桃其实有两重身份:过去的地主小姐和现在的劳动人民,由此,以往的评论把春桃完全说成是地道的劳动人民,她的所作所为都反映了劳动人民的本质特征,显然有违于小说的描写。过去养尊处优衣食无忧的地主女儿流落到北京后一下子沦落为捡废纸为生的最底层的劳动者和"贱民",这样巨大的变迁和落差居然在春桃身上没有任何反映和不适,相反,她安之若素平静如水,这需要什么样的思想和精神定力才能做到啊!换言之,能够跨越这样巨大的生活水平、身份地位的落差而毫无委屈埋怨,一定有相当超人的思想素养和精神境界。

这种由"身体的尚洁"和对巨大生活地位的落差平静对待反映出的思想道德素养与境界,在小说中更主要反映在春桃的婚恋观、两性观、夫妻观和处理"两个丈夫"的行为上。按小说的叙述,春桃原是北方乡村的女子。如果按照现实主义对于典型环境的要求而还原历史语境,那么20世纪30年代的中国乡村特别是北方乡村,应该是比较闭塞和保守的，传统中国的礼教和道德观念还是很盛行的或占据统治地位的，而乡村妇女受传统礼教道德观念、贞洁观念、从一而终的婚姻观念的影响和束缚还是很严重的，作家吴组缃同样写于30年代的小说《簗竹山房》、《X字金银花》，背景和环境还是皖南农村，传统的礼教道德观念等"中国的老调子"依然存在，并制约着妇女的思想和制造她们的人生悲剧。即便是30年代左翼作家叶紫写湖南农村妇女走向革命的小说《星》，那里面的妇女在农民运动到来之前同样是受到传统礼教道德观念束缚的。而女作家萧红《生死场》里写的外敌入侵前的东北农村，妇女所受的束缚和压迫更为痛苦和难堪。直到40年代赵树理写的政治和社会环境已经得到"解放"的山西农村，丁玲写的西北农村，传统礼教和道德仍然是妇女身上的紧箍咒，是环境中的压迫性和束缚性力量。由此可见，诸多三四十年代作家描写的广大的中国乡村特别是北方农村，传统礼教道德依然存在甚至猖獗，并对妇女构成压迫和束缚的现实，才是真实的典型环境。而按照典型人物和性格一定受到典型环境影响和制约的法则，春桃作为北方农村女子，而且还是乡村上层阶级的地主家庭的女子，她的头脑里更应该具有受环境与阶级影响、培育的礼教道德观念。但奇怪的是，春桃身上一点也没有这些东西。在父母指定的婚姻被时代动乱破坏、即与李茂的婚礼被乱兵冲散后，失去了新郎、找不到丈夫且丈夫音信全无的春桃独自漂泊到北京沦入底层，她不但顽强地生活，而且不受任何礼教道德的束缚，与"同是天涯沦落人"的男子向高同居，从一而终、守节妇道这些东西对她没有丝毫影响和钳制。在与丈夫婚约没有解除、不知道丈夫下落、法理和习俗中还是李茂妻子的情况下，春桃敢于与他人"非法"、"非礼"地同居，这样的举动是何等的大胆和不同流俗！

不仅没有妇道、贞洁、名分、从一而终等观念的束缚，春桃身上还极其罕见地具有真正的女性自我价值与人格独立的意识。小说有多处写到，春桃虽然与向高同居，两个人在艰难生活中互相配合恩爱有加，成为事实上的夫妻，但春桃一再申明不是向高的"媳妇"，也不许向高称她为"媳妇"。有夫权（独占权）和名分观念的向高多次称呼"媳妇"遭到春桃的反对和拒绝后，还以警察查户口的理由力图把春桃变为法理上的"媳妇"（妻子），当然也遭到春桃的反对。对此，向高以为春桃有"一日夫妻百日恩"的怀旧意识和从一而终的礼教观念，巧的是，身体残疾的前夫被春桃带回家后，也曾经以"一日夫妻百日恩"的话语暗示春桃对自己的依属关系。而春桃对此均委婉地予以拒绝，强调这种在法理上存在的夫妻关系，在现实关系中已不存在，也就是说明自己不会被这种旧的婚姻道德和观念所束缚。但是她承认与李茂的夫妻关系中的情义存在，所以，当李茂看到春桃与向高的事实婚姻、自己身体残疾不能劳动、在这个家庭中是多余的存在而要离开时，春桃自己却以"一日夫妻百日恩"的说辞挽留前夫，以自己和向高在外继续捡废纸、李茂在家挑选分类、组成家庭公司式的合作劳动的方式，既养活李茂又使他通过力所能及的劳动获得尊严，显示出春桃义薄云天的慈悲精神。与春桃相比，向高和李茂两个男人倒是存在一定的传统伦理道德观念，特别是夫权和名分意识。如上所述，向高一直想把与春桃的事实夫妻关系在法理和名分上予以明确化，他的遭到春桃反感的"媳妇"的言辞正是他心理意识的外化和反映。当残疾的李茂到来，他立即感到了自己名分的难堪，并一度离家出走以图摆脱。李茂亦然。他开始也觉得走失的妻子与别人同居，是自己的"丢人"和"戴绿帽子"，当感到自己既丢掉了妻子又身体残疾成为"多余人"时，他也做出了上吊自杀的愚蠢行为，幸亏被春桃及时解救。两个男人还背着春桃商量对春桃的"处置"，意识到自己行为愚蠢的李茂主动将自己与春桃的"龙虎帖"（婚书）让渡给向高，以成全他们的事实婚姻，使向高得到媳妇春桃的行为得到法理、伦理和名分的承认。当然，他们的这种交易被春桃所拒绝。

"我说,桌上这张红帖子又是谁的?"春桃拿起来看。

"我们今天说好了,你归刘大哥。那是我立给他的契。"声从屋里的炕上发出来。

"哦,你们商量着怎样处置我来!可是我不能由你们派。"

她把红帖子拿进屋里,问李茂,"这是你的主意,还是他的?"

"是我们俩的主意。要不然,我难过,他也难过。"

"说来说去,还是那话。你们都别想着咱们是丈夫和媳妇,成不成?"

她把红帖子撕得粉碎,气有点粗。

妇女的婚姻自主、人格独立和个性解放曾经是中国"五四"时期倡导的主流价值观,对社会特别是知识界产生很大影响,娜拉式的女子出走和解放也一度成为"五四"文学的普泛模式,鲁迅小说《伤逝》中的子君发出的"我是我自己的,他们谁也没有干涉的权利"的宣言,被认为代表了"五四"时期妇女解放的时代强音。但是,曾经那么勇敢的子君,婚后还是没有摆脱从一而终、嫁鸡随鸡的传统思想的桎梏,还有很多解放了的女性追求的其实是新的贤妻良母或夫人地位。更有甚者,如张爱玲小说《五四轶事》写的新青年与新女性,追求解放的结果不过是重归于传统的一夫多妻,传统与现实的强大力量使妇女解放真的成为了永远唱不完的中国式的"老调子"。与此截然不同的是,没有受过现代教育,也没有受到现代妇女解放、女权思想影响的北方乡村女子春桃,却表现出远远超出于"五四"以来的新文学所描写的现代知识女性思想境界的真正的女权思想和独立意识,表现出"清水出芙蓉,天然去雕饰"式的罕见的清绝超迈的"尚洁精神",甚至可以说,在整个现代中国文学所表现的追求独立与自由的妇女形象中,像春桃这样天然、自然地具有反对夫权和独占权、保持人格独立自主并在实践中坚持和贯彻到底的女性,几乎难以见到。与春桃相比,小说中的两个男性与春桃的思想境界，不啻天渊之别。他们的夫权、名分、独占权，和由此产生的沮丧、上吊、离家出走等行为，愈发地反衬出春桃的高迈不凡和超越流俗。都是来自北方乡村，所处的自然、社会与思想环境都大致相同，甚至阶级地位也差别不大，为什么思想意识的差别如此之大呢？为什么春桃具有如此的身体尚洁与精神尚洁的行为与情怀呢？

对此，如果单纯用现实主义的共性中的差异性和个别性加以解释，不足以完全服人。诚然，在与两个男人和其他人共处的自然、社会、阶级、时代等要素构成的"共性"环境中，把春桃的思想与行为解释为"个性"、特殊和典型，具有一定的合理性。因为现实主义不排除共性中存在个别性，普遍（一般）中存在特殊。但是，同样按照现实主义的解释，特殊、个别和典型形象是一定会内含和反映出普遍性与共性的，即春桃这样的思想与行为极端超俗的个体典型是一定反映出当时环境下底层劳动妇女的普遍本质和特征的，也就是说，当时环境中的下层劳动妇女普遍地具备春桃式的思想精神和行为能力。可是若果按诸实际回到历史环境，20世纪30年代来自北方农村的在城市下层谋生劳作的妇女，是不可能或很少具有春桃那样的思想与行为素质的。不论是每天辛勤劳作后的"洗浴"功课，还是决绝地打破夫权观念和一切传统伦理道德束缚的"精神尚洁"，以及跨越巨大现实生活地位与差距、对一切落差和变迁安之若素的超然与坦然，都不是、也不可能是时代环境中底层劳动妇女和凡夫俗子所具备的。

那么，春桃的思想与行为的如此超迈清绝，除了不排除一定的现实生活和真实的"底色"之外，更为合理的解释是，它们更多同样来自作者的浪漫主义的"理想化"追求和宗教思想的"内化"。身无长物的乡村妇女来到都市捡废纸，作为旧都的北京又的确有宫廷的废纸每天流出，所以春桃的谋生手段一方面符合身份和生活真实，另一方面，除了捡废纸，下层百姓还有各种各样的谋生方式，而小说只安排春桃捡废纸——在那些宫廷废纸中却有过去朝廷的奏章、康有为的字画等

"值价"的"国宝"。这样的安排和描写，显然在现实真实之外还有寓意和寄托：春桃实际就是落入尘埃中的珍珠，瓦砾中的金子，废纸中掩藏的宝物和珍品。因为是这样的宝物和珍品，所以她出污泥而自清香，其无拘束、无做作、无雕饰、天性自然的思想，超越传统和现实的见识，男人无法比拟的行为，内在里透露出的是道家老庄的神韵仙风——随顺自然、无为无争、心无外道、无所拘执，是佛家菩萨的大慈大悲——养护前夫、爱戴现夫、泛爱众生、大爱无疆，是神的女儿，道家的女儿，尘世的仙子，其身体和精神的"尚洁"中融会了道家与佛家的精髓。换言之，春桃既是现实中可能存在的人物，更是现实身份中浓缩和内含着宗教精神的独特女性。有意味的是，这篇涉及日本侵略东北和义勇军抗战等内容（春桃前夫李茂就是当兵后在东北与日军战斗中负伤致残的）的20世纪30年代小说中出现的春桃，与1938年林语堂写作的《京华烟云》里的"道家的女儿"木兰，精神气质和行为多有相似乃至相同之处，即不管经历什么样的时代变动和人生磨难，她们都从容面对坦然处之。为什么许地山林语堂这些佛道都有造诣的作家，在经历时代大变动甚至民族危机到来之际都愿意写"道家的女儿"？写她们不论贫贱都能保有超越高绝的精神世界？都能永远的"尚洁"？这恐怕是值得深入探究的话题。这些神的女儿或"道家的女儿"的出现，使我们对30年代的中国和中国文学，多了一种考察的视角和理解的维度。同样，春桃这样的女性形象，如果再把她们简单地理解为现实主义的典型人物，把描写了这样女性形象的小说单向地解释为作者摆脱了前期小说的宗教倾向而向所谓现实主义的回归，或现实主义的深化，显然是值得商榷和未必准确的。一言以蔽之，具有一定的生活气息的下层劳动妇女春桃身上，仍然透射出浓厚的宗教色彩。只不过，她身上的宗教精神不是抽象地演绎出来，而是通过她在低贱生涯中的超越性的行为，内在地传达和流露出来。春桃是立足于尘世泥土上、充满人间气息和佛道色彩的"北方民间女神"。

后记

从 20 世纪 80 年代读现代文学研究生算起，在中国现当代文学领域里从事教学与研究，已经 20 多年了。20 世纪 80 年代现代文学学科的繁荣与对中国文学研究的领头羊作用，20 世纪 90 年代从思想与激情向学术理性与规范的回归，新世纪以来学科受到的压力、相对沉寂和寻求突围，我几乎都经历了。一个人的一生有几个 20 年？而且是从年轻到中年的最美好的 20 年？这么长的时间伴随着一个学科的复兴、振兴、兴旺、成熟与相对沉寂，是幸运还是不幸？有个朋友流露了早知今日、何必当初的想法，认为凭其勤奋和聪慧，若从事其他专业也会成就不错，且不必受到外界压力和自我怀疑的折磨。据说有一所大学中文系的现代文学学科，20 世纪 80 年代较早地获得了博士学位授予权，在现代文学专业和学科还处于繁盛的时候，该学校的若干其他专业的人纷纷挤入。没想到风云际会，当今天现代文学相对沉寂面临压力之际，有识时务者便跳出这个学科，有的人还对这个学科和专业时有臧否。对此，我想起了鲁迅小说中那个经常出现的从外地回乡的知识分子游子，为什么在面对故乡和"老中国"那些话不投机的人面前，往往陷入失语与无语的尴尬，也想起了鲁迅《颓败线的颤动》所写的养育了子女的母亲却被子女唾弃的遭遇。不过，作为伴随着学科近 30 年历程的人，我对自己当初的选择却不后悔。不但不后悔，还很高兴自己的青春岁月能够与这样的学科一起走过，而且，在一个文化和历史土壤不是很厚重的地方，在经常受到干扰和误解的情形下，还能思考和写下一点东西，这是堪可自慰的。

值得铭记和难忘的是，在工作和研究中，曾经受到很多友人帮助与关怀。80年代研究生毕业时，答辩导师之一的樊骏先生就对我多有指教，几十年来一直劝我专心于学术，经常提出批评和指教。先生多年来希望我能在文化较发达的地方继续深造和工作，而我则由于某种原因，一直偏安一隅，有负先生的期望。直到人过中年才来到北京，去看望先生的时候，先生流露出欣慰之情。一个人在求学治学过程中能遇到这样的老师，是很幸运的。还有北京大学的温儒敏先生，湖南师大的凌宇先生，汕头大学的王富仁先生等，一直对我多有帮助，私心默存感激。至于学界更多朋友的帮助与支持，无法一一言表。而一些很有影响的学术刊物的师长和朋友，对我的研究总是予以慷慨而无私的支持，使我得以把某些思考和研究的成果发表出来。一个人长期地做一件在别人看来未必有多重要的事情并能坚持下去，那一定有坚持的理由。来自诸多友人的帮助与支持，就是最重要的坚持理由之一。对这些帮助的最好的感谢和报答，就是更好地坚持某种值得坚持的事情并做得更好。

在书稿整理中，我过去的几位学生、现在在大学教书的韩晓琴、陶国立、吴景明、包雪菊，在新闻出版部门工作的李红强等人，或帮我借阅资料，或帮我校阅书稿，出力不少。书中有两篇文章《中西文化互动中的文学史重述》、《现当代文学视野中的"农民工"形象及叙事》，也是与过去的博士生胡玉伟、苏奎合作完成的，苏奎现在是东北师大文学院的副教授，胡玉伟是沈阳师大的教授，都成为各自单位的专业骨干。我的妻子也帮我复印资料，校阅文字，并以编辑的眼光提出建议，全力支持我的工作。在此，由衷地表示感谢。

审定和编辑书稿期间，北京正开奥运会。劳累之余，也偷暇看看电视转播的比赛场面。在现代文明日益发达的时代，人类在远古狩猎和争逐、在战争中尽显风流的英雄，转化为众人瞩目的体育健儿，对英雄的崇拜也转化为对挑战人类身体极限、创造佳绩的体育健儿和胜利者的崇拜。体育健儿就是和平与文明时代的当代英雄。看着那些在赛场中成功的胜利者的忘我投入和喜极而泣的表情，看着他们取得的辉煌，欣羡之余，我更赞叹他们在辉煌背后付出的常人难以承受的长时期的艰辛与忍耐。由此想到，学术研究、特别是没有什么明显的经济和社会效益的人文学科的学术研究，是无法也不需要与万众欢呼的体育盛事和其他具有明显直接的经济与社会效益的伟业比拟的，它是寂寞的，从事这个行业，真要有点鲁迅所说的在沙漠里和寂寞里奔驰的勇士的意志。这一点，实质上又与体育在精神内涵上具有类似性或同一性：需要长期的训练、打磨、锤炼和坚持，需要耐得寂寞、吃得辛苦、受得煎熬的坚强的意志和品质。当然，即使有这样的意志和付出，人文学术也永远不会有体育健儿受到的万众欢呼，那也不是学术的追求和品格，但学术的坚持和付出得到的精神愉悦与体育是相通的。这不是阿Q的精神胜利法和自我安慰，是受到奥运精神感染后的真实心理。若是阿Q的精神胜利，就会是另一种逻辑和想法：我先前要是踢足球……或者：20年后又是一条好汉，那时再去打篮球……这种精神胜利的逻辑得出的结果只有一个：一事无成。所以，在向奥运英雄致敬的同时，也向一切在平凡岗位上默默工作和奉献的人致敬，他们的努力与作为构成了更广大的生活。

2008年8月12日